일기 여행

Voice of Her Own: Women and the Journal Writing Journey
by Marlene A. Schiwy

This Korean edition was published by SANZINI BOOK in 2019 by arrangement with Marlene A. Schiwy through KCC(Korea Copyright Center Inc.), Seoul.

일기 여행

여성 자신의 목소리를 찾아가는 신비한 여정

말린 쉬위 지음 • 김창호 옮김

산지니

고마운 사람

친구와 학생들 그리고 내가 마련한 일기 연구회에 참여하여 자신의 일기를 공개한 모든 사람들에게 진정으로 감사의 뜻을 전하고 싶다. 자넷 프라카 카지아노, 실라 겔브만, 린다 해터, 하일라 쿨만, 돌로레스 라파타, 카렌 라즐로, 낸시 린드, 팸 드 루까, 리타 밀러, 산드라 밀러, 쉬라 뫄르 스미스, 도랄드 팻소스, 개비 라하만, 에디 세이, 엘렌 쉬윔머, 실라 버드 스미스, 리아 화이트, 다이안 웍스, 그리고 내 조카딸 첼시 브랜트, 이들 모두 이 책에서 언급된 일기의 주인이다. 처음부터 함께한 자다 베일리, 메리 브래디, 로빈 가버 카발킨에게 특별히 감사드린다.

일기와 글쓰는 생활에 대하여 생기발랄한 논의를 끊임없이 나눈 친구들, 마저리 콘웰, 마케타 거츠 스탄키윅스, 잉그리드 그뤼닝거, 낸시 린드, 캐서린 맥닐, 모린 말로와니, 쉬라 뫄르 스미스, 개비 라하만, 그리고 테레사 샌두, 이들은 결코 잊을 수 없다.

여성의 삶이 시작된 후 경험을 언제나 함께 나눈 어머니 릴리 쉬위와 동생 넬리 브랜트에게 한없는 사랑의 감사를 드린다.

사이먼 셔스터 출판사의 편집자 사라 베이커는 무한한 에너지와 열정을 이 책에 쏟았고, 책이 제작되는 동안 세심한 주의를 한시도 놓지 않았다. 감사하는 마음을 전한다.

국제여성작가조합(The International Women's Writing Guild)의 행정 책임자 한넬로어 한은 나의 출판 대리인 엘리자베스 배크만을 소개하였으니, 이분 또한 고맙다.

캐나다 협회(Canada Council)가 탐구 프로그램 분야에서 1995년 봄과 여름 기간 중에 나를 수상자로 선정해서 이 책을 집필할 수 있는 여유를 누릴 수 있었다. 이 협회의 은혜도 입었다.

끝으로, 누구보다 남편 스티브 로젠(Steve Rosen)에게 가장 고맙게 생각한다. 그는 이 책의 각 장마다 신중하고 폭넓은 귀중한 조언을 해주었다. 독립된 각 장이 서로 연결될 수 있다는 확고한 믿음과 책의 내용을 풍요롭게 하고 싶은 그의 열정은 나를 언제나 즐겁게 하였다.

독자 여러분께

이 책 『일기 여행: 여성 자신의 목소리를 찾아가는 신비한 여정』(원제: *A Voice of Her Own: Women and the Journal Writing Journey*)을 읽으면서, 나는 여러 개의 문이 달린 거대한 둥근 방 안에 있는 경험을 하였다. 방문이 하나둘씩 차례로 열리면서, 이제는 가장 친근한 내 삶의 동료가 된 몇몇 사람, 예컨대 버지니아 울프(Virginia Woolf), 캐서린 맨스필드(Katherine Mansfield), 에티 힐점(Etty Hillesum), 그리고 또 다른 여성, 이들의 지극히 사적인 생각은 나에게 심대한 영향을 주었는데, 그들은 소리 없이 방 안으로 들어오고 있었다. 이 책의 저자 말린 쉬위(Marlene Schiwy)는 명료한 통찰력과 구성력으로 이들 여성 일기 작가들을 여성의 사회적 진화 단계에서 아주 적절한 시기에 한곳에 불러 모은 것이다.

수많은 여성들은 자기 자신의 주체성을 찾는 동안에, 은빛 재갈에 입이 막혀 목이 잠기고 말하여도 소리가 나오지 않는 꿈을 꾼다. 이런 상태를 상징하는 이미지의 원형이 혀가 잘린 필로멜라(Philomel)가 아닌가. 자신의 목소리를 찾으려는 여성들의 정신적 육체적 노력은 계속되고 있다. 자신의 진정성을 찾은 후, 이들은 이제 자기 자신에 대하여 단호하게 말한다. 재갈을 벗어 던지고, 목청을 높여서, 육체를 지닌 여성의 숨결이 아랫배 저 깊숙한 곳에서 터져 나와야 한다는 사실을 여성들은 알았다.

일기 쓰기는 자신의 목소리를 찾아가는 한 가지 방법이었다. 열두 살 무렵, 나는 푸른색 조그만 일기장에 비밀스런 생각을 쓰기 시작했다. 이 일기장은 겉표지에 『내 일기』(*My Diary*)라는 황금색 글자가 큼직하게 새겨져 있고, 금색 자물쇠와 열쇠로 침입자를 방지하도록 만들어진 것이었다. 바로 그 일기장에서 시작하여 지금까지 이어진 수많은 일기는 나의 삶에서 고요의 순간들이었다. 혼돈이 안과 밖에서 소용돌이칠 때, 나는 일기장에 글을 쓰고 그림을 그리고 콜라주를 만들면서 인내와 평화의 자리를 찾을 수 있었다. 일기는 지금도 변함없이 안전하고 소중한 나만의 방이다. 여기는 나 자신의 어떤 모습이건 하나도 숨김없이 토해내고 드러내는 곳이다. 이 환하게 빈 일기장 갈피 위에, 내 마음 자락들이 생겨나서 자라고 성숙하였다. 일기는 은빛 거울인데, 나와 마주하고 타인과 더 진솔하게 대면할 수 있는 여성의 반사경이다. 이 강렬한 반사경은 나의 분노, 공포, 질투, 욕정, 억누르고 경계해야 할 이러한 모든 원초적 본능을 지켜보고 있어서, 마침내 나는 이 내면의 본능들을 외부 세계로 끌어내는 방법을 찾을 수 있었다. 나는 일기를 쓰면서 내 영혼에 귀 기울이고, 삶의 한가운데 놓여 있는 신적인 존재와 함께 춤을 춘다.

말린 쉬위는 자기 자신의 목소리를 찾아가는 여행으로서 일기의 가치를 철저하고 탁월한 감수성으로 탐색하였다. 말린은 일기를 가장 편안한 우리 곁의 친구처럼 탐색한다. 일기는 우리의 과거를 밝혀줄 뿐만 아니라 현재와 미래의 우리를 인도해줄 꿈과 이미지를 담고 있기 때문이다. 여기서 우리는 자기 이해와 자기 평가에 이른다. 말린은 일기를 성스러운 장소로 간주하는데, 여기서 우리는 자기 자신의 무의식과 대화하고 마음속의 신성한 샘물이 솟아오르는 소리를 들을 수 있다. 여기는 생존, 정화, 변전, 치유, 그리고 자유로운 고백이 이루어지는 바로 그곳이다. 여기서 자기의 참모습과 자신의 상처를 인지하고, 더 나아가 타인과 세계와 어우러지는 삶인 사랑에서 우리 스스로의 힘을 인식하게 된다.

여성 일기에 대한 탐색의 범위를 세계 전역으로 넓힌 말린 쉬위의 고귀한 노력은 릴케(Rilke)가 젊은 시인에게 보낸 편지의 그 깊은 의미를 되새기게 한다. "지금은 풀리지 않는 그 의문들과 함께 살아 보세요. 먼 훗날 문득 해답을 가슴에 품고 살고 있는 나 자신을 발견하게 될 겁니다."

마리온 우드만(Marion Woodman)

1995년, 런던, 캐나다

차례

3부 함께하는 일기 여행

1부
시작하기

태초에 여성이 사용할 말은 존재하지도 않았다.
남성에게서 차용한 말뿐이었다.
그러나 이제 우리 여성은 우리의 몸과 감각에 맞추고,
우리의 이미지로 글을 쓰기 시작했다.[1]

수전 크린(Susan Crean), 『그녀 시선의 언어』(*Language in Her Eye*) 중에서

1
일기 쓰는 습관

세계 곳곳에서 수많은 여성들은 일지나 일기를 쓴다. 모양과 내용은 제각각 쓰는 사람들의 일상만큼 다양하여도, 그 속에는 공통된 목표가 들어 있다. 일기를 쓰는 사람은 풍부한 인생의 경험을 일기에서 얻을 것으로 믿는다. 최근 몇 년 동안 서점과 선물 가게에서 일기장의 판매 실적이 놀라울 정도로 상승하고 있다는 보도가 있다. 책 형태로 장정된 빈 일기장을 구입할 때 그 다양함에 한 번 더 놀라게 된다. 고도의 기술 문명에 사로잡히고 표피적인 이미지에 끌려 다니는 현대 사회 속에서, 개성적인 자기 자신의 목소리를 포기하지 않는 여성 일기 작가들이 제기하는 질문들은 예사롭지 않다.

일기 쓰기가 오늘의 여성 생활에 어떤 역할을 할까? 카페의 구석 자리에서, 비행기 안에서, 복잡한 사무실에서, 숲속 은밀한 곳에서, 펜과 종이를 들고, 나의 생각과 느낌과 꿈과 환상에 찬 글을 쓰고 있는데, 우리를 이끄는 그 강력한 힘은 무엇일까? 일기 쓰는 여성의 수가 남성보다 왜 더 많은가? 최근 몇 년 동안 나는 이런 질문에 사로잡혀 있다가 마침내 이 책을 쓰기로 결심하였다.

지금 일기를 쓰고 있다면, 이미 거대한 세계적 공동체의 구성원이 된 셈이다. 왜 일기를 쓰는지 어떻게 시작하는지 모른다면, 그 궁금증을 이 책에서 한번 풀어보시라! 지금부터 여러분의 삶을 바꾸어 놓을 일기 쓰기 여행을 떠나보자. 여성으로서 일기를 쓴다는 것은, 10세기 무렵 일본에서 궁중의 여인들이 베갯머리 책으로 간직했던 일기의 천년 전통에 동참하는 일이다. 과거에는 주로 남자들이 일기를 쓰고 출판하였지만, 여성들도 적은 숫자이지만 일기를 쓰고 있었다는 믿음에는 근거가 있다. 여성들은 공공의 영역에서 목소리를 내거나 출판하는 일은 자주 거부당하여도, 서로 소통하면서 삶의 의미를 탐색하고 자신의 창조적 충동을 형상화하기 위한 일기 쓰기는 지속된다.

일기 쓰기는 매일 일어나는 일상의 일들을 단순히 기록한다는 의미만을 지니지 않는다. 나는 그보다 훨씬 더 깊이 진입하는 것에 대하여 말하고 있다. 일기 쓰기는 심리적 근원을 향하여 일상의 표피 아래로 우리를 내던지는 생생한 반성의 과정이다. 보다 더 깊은 층위에서 글을 쓰고 있을 때 우리의 삶은 변화한다. 삶의 여정과 일기 쓰기 여행이 서로 뒤섞이면서, 삶과 일기는 풍요롭고 서로의 관계는 더욱 긴밀해진다. 어떤 점에서, 그 둘은 하나가 되기도 하는데, 앨리스 제임스(Alice James)가 남긴 그 유명한 예가 있다. 그녀는 자신의 마지막 일기에서 고쳐 쓸 내용을 절친한 친구에게 구술하고 난 몇 시간 후에 숨을 거두었던 것이다.

이 책은 여성의 삶에서 일기 쓰기의 중요성에 대하여 말하고 있다. 지금까지 한 번도 일기를 써본 적이 없어도, 이 책에서 일기 그 자체가 지닌 무한한 창조적 가능성과 놀라운 흥취와 매혹을 발견할 것이다. 이미 일기를 쓰고 있다면, 이 책과 함께하는 여행에서 동료를 만나고 새로운 영감을 얻는 기회를 누리기 바란다.

누가 왜 일기를 쓰는가?

왜 우리는 일기를 쓰는가?

캐서린은 결혼이 파국에 이른 고통의 한가운데서 일기를 쓰기 시작한다. 그녀의 일기는 누구보다 가까운 벗이라서, 무슨 말이든 다 할 수 있고, 분노와 혼란의 감정을 모두 쏟아놓을 수도 있는 사람이다. 캐서린의 말처럼, 일기는 "처음으로 나 자신을 알고 자신의 요구가 무엇인지 생각하는 기회"를 제공하기도 한다.

아일린(Eileen)은 2년 동안 체중이 백 파운드 가까이 감소하고 있을 때 자신의 모습과 감정의 변화를 일기장에 기록한다. 거울 앞에서 알아볼 수 없을 정도로 외모가 급속하게 변모하는 동안, 일기 쓰기를 멈추지 않음으로써 자신의 내적 자아를 지탱할 수 있었다.

리타(Rita)는 네 살과 한 살배기 두 아들을 키우면서 자신의 지력이 감퇴하지 않고 살아 있도록 일기 쓰기를 계속한다. 어린아이들을 돌보면서 잡다한 일상의 일 속에 파묻혀 있지만 예술적 감성을 잃지 않았다는 사실을 일기에서 스스로 재확인한다.

아만다(Amanda)는 정신분석 치료를 받으면서 자신의 꿈을 일기로 기록하여 매주 담당 전문가에게 가져간다. 정신분석가가 안내하는 길을 따라 아만다는 자신의 정신적 삶을 표현하는 상징물들을 탐색한다.

지나(Gina)는 매주 지역 신문에 연재하는 인간의 관심사 칼럼에 대비하여 아이디어와 관찰 결과를 공책에 기록해둔다. 그뿐만 아니라, 단편 소설과 긴 논단에 필요한 영감을 자신의 일기장에서 얻기도 한다. 그러므로 일기는 지나의 직업 생활에 유용한 재료의 원천이 된다.

많은 여성 작가와 예술가들은 일기를 쓰고 그 일기는 나중에 출간되었다. 아나이스 닌(Anaïs Nin)과 메이 사턴(May Sarton)처럼, 일기를 출간함으로써 비로소 작가로서의 지위가 확보되는 경우도 있었다. 뉴저지의 백인 거주 지역에 흑인으로서는 처음으로 진입한 토이 데리코트(Toy Derricotte)는 자신의 괴로운 이중적 감정을 인식하여 수용하는 한 방편으로 일기 쓰기를 계속하였다. 뒤돌아보면서, 그녀는 상기한다. "유별나게 극도로 혼란스러운 내 감정을 글로 옮기면서 그 감정의 위세로부터 벗어날 수 있을 것으로 기대하였다."[2] 작가인 르 앤 쉬라이버(Le Anne Schreiber)도 인생의 전환과 혼란의 시기에 일기 쓰기를 계속하였다. 『뉴욕타임즈 북리뷰』(*The New York Times Book Review*)의 편집자 직을 그만두고 뉴욕 북부 지방의 어느 시골집에서 새로운 생활을 시작한 지 얼마 되지 않아서, 그녀는 어머니가 암으로 생명이 위독하다는 사실을 알았다. 책으로 출판된 일기의 서문에서 르 앤은 말한다.

✤ 새로 시작하는 나의 삶과 끝나는 어머니의 삶이 공책 갈피마다 나란히 놓여서 서로 고통스러운 큰 불화 없이 공존할 수 있으리라 상상한 적은 결코 없었다…. 시작과 끝을 기록하여 나란히 두어도 서로 흩어지고 있었다. 그러나, 마침내, 그 시작과 끝을 통하여 나의 삶과 어머니의 죽음 사이에 연결되는 지점을 찾을 수 있었다. 또한 이별의 지점이 어디인지도 알 수 있었다.[3]

제2차 세계대전 당시 에티 힐점은 글 쓰는 솜씨를 연마하여 유태인들이 홀란드에서 겪는 고난을 증언하기 위하여 일기를 쓰고 있었다. 1941년 8월 20일의 일기에서, 에티는 자신의 임무에 대한 감각과 희망을 잃지 않으려고 자기 자신에게 훈계하였다.

♱ 너는 언제나 진지하게 너 자신을 대하고, 눈앞의 현실에 결코 눈을 감지 말고 지금 세상에서 일어나고 있는 모든 일을 잘 기록해 두었다가, 너 자신 앞에 서는 증인이 되어야 한다. 이 고난의 시간에 맞서서, 그 시간이 제기하는 수많은 문제에 대한 답을 구하는 데 모든 힘을 쏟아야 한다. 그러면 마침내 그 해답이 너 자신뿐만 아니라 타인을 도와주게 될 것이다.[4]

그런데 일기를 쓰면서 모두 다 어떤 물질적 이득을 얻는 직업 작가가 되어야 할 필요는 분명히 없다. 지금까지 앞에서 본 경우들은, 직업에 상관없이, 모든 일기 작가들이 지니는 공통적인 특성을 보여준다.

- 자신에 대한 인식력을 높인다
- 개성적 정체성을 탐색한다
- 신뢰할 수 있는 절친한 친구를 갖는다
- 기분과 감정을 종이에 쏟아낸다
- 삶의 연속성을 창조한다
- 우리 자신과 사람과 사건에 대한 기억들을 보존한다
- 불연속과 변화와 상실과 슬픔에 대처한다
- 창조적 욕구를 탐색한다
- 이야기, 시, 기타 다른 계획에 대한 아이디어를 포착한다
- 꿈을 기록하고 탐색한다
- 성취와 성공을 축하한다

- 주변의 세계와 나누는 대화에 참여한다
- 삶 속에서 신성한 것을 찾아낸다
- 더 깊은 정신적 여행을 한다
- 사랑하는 가족 구성원과 친구들을 기억한다
- 우리 인생의 역정을 이해한다
- 생각을 정리하고 아이디어를 분명하게 한다
- 정신적 충격이 큰 환경을 이겨낸다
- 우리의 삶을 가끔씩 평가한다
- 삶의 목적을 분명히 한다
- 무의식에서 나오는 지혜를 얻는다

그 외의 다른 목적도 많이 있다. 헬렌(Helen)과 여섯 살배기 딸은 일기장 한 권에 가정 학습의 경험을 둘이 함께 기록한다. 카렌(Karen)은 마라톤 연습에서 달린 시간과 거리를 일기에 쓴다. 엘리자베스(Elizabeth)는 논쟁의 대상이 된 어떤 의학적 연구 계획에 참여하고 있는 자기 자신의 양면적 감정을 묘사한다. 안네트(Annette)는 감옥에서 석방되면 시작할 새로운 인생의 계획에 대하여 쓴다. 일기 쓰기에 대한 열정이 어느 특정한 연배 또는 그 연배의 어느 부류에 한정되지 않는 것은 분명하다. 일기는 오히려 위대한 평등자의 역할을 한다. 우리는 재능 있는 작가일 필요가 없다. 나이를 얼마나 먹었느냐 또는 세상의 잣대로 어떤 사람인가 하는 게 하나도 중요하지 않다. 캐롤리나 마리아 지저스(Carolina Maria de Jesus)는, 정식 교육을 2년밖에 받지 못했어도, 브라질의 빈민가 쓰레기통에서 건진 공책들의 빈 갈피에 일기를 쓰고 있었다. 현대의 작가들 중에서 가장 명석하고 문학적 재능이 뛰어난 버지니아 울프는 자기 자신의 예술적 삶과 블룸스베리 모임(Bloomsbury circle)에 대한 일기를 적었다.[5] 이 두 사람의 일기를 나란히 놓고 읽을 때, 어느 쪽의 여성 일기가 더 감동적이라고 누가 말할 수 있을까? 이 일기 쓰기 여행에서 진정으로 중요한 것은 자신의 삶을 솔직하고 엄밀한 눈으로 지켜볼 수 있는 자신의 의지인데, 그런 마음으로 수면 아래의 그 풍요롭고 신비하고 소란하면서 언제나 비옥한 지하 동굴의 층으로 내려가보자. 우리 삶의 활기가 끓어오르는 곳이 바로 여기이다.

열두 살 한 여학생은 국어 수업 시간에 대비하여 일기를 써야 하는데, 처음으로 느낀 자신의 연애 감정을 쓴다. 젊은 여성 동성애자는 엄격하고 종교적인 가족들 앞에 자신의 모습이 드러나는 두려움을 깊이 관찰한다. 여성 사업가는 매일 해야 하는 일에 직면하기 전에 출퇴근 뱃길 여행 30분을 자신의 내면적 삶을 조명하는 시간으로 활용한다. 여성 심리요법 의사는 상담 환자들이 교체되는 사이 그 짧은 시간에 자기 자신의 감정 변화의 과정을 추적하여 기록한다. 여류 화가는 작업 중인 자신의 작품에서 전개되는 구상을 묘사한다. 요즈음 종전보다 더 많은 여성들이 일기를 쓰고 있다. 이른 아침이나 한밤중 잠들기 전에, 집이나 일터에서, 커피 시간에 여가 시간에, 종이쪽지나 멋지게 장정한 일기책에, 슬픔에 잠기거나 행복이 넘치는 때, 여성은 자신의 일기를 쓴다. 우리 자신을 이해하고, 창조적 욕구를 따라 탐색하면서, 감정을 종이 위에 쏟아 내고, 생각을 기록하기 위하여 일기를 쓰고 있다.

누가 일기를 쓰는가? 깊은 내면세계에서 반성적 삶을 유지하고, 자신의 삶을 현대의 신화적 탐구와 정신적 여행으로 생각하는 여성, 자기 자신의 목소리를 찾아서 삶을 기록하는 그런 여성들이다.

배경과 원천

1970년대는 일기 작가들에게 중요한 시기였다. 심리학자 아이라 프로고프(Ira Progoff)는 1966년부터 집중적인 일기 연구회(Intensive Journal Workshops)를 주도하고, 1975년에 그의 책『일기 연구회에서』(*At a Journal Workshop*)가 출간되었다. 그러나 그 당시 연이어 간행된 아나이스 닌의 전설적인 책『일기』(*Diary*)는, 특히 여성 독자들에게, 가장 큰 영향을 주었다. 이 일기가 발표되면서 일기 쓰기는 새롭게 품위와 아름다움을 더하고, 일기 작가들은 누구나 내면의 정신적 여행이 중요하다는 확신을 갖지만, 닌은 출판을 목적으로 일기를 쓴 적이 한 번도 없었다.[6] 이후 이어서 크리스티나 볼드윈(Christina Baldwin)의『일대일: 일기 쓰기를 통한 자기 이해』(*One to One: Self-Understanding Through Journal Writing*)가 나왔고, 이듬해 아나이스 닌의 친구이자 동료인 트리스틴 라이너(Tristine Rainer)의『새로운 일기: 자기 안내와 창조적 확장을 위한 일기 사용법』(*The New Diary: How to Use a Journal for Self-Guidance and Expanded Creativity*)이 출판되었다.[7] 자기 이해와 창조적 표현에서 중요한 하나의 경로로서 종전의 일기 쓰기는 그 자체의 존재 가치를 지니고 있었다. 그 후 요즈음의 일기는 출판에 관심을 두고 쓰는 경향이 점점 더 강해지고 있다. 일기 쓰기를 위한 수많은 모임과 교육 과정이 매년 세계 곳곳에서 마련되고 있다.

최근 몇 년 동안 여성 운동은 최대의 성과를 거두었다. 이 세상에 여성의 지위가 무엇인가를 지금까지 줄곧 우리는 생각하고 생각하여 왔기 때문에, 여성은 누구이고 어떤 삶을 원하는가의 문제를 탐색하는 데 일기는 더없이 귀중하다는 것을 우리는 깨달았다.

이것은 새삼스럽게 놀라운 일도 아니다. 트리스틴 라이너가 자신의 『새로운 일기』 말미에서 예언하듯이, 일기는 오늘날 여성 일기 작가들이 원하고 선호하는 내용의 변전에 따라 "진화, 변화, 자기 갱신"을 계속할 것이다.

근대 여성 운동의 영구적 유산 중에 하나는, 여성의 삶은 남성의 부속물에 불과한 것이 아니라 여성 자신과 다른 여성들을 진지하게 동등한 권리 안으로 포용하도록 용기를 주었다는 사실이다. 그러므로 자신의 일기를 쓰고 있을 때에도 많은 다른 여성의 자서전을 탐색하고, 또 우리의 삶에 빛을 던져주는 일기를 간행하고 있다. 이런 역할을 하는 또 다른 두 권의 책[8]이 70년대 중반에 나타났다. 많은 사람들의 사랑을 받은 일기 작가로서 83세로 최근에 타계한 메이 사턴의 『고독한 자의 일기』(*Journal of a Solitude*)는 뉴 햄셔의 조그만 읍내에 홀로 떨어져 사는 작가의 일상생활과 창작 과정을 가까이서 엿보게 해준다. 사턴은 자신의 일기가 수많은 여성 독자들에게 그렇게 큰 반응을 불러올 것을 예상하지 못하는데, 이들도 시와 글쓰기, 우정과 자연 세계를 묘사하는 데 바친 사턴의 삶을 갈망하고 있다. 또 다른 주목할 만한 책은 여성 일기 선집으로 지금은 고전이 된 『묵시록: 여성들의 일기』(*Revelations: Diaries of Women*)인데, 이 책의 편집인 중 한 사람인 샬롯테 페인터(Charlotte Painter)와 플로리다 스콧-맥스웰(Florida Scott-Maxwell)의 현대적 일기를 포함하여 10세기 일본에서 씌어진 세이 쇼나곤(Sei Shonagon)의 『베갯머리 일기』(*Pillow Book*)에 이르기까지 천년의 기간에 걸친 글을 담고 있다. 주목받는 두 권 모두 출판된 후 20여 년 동안 잘 팔리고 있다는 것은 다른 여성들의 삶에 대한 관심이 끊이지 않고 언제라도 내면세계의 여행에 동행하고 싶은 우리들의 마음을 보여주는 징표라고 하겠다.

마찬가지로 이 책도 일기를 쓰는 여성들의 길동무이고자 한다. 여러 곳에서 자료를 찾았다. 문학과 심리학은 둘 다 인간의 동기를 탐색하는 데 풍부한 근거를 제공하여, 삶에 생기를 불어넣는 깊은 정신적 샘터를 구해준다. 실제로 20세기 문학은, 일기에서 자기 자신에게 던지는 질문, 즉 나는 누구인가? 내 삶의 의미는 무엇인가? 하는 문제들을 자주 다룬다. 특히 여성 글쓰기는 남성적 개념 정의와 욕망에 지배되지 않는 정체성을 찾고, 여성의 진정한 세계적 지위를 이해하려는 노력에 집중해왔다. 시몬 드 보부아르(Simone de Beauvoir)의 자서전과 버지니아 울프의 일기로부터 아드리안 리치(Adrienne Rich)의 시와 마가렛 애트우드(Margaret Atwood)의 소설에 이르기까지, 여성 작가들은 수세기에 걸쳐 물려받은 그 원고들을 새롭게 고쳐 쓴다. 이 책에 인용된 많은 예문들은 이들의 일기에서 따온 것이다.

심리학은 인간 존재의 무의식 영역에 대한 탐색과 더불어, 마음 전체와 관련한 그 나름의 유용한 사유 방식을 제공해주었다. 형태 심리요법(Gestalt therapy)에서 강조하는 현 순간의 의식과 감정의 육체적 원천은 일기 쓰기와 밀접한 관련이 있다. 왜냐면 두 가지는 보다 큰 자아 인식에 이르러 궁극적으로 우리 삶의 조각들이 하나로 통일되기를 갈망하기 때문이다. 칼 융(Carl G. Jung)의 남성성, 여성성, 인간의 발전에 대한 개념들은 우리 자신이 인간의 정신적 기능을 이해하는 데 필수적이다. 마리온 우드만, 린다 레오나드(Linda Leonard), 카렌 시그넬(Karen Signell)과 같은 칼 융 방식의 분석학자나 작가들이 이룬 업적은 여성의 차원을 조명하는 데 특별한 가치를 지닌다. 여성의 심리적 발전에 대한 중요한 연구서인 『여성의 인식 방식』(*Women's Ways of Knowing*)에서 메리 필드 벨렌키(Mary Field Belenky)와 공동 저자들은 일기 쓰기는 여성의 자아, 목소리, 마음을 방출하는 강력한 도구라고 말한다. 이것은 놀라운 일도 아닌데, 왜냐면 여성들은 자신의 삶을 결정하는 중요한 관심사와 문제들 속에서 자신의 길을 생각하고 더듬어 찾아가는 장소가 일기이기 때문이다. 우리의 정신적 발달의 진정한 모습은 이곳이 아닌 다른 어디에서도 더 분명하고 확실하게 드러나지 않는다. 우리는 일기에서 감정과 생각, 직관과 경험이 "논리적"으로 애쓰는 일상적 태도와 매우 달리 융합되는 모습을 본다. 일기에서 쓰고 읽는 것은 마음속의 또 다른 언어이다.

일기의 글쓰기 행위는 다른 종류의 글쓰기보다 더 직접적이고 즉시적인 자기표현의 한 방법이다. 이런 글은 예상된 독자를 생각하면서 작성되지 않는다. 반드시 직선적 순서나 논리에 충실하거나 심지어 문법적으로 정확할 필요도 없다. 오히려 꾸밈없고, 예측 불가능하고, 장난스럽고, 시험적이고, 심지어 난폭한 것에 더 가깝다고 하겠다. 또 때로는 자기를 과장하고 자신을 괴롭히기도 한다. 일기에서 시험 삼아 일을 시도하고, 감정을 확대시키는 글을 쓰고, 다른 곳에서 엄두를 못 내는 모험을 감행하기도 한다.

나는 몇 년에 걸쳐 다른 사람이 쓴 일기의 일부를 읽을 수 있는 특권을 누렸는데, 이들은 내 친구, 연구회 회원, 학생들이다. 필요할 때마다 그 글들을 가져와서, 버지니아 울프가 지칭한 "일기 습관"[9]에 대한 풍부하고 다양한 예로 제시한다. 역시 내 일기장에도 어김없이 귀중하면서 하찮은 것들이 나란히 한 줄씩 놓여 있다. 적절한 곳에서, 내 일기도 역시 공개하겠다.

관점과 오리엔테이션

이 책은 여성주의의 관점에서 서술되었다. 여성의 목소리는 서양의 문화 속에서 오랫동안 억압되고 질식되다가, 마침내 고뇌에서 비롯된, 여성뿐만 아니라 지상의 모든 생명을 위한 반동을 낳았다. 이제 여성의 목소리는 저 침묵을 뚫고 터져 나온다. 내 경험에서 나온 것을 여성 독자 여러분에게 글로 전달하면서 자기 자신과 우리 서로의 말에 귀 기울이고, 개인과 문화의 각 층위에서 이런 목소리를 발견하고 표현하고 실현하는 데에 일기 쓰기는 도움이 된다고 나는 확신한다.

가부장적 사회 속의 한 여성으로서 나는, 대부분의 경우에, 여성의 경험은 무시당하고 탐색되지 않은 상태로 폐기된다는 사실을 알고 있다. 일기 쓰기는 삶의 가치를 확인하는 것이다. 정신적 탐색과 주변 세계에 대한 문제 제기, 양육과 성장, 삶에 대한 크고 작은 선택 등, 여성의 나날의 경험은 일기 속에서 정당성을 입증한다. 여성의 개성과 정체성을 향한 여행의 형태와 성격을 조만간 알게 된다.

여성은 역사적으로 문학과 언어에 대하여 남성과는 다른 관계를 유지한다는 것을 문학자인 나는 알고 있다. 여성은 남성의 언어적 연행에 박수부대로 동원되어서, 여성 자신의 붓과 종이를 가져볼 기회가 거의 없었다. 어쩌다 그런 기회를 잡는다 해도, 그 언어는 여성들의 경험에 어울리지 않는 것이었다. 사용되는 낱말들이 여성의 권리 개념에 못 미치기 때문이다. 그러나 지금, 이전 어느 때보다 더 강하게, 문학 비평가인 니콜 브로싸드(Nicole Brossard)는 주장한다. "여성들이 언어를 다루는 것은 실제로 삶과 죽음의 문제가 된다. 우리는 게임처럼 재미 삼아 그저 놀이하는 것이 아니다. 우리 자신의 목소리를 찾고 탐색하면서 새로운 감각을 만드는데, 여기는 보편적인 감각이 그 의미를 상실하여 더 이상 사용되지 않는 곳이다."[10] 일기를 쓰면서 자신의 말과 언어와 목소리를 찾기 시작한다. 자기 자신의 이야기를 말하기 시작하는 것이다. 여러 해 동안 내가 가르친 모임과 강의실에서, 일기 쓰기가 어떤 방식으로 자기 이해와 자기 존중을 증대시키고 여성의 성장과 창의성을 촉진하는지 목격할 수 있었다. 자신의 삶에서 복잡 미묘한 그늘이나, 자신을 끌고 다니는 비밀스런 희망과 꿈에 대한 글을 쓰면서, 주저하는 여성의 목소리는 점차 풍부하게 된다.

오랫동안 일기를 쓴 작가로서 일기 쓰기가 가부장제의 추상적인 수사학과 주장을 넘어서는 목소리를 나 스스로 찾는 데 지금까지, 아직도 여전히, 얼마나 중요한지 잘 알고 있다. 그 세월 동안 내 일기는 생각과 느낌을 결합하고, 꿈과 현실 생활, 내면적 영역과 주변 세계, 심오함과 평범함, 그리고 나 자신을 포함하여 다른 사람들이 시시하다거나 미친 짓이라고 생각할지도 모르는 여타 모두를 통합하는 장소가 되었다. 이곳은 내가 마음껏 자유롭게 숨쉬는 장소이다. 아나이스 닌과 다른 수많은 일기 작가들이 알아낸 것처럼, 일기는 가장 편안한 나의 공간인 셈이다.

영향의 주단

이 책은 진공 상태에서 저술되지 않았다. 여성 운동과 여성주의 학문을 포함하여 내가 참여한 상호 지원 관계의 조직망에 지금 감사드리고 싶다. 남성 시인들이 대를 이어서 문학적 아버지를 살해하면서 자신의 작품에 미친 선대의 영향을 부정하는 그런 "영향에 대한 불안감" 같은 것은 나에게 없다. 문학적 선조 어머니를 찾는 데 나는 너무나 많은 시간을 투여하였기 때문에, 나 스스로 고아 선언을 하는 일은 절대로 없을 것이다! 수많은 문학적 어머니와 자매들이 나에게 준 영감에 감사하여 벌써 오래전에 이들에게 축복이 있기를 간절히 소망하였는데, 이 여성들의 작품은 감동과 자극, 좌절과 분노, 감격과 용기, 환희와 잦은 눈물로 나를 이끌었다. 그렇지만 이들이 나에게 아무런 감동을 주지 않는 경우는 있다고 해도 거의 없었다. 이 책은 무수한 아이디어, 생각, 직관, 질문, 감정, 인상, 단상, 인용, 그 외 여러 가지로 짠 주단이다. 다른 여성들의 삶과 일기에서 빌려 온 오색영롱한 실꾸리 모두에 진심으로 감사드린다. 그러므로 이 책은 여러분 자신의 일기 쓰기뿐만 아니라 여성의 삶에 관한 여러 책들과 나누는 대화로 읽으면 좋겠다.

대명사와 인용의 정치학

여성대명사가 이 책의 전편에서 사용된다. 언어는 중립적이지 않아서, 가끔 지극히 기괴한 맥락에서, 인간의 경험을 남성대명사로 테를 두르는 모습을 보고 여성 독자들은 정신적 충격을 자주 받는다. 끊임없는 용법의 변화에도 불구하고, 영어는 아직도 각 개인을 지칭할 때 반드시 성별로 구분하거나, 더 나쁘게는 남성으로 가정한다. 이런 현상은 머지않아 바뀔 것으로 기대한다. 우선 나는 사람들을 여성으로 가정한다. 마찬가지로 명구, 인용, 예문들은 가능한 한 모두 여성의 글에서 선택하였다. 어쩌면 이렇게 하는 것이 여성 작가들은 다시 귀 기울일 만큼 가치 있는 말을 해본 적이 없어서 인용하지 않는다는 위험천만한 잘못된 믿음을 반복하지 않는 한 가지 방법이 될 수도 있다. 그런 믿음은 열정적인 여성 작가의 주된 역할이나 영감을 빼앗고, 두 발로 서 있는 개보다 여성 작가가 좀 더 나은 존재라는 사무엘 존슨(Samuel Johnson)의 그 악명 높은 표현의 근거인 음험한 거짓에 불과하다. 여성과 남성은 동등하게, 모든 작가는 각기 그 작품의 가치만큼 자유롭게 자주 인용되는 날이 오리라 기대한다.

일기 쓰기는 가장 인류 평등주의적인 글쓰기 양식이다. 중요한 것은 필자가 누구인가 또는 필자는 무엇을 성취하였는가라는 것이 아니라, 일기 쓰기를 통하여 이룬 필자의 진실성, 솔직성, 통찰력의 정도이다. 이러한 특성들은 수많은 일기와 일지에서 내가 따와서 이곳에서 사용한 인용과 예문에서 볼 수 있다. 많은 예들은 나와 함께한 연구회의 참여자, 학생, 친구들이 기꺼이 공개한 일기 목록에서 가져왔다. 이름을 숨기고 싶은 사람은 익명이나 무명으로 하였다. 이들의 글은 의미를 분명하게 하기 위하여 가끔 구두점이나 철자에 수정을 가하는 경우를 제외하고 변경한 곳이 없다. 마찬가지로 인용된 나의 일기도 같은 방식을 택하고 있다. 하지만 개인의 사생활을 보호하는 차원에서 몇 군데 이름을 바꾸기도 하였다. 전반적으로 자기 관찰적인 성격을 지니는 일기에 치중하여 외부 사건에 집중하는 일기들은 제쳐놓았다. 또한 유명한 여성들의 직업과 관련된 일지는, 앤 모로우 린드버그(Anne Morrow Lindbergh)처럼 의미심장한 반성적 차원을 지닌 경우가 아니면, 나의 관심을 멀리 하였다.

일기 작가인 나의 삶

나는 삼십여 년 동안 일기를 쓰고 있다. 열한 살 때 자물쇠가 달린 5년 기한의 조그만 일기장을 열심히 모은 용돈으로 구입했다. 얼마 후 어머니가 내 일기장을 열어본 걸 알고서, 이 일기장은 버리고 빈 공책으로 다시 시작했다. 이번엔 아무도 발견하지 못하게 안전하게 보관하였다. 이 일기 습관이 내 인생에서 아주 중요한 역할을 할 줄은 당시에 깨닫지 못했다.

정말 오래전 일이다! 이후부터 나는 수많은 빈 공책과 여러 종류의 종이 위에 글을 쓴다. 칠십 권이 넘는 분량의 온갖 글이 나의 대형 소나무 책장의 아래쪽 두 단을 채우고 있다. 볼펜, 만년필, 컬러펜, 연필, 기타 다른 종류의 필기도구들을 사용하였다. 고등학교 첫사랑의 시절에 나는 일기를 쓰고 있었다. 앨버타(Alberta) 주에 있는 신학 대학에 다닐 때에도 일기를 쓰고 있었다. 유콘(Yukon) 지역에서 혼자 보낸 1년, 대학에서, 유럽과 이스라엘 여행의 6개월, 4개국을 떠돌면서, 일기장은 차곡차곡 한 권씩 나의 생각, 반성, 쉼 없이 부침하는 감정 상태, 꿈, 이야기 소재와 여러 가지 창작 계획에 대한 아이디어, 기타 등등으로 채워졌다. 일기를 쓰지 않고 보낸 시간이라면 6주가 가장 긴 기간이었다.

또한 나는 출판된 일기와 자서전까지 구할 수 있는 대로 모두 읽었는데, 자신의 주변 세계에 대한 관찰을 비밀 공책에 기록하는 열한 살 먹은 활달한 소녀에 대한 이야기인 루이스 피쥬(Louise Fitzhugh)의 『스파이 해리어트』(*Harriet the Spy*)에서 시작하여, 고전인 『안네의 일기』(*Diary of Anne Frank*)도 포함되었다. 스물한 살이 되는 생일날에 절친한 친구로부터 아나이스 닌의 일기 한 권을 선물받고, 나는 그 책에 사로잡혔다. 그때부터 수백 권의 일기와 자서전 출판물들을 읽었다. 대학에 다닐 때, 버지니아 울프, 아나이스 닌, 시몬 드 보부아르, 앙드레 지드(André Gide), 장 폴 사르트르(Jean-Paul Sartre), 프리드리히 니체(Friedrich Nietzsche), 알마 말러 베르펠(Alma Mahler-Werfel), 루 안드레아스 살로메(Lou Andreas-Salome) 등을 읽었다.

대학원에서 비교문학을 공부하고 있을 때, 여성의 개인적 이야기에 나는 다시 관심을 가졌다. 내 박사학위 논문의 주제는 크리스타 볼프(Christa Wolf)의 작품에 나타난 언어와 침묵[11]인데, 이 작가는 일기를 쓰면서 그 일기가 자신의 삶과 일에서 지니는 의미에 대하여 글을 쓴다. 그 당시 나의 일기는 논문 작성을 위한 자료가 되었고, 일기에 담긴 조각들을 논문 안에서 통합하고 있었다. 또 이 기간 동안 나는 런던 시티 대학(the City University of London)에서 "여성 자신의 글쓰기"라는 제목의 강좌를 맡았는데, 여기서 우리는 일기를 읽으면서 쓰고, 정체성을 연마하기 위한 글을 어떻게 쓰는가 하는 문제를 토론하였다. 그 후 일기는 반드시 필요한 교수법의 도구가 되었다. 내 학생 모두는 이런 저런 종류의 일기를 쓰고, 나는 교육 일기를 따로 쓰고 있다.

그때 여성 일기 연구회(the Women's Journal Workshop)를 시작하면서, 내 희망은 여성들을 안전하게 지원하는 환경을 만들어서, 자신이 쓴 글 속의 목소리를 탐색하게 하는 것이었다. 최근 몇 년 동안 미국과 캐나다에서 일기 연구회를 지도하면서, 일기 쓰기가 이전에 전혀 예상하지 못했던 방식으로 자신의 삶을 바꾼다는 놀라움에 찬 여성들의 표현을 어디서나 접할 수 있었다. 일기 쓰기를 시작하는 사람들이 매혹적인 드라마 같은 자신의 존재를 발견하는 모습을 내가 지켜보는 것은 두말할 것 없이 즐거운 일이었다.

이 책은 두 가닥, 즉 개인적이고 학문적인 일기에 대한 나의 오랜 관심의 끈을 하나로 엮는 작업이다. 글쓰기와 자기 발견에 열중하는 젊은 여성으로서, 치유적이면서 창조적인 차원 그리고 그 안에 있는 자유 때문에 나는 일기를 좋아하였다. 문학도로서 출판된 일기와 비망록들을 읽어서 그 작가의 삶과 신비로운 창작 과정 그 자체를 나는 통찰할 수 있었다. 오랜 세월 동안 읽고 연구하면서 여성의 개인적 글쓰기에 매료되고, 길고 짧은 경력의 일기 작가들과 자신의 삶에서 일기 쓰기의 역할에 대하여 수많은 대화를 나누고, 그리고 일기 연구회 지도자로서 내가 가진 경험을 바탕으로 나는 이 책을 썼다. 무엇보다도 이 책은 30년 가까이 일기 쓰기에 열중한 결과물이다. 내가 일생 동안 일기와 가진 사랑 이야기의 총결산인 셈이다.

여행하면서, 목소리 찾기

일기를 쓰는 여러 해 동안, 수많은 이미지와 비유들이 이 과정에 떠오른다. 일기는 점점 커지는 조각 이불 같다는 생각을 가끔 하는데, 인생의 여러 조각과 파편들이 모여서 의미 있고 때로는 아름다운 무늬를 형성하기 때문이다. 어느 때는 내가 어디를 떠돌아도 나와 동행하면서 변함없이 솔직하게 관심을 갖는 친구가 일기라고 생각한다. 그러나 오랫동안 나에게 생생하게 남아 있는 이 두 가지 비유는 여행하면서 목소리 찾기라는 의미로 이 책의 제목으로 담았다. 둘 다 과정과 변화에 대한 이미지들이다.

여성에게 이 두 가지는 분리될 수 없는 것이다. 이것은 말 못하는 수동적인 물건과 같은 여성의 오랜 역사적 역할에 도전하므로, 어느 새로운 곳을 향하는 여성들의 가능성과 함께, 그 길에서 겪는 경험을 묘사하는 방법을 암시한다. 여행 또는 목소리, 사실 어느 것이 먼저라고 말하기 어렵다. 아무래도 상관없는 일이다. 중요한 것은 새로운 시대와 공간으로 여행하면서 발견한 내용에 이름을 부여하는 일은 이제 **여성의 차례**라는 점이다. 오디세우스(Odysseus)는 항상 미지의 바다로 떠나는 모험 여행을 감행하는 인물인데, 그가 집으로 돌아와 자신의 모험담을 늘어놓으면서 다음 항해를 위한 휴식을 취하고 있을 때, 그의 집은 빈집에 불과하다. 그의 아내 페네로페(Penelope)도 자신의 항해 여행을 이미 시작하였기 때문이다. 아내의 여행이 자신의 여행과 달라도 남편은 그 여행을 인정할까? 사실 그것은 아무런 문제도 되지 않는다. 이제부터 그 이야기는 그녀 자신의 여행에서 시작된다.

여행

일기(journal)를 쓰는 것은 여행을 떠나는 일이다. 일기와 여행, 이 두 단어는 라틴어 "매일"(diurnalis)에서 유래한 프랑스어 하루(jour)라는 말에 분명한 근원을 공유한다. 한 차례의 여행은 원래 하루에 할 수 있는 여행의 거리를 의미했다. 마찬가지로 "일지"(diary)도 하루 분의 음식 또는 한도를 의미하는 라틴어 diarium에서 유래한다. 애초부터 이 두 단어는 함께 사용되었는데, 최근에 올수록 "일지"는 여성적인 (그래서 사소한) "일기"는 남성적인 뜻을 더욱 함축하게 되었다. 이 책에서 나는 두 가지 용어를 동의어로 사용한다.

인생은 여행이라는 비유는 오래되었다. 수많은 사람 중에 단테(Dante)만이 "내 인생의 여행 한가운데서"라는 (그가 일기를 쓰면서 그렇게 하였는지 알 수 없지만) 말을 하였다. 인생의 여정처럼, 일기를 쓰는 여행은 직선이 아니기 때문에 길을 따라 이어지는 수많은 우회로와 함께 구부러지고 돌아가다가 예전의 그 익숙한 땅과 다시 합치는 것이다. 우리는 지나칠 정도로 너무 익숙한 지역 안에 머무르고 있어서, 낡은 모습들이 지겨울 정도로 반복되는 느낌을 간혹 갖는다. 그러다가 문득 저 모퉁이 바로 너머에 우리가 여태껏 본 적이 없는 놀라운 경치가 잠깐 나타나기도 한다. 곧 여행의 즐거움이 다시 살아나서 새로워진다. 우리는 나선형의 구비를 한 번 더 돌아가고 있다. 그렇지만 이 여행은 목적지가 없다. 도착 지점도 없는데, 여성주의 신학자인 넬 모턴(Nelle Morton)이 말하듯이, 여행 그 자체가 우리의 집이기 때문이다. 일기 쓰기 여행은 우리 인생의 여정과 동행하면서, 그 여정에 깊이를 더하고, 질을 높이고, 또 빛을 주는 동시에 받기도 한다.

나는 열한 살에 처음 일기를 쓰기 시작하는데, 그때 일기는 삶의 방식에 대한 이전의 생각을 바꾸거나, **이후의 삶**의 방식을 실제로 바꾸는 탐험 여행을 시작한다고 여기지 않았다. 여행을 처음 시작하는 사람이든 이미 경험을 쌓은 여행자이든, 이번은 여러분이 시도한 것 중에 가장 흥미롭고 보람 있는 여행이 되리라 기대한다. 왜냐면 무엇보다 **여러분** 자신이 가장 매혹적인 미지의 영역이기 때문이다.

목소리 찾기

나에게 목소리 비유는 환기시키는 반향 효과를 지닌다. 나는 지금도 노래하는 사람이므로, 음악은 나의 삶에서 언제나 매우 중요하다. 목소리가 맑고 순수한 영국 소년 성가대의 음색을 지녔다는 말을 나는 이십 대에 자주 들었다. 그것은 나와 연결되지 않는 이미지이므로, 나 자신의 성악 목소리를 찾을 때가 되었다는 생각으로 교습을 받기 시작했다.

그러나 더 중요한 것은, 여러 해 동안 지속되는 정밀한 학술적 작업이 끝난 후에, 나의 **글쓰는** 목소리, 자신의 진실성을 믿고 자신만만하게 이야기를 기록하던 열 살 때의 그 목소리가 사라졌다는 사실이다. 권위적이면서 현학적이고 냉정하면서 우아한 소리를 내려고 최선을 다하는 나의 모습이 그 빈자리를 대신하였다. 나는 항상 어떤 특정 작가나 작품에 대한 강렬한 호감으로 글을 쓰고 있었기 때문에, 역설적으로 학술적 글쓰기는 내가 문학 작품에서 가장 큰 관심을 두는 바로 그 대상을 배제하도록 요구한다는 것을 알았다. 어릴 때 내 목소리는 자연스럽고 주저하지 않았던 반면에, 나의 학술적 목소리는, 불안하게 자신감이 없고, 조사가 미흡한 듯한 어떤 뉘앙스도, 반박되지 않은 어떤 반론도, 인용되지 않은 어떤 참고도 남겨두지 않아야 한다는 생각으로 끊임없이 스스로를 수정하고 있었다. 학위 논문을 쓰는 마지막 해에, 논문이 완성되자마자 스스로 이렇게 약속하였다. 나는 "나 자신의 글쓰기"로, 나의 목소리로 돌아간다. 그래서 나 자신의 즐거움을 위해 글을 쓸 것이다.

그러나 보다시피 그게 그렇게 간단하지 않았다. "나의 목소리"는 다시 올 초대장을 끈기 있게 기다리지 않았고, 학술 세계에서 보낸 여러 해 동안 내 목소리는 바뀌지 않은 채 남아 있지도 않았다. 갑자기 나는 내 목소리가 어떠했는지, 심지어 그 목소리가 아직도 남아 있는지, 더 이상 확신을 가질 수가 없었다.

내가 찾으려 할 때 그 목소리는 살아 있었는데, 그곳은 **내 일기장**이었다. 여기서 나는 열렬한 기대와 절망, 그날의 기쁨과 불안을 자유롭게 쏟아 놓았던 것이다. 그곳에서 이전의 내 모습과는 달리 출구를 찾으면서 억제할 수 없이 분출되는 극단적 감정과 직관적 도약을 발산하였다. 만약 내 논문이 어떤 빛이라고 한다면, 일기는 그 빛의 넉넉한 그림자라고 하겠다. 일기에서 말하는 그 목소리는 문화적으로 인가된 신념과 가치의 목소리가 아니다. 그것은 덜 가공되고, 더 근본적이고, 더 확고하게 믿을 만한 어떤 것이다. 일기 쓰기는 진솔한 감정을 가리는 사회적 고상함의 층들을 벗겨내고, 보호받지 않는 유약, 불합리한 상처, 무방비의 감정을 모두 지니는 실제 모습으로, 자기 자신을 드러내는 강렬한 충동을 풀어놓는다.

그러므로 또 다른 의미에서 이 책의 제목은 나 자신의 여행을 반영하는데, 그것은 여러 해 동안 학술적 작업으로 내면화된 가부장적 글쓰기 방식을 통과하여, 자신의 삶과 경험에 대하여 보다 더 친근하게 진실한 말을 하는 글쓰기의 길로 나아가는 것이다. 이 책을 쓰는 일은 여전히 또 다른 나선을 돌아가는 것인데, 여기 글을 쓰면서 종전에 느낀 기쁨을 되찾기 위해서 과거로 돌아가고, 또 그 자연스러운 즐거움은 학술적 작업에서 습득한 더 세심하게 숙고하는 능력과 통합하기 위하여 다시 앞으로 나아간다. 나는 지금 여전히 통합의 과정 안에 있다. 그 여정이 나의 집이다.

이 책의 사용법

이 책은 모두 12장으로 나누고 다시 3부로 분류하였다. 제2장과 제3장은 서론으로 여성의 삶 속에서 목소리가 일기 쓰기 여행과 갖는 관계에 대한 탐색이다. 제2부 여섯 개의 장은 일기 쓰기에서 포괄적인 주제에 초점을 맞추었다. 전체적으로 일반적인 것에서 비교적 구체적인 것으로 진행되지만, 이 책에 배열된 각 장의 순서대로 읽을 필요는 없다. 전개 방식은 나선 모양인데, 각 장은 이 책의 중심 테마에 대한 변주곡으로 제공된다. 이들은 앞 뒤 서로 참조가 되어도, 각 장은 그 자체로 완결되므로, 여러분이 좋아하는 곳 어디에서 시작해도 좋다. 어떤 장에 더 마음이 끌리면 거기서부터 시작하

라. 앞 뒤 마음대로 왕래하라. 읽다가 부록 편에서 관계되는 글쓰기 주제를 한번 보아도 좋다. 즉흥적으로 글을 써라. 이렇게 반복하다 보면, 지속적인 변화의 글쓰기는 흥미를 자아낼 것이다. 마지막 세 개의 장에서, 일기 쓰기가 개인적 차원을 넘어서 사회적 공공성을 지니는 측면을 살펴본다.

무엇보다도 이 책을 여러분 자신의 것으로 만들어서, 전 세계 일기 작가들로 구성된 합창단에 여러분의 유일한 목소리를 더하기 바란다. 내면세계로 향하는 자기 발견의 항해를 시작하는 여러분에게 행운을 빈다!

만약 한 여성이
자신의 삶에 대하여 진실을 밝힌다면 무슨 일이 일어날까?
아마 세상은 터져버릴 것이다.[1]

뮤리엘 루카이저(Muriel Rukeyser), 「케테 콜비츠」(Käthe Kollwitz)

현대의 여성 앞에는 위대한 문화적 과업이 놓여 있다.
아마 여기서 새로운 시대가 열릴지도 모른다.[2]

칼 융, 『유럽의 여성들』(*Women in Europe*)

2
나만의 한 시간

여러분, 나, 그리고 여신

우리 문화는 남성의 목소리로 말한다. 우리가 집단적으로 떠받치는 가치는 논리적 사고, 목표 지향의 행동, 지식과 권력의 위계적 양도와 같은 것들이다. 칼 융과 같은 사람은 이런 가치를 절반은 남성 심리 발달과 결합시킨다. 이것은 그 자체가 나쁘다고 할 수는 없다. 이런 가치들 때문에 셰익스피어(Shakespeare), 바흐(Bach), 심지어 융 그 사람까지 우리 앞에 나타날 수 있었다. 그러나 이 행렬 어딘가에서 남성적 성취를 위하여 본질적인 그 무엇이 희생되었다. 주변 세계와의 구체적 연관성에 대한 느낌, 온몸으로 기울이는 현재의 순간에 대한 주의력과 타인과의 감정적 일체감을 가질 수 있는 능력을 우리는 상실하였다.

이런 불균형의 결과들이 온통 우리를 에워싸고 있다. 정교한 군사적 기술을 위하여 쓸 돈은 있어도, 교육, 건강관리, 우리 때문에 만들어진 대량의 환경 유린을 알리는 프로그램에 보탤 돈은 없다는 것이다. 북반구의 많은 사람들은 너무 먹어 일찍 죽을 때, 남반구의 수백만 이웃은 식량, 물, 기초 영양의 부족으로 사라지고 있다. 참담하게도, 우리가 무슨 일을 저질렀는지 대부분 까맣게 잊고 있다.

이것은 우리의 문화적 맹점이 지닌 위험성의 증거이다.

그렇지만 많은 사람들이 믿고 있듯이 지금은 땅의 여신, 가이아(Gaia)의 시대이다. 즉 오랜 세월 동안 억압된 여성의 존재가 세계 도처에서 다시 나타나는 것이 목격되고, 남자 여자 양쪽에서, 여성적 지혜가 저절로 일어나서 인류의 존재 지속을 위협하는 위험한 불화들을 스스로 치유할 수 있게 해준다. 칼 융 방식의 분석학자인 마리온 우드만은 공언하기를, 여성적 차원은 "이제 하나의 문화 현상으로 의식되므로," 우리는 이에 귀 기울일 뿐만 아니라 "그에 따라 행동하면서 우리 삶의 내부가 드러나는 결과를 수용할"[3] 책임도 함께 지닌다고 한다. 여성적 지혜인 소피아(Sophia)는 하늘과 땅, 육체와 정신, 여성과 남성, 감성과 지성, 인간과 비인간적 삶 등으로 분리된 것들을 화해시키고, 전 지구적 문화의 중심에서 치명적인 편협한 직선적 마음을 지닌 지금의 저 가부장적 풍조를 동정심과 조건 없는 사랑으로 바꾸어 놓으려 애쓰고 있다.[4]

이 과정에는 여성의 역할이 중요하다. 수세기에 걸쳐 공공의 영역에서 사실상 침묵을 강요당했기 때문에, 여성은 사물에 대하여 남성과는 다른 관점을 지니는데, 즉 여성은 생명을 부여하는 자, 끊임없이 다시 태어나는 세상을 잉태하는 몸을 가진 대지의 어머니(the Great Mother)의 딸이라는 사실과 관련이 있다. 이처럼 새로운 전체론적 의식의 발전 속에서 여성의 역할은 무엇일까? 『여주인공의 여행』(*The Heroine's Journey*)에서 모린 머독(Maureen Murdock)은 주장한다.

♆ 우리에게 삶의 진실을 알려주는 느낌, 직관, 꿈 이미지들을 떼어내라고 명령하는 그 내면적 분열을 치유하는 것은 우리의 임무이다.

> 우리는 역설과 더불어 살 수 있는 용기를, 해답이 없는 문제와 긴장을 유지할 수 있는 힘을, 우리 자신의 정신적 지혜와 더불어 선각자들의 지혜에 기꺼이 귀 기울이는 마음을 지녀야 한다. 요컨대 우리에게 필요한 것은 변화이다.[5]

오랫동안 수동성에 감금된 우리에게 능동성을 요구하고 있다. 오랜 세월 속삭임에 갇힌 우리는 주변 세계의 경험과 내면의 가장 깊은 곳에서 깨우친 것을 분명하고 틀림없는 목소리로 표현할 필요가 있다는 것이다.

여성의 역할은 사회 활동의 수준에서 변하는 것은 분명하다. 비록 여성 해방 운동에 비추어 볼 때 충분히 동등한 지위를 획득하지는 못했어도, 우리는 이전 어느 때보다 더 많은 선택권을 가질 수 있게 되었다. 이것의 의미는 우리에게 부여된 선택은 보다 고무적이지만, 동시에 더 위협적이라는 것이다. 우리가 내리는 결정이 우리의 정체성을 규정한다. 이제 더 이상 남성의 눈으로 우리 자신을 보지 않겠다면, 우리는 누구인가? 우리 자신의 삶에 절박한 요구를 참을 수 없다면, 우리는 어떻게 살아야 하는가? 남성들이 전진하는 드라마에 조연의 역할이 이제 싫다면, 우리 자신의 역할을 어떻게 찾을 것인가? 지금이야말로 여성의 목소리를 찾아 나설 때이다. 그 목소리가 무슨 말을 하는가? 그 목소리는 탐색되지 않은 여성의 마음 (그리고 남성의 무의식) 영역으로 우리를 이끌고 가는가? 그 목소리는 우리 자신, 우리들 사이, 그리고 우리가 세계를 경험하는 방법에 대하여 무엇을 말해주는가? 이 지점에서 일기는 시작된다.

일기 쓰기는 여성의 진정한 목소리를 되찾게 해주는 강력한 도구가 된다. 일기는 진정한 "무인 지대"로, 가부장적 논리, 인과율, 문법과 통어법 등의 지배가 정지된다. 이곳은 여러분 앞에 놓인 빈 종이처럼 새롭고 여러분의 상상만큼 광활한 백지의 땅이다. 국경이 없는 이곳에서 신세계를 창조할 수 있는데, 그것은 감각과 직관 그리고 상상과 꿈의 세계이다. 김천인(Kim Chernin)이 단호하게 말하듯이, "아직 나타나지 않은 미래의 여성이 어디에 존재하기라도 한다면, 남성을 즐겁게 해주기 위하여 날조된 여성의 모습이 아닌 여성을 우리 스스로 찾아내야만 한다."[6] 아직 나타나지 않은 그 여성, 즉 우리들 자신을 일기 안에서 탄생시키는 것이다. 내 일기의 한 부분이다.

♆ 만약 논리가 진리에 도달하는 절대적 방식이라기보다 지각의 한 양식이라면, 바로 그 지각 양식을 우리는 사회 안에서 우상화하고 있는 것이 분명하다. "논리적이 되어라." "그러나 그것이 논리에 따르고 있는가?" "그건 비논리적이야." 논리가 궁극적으로 중요한 결정자처럼 보인다. 난처하게도, 내가 다른 종류의 지각에 대하여 암시라도 하면, 논리가 그것을 내려다보는 판관의 위치에서, 그 정당성을 훼손하려고 애쓰고, 도대체 그것은 무슨 가치가 있는가 하는 질문을 던진다. "그건 도대체 사리에 맞지도 않아." 그러나 항상 "사리에 맞을" 필요가 있는가? 어떻게 감각과 직관이 "사리에 맞을" 수 있는가? 이것이야말로 사과한테 오렌지가 되라고 명령하는 것이 아닌가? 감각, 감정, 직관들은 자체의 "언어", 그리고 논리 주변을 맴돌지 않는 그 자체 내면의 리듬과 완결성을 지니고 있는데도, 우리는 그들을 무시하여 논리의 규칙에 복종시킨다.

"여성은 글을 쓸 때… 자기 창조를 동시에 이룬다"[7]라고 캐롤린 하일브룬(Carolyn Heilbrun)은 우리에게 가르쳐준다. 현대 여성들이 정체성을 찾을 때 일기 쓰기는 점점 더 주된 역할을 한다. 김천인은 일리너(Eleanor)라는 여성에 대한 이야기를 전하는데, 이 여성은 어느 날 갑자기 법조인 직업을 사퇴하고, 바닷가 조그만 오두막으로 이사 가서, 자신의 삶에 가득한 그 깊은 불만이 무엇인지 알아내기 위하여 일기를 쓰기 시작했다. 외견상 성공하였어도, 일리너는 자기에게 부여된 대외적 역할에서 벗어난 자기 자신의 모습은 어디에도 없다는 사실을 발견하였다. 일기를 쓰고 또 다른 여성들이 출판한 일기를 읽기 시작하자, 그녀 자신의 정체성에 대한 감각이 서서히 모양을 갖추기 시작하였다.[8]

우리는 일기를 쓰면서 "남성 경향"의 논리에 거스르는 직관과 지각들을 탐색하고 자신의 경험에서 나오는 구체적 진리를 발견할 수 있는 용기를 갖는다. 이것은 시초부터 지금까지, 심지어 우리 자신에게도 잘 숨겨진 비밀이다! 인생에서 우리가 진실로 원하는 것이 무엇인가라는 질문을 자기 자신에게 던지는 버팀목과 더불어, 우리만의 유일한 글 목소리를 탐색하는 자유를 일기 쓰기에서 또한 얻을 수 있다. 이 길을 따라가면, 아나이스 닌처럼 우리 자신뿐만 아니라 **수많은** 여성들의 삶 속에 오랜 세월 동안 묻혀 있는 진실에 대한 글을 쓴다는 사실을 분명하게 알 것이다. 아나이스 닌은 자신의 일기에 쓴다. "내가 기록하고 있는 이것은 여성으로서 나의 천년의 역사요, 여성 천 명의 역사이다."[9] 안전한 일기의 공간에서, "우리 자신의 말문이 열리는 소리"[10]가 들려올 것이다.

여성은 진실로 무엇을 원하는가?

앞 세대 여성들보다 더 넓은 가능성의 스펙트럼이 우리 앞에 열려 있다는 것은 유쾌한 일이다. 그러나 그것 역시 우리에게 새로운 종류의 압력을 가한다. 우선 우리가 의무로 인식하는 것과 실제로 우리가 원하는 것을 구분해야 한다. 사랑하는 사람들을 위하여 우리가 **요구해야 한다**고 느끼는 것은 우리가 가슴 깊숙한 곳에서 진실로 갈망하고 있는 것과 아주 다르다. 그런 다음, 그 위에, 감행하려고 꿈꾸는 것을 우리는 이룰 수 있는 용기와 에너지와 재능을 갖추었다는 믿음을 불러일으켜야 한다. 이 두 가지 임무는, 여성들은 "모두 쟁취"할 수 있고 또 해야 한다는 1980년대의 신화가 여운으로 남은 메아리와 얽혀 있다. 지금 이것이 가능한 일로 생각된다면, 우리가 소유하기 위하여 그토록 힘들게 오래 투쟁해온 그 "전부"가 무엇인가? 성공한 직업과 "실용적인" 가정? 부와 권력? 사회적 인정과 특권? 고독? 창조적 자유? 우리는 실제로 무엇을 **참으로** 원하는가? 우리가 어떻게든 그 모두를 소유하지 못한다면, 뭔가 잘못된 것인가? 이런 물음들이 우리가 떠나는 여행의 중심에 놓여 있다.

우리 모두 삶에서 사랑과 평화를 원한다는 건 말할 필요도 없다. 우리들 대부분은 대등한 상대와 사랑하는 관계를 맺고자 한다. 주변 사람들의 애정은 나날의 우리 존재에 정서적 자양분을 공급하므로, 그것이 없으면 우리는 절망에 빠질 것이다. 특히 여성들이 평화를 얻기란 힘든 일이다. 흔히 우리는 내면과 외면의 지나친 갈등으로 갈라지고, "더 빨리, 더 좋게, 더 많이"라는 사회적 명령으로 극도로 파편화되어서, 한 순간도 조용히 편안한 숨을 들이킬 수조차 없다. 대체로 여성들은 인간관계를 유지하는 정서적 "연결 접착제"

를 공급한다는 사실을 더하면, 이는 우리를 그 갈등의 중심으로 끌고 오는 것이다. 이를테면 여성 자신을 위하여 할 필요가 있는 것은 흔히 생물학적 또는 선택적 가족들이 여성에게 요구하는 것과 매우 다른 경우가 있다. 이런 명백한 딜레마가 다음의 일기 안에 담겨 있다. 아이를 넷 둔 어머니로서 로빈 가버 카발킨(Robin Garber-Kabalkin)은 여성의 길에 대한 위기의식의 한가운데 서 있다.

♰ 1991년 7월 6일

내 책임에 불평하면서도, 이른 아침 어린아이가 책을 들고 침대로 기어 들어오면 그게 여전히 나를 즐겁게 한다. 에스터(Esther)가 왔다. "엄마, 이 책 읽어 줘, 왜 이걸 갖고 왔냐면. 모험이 가득해." 그건 디즈니 모험 책이었다. 우리는 꼭 껴안고 책을 읽었고, 이 아이를 목욕시키면서 샴푸로 머리를 감기는 내 손길의 부드러움에 놀라기도 했다. 아이들이 떨어져 있기를 바라는 나, "억압의 멍에" 아래서 고통을 느끼면서도 그 일을 더욱 잘 해내고 있는 나, 둘 중 어느 쪽이 진짜 나인가? 그리스(Greece)에서 살다가 검은 머리 여신의 두 눈동자를 응시하여 그 여신처럼 되겠다는 것이 나 자신인가? 나는 무엇보다 겁쟁이에 불과해. 권리를 주장할 수 없어, 거부할 수도 없어, 두려워, 두려워, 두려워.[11]

이 일기를 쓴 사람의 의식은 대립되는 두 방향, 즉 모성애의 책임감을 느끼는 길과 자유로운 여성 자신의 발견으로 가는 길로 분명하게 갈라진다. 그녀는 생활 속에서 두 길을 동시에 갈 수 있는 방법을 찾지 못하지만, 자신의 일기는 갈등을 **담아서**, 화해할 수 없어 보이는 욕망들의 역설을 수용할 수 있다.

많은 사람들은 가족적 의무와 직업상의 의무 사이에서 불안한 균형을 끊임없이 모색한다. 대부분 우리는 양쪽을 다 속인다는 느낌으로 끝내는데, **개인적** 시간과 공간 같은 것은 강렬한 죄책감 때문에 희생된다. 사랑하는 사람이나 직업과 관련된 일을 쉽게 다루기보다는, 우리 자신의 요구를 억압하는 쪽을 선택한다. 그래서 사생활에 대한 갈증이 여성의 일기에서 거듭되는 주제가 된다. 로빈(Robin)의 일기 중에 "개인적 공간"에 대한 절박한 갈망을 확연하게 드러내는 기록이 또 있다.

♆ 내 방 하나만을 원하는 게 아니다. 자신의 집, 나의 인생을 원하는 거다. 자신의 필요에 따라 모양과 틀을 만든 하나의 존재. 오, 나는 너무 이기적인 것 같아. 나에게, 나의, 나의 것을 구하려고 울부짖고 있으니. 그러나 내 것처럼 느껴지는 게 아무것도 없어. 내가 가진 것 모두 다른 사람들 뜻대로 된다. 내 책들, 다른 사람이 집어갈 수 있고 또 그렇게들 해. 내 책을 남들이 읽고, 내 테이프도 사라져, 내 양말은 또 어떻고. 이건 내 상상 속에서 꾸며낸 일이 아니야. 내 것은 그네들의 것. 작은 쥐처럼 그들이 나를 물어뜯고 있어. 내 물건을 강탈하는 건 참을 수 있어. 그러나 내 마음과 영혼마저 약탈하다니. 아이들은 신의 은총이라고 도대체 누가 말했던가? 아이들은 너무 많은 걸 달라고 떠들어대고 있다. 모든 걸 그들에게 다 주고 나면 나에게 남는 게 무얼까? 주고 또 주고 심지어 줄 게 아무것도 없으면서 또 주는 이런 희생적인 여인들은 어떤 사람들인가? 누가 이들을 창조했는가? 어떤 모습인지, 정말 궁금하다.

여성은 다른 무엇을 원하는가? 우리는 주변에 대한 공공의 연대감, 즉 생생하게 살아서 관계하고 있다는 의식을 원한다. 마리온 밀너(Marion Milner)가 쓰고 있듯이, 우리는 "평생 동안 극장에 앉아 있는 사람처럼 수동적이 아닌 적극적인 참여로, 일과 경험을 공유하기" 바란다. 모든 분야에서 창조적 잠재력을 탐색할 수 있는 기회를 원하고, 다른 사람과 나누어 가질 수 있는 어떤 것을 우리가 지니고 있다는 확신을 필요로 한다. 우리는 항상 더 깊은 수준에서, 언제나 더 넓은 영역에서 자기 자신을 이해하고자 한다. 우리는 진정으로 진실성과 접촉하기를 원한다. 밀너는 일기 첫머리에, "이 일기는, **경험이 보여 주는 대로**, 자기 자신의 신념을 내려놓을 장소를 찾아가는 것이다"[12]라고 쓴다.

자기 자신의 목소리

자기 자신의 목소리로 말하고 글을 쓴다는 말은 정확하게 무엇을 의미하는가? 여자로 태어나면, 그 목소리는 여성적이라고 정의되지 않는가? 아마 그럴지도 모르지만, 이 분야에서 연구를 계속해 온 심리학자들에 의하면, 어린 시절에 가졌던 그 목소리가 성인이 될 때까지 본래 그대로 남아 있지 않는다고 한다. 여성의 심리 발달에서 주된 전환점을 밝혀내는 연구 과정에서, 에밀리 핸코크(Emily Hancock)는, 자기가 누구인지, 무엇을 하는지, 그리고 원하는 것을 자신 있는 목소리로 말하는 여덟아홉 살의 어린 소녀, 즉 "내면의 소녀"[13]를 발견했다. 이때의 인식은 그 후 상실되어서, 성인 여성으로 성장하는 과정 속에 묻히지만, 모든 여성들 안에 살아남아서 자신의 진정한 정체성을 찾는 열쇠를 품고 있다. 핸코크와 오랫동안 대화를 나눈 20명의 여성들에게, 억압된 자발성, 직관적 인식력, 삶의 즐거움을 스스로 회복하는 결정적인 단계는 "내면의 소녀"와 접촉하는 것이었다. 본질적으로, 그 내면의 소녀가 **여성 자신**으로 돌아가게 해주었다.

그 자신만만한 어린 소녀는 지금 우리들 내면에서 어떻게 되고 있는가? 심리학자인 캐롤 길리건(Carol Gilligan)과 마이클 브라운(Mikel Brown)은 사회 안에서 사춘기 소녀 자신의 목소리에 대한 확신의 상실에 대하여 기술한다.[14] 열한 살 무렵의 소녀들은 왜 자기 자신의 직관을 버리고, 자신의 인식을 부인하고, 종전의 자신만만한 목소리를 거부하는가 하는 질문을 던진다. 그들의 답은 여성의 행위에 대한 사회적 기대에 부응하도록 심하게 억압받는 사춘기라는 것이다. 사춘기에 접어드는 소녀는 자기 자신에게서 결함과 결핍을 보고 사람들이 기대하는 역할을 하려면 어떤 커다란 변화가 있어야 한다고 인식하기 시작한다. 어른이나 동료에게 인정받기 위하여, 몸무게를 줄이거나 늘이기도 하고, 더 "냉정하고," 더 여성적이고, 더 순종하는 자세를 취하려고 노력한다. 소녀는 자주 소년에 대하여 생각하기 시작하고, 가족과 여성 친구의 애정 문제에서 소년과 어떻게 지낼 것인가 하는 문제로 자기 존중의 근거가 바뀐다. 소녀는 소년들만큼 멋이 있다고 생각하는 동시에 그들의 관심을 끌기 위하여 그들의 의견에 따르고 그들이 우월하다고 느끼게 해주어야 한다는 것을 알게 된다. 만일 소녀가 생각하는 것을 사실대로 말하면 소년들은 싫어하고 소녀는 인기 없는 사람이 되고 만다. 소녀는 더 이상 자신의 목소리를 신뢰하지 않는다는 게 놀라운 일이 아닌가?

⚜ 1994년 2월 10일

지난밤 캐롤 길리건이 찰리 로즈 쇼(Charlie Rose show)에 나와서 소녀와 여성의 목소리에 대한 두 권의 자기 책을 두고 대담을 나누었다. 여덟 살 소녀는 확신과 자신감이 가득하고 권리의식을 지닌다. 열한 살이 되면, 이 모든 것이 바뀌기 시작한다. 이제 이 소녀는 더 이상 "지금까지 알던 것을 인식하지 못하고," 자기 자신의 지각이 지닌 가치에 대한 자신감을 상실한다고 길리건은 말한다. 소녀는 주로 타인과의 관계 속에서 자기 자신을 규정하기 때문에, 그들과의 유대를 상실하지 않으려고, 기분을 상하게 할까 두려움 속에서 자신이 알고 생각하는 것을 말하지 않게 된다.

오늘 아침 나는 길리건이 말한 것과 수많은 소녀들은 그 나이에 일기를 쓰기 시작한다는 사실을 연결해 보았다. 열한 살은 일기를 쓰는 여성에게 중요한 시기인 것 같다. 이 두 가지가 연결된다는 강렬한 예감이 일어난다. 일단 열한 살의 소녀는 더 이상 자신의 마음을 표현할 수 없다고 느끼면 (사회적 동의를 잃을까 봐 두려워서), 어떤 의미에서 "지하로" 자기의 일기 속으로 내려간다. 소녀는 내밀한 삶을 전개하는데, 그 안에서 실제로 느끼고 생각하는 것을 인식하며 말하는 행위를 **계속할 수 있다**. 일기는 소녀가 자기 자신일 수 있는 유일한 장소이다. (아마 소년들이 일기를 쓰지 않는 이유는 그들이 알고 있는 것과 사회가 그렇다고 말해주는 것 사이에 괴리를 느끼지 않기 때문일 것이다. 소년들은 온전하게 자신을 보존하기 위한 내면적 사생활을 필요로 하지 않는다.) 일기 쓰기가 어린 소녀들을 충족시켜주는 기능이 이런 것이라는 게 나로선 새롭지 않다. 정체성의 주장과 같은 것이다. 그러나 나는 열한 살 이전에는 이런 문제와 깊이 관련된 적이 없다. 이 두 가지가 겹치는 것은 타당하다고 할 수 없지 않는가? 물론 소녀들 모두가 일기를 쓰는 것도 아니다. 다른 방식으로 자신의 목소리가 살아 있게 하는 이들이 있다. 음악, 스포츠, 사회적 관습에 따라 자기 자신의 목소리도 함께 포기하는 이들도 있다. 초기의 일기들을 나 스스로 파기하지 말았어야 했다.

이런 견해에 나는 고무되었다. 더 오래 생각하면 할수록 이 착상은 더욱더 사리에 맞는 것이었다. 주변 사람이 수용하지 못할 생각과 감정을 모두 다, 열한 살 소녀는 표현하지 않을 수 없기 때문에, 안전한 자신의 일기장에 간직한다면 어떻게 되는가? 비밀스런 방식이지만, 이것이 자기 자신의 목소리를 온전하게 지키는 방법인가? 이것은 주변 세계에 대한 조숙한 비평가이자 자신의 의견을 지키는 두려움 없는 투사, 즉 "내면의 소녀"를 살리는 어떤 고도의 창조적 방식으로 볼 수 없는가?

이런 질문들을 염두에 두고, 여성들이 일기를 쓰기 시작하는 나이를 조사해보았다. 점점 더 내 예감은 확인되었다. 많은 일기 작가들은 열 살에서 열두 살 사이에 쓰기 시작하는데, 핸코크, 브라운, 길리건의 말에 의하면, 정확하게 이들의 일생에서 이때 자기 자신의 목소리는 문화의 요구에 맞추어 순화된다. 아홉 명의 어린 소녀들의 일기 선집인 『마음의 노래들』(*Heart Songs*)에서, 필자 중의 다섯 명이 열한두 살에 일기를 쓰기 시작했다. 나머지 네 명은 몇 살에 시작하였는지 언급되지 않지만, 모두 열네 살 무렵에 쓰고 있다. 『비밀의 페이지』(*Private Pages*)에서 일기 작가의 절반은 열 살과 열세 살 사이에 쓰기 시작한다. 일기 작가인 크리스티나 볼드윈과 케이 리하간(Kay Leigh Hagan)은 둘 다 열한 살에 시작했고, 나 역시 그렇게 했다. 열두 살의 어린 아나이스 닌은 일기에 쓴다. "나를 괴롭히는 게 하나 있어. 남들과 내가 다르다는 느낌이 들어. 우리 반에는 나처럼 생각하는 애가 한 명도 없잖아. 다른 애들은 모두 똑같아. 지네들끼리 잘도 어울려… 그런데 나는 전혀 달라… 내 희망, 내 꿈, 내 생각이 달라. 나는 왜 남들과 다르지?"[15]

사춘기 소녀의 사회화 경험, 즉 교묘하고 음험한 사회 관습적 행위에 맞추는 변형을 통한 수동적 침묵은 사회적 기대에 복종하는 시기에 접어드는 것으로 일부 여성들은 결코 벗어나지 못한다. 사랑 받을 필요를 고려하여 진정한 자신의 목소리를 희생시킨다. 이 자리를 여성적 가면이 채운다. 그러나 가면은 말할 수 없으므로, 오로지 얼굴 가면이 말을 대신한다. 이후 이어지는 몇 년 동안은 자주 공공의 영역에서 침묵하고 사적인 것을 숨긴다. 가끔 여성은 중대한 위기 또는 대격변을 겪으면서 자기 상실의 정도를 깨닫는다. 이것은 죽음이나 이별 때문에 가까운 사람을 잃게 되거나 중년에 자신의 삶을 재평가하면서 얻는 심각한 질병과 같은 것이다. 이때 일기는 숨겨진 자기 자신을 위한 캔버스가 되고, 질식한 자기 목소리의 대변자가 된다.

내가 여태껏 접한 가장 통절한 예는 케이트 댄슨(Kate Danson)의 이야기이다. 오빠로부터 받은 어린 시절의 성폭행에 대한 오랜 기억 속으로 점점 더 깊이 빠져드는 그녀 자신의 삶의 위기에 대하여 쓰고 있다. 그녀는 기억한다. "죽음의 그림자 속으로 들어갔다가 잠시 다시 나타나서 사라지는 것 같아서, 마침내 내 삶을 지배하는 법칙에 의문을 제기하였다." 자기의 박사학위 논문을 완성할 수 없고, 오랫동안 경의를 표한 가부장제도에 도전한다는 죄책감으로 괴로운 나머지, 케이트는 일기를 쓰기 시작했다. "내 꿈과 그 꿈의 실현 가능성에 대한 생각, 일상의 일에 대한 감정을 기록하는 시간을 가지면서, 나 자신과 친숙하기 시작했다." 그녀는 회상한다. "이제 나 자신은 이 글쓰기와 우정을 쌓고 자신의 가치에 대한 더 강한 의식을 갖게 된 것 같다." 자신의 꿈과 일기 쓰기를 통하여, 케이트는 살아남기 위하여 얼마나 철저하게 자신의 육체적 현실과 관계를 단절하고, 얼마나 깊숙이 "자신의 머릿속으로"[16] 들어가 있었는지 알게 되었다.

케이트 댄슨의 경우처럼, 여성의 사회화에서 침묵 효과는 흔히 여성이 말을 못하게 만드는 또 다른 정신적 충격(trauma)으로 더 악화되는 경우가 있다. 신시아 가네트(Cinthia Gannett)는 대학 강의실에서 일기를 교재로 사용하면서, 절반에 가까운 여학생들이 어떤 성적 폭력의 형태를 경험하였는데 이런 모욕감을 외부로 표현할 수 있는 하나의 방식으로 일기가 사용된다는 것을 알았다. 그녀는 주목한다. "과거의 수많은 여성들의 침묵처럼, 이 학생들 중에 많은 수가 처음으로 자신의 침묵을 깨뜨려서 자아를 구축하고 자신의 목소리를 찾는 데 글쓰기와 일기 쓰기를 실제로 사용해왔다."[17] 극적인 일례를 들면, 5년 동안 28권의 스프링 공책을 가득 채운 한 젊은 여성은 적었다. "내가 시작했던 그 지점을 지금 생각해보니, 나는 정말로 글을 쓰면서 내 존재를 확인하고 있었다."

서양의 문화 안에서 여성의 침묵은 심화되었는데, 여성의 말은 거의 대부분 원하지도 않고 아쉬워하지도 않는다는 본능적인 인식을 우리가 지니기 때문이다. 프랑스의 여성주의 비평가 엘렌느 식수(Hélène Cixous)는 여성이 공개적으로 발언할 때 모두가 가정 용어를 지나치게 사용하는 여성 경험에 대하여 기술한다. 그녀는 말한다.

> ⚜ 일어서서 말하는 고통을 여성이면 누구나 안다. 할 말을 까맣게 잊고, 땅이 꺼지고 언어가 사라지는 그런 때, 심장은 뛰기 시작한다.

여성이 말을 한다는 것은 그야말로 용감한 무공이고 위대한 도전이다. 심지어 입을 여는 그것마저도. 사람들 앞에서. 이중의 고통은, 여성 자신이 도전하였을지라도, 여성의 말은 거의 대부분 귀먹은 남성의 귓가에서 사라진다는 데 있다. 남자는 남성의 언어로 말하는 것만 들을 수 있기 때문이다.[18]

그러나 이런 현상은 바뀌고 있다. 최근 수십 년 동안 수많은 여성주의 학자와 예술가를 중심으로 일어나는 여성의 삶에 대한 놀라운 열정으로, 잃어버린 여성의 역사를 되찾고, 이와 더불어 새롭게 말할 수 있는 용기를 얻었다. 여성과 남성은 생각하고 경험하고 자신을 표현하는 방식에서 심대한 차이가 있다는 것을 여성주의자들은 다양한 탐색을 통하여 발견하였다. 캐롤 길리건이 지적하기를, 남성은 독립과 개인적 성취가 높이 칭송되는 "정의의 윤리"에 따라 살지만, 여성은 타인과의 관계 속에서 자기 자신을 바라보는 "돌봄의 윤리"를 분명하게 보인다는 것이다. 그녀는 설명한다.

> 우리는 수세기 동안 남성의 목소리와 그들의 경험에서 나온 발전 이론에 귀 기울인 것처럼, 그만큼 더 최근에는 여성의 침묵뿐만 아니라 여성의 발언은 그 말의 본뜻이 제대로 전달되지 않는다는 사실도 알게 되었다…. 여성의 현실적 삶은 다르다는 걸 보지 못하고 여성의 목소리가 다르다는 걸 듣지 못하는 것은, 어떤 점에서, 사회적 경험과 해석에는 하나의 양식만 존재한다는 억설에서 나온다. 그 대신 두 가지 다른 양식을 함께 둘 때, 우리는 보다 더 복합적인 인간 경험의 연출에 도달할 수 있다.[19]

더 많은 여성들은 "일어나 발언하고" 있으며, 그에 응답하는 지지자는 자신의 경험을 확인하기를 갈망하는 또 다른 여성들 사이에서 (마찬가지로 남성들도 점차 더 많이) 나타난다. 일기 쓰기는 흔히 자신의 목소리를 개선하는 데 첫걸음이 될 수 있다. 모린 머독은 하강하여 자신의 내면으로 들어가는 시기의 경험을 기술하는데, 이것은 낡은 가부장적 기대가 허물어지고 거부된 여성의 가치가 재생되는 때 많은 여성들에게서 일어난다. 일기 쓰기는 그녀에게 이런 여행의 과정을 이해하도록 도움을 주었다.

♣ 여성인 내 목소리는 직선 모양의 내 마음이 저절로 발산되도록 두는 용기를 발현하였을 때, 더 강하게 나왔다. 그제야 나는 자유롭게 꿈과 이미지와 내면의 동료들에게 귀 기울일 수 있었다. 이들은 내 안내자가 되었다. 여성은 자아 정립에서 외면적인 영웅적 추구를 강조하지 않을 때, **자신의** 이미지와 **자기의** 목소리를 자유롭게 탐색할 수 있다.[20]

케이트 댄슨은 자신의 글을 마무리하면서, 희망에 찬 말을 우리에게 남긴다. "나는 새로운 창조적 에너지, 그리고 내가 만드는 말의 구조 안에서 어떤 안도감과 쾌감을 경험한다. 지금 나는 글을 쓰면서, 점점 더 큰 확신과 즐거움으로, 내 생각과 느낌을 쏟아놓을 출구를 다시 찾는다. 나는 쓴다. 나는 춤춘다. 나는 사랑한다. 나는 존재한다. 오늘."[21] 케이트에게 일기 쓰기는 전인적 삶을 찾는 한 방편이었다.

가슴속의 언어

마리온 우드만은 자신이 쓰고 있는 책에 적절한 목소리를 찾을 수 없을 때 통찰력을 제공해준 꿈을 묘사한다. 이 꿈속에서, 백합 바구니를 작은 개구리 알 크기만 통과할 수 있는 좁은 파이프 속으로 밀어 넣으려 애쓰고 있을 때, 큼직한 개구리 한 마리가 미소를 지으면서 그녀를 바라보고 있고, 한편 뒤쪽 발코니에서 두 남자가 싸우다가 한 명을 내던지는데 그녀의 머리를 아슬아슬하게 비껴간다. 두 남자는 그녀의 글 쓰는 능력을 얕보는 내면의 비판자이고, 개구리는 "직관적이게 상상력으로" 도약하는 억압된 여성의 목소리라는 것이 우드만의 결론인데, "나는 쓰지만 수필 같은 것은 쓰지 않는다. 나는 나의 길에 대한 글을 쓰고 싶다."라고 그녀는 역설한다. 그 후에, 우드만은 그 꿈의 의미에 대하여 숙고한다.

⚜ 도약하라. 도약하라. 베토벤의 원고 같은 내 일기를 기억하면서. 얼룩, 푸른 잉크, 빨강, 노랑, 파랑, 성난 펜으로 찢기고, 눈물로 얼룩진 갈피들, 단어들 사이에서 더 많은 말을 해주는 감탄부호에서 이음부호에 이르기까지 기쁨으로 약동하면서, 내 일기는 살아서 행진하는 심장의 박동으로 춤을 춘다. 저 정직성을 담으면서 동시에 직업적으로 신뢰할 수 있는 피리를 누가 어떻게 만들고 있을까? "신파조"라거나 "히스테리성"이라는 딱지를 받지 않고 여성이 어떻게 자기 자신을 중심으로 하는 진정한 글을 쓸 수 있는가? 철썩! 긴 침묵!

그때 나의 개구리가 진흙 속에서 입을 열었다.

"느끼는 대로 써 보세요. 처녀로 돌아가세요. 소용돌이에 몸을 맡기고 무슨 일이 일어나는지 두고 보세요."

…몇 주 동안 나는 내 가슴속의 열정과 내 마음속의 분석적 초연함을 동시에 포용할 수 있는 구문을 찾으려고 노력했다.[22]

마리온 우드만이 자신의 일기장에 채색된 얼룩과 찢겨진 갈피들 속에서 찾아낸 것은 평상시 자신의 억제된 이성적 담론과는 다른 표현 양식이다. 그것은 가슴속의 언어이다.

가끔 우리가 가슴속의 진실을 주변 사람들에게 말하지 못하는 것은 지나치게 감정에 치우친다거나 감상적이라고 생각할지도 모른다는 두려움 때문이다. 이런 모든 한계에도 불구하고, 형식에 사로잡힌 교육은 최소한 사고의 중요성을 가르치는 노력은 한다. 우리는 어디에서도 감성적 삶의 가치를 배우지 못한다. 그 대신에, 감정은 비논리적이고, 불편하고, 흔히 너절하기 때문에, 우리는 감정을 억누르고 억제하는 방법을 배운다는 것이다. 그러나 그 감정들을 강제하여 지하로 밀어버린다고 해서 더 이상 존재하지 않는 것이 아니기 때문에, 그들은 다른, 대개는 파괴적인 방식으로 표면 위로 상승한다는 사실을 단지 확인해줄 따름이다. 만약 감정을 두려움이나 수치심 없이 직접 표현하는 방법을 배울 수 있고, 이 자연스러운 감정의 언어가 즉시에 생기와 열정을 지니고 우리들 일상의 상호 작용 속으로 스며들 수 있다면, 우리는 훨씬 더 건강한 삶을 누릴 수 있다!

일기는 자신의 내면세계의 진실을 당혹감 없이 탐색하도록 해준다. 여기서 표현의 출구를 찾은 가슴속의 언어는 논리나 일관성에는 아무런 관계가 없다. 그 언어는 시간과 공간의 경계 너머에 존재하면서 그 자체의 완전성을 지니므로, 인과율이나 문법과 구문론

같은 법칙이 아닌 내면의 정신적 과정의 법칙을 반영한다. 지나온 우리 자신과 미래의 우리 존재의 총체를 함유하는 영원한 절대 현재(Now) 안에서 과거와 미래는 하나로 맺어진다.

여성적 나선형

융 심리학 관점의 저자인 린다 레오나드는 이렇게 쓴다. "**삶과 정신적 성장은 나선으로 순환하는 하강과 상승의 고리 안에서 일어난다**는 것을 자기 자신의 여행 중에 발견하였다. 자신의 새로운 성장은 모두 씨앗이 어두운 땅속으로 하강한 이후에 이루어진 것이다."[23] 에밀리 핸코크는 여성의 정신적 여행을 탐색하면서, "모호하지만 교정된 어떤 자아로 **되감겨 돌아가는** 현저한 현상"[24]을 발견한다. 여성들은 어떻게 자신의 뿌리를 찾는가를 탐구하면서, 나오미 루스 로윈스키(Naomi Ruth Lowinsky)는 "직선적 시간을 무시"하고 "반복되는 양식 안에서 의미를 찾는"[25] 고리 모양의 유형을 관찰한다. 김천인도 역시 같은 결론에 도달하는데, 모든 변화는 "**맴돌면서, 뱀처럼 자기 자신을 휘감고**, 우회로를 찾아, 우리를 따돌려 고생시키다가, 처음 우리가 서 있던 그곳에서 다시 또 시작하는 것처럼 그렇게 만든다."[26]는 것이다. 많은 여성들은 삶의 여정을 나선형으로 묘사한다. 미지를 향하여 휩쓸어 나아가기 전에 익숙한 곳으로 되감겨 돌아가기 때문에, 이 소용돌이선은 뒤로 물러남으로써 앞으로 전진하고 하강함으로써 상승하는 것이다. 남성의 무모한 "직선적" 전진과는 대조적으로, 이 나선형은 우리가 새로운 통찰력과 에너지를 지니고 앞으로 나아가기 전에 어린 시절의 상처로 되돌아가는 시간을 갖게 해준다. 가장 좋은 때라도, 새로운 성장의 빛을 맞이하러 전진하기 전에, 우리의 귀신들과 마주하기 위하여 "시간의 과거 아래로 내려가서" 자기 자신의 원초적 그늘, 즉 우리가 모르는 어두운 속으로 이 여행은 이어질 수도 있다.

나선형은 삶의 순환적 성격과 모든 사물을 창조하는 생명의 기력이 끊임없이 흐르는 원형을 상징한다. 고대 모계 사회의 대지 종교에서, 뱀 모양의 나선형은 풍부한 변형의 연속적인 과정을 나타내는 것으로 믿었다. 동시에 일어나는 상승과 하강의 동작이 상징하는 것은, 우주 스스로 죽음과 부활로 향하는 이중 동작이고, 정신과 물질, 순간과 영원, "천상과 지상의 힘"의 통일이다.[27] 또한 그것은 달이 차고 이지러지는 것과도 관련이 있다. 매월 달의 순환 역시 탄생과 죽음 그리고 부활의 우주 리듬을 나타낸다. 아이를 출산하는 능력은 우리를 일깨워준다. 일생과 세대는 전승되기보다는 오히려 서로 겹치고, 삶은 전 세대와 후 세대의 삶과 철저하게 뒤섞여 있으며, 미래는 순환하여 과거로 통합된다는 것이다. 로윈스키에 의하면, "우리는 삶을 어머니의 말씨로, 또 딸의 말투로 측정한다."[28]

이런 일은 창조적인 과정에서도 똑같이 나타난다. 여성 작가의 작업에서 끊임없이 반복하여, 나선형은 미지를 향하여 전진하면서 친숙한 영역을 에워싸는 직선적이 아닌 창조성을 상징하는 역할을 한다. 넬 모턴의 책 "머리말"에서 진술하고 있듯이, 가끔 작품의 구조 자체가 이런 전개를 반영한다. 그녀는 말한다.

⚜ 나는 반복되는 이야기, 언급, 인용에 신경을 곤두세웠다. 이들 중 많은 부분을 고심하여 삭제하다가, 같은 낱말이기는 해도, 다른 층위 또는 다른 맥락으로 옮겨가면, 서로 다른 말을 하고 있다는

사실을 알았다. 내가 불필요한 반복으로 생각한 것은 사고하고 움직이면서 글 쓰는 순환의 한 방식일 수 있다는 것이 마침내 분명해졌다.[29]

『완벽에 탐닉』(*Addiction to Perfection*)의 초두에서, 마리온 우드만은 전한다. "나에게 직선적 사고는 자연스럽게 다가오지 않는다. 더구나 그것은 내 상상력을 말려 죽인다. 아무 일도 일어나지 않는다. 울리는 종소리도 없고, 지금(NOW) 여기(HERE) 이 순간은 없다. 네(YES) 하고 대답할 순간도 없다. 그런 순간들이 없다면 나는 살아있는 존재가 아니다. 그래서 나는 목표를 향하여 질주하기보다는, 나선형을 통하는 여행의 즐거움을 더 좋아한다."[30] 이 "나선형을 통하는 여행의 즐거움"은 무엇일까? 그것은 계획된 목적의 행동을 속박되지 않은 자연스러운 놀이와 통합하는 데서 나온다고 생각한다. 그 나선형은 원과 선, 여성과 남성, 가정의 안락과 탐구의 흥취를 결합하는, 전체론적 과정에 대한 설득력 있는 용례이다. 그래서 일기는 낡은 것과 새로운 것, 친숙한 것과 미지의 것을 통합함으로써 우리들 삶의 여정에 자연스러운 동반자가 된다는 사실의 발견은 놀라운 일이 아닌가? 유동적이고 끊임없이 변화하는 방식으로, 일기는 현재에서 과거와 미래까지 삶을 동시에 둘러싼다. 한 가지가 기입되어 들어가면, 나선형은 또 한 번 돌아간다.

우연히 지난 일기를 읽으면서, 내가 같은 곳을 빙글빙글 돌고 있다는 느낌을 가진 적이 있다. 해가 지나가도 여전히 지독한 강박관념과 해소되지 않는 불안과 떨쳐버릴 수 없는 공포가 남아 있는 것 같다. 그렇지만 두 번째 다시 보면 거기서 흔히 새로운 것이 드러나는데, 흔한 주제에 대한 연속적인 기입은 새로운 통찰력, 훨씬 더 분명한 생각, 감정에 대한 더 깊은 이해를 암시한다. 처음에 원환처럼 보이는 것이 나에게는 지나치게 단단히 감긴 모양일지라도, 대개는 완전히 폐쇄되지 않은 나선형이다. "서서 헤엄치는" 것 같은 멈춤도 미지를 향한 다음의 돌진으로 이어지는 휴식에 불과하다.

이 책에서 시작하는 여행 역시 나선형이다. 여러분은 그 순환적 진전을 즐기면서, 한 주제에 대한 변주의 즐거움을 찾고, 이어지는 회전에서 가장 의미 있는 경험을 하기 바란다.

자기 자신만의 한 시간

많은 여성들은 외적인 의무를 완수하는 데 지나치게 열중하기 때문에 자기 자신의 요구를 소홀히 하다가 마침내 허탈하여 지친다. 이것은 가정을 가진 여성들에게만 해당되지 않는다. 내적 생활을 무시하는 직업상의 책임에 관련된 독신 여성들도 마찬가지로 같은 입장에 처할 수 있다. 마리온 우드만은 말한다. "첫 번째 장애물은 내적 구금이다. '진정 자신을 위한 한 시간을 매일 쓸 만한 가치가 있다고 생각하는가? 내 생활을 타인에게 이양한 나는 자기 자신을 찾는 하루 한 시간을 취한다면 그건 이기적이지 않은가? 어디에서 한 시간을 찾을 수 있을까? 무엇을 해야 할까?"[31] 일기를 쓰면서 얻을 수 있는 모든 이득은, 커피 한 잔 놓고 앉아서 글을 쓸 수 있는 시간을 찾을 수 없다면, 사실 사라진다. 우리 문화 속에서 자기 자신을 돌보는 일은 일기를 쓰면서 자기 재생을 위한 조용한 시간을 갖는 것보다 도리어 적합한 "외모"를 갖추는 것을 암시하는 경향이 더 많다. 많은 사람에게 그것은 누릴 여유가 없는 사치품처럼 보인다. 그런데 만약 우물이 지하의 샘으로 다시 채워지지 않는다면, 그

우물은 곧 마르지 않는가? 만약 깊은 정신생활의 뿌리가 마르면, 새로운 성장은 어떻게 가능하겠는가?

여성 특히 전통적인 부부 관계의 여성들은 개인의 방은 말할 것도 없이 자신을 위한 한 시간을 가질 수 있는 여지가 남성들보다 적다. 모든 게 바뀌고 있는 것은 분명하다. "제2의 대용품" 취급에 아주 자주 정면으로 맞서다가 탈진하여, 좋은 책 몇 쪽도 못 읽고 맥없이 드러누운 존재가 여성이라는 연구 결과가 거듭된다. 시간을 요하는 면전의 모든 책무 속에서, 몹시 바쁜 현대의 생활 속에서, 오늘날 여성은 어느 때 그렇게도 갈망하는 자신의 요구와 욕망에 관심을 기울일 수 있을까?

일기 쓰기는 분주한 일상적 삶의 구조 안으로 들어오면, 내적 자아와 접촉할 수 있는 기회를 제공한다. 일기장은 쉽게 옮길 수 있고, 지금까지 누구보다 가장 잘 듣고 용서하는 벗이다! 조그만 일기장을 핸드백이나 가방 안에 넣고 다니면, 세탁기 앞에서, 차 안에서, 치과에서, 또 기다리는 것 외에 다른 수가 없을 때, 단 십분 동안이라도 글을 쓸 수 있다. 내 경험으로 말하면 (사무실에 앉아서 기다리는 동안 쓴 일기가 분명 한 권 분량이나 된다), 글쓰기는 "보류"의 상태에 놓인 불쾌감을 누그러뜨린다는 것을 알았다. 아나이스 닌은 움직이는 것에 대한 글을 자주 쓴다. "일기는 걸어 다닌다"라고 그녀는 말한다. "때로는 책상 뒤, 매트리스 아래, 불 꺼진 난로, 트렁크, 손가방, 다리미 통, 버스, 지하철, 택시, 강의실 책상, 서류 가방, 의사 진찰실, 병원 대기실, 공원 벤치, 카페 테이블, 미장원으로. 일기장 갈피들은 여기저기 커피, 포도주, 눈물, 립스틱으로 얼룩져 있다."[32]

일기 쓰는 사람 중에는 매일 직장으로 오가는 이동시간을 활용하는 이도 있다. 메리(Mary)는 고속버스를 타고 스테이튼 아일랜드

(Staten Island)에서 맨하탄(Manhattan)으로 출퇴근하는데, 도중에 일기 쓰기와 독서를 번갈아 한다. 일기 연구회에는 매일 타고 다니는 25분간의 스테이튼 아일랜드 페리 여행을 글 쓰는 시간으로 보내는 참여자도 더러 있다. 배에 오르자마자, 이들은 곧장 은밀한 구석진 곳으로 가서 일기장을 꺼낸다. 물위의 여행은 어떤 중대한 여정을 계속하는 느낌을 내면의 대양과 같은 영역으로 확장시킨다.

브렌다(Brenda)는 일곱 살의 쌍둥이를 학교로 데려다 주고, 매주 사흘은 네 살배기 아이를 어린이 방에 보내고 나서, 곧장 근처 카페에 들러 두 번째 차를 시켜놓고 자신의 일기와 함께 방해받지 않는 시간을 가진다. 아무리 바쁜 시간으로 생활이 쪼개져도, 그녀는 이렇게 자기 자신과 매주 세 번의 약속 시간을 보증한다. 홀로 아이를 키우며 직장 생활하는 메리 앤(Mary Anne)은 토요일 아침을 자신의 주간 글쓰기 시간으로 점유한다. 십대의 자기 아이들 세 명에게 아침을 먹인 후, 비상사태가 아니면 엄마를 방해하지 말라는 지시와 함께 각자 자신의 일을 하게 내보낸다. 그 시간 동안 낡은 떡갈나무 식탁이 놓인 식당 칸은 그녀 자신만의 것이 된다.

만약 일기장에 글을 쓸 시간을 내기 어렵다면, 일주일에 서너 번 정도 삼십 분 일찍 일어날 생각을 해보라. 아마 여러분은 삼십 분의 잠을 아쉬워하지 않고, 나머지 세상 사람들이 잠든 동안에 자기 자신을 위한 시간을 혼자 독차지하고 있다는 그 특별하고 감미로운 느낌이 들 것이다. 또 달리 어쩌면 밤에 삼십 분 일찍 침대로 가서 편안하게 베개를 괴고 글을 쓸 것이다. 만약 자동차로 장거리 통근을 한다면, 운전 중에 생각을 카세트 녹음기에 담아 두는 오디오 일기 쓰기를 한번 시도해보라. 내 동료 중 한 사람은 매주 나흘을 대학으로 왕복하는데 하루 40분 동안 한 편의 글을 완성하는 계획을 세웠다. 『삶의 기록』(*Life Notes*)에서 많은 일기 작가들은 장소를 가리지 않고 자유롭게 글을 쓴다. 어떤 이는 말한다. "'부엌 식탁에서, 침대에 일어나 앉아, 아이를 데리러 갔다가 기다리는 차 안에서, 나는 글을 쓴다.'" 또 다른 이가 응답한다. "'사무실, 버스 정류장의 길거리, 바닷가, 버스 안, 침대 속, 체육관에서 나도 글을 쓰고 있다.'"[33] 일기 쓰기에 관한 한 출입 금지 구역은 없다!

일기 쓰기를 시작하는 최초의 결심은 여러분의 몫이다. 그런 후에, 일기 쓰기는 그 자체의 힘을 창조하여 스스로 정당성을 마련한다. 일기를 계속해서 오래 쓸수록, 정체성과 권리에 대한 감각이 더 강해지고, 일기는 인생의 여정에 그만큼 더 필수적인 한 부분이 될 수 있다. 일기를 쓸 때, 삶 그 자체는 아마 놀라운 방식으로 변화할 수 있을 것이다. 이 책을 여기까지 읽은 여러분은 이제 한 시간 정도의 시간을, 삼십 분 아니면 이십 분이라도, 자기 자신을 위하여 마련한다는 확신 그 이상에 도달하였을 것이다. 그다음 단계는 무엇인가? 이 책의 "요점"인 제3장에서, 일기 쓰기를 이제 막 시작하거나 몇 년 전부터 쓰고 있더라도, 도움이 될 몇 가지 실제적인 제안을 한다. 모든 여행에는 준비가 필요하다. 일기 쓰기에는 최소한의 준비가 필요하지만, 그 과정의 질을 높이기 위하여 여러분이 할 수 있는 것이 있고, 여러분의 내면세계 여행에서 즐거움과 보상을 증대시켜줄 실제적인 문제들이 있다. 자 이제 시작하자.

질문: 지금 저는 일기를 쓰고 있지 않지만, 가끔 자리를 잡고 앉아
내 감정을 기록할 필요를 느낍니다. 그래서 일기를 쓰기로 작정하여,
모든 준비를 다 마치고, 일기장을 펼칩니다.
그런데 이때 어디서부터 시작할까 하는 의문이 생깁니다.

아나이스 닌: 자기 자신을 지금 이 순간에 두세요.
내가 일기를 쓸 때 택하는 원칙이 이것입니다.
바로 그날 가장 강하게 느낀 것을 쓰는 겁니다. 거기서 시작하세요.
그것이 전체의 실마리를 풀어 가는 시작입니다.
왜냐면 그 뿌리는 과거에 있고 미래로 뻗은 가지를 지니기 때문이지요…
나는 그날의 사건 중 가장 강렬하게 느끼고, 가장 생생하고, 제일 따뜻하고,
제일 가까이 있고, 무엇보다 강한 것을 선택하였습니다.[1]

아나이스 닌, 『한 여성이 입을 열다』(*A Woman Speaks*)

3
일기 여행의 시작

일기 여행의 시작은 쉽다. 종이 몇 장이나 장정된 빈 공책, 펜, 앉을 장소, 그리고 하던 일을 멈추고 주의를 자신의 내면으로 돌리는 갈망, 이것이 필요한 전부이다. 간단한 것처럼 들린다. 사실 그렇다. 일기 쓰기를 시작하는 최선의 방책은 일기 쓰는 데 잘못된 길이 없다는 것이다. 이 장에서 제시되는 제언들은 모두 여러분의 상상력을 자극하여 글을 쓰는 여행의 질을 높이려는 목적을 지닌다. 여러분의 흥미를 끄는 것을 취하고, 지금 당장, 나머지는 무시하는 것이다.

잃어버린 시간 모두를 만회해야 한다는 생각에 눌려 있기 때문에, 여성들은 일기 쓰기를 시작하지 못한다는 말을 많이 들었다. 일기는 자서전이 아니다. 여러분은 인생의 모든 이정표를 묘사하고 (비록 그것이 흥미로울지라도), 공백을 채우거나, 잃어버린 시간을 보충할 필요가 없다. 중요한 것은 언제나 현재의 순간이다. 그 자리에서 시작하라 그러면 자신도 모르게, 여러분은 과거를 끌어와 미래의 천을 짜고 있을 것이다.

거실 또는 사무실의 구내식당, 대학 도서관 또는 근처 식당, 가 있는 곳 어디든지, 지금 이 순간에 펜을 잡고 느끼는 대로 쓸 수 있다. 만약 느낌이 분명해질 때까지 잠깐 기다릴 필요가 있다면, 서재,

부엌, 또는 공원 벤치에서 바라보는 전망을 묘사하라. 레스토랑의 배경 소음과 갓 끓여낸 커피 향기, 눈앞 창가의 꽃 색깔, 세탁실 건조기의 덜거덕 소리, 기차간 앞좌석에 앉은 사람의 기묘한 표정에 대한 글을 써라. 이들은 어떤 느낌, 추억, 감각을 불러내는가?

바로 지금 가슴속에 무엇이 있는가? 마음속에 무엇이 있는가? 몸 안에서 움직이는 강력한 감각은 무엇인가? 편안? 흥분? 걱정? 평온? 불안? 권태? 행복? 희망으로 가득한가? 아나이스 닌의 표현으로, 바로 지금 당신이 **생생하고, 따뜻하고, 가까이 있다**고 느끼는 것은 무엇인가? 만약 하루 중 이른 시간에 글을 쓰고 있다면, 지금 기분은 어떠한가? 친구와 한 점심 약속을 즐거운 마음으로 기대하는가? 이번 주말까지 완성해야 하는 과제물의 엄청난 분량 때문에 마음이 무거운가? 지치고 허기진 상태에서, 가족들이 돌아오기 전에 오늘 집안의 일을 끝내지 못할까 걱정스러운가? 주말에 어디론가 훌쩍 떠날 생각으로 설레는가? 의식의 가장자리에 꿈의 잔영이 남아 있는가? 만약 저녁에 글을 쓰고 있다면, 하루 중 어떤 감정이나 사건이 두드러지는가? 어느 것이 아직도 당신과 함께 있는가? 당신의 감각에 깊이 새겨지고, 감정 속에서 넘치고, 생각을 선취하고, 행복감을 서서히 잠식하는 것이면 무엇이나, 중요하거나 보잘것없거나, 거기서 시작하라. 더 이상 다른 게 필요하지 않다.

처음으로 쓰는 일기에 무엇을 기록하면서 시작할 것인지 의문을 갖는 사람들이 더러 있다. 열네 살의 이본 블루(Yvonne Blue)는 새해 첫날에 일기를 이렇게 시작한다.

⚜ 1926년 1월 1일. 며칠 동안 나는 이 멋진 일기에 적절한 서두를 곰곰이 생각해보았다. 만약 출판을 생각한다면, 이렇게 시작해야 한

다: "14년의 인생을 산 나 이본느 블루는, 내 감정을 글로 옮길 만큼 성숙하였다는 느낌을 가지고, 여기에 진실하게 글을 쓰면서, 내가 죽은 뒤에 남은 사람들에게, 이 일기장은 나에 대한 영원한 기억이 되게 하는 거야…." 그러나 단연코 나는 출판을 위하여 일기를 쓰지 **않을** 것이므로, 지난 연도 대신에 지난 시간의 일들을 그냥 기록하면서 시작한다.[2]

다이앤 윅스(Diane Wikse)가 열세 살 학생이었을 때 시작한 일기의 첫머리 글을 한번 보자.

1973년 9월 6일. 종이 한 장에 모든 걸 고백하는 방법을 잘 모르겠다. 내가 속한 제도 안에서 뭐든 찾는 게 도움이 될 것 같다. 그러나 어느 날 내가 느낀 것을 되돌아보면 재미있을 거야. 팔월 내내, 너무 지루해서 학교가 개학하기를 고대하고 있었지. 조깅 프로그램을 시작하면서 식사를 줄이기로 결심하는데 그 기나긴 한 달의 시간이 지나갔어. 개학하여 이틀째 되었으니, 그 결심이 아직도 작용하고 있는지 모르겠다.

실비아 플라스(Sylvia Plath)는 열일곱 살에 이렇게 일기를 다시 시작했다.

1949년 11월 13일. 오늘에서야, 기회 있을 때 내 생각과 견해를 쓸 수 있는 곳, 이 일기를 다시 쓰기로 결심하였다. 어쨌든 나는 황홀한 17년을 지키면서 고수해야 한다. 하루하루는 너무 소중하므로, 나이를 먹을수록 이 모든 시간들은 녹아서 점점 나에게서 멀어진

다고 생각하면 한없이 슬프다. 지금, 지금은 내 삶의 완전한 시간이다.[3]

자신의 지금까지 삶을 간결하게 스케치하는 글을 쓰기도 하고, 새 친구에게 하듯이 자기 자신을 일기장에 소개하는 글을 쓰는 사람도 있다. 20세기가 시작될 무렵, 메리 맥레인(Mary MacLane)의 일기는 그렇게 시작된다.

⚜ 1901년 1월 13일. 몬타나의 버티(Butte, Montana). 나이 19세의 여자인 나는 지금부터, 이 세상에 필적할 사람이 없는 메리 맥레인으로, 풍부하고 솔직한 초상화를 그린다. 이렇게 확신하는 이유는 내가 유별나기 때문이야. 나는 분명히 선천적으로 독창적이고, 발전하고 있어. 매우 강렬한 비범한 삶이 내 안에 있어. 그걸 느낄 수 있어. 나는 불행과 행복에 대한 놀라운 수용력이 있어….[4]

다른 사람들도 여전히 일기의 첫 장을 새로운 시작의 상징으로 간주한다. 자신의 인생에 가장 중요한 인물이 될 남자를 만난 지 한 달 후에 쓴 에티 힐섬의 첫머리 글은 솔직한 자기 노출의 전망과 위험 두 가지에 대한 직관적 이해를 보여준다.

⚜ 1941년 3월 9일, 일요일. 그러면, 이제 시작이다. 이건 나에게 거의 고통스럽고 힘겨운 걸음이다. 그렇게 참았던 많은 것을 줄 쳐진 빈 종잇장에 내어주니까. 머릿속 생각은 가끔 아주 분명하고 날카롭고 감정은 매우 깊지만, 그걸 쓰기가 어렵다. 어려움의 주 원인은 수치감이라는 생각이 든다. 내 속에 있는 것을 해방시켜 쏟아놓지

못하게 하는 너무 많은 금지와 두려움, 그렇지만 그건, 나의 삶에 합리적이고 만족스런 목적을 부여하려면, 어쨌든 내가 해야 하는 일이다.[5]

일기 작가들은 가끔 자신의 희망과 의지를 새 일기장에 묘사하면서 시작한다. 캐나다의 화가 에밀리 카(Emily Carr)는 일기장 첫 페이지에 이런 방식으로 쓴다.

♆ 1930년 11월 23일, 일요일. 어제 읍내로 가서 조각들을 기입할 이 일기장을 샀는데, 통계와 날짜와 단정한 글씨와 사건이 아니라 나를 그냥 메모해 두는 일기, 꾸미지 않은 나, 쉰여덟의 늙은 나. 거의 모든 면에서, 늙은, 늙은, 늙은, 다른 면에서 배울 것이 너무 많은 아기 같고, 이승에서 남은 시간이 많지 않아도 다른 어디선가 더 많은 시간을 가질 수 있겠지. 사물과 생각에 대한 글을 쓰는 것은 나에게 도움이 되겠지. 그러면 하찮은 것은 더 부끄럽게 만들고 더 나은 것은 마음속에 더 분명하게 심어두게 될 거야. 그래서 뒤범벅이 된 생각은 가려내고 명백하게 하여서, 정리된 분명한 생각을 내 작업에 사용하고 싶다.[6]

1874년 열네 살의 프랑스계 캐나다인 앙리에뜨 데솔르(Henriette Dessaulles)는 새 학년이 시작되는 첫날 새 일기장에 쓰기 시작한다. 그녀에게 일기는 사적인 이야기를 언제나 나눌 수 있는 친구 역할을 한다. "일기는 내 비밀을 담아주고 충고는 하나도 하지 않아!"라고 그녀는 적었다. "충고는 너무 무익하므로 가능한 무시하려고 해. 사람들은 자기 자신은 행하지 않으면서 많은 일을 하라고 한다."[7]

1924년 에디스 와튼(Edith Wharton)은 새 공책으로 시작하면서 희망한다. "'마침내 서로 단절된 낡고 새로운 생각들을 기록할 수 있으므로, 내 마음 한구석에 수년 동안 숨어서 떠돌아다니던 경험의 토막들을 함께 모으는 거다.'"[8] 한 세기 전에 엘리자베스 바렛트 브라우닝(Elizabeth Barrett Browning)은 일 년 동안 일기를 썼고, 그것은 그녀의 일생에서 유일한 일기가 되었다. 1831년 6월 4일에 시작되는 첫머리 글은 처음부터 자신의 양면 가치를 분명히 한다.

⚜ 대부분의 다른 사람들이 하듯이 나도 같은 방식으로 시작한 이 종잇장을 불태워버릴지도 모른다. 일기 쓰는 일, 오래전에도 최근에 도 아주 자주 생각했다. 그러나 생각 나의 모든 생각들, 머리뿐만 아니라 가슴속의 생각들을 종이 위에 던지지 않고 어떻게 일기를 쓸 수 있을까? 그런데 종이 위에 옮겨진 **그 생각들을** 어떻게 참고 바라볼 수 있을까?… 그래! 그래도 나는 글을 쓸 거야. 나는 써야만 해.[9]

많은 일기 작가들은 일기를 통하여 성취하기를 희망하는 내용의 글로 일기를 시작한다. 당신은 달성하고 싶은 것이 무엇인가? 내면생활에 대한 본격적인 글을 쓰게 만드는 그 욕구의 탐색으로 당신의 일기를 시작하면 어떤가?

종이와 펜

일기를 시작할 때, 쓰면서 느끼는 심미적 즐거움을 간과할 수 없다. 사실 싼 스프링 공책과 29센트짜리 연필 하나만 있으면 다 된다. 그러나 마음에 드는 종이와 펜을 선택하는 데 조금만 주의를 기울이면 글을 쓰려는 의욕은 더 생길 것이다. 공책이나 마음에 드는 (고가의 제품일 필요는 없다) 장정된 일기장, 또 미적 감각을 만족시키는 종이의 무게와 색깔, 이런 것은 순전히 실용적인 글쓰기 보조기구들보다 글쓰기의 기대를 훨씬 더 솔깃하게 할 것이다. 오랫동안 일기를 쓰는 사람이면 누구나 "딱 좋아."라고 느낄 일기장을 발견하는 것은 중요하다고 확신한다. 실제로 일기를 쓰는 사람 중에 많은 이들은 종이 물신 숭배자이다! 문방구나 아트숍으로 한번 가보라. 눈길은 즉시 벽 쪽에 놓인 빈 공책 구역에서 멈춘다. 글을 쓰는 종이와 공책은 임의의 재료에 불과한 것이 아니다. 이들은 글쓰기 여행에 동반자이다. 만약 쓸 여백이 부족하면, 나는 이면지나 손이 닿는 떠도는 조각에다 일기를 쓴다. 한편으로, 이렇게 선택할 수 있는 게 많다는 건 정말 놀라운 일이다.

이것은 펜에도 똑같이 적용된다. 어떤 것은 다른 것보다 더 좋은 느낌을 주기도 한다. 안네 프랑크(Anne Frank)는 자신의 펜이 몇 년 동안 애용되다가 우연히 난로 속으로 들어간 후, 일기에 "내 만년필을 애도하여 부치는 노래"라는 제목을 달았다. 그녀는 적었다. "내가 열세 살 때, 그 만년필은 '은밀한 별채'로 우리 가족과 함께 왔다. 여기서 그는 나를 위하여 수많은 일기와 작문 사이로 내달렸다." 코지마 바그너(Cosima Wagner, 1837~1930)는 신성하다고 생각하는 펜으로, 첫 번 결혼에서 태어난 어린 두 딸에게 보내는 일기를 쓴다. 1869년 새해 첫날, 그녀는 적었다.

⚜ 영원한 친구〔리하르트 바그너(Richard Wagner)〕는 황금 펜을 나에게 선물했단다. 그는 이 펜으로 「트리스탄」(*Tristan*)과 「지그프리드」(*Siegfried*)를 완성하였어. 이 펜을 너희와 나누는 대화에 바치는 거

야. 그래서 엄마로서 속내와 걱정거리를 내가 얼마나 신성하게 대하는지 너희에게 알리는데, 고상한 정신이 창조하는 최상의 숭고한 것을 뒤따른 이 펜을 이제 오로지 한 여성의 가슴 깊은 곳에 바치는 거야.[10]

개인적으로 나는 잉크가 새어들지 않는 가는 심의 파일럿-라이너(Pilot-liner) 펜을 더 좋아한다. 얼마 전에 12색 컬러를 파는 사무용품 가게를 발견하였다. 지금 8색 컬러를 사용하는데, 색깔마다 특별한 주제에 맞추고 있다. 검정은 꿈, 자주는 이 책과 관련되는 내용, 암홍색은 일기 모임의 항목, 초록은 특별한 인용과 참조, 파랑은 일반적인 내용, 빨강은 특별한 강조, 등등이다. 이렇게 하면 이 책에 필요한 꿈이나 아이디어를 찾아내기 쉬워지므로, 나는 다색으로 보이는 페이지를 선호한다. 연필로 쓰는 걸 좋아한다면, 번지거나 지워지지 않는 고급 연필심을 사용하라. 그리고 어떤 것도 지우지 않겠다는 약속을 자기 자신과 하라!

페이지 크기도 중요하다. 일기장이 무릎 위에 놓기에 너무 크면, 우울한 날에 차 한 잔과 덧이불을 가지고 의자에 웅크리고 앉아 글을 쓸 수 없다. 나는 책상이나 식탁에 묶여 있는 걸 좋아하지 않는다. 그러나 나는 크기가 작은 일기장에도 글을 쓰지 못한다. 한 행에 네 단어밖에 못 쓴다면, 내 글은 바뀌게 된다. 간결하고 핵심에 닿아야 한다는 은근한 압박감을 느낀다. 나에게는 페이지가 크고 넉넉하고, 광대함과 무절제로 유혹하는 느낌이 필요하다. 다른 일기 작가들도 비슷한 체험을 한다. 1935년 10월, 앤토니아 화이트(Antonia White)는 적었다. "새 공책으로 시작하는 것은 속임수라고 생각한다. 그러나 지난번 것은 좋은 느낌을 가져본 적이 없다."[11]

또 수잔 키니컷(Susan Kinnicutt)은 자신의 일기에 언급했다. "이 일기장은 처음 구입했을 때 아주 느낌이 좋았지만… 그런데 우선 한 가지는 크기가 충분하지 않아. 좁은 페이지 때문에 닫힌 느낌을 받아. 그리고 쾌적하게 펼쳐지고 접히지 않으며, 내 마음을 끌어 글을 쓰게 하지는 못한다."[12] 아나이스 닌은 크기 문제에 대하여 이렇게 말한다.

> ⚜ 이 일기장〔54번〕의 크기는 대형이다. 헨리가 나에게 준 정말로 크고 넓은 여기에, 나는 더 많은 것을 에워싸고, 내 자신을 초월하면서, 일기 너머까지 펼쳐 갈 수 있다. 작은 공책은 호주머니 속에 집어넣을 수 있었는데, 이것은 움켜쥐고 숨길 수도 없고, 작게 해서 놓아둘 수도 없다. 이건 펼쳐진다. 이건 자기 자신을 주장한다. 이건 살아 있는 원고처럼 내 책상 위에 놓여 있다. 이건 캔버스보다 더 크다. 정교하게 여백에 쓴 글 없이, 주제넘지 않게, 그러나 움직이고, 주장한다.[13]

그러므로 닌에게 일기장의 크기는 기능과 분리될 수 없었다. 이전의 작은 일기장은 은밀하고 쉽게 숨길 수 있었던 반면, 더 큰 새 일기장은 순전히 개인적인 글쓰기를 넘어서 더 넓은 영역으로 움직이는 것을 암시하였다. 그건 "살아 있는 원고"처럼 보였다. 이 무렵에 그녀가 일기의 부분 출판을 진지하게 고려하기 시작했다는 것은 아마 우연의 일치가 아닐 것이다.

여러분은 가까운 문구점에 무엇이 있는지 이리저리 살펴보고 싶을 것이다. 1~2달러 가격의 간단한 (재생 종이의 가격은 더 높은) 스프링 공책에서, 80달러 이상의 가죽 장정이나 이태리 마블지의 공책에까지 다양하지만, 누구에게나 적당한 것이 있다. 만약 독특한 디자인과 장식을 좋아한다면 수입품 가게에 가보라. 그곳에서 중국 공단으로 장정된 공책이나 일본의 쌀 종이를 구입할 수 있다. 얼마 전에 한 친구가 네팔에서 월계수 관목 껍질, 즉 "종이 나무"로 만든 예쁜 공책을 나에게 선물하였다. 종이는 변색하거나 찢어지지 않고 시간이 지나면서 글씨의 색깔이 바래지 않도록 고급 재질인지 확인하라. 가능하다면 백 퍼센트 경질의 산성 방지 종이를 찾아보라. 세월이 지나면서 값싼 종이를 누렇게 변질시키는 산성을 분해하여 보호하는 (더 값싼 나무 펄프가 아니라) 면섬유로 만든다는 뜻이다. 화가들의 스케치북이 좋은데 화려한 장정의 공책처럼 많은 돈이 들지 않는다. 가능하다면 일기장을 구입하기 전에 무릎 위에 올려놓고 앉아서 크기와 무게가 알맞은가 확인해보라. 마음에 드는 것이 없으면, 내놓은 물건의 품목이 충분하지 않다고 가게 주인에게 말해도 좋겠다.

30년 전에 5년 동안 쓰는 자물쇠와 열쇠가 달린 일기장에 글을 쓰기 시작한 후로, 내 일기는 59센트짜리 공책 몇 권, 세 구멍 뚫린 커다란 바인더 (한 권에 종이를 오백 장 정도 끼울 수 있는) 두 권, 그리고 온갖 크기와 종류로 장정된 수많은 공책, 말하자면 줄이 있는 것 없는 것, 천, 비닐, 가죽들로 커버를 한 평이한 것 모양낸 것, 이렇게 계속되었다. 런던에서 살던 1980년대에, 밝은 색 아마포로 표지를 만든 차트웰 학생용 필기장 시리즈가 적당한 가격으로 나온 것을 발견하였다. 이건 내 돈지갑과 손가방의 사정에 꼭 맞는 것이었다. 영국을 떠난 후에도 영국에 갔다 돌아오면서 필기장 사재기를 하였고, 두 번이나 친구들이 몇 권을 대서양 건너 나에게 공수하게 하였다. 최근에는 가죽으로 장정한 두 권, 아름다운 꽃무늬를 놓은 천으로 표지를 장식한 한 권, 짙은 녹색의 화가용 스케치북 두 권으로 다시 실험하고 있다. 어느 장소에 있거나 나는 "꼭 맞는" 일기를 쓰기 위하여 항상 주의를 집중한다.

내게 제일 잘 맞는 일기장은 크지만 대형이 아닌 딱딱한 표지, 흰색 또는 크림색으로 줄이 없거나 있다면 옅은 푸른색 줄이 있는 종이, 유연한 장정으로 열 때 소리가 나지 않고, 두께가 2센티미터 정도 되는 그런 것이다. 좀 작은 보조 일기장을 항상 가지고 다니는데, 집을 나와 멀리 떠날 때 지니기 때문에 훨씬 더 오래 사용한다. 내 일기장에는 하나같이 여러 가지를 모아둔다. 드라이브 중에 불현듯 생각나서 메모해둔 것, 때로는 사진, 친구의 편지, 오려낸 신문기사, 그때 한 요리 방법 등을 끼워둔다. 일기장을 1981년부터 넘겨보다가, 친구와 논문 지도교수의 편지, 내 목소리를 칭찬하는 합창단 음성 테스트의 소중한 통지서, 어떤 친구를 생각하면서 내가 쓴 시, 내가 만들고 싶은 흰색 작업복 셔츠가 실린 잡지의 삽화를 발견하였다. 일기장에 기록된 말 하나 하나처럼 갈피에 끼워둔 모두는 분명히 내 생의 그 순간에 무엇이 중요한지 기억을 되살리게 한다. 어떤 것은 테이프로 붙이고, 다른 것은 그냥 갈피 사이에 끼워 넣었다. 몇 년 전, 그 당시 나에게 특별한 의미를 지니는 그림, 엽서, 이미지들로 새 일기장의 표지를 장식해 보았다. 내가 아는 일기 작가들 중에는 고운 천, 마른 꽃, 자신의 미술품 등으로 일기장의 표지를 꾸미는 이도 있다. 버지니아 울프는 일기를 대부분 큼직한 종이에 쓰고 나중에 장정해서 표지를 알록달록한 무늬가 있는 이태리 종이로 씌운다. 방법은 여러분의 상상력만큼 무궁무진하다.

일기장에 연속으로 제목을 붙여서 쓰는 사람도 있다. 아이작 디네센(Isak Dinesen)은 자기 기만을 경고하는 뜻으로 일기장 한 권의 제목을 "정직, 정직"[14]으로 하였다. 한 친구는 자신의 평상적 삶이 무너지는 느낌 속에 새롭게 생성되는 무엇을 얼핏 보고 일기장의 이름을 "창문"이라 하였다. 이제 지난 삶의 문 밖으로 걸어 나갈 자신감을 얻어 새로운 삶으로 향하는 문턱을 넘어설 때, 그녀는 새로운 일기장에 "문"이라는 제목을 달았다. 근래 그녀의 일기장 제목은 "지평선" 그리고 "일출"로 이어진다. 최근에 진행된 일기 연구회에서 자신의 실제 또는 가상의 일기장에 제목 달기 실습을 하였는데, "변화", "유머와 품위를 조금만", "평범은 그렇게도 나쁜가?", "베로니카의 모험", "두드려 나의 길을" 등이 나왔다. 이들 제목은 너무나 많은 이야기를 암시한다!

한번 시도해보라. 일기장의 크기와 잉크 색깔을 바꾸고, 변덕스러운 감각에 빠지는 자유를 즐겨라. 내가 초기에 쓴 몇몇 일기장은 크기가 반절 이하인데, 일반 책 크기의 종이에 따분한 느낌이 들면서 다시 시작하고 싶었기 때문이다. 상징적으로 또 실제로 이렇게 말하고 싶었다. "내 인생에서 이 시기는 끝났어. 새로이 시작하는 거야." 쓰기 편한 연필과 펜을 찾아보라. 장정한 일기장에 쓰면 빈곳을 채우는 참여의 글을 자기가 계속 쓴다는 실제적 암시를 받을 수 있다. 그럴 엄두가 나지 않으면, 종이 한 장으로 시작해보라. 아니면 달력의 빈곳에라도 써보라. 어디든 좋다. 그냥 시작하라!

머지않아 생각이 더 분명해지면서 어떤 종류의 일기장이 제일 적당한지 알게 된다. 외투 주머니, 손가방, 서류 가방, 어디에 어울리는 걸 원하는가? 주로 집에서 쓰는가? 넓은 지면에서 손놀림의 여유와 자유를, 아니면 더 작아서 안전한 것을 좋아하는가? 침상에서 즐겨 쓴다면, 어떤 종류의 일기장이 제일 효과적인가? 종이는 어떤 게 마음에 드는가? 줄을 친 종이는 편안하여 선호하는 사람이 있는가 하면, 의무적으로 하는 숙제를 지나치게 연상하는 사람들도 있다. 줄이 없는 종이의 좋은 점은 스케치나 낙서를 일기장에 할 수 있다는 것이다. 내가 아는 사람 중에는 줄이 없는 연푸른 종이만 쓰는 이, 빼고 끼우는 연보라 종이만 사용하는 이도 있다. 바인더에 일기를 쓰는 내 친구는 때마다 색깔이 다른 종이를 구입한다. 보통 크기의 노란색 종이철과 연필로, 또는 가죽 장정한 일기장과 소중한 만년필을 가지고 시작할 수 있다. 선택은 여러분의 것이다. 즐거움을 향유해보라.

언제 어디서?

일기 쓰기는 무한하게 열린 행위이다. 마침내 자신만의 글쓰기 습관과 절차를 고안하여 특별한 시간과 좋아하는 장소 등을 마련한다. 잠자리에서 일어나기 전, 아직 꿈이 생생하게 살아 있을 때, 논리적 왼쪽 뇌가 기능을 발휘하기 전에 일기를 쓰는 사람이 있다. 어떤 사람은 하루가 오전과 오후 양쪽에 걸쳐 있는 정오 시간을 좋아한다. 그래도 대부분 그날의 활동이 진정되는 조용한 밤을 택한다. 촛불이나 향을 켜거나 마음에 드는 음악을 틀어 놓고 분위기를 잡기도 한다. 작가 패트리샤 햄플(Patricia Hampl)은 이른 아침에 쓰는 일기를 그날 작업의 준비 운동으로 생각한다. 그녀는 말한다. "평소 창밖에 보이는 것을 일기장에 빠르게 쓰면서 하루를 시작한다. 이는 악기의 건반, 아르페지오(arpeggio) 방식의 화음, 소리의 음계 등으로 이루어지는 유연한 체조가 된다."[15] 버지니아 울프는 "차를 마시고 한가한 30분 동안" 일기를 쓰고, 아나이스 닌은 늦은 밤 침대에 앉아서 쓴다. 하루 중 어느 시간에 마음이 끌리는가? 언제 글을 쓸 시간이 생기는가? 밤에 잠자리에 들기 전 매일 20분 동안이라도 써볼 마음은 없는가? 일과 후 카페에 앉아서 하루 동안의 일을 반성하는 시간을 가져보겠는가? 점심시간은 어떤가? 아마 이른 아침 시간이 제일 좋지 않을까? 하루의 생활 중에 피난처와 틈새기는 어디인가?

대학원생이었던 70년대 후반에서 80년대 초반까지 밴쿠버(Vancouver)의 우리 집에서 세 구역 거리에 있는 단골 카페에서 자주 글을 쓰곤 하였다. 그때 보카 바(Boca Bar)에는 8개 국어로 된 신문, 그리고 학문적이면서 예술가적인 집시 타입의 한 고결한 고객이 있었다. 카페 주인은 요즈음 이태리 히피족 같은 사람으로 30년대 파리 식의 카페 분위기를 어떻게든 만들어내었다. 구석진 한 곳은 누구나 탐내었다. 문 뒤쪽에 마련된 작은 피난처는 다른 탁자보다 더 아늑하면서도, 카페 전체를 잘 볼 수 있는 곳이었다. 날마다 내 친구들이 오후 늦은 시간에 만나 토론하고 독서하고 논문 작업을 계속하는 그곳 낡은 참나무 탁자 위에는 책과 종이가 어지럽게 널려 있었다. 한번은 일기를 쓰다가 (그 당시 나는 얼룩덜룩한 백녹색 학생용 공책을 사용하였는데), 불현듯 과제물 입센(Ibsen)에 대한 영감이 떠올랐고, 따끈한 밀크 커피를 공급받으면서, 세 시간 만에 개략적인 초고를 거의 완성하였다. 내 친구의 한 친구는 그 보카 바에서 소설 한 편을 완성하였다. 우리 모두 때문에 그 카페는 마술적 영감을 주는 힘을 지니게 되었다고 생각한다.

어떤 사람은 매주 한두 번씩 고정된 시간을 마련하여 그동안 일어난 일을 즐겨 회고한다. 한 해 중 어느 특정 시기는 다른 때보다 더 반성이나 자기 분석에 적합하다는 사실을 발견한 사람도 있다. 카렌은 일 년 내내 기다리는 연중 휴가를 뉴저지의 롱비치 아일랜드(Long Beach Island)에 있는 해변 피서지에서 보낸다. 그 4주 동안 아침 시간에, 남편은 어린 두 아들을 돌보고 카렌은 일기장에 글을 쓰는 이 즐거움은 일 년 중 다른 때는 맛볼 수 없는 것이다. 오래전부터 일기 작가들은 의례적으로 생일이나 연말에 글을 쓰곤 한다. 이런 방식으로 전체적인 평가를 하여 새로운 한 해의 소망을 분명하게 할 수 있다. 몇 년 전에 나는 새해의 결심을 나열하는 낡은 습관을 버리고, 지난해에 성취한 일을 모두 기록하기로 작정하였다. 다른 사람의 눈에는 별로 감동적이지 않겠으나, 나에게는 중요한 일의 목록을 작성해보았다.

⚜ 1992년 1월 17일. 지난해 내가 한 일이 무엇인가? 내가 가르친 여섯 과목 중에, 두 개는 처음 맡았는데 그중 하나는 뉴욕시립대학에서 처음 개설된 교과목 '19세기 유럽 문학'이다. 새로운 교우 관계를 시작하여… 일기 연구회 여덟 번 중에 여섯 주간의 세미나를 네 차례 가졌다. 다섯 주간의 여성 일기 쓰기 연구회 한 과정을 오는 봄에 강의해달라는 청탁을 맨해튼에 있는 융 재단(Jung Foundation)으로부터 받았다. 삼월에 열리는 뉴욕여성학회의 연례 학술대회에서 강연해달라는 요청을 받아들였다. 내 학생융자금 반액을 갚았다. 일 년 기간의 게슈탈트(Gestalt) 훈련 과정을 다 마쳤다. 브리티시 컬럼비아(British Columbia)에서 다섯 주를 보내고 열흘 동안 캐나다 동부를 자동차로 여행했다.

다 작성된 일기의 목록에 깜짝 놀란 나는 고무되었다. 지난 한 해 동안 쓰지 **못했던** 글과 하지 못한 일을 두고 애통해하는 대신에, 내가 **이루어 놓은** 확실한 증거를 내 눈앞에 두었던 것이다. 그것은 실속 있는 결과였다. 한 주일 후에 나는 이 방법을 처음으로 일기 쓰기 연구회에서 적용해보았는데, 그때 참가한 사람들은 1991년에 자신이 성취한 일에 의외의 기쁨을 느끼는 유사한 반응을 보였다.

위기의 시간에만 일기를 쓰는 사람도 있다. 삶이 요동치고 의지의 모든 대상은 허물어질 때, 일기는 닻이 되어 자기 자신을 바로 세워 유지하게 하고, 자신이 누구인지 일깨우는 (이런 점은 제6장과 제10장에서 더 자세히 본다) 일을 한다. 나치에 저항하는 작품으로 대역죄의 혐의를 받아 1944년 감옥에 갇힌 독일의 작가 루이제 린저(Luise Rinser)는 몰래 일기를 쓴다. 바바리아(Bavaria)에 있는 여성 감옥에서 열흘이 지난 날 그녀는 감방의 느슨한 마루판 아래에 숨겨진 노란색 낡은 종이 몇 장과 연필 한 자루를 발견한다. 그녀는 그 자리에서 쓰기 시작한다. "1944년 10월 22일… 감옥에 갇히기 전에 나는 마음 내키는 대로 아무 때나 쓸 수 있어서 일기를 쓰는 목적이 확실하지 않았다. 이제 나는 일기가 개인에게 대단히 유익하다는 걸 깨달았다. 일기장의 말 하나하나가 관대하게 나를 흡수하면서, 나 자신과 생생한 감옥의 현실 사이로 들어온다."[16] 일주일 후 종이를 다 써버리자, 린저는 과거의 재소자 명단이 적힌 화장지 뒷면에 계속해서 쓴다. 감방 검색 때 발각되어 없어진 이 일기가 생각나면 그녀는 전율하기도 한다. 더 최근에, 미겔 쉐러(Migael Scherer)는 1988년 2월에 강간당하여 거의 살해될 지경까지 갔다가, 그 후 자신의 고통스런 회생의 세월에 대한 일기를 출간하였다. 엘리자베스 콕스(Elizabeth Cox)가 일기를 쓰는 1986년 1월부터 이듬해 4월까지는 그녀의 남편이 에이즈 양성 진단을 받고 죽어간 시기였다.

이와는 상반되는 경우도 있는데, 위기에 처하면 말이 나오지 않는다. 에디(Edie)의 일기는 암으로 죽어가는 어머니 곁에서 커다란 위안이 되었으나, 어머니와 사별한 일 년 반 동안 한 줄도 쓸 수 없었다. 늙은 아버지에 대한 책임을 떠맡아 전업으로 일을 하기 때문에, 일기를 쓸 수 있는 시간이라곤 점심시간에 공원에 앉아 있을 때뿐이었다. 에디는 나에게 말했다. "글을 쓰기 시작하면 언제나, 무엇 때문인지 어머니의 죽음이 생각나서 울기 시작했다. 도대체 걷잡을 수 없는 너무 깊은 상처였다. 사람들 보는 앞에서 울지 않으려고 애쓰다가 지치기도 하였다." 16개월이 지나서, 텔레비전 연속극 「육군 이동 외과병원」(*M*A*S*H*) 중에 유별나게 사실적인 한 삽화에서 에디가 새롭게 깨우친 사실은, 만약 자신의 슬픔을 표현하고 토로하지 않으면, 신체적 정신적으로 전부 또는 일부는 병이 난다는 것이다. 에디는 일기장을 펼쳐서 일기를 쓰기 시작하였다.

갑자기 "일기 쓰는 습관"에 빠지는 행복한 일도 가끔 일어난다. 그웬(Gwen)은 그렇게도 기다리던 외동인 첫 아이를 마흔두 살에 출산할 때 일기를 시작하였다. 줄리아(Julia)의 일기는 남편과 함께 닦은 고속 승진의 언론계 경력을 버리고 태평양 북서부 지역에 있는 섬으로 이주하여 야채를 재배하고 소설을 쓰면서 시작되었다.

분량은? 길이는? 횟수는?

자주 이런 말을 듣는다. "나는 일기 작가가 될 수 없어, 그저 쓰고 싶을 때만 쓰니까." 내가 항상 궁금한 것은 글을 써야 하는 때가 언제라고 이들은 생각할까? 가장 오래 일기를 쓰는 작가들은 공통적으로 의무가 아닌 의욕과 필요에 따라 계속한다. 일기를 쓰면 저절로 타성이 생긴다. 일기를 쓰는 대로 자기 자신만의 독특한 글쓰기 리듬이 점차 개발된다. 일주일에 서너 번 아주 규칙적인 시간에 일기를 쓰기도 한다. 혹은 매주 두세 번 쓰다가, 다음 주는 건너뛰고, 그다음 주는 매일 쓸 수도 있다. 한 번은 두 문장만 쓰고, 다음은 여섯 쪽을 쓰는 때도 있을 것이다. 두 달 동안 일기를 전혀 쓰지 않다가, 어느 날 문득 펜을 잡기도 한다. 심지어 몇 년 동안 안 쓰다가, 새롭게 시작할 수도 있다. 집중력, 지속성, 반복이 가장 중요한 육체적 운동과는 달리, 일기 쓰기의 좋은 점은 분량과 길이와 횟수에 얽매이지 않는다는 것이다.

내가 30년 동안이나 일기를 쓴다는 사실을 알고 사람들은 질문을 자주 한다. "그렇게도 긴 세월 어떻게 일기를 계속 쓸 수 있나요? 우리는 그런 훈련을 받아보지 못했어요." 이 말을 들을 때마다 나는 깜짝 놀란다. 일기 쓰기는 나 자신에게 가하는 훈련처럼 된 적이 없다. 나는 항상 마음이 내키고 필요하거나 원할 때에만 일기를 쓴다. 도리어 무슨 이유로 글을 쓸 잠깐의 여유도 없을 때, 내 소망은 오로지 한 시간 동안만이라도 일기장과 함께 있는 것이다. 이것은 나 자신을 따라잡으면서, 삶이 전개되는 모습을 이해하는 방식이다. 게일 고드윈(Gail Godwin)도 나처럼 규칙적인 일기 쓰기의 필요를 느낀다. 그녀는 말한다. "일기를 쓰는 일이 수영처럼 거의 매일 생활의 일부가 되었다. 내 삶의 리듬을 맞추는 일부이다." 그녀는 매주 평균 세 번씩 일기를 쓴다. 하지만, "고독과 고통, 그리고 극도로 창조적인 일을 하는 동안… 나는 종종 하루 여러 번 일기를 쓴다. 정말 불안할 때… 매 시간마다 쓰기도 한다."[17]

발밑의 땅처럼, 일기는 언제나 그곳에서 당신을 도와 살아가는 세상과 결합하게 한다. 일기가 돌려주는 보상을 경험하기 시작하면, 고무되어 더 많이 일기를 쓰게 될 것이다. 십중팔구 머지않아 더 많이 더 대담하게 일기를 쓰고, 마침내 일기가 인생의 여정에서 절대 필요한 반려가 된다는 사실을 발견할 것이다. 5년 전쯤, 한 친구가 더 이상 "일상을 그대로 잡아두는" 일기를 쓸 필요를 느끼지 않는다고 알려주었다. 친구의 자기만족에 찬 태도가 암시하는 바는 그는 우리 너머로 발전하였는데 우리는 아직도 일기를 쓰는 일에 "매달려" 있다는 것이다. 친구는 작가가 될 마음을 먹는구나 생각하고, 그 말을 심각하게 받아들이지 않았다. 생각했던 대로, 그 대화 이후 약 1년이 지나자 친구는 일기장을 다시 펼쳐서 이전보다 더 강렬하게 일기를 쓴다.

물론 내가 말하는 많은 부분은 여러 해 동안의 경험을 통하여 나에게 가장 잘 맞는 것이다. 어떤 사람은 더 짜인 방법을 선택한다. 예를 들면, 잉그리드(Ingrid)처럼 매일 아침 30분간의 일기 쓰기는 하나의 규율로서 다른 글쓰기 작업과 아울러 자신의 감정적 건강에 막대한 이득이 된다. 어린아이가 있는 여성은 글을 쓰고 싶은 충동을 느낄 때까지 기다릴 시간적 여유가 없다. 확보해야 하는 것은 예고 없이 찾아오는 15분, 아기가 잠든 30분, 다른 사람들이 아직 일어나지 않은 이른 아침의 시간들이다. 조금만 더 기다리면, 일기 쓰기에 가장 좋은 여러분의 리듬을 마침내 발견할 것이다. 포기하지 말라. 최근에 학대하는 남편으로부터 떠나온 한 친구는 자기 자신을 치유하는 아침의 일과를 새로 만들었다. 그녀는 다섯 시 반에 일어나, 찻잔을 들고, 일기장을 가지고 침대로 다시 간다. 한 시간 동안 쓰고, 활기찬 아침 산보를 다녀와서, 샤워한 다음 일터로 향한다. 그녀는 25년 동안 오로지 남편과 아이들을 위하여 아침 일찍 일어났지만, 이제 마침내 자기 자신의 필요에 맞추어 아침 시간을 계획할 수 있게 되었다. 밤이면, 그녀는 아홉 시경 침대에서 독서를 하다가 잠이 든다.

어떤 여성은 마음이 산란하고, 우울하거나, 불행할 때에만 일기를 쓴다. 이때 일기는 그 고뇌에 대한 상담역을 하고, 악령을 몰아내는 방편이 된다. 루 넬슨(Lou Nelson)은 일기장에 털어놓았다. "생활이 즐거울 때 일기를 쓸 시간은 없다. 슬픔에 잠기거나 가혹함에 자극될 때 유독 펜이나 연필을 찾아서 일기장의 새 쪽을 펼친다."[18] 또 버지니아 울프는 불만을 토로했다. "진실로, 말로 시끄럽게 다투는 일이 있을 때만 일기장에 글을 쓰다니 불행한 일이야. 우울하고 침울한 것만 기록하는구나."[19] 독일 화가 케테 콜비츠(Käthe Kollwitz)는 지난 일기를 읽을 때 우울해지는 자기 자신을 관찰하였다. 그녀는 추측했다. "그렇게 된 이유는 내 생활에 장애물이 나타나고 그 흐름이 정지될 경우에만 일기를 쓰고, 만사가 순조롭고 원활할 때는 거의 쓰지 않았기 때문이다…. 분명히 진실은 내 일기 이면에 놓여 있어도, 나는 인생의 한 측면, 즉 장애와 괴로움만을 기록하였다."[20] 어떤 사람들은 내 친구 모나(Mona)처럼 여행 중에만 쓰는데, 보고 경험하는 것 모두에 대한 인상을 기록한다. 외지로 떠나는 여행은 내면세계의 탐색에 비유되기도 한다. 종종 우리는 낯선 나라를 여행하면서 자기 자신을 발견하기 (더 자세한 논의는 제9장에서) 때문이다.

1980년 8월 13일에, 한동안 매우 드문드문 글을 쓰다가, 일기장에 적었다. "요즈음 일기 쓰는 간격이 이렇게 길게 늘어지다니 믿을 수 없다. 내가 일을 더 많이 할수록, 차분히 앉아서 그것을 반성할 시간이 그만큼 줄어든다는 게 사실인 것 같다." 가끔 우리는 궁지에 빠진 자신을 발견하는데, 삶이 충만하고 흥미진진하면 글을 쓸 시간이 없고, 시간이 남아 할 일이 없을 때 딱히 쓸 게 아무것도 없다. 다이안 캔디그(Diane Kendig)는 이런 경험을 했다. 1970

년 4월, 그녀는 썼다.

♆ 한 주일 넘도록 내내 일기를 다시 시작하겠다고 스스로 다짐했다. 그래서 지난 수요일은 그 결심을 한 날이었다. 내 마음은 처음 본 사람에게서 받은 새로운 아이디어들로 가득 차 있었다. 그런데 기숙사에서 토론은 새벽 세 시까지 이어졌고 나는 너무 지쳐 있었다. 그래서 왜 하필이면 여러 날 중 오늘 일기를 쓰는가. 특별한 의미도 거의 없는 이날에. 말하자면, 아무 일도 일어나지 않았는데. 그러나 그러므로, "아무것도" 일어나지 않는 대부분의 날들, 그래서 일상과 더불어 시작함이 옳지 않은가.[21]

가끔 일기를 쓰고 싶은 충동이 일어나는 그 시간이 적절한 때이다. 그래도 여전히, 위의 인용에서 보듯이, 끌어줄 영감이 부족하다. 도대체 무엇을? 어느 방향으로 서술해야 하는가?

영감을 찾아서

이 장의 서두에 질문자처럼, 만약 쓰고 싶은 마음은 있으나 쓸 내용이 나오지 않더라도 절대로 걱정하지 말라! 길을 뚫고 나아갈 수 있는 방법은 여럿 있다. 아나이스 닌이 제안하는 방법, 즉 지금 이 순간 가까이 강하고 포근하게 나를 이끄는 어떤 느낌에 대하여 쓰는 것은, 특히 얼마 동안 글을 전혀 쓰지 않았다면, 감정과 연상 작용이 홍수처럼 일어나게 할 것이다. 또 달리 유용하게 사용되는 편리한 도구는 게슈탈트 기초 훈련이다. "내 느낌은… 내가 필요한 것은… 내가 원하는 것은…" 이런 식으로 한 가지에 10분씩 배당하여 글을 쓰면 자신의 길을 잘 찾을 수 있다. 어떤 일기 작가는 자기도 모르게 "나는 인생을 새롭게 시작해야 할 시점에 서 있다."라고 쓰는 자신을 발견하기도 한다. 이것은 자신에게, "이런 내 인생의 진정한 모습은 무엇인가?"라는 물음을 제기하게 하고, 이번에는 자신의 불만은 어디서 나오는지에 대하여 더 긴 일기를 쓰게 된다. 이런 두 가지 일기 쓰는 연습은 내면의 경험에 집중하므로, 그날 가고 싶은 마음속 깊은 곳에 이를 수 있다. 이 순간 마음속 끊임없는 재잘거림에 귀 기울이기만 하여도 지금 마음을 차지하는 것이 무엇인지 충분한 증거를 발견할 수 있다. 정신적 생활의 저류는 생각과 감정, 느낌, 직관, 그리고 이미지들로 얼마나 풍성한지 대부분의 경우 인식하지 못한다. 그곳에 귀 기울이면 일기에 쓸 많은 재료를 구할 수 있다. 10분 동안 조용히 앉아서 마음속에 있는 생각과 감정을 모두 비워보라. 그러면 내가 의미하는 것을 곧 알게 된다!

크게 영감을 얻을 수 있는 또 다른 원천은 독서인데, 특히 출판된 일기가 그렇다. 감동을 받으면 무엇이건 자신의 글쓰기에 영감을 주는 힘을 지닌다. 관심과 공감을 얻는 것은 모두 자신의 삶과 어떤 상관성을 갖는다. 이런 것에 대하여 써라. 다른 사람의 일기를 읽으면 대부분은 그 일기를 쓴 사람과 내면의 대화를 반드시 시작하고, 그 속에서 자신의 경험은 풍부하게 전달된다. 일기에 속하는 산드라 밀러(Sandra Miller)의 다음 글은 캐롤린 하일브룬의 『한 여성의 삶을 쓰기』(*Writing a Woman's Life*)를 읽고 나서 곧장 쓴 것이다.

⚜ 1994년 4월 30일. 내가 필라델피아 종합병원의 간호학과에 다니던 1960년 초, 캐롤린 하일브룬은 필명을 사용하여 탐정소설을 쓰기 시작했다. 그녀의 생활은, 겉으로 보면, 독립한 여성으로, 그 당시

여성으로서 완벽한 삶을 누리고 있었다. 그녀는 아내이고, 엄마이면서, 직업을 가진 여성이었다. 그녀는 대학에서 종신직 교수이기도 하였다. 그렇지만 그녀는 정신적 공간이 필요하였고, 그것은 탐정소설을 쓰는 데서 얻을 수 있었다… 나의 개인사에서 그때에 대한 기억으로 말하자면, 놀랍게도, 내 이름으로 나의 고유한 자아(Self)를 요구한다는 것은 말할 것도 없고, 정신적 영역에 대한 나의 지식은 1960년대라는 더 큰 구도 안에서 의미 있는 그런 것이었다. 나에게, 삶은 시립병원의 그 폭력성 안에서 제정신을 차리려고 안간힘을 다하는 걷잡을 수 없는 희미한 흔적에 지나지 않았다. 내 기억 속에는, 피 그 많은 피, 불에 그을린 살점, 피부를 파고든 암, 총탄에 찢긴 내장, 사망한 태아, 쉼 없이 흐르는 고름, 한 복지 병원의 의료용기 안에서 보이는 것은 비참한 삶의 모습밖에 없었다. 다 살아보기도 전에 죽어가는 사람들에게 간호사로서 침착하게 건네주는 나의 미소에 따라 정신의 안정이 좌우된다는 사실을 나는 곧 알게 되었다. 정신적 영역에 대하여 나는 무엇을 알고 있었나? … 그렇지만, 아마, 여성으로서 나의 역사를 해체함으로써 이 끔찍한 기억 속 그곳에 놓인 무엇이 있을 것이다.

아직도 출판된 일기를 읽어본 적이 없다면, 이 책에서 인용된 작가들의 글을 한번 보라.[22] 참고 도서 목록에서 아이디어를 얻을 수도 있는데, 일기를 읽는 과정에 대하여 제10장에서 집중적으로 다루겠다. 이 책의 부록에는 제2부에서 다루는 주제와 관련된 글쓰기 연습이 있다. 이 내용은 모두 일기 연구회에 참여한 사람들에게 적용해본 것들이다. 더욱이 글쓰기 관련 서적은 광범위한 영역에 걸쳐 나와 있어서 구입이 가능하다. 이 책들은 명확히 일기 쓰기에 맞추어진 것인지 아닌지는 중요하지 않다. 어린이의 기억, 여성의 음식과 신체의 관련성, 또는 위기와 고뇌에 관련되는 문제 등에 특정 초점을 맞추는 책들도 있다. 다른 사람과 어울리기 좋아한다면, 일기 연구회(제11장)에 참여하는 것을 한번 고려해보라. 집단 글쓰기의 활기, 토론, 그리고 함께 나누기는 언제나 영감을 불러일으킬 것이다.

대외 비밀

사생활의 문제는 어떻게 할까? 다른 의도가 아니라 일기장을 당신만 아는 곳에 두기 위하여 어떤 조치를 취할까? 함께 사는 다른 사람들이 있으면, 특히 이전에 일기를 전혀 쓰지 않았을 경우, 이들은 당신의 일기장에 관심이 많을 것이다. 당신은 무엇을 뜻하는지 그들에게 설명하고 싶을 것이다. 그 목적이라면 인식할 필요가 있는 것은 그들은 당신의 일기 내용에 관심이 끌려 다가온다는 것이다. 이와 다른 방법으로, 일기장을 가지고 다니거나, 비밀의 장소에 두거나, 자물쇠가 달린 가방이나 나무 상자에 보관하는 것도 고려해보라. 작은 가방을 이용할 수도 있지만, 아마 특별히 자물쇠를 주문 제작해야 할지도 모른다.

이제 선택할 수 있는 방법은 실제로 두 가지밖에 없다고 생각한다. 즉, 주변 사람은 사생활에 대한 권리를 존중한다고 당신은 믿는가 아닌가 하는 것이다. 그 문제는 이렇게 단순하다. 당신이 그렇게 믿으면 모든 게 해결된다. 만약 그렇지 않으면, 당신의 글에 대한 비밀의 유지를 보장할 수 있는 것이면 무엇이든 해야 한다. 이상적으로, 사적으로 쓴 글은 일기장의 소재를 아는 사람에게 불가침이라고 확신하면 모두는 안심할 수 있다. 그러나 실제로 일기장은 자주 애태우는 비밀문서처럼 보여서, 엿보는 사람들에게 금지된 비밀을 알려준다. 때로는 유혹을 떨쳐버리기 쉽지 않다. 이 점은 잊지 말라. 누구도 당신의 일기를 읽지 못하게 할 수 있는 사람은 **당신과 당신 자신**뿐이다.

또 잊지 말라. 여러 사람이 사용하는 방의 커피 테이블 위에 놓인 일기장은 개인의 서랍에 숨겨둔 일기장과는 대단히 다른 메시지를 담고 있다. 몇 년 전, 한 집에 사는 내 친구가 종종 자기의 일기장을 다림질대 위에 올려놓았다. 어느 날, 올바른 판단력을 잠시 잊고, 나는 그 일기장을 열었다. 그녀가 쓴 최근의 일기에서 나에 대한 솔직한 묘사를 발견하면서 내 잘못에 대한 대가를 지불하였다. 나는 불편한 마음을 억누르다가 마침내 그 친구에게 사죄하게 되었다. 내 행동에 대한 변명은 아니지만, 20년이 지난 지금 나는 그 친구가 의도적으로 자신의 일기장을 그곳에 두지 않았나 하는 의구심을 갖기도 한다. 일단 일기를 쓰기 시작하면, 어떤 의미에서건 그것은 당신의 사생활이 된다. 다른 사람의 호기심을 유발시키는 말뿐만 아니라 행동을 일체 삼가도록 조심하라.

일기 연구회에 참가한 어떤 사람은 자신의 일기를 숨겨두기만 하면 남편이 결국 찾아내어 다 읽어본 후 그 내용에 대하여 몇 마디를 남겨 놓는다고 말했다. 이런 일에 분노하여 그녀는 마침내 보복으로 자기의 일기장에 남편에 대한 가시 돋친 말을 던지기 시작하였다. 우리 모두는 문득 멋진 생각이 떠올라서 이 상황에 어떻게 대처할 것인가에 대한 아이디어를 제시하였다. 그러나 아무런 변화도 없었다. 이 문제는 몇 달 동안의 기간을 두고 반복되었는데, 분명한 것은, 그녀의 불평에도 불구하고, 그런 형태의 지속을 허용하는 데

이로운 점이 있다는 것이다. 그녀가 집을 비우는 순간 자신의 일기장은 남편에게 발각되어 읽힌다는 사실을 분명하게 알고 있기 때문에, 그녀의 개인적인 일기는 숨겨진 원한을 표출하는 토론장으로 바뀌는 그런 무엇이 시작된 것이다. 문득 나에게 떠오른 생각은 만약 의사소통의 결핍이 정말 문제라면 이들은 그 문제를 보다 분명하고 건강한 방식으로 다룰 수 있었다는 것이다. 즉 공동의 "일기"를 쓰면서 둘 다 상대방의 사생활에 대한 권리를 침해하지 않는 한도로 서로의 불만과 표현하기 힘든 원한을 소통하는 것이다. 이처럼 금지된 숨바꼭질 게임을 통하여 망실된 서로의 좋은 감정을 회복할 수 있을 것이다. 내가 사적으로 쓴 것을 내 뜻에 어긋나게 누군가 읽는다는 사실을 미리 알면, 더 이상 자기 자신을 위한 글을 쓰지 못한다. 당신이 지금 쓰고 있는 것은 정말 일기인가 하고 나는 물어보겠다. 만약 다른 사람의 반응을 기대하면서 글을 쓴다면 진정으로 털어놓는 비밀 이야기가 가능할까?

일기를 자발적으로 공개하면 어떨까? 어쨌든 당신의 일기인데, 원하는 사람들에게 일기를 읽어주어서 문제될 게 없지 않는가? 당신의 동기가 중요한 요소가 되겠다. 무엇이 당신의 마음을 움직여 당신만을 위하여 쓴 것을 공개하도록 하는가? 어떤 친구와 아주 절친한 관계를 맺고 싶은가? 그녀 또는 그의 행동에 어떤 식으로든 영향을 주고자 하는가? 당신의 글쓰기에 대한 반응을 받아들이겠는가? 무엇보다 중요한 문제가 있다. 그들이 보여줄 반응에 대한 마음의 준비가 되어 있는가? 나 자신의 직감으로 말하자면, 특히 처음에는 **그렇게 하지 말라**는 것이다. 말하기를 원하고 그럴 필요가 있는 것은 말을 해도 안전하다는 사실을 당신의 정신세계가 인식할 필요가 있다. 그런데 일기장에 있는 것을 다른 사람에게 공개한다는 생각을 지니고 글을 쓴다면 그 인식은 이루어질 수 없다. 이 책을 집필하기 전에, 일기장에서 공개된 것은 모두 내 남편과 일기 연구회에 참여한 사람들과 함께 만든 무의식을 꿈으로 변환시키는 작업(dream-work)의 내용들이다. 어떤 경우 친한 친구에게 같은 문제를 똑같은 말로 거의 동일하게 말하면서도, 내 일기장에 쓴 것은 언제나 대외 비밀이다.

스타일, 양식, 그리고 기교

일기 쓰기의 스타일은 대화 중의 개인적 성향이나 연설에서 악센트 같은 것이다. 모두 스타일을 하나씩 지니고 있으나, 대부분의 경우 그것을 인식하지 않는다. 우리 자신보다는 곁에 있는 사람의 스타일을 더 쉽게 알아 볼 수 있다. 일기를 쓴다면, 글을 쓰는 스타일은 자기 자신의 지문만큼 분명하게 드러난다. 격식을 갖춘 완전한 문장이나 짧은 어구를 쉼표와 대시로 연결하거나, 일인칭으로 쓰든지 아니면 자신을 "당신" 또는 "그녀"로 지칭하거나, 논리적 전개 또는 이미지와 연상들로 진행하거나, 이런 방식은 독특한 일기 쓰기 스타일을 결정하는 성격 중의 극히 일부에 지나지 않는다. 그러나 손가락 지문과는 다르게, 주의를 기울이면서 쉬지 않고 글을 쓰는 과정에, 스타일은 변화하고 진화하는 것은 분명하다. 목소리, 관점, 글의 양식을 달리하여 실험하는 수도 있다. 아마 자신도 모르게 더 많은 감정으로 글을 쓰고, 시간이 지나면서 직관적인 방향으로 시적 영역을 더 많이 확보하게 될 것이다.

글쓰기 기교는 어떤가? 통찰력 있는 일기 쓰기는 무엇보다도 까다롭고 함부로 제쳐놓을 수 없는 올바른 질문을 자신에게 던지는 것이다. 그것이 무엇인지 생각해내면, 제대로 길을 찾아가고 있다. 일기 쓰기에 대한 나의 방법은 기교가 아니라 주제에 집중하는 것이다.[23] 그러나 일기 쓰기에 주로 사용되는 양식을 간략하게 소개하겠는데, 여러분은 한번 시도해보고 취향에 맞게 변경하거나 다듬어도 좋다.

기교나 계획, 전략과 양식에 대하여 말하자면, 그 가능성은 끝이 없다. 다른 사람의 일기책을 읽기 시작할 때의 나처럼, 이미 일기를 쓰고 있다면, 당신의 글쓰기는 몇 가지 기교를 함께 자연스럽게 사용하고 있다는 것을 분명히 알게 된다. 이런 방법으로 많은 결실을 얻으려면, 일기를 쓸 때 정직하게 자신을 탐색하는 자세 그리고 자기 자신의 마음과 영혼의 내면을 진실하게 직시하는 용기가 있어야 한다. 정직에 대한 의지가 없이는, 아래에 설명하는 기교들은 단지 추상적인 연습에 머무른다.

자유롭게, 붓 가는 대로, 빠르게 쓰기

자유로운 글쓰기는 (소위 붓 가는 대로) 보통 우리가 생각하는 일기 쓰기 방식이다. 이 과정은 한 가지 생각이나 느낌, 아이디어나 단어 하나로 단순하게 시작하여 이끌리는 대로 쓰는데, 중도에 확인하거나 수정하고 순서를 바로잡거나 분석하기 위하여 멈추지 않는다. 달리 말해서, 생각은 연상적인 유기적 흐름으로 이어지게 하여 특정한 주제에 고착되지 않는 것이다. 흥미롭게도 지극히 투명하고 아름다운 것은 이때 종종 드러난다.

빠르게 쓰는 것은 창작의 흐르는 즙을 날렵하게 받아서 몇 번에 걸쳐 짧게 작렬하는 자유로운 일련의 글쓰기로 이루어진다. 주제는 어떤 면에서 서로 관련이 있거나 임의로 선정될 수도 있다. 어떻게든 좋다. 어느 쪽이든 마음은 거의 틀림없이 연속성을 창조한다. 이런 연습은 자신의 용도에 맞추어 적응하면 된다. 부록에 실린 주제 중 하나를 택하여, 말하고자 하는 것에 대한 생각을 멈추지 말고 쓰기 시작하라. 10분 후에, 다른 주제를 가지고 계속하라. 쓰다가 멈추어 다음에 무엇을 쓸 것인가, 즉, 일기 내용의 진행 과정에 대한 계획을 세우지 말라. 다음에 발췌한 글은 일기 연구회에 참여한 로빈 가버 카발킨이 빠르게 쓰기 연습에서 "색감", "여행", "이미지"라는 말을 사용하여 작성한 것이다.

⚜ **1. 색감**: 선 안에. 선 너머: 누가 선을 만들었나? 누가 크레용을 부러뜨렸나? 밀랍 냄새, 종이를 찢고, 규칙을 위반하고, 색, 수레국화의 푸른색으로 돌아가서, 내가 좋아하는 크레용, 그 크레용은 두 가지 사물이니까. 크레용 하나 **그리고** 꽃 한 송이. 복잡한 사랑의 첫 감정. 규칙에 대한 반대 감정의 병존. 크레용을 부러뜨리지 말라, 종이를 찢지 말라, 하지 말라, 하지 말라… 보고, 느끼고, 창작하고, 모두 하나의 동작으로. 분홍색 공기, 푸른 살갗. 내가 원하는 것 모두, 하고 싶으면 그냥 하라. 색칠을 하고 또 하고, 노출증 환자의 마음으로 캔버스를 가로지르는 춤을 추고, 흔적을 남기면서, 세상 모두가 바라보는 난폭한 흔적들. 자유가 그 안에 거주하고 있다는 사실을 보고 느끼고 깨우치기 위하여….

2. 여행: 동굴 거주자: 꼬불꼬불한 길을, 오르락 내리락, 오랜 세월 숨어서, 그동안 멸시 당한 자신을 찾아가라.
여행: 동굴 거주자, 태양 속으로 나와서, 바깥세상을 배워라, 여기서 돌보는 사람들이 두려움을 극복하게 해줄 거야.

동굴 거주자: 힘든 산길, 바위, 산사태, 길목마다 함정들.

여행: 시원한 호수, 푸른 계곡, 마음과 영혼을 위한 영양물. 나와 같이 여행하자.

동굴 거주자: 나는 두려워, 그래도 한번 해볼 거야, 더듬거리면서. 이봐, 내가 장애물을 보면 당장 움츠리잖아….

여행: 너 자신을 밀고 나아가, 여행은 지금부터야. 만약 중단하면, 너의 세계는 멈추게 될 거야, 어둠이 내릴 테고…. 여행하면서 네가 볼 수 있는 게 뭐가 있을까?

동굴 거주자: 경이로움. 자아. 힘. 시. 수용.

3. **이미지**: 사막의 어두움. 동굴 거주자는 좁은 통로를 겨우 빠져나가서 눈앞에 한줄기 빛을 본다. 여행하는 바로 그 여인, 그녀를 안내하여 유별나게 험하고 거친 인생의 대로를 통과하게 한다. 으악, 로빈, 다른 일이나 하지, 너는 이런 일을 사실 원하지 않아.

잠자리. 그 이미지를 백배나 증대시켜 자신의 관점을 바꾸고, 분위기를 완화시켜 많은 것이 창조되게 하면서 규칙을 파괴한다.

흥미롭게도 여기서 이 세 가지 항목들은 유기적으로 관련이 있고, 자유와 자연스러운 자기표현을 경험하기 위하여 내면적 두려움과 외부적 권위 사이의 장벽 허물기를 원하는 공통된 주제가 있다. 일기 연구회의 세 번째 단계에서, 에디 쉬(Edie Scheie)는 다음의 내용을 적었다.

⚜ **이미지들**. 말 위에 앉아, 손으로 북을 치면서, 글을 쓴다. 리듬. 심장의 박동소리. 심장, 작고, 붉은, 맥박이 내 오른손에 나타난다. 역

시, 판막으로 조절된다. 콜레스테롤 증강. 바다의 조수, 대양, 푸르고, 새하얀 물방울 구름들, 뿌연 목욕탕, 모래 언덕으로 돌진하는, 모래. 섹스의 절정에서 여성의 심장 소리. 필요, 욕구충족. 사는 것. 파도의 박동. 나르는 것. 내 왼손에서, 하나의 열쇠로 합체한다. 오래된 금속 열쇠. 나는 맛본다. 차가운 금속의 맛. 하얀 망으로 된, 낡은, 문이 나타난다. 더운 꽃집으로 이어진다. 아저씨가 나에게 들어오라고 말한다. 나는 어리고 그는 나를 원한다. 그는 나를 무릎에 앉히려고 한다. 나는 나이가 더 들고 키가 더 커서 그에게 나가라고 말한다. 후일 나는 돌아와서 그를 상대할 수 있으나, 지금 여기서 그를 원하지 않는다. 장소가 사라진다.

그 후 이어진 전화 통화에서, 에디와 나는 이 글의 내용에 대하여 대화를 더 나누었다. 이 글이 어떤 의미를 지니는지 에디는 자신의 생각을 나중에 글로 나에게 보냈다.

⚜ …어린 시절 해변에서의 기억은 긴 시간 내 마음속에 놓인 생각과 두려움에 영감을 불어넣었습니다. 성적 학대에 대한 언급은 기억이 아닙니다. 그것은 늘 나를 괴롭히는 어떤 가능성입니다. 어떤 아저씨가 괴롭힌 세 명의 친척 여성은 어린아이와 십대들이었습니다. 그가 자신의 딸과 손녀를 그렇게 학대하였는지 알 수 없습니다. 나는 학대당한 기억은 없지만, 어린이로서 이런 사람에게 노출되어 있었기 때문에, 그 가능성은 있다는 것이지요…. 살아 있다는 것은 삶의 즐거움뿐만 아니라 슬픈 상실감이나 무거운 우울증을 경험하는 것입니다. 그것은 또 돌아가는 바퀴이기도 합니다.

여러 곳의 일기 연구회와 대학의 글쓰기 강좌에서 시도한 빠른 글쓰기 연습에서 나는 놀라운 결과를 얻었다. 일정한 주제를 10분 이내에 쓰는 것은 신속하게 무의식적으로 글을 쓰게 하는 무엇이 있다. 글을 쓰는 데 더 긴 시간이 주어진 때 예민하게 심사숙고하는 학생들은 정해진 시간을 알고 쓰면 흔히 그 분량이 동일하거나 더 많은 경우가 있다. 가끔 독서하는 중에 어떤 말이나 어구가 튀어나온다. 언어는 감각적이다. 우리가 얻는 즐거움은 아마 말의 생김새, 짜임새, 혀를 넘어서 입술을 통과하는 그 느낌에서 나올 것이다. 유별나게 강렬한 떨림이 있는 말이 있을 때, 그 말은 나에게 의미가 있는 어떤 잠재의식적 연상 작용으로 이어지는 문의 열쇠가 된다. 이 말을 따라가면서 그 의미가 무엇인지 한번 탐험해보라. 붓 가는 대로 "자유", "파랑", "길", "눈물", "순환", "창문", "실수", "빛", "적대자" 등에 대하여 써라. 빛을 발하는 말의 목록을 만들어서 글쓰기를 시작하라.

나선형 글쓰기

나선형 글쓰기는 일종의 빠른 글쓰기다. 어떤 주제를 두고 10분 동안 쓰기 시작하라. 이제 방금 쓴 것을 읽어보고, 눈에 띄는 문장이나 어구를 뽑아내라. 이를 새로 시작하는 쪽의 맨 위에 옮겨라. 이것은 다음번에 시작할 글의 첫 문장이 된다. 마음 내키는 대로 자주, 이런 과정을 서너 번 반복하라. 일기장의 어느 곳에서 적어도 한두 문장이 유별나게 눈길을 끄는 이유는 그것이 인상적인 이미지나 암시를 내포하거나 완료되지 않은 무엇을 지니기 때문이다. 이 문장으로 시작하고 이곳에서 나아가라. 이 과정을 한두 주 동안 계속하면서 나선형을 확장할 수도 있다. 이런 방식의 글쓰기는 글을 쓸 때 유기적 흐름과 일관성을 유지하면서, 언제나 의외의 방향으로 인도하기도 한다.

어떤 사람은 먼저 그날에 있었던 일을 선택하여 자유롭게 일기 쓰기를 시작했다. 이 일기의 내용 중에 한 문장을 떼어내었다. "우리는 계산서를 셋이서 분담했는데 지금 생각하니 앤(Anne)의 몫을 내가 지불했어야 했다." 이어서 두 번째 내용을 시작했다. 10분 후, 이전에 쓴 내용을 다시 읽어보고, 그다음 도입부를 이렇게 시작했다. "사람들은 절대 서로 진정으로 바라보지 않는다는 생각을 가끔 한다." 그날 있었던 의도적 행위에 대한 구체적인 묘사로 시작한 글은 보다 더 친숙한 내용으로 방향을 잡아서, 힘든 상황에 처한 친구에 이르고, 인간성에 대한 일반적 좌절감을 담은 반성적 글을 쓰게 된다. 이 시점에 새로운 화제로 이어가더라도, 어렵지 않게 일기를 계속할 수 있다는 느낌을 받았다는 것이다.

글을 쓰려고 앉을 때 가끔 경험하는 무감각의 상태에 대처할 수 있는 효과적인 방법은 나선형 글쓰기 연습이다. 하루 중 아무것도 "따뜻하거나", "강하고", "생생한" 느낌을 주지 않으면, 앞서 쓴 내용을 다시 읽어보라. 불분명하고 불완전하고 모호한 것을 뜻밖에 발견한다. 고쳐 쓴 그 문장을 시작으로 하루 일기를 시작하라. 어떤 일이 생기는지 한번 보라. 흔히 백지 위에서 손을 움직이는 물리적 과정은 마음속의 공백을 없애기 때문에 손이 다시 움직이는 것이다. 이제 범위를 더 넓혀서, 어느 생생한 문장은 이 일기에서 다음 일기로 가져가도 된다. 지난 일기를 여기저기 잠시 뒤적이다가 그곳에서 눈에 띄는 문구를 만나기도 한다. 이곳을 출발점으로 활용하더라도, 반드시 애초 일기의 날짜를 포함하라. 자기 자신의 다양한 방법을 만들어보라. 아마 스스로 놀라게 될 것이다.

부치지 않는 편지

누구도 보지 않을 편지에 가슴속을 거침없이 쏟아내는 글을 쓴다면 어떨까? 보내지 않는 편지는 직접 주소를 지정하는 즉시성과 비밀성의 보장을 결합하므로, 감정과 생각을 정리하는 데 더할 나위 없는 전달 수단이다. 누군가, 살아 있거나 죽은 자, 찬탄이나 보은의 마음을 두는 사람, 아직도 화가 남아서 관계가 정리되지 않은 사람, 과거부터 최근까지 꿈에 나타나는 사람, 희미한 꿈속의 낯선 사람, 이들에게 편지를 쓴다. 수신자는 사람이 아니어도 된다. 자기 자신의 그림자, 귀여운 동물, 아니면 어머니 대지(the Earth Mother)라도 좋다. 몇 년 전, 내 친구 낸시 린드(Nancy Linde)는 이전부터 늘 붙어 다니는 병의 재발 때문에 고생하였다. 병의 근원을 스스로 찾아 치유하는 노력의 일환으로, 낸시는 자신의 광장공포증에게 보내는 편지를 일기장에 쓴다. 편지의 일부이다.

⚜ 안녕, 내 오랜 친구, 자매, 고문자, 여주인:

나는 너무 긴 세월 동안 너의 노예였어. 이제부터 난 너의 친구이고 싶어. 너를 밀어내어도 넌 나를 소유하고, 나는 너의 예속자… 초라하게 무기력한 겁쟁이, 가냘픈 소리를 내는 곱사등이 하인, 『프랑켄슈타인』(*Frankenstein*)에서 이고르(Igor), 침을 흘리면서, "네네, 산 인간의 뇌를 더 많이 구해다 드릴까요, 주인 어르신? 사람 제물을 더 잡수시겠습니까? 저를 잡수시게 해드릴까요?" 나는 두려워, 미쳐서, 능력을 상실하고, 바보가 되어서, 제어 불능이 되지 않을까. 미칠지도 모르는 불안에 빠진 사람의 말을 들으면, 나도 불안에 휩싸여 숨을 가쁘게 몰아쉬다가 어지러운 중년 여성이 되고 말아.

…앞으로 너는 내 친구가 되어주겠니? 나 자신의 온갖 모습과, 내 죽음과, 내 약점과, 장래의 내 질병과, 내 모든 감정과, 잠재된 나의 모든 것, 선과 악, 이들과 친구가 되고 싶어. 내 재능, 기술, 장점, 약점, 장래성, 성공의 잠재성… 너는 내 인생을 매우 힘들게, 무미건조하게, 고독하게 만들었어. 그렇지만 아마도, 중병을 앓고 나서 깨달음의 길을 발견한 사람처럼, 희망과 공포의 혼란에서 벗어나 축복의 그 순간으로 너는 나를 인도해 주겠지? 나의 자매여, 내 친구가 되어다오.

편지를 쓰면 자신의 감정은 정리될 것이다. 심지어 그 감정이 변화하기도 한다. 말을 종이에 옮기는 과정에서 그 말을 바라볼 수 있다는 것이 중요하다. 가끔 사업상 용무가 남은 사람과 서로 화해하기 전에 그 사람은 이미 죽고 없을 수도 있다. 로빈(Robin)은 글쓰기 주제 "마음속의 고아에 대한 글쓰기"를 시의 형식으로, 그해 초에 세상을 떠난 엄마에게 아이가 보내는 편지글로 작성하였다.

♣ 1991년 12월 12일
청록색 꽃무늬 비단으로
엄마는 떠날 준비를 하셨지요.
눈금을 맞추고, 다트 모양으로
지퍼는 빈틈없이 채우고
엄마는 떠났지요
한 마디 말도 없이
흔적도 하나 없이
그래서 이 세상엔 나 혼자.

외로운 아이
올이 풀린 양말마냥 떨어져서
몸을 판 하루의 끝자락에
말없이 바라봅니다.

엄마, 왜 그날 나를 두고 떠나셨나요? 나를 버리면 다시는 만날 수 없다는 걸 모르셨나요? 이 세상에 나를 만나줄 사람 아무도 없이 나 혼자만 남겨 놓고. 엄마의 어린아이들을 내가 돌볼 때 공포, 근심, 의혹, 고통만이 나의 동반자였습니다. 엄마의 행동은 나에게 영원한 상처를 남겨 놓았습니다.

이 글의 앞부분에서, 마음속 고아는 오래전 일찍이 정신적 버림을 받은 글쓴이의 어린 시절의 자아(self)인데, 엄마가 읍내로 나가 일할 때 어린 남동생과 여동생들을 돌봐야 했다. 글의 뒷부분에서, 성인이 된 로빈의 자아는 열 달 전에 엄마를 잃은 상실감으로 해소할 수 없는 고통과 슬픔에 잠겨 있다.

몇 년 전 연속된 일기 연구회를 계획하면서 나는 주디스 두어크(Judith Duerk)의 『원형의 돌: 여성 자신으로의 여행』(*Circle of Stones: Women's Journey to Herself*)을 기초 자료로 사용하였다. 어느 저녁 시간 글쓰기 주제는 "만약 젊은 여성인 당신 곁에 나이든 여성이 있어서, 당신이 우울하고 어두울 때 당신의 고통을 받아주고, 목격하고, 경청해주었다면, 당신의 삶은 어떻게 바뀌었을까?"라는 것이었다. 일기 연구회가 진행되는 동안 나는 보통 글을 쓰지 않고, 모든 준비를 미리 다 마친다. 나는 이 주제를 두고 아주 어린 내 자아의 입장에서 만물의 어머니에게 보내는 편지글 형식으로 시작했는데, 어린 자아는 포용하는 어떤 공간을 열렬하게 갈망하기 때문이다. 이 글의 일부만 보겠다.

♆ 우주의 심장에서 거대한 귀를 열어 사랑으로 귀 기울이는 존재, 당신은 어디에 계시나요? 저를 포옹하고, 사랑하며, 모두를 품어주는 시선으로, 무한한 사랑을 제발 저에게 주세요.

제 자신이 비열한, 역겨운 것을 알기 때문에, 돌아가서 "주거를 정하여" 편히 쉴 수 있는 마음속 장소가 저에겐 없습니다.

당신의 무릎에 얼굴을 묻고 울면서 제 고통을 소리 높여 내뱉게 해 주세요. 저의 외침을 들어서 제가 혼자가 아니게 하여 주세요. 부드러운 손길로 저를 어루만져 제 자신이 보이게 해 주세요. 제가 단지 그림자가 아니라 살아 있는 존재이게 해 주세요.

제가 천 가지 고통으로 뭉쳐진 덩어리가 아니라, 죽지 않고 살아서 건강하게 일어설 거라고 말해 주세요. 저를 위로하고, 저의 아픔을 치료하고, 저에게 은총을 내려 주세요.

그러나, 무엇보다도 먼저, 저에게 귀를 기울여 주세요. 제 가슴속의 고독과 고통을 토해내게 해 주세요. 제 혼자 모든 짐을 다 지게 하지 마세요. 너무 무겁고 너무도 두렵습니다.

그곳에 누군가 존재한다는 걸 알고 있었더라면, 어두운 우울증에서 나오는 그 무서운 공포에서 벗어날 수 있었을 겁니다.

"안녕 암흑, 내 오랜 친구…." 우울증, 이봐, 난 널 알고 있지. 이 우울의 나라를 이전에 본 적이 있어. 넌 때로는 그렇게 무섭지 않아. 넌 와서, 머물다가, 언제나 떠나지. 단지, 묵은 농담인가? "다시 오려거든 일찍 떠나라!" 우리 셋. 암흑, 내 어머니 친구, 그리고 나.

나는 변덕쟁이가 아니라 좋아요. 나는 혼자가 아니어서 그렇게 나

뻐지 않아요. 누군가 내 곁에 앉아서 나를 지켜보니까요.

내가 그것, 나 자신을 곧이곧대로 받아들이라는 뜻인가요? 만물의 어머니 그분의 밝은 얼굴에 보이는 건 오직 사랑, 한결 변함없는 바위처럼 무조건적인 바로 그 사랑뿐인데 어떻게 나 자신을 증오하리까.

만약 그렇다면 달라졌겠지요.

편지글은 친교에 큰 도움이 되므로, 잇따른 편지 형식으로 모든 일기를 작성하는 일부 사람들에게 실제나 상상의 친구는 그들의 삶에 감정적 증언자의 역할을 한다. 아마 안네 프랑크는 가장 좋은 예가 되겠다. 프랑크 가족이 나치를 피하여 두 해 동안 숨어 지낸 "비밀 별채"(Secret Annexe)에 들어가기 전 3주가 채 되지 않은 1942년 6월 20일, 안네는 적었다. "내 마음의 눈으로 그토록 오랫동안 기다린 친구의 모습을 더 분명하게 보도록, 나는 다른 사람들처럼 일기장에 단조로운 사실만 늘어놓지 않고, 이 일기장을 내 친구 삼아서 키티(Kitty)라고 부를 거야."[24] 패니 버니(Fanny Burney, 1752~1840)는 열여섯 소녀 시절 일기장에서 "가상의 어떤 여성"에게 이야기하는데 "가상의 인물은 숨김없이 솔직할 수 있다."[25]고 확신하였기 때문이다. 조지 샌드(George Sand, 1804~1876)는 "대단히 박식하고 고도로 숙련된 피포엘 박사(Dr. Piffoël)"[26]에게 보내는 글을 쓰는데, 그는 상상속의 남성으로 샌드 자신의 내면에 있는 남성성을 상징하였다.

무슨 말을 누구에게 하고 싶은가? 내면에서 분출하는 사랑과 찬사를 어떤 말로 표현하려는가? 어떤 미해결의 갈등 때문에 공상에 잠기는가? 일기장에 남몰래 어떤 편지를 쓰고 싶은가?

꾸며낸 대화

상대방은 무슨 말을 할까 궁금하여 가상으로 마음속의 대화를 한 적이 있는가? 아마 그 대화에서 양쪽의 입장을 동시에 취하여, 자기 자신과 이런저런 언쟁을 할 것이다. 이 대화를 기록해 두면 어떨까? 꾸며낸 대화는 부치지 않는 편지의 단계에서 한 걸음 더 나아가, 가끔 다른 두 관점은 감정적 동일화를 이루는 행위를 요구한다. 부치지 않는 편지처럼 대화는 다른 누군가 필요한데, 살아 있거나 죽은 사람, 자기 자신의 일부분(습관, 신체적 특성, 부차적 성격), 목표, 꿈, 감정이나 기분, 무엇이든 좋다. 이런 형식의 글쓰기는 형태 심리요법의 "빈 의자" 연습과도 관련이 있다. 여기서 치료의 대상자는 먼저 한 의자에 앉아서 실제로 말을 하고 이어서 다른 의자로 옮겨 가서 다른 관점에서 응답한다. 형태 심리요법에서 이런 훈련의 목적은 서로 엇갈린 두 가지의 욕구, 충동, 내면의 목소리에 대하여 보다 깊은 이해력을 생성하여, 이 둘을 통합하려는 데 있다. 글로 쓴 대화에서 이런 목적을 달성할 수 있다. 다음의 일기는 한 여성의 남성성과 여성성 사이에 이루어진 가상의 대화이다.

⚜ **남성**: 너의 삶을 더 강력하게 밀고 나가면 좋지 않을까? 세상 밖으로 나가서 너 자신을 선전해라. 글을 쓰고, 출판하고, 무엇이든 하여 출세하여라. 그냥 오는 게 없다는 걸, 너는 알고 있지!

여성: 나는 목적 하나만 가지고, 목표 지향적이거나, 우리가 당연시하는 남성적 인물은 되고 싶지 않아. 나는 직선적으로 일하지 않아. 나선형으로 일을 하지. 그러면 시간이 더 많이 걸리겠지만 나는 사물에 둘러싸여 그 안에 거주해야만 해. 여기저기로 옮겨 다닐 때면

언제나 내가 서 있는 장소와 그곳에서 오는 느낌에 대한 의식으로 살아 있어. 그리고 나는 나이 오십에 심장마비를 맞을 마음은 없어!

남성: 너는 사물을 지나치게 과장하는구나. 여느 때처럼. 너는 일을 멈추고 단지 꽃 냄새를 맡으면서 잡담하기를 원하지 않나. 인생은 그 이상 더 많이 있어! 누구나 다 너처럼 한다면, 세상에 되는 일은 하나도 없을 거야. "차를 천천히 따른다" 그것 좋고 멋있어. 그런데 누군가 세상 밖으로 나가 일을 하고, 나라를 운영하고, 기차역에 배치할 사람은 있어야지!

여성: 그래 그래 그래. 알고 있어. 큰일 나지. 기차역에 역무원이 없으면 어떻게 될까! 참사? 파멸? 붕괴? 실제로, 흥미로운 실험 같아. 무슨 일이 **일어날까**? 그래 다시 말하면, 단지 꽃 냄새를 맡기 위해 멈춘다는 말은 일리가 있을지도 몰라. 그러나 실제로 내 행동이 전부 그런 식이라면, 나는 내 인생을 결코 이렇게 만들지 않았을 거야. 물론, 그것으로 충분하지 않다고 네가 생각한다는 걸 알고 있어. "나 자신을 선전하는" 일을 나는 잘하지 못한다는 것도 알고 있어….

대화를 기술하면 양쪽 사이에 화해가 어느 정도 이루어지기도 한다. 어떤 때는 쌍방에 각기 자기를 주장하게 함으로써 단순한 갈등의 성격을 드러내는 경우도 있다. 다른 일기 연구회에 참여한 릴라(Lila)는 두 가지 가능한 생활 사이의 대화를 작성하였는데, 하나는 성장하는 과정에 그녀 자신에게 전수된 기성의 양식이고, 다른 하나는 그녀가 실현하고자 애쓰는 보다 진정한 삶이다. 다음은 그 내용의 일부를 발췌한 것이다.

♱ **양식**: 나는 너에게 안전하고 안정된, 매우 훌륭한 삶, 그런 것을 줄 수 있어. 나는 너에게 행복한 노년, 연금 계획, 현명하고 선견지명이 있는 모든 것을 보장할 거야. 너는 단지 너에게 주어진 역할만 하면 돼. 나와 다투지 마라, 내가 너의 문제를 처리하게 두어라. 그러면 너는 걱정이 없을 거야.

진정한 삶: 안전한 나의 미래 그래 좋아. 안전하면서 "죽은." 뇌사 상태. 멈춘 심장. 내가 택한 길은 훨씬 더 어려워. 내가 어디로 가고 있는지 나도 모를 때가 있어서 만사가 불확실하고 두려워. 아무런 보장도 없어. 실제로 내가 결국에는 손가방만 쥔 여인으로, 연금도 없이, 나를 지켜줄 자식도 없이, 낯선 땅을 헤매는 방랑자가 될지도 몰라.

양식: 나는 너에게 명성, 유명, 그리고 재정적 안정을 줄 수 있어. 이런 것과 관련하여 할 말이 많다는 걸 너도 알고 있지!

진정한 삶: 나는 공기, 공간, 독립, 휴식의 장소가 필요해. 물론, 그것 모두 다 갖고 싶어. 누군들 그러지 않겠어? 그러나 지금까지 나 혼자 모든 발걸음을 시험하면서 길을 만들고, 내 힘으로 넘어가야 했어. 이 과정은 시간, 근기, 후회를 동반하였고, 아마, 노력을 낭비하였는지도 몰라. 그러나 여기에 내가 존재하고 있지. 나의 삶 속에!

이 대화를 작성하면서, 릴라는 이 문제를 해결하려면 더 많은 노력이 필요하다는 것을 깨닫고 그녀를 인도하는 마지막까지 대화를 계속 진행하기로 결심하였다.

다른 시각

때로는 자기 자신으로부터 완전히 탈출하는 방법을 사용할 수도 있다. 다른 시각에서 글을 쓰면 일상의 관점으로부터 어떤 심리적 거리감을 확보하게 된다. 여기서 이인칭이나 삼인칭으로 ("당신" 또는 "그녀"처럼) 글을 쓰는 형식을 취하여, 자신을 다른 시간과 공간으로 투사하면서, 누군가 다른 사람의 목소리로 말한다. 그 결과는 깨우침을 주고, 통렬하고, 익살스럽다. 이처럼 다른 관점에서 말하는 목소리는 뜻밖의 놀라운 결과를 가져온다. 어느 일기 연구회를 위하여 내가 준비한 연습 과제에서 우리가 시작한 질문은 "만약 당신의 눈물이 당신에게 말한다면, 그 눈물은 무슨 말을 할까?"라는 것이었다. 평소처럼 나는 일기 연구회를 갖기 전에 미리 연습 과제를 작성하였는데, 이런 내용이었다.

♣ 1991년 10월 9일. 나는 생명수로서 당신의 날카로움은 부드럽게 하고 당신의 고통은 덜어줍니다. 당신의 압박감, 고통, 근심, 애정, 사랑, 영양, 자극, 권태가 지나치게 많거나 너무 적으면 그때 알려줍니다. 삶에 대한 당신의 불만, 그리고 변화의 잠재력, 즉 다른 것에 대한 가능성을 당신에게 보여줍니다. 껍질 속에 갇힌 태도, 신념과 억측을 씻어내어, 희망과 낙관으로 당신을 부드럽게 감싸줍니다. 당신의 삶을 부드럽게 하여 당신이 인간적이고, 부드러우며, 융화하게 합니다. 가끔, 당신의 갈망, 더 많은 사랑, 기쁨, 훈육이 됩

니다. 때로 당신의 헤아릴 수 없는 구원이 되어서, 결국, 당신이 넘어져 멍든 상처를 안고 일어설 때, 보이지 않는 잔혹을 정면에서 맞을 때, 나는 그곳에서 당신을 위로하는 자가 됩니다. (내가 울면, 누군가 다가왔지. 내가 그렇게 여러 번 울어도, 어린아이 적에, 아무도 와주지 않았지?) 나는 잴 수 없는 바다 같은 당신의 슬픔이어서 당신 어머니의 상처를 치유할 수 없고 어머니의 상실을 만회할 수도 없습니다. 어머니에게 **어머니의** 어머니를 당신은 되돌려드릴 수 없고, 당신은, 아무리 노력하여도, 어머니의 어머니가 **될** 수 없습니다.

마찬가지로 일기 연구회의 회원인 리타 밀러(Rita Miller)의 긴 일기 중에 일부를 보겠는데, 사랑하는 사람과 고통스런 결별 이후에 쓴 글이다. 리타는 이 글을 이인칭으로 시작하다가 다음 단락에서 삼인칭으로 전환하면서, 다른 어떤 인물에게 일어난 이야기처럼 서술한다.

♣ 더 이상 지탱할 수 없다는 결정을 내려야 하는 시간이 오지요. 그때는 마비된 텅 빈 느낌으로, 눈물마저 나오지 않는다는 걸 당신도 알고 있습니다. 당신은 말을 잊었습니다. 당신의 감정은 죽었습니다. 왜 그가 당신에게 이렇게 하도록 내버려둡니까? 아닙니다! "왜 **당신 자신**에게 당신은 그렇게 합니까?" 누구도 당신에게 무엇을 하도록 강요할 수 없습니다. 당신 자신이 이용당하고, 기만당하여, 버려지도록 만든 건 당신의 선택이었어요.

그녀가 꿈꾸는 듯, 톡톡 두드리면서 계속 타이프를 치는 그 가볍고 우묵한 키보드는 그녀의 존재 속에 잠복하던 고통스런 울림에 대한 감정 정화의 위안을 주었다.

리타의 이 일기 발췌문에 이어지는 글은 부부가 함께 보낸 마지막 고통스러운 시간을 이야기로 서술하는 내용이다. 이 글은 이렇게 끝난다. "그녀는 떠났다. 몽롱한 상태로 차를 몰아 집으로 향했다. 그녀는 홀로 좁고 싸늘한 침대 속으로 들어갔다." 너무 고통스러워 어떻게 달리 서술할 수 없는 내용을 이인칭과 삼인칭 시점으로 종이에 옮기는 충분한 거리를 리타는 유지할 수 있었다.

비교적 가벼운 분위기로, 자기 자신에 대한 거짓 내용의 글을 쓰는 일기 연구회에서, 쉴라 버드 스미스(Sheila Byrd Smith)는 그녀 조상의 혈통 그리고 스테이튼 아일랜드로 이주한 자신의 이야기를 꾸며낸다. "나는 미국인이 아니다."라고 그녀는 적었다. "나는 아프리카 최고 귀족 여왕 가문인 나이로시나(Nairothina)의 직계 후손이다…. 태어난 지 네 달이 되었을 때, 이 부족 마을의 여자 아이를 모두 몰살하여 스쿠라제티(Scurajete) 부족을 소멸하려는 음모가 있었다. 내 어머니는 모든 문명에 몇 광년이나 앞선 분이어서 나를 미국으로 이주시킬 생각을 했다…."

다른 시각의 변주로서 비유적인 글을 쓰는 방법도 있다. "내 삶은…" 이어서 "내 삶은 마치…" 이렇게 써 내려가라. 또 다른 방식도 가능하다. 나는 어떤 종류의 과일인가? 나는 어떤 야채, 꽃, 새, 동물인가? 내가 쓴 일기를 보겠다.

♰ 나는 황금빛 맛으로, 향미 가득한 즙으로, 파삭파삭하고 시큼한 사과이다. 나는 황금빛 맛과 모양으로, 색깔로 빛나는, 호두나무 과즙이다. 나는 가시가 많아 날카롭고 작열하는 심홍색의 장미 덩굴이다. 나는 밟아 다져진 길가에서 자라는, 누구도 장미처럼 생각

하지 않고 줄 만한 선물도 못 되는 민들레이다. 나는 행복한 어미 닭이 되기 전에, 남몰래 알을 품으면서 즐거운, 오랫동안 방목되어 살고 싶은 병아리이다. 나는 노래할 때의 환희, 유쾌한 노래의 순수한 즐거움으로 내 목청이 떨리는 지저귀는 새이다. 나는 이 가지에 내려앉았다가 저 가지로 훨훨 날아다니는 나비이다. 내 날개는 청록색, 검정색, 황금색으로 밝게 빛난다. 나는 오랜 호기심의 눈으로 응시하는 원숭이다. 나는 속까지 무르익고 통통하게 즙이 많아서 이 세상 최고의 그리스 샐러드 속으로 촉촉하게 스며드는 토마토이다!

목록과 개요

루이제 린저는 수개월 동안 감옥 생활의 끝 무렵에 쓸 종이가 바닥나자, 핵심어 목록을 작성해 두었다가 후일 일기장에 살을 붙이기로 했다. 그런데 전쟁이 끝나고 일기의 출판을 준비하면서, 린저는 결국 내용을 전혀 수정하지 않기로 작정하였다. 골격만 남은 내용들은 그녀의 삭막한 감옥 생활의 진실을 전달하고 있었다.

목록과 개요는 단순히 실용적인 수단에 불과하다고 생각하기 때문에 이것 또한 일종의 글쓰기 형식이라는 사실을 잊기 쉽다. 실제로 목록이나 개요를 작성하면, 효과적으로 영감을 얻고, 어떤 상황의 본질에 접근하고, 적은 양의 시간과 공간에 많은 정보를 담을 수 있다. 예컨대 앤토니아 화이트는 1935년 12월 30일 자신의 일기장에 재고 조사의 방식으로 "좋은 것"과 "싫은 것"으로 분류하여 다음과 같이 기록하였다.

⚜ **좋은 것**

옷 세탁… 부채에서 벗어나기… 커피점에 앉아 있기… 새로운 관계를 시작하기… 나에게 줄 차를 준비하는 사람의 찻잔 소리… 여름과 여름 옷가지들…

싫은 것

살찐 느낌… 특히 내 옷가지의 불결… 감기와 통풍… 점심 먹고 차 마시는 사이의 시간… 우연히 사람을 길거리에서 만나는 것… 자동적으로 "아이들은 잘 있어요?"라고 대뜸 묻는 사람들[27]

최근 일기 연구회에서, 참여자 모두는 "나는 이런 사람", "나는 이렇지 않은 사람", "내 희망은"으로 시작하는 세 가지 목록을 작성하게 하였다. 다음은 어느 일기 작성자가 쓴 내용의 일부이다.

⚜ 나는 이런 사람… 지구만큼 무겁고 단단하여
중력이 끌어당기지만 생각으로 높이 날아
소리 나지 않는 가락으로 노래 부르는 가수
자기 자신을 노래하는 시
직관과 의혹으로 가득한
거리낌 없는 여인이면서 억센 여성…

나는 이렇지 않은 사람… 무엇이 잘못 되어도 시종 침묵하고
제 관점이 항상 올바르고 정확하다고 확신하고
제 자신의 목소리에 언제나 감격하고
여성 대통령이 등장할 때가 되었다고

혼자 생각하는 여성
인류가 영원히 존재할 거라 믿고
제 뜻대로 표현하고, 다산하고, 묵인하고,
유순한…

내 희망은… 자기 속에서 자신과 함께 완전한 평화를 누리고
더 원기왕성하고, 활기차고, 부지런하며
나에 대한 다른 사람들의 의견에 덜 염려하고
스물세 살에 다시, 일주일 동안
서른세 살에 다시, 한 달 동안
한 친구와 세계 여행을 하고
언젠가는, 엄마이면서, 현명하고
다정한 할멈이 되기를

비록 불완전하지만, 이런 목록은 더 긴 내용을 위한 개요와 뼈대가 된다. 만약 데니스(Denise)는 글을 완전한 문장과 단락으로 작성하였다면, 글쓰기 20분 동안에 그렇게 자세한 내용을 담을 수 없었을 것이다. 도로시 클레어(Dorothy V. Claire)는 일기에 적었다.

⚜ 나는 엉겅퀴, 연분홍, 옅은 자주색이 비치는 연어, 우단처럼 짜서, 육감적으로 정교한, 하늘의 일부, 꽃들, 피부이다. 나는 빛나는 태양 아래, 기쁨에 넘쳐 찬양하는, 원시적 삶의 근본 그 자체이다. 나의 다섯 가지 최고의 가치. 자연을 더 가까이 하는 것, 창조적인 문제 해결, 정직하게 보살피는 관계, 제 자신에 대한 자유와 책임, 건강하고 심미적인 육체.[28]

특성과 가치에 대한 이런 목록은 짧고 간결하지만, 필자의 개성을 감지하는 데 효능이 있다. 여러분 자신도 목록을 한번 만들어보라.

길잡이 심상

길잡이 심상 즉 명상 속에서, 한 사람이 어떤 명상의 내용을 (카세트나 인쇄물에서 많은 재료를 구할 수 있다) 읽거나 말하여 깊은 이완상태로 유도하고, 내면의 비판자를 무시하면서, 풍부한 무의식의 심상을 불러일으키게 한다. 단어보다 이미지를 불러내기 때문에, 길잡이 심상은 이성적 기능의 왼쪽 뇌보다는 창조적 직관의 오른쪽 뇌 기능을 요구한다. 특히 지나치게 분석적인 지적 경향의 사람들에게 그 결과는 효과적일 수 있다. 자유로운 영역의 감정에 더하여, 어떤 사람은 강한 신체적 감각, 생생한 장면, 냄새, 그리고 소리를 경험한다. 깊이 이완된 명상의 상태에서 불러낸 심상이 주는 암시적 아름다움으로 놀라게 된다.

길잡이 심상은 단순히 다른 환경에 있는 자기 자신을 상상하거나, 어떤 상대와 마주치는 탐색이나 여행을 포함한다. 예컨대, 길의 선택, 장애물, 교훈이나 진리, 스승이나 안내자, 통찰력이나 "되돌리는" 능력 등이다. 여기는 수용적 정신 구조를 필요로 하는데, 처음부터 목적지는 항상 미지이기 때문이다. 일기 연구회 참여자들은 가끔 이 훈련에서 해방감과 동시에 흥취를 느끼는데, 모든 종류의 독특한 심상은 예기치 않게 여기서 환기되기 때문이다. 이성적 마음이 자원을 고갈시켜서 지하의 샘으로부터 다시 보충할 필요가 있을 때, 나는 길잡이 심상 하나를 하루의 일기 연구회 말미에 가끔 소개한다.

상상을 따라간 여행을 마친 후, 어떤 면에서 바뀐 모습으로 돌아오거나 "이상적인" 삶이나 생애에 대한 미래도를 그려낸다면, 현재의 삶에서 작지만 분명한 변화를 만드는 강력한 힘을 얻을 수 있다. 일기 연구회 구성원들이 선호하는 한 가지 실습 방법은 자기 자신을 미래, 지금부터 일, 이, 오 년 후에 투사하여 그동안 자신의 삶은 어떻게 변화할지 상상해본다. 인쇄된 명상 자료를 사용하건 직접 창작하건, 나는 이 실습을 진행하는 과정에 모든 감각을 다 끌어들이려고 노력한다. 왜냐면 사람마다 시각적 이미지, 소리, 듣기, 냄새 등에 대하여 다른 층위의 감각을 각기 지니고 있다는 사실을 알기 때문이다.

이 책의 부록에는 내가 일기 연구회에서 자주 사용하는 길잡이 심상이 실려 있다. 직접 읽어도 되지만, 더 나은 방법은 자신의 목소리로 녹음하거나 누군가 큰 소리로 읽어주면 편안하게 듣고 나서 글을 쓸 수도 있다. 요즈음 아름다운 명상에 사용되는 책과 테이프가 많아서 쓸 글에 대한 소재는 풍부하게 얻는다. 다음은 엘렌 쉬윔머(Ellen Schiwimer)가 미래의 자기 자아와 상상적으로 만난 후 쓴 일기의 일부이다.

⚜ 푸른 나무, 그늘, 갈색 길, 가벼운 비탈, 덤불 위에 얼룩진 그림자를 남기는 햇빛. 축축하고, 달콤하고, 깨끗하면서 얼얼한 숲속의 시원하고 맑고 향기로운 공기. 작은 미풍, 가볍게 스치는 공기속의 습기, 한 조각 햇빛 속으로 걸을 때 잠깐의 온기. 내 앞에 길가는 사람이 보인다. 내가 되고 싶은 그런 사람. 내 미래의 자아. 어떤 여성일까? 친절하고 현명한…. 그녀는 베풀면서, 기꺼이 주어서

빼앗긴 느낌을 갖지 않는다. 그녀는 자기 자신에 만족한다. 그녀는 자아 인식에서 안정된 느낌을 지닌다. 나는 그녀와 하나가 된다. 나는 그녀의 내적 평온을 감지한다. 나는 혼자지만, 외롭지 않다. 고독은 즐거움…

이 미래의 자아는 나중에 지금의 나를 되돌아보면서 현재의 고투를 통하여 내가 배운 바를 알게 될 것이다. 이 미래의 자아는 내가 가질 통찰력을 알고 인생에서 그 가치를 평가할 수 있을 것이다. 이것은 지금의 그녀가 존재하게 하였다. 불길로 달구어진 한 존재. 잘 연마된 감각과 현재의 고통에서 생겨난 통찰력. 그녀는 지금 그 고통을 견뎌낸 것에 만족하는데 그것이 자신의 지혜를 담금질하였기 때문이다. 그녀는 나의 고난에서 진실로 무엇이 중요한지 알고 있다. 그녀는 이런 과정 속에서 자신의 존재를 선택해온 것이다. 내 고통은 그녀 인생의 모든 변덕과 기만을 정화하였다. 그녀는 정직성을 의심받을 수 없는 순수한 존재이다…. 미래의 나를 생각하면 현재 나에게 주어진 삶과 환경 아래에서 지탱할 수 있는 힘을 얻는다.

또 다른 길잡이 심상 연습 기간 중에, 하일라 쿨만(Hyla Kuhlman)은 그녀에 대한 메시지가 담긴 두루마리가 보였다. 불안하게 다가가서, 그녀는 내용을 확인하였다. "그것은 나를 맞아들이면서, '당신은 사랑스럽다'고 말했다." 하일라가 자신의 일기 여행 끝에 얻은 통찰력이다. "너 자신으로 돌아가라. 가는 도중에 멈추어 조용히 보면서 즐겨라."

시각적 일기 쓰기

일기는 오로지 단어로만 구성될 필요가 없다. 일기장에 그림을 그리고, 스케치하고, 낙서하는 사람은 많다. 연구회의 화가들만 두고 말하는 것은 아니다. 길잡이 심상 과정에서 경험한 내용은 말로 표현하기보다 스케치하는 것이 (연구회 참가자 중의 한 사람은 여행 명상 중에, 꼭대기에 두 마리 예쁜 새를 새긴 돌 분수대의 선물을 받고 그 그림을 그렸다) 아마 더 수월할 것이다. 글쓰기 책을 여러 권 저술한 가브리엘 리코(Gabriele Rico)가 주창하는 "단어 조형"(Word Sculptures)은, 백지를 가로지르는 "손의 신속한 동적인 움직임"으로 구성되는데, 그 순간에 느끼는 모든 감각을 표현하는 시각적 이미지를 만드는 것이다. 그 페이지에 초기 개요를 직접 손으로 그린 후, 이것을 색깔, 단어, 어구들로 채운다. 최초의 개요를 꾸미는 방식은 "감정이 넘치는", "매듭에 묶인", "기쁨에 넘치는" 의식을 반영할 것이다.[29] 디자인하는 모양과 색깔을 통하여 단어 조각은 그 순간 내면의 심리 상태에 대한 시각적 은유가 된다.

그러나 이것은 시각적 일기를 쓰는 한 가지 방법에 불과하다. 다른 방법들이 있다. 예컨대 한나 힌크만(Hannah Hinchman)의 "채색된 일기장"에는 서예 연습과 여러 종류의 글자 쓰기를 포함하여 식물, 동물, 인물의 연필 스케치와 수채화가 있다. 그녀의 『손 안의 인생』(*A Life in Hand*)은 주변 세계를 그림으로 그리고 글로 쓰는 것에 대한 책으로, 내가 좋아하는 애독서이다. 『나만의 일기 쓰기』(*Keeping Your Personal Journal*)의 저자 조지 사이몬스(George Simons)는 "영혼의 나라"라고 지칭하는 습작을 설명하는데, 자신의 내면세계 지도를 그려서, 이미지와 색깔로 아름답게 꾸미는 것이다. 자기 자신을 대륙이나 섬, 산이나 호수로 가정하여 경험할 수도 있다. 나는 자주 이 방법을 사용하여 연구회를 진행하면서, 항상 흥미로운 결과를 얻는다. 연구회의 구성원들이 좋아하는 또 다른 시각적 실험으로 솔리와 로이드(Solly and Lloyd)의 만다라 연습이 있는데, 동그라미 하나를 사분면으로 나누어 도안, 무늬, 즉 자신의 삶에 관련되는 의미심장한 부호로 채운다. 만다라는 완전성을 묘사하는 고대의 상징으로, 동그라미와 정사각형의 조합으로 이루어진다. 가끔 일기장에서 자신도 모르게 시각적 내용을 늘리게 된다. 예컨대 다색 잉크로 쓴 지난 몇 년 동안의 내 일기를 다시 읽으면, 모두 파랑색으로 쓴 그전 일기와는 다른 느낌을 받는다. 꿈속의 이미지가 종이 위에 내려오기를 원하면, 나는 그에 부응하면서, 보통 바로 아래에 글귀를 달아준다.

하루 걸리는 연구회의 과정에서, 통상적으로 나는 시각적 요소를 가미한 연습을 한 번씩 포함시킨다. 최근에 말이 아닌 다른 방식으로 자신의 내면세계를 표현하는 연습에 대하여 설명하였다. 여느 때처럼, 신경질적으로 반응하는 몇몇 사람은 이렇게 말했다. “그림으로 제 삶을 지킬 수는 없어요!” 나는 답했다. “중요한 건 그게 아닙니다. 저도 당신과 다르지 않습니다. 어쨌든 한번 해보세요. 당신이 그린 걸 우리에게 안 보여줘도 됩니다.” 모두가 조용히 자신의 작업에 몰두한 지 30분이 지나서, 잘 되고 있는지 내가 물었다. 놀랍게도, 그 연구회에 참여한 사람들은 거의 모두 자신이 종이에 옮겨 놓은 것을 보고 즐거운 나머지 그룹 사람들끼리 함께 보기를 원하였다. 예술적 능력은 문제가 되지 않는다. 모양과 색깔, 본질과 형식의 상상적 상호 작용은 우리 모두의 주변과 내면에서 끊임없이 진행된다. 바로 그것에 맞추어 자신의 팔과 손이 움직이게 두어야 한다.

이 장에서 설명한 일기 쓰기의 방식들에서 시작을 위한 몇 가지 아이디어를 얻었을 것이다. 한번 시도해 보라. 그러면 방식마다 각기 무엇을 제공하는지, 어느 방식이 자신의 글쓰기를 가장 크게 향상시킬지 알게 된다. 글을 쓸 때 자신의 직관을 신뢰하고, 자신의 창조적 충동에 따르면, 그 과정에서 다른 무엇을 창출할 것이다. 일기 쓰기 여행은 인격적 실현이면서 창조적 만족의 한 방법이다. 이 여행을 즐기면서, 스스로 그 속에 몰입하고, 언제라도 그런 기분이 아니면, 쓰지 말라! 마음의 준비가 되면 글쓰기로 돌아오게 된다.

2부

마음속의 여행

깨어나서, 더 가득한 의식의 빛으로 열리는 꽃처럼!
내 비밀을 간직하는 너, 작은 일기장을 보고 느끼고 펼치고 싶다.[1]

에밀리 카, 『설탕가루: 한 예술가의 일기』
(*Hundreds and Thousands: The Journals of an Artist*)

생생한 현실의 일들은, 길거리에서, 다른 사람들의 생활에서,
벌어진다는 의식과 더불어, 내 삶이 지루하게 무감각하고
평범한 사람의 수준이라는 느낌이 들었다.
왜냐면 그곳에서 일어나는 모든 표면적 잔물결을 내가 받아들이는 때,
나에게 지극히 중요한 일은, 평온한 내 마음의 외피 아래에서,
실제로 지속되었기 때문이다.[2]

마리온 밀너, 『자기 자신의 삶』(*A Life of One's Own*)

글쓰기는 내려가서, 파내고, 지하에 잠행하는 것이다.[3]

아나이스 닌, 『아나이스 닌의 일기』(*The Diary of Anaïs Nin*), 제5권, 1947~1955

4

내면의 글쓰기

일기 쓰기는 삶에 많은 역할을 할 수 있다. 일기는 가장 막역한 친구로 감정과 느낌을 표출할 수 있는 안전한 공간이 된다. 일기를 쓰는 것은 더 가볍고 자유로운 느낌을 유지하는 정화의 과정이다. 또한 일기 쓰기는 창조적 표현의 지속적 통로이면서 명상의 한 형식으로 여기서 인생의 신비에 대한 자신의 관계를 탐험한다. 시간이 흐르면, 일기는 추억의 앨범이 되어 과거 자아에 대한 기록된 이미지를 보존한다. 일기 쓰기에서 이런 모든 국면들은 공통적으로 본질적인 것을 지닌다. 저마다 일기 쓰기는 자기 자신에 대한 인식과 삶의 목적을 확장하는 과정이다. 자신의 느낌과 생각, 직관과 감각을 일기에서 탐험하면, 자기 자신에 대하여 알고 있는 것의 폭과 깊이를 더할 수 있다. 이는 앞에 인용한 에밀리 카, 마리온 밀너, 아나이스 닌의 일기에서 볼 수 있다.

자아 인식은 여러 가지 차원에서 이루어진다. 긍정적이면서 동시에 부정적인 감정과 느낌에 접촉하는 것이 자아 인식이다. 만연하는 "남성적 물줄기"의 논리에 대항하는 경우라 해도, 자신의 사고 과정을 이해하고, 예감과 직관을 신뢰하는 것이 자아 인식이다. 생각들이 서로 자주 다툴 때, 육체적 감각에 맞추는 능력을 지니는 것이 자아 인식이다. 번민의 위험에서 벗어나기 위하여 자기를 폐쇄하는 일을 하지 않으면서, 자신의 취약성을 인정하는 것이 자아 인식이다. 현재의 삶에 미친 과거의 영향력을 인정하면서, 그 대신 과거는 현재를 풍요롭게 하는 방식으로 변환하는 것이 자아 인식이다. 자신의 진정한 자아와 자기 역할을 구분할 수 있는 능력이 자아 인식이다.

보다 깊은 층위에서, 자신의 삶과 사랑하는 사람의 삶을 이끄는 의식적 희망과 잠재의식의 요구를 이해하는 것, 그리고 이런 이해를 통하여 자기 자신과 타인에 대한 동정심으로 충만한 것이 자아 인식에 포함된다. 자아 인식은 중요한 정신적 자료를 무의식에서 호의적으로 옮기는 장치가 꿈이라고 생각하는 것을 의미한다. 자신의 가치에 대한 신뢰를 훼손하여 자연스러운 자기표현을 방해하는 내면의 비판적 목소리의 존재를 인정하는 것이 자아 인식이다. 어떤 느낌과 감각을 금지한 곳에는, 마주하기 싫어하는 무엇이 삶 속에 존재한다는 것을 인식할 필요가 있다. 적잖이 우리 모두 맹점은 있다는 사실을 인정하는 것이 자아 인식이다. 노력하여도 분명하게 볼 수 없는 것이 우리 자신이다.

이런 점을 에티 힐점은 명확하게 알고 있었다. "우리는 내면에 모든 것을 휴대한다."라고 그녀는 말했다. "그것은 하느님과 천국과 지옥과 지상과 생명과 죽음과 모든 역사다. 외관은 단지 수많은 소품에 불과하다…. 무슨 동기로 버둥거리는지 알아야 하고, 매일 새롭게, 우리 자신과 더불어 시작해야 한다." 이런 통찰력으로 에티는 나치가 네덜란드의 유태인들을 괴롭히고 박해하기 시작한 이후에도, 1941년 새해의 전야에 말할 수 있었다.

♆ 〔오늘은〕 가장 풍요롭고 풍성한, 그래, 지금까지 최고로 행복한 한

> 해가 가는 마지막 밤이다. 그래서 올해가 지니는 의미를 호두껍질 속에 넣어야 한다면… 나는 이렇게 말하리라. 보다 더 큰 인식으로 나의 내적 근원에 더 가까이 접근하는 것… 자신의 소리를 청취하면서, 외부의 것이 아니라, 내면에서 분출하는 무엇에, 나는 자신을 맡긴다.[4]

오늘날 여성들에게 자아 인식에 대한 탐구는 대단히 절박하다. 수많은 목소리는 내부와 외부 양쪽에서 너무 지나치게 여성의 존재와 행위와 감정을 규정하는 말을 한다. 타인의 필요와 요구에 휩쓸려서, 자기 자신의 욕망의 풍경은 생소한 때가 자주 있다. 자신의 개인적 삶과 직업적 생활 사이에 생기는 요구의 갈등으로 괴로운데, 병난 아이 때문에 집에 있고, 늙은 시부모를 돌보느라 사회적 약속을 취소하고, 추수감사절 음식 준비로 자신의 일을 제쳐놓는, 그런 사람이 여성이다. 태초부터 여성은 모든 사람에게 모든 존재이다.

사물은 변화한다고 보는 것은 여성과 남성 양쪽에게 환상에 잠기는 일은 아니다. 많은 사람들은 여성과 남성 모두 건강한 상태를 유지하기 위하여 모든 사람의 내면적 특성, 즉 단단하면서 **또** 부드럽고, 강하면서 **또** 연약하고, 이성적이면서 **또** 감성적인 완전한 연속체를 구현할 필요성을 깨닫는다. 이런 모든 능력을 수용하여 통합한 사람을 지칭하여 융(Jung)은 완전히 개성화된 인격이라고 한다. 그런데 능동적이면서 동시에 수동적이라는 뜻은 무엇인가? 이성과 감성 양쪽에 끌려가는 것인가? 우리 자신이 강하면서 동시에 유약한 경험을 한다는 것인가? 여기서 일기 쓰기 과정에 들어가 보자.

상투적인 여성적 또는 남성적 역할을 넘어서는 생활을 상상할 때, 일기 쓰기는 양식화한 여성성에 대한 낡은 가설과 습관을 탐색하여 폐기하고, 여성으로서 자신을 새롭게 창조하는 과정이 된다. 물론 백지 상태(tabula rasa)를 뜻하지 않는다. 과거는 간단하게 원상태로 되돌릴 수 없기 때문이다. 그러나 우리는 그것을 초월하고, 넘어가서 새로운 진화적 나선의 회전 속으로 들어갈 수 있다고 생각한다. 외계로 나아가는 남성의 전형적인 항해와는 전혀 다르게, 우리 모두 여성과 남성이 다같이 자아 인식으로 향하는 결정적인 여행을 발진하는 그 무엇은 방향의 전환이라는 것이다. 이것은 **내면의** 여행이다. 그러므로 여행 도중에 마주치는 것은 미지의 삶의 양식이나 "악의 제국"이 아니라, 오히려 각자의 내면에 있는 자신의 인간성과 여성적 남성적 특성에서 최대한의 한도와 범위이다. 이 여행의 목표, 즉 자아 접근이 달성되면, 여성과 남성의 특성은 더 이상 내면에서 불화하지 않을 것이다. 그 대신 이 둘의 통합으로 우리는 완전한 모습을 얻게 된다.

내적 공간의 여행

일기 쓰기는 자신의 삶에 주의를 기울이는 한 방식이다. 외부의 모든 삶의 요구와 스트레스가 내적 영역의 밖으로 우리를 끌어내는 때, 일기는 우리 자신에게 돌아가게 한다. 일기는 자신을 기억하도록 도와준다. 일기를 쓰는 것은 비록 간단하여도 바쁜 일상의 흐름 속에서 심적인 호흡을 가다듬게 해준다. 곧 이어지는 일에 대한 느낌을 단 몇 줄밖에 못 쓰더라도, 일기는 하루가 지나가는 양상을 감각적 인식에 맞추고 내적 정신력을 보충하는 계기를 마련한다.

몇 년 전 나는 다음 학기 등록금 마련을 위하여 지루한 여름 일자리에 묶여 있었다. 간밤 어느 디스코에 누가 갔는지에 대한 야단스러운 수다와 담배 연기로 가득 찬 커피 휴식 시간에, 나는 자주 일기장으로 물러나서 따분함을 극복하였다. 그 15분 동안 글을 쓰면 좌절감이 빠져나가고 마음의 힘이 다시 채워지고, 그래서 점심시간이 되면 한 시간 동안 산책이나 독서를 하고, 그렇게 하루 일과가 끝나는 시간까지 나는 어려움에서 벗어났다. 상의 호주머니, 가방, 배낭에 챙겨 넣은 작은 일기장의 존재는 야단스러운 하루 일과 중에도 내적 삶을 풍요롭게 채우는 고요한 샘이 나에게 있다는 것을 일깨워준다. 그러면 분주한 시간, 길게 이어지는 모임, 또는 이동 중에 문득 떠오르는 생각을 적어둘 수 있다. 바삐 돌아다니다 마주치는 영감을 마음속에 새겨두었다가 나중에 복귀하려고 하지만 결국 완전한 소멸을 확인하는 경우가 얼마나 많은가? 일기장에 기록하는 한두 줄의 글, 연필 스케치, 단어나 어구 하나 모두 다 나중에 기억과 상상을 불러내는 열쇠가 된다.

정신적 역량을 보충하기 위하여 내면으로 향한다는 바로 그 개념은 일상의 작용 방식과 어긋난다. 어느 순간 자신의 생각과 느낌이 어떠한지 알고 있다거나, 몰라도 그것은 중요하지 않고 내버려 둘 수 있다는 식의 태도를 우리는 취한다. 모두 규칙적으로 잠시 멈추어 자신의 느낌을 인식하는 사회, 또 꿈에서 얻은 지혜로 자기 자신을 인도하는 여성 정치 지도자를 상상해보라. 단기의 재정 수익보다는 더 긴급한 지구적 문제를 놓치지 않기 위하여, 명상의 시간을 잠깐 가진 후 회의를 시작하는 회사 중역을 상상해보라. 근사하지 않은가? 세상을 변화시킬 힘이 있다!

물론 누구든 어떤 자아 인식의 척도를 지닌다. 그것이 없으면, 자신의 감정은 알지 못하고, 기분은 언제 상하는지 모르고, 몸과 마음은 새로운 상황에서 무엇을 경험하는지 인식하지 못할 것이다. 그러나 자아 인식은 연속체로 존재한다. 감정을 상하게 하는 가까운 친구에게 화난 기분을 표현하는 것은 분명 감정 정화가 될 것이다. 그러나 일단 고조된 감정이 사라지고, 지금 상한 감정의 저쪽에 어린 시절부터 여전히 남아서 치유되지 않은 상처와 해결되지 않은 문제가 보이면 어떻게 할까? 만약 그런 감정을 느끼는 감각에 집중하면 그것의 신체적 원천에 접촉할 수 있지 않을까? 그런 종류의 자아 인식은 당면한 정서적 위기에 더 많은 빛을 줄 것이다. 그것은 마음의 흐름 그 자체를 투시하는 통찰력을 제공할 것이다.

이처럼 한결 깊은 수준의 자아 인식에 도달하는 데 일기 쓰기보다 더 나은 방법은 없다. 종종 단순한 경험의 표현도 그 상황에 대한 명료함이나 다른 관점에 이르게 한다. 일단 일기를 쓰기 시작하면 관련된 경험에 대한 정서적 끌림과 매력을 다분히 느끼는데, 여기서 사물은 참으로 흥미를 일으킨다. 나에게 고통을 주는 상황에 대한 이해가 일기 쓰기를 통하여 얼마나 더 깊어지는지 예를 하나 들겠다. 몇 년 전, 학기가 시작되고 5~6주가 지나서, 내가 가르치는 '대학 작문' 강의 시간에 벌어진 상황 때문에 즐겁지 않았다. 뒷줄은 토론에 거의 참여하지 않고 실없이 잡담만 심하게 하였다. 동료 마저리(Margery)와 이 상황을 논의하였으나, 여전히 나는 괴로웠고, 강의실에 들어가면서 막연한 두려움을 지니고 있었다. 보다 깊은 무엇이 여기에 있다는 것을 알아차리고, 마침내 어느 날 아침 그것을 일기에서 탐색하는 시간을 갖기로 결심하였다. 나는 이렇게 적었다.

✢ 이 문제의 일부는 타인의 마음에 들고 싶은 욕구이다. 마음속 깊이 내가 훌륭하고 매력적이라는 확신을 나는 분명하게 지니지 않는다. 외부의 출전에서 이런 확인이 필요한 것 같다. 그래서 나는 외부 반응의 입력에 과도한 영향을 받는 경향이 있다. 예컨대 수업 시간이 제멋대로 무례하면, 곧 그것은 어떤 의미에서 나에 대한 반응이라고 추정한다. "내가 무엇을 '잘못'하는가?" 그래서 만약 내가 보다 더 확고한 자세를 취하여도 일이 크게 개선되지 않으면, 심지어 나 자신을 더 심하게 질책한다. "그게 잘못된 방법이었나? 나는 바보 같은 짓을 하였는가? 학생들은 이제 나를 귀신같은 사람으로 생각하는가? 그들은 나를 '혐오하고' 있는가?"

원하는 건 강의실에서 내 역할에 대한 자신감과 자부심이다. 수용되거나 수용되지 않는 행위에 대하여 완벽한 확신을 가지고 차분하게 말하면서, 특정 학생이 "나를 좋아하는지" 아닌지에 대한 문제 그 자체를 잊고 싶다. 강의실에서 나 자신의 기대와 영역에 대한 생각에서 벗어날 필요가 있다. 어떤 기본적 원리의 수준에서, 아직도 나는 자신에 대한 왜곡된 인식을 분명히 지니고 있다. 나는 완벽하거나 지독하고, 훌륭하거나 절망적이고, 가장 유능하고 감동적인 교사이거나 아니면 철저한 실패자라는 것이다.

분명 그 강의실에서 느낀 나의 불쾌감은 당시 학생들의 행위보다는 오히려 어릴 때부터 투영된 미완의 일에 관련이 있었다. 말하고 싶은 무엇이 있다는 것을 내 몸이 인지하였는데, 글을 쓰면서 불명료한 공포감은 어떤 예감으로 변화하였기 때문이다. 두통에 못 미치지만, 호르몬이 강력하게 분출하는 느낌을 받았다. 그날 오후 나는 강의실로 가서 평소의 그 거북함 없이 침착하고 분명한 말투로 학생들에게 나의 기대를 정확하게 말하였다. 내가 말을 할 때, 모두 조용히 귀를 기울였다. 그 강의 시간은 결코 내 마음에 드는 경우가 없었지만, 그날의 발언으로 새로운 동력이 생겼던 것이다.

조안나 필드(Joanna Field)라는 익명을 사용하는 영국의 작가 겸 심리분석가인 마리온 밀너는 내면의 작용을 이해하기 위한 매혹적인 책『자기 자신의 삶』을 집필하였다. 30대 초반에 원하는 것 모두 다 이루었으나, 밀너에게 행복은 자신을 회피하기 때문에 항상 손이 미치지 않는 곳에 있을 것 같았다. 그녀는 그날 최상의 부분을 기록하는 일기를 쓰기 시작하면서, 행복한 순간을 음미함으로써 그 순간들이 더 증대하기를 기대하였다. 자신이 구하는 것, 즉 자신의 삶을 생생하게 구체화한 경험을 책이나 전문가에게서 얻는다는 생각을 버리고, 자기 자신의 반응을 관찰하고 탐구하여 일기에 기록했다.

6주가 지난 후 밀너는 일기에 드러난 자기 삶의 "실태"를 검토하기 위하여 일기장 앞에 앉았다. 놀랍게도 행복은 항상 취하였던 것처럼 타인으로부터 칭찬을 받거나 훌륭한 목적을 달성하는 문제가 아니라는 것을 그녀는 깨닫게 되었다. 일기를 쓰면서 그녀가 얻은 것은 그전에 기대하였던 미래에 대한 명확한 방향도 아니었다. 그 대신에 자신의 삶을 전체적으로 바라보는 새로운 방식이 전개되었다. 밀너는 적었다. "내 경험의 기록은 보이는 모든 것에서 새로운 가능성을 끊임없이 밝히는 창조적 행위인 것 같았다⋯ 나는 쉬지 않고 일기를 쓰고 싶은 충동을 느끼면서, 삶을 어떻게 할 것인가에서 삶을 어떻게 바라볼 것인가로 점차 내 관심은 이동하고 있었다." 일기를 오래 쓸수록, 그녀의 일기는 자아 인식의 탐구에 더 필수적이었다. "나는 무엇을 잡으려 노력하는데 글로 쓴 낱말은 그물이 되는 것 같았다."[5]라고 그녀는 회고했다. 이런 통찰력에 놀란 후, 밀너는 7년 동안 글쓰기를 계속하였다. 그래서 마음의 작동을 줄곧 관찰하면서, 자기에게 만족과 행복을 주는 것은 경험의 내용보다는 인식의 성격이라는 것을 깨달았다. 밀너의 일기는 자아 이해를 위한 탐구에 결정적인 역할을 하였다.

이런 방식의 자아 인식은 작가 버가일드 니나 홀저(Burghild Nina Holzer)의 모든 창조적 작업에 필수적이다. 그녀는 주장한다. "그렇게도 많은 사람들이 글쓰기나 창작을 스스로 봉쇄하는 이유는 그들은 지금 이곳에 존재하지 않기 때문이다. 이들의 머리는 목표를 향한 청사진으로 가득 차 있고, 그곳에 도달하는 방법에 대한 정교한 개요를 지니지만, 이들은 의식적으로 침실에서 나와 욕실로 걸어가 본 적이 한 번도 없었다."[6] 그리고 뉴질랜드 작가 실비아 애슈톤 워너(Sylvia Ashton-Warner)는 현재의 순간에 대한 의식을 유지하도록 자기 자신에게 다짐한다. "'지금'이 진실한 시간이야."라고 그녀는 적었다. "과거와 미지의 미래가 순진한 현재를 혼란케 하지 말라. 오 나의 자아여, 진실하고 깊게, 꿋꿋하고 단단하게, '지금'의 활기 있는 삶을 살아라. 공포의 저주, 뒤돌아보는 후회, 기대에 찬 관심을 밀어내어라."[7]

일기 쓰기는 자아 인식을 높이는 데 가장 조용하고 쉬운 수단이라고 나는 생각한다. 주어진 시간에 원하는 깊이만큼 탐색하고 또 바라볼 준비가 된 것만 발견한다. 전문 기술은 전혀 필요하지 않다. 시간의 최소 필요조건도 없다. 다이어트나 운동과는 현저히 달라서, 한 주나 심지어 한 달을 놓친다고 해서 손해를 보지 않는다.

유일한 가이드라인은 자기 자신을 창조한다는 것이다. 이것은 **당신의** 여행이다. 당신이 그 항해의 해도를 그린다!

자기중심적인 것

1941년 12월, 에티 힐점은 일기장에 적었다. "나 자신의 리듬에 귀 기울이면서, 이와 일치하는 삶을 유지하는 노력만이라도 한다면 좋을 텐데. 일의 많은 부분은 단순한 모방으로, 의무감이나 사람들의 처신에 대한 규정된 관념에서 나온다. 무엇이 옳고 그름에 대한 확신은 유일하게 자기 자신의 내부 깊은 곳 원천에서 솟아오른다."[8] 무척 자주 우리는 "자기 자신의 외부에" 거주한다. 여러 가지 방식으로 우리는 타인이 수용할 수 있는 것을 행하고 말하도록 강요한다. 시간이 지나면서 어린 시절의 느끼고 원하는 것에 대한 열정적 확신은 둔해진다. 그 대신에 **의무적으로** 느끼고 원하는 것을 알게 된다. 결국 우리는 더 이상 그 차이를 구분하지 못한다.

한번은 유머 감각이 있는 심술궂은 친구가 이어지는 종이 인형 도안을 그린 엽서 한 장을 나에게 보냈는데 그림 설명문은 이렇다. "네가 누구인지 알고 싶으면, 먼저 세상의 다른 사람 모두가 누구인지 알아라. 그러면 나머지 하나가 네 자신일 테니까." 나는 이 엽서를 좋아하는데, 그 빤한 엉뚱함 밑에 친숙한 것에 대한 암시가 숨어 있기 때문이다. 여성으로서 자신보다 타인의 감정과 요구에 맞추는 경우가 사실상 더 많다. 사회화된 모습 그리고 감성적이면서 모성적이고자 하는 순수한 욕망, 이 두 가지의 결과로서 도중 어디에선가 여성은 글로리아 스타이넘(Gloria Steinem)이 지칭하는 "감정 이입의 질병"[9]에 걸렸다. 여성은 자기 자신보다 타인의 감정을 더 잘 인식한다. 여성은 사나운 물결 위에, 튼튼한 닻도 방향도 없이 이리저리 뒤흔들리면서, 떠돌아다니는 배와 같다. 여성의 존재가 놓일 여성 자신의 토대는 없다.

자기중심성은 언제부터 현재의 부정적 의미를 갖게 되었을까? 어떤 방식으로 자기중심성이 자기도취적 자아 몰두와 동의어가 되었을까? 당신, 나, 그리고 누군가 중심이 되는 장소를, 결국 우리 자신이 아닌 다른 어디에서 찾을까? 메리 캐서린 배트슨(Mary Catherine Bateson)은 자신의 책 『삶을 구성하기』(*Composing a Life*)에서 말한다. "여성을 보다 더 자기중심적이게 교육한다면, 여성의 삶을 붕괴시키는 수많은 갈등과 단절은 주요한 자아 개념과 관련이 없고, 지엽적인 문제가 될 것이다."[10] **올바르게 자기중심적인** 것은 무엇을 의미하는가? 먼저, 가장 아끼는 사람들의 필요와 욕망도 자신만큼 중요하게 여기고, 자기 자신에게도 똑같은 관심, 존중심, 애정을 기울이는 것이다. 아이러니하게도, 이렇게 하면 자신의 필요에 따르지 않고 실제 모습 그대로 타인을 보는 **더 좋은** 능력을 기를 수 있다. 타인과 자신의 상호작용은 중앙 무대를 다투는 독주 공연이 아니라 이해를 서로 공유하는 교향악으로 아마 생각하게 될 것이다.

일기 쓰기는 자신의 경험 안에 자기 자신을 착륙하게 한다. 나에 대한 타인의 인식에 초점을 맞추는 대신에, 일기는 "바로 지금 내 삶은 어디에 놓여 있는가? 이 순간 내가 느끼는 것이 무엇인가?"라는 질문을 자신에게 하도록 권한다. 일기에서 우리는 완전한 자기중심성을 경험한다. 다음에 인용된 일기는 연구회 참가자인 자르다 베일리(Jarda Bailey)가 결혼 실패의 깊은 상처 이후에 그러한 내면의 근거지를 찾는 노력을 보여준다.

⚜ 1992년 9월 8일. 지난해 일기를 쓰기 시작한 이후, 이와 같은 질문을 던졌다. 1년이 지나가지만 아무런 해답도 찾지 못했다. 사실, 그 질문을 모두 잊고 있다는 생각이 든다. 내 마음속은 텅 비어서 다시 채우려 애쓴다….

1992년 11월 5일. 스스로를 세워서 자신을 돌보는 것을 배울 필요가 있다. 한 번에 전부 얻으려 뛰어다니지 말고 침대에서 차를 마시면서 일기를 쓰는 게 좋다. 나 자신과 이런 특별한 시간을 보내니 즐겁다….

1993년 2월 21일. 내 마음 깊숙한 요구가 무엇인지 알지만, 중요하지 않다고 억압하고 외부의 기준에 맞추었다. 내 모든 필요와 요구를 결정하는 누군가를 찾고 있었다. 그건 불가능한 일, 어떤 필요이건 나 자신의 내면을 충족시켜야 한다는 것을 알기 때문이다….

1993년 2월 25일. 나는 변덕쟁이 같아! 항상 나에게 부족한 그런 사람이 되려고 시도하고 있으니….

1993년 9월 30일. 내 인생에 처음으로 나를 돌보고 보호할 사람, 나 자신을 찾았다. 이토록 오랫동안 타인이 그 일을 해야 한다고 생각했다. 이제 나만이 나를 위한다는 걸 알았다. 정말 나에 대한 다른 느낌을 가지기 시작한다고 생각한다. 나 자신과 함께하는 안정감을 느끼기 시작했다….

1993년 11월 4일. …글쓰기는 나를 규정하는 데 도움이 된다. 내 삶에서 균형 감각을 찾으려 노력한다…. 내 영혼 속에서 생명력을 끌어낸다. 여기가 내 꿈을 지탱하는 곳이니까.

자르다에게 공허감과 자기결여 의식은 5개월 동안 진화하여 확고한 자신감으로 자기 자신의 필요를 인지하고 해결하게 되었다. 여전히 많은 문제가 계속되지만, 자르다는 내면에서 발견한 공간에서 자신을 교육하면서 열리는 답을 기다린다. 그녀는 더 이상 타인의 동의를 구하지 않고, 스스로 자기 자신의 길을 찾아간다.

일기 쓰기는 "감정 이입의 질병"에서 벗어나서 자기 자신의 경험으로 돌아가는 효과적인 방법이다. 탐색하면서 질문하고, 찬양하면서 슬퍼하고, 펼치면서 경험하는, 이 인생은 당신의 것이다. 자기 중심적이 되어라!

자기비판 중지하기

만약 일기를 쓰면서 보다 더 큰 자아 인식에 이르고자 한다면, 소양, 행위, 그리고 글의 만족스러운 구성 요소가 무엇인지에 대한 판단을 유보할 필요가 있다. 마리온 밀너처럼, 가능한 한 충분히 자기 자신과 자신의 글을 보아야 한다. 즉, 내면의 아량, 유머, 창의성처럼 스스로 소중하게 존중하는 특성뿐만 아니라, 자신의 결점, 약점, 불공정한 편견을 살펴야 한다. 삶에 대한 정직한 글을 쓰기 위하여 내가 찾아낸 유일한 방법은 자기비판을 제쳐 놓고 본질적으로 흥미롭고 면밀한 주의를 자기 자신에 기울일 만하다고 생각하는 것이다. 물론 나는 항상 이렇게 잘하는 것은 아니다. 가끔 내 일기에 비웃으며 용서하지 않는 최고조의 내적 비평가가 나타나서, 자아 인식을 위한 가냘픈 나의 노력은 글 쓰는 지금 종이만큼의 가치도 없다고 느끼게 한다. 여러 번 경험으로, 자기비판과 자기방어가 번갈아 일어나는 동적 형태가 점유하면, 일기장을 덮고 다른 일을 하는 게 더 좋은 것 같다. 그렇지만 자기 자신과 세상에 대한 온화한 마음으로 일기장을 열기라도 하면 가끔 삶은 풍요롭고 가치로 충만하다는 것을 솔직히 깨닫는다. 긴 여행에서 방금 돌아온 친구나 오래전부터 듣고 싶은 말을 해줄 사람에게 이끌리는 듯, 일기 쓰기로 돌아가면서 취할 가장 유리한 자세는 관심이나 희망찬 기대를 갖는 것이다. 누구에게나 삶은 한 편의 연극이어서, 주의하고 관심을 갖는 만큼 더 많은 매혹을 지닌다.

이는 오는 대로 모두 수용한다는 의미이다. 일기 쓰기는 내면의 비판자에게 자신을 복종시키는 문제가 아니다. 나에게 남성성인 이런 비판자는 만족하는 경우가 없는데, 우리는 인간에 불과하고 그는 신과 같은 존재이기 때문이다! 이 존재를 멀리 휴가 보내고, 우리는 글을 쓰는 그것이 유일하게 진실하고 진정한 척도가 되게 하자. 삶 속에서 극성스럽게 주의를 요구하는 내면의 모든 목소리가 말하고 또 들리는 유일한 장소가 일기이다. 이들 대부분은 너무 긴 세월 동안 억압당하여서 가혹한 비판이 예상되면 입을 결코 열지 않는다. 이 목소리를 정중하게 대하라.

또한 우리의 글은 조건 없이 수용할 가치가 있다. 스테판 나흐마노비치(Stephen Nachmanovitch)의 매혹적인 책『자유로운 놀이: 인생과 예술의 즉흥 연주』(*Free Play: Improvisation in Life and Art*)는 우리 모두에 공존하는 내면의 두 인물, 즉 뮤즈와 교정자를 묘사한다. 뮤즈는 살아 있는 직관의 목소리라면, 교정자는 "자유로운 뮤즈의 놀이가 생성하는 원료를 비평하고, 모양 짓고, 조직한다."라고 스테판은 말한다. 창조적 영감의 원천인 뮤즈는 여러 가지 모양으로 나타난다. 그리스 신화의 (어머니 대지에 뿌리를 두는) 여성 뮤즈, 블레이크(Blake)의 시에서 남성 뮤즈, 친구와의 자연스러운 토론, 또는 내면의 어린이로서 "놀이 방법을 잊지 않는 자아"이다. 그러나 만약 교정자가 때 아니게 밀고 들어오면 "뮤즈는 편집되어 즉시 사라지고 우리는 필자의 장애를 경험한다." 교정자의 부정적 모습인 "심판하는 망령"은 부모에서 시작하여 어린 시절 이후 지금까지 우리의 삶 속에서 외부 권위의 모든 원천이 내면화한 목소리이다. 그것은 가끔 철저히 사악한 때도 있다.[11]

일기를 쓸 때는 뮤즈가 말한다. 연구회 과정에서 한 여성이 글을 나누어 주고 큰 소리로 읽고 나면, 다른 여성이 고개를 가로저었고, "내가 쓴 글은 전혀 달라요. 나는 이 글쓰기 실습을 아주 잘못한 것 같아요."라고 말하는 경우가 아주 많다. 그렇지만 자연스러운 음악적 즉흥 연주처럼, 뮤즈의 존재를 나타내는 것은 분명히 하나의 주제에 대한 변주곡들이다. 일기 쓰기 여행에 조언 하나를 한다면, 분명히 이런 것이다. 선과 악, 시와 비에 대한 어떠한 판단도 정지하라. 마치 이런저런 생각, 감정, 예감이 처음 생기는 것처럼 다가오는 모두를 환영하라. 자신의 뮤즈가 호흡하게 공간을 마련하라. 자기 자신의 매혹적인 존재의 드라마에 자신을 안내하라. 다른 누구도 나의 이야기를 글로 전할 수 없다. 자기 자신이 원작이다!

기억하기: 과거의 현존

의식 세계의 표면 바로 아래 풍부한 기억의 하층이 놓여 있다는 마리온 밀너의 발견은 중요한 것이다. 일기를 쓰면서 그녀는 알게 되었다.

> …처음 한두 문장만 현재와 관련되다가 이어서 15년이나 20년 전의 기억 속으로 빠져드는데, 그 세월 동안 의식적으로 줄곧 생각한 적이 없는 일에 대한 기억들, 기억한다는 사실마저 결코 알지 못한 기억들… 내 마음속의 표면에 이는 잔물결만 정상적으로 인식하는 듯하였으나, 어떤 생각을 글로 쓰는 행위는 강렬하게 살아 있는 과거의 다른 영역으로 즉시 나를 데리고 가는 돌진이었다.[12]

우리는 글을 쓰면서 기억에 접근한다. 글을 많이 쓰면, 그만큼 더 많이 기억한다. 잊고 단념한 우리 자신의 조각들을 기억하여 현재의 삶으로 더 많이 통합할수록 자아 인식은 더 커지고, 우리는 더욱 완전하게 된다.

과거는 우리 몸에 새겨진다. 만약 완전한 존재이기를 원한다면, 의식적으로 과거를 현재의 삶 속으로 통합할 필요가 있다. 과거는 억압된 상태로 있으면, 다른 방식으로 표면화할 것이다. 꿈과 악몽, 심신증 징후, 심지어 환각 재현은 종종 이전의 해결되지 않은 문제를 가리킨다. 그렇기 때문에 기억은 여러 형태의 치료에 매우 중요한 역할을 한다. 심지어 어떤 심리학자는 의식의 초기 기억은 정신적 발전에 주요한 요인이 된다고 주장한다. 이런 점을 염두에 두고 나는 일기 실습의 방법을 계획하였고, 여기서 참여자들은 각기 자신의 초기 기억을 가능한 한 자세히 묘사하게 하였다. 그 후 이 글을 두고 토론하였는데, 그들의 현재의 삶과의 상관성은 현저하게 분명하였다. 예컨대 로라(Laura)의 초기 기억은 두 번째 생일날 받은 모래 상자에 대한 것으로 "모래 상자"가 무엇을 의미하는지 몰랐다. 지금 고고학자처럼 처음으로 의식에 구멍을 파서 찾는 동안에, 그 느낌에 대한 그녀의 기억은 마치 거대한 모래주머니 속에서 놀이하는 것 같았다! 영어 전공 학생인 에디는 책을 고르기 위하여 아버지와 함께 도서관으로 걸어가는 기억을 떠올렸다. 아버지가 책을 읽어줄 때 아버지의 무릎 위에 앉아 있던 기억, 그리고 아버지가 가르쳐 주던 알파벳은 아버지가 글을 읽을 때 내는 소리와 이야기책 갈피에 그려진 기호와 관련된다는 것을 아는 놀랍고 즐거운 기억들이었다. 당신의 초기 기억은 무엇인가? 지금 당신의 삶과 연속된 관련성의 실마리를 찾을 수 있는가?

지극히 구체적인 의미에서, 우리가 기억하는 것으로 **존재한다**. 예컨대 노인성 치매의 비극은 환자들의 모든 기억을 조금씩 없애는 방식으로 정체성을 강탈하는 데 있다. 신경병학적 혼란을 지닌 환자들에 대한 놀라운 연구에서, 올리버 색스(Oliver Sacks)는 건망증이 환자들을 어떤 방식으로 영속적인 시시각각의 존재 속으로 밀어 넣는지 보여준다. 그는 지미(Jimmie)에 대한 놀라운 경우를 서술하는데, 지미는 열아홉 살과 마흔아홉 살 사이의 모든 일에 대한 총체적 기억상실증을 앓고 있었다. 지미의 기억 범위는 20초가량이고, 그의 삶은 영원히 반복되는 현재의 순간에 머물렀다. 그는 일분마다, 완전히 자기 자신을 망각하였다. 우리의 삶에 깊이와 의미를 주는 것은 다름 아닌 기억이다. 기억이 없으면, 우리는 경험 속에서 일관된 양식을 찾아낼 수 없을 것이다. 자신의 신경병학적 혼란 때문에, 지미는 심지어 자신의 삶에서 무엇이 부족한지 알 수 없었다.[13] 그것은 우리와는 다른 성격의 것이다. 비록 우리는 의미 있는 연관성이 전혀 없는 환경에 있을지라도, **분명한** 의미를 지니는 과거의 상황을 기억할 수 있으므로, 그 대비는 고통스러울 수 있다. 이것은 향수병, 즉 우리 주변에 대한 의미 있는 관련성을 결핍할 때 생기는 슬픔이 지닌 성격과 같다. 다른 것과 연관된 것은 아무것도 없다. 그러므로 의미 있는 것은 아무것도 없다.

생생하면서 희미하고, 즐거우면서 고통스러운 당신의 기억들은 영원히 당신의 것이다. 일기장에 글을 쓸 때, 기억은 보물 상자이면서 동시에 판도라의 상자라는 사실을 아마 알게 될 것이다. 뚜껑을 여는 순간, 그 안의 내용물을 보고 놀란다. 일단 자신의 삶 속으로 깊숙이 빠져드는 순간, 자신을 또 다시 지루하거나 무미건조한 존재로 보지 않는다. 플로리다 스콧트 맥스웰이 자기 자신의 삶을 되돌아보고 내린 결론처럼, "당신 자신을 소유하기 위하여 당신 삶의 결과만을 인정할 필요가 있다. 과거 당신의 모든 존재와 행위를 진정으로 소유할 때, 시간이 좀 걸리겠지만 당신은 강렬하게 현실과 마주한다."[14]

상상하기: 미래의 현존

독일 시인 라이너 마리아 릴케(Rainer Maria Rilke)는 말했다. "미래는 우리 안으로 들어와, 그 안에서 스스로 변신하는데, 그것은 우연히 오기 오래전이다."[15] 어떤 특별한 운명을 지니고 태어났다고 믿든 아니든, 미래는 종종 볼 수 없는 방식으로 우리와 함께한다. 또한 기억은 어디에 있었던가를 상기시켜주는 것과 마찬가지로, 욕망과 소망은 우리가 가고 있는 어디에 대한 것을 말해준다. 일기에서 계속되는 희망, 꿈과 대화하고, 미래로 향하는 가능한 길을 개척할 수도 있다. 일기 쓰기에서 당면한 목적이나 장기간의 목표 모두를 분명하게 하는 데 도움을 얻을 수 있다. 개인적 또는 직업적 소망에 자주 등장하는 내용은 삶의 지향점으로 향하는 상징적 이정표가 된다. 지금부터 향후 5년 또는 10년 동안 바라는 삶의 방식에 대한 시나리오를 일기에서 작성하면, 무의식은 그 목적을 달성하는 데 관여한다. 미래에 대한 상상으로, 그것이 현실로 나타나도록 도와준다.

가끔 일기장은 우리 자신보다 더 많은 것을 알고 있다. 최근에 나는 1969년 일기장을 훑어보았다. 나는 열여섯 살 때 "소설"을 쓰고 있었다. 일기장을 읽었다.

⚜ 국어 선생님은 학생들에게 매일 일기 쓰기를 학기 중의 과제로 부과했으면 좋겠다. 하루 단위의 생각을 한두 달이 지난 후에 보는 것도 재미있겠다. 창조적 글쓰기와 창작에 관련한 실험에 더 많은 시간을 허용해주면 좋겠다. 이렇게 요점 없이 이야기를 계속하는 식으로도 나는 글쓰기를 좋아한다. 언젠가 이 글을 읽고 정말 내가 이렇게 생각했던가 놀랄 것이다.

기억하는 한 아주 오래전에, 나는 글을 쓰고 싶었다. 열두 살 때, 내가 쓴 이야기 중에 하나를 잡지 속에 끼워두었다가 어머니가 저녁식사를 준비할 때 큰 소리로 읽었다. 어머니가 울기 시작하면 (나는 슬픈 결말을 좋아했다), 죄송한 마음으로 고백하기를 이것은 "실제"가 아니라 내가 지어낸 이야기라고 했다. 어머니는 놀라움 속에서 눈물을 멈추었다. 1969년에 나는 의식적으로 문학을 공부한다거나 영어 교사가 된다고 생각하지 않았다. 문학 박사학위를 취득하여 내 수업시간에 일기 쓰기를 과제로 제시한다는 것, 더구나 언젠가는 일기에 관한 책을 쓴다는 것에 대한 막연한 생각마저도 분명히 없었다. 적어도 의식적으로는 아니었다! 그렇지만 이 두 가지 내용과 그 비슷한 다른 일들을 돌아보면, 내가 몇 년 후에 알게 된 사실, 즉 문학, 일기, 그리고 창작이 나의 직업이 된다는 것을 내 일기는 이미 그때 알고 있었던 것 같다.

상상은 마음속의 욕망을 성취하도록 효과적으로 도와주는 역할을 한다. 만약 무엇을 정말 자주 생각하면, 마음은 그것을 현실화하기 시작한다. 그러나 여기에 역설이 놓여 있다. 목표와 욕망은 인생의 여정에서 더 큰 환상과 방향을 경험하도록 가끔 놓아둘 필요가 있다. 마리온 밀너는 삶의 의미를 찾는 과정에서, 전적으로 새로운 무엇을 향하여 자기 자신을 개방하려면 지금 가정한 삶의 목표를 **포기하는** 것을 자신의 목적으로 할 수 있다는 놀라운 발견을 하였다. 그녀는 말한다. "내 삶에 대한 개념을 형성하기 시작했는데, 미리 생각한 목적에 부합하는 성취를 서서히 구성하는 것이 아니라, 내가 알지 못하는 어떤 목적을 점차 발견하고 성장시키는 것이었다."[16]

그렇다면 우리는 언제 미리 계획을 세우고, 언제 그것에 모든 것을 내맡기는가? 당신 자신은 정처 없이 방랑한다는 느낌을 갖는가? 만약 그렇다면, 지금이 당신의 일기장에 어떤 목표를 세울 적절한 시기일 것이다. 당신은 끊임없이 보다 더 높은 성취를 향하여 자기 자신을 몰아넣는 느낌을 갖는가? 어쩌면 지금 당신의 목표는 일시적으로 물러나서 내버려두는 것이다. 일기장에서 자신의 동기를 탐색하고 일상적 삶의 성격을 재고하라. 보다 더 뚜렷하게 자신의 생각과 느낌에 집중할 때, 삶에 필요한 명민한 균형 감각을 발현시킬 수 있을 것이다.

신체적 경험 인식하기

사고하는 방법을 배우는 때부터, 우리는 정신적 인식에 따르면서 몸의 느낌을 무시하는, 심지어 억압하는, 교육을 받는다. 어린아이로서 위가 아플 때, 울음은 아이의 아픔을 덜어준다. 그 후 나이가 들면서 통증을 완화하는 명상의 힘을 배운다. 기분 상승용으로 커피를 마시고, 두통 완화를 위한 아스피린을 섭취하며, 구역질을 억누르는 제산제를 먹는데, 이런 증상들은 우리의 전반적인 행복의 양상과는 관련이 없는 것처럼 여긴다. 물론 성인으로서 여전히 안락을 갈망하겠지만, 지금은 올라가서 찾을 안락한 장소는 더 없다. 그 대신에 우리는 그런 증상들을 억누른다. 몸이 자신에게 보내려는 고통의 신호를 우리는 죽이고 있다.

몸을 가혹한 연습과 훈련 계획에 종속시키는데, 우리는 이상적인 몸의 모양을 만들기 위하여 끊임없이 단련하고 음식을 제한한다. 그렇지만 우리는 감각적 문화도 더구나 구현된 문화도 아니다. 사랑의 기법은 기술적으로 완전할 수도 있다. 그러나 중요한 무엇이 부족하다. 우리는 정신 활동에 필요한 능력을 위하여, 유아와 동물들이 함께 공유하는 생물적 요구, 즉 육체적 온기와 친밀, 신체적 안락의 필요, 그리고 햇볕 아래 자의식이 없는 기지개를 위한 시간에는 거의 눈을 감았다. 섹스가 아닌 유연한 신체적 요구를 언제 차단하는가? 육체적으로 안락한 느낌을 언제 정지시키는가?

나는 독실한 복음주의 기독교적 공동체에서 자란 어린 소녀로서, 육체는 인간의 본질인 영혼을 담는 용기인데, 죽음에 이르러 보다 더 순수한 존재의 영역을 위하여 육체를 버린다고 배웠다. 물론 육체와 영혼의 분리는 어느 특정 종교에 국한되지 않지만, 모든 서양 사상의 근거가 된다. 이렇게 정신과 물질은 분리되어 전자가 지배하는, 즉 "두뇌"가 몸을 명령하는 방식이 된다. 철학자 스티븐 로젠(Steven Rosen)은 이렇게 주장한다.

> 근대 철학은 근본적으로 인식과 존재에 대한 르네상스의 방식을 견지하면서, 사실은 이원론적 입장을 유지한다. 명시적이지 않아도 함축적으로, 이 철학은 정신과 물질의 분명한 구분을 전제하여서 경험의 구체적 완전성을 불명료하게 한다. 그러므로 만약 거짓 없는 방식으로 그 문제에 접근하고자 한다면, 여하튼 르네상스 시대에 강요된 억압을 끌어올려서 아무런 문제가 없었던 원래의 전 르네상스적 어떤 감각을 회복할 필요가 있을 것 같다. 왜냐면 정신과 물질은 그 당시에는 아직도 극명한 범주로 구분되지 않았기 때문이다.[17]

그러나 로젠이 "정신과 물질의 역설"에서 충분히 명시하고 있듯이, 우리는 저 초기의 완전성으로 **도로** 회기 할 수는 없다. 또한 "단순히 지적 부분을 버리고, 정신의 경계선을 건너서 육체 속으로 가라앉을 수도 없다. 왜냐면 그런 경계선 건너기는 그 자체가 지적인 것을 **나타내는** 단순한 분리 행위에 불과하기 때문이다." 그 대신에 우리의 일은 **기억하는** 것, 즉 "정신과 대립적인 육체"에서 통합적인 "몸마음"으로 안내하는 방식으로 우리 자신을 재구성하는 것이다.

이것이 우리들의 도전이다.

하나의 몸은 무엇을 의미하는가? 몸을 **소유하는** 것이 아니라, 몸으로 **존재하는** 것인가? 내가 받았던 게슈탈트 심리요법 훈련 과정의 첫날 저녁에, 지도자는 우리들 각자의 느낌에 대하여 질문하였다. 내 순서가 되었다. 기대와 호기심이 일어나는 새로운 상황에서 방 하나 그득한 이방인들과 마주하는 다소 두려운 느낌을 갖는다고 말했다. 몸의 어느 부위에서 그런 느낌이 생기는지 지도자는 나에게 물었다. 감정은 정신에 좌우된다고 항상 생각하였기 때문에, 나는 대답을 찾느라 고생하였지만, 마침내 나는 가슴과 복부에서 어떤 떨림 같은 것을 감지하기 시작하였다. 감정을 육체에서 경험하다니 얼마나 놀라운 발견인가! 유쾌한 기분이 들면 몸은 그것을 느낀다. 심장 박동은 빨라지고, 눈이 반짝이고, 가만히 앉아 있을 수 없다. 반대로, 우울하면 신체의 작용은 떨어진다. 또한 불안할 때 먹은 것이 얹힌 듯이 위가 답답한 상태는 단순한 상징이 아니다! 전망이 있으면 소화액은 활발히 활동한다. 우리가 느끼는 것은 모두 육체에서 비롯된다.

일기 쓰기는 자신을 육체적 경험과 지혜의 파장에 맞추도록 해준다. 첫 단계는 자신이 인식하는 신체적 감각 모두를 묘사한다. (예컨대 누군가 내 머리를 양손으로 쥐어짜는 듯한 느낌이다, 내 팔과 다리는 힘이 고갈되었다, 내 왼쪽 무릎에 심한 고통이 있다.) 당신과 말하기를 원하는 고통을 탐험하려면 이들의 징후와 대화하라. 자주, 신체적 징후와 정신적 상태 사이에 놀라운 일치를 발견할 것이다. 예컨대 두통은 내면의 갈등, 역겨운 느낌, 실제 삶 속의 걱정거리를 지시할 수 있다. 가슴의 긴장감과 수축된 호흡감은 압도적으로 강렬한 환경이나 감정에 자신을 노출시키는 데 두려움을 나타내는 것일 수 있다. 신체적 고통의 신호는 "머릿속에" 있으므로 의학적 치료를 요구하지 않는다는 제안을 지금 당장 하는 것은 아니다. 심장 주변의 압박감과 둔한 통증은 심한 정서적 고통을 암시하거나 실제로 심장의 문제에 대한 징후일 수도 있다. 내 경험으로 반성적 일기를 쓰는 기간 동안 그런 증상이 약화되거나 없어진 때는, 질병보다 스트레스가 그 징후의 원인이었다. 그러나 영속적인 증상의 경우에, 나는 생리학적 문제의 가능성을 확인하기 위하여 내과 의사의 진단을 분명하게 받기도 하였다.

몸의 경험에 파장을 맞추기 위한 나의 가장 효과적인 방법은 "집중하기"라는 기술인데, 이것은 심리학자 유진 젠들린(Eugene Gendlin)이 개발한 방법이다. 젠들린은 전인적으로 경험에 접근하여, 개별적인 생각, 느낌, 또는 지각보다는 더 포괄적인 "감각 의식"을 찾는다. 예컨대 누이에 대하여 생각할 때, 그녀에 대하여 인식하고, 느끼고, 직관하는 모든 것을 포함하는 감정과 연상의 독특한 분위기를 경험한다. "누이 제인(Jane)의 모든 것"에 대한 몸의 감각 의식은 정신이 말하는 것보다 언제나 더 깊고 더 정직하다.[18] 이런 인식을 일기에 수록할 수 있다.

우리의 역할

여성의 역할은 지난 세기 동안 극적으로 변화하였다. 많은 여성들은 할머니나 심지어 어머니의 삶과 거의 다른 생활을 하는 자신을 발견한다. 대부분의 경우 그 변화는 축복이 되었다. 여성 운동은 여성들 앞에 굳게 닫혔던 많은 문을 열었다. 그렇지만 여성들의 행운에는 종종 숨겨진 고통스러운 이면도 또한 놓여 있다. 여성 자신의 삶을 선택하면서, 종종 대안도 거의 없이 어머니의 일생을 무효로 한다는 괴로운 인식을 오늘날 여성들은 드물지 않게 지니고 있다. 김천인은 매우 통렬하게 쓴다.

> ✤ 소중하게 간직한 한 줌의 요리법, 어쩌면 깨어진 꿈과 환멸의 일생, 이것은 오늘을 사는 대부분의 여성들이 어머니로부터 물려받을 수 있는 전부일 것이다. 우리 세대는 여성으로서 자기주장의 모든 행위 그리고 자기 발전과 성취의 모든 운동을 통하여, 어머니들이 지탱하려고 애쓴 그 가치들에 이의를 제기한다.[19]

김천인의 말은 나에게도 유효하다는 사실을 알고 있다. 나의 삶은 어머니의 일생과 대단히 다르기 때문이다. 어머니는 1950년 열아홉 살에 마지못해 캐나다로 이주한 독일인인데, 먼저 와서 돈을 벌었고, 그래서 나머지 가족 5명이 어머니와 합류할 수 있었다. 어머니 릴리(Lilli)는 청소부로, 나중에는 가정부로 일하면서, 가족의 뱃삯을 마련하기 위하여 동전 한 푼이라도 저축하였다. 2년 후 어머니는 아버지와 결혼하였는데, 그도 새로운 이민자였다. 어머니가 스물여섯 살이 되었을 무렵, 이 부부는 어린아이 셋을 두고 있었다. 어머니는 외할머니를 두 번 다시 만날 수 없었다. 할머니 폴린(Pauline)은 1952년 캐나다로 향하는 배를 타러 가는 도중에 기차간에서 세상을 떠났다. 그녀의 나이 마흔세 살이었다. 어머니는 자신의 아버지, 여동생, 남동생들을 1959년에 다시 만나는 날까지, 거의 10년의 세월을 보내었다.

이어지는 세월 동안, 어머니 릴리는 줄곧 건강이 매우 나쁜 상태임에도 불구하고, 요리하고 빵을 굽고, 정원을 가꾸고 고치고,

대단한 창의력으로 일상의 수지를 맞추는 생활을 하였다. 어머니의 정식 교육은 전쟁 당시 독일에서 6년 동안 드문드문한 학교 교육이 전부였지만, 종교적 간행물뿐만 아니라 전체적 건강과 자연요법 의학에 관한 책과 잡지를 열심히 읽었다. 나의 삶과는 너무나 다른 인생살이다! 2년 동안 신학대학에 다니고 1년 동안 일을 한 후에 내가 시작한 것은 4개국에서 이어진 15년간의 학문적 작업이었다. 가끔 나는 외관상 안정감을 주는 결혼을 갈망하였지만, 그 방향으로 향하는 듯한 것이면 모두 포기하였다. 그 대신에 나는 연구하고 여행하면서 여러 나라 친구를 사귀는, 전쟁 동안 강요된 수많은 이주 이후에, 그대로 가만히 있어도 너무 행복한 가족 안의 "집시"였다.

어머니의 일생에서 내적 외적 환경은 모두 나와는 너무 다르다. 어머니는 종교적 믿음과 가족적 의무를 다하고 아름다운 가정을 꾸리고 다른 사람을 돌보는 데서 의미를 찾았지만, 나는 우정과 여행, 음악, 지적인 추구에서 성취를 찾았다. 그렇지만 10년 전을 인지할 수 없는 지금의 나도 유사한 모습을 보인다. 수요일 저녁 연구회를 위하여 예쁜 케이크를 준비할 때 즐거운 나의 경험을 통하여, 지하층 돌 제분기로 직접 갈아 만든 가루로 구운 빵이 가득한 부엌의 조리대 앞에서 흡족하게 여기던 어머니의 반향을 나는 본다. 칭찬보다는 먼저 비판하는 내 스스로에 가혹한 순간에는, 어린 시절 들었던 어머니의 목소리 울림을 듣는다. 그리고 사교적인 잡담을 못 견디는 어머니의 성격에서, 의미 있는 내용으로 곧장 돌아가지 않는 대화를 참지 못하는 나 자신을 상기한다.

어머니와 나의 고투 또한 달랐다. 어머니의 고투는 낯선 땅에 떠도는 새 이민자 신분으로 불편을 덜어줄 소통 언어도 돈도 없는 그런 것이었다. 외할머니의 죽음은 어머니에게 가장 고통스러운 충격이었다. 1950년대에 얻을 수 있는 기회는 한정적이었으므로, 어머니는 아내와 엄마의 역할에 제한됨으로써 자주 좌절감을 느꼈다고 나는 생각한다. 나 자신의 어려움은 그보다 막연하다. 결코 기대하지도 않았던 곳에서 자기 자신을 발견하는 여성처럼, 나는 대학 생활에서 "가면 현상"을 극복하고자 했다. 보다 넓은 세상에서, "모든 것을 한꺼번에 갖는다."는 은밀한 압박감을 경험했다. 그러나 의심할 여지없이 나는 가장 황량한 어머니의 꿈 너머에서 기회를 누려왔다. 아마 무엇보다 가장 큰 호사는 일을 곰곰이 생각하여 해결하고, 내가 진정으로 원하는 것이 무엇인지 심사숙고할 수 있는 시간이었을 것이다. 앞 세대는 이런 여지가 적었고 이들 이전에는 실제로 실천한 예를 거의 찾아볼 수 없다. 캐롤린 하일브룬의 말처럼, 만약 우리가 책 속의 이야기에 맞추어 삶을 영위한다면, 이전 세대들은 삶에 참조할 이야기도 연극에 사용할 설화도 거의 없었다. 여성 자신의 필요와 욕망보다 남편과 아이들의 것을 우선으로 여기는 낡은 결혼의 줄거리가 주로 이용될 수 **있었던** 것이다. 그러나 이제 시대가 도래했다. "여성은 낡은 틀을 깨어야 한다."라고 주디스 두어크는 말한다.

> 여성은 과거가 자신의 내면에 기록하였을 뿐만 아니라 외부 세계가 명령한 그 일방적 명령들에 불복하는 모험을 감행해야 한다. 여성은 내면화된 가부장과 대결하면서, 지금까지 쥐어준 대본에서 착한 소녀, 착한 여성 역할을 떨치고 나와야 한다. 여성은 낡은 계율을 버리는 데서 발생할 불안감을 감수해야 한다.[20]

만약 가부장적 계율의 신발이 꼭 맞지 않으면, 그 신발을 버려라. 많은 여성들은 "낡은 신발"과 시대에 뒤떨어진 다른 옷가지들을 일기 쓰기 과정에서 없앤다. 여기서 우리는 새로운 이야기, 새로운 관계의 가능성, 새로운 존재의 성격과 양식을 탐색한다. 그래서 이 과정에, 정말 말 그대로, 여성으로서 우리 자신을 존재의 안으로 써넣는다.

그러나 여성의 역할이 사회적 정의와 지시에 의하여 결정되는 것은 아니다. 그렇게 단순하다면 좋기도 하겠다. 융에 따르면, 여성과 남성은 동일하게 가면(persona), 즉 공적인 얼굴을 쓰는데, 일상의 접촉은 이것에 의존한다. 그것은 우리가 자기 자신과 타인들에게 보이기 원하는 모습을 표현하는 가면으로, 옷차림과 버릇에서부터 사회 속의 태도와 지위에 이르는 온갖 것들로 구성된다. 그러나 얄궂게도, 그 가면은 우리의 실제 모습과 정체성을 숨긴다. 마리온 우드만은 말한다. "페르소나, 즉 가면은 완벽하게 효과적으로 하루 종일 연기하는데, 그 일이 끝나면 이어서 광적인 낯선 리듬이 육체와 존재(Being)를 지배한다. 그 자연적 리듬에 정지를 명하는 '나'(I)는 없고, 그 리듬에 저속 기어를 넣는 분화된 강한 자아(ego)도 없다."[21] 만약 페르소나와 내적 존재를 혼동하면, 우리는 육체적 실체와의 접촉을 상실하게 된다. 가면은 얼굴로 간주되고, 우리의 진정한 삶은 사라진다. "우리 모두는 천의 얼굴을 지닌다."[22] 라고 아나이스 닌은 일기에 적었다. 당신의 얼굴들은 어떤가? 내 얼굴들은 어떤가? 사회가 우리에게 부여한 역할과 우리가 자유롭게 선택한 역할까지 모두 버린다면 어떤 문제가 발생할까? 다른 사람들에게 어떻게 보일까 하는 문제에서 벗어날 때 우리의 모습은 어떠할까?

닌의 일기에서 자주 등장하는 주제 중의 하나는 낮 동안 쓰는 가면과 안전한 밤의 일기 안에 출현하는 자기 인격의 다른 면 사이에 놓인 불일치이다. "쾌활하고, 명랑하고, 수용하고, 치유하는 사람, 호출에 항상 응하고, 언제나 공감하는, 즉 내 친구들의 즐거움을 위하여 내가 창조했던 가공의 인물은 어딘가에 존재의 영역이 있어야 했다."라고 그녀는 적었다. "나는 일기에서 균형을 되찾을 수 있었다. 여기서 우울하고, 화내고, 헐뜯고, 낙담할 수 있었다. 내 안의 악마들을 내보낼 수 있었다."[23] 비록 예술가 친구들은 아나이스에게 일기 쓰기를 그만두라고 설득하였지만, 그녀는 일기만이 인격의 다른 국면들 사이의 역설과 모순을 포함하여, 자아실현을 위한 탐구를 지속할 수 있다는 사실을 알았다. 일생 동안 그녀는 "진정한 아나이스는 일기 안에 있다."[24]고 주장하였는데, 수정되지 않은 판본이 출판되고서야, 그 말이 얼마나 진실한지 우리는 깨닫기 시작한다!

많은 여성들이 자신의 "진정한 자아"는 타인에게 내미는 모습에서 제거된다는 자각을 묘사한다. 루스 베네딕트(Ruth Benedict)는 일기에서 고백했다.

⚜ 도대체 내 성격이 무엇이었나? 실제의 나는 감히 직시할 용기가 나지 않는 성격이었다. 고독의 공포에 떨고, 헛된 노력으로 얼어붙고, **중단하고** 싶은 갈망에 사로잡혀 있었다. 나의 저 모습에 대하여 소문을 들은 자는 아무도 없었다. 그런 사람이 있었다고 해도, 그것은 흥미로운 어떤 자태였을 것이다. 그 가면은 단단히 밀착되어 있었다.[25]

또 다른 일기 작가는 둘로 갈라진 자신의 강한 의식을 묘사한다.

⚜ 무섭지만 공경하는 목소리의 또 다른 여성과 일기를 통하여 친숙한데, 내가 피하는 진실을 그녀는 모두 말하였기 때문이다. 그녀는 소심하지 않았다. 그래서 소심한 나는 그녀에 감탄하여 언젠가는 그녀처럼 목소리와 대담성과 꿈꾸는 능력을 지니기를 꿈꾸었다. 서서히 그날이 다가왔고, 더욱더, 일기 안에서만 나와 함께 사는 여성과 일기장 갈피 밖에서 생활하는 여성이 서로 결합하는 것을 일기를 통하여 볼 수 있었다. 둘의 목소리는 하나가 되었다.[26]

마리온 우드만은 일기장을 거울에 비유한다. "그것을 처음 들여다보면, 빈 페이지는 불온한 공백감으로 노려본다."라고 그녀는 쓴다. "그러나 계속 보면서 릴케가 칭하는 '존재의 가능성'을 신뢰하면, 점차 나를 돌아보는 얼굴이 보인다…. 일기 쓰기는 **내가 누구인가**를 찾아내는 일에 책임을 다하는 한 방법이다."[27] 일기를 계속 쓰면 자기 역할의 총합보다 더 풍요롭고 더 큰 정체성이 드러난다. 만약 정직성을 견지할 수 있다면, 불확실, 의심, 역설의 한가운데도, 자신의 얼굴을 보고 자기 목소리를 듣기 시작할 것이다.

일상생활의 과정에서 요구되는 당신의 역할은 어떤 것인가? 당신은 분명히 누구의 딸이면서 손녀이고, 아마 누군가의 친구일 것이다. 또한 자매, 어머니, 아내, 할머니, 질녀, 아주머니, 대모일 것이다. 당신은 피고용자 아니면 고용주, 가사 담당자, 스승, 시민, 기타 등등의 역할을 할 수 있다. 이런 것을 일기에서 탐색하라. 우선, 일기장을 앞에 두고 앉아서 "나는… / 나는 어떤…"과 같이 최대한 다양한 방법으로 문장을 완성할 수 있다. 가능한 길게 계속 써라. 아마 당신의 머리에 쓰고 있는 삶의 모자가 얼마나 많은지 놀라게 될 것이다.

외면적 역할 외에 또 누구나 다수의 잠재 인격을 억누르고 있는데, 그것은 자체의 생명력을 지니는 분명한 존재 양상이다. 우리들 각자 안에는, 유년기의 희망과 꿈을 아직도 갈망하는 어린 소녀가 있고, 성인이 되어서 무엇을 할까 아직 결정하지 못한 젊은이가 있고, 세상 곳곳을 돌아다니고 싶은 자유로운 영혼이 있고, 이 순간 자기 자신의 길을 원하는 심술궂은 여왕이 있고, 자신 주변의 모든 것을 키우면서 포옹하는 어머니 대지가 있고, 그 모든 것을 알고 있는 냉소자, 그리고 더 많은 것이 있다. 1991년 10월 일기장에 나는 적었다.

⚜ 오늘 밤, 나 자신보다 더 충만하고 중요하고 일관성 있어 보이는 다른 사람의 삶이 보이는 창문에 코를 대는 간절한 어린 소녀이고 싶다. 사물의 가슴으로 안아 올려지고, 환영받고, 기억되고, 사랑받고 싶은 그 외로운 어린 방랑자. 스티브와 나는 서로의 "작은 방랑자"를 존경하고 사랑하는가?

내면의 인물들과 가능한 한 많은 교제를 맺어라. 일기에서 그들과 대화하라. 그들은 무엇을 사랑하고 증오하는지, 갈망하고 두려워하는지 물어라. 그들에게 배울 것은 많이 있다.

자기 자신의 자아

마리온 밀너는 자아 인식의 탐구 초기에 관찰한다. "사람들은 '이봐, 무슨 일이 있어도 **너 자신**을 지켜라'라고 말했다. 그러나 진정 자기 자신이 무엇인지 안다는 것은 나에게 그렇게 쉬운 일이 아니었다. 다른 사람들이 원한다고 생각되는 것을 내가 원하면서 그 선택이 나 자신의 것이라고 상상하는 것이 훨씬 더 쉬웠다."[28] 실비아 애슈톤 워너는 이와 유사한 발견을 하였다. 1943년 11월 19일에 그녀는 일기에 적었다. "어떤 역할의 나를 끝내었다. 이제 나는 **나**다. 어지러운 지난 일 년 동안 훌륭하다고 생각되는 것을 모방하려는 믿을 수 없는 경향이 있었다… 타인을 본떠서 나 자신을 형성하는…. 어디로 가서 무엇이 될까? 다른 사람의 복사본? 내 모습 그대로 남아서 실패작이 되기로 결심하였다."[29] 자신의 진정한 삶의 드라마는 자신에게 주어진 역할들의 총합보다 더 위대하다. 일기 쓰기는 "유일한 진리의 장소" 그리고 "거짓 없는 대화"[30]를 제공하는 곳이다. 일기 쓰기는 그런 모든 역할을 함유하면서 보다 더 큰 마음속의 자아와 접촉하는 기회를 제공한다. 펜을 들고 일기장의 갈피와 마주할 때, 모든 가면, 의상, 그리고 변장은 하나씩 떠난다. 여기서 자신의 근원적 자아가 글을 쓴다. 궁극적 목표는 마음속을 가능한 많이 표현하기 위하여 삶의 표층 아래에서 글을 쓰는 것이다. 융은 언명했다.

⚜ "완전한" 삶은 이론적 완전성에 있는 것이 아니라, 자신에게 깊이 새겨진 어떤 특별한 구조를 솔직하게 수용하고, 그것을 이해하면서 내던져진 혼돈의 혼란에서 어떤 조화를 창조하려고 노력한다는 그

사실에 있다.[31]

다음 장에서는 이런 목적에 부합하는 일기 쓰기의 치유적 차원에 대한 몇 가지 특별한 방법을 보겠다.

내 글쓰기는 파편화된 자아(자아들)를 결합하는 접착제이다.[1]

작자 미상의 일기 작가

자신의 말로 나를 치유한 것 같다.
나는 회복 중이다. 글쓰기는 내 치료법이다.[2]

캐롤 보보조(Carole Bovoso)

5
치유적 차원의 일기

삶에서 전인성(wholeness)의 창조는 자기 자신의 치유(heal)이다. 이는 말의 어원에서 분명하다. 전인성과 치유는 독일어 heil(앵글로-색슨어 hale), 즉 완전체에서 유래하는데, heilen(치유하다)과 heilig(신성한)의 변형이 있다. 바꾸어 말하면, **치유한다**는 것은 **완전체를 만든다**는 것이고, **완전하다**는 것은 **신성하다**는 것이다. 정신적 전인성과 영적인 성숙을 구분하는 것은 과학적 물질주의의 강한 영향으로 현대 우리의 시대에서만 일어나는 일인지도 모른다. 다른 시대의 문화는 그 둘을 동일한 것으로 간주하였다. 심지어 프로이트(Freud)는 보다 세속적인 "정신"보다는 Seele, 즉 영혼이라는 말을 더 선호하였는데, 이 독일어는 보통 정신으로 번역된다. 실제로 많은 사람들에게 심리요법은 내적 생명력의 흐름을 방해하는 고통스러운 갈등을 치유하는 노력과 더불어 종교적 역할을 대신하고 있다. 프로이트와 융이 개인과 집단의 무의식이 작동하는 방식을 풍부하게 집대성한 이후로, 우리는 정신의 숨겨진 모습에 매료되고 외경하게 되었다. 우리는 자기 이해의 제단에서 구조를 구한다.

어느 누가 치유를 구하지 않을까? 살면서 어느 땐가 우리 대부분, 아마 모두는 치료 전문가에게 도움을 청하여 일생 동안 해소되지 않은 상실과 슬픔을 치유하려고 시도할 것이다. 알레르기나 편두통에서 오는 고통, 자주 출몰하는 우울증이나 공황증으로 우리 모두 육체와 정신의 내부에는 상처받기 쉬운 영역이 있다. 스위스 정신분석학자 앨리스 밀러(Alice Miller)는 말한다. "진정한 삶의 억압된 역사를 몸은 저장하였다가, 그 역사의 이야기를 들어주기 바라는 징후를 내보낸다."[3] 간혹 이런 징후는 만성적으로 나타난다. 완전히 쇠약하게 만들 정도로 심각하지 않을지라도, 일상의 존재에 어두운 그림자를 드리운다. 극단적인 경우 모든 에너지, 심지어 생명까지 앗아갈 수도 있다. 불쾌감의 근원을 살피려고 잠시 멈추기 전에 가끔 우리는 심각한 질병의 공격을 받는다. 그것이 어떤 행태를 취하건, 우리는 가능한 한 길게 불쾌감을 안고 살다가 나중에 전문가를 찾는다. 우리는 치료를 찾는다. "치료"는 독일어 therapeuein(돌보다)에서 유래하는데, 접두어 dher- (받치다 또는 지원하다)의 어근으로 이루어진다.[4] 여성은 전통적으로 보호자로 또 사회에서 감성적 부양자 역할을 해왔기 때문에, 여성 스스로 치유가 필요하다는 것은 기이한 일이 아닌가?

여성주의 심리학자들은 최근 수십 년 동안 여성의 정신적 구조와 과정은 남성의 것과 어떻게 다른지 보여준다. 여성들의 상처 또한 서로 다르다. 김천인은 자신의 고통의 근원을 찾는 탐색에서, "여성인 나는 존재하지 않는다는 것을 가장 근본적인 방향에서 결국 인정할" 수밖에 없었다. 정신적 지하로 하강하면서 그녀가 발견한 것은 지독한 공허감 아래에 묻혀 있는 "여성의 존재에 대한 가려진 지식, 낡은 기억, 별개의 가능성이었다." 위대한 여신의 이미지, 즉 여성 신격의 형상화에서, 김천인은 "상실한 여성 권력의 가능성"을 발굴하였다.[5] 일기 쓰기는 내면에 깊이 묻힌 여신의 원형과 상징의 정서적 가치와 접촉하게 하는데, 수치심이나 무관심 때문에 억압하고 부인하여 망각한 많은 것을 일기의 성역에서 재생할 수 있다. 오래 억압된 감정과 직관들이 말할 때 자신의 여성적 본성으로부터의 소외를 치유한다. 융은 말했다. "밝은 형상을 상상하는 것이 아니라 어두움을 의식함으로써 깨달음에 이른다."[6] 억압된 분노와 폭력, 질식된 창조성과 포용력의 환희를 말로 표현할 때, 그 어두움은 의식적 이해의 빛으로 바뀌고 치유의 작업은 더욱 촉진된다. 여성의 내적 실상에서 여성성에 대한 사회적 투영을 구별하여 성숙한 여성 자신의 모습을 발견할 때, 우리는 개체화의 필수 임무를 완성하는 것이다. 마리온 우드만도 역시 이것은 오늘날 여성의 불가결한 임무라고 한다. "이는 새로운 의식이고, 거대한 도약이며, 지금도 합병을 요구받는 그녀 자신의 삶을 치유하는 것이다."[7]

치유 도구 일기

"왜 일기를 씁니까?"라고 일기 쓰는 사람에게 물어보면 대부분은 "치유 때문입니다."라고 대답할 것이다. 사실 그러하지만, 오로지 정신만을 위한 것은 아니다. 일기 쓰기는 오랫동안 감정을 표출하는 귀중한 방법의 하나로 인식되었지만, 『예방 잡지』(*Prevention Magazine*)에는 "치유 기술과 처방 사전"의 목록[8]에 올라 있다. 일기 쓰기는 **신체적** 질병에 대한 육체적 방어를 집결하도록 도와줄 수 있기 때문이다. 『C타입의 연관성: 정신과 육체의 암과 건강의 고리』(*The Type C Connection: The Mind-Body Link to Cancer and Your Health*)의 공동 저자, 리디아 테모스코크(Lydia Temoskok)와 헨리 드레어(Henry

Dreher)는 암 환자를 위하여 개인 일기를 쓰면 "우울에서 벗어나고, 삶의 의미를 고양시키며, 회복에 도움이 되는 행동에 활기를 불어넣을 수 있다."[9]는 제안까지 한다. 정말 옳은 주장이다!

보수적인 의료 기관에서도 육체와 정신의 상관관계, 그리고 신체적 정서적 안녕에 대한 인식은 점차 증대하고 있다. 다이어트, 운동, 명상을 통하여 심장 질환을 소멸시키는 비정통적 프로그램을 고안한 딘 오르니쉬(Dean Ornish)는 개인적 글쓰기의 신체적 이로움을 증명하는 일련의 연구에 대하여 흥미롭게 기술한다. 댈러스의 남부감리교 대학(Southern Methodist University)에서 시행한 실험에서, 제임스 페니베이커(James Pennebaker) 박사는 한 그룹의 학생들에게 정서적으로 중요하지 않은 사소한 문제에 대하여 매일 20분 동안 글을 쓰게 하였다. 다른 그룹은 과거에 경험한 정신적 충격에 관련된 사실을 서술하도록 하였다. 세 번째 마지막 그룹은 정신적 충격에 대한 글을 쓰면서, 사실과 더불어 자신의 감정을 포함하도록 하였다. 연구자들은 이 연구의 초기에 관련자들 모두의 심장 박동과 혈압을 측정하였다. 이들의 발견은 흥미진진하였다. 세 번째 그룹 학생들의 혈압은 초기에 상승하는 반면에, 6주 후에 채취한 혈압 샘플에서 그들의 면역 체계는 **높은 수준에서** 기능하는 것으로 나타났다. **종전에 숨겨온 자신의 정신적 충격**을 드러낸 사람들은 면역 세포의 활력이 가장 극적으로 상승하였다. 6개월 후 이들은 다른 두 그룹보다 발병의 횟수가 줄어들고 학생 건강 센터를 찾아가는 경우도 훨씬 적었다. 연구자들의 결론은 "감정을 참아내는 것은 심장과 면역 체계에 만성적 스트레스를 준다."는 것이다. 이와는 대조적으로, 감정을 종이에 쏟아내는 것은 보다 더 건강한 상태의 존재에 도움이 되었다.[10]

그러나 글쓰기가 행복을 심지어 치유를 촉진할 수 있다는 믿음은 새로운 것이 아니다. 일기 연구가인 신시아 가네트는 "치유의 글쓰기, 즉 '의료학적 글쓰기'는 아주 오래되고 훌륭한 수사학적 목적이다."라고 일러준다. 플라톤(Plato)과 아리스토텔레스(Aristotle)의 시대 이래로, "수사학은 그 대상인 '청중의 도덕적 정치적 건강뿐만 아니라 정서적 건강'에도 관여한다."[11]라고 그녀는 말한다. 오늘 우리 시대에, 심리학자 아이라 프로고프는 일기 쓰기를 치유의 도구로 사용하도록 최초로 주창한 사람에 속한다. 캐나다 여성주의 치료 전문가들의 글을 모은 『치유의 목소리들』(*Healing Voices*)에서, 일기를 쓰는 것은 치유의 필수적인 부분으로 자주 언급된다. 의뢰인 크리스 왓슨(Chris Watson)은 심리요법과 일기 쓰기의 결합으로 서너 살 어린아이 때 자신이 겪은 성폭행의 생생한 기억에 마침내 도달한 것을 알았다. 뒤돌아보면서 그녀는 회상한다.

> 이 시기 이후 일기의 많은 부분은 감정의 소용돌이가 되었다. 방안에서 혼자, 보통 토요일 아침에 나는 일어나서 방금 깨어난 꿈을 기록하고, 거기서 출발하여 어린 시절의 다른 추억 속으로 들어갔다. 가끔 글을 쓰고 있을 때 거의 항상, 어린 나 자신이 현장의 경험을 기록하는 듯하였다. 내 기억이 나를 놀라게 하였다.[12]

일기 쓰기와 심리요법을 결합한 도움으로, 크리스 왓슨은 마침내 위로할 길 없는 슬픔의 근원에 도달할 수 있었다. 그것은 아버지와 삼촌 둘 다 반복적으로 그녀를 강간하고 폭행한 세 살의 어린 육체에 가해진 정신적 충격과 폭력이었다.

매일 한 시간씩 글을 쓰는 마리온 우드만은 말한다.

> 기분이 나를 사로잡으면, 이때가 글을 쓸 시간이다. 무의식에서 그 기분이 쏟아지게 하라. 일기 쓰기는 가슴을 쏟아내려는 욕구를 충족시킨다. 대부분 사람들은 대단히 어렵게 친밀감을 찾는데, 심지어 자기 자신과의 친밀감마저도 그렇다. 정신분석의 주안점은 친밀감에 따라 결정되기 때문에, 일기 쓰기는 자기 자신이 회피한 부분들을 인식하는 데 중요한 역할을 한다. 무의식은 의식의 눈을 필요로 하고, 의식은 무의식의 활기가 필요하다. 글쓰기는 그런 교환이 이루어지도록 해준다.[13]

나는 15년 이상 일기를 쓰고 있었지만, 수개월 동안 정신요법 의사를 만난 1982년 겨울에 내 일기 쓰기는 중요한 새 역할을 하였다. 일기는 치유 그 자체의 일을 완성하도록 도왔는데, 매주 의사를 만나는 사이에 나를 안전하게 유지하고 내려놓게 하여서, 모든 삶은 수월하게 감당할 수 있을 것 같았다. 나는 매주 목요일 아침 의사 마이클(Michael)과 만난 후 그의 사무실 길 건너에 있는 머핀 가게에 들렀다. 거기서 내 감정의 잔류물과 그날 아침의 일에 대한 인상을 글로 쓰고, 오후의 대학원 문학 세미나를 위하여 학교로 향했다. 이렇게 글을 쓰는 평온한 시간은 이전의 일과 동화하도록 도와주면서 내 삶의 매우 다른 두 영역 사이에 완충 지대를 제공하였다. 이전에는 내 꿈에 대하여 그렇게 많은 주의를 기울이지 않았으나 마이클과 처음으로 약속을 정하고 나서 나는 일기에 털어놓았다. "지난밤의 꿈: 거대한 파도처럼 증대하는 혼란과 공포가 휙 지나가면서, 나를 휘감고, 마침내 1피트 넓이의 숨쉴 공간에 던져지면서, 나는 잠에서 깨어났다. 꿈속에서 느낀 내 고독은 말 그대로 '이 세상의 끝'이나 다름없었다. 다른 기억은 별로 없고, 단지 공포감만 남아 있다." 지금 뒤돌아보니, 그 꿈은 치유 기간에 솟아오를 무의식의 질량에 압도될 나의 두려움을 나타내는 것이 분명하였고, 그 당시 그것은 나를 삼킬 것 같았다. 정말 확실히, 우리는 신속하게 깊이 돌입했던 것이다. 2주일 후 나는 적었다.

⚜ 마이클의 말이 옳다는 생각이고 지난날 나는 너무나 많은 굴욕을 참았다. 화는 심한 죄악이라는 오래된 기독교의 강요는 미친 짓에 불과하다. 사람들이 화를 분출할 수 없어서 생기는 궤양, 발작, 심장 마비, 암이 얼마나 많은지 알고 싶다. 실제로, 나는 화를 그 대상으로 보내는 대신에 나 자신이 키운다. 화는 내 안에서 자라고, 그래서 나는 화를 점점 더 많이 먹는데 내가 원하는 나의 내면은 결코 음식이 아니라 평화와 자기 수용과 이완된 마음속이다. 배고픔이나 식욕이 아닌 다른 모든 이유로 내가 먹은 모든 음식에 대하여 생각해보면, 나로서는 믿어지지 않는다. 이제 이런 모든 것 안의 **그것이 실제의 죄악**이다!

그런데 내 안에서 어떤 분출구가 터진 것은 바로 그다음 날이었다. 아름다운 오후에 대학 도서관에 앉아 있는데, 어떤 분명한 이유도 없이 몸이 좋지 않으면서 지독한 구역질이 났다. 그때 마이클의 질문 방식으로 나 자신에게 물었다. "그런 구역질을 느끼는 대상이 무엇인가?" 한 시간 후에 나는 지쳐서 등을 대고 앉았는데, 오랫동안 고통을 주면서 내적 평화를 허용하지 않았던 강력한 죄의식에 사로잡힌 채, 행간을 띄우지 않고 일곱 장의 종이에 긴 글을 쓰고 있었던 것이다. 신중하게 숙고하는 평상시의 내 일기 문체와는 대조적으로, 이 종이들은 의식적 방향이나 통제 없이 한마디 한마디 나 자신을 쏟아낸 것 같았다. 그 당시 나는 문학전공의 대학원생으로 문장의 전개를 분명히 알고 있었지만, 나를 사로잡는 죄의식은 구두법이나 문법에 관계하지 않았다. 글쓰기를 마치자 구역질 느낌은 사라졌다. 여기에 그 내용의 일부를 발췌한다.

⚜ 1982년 2월 6일. …천한, 빈정대는, 성마른, 비참한, 우울한, 불안한, 부적격한, 못생긴, 영원히 열등한, 언제나 뒤처진, 만약 내가 성공하여 기분이 좋다는 것을 증명하면 어떨까. 내가 여전히 이 가족에 속할 수 있는가? 이곳에서 우리는 어떻게 환희를 다루는가? … 신은 나를 응징할 것이므로 나는 겸손을 배운다. 그러나 그는 나를 응징할 필요가 없고, 나는 내 죄와 불행과 비만에 대하여 최선을 다할 것이다. 어쨌든 나는 무엇을 두려워하고, 실패 또는 성공, 그래서 그것이 무슨 의미인가? 사람들이 무슨 말을 하건 내가 얼마나 가혹하게 느끼든 오로지 남은 것은 그것을 그들이 나로부터 가져갈 수 없다는 것, 나의 정직 그러나 만약 내 뜻을 말하면 그들은 그것을 싫어하니, 그것을 깊이 생각하면서 일기를 쓰는 것이 최선의 방책 그래서 나는 생각하고 또 밤새 생각하고 독서하고 잠을 잘 수 없어서 까뮈(Camus)를 읽고 이것이 나의 몸 상태를 나쁘게 하지만 교회의 목사는 기독교가 모든 해결책이라고 말하니 만약 까뮈가 너의 믿음을 혼란케 한다면, 까뮈를 읽지 말라. 그러나 만약 그가 사기꾼이라면 나는 그를 못 본 체할 수 없

고 왜 그는 내 생각을 쓴다는 느낌이 들고 또 그의 책을 생각하고 있는가?
나는 밴쿠버를 못 떠나는데 나는 밴쿠버를 좋아하고 내 친구들 모두 여기에 있고 내가 멀리 가 있는 동안 누군가 죽으면 어떻게 할까 죽음이 몰래 다가올 수 있다고 생각하면 끔찍하다. 여행을 갈 때면 언제나 이런 의문이 생기고 사람들 모두 다시 만나게 될까 또는 나에 대한 무서운 신의 장난으로 내가 카페에 앉아서 카푸치노를 마시면서 독서를 하거나 친구나 연인과 함께 한담하고 있을 때 내가 전보를 받아서 그것을 알게 된다. 밴쿠버에서 내가 사랑하는 누군가가 죽어가고 있었다 또 나는 내 슬픔과 비애로 누군가를 기만할 것이고… 그것은 이상하다, 쓰고 쓰고 또 쓰고, 아주 긴급한 때, 그리고 내 "통상의" 일기에는 일의 해결책을 좀 더 많이 도출하여 정돈하려고 노력하고 그것 모두 여기에 기록하며 무의식적으로 과거에 대한 허구를 작성하지 않기를 바라지만 비록 그런 일은 일어난 방식이 아닐지라도 이것은 지금 내가 간직하고 있는 기억이다.

"무의식은 의식의 눈을 필요로 한다." 그 강박 관념에 사로잡힌 상태의 나에게서 쏟아진 것은 나의 제어를 넘어서 있었다. 그것은 나의 공포와 고통의 목소리인데 마침내 과감히 스스로 소리를 내었고, 마이클의 특별한 공감의 귀를 통하여 마침내 분명하게 들렸던 것이다. 다음번의 만남 후에, 나는 적었다.

⚜ 1982년 2월 11일. 오늘 내 목에 "신경성 발진"이 생겼다. 그것은 천천히 표면화하기 시작하는 분노라고 마이클은 말한다. 아마 조금씩

그곳으로 다가갈 것이다. 나는 그에게 내 독백을 읽어주고 그는 귀를 기울였다. 마이클은 이렇게 조언했다. 나의 것이 아닌 다른 목소리 모두에 주의를 기울이고, "그것에 대항하라." 너는 누구냐? 원하는 것이 무엇인가? 그들의 말을 들어주고, 교전하고, 그래서 논쟁하여 물리쳐라.

곧이어 4일 후에, "오늘 아침, 다시 구역질이 좀 난다. 이유를 모르겠다. 속이 울렁거리면서 한 줄기의 적대감, 분노, 또 다른 무엇을 왜 느끼는가? 거울 속의 나 자신은 아주 매력이 없어 보인다. 체중 문제로 나는 정말 지쳤다. 내가 이런 기분이 들 때 곧장 글을 쓰라고 마이클은 말한다." 나는 글을 쓰면서 마이클과 치유를 이어갔다. 지금 이 생생한 기록들을 다시 읽으면서, 마침내 내가 도움을 찾도록 몰아간 고통스러운 갈등에 대한 적나라한 기억을 나는 경험한다. 나는 그 심리 치료의 치유력도 생생하게 기억하고 또 분주한 일상의 세계로 다시 진입하기 전에 이어서 가진 사색의 글을 쓰는 조용한 시간을 상기한다.

이 3개월은 감정적 봉쇄와 돌파 그리고 크고 작은 통찰로 가득 차서 내 삶에 지대한 영향을 끼쳤다. 치유의 과정을 매일 쓰는 글 속에서 지속하면서 치유 기간의 반향은 나에게 남았다. 비록 감정과 느낌을 일기 안에 모두 함께 쏟아놓았지만, 일단 내가 의식적으로 그렇게 하기 시작하면서 그런 글쓰기는 다른 성격을 띠는데, 매장된 요소를 드러내는 것이 치유에 어떤 도움이 되는지 보다 더 분명하게 이해하였다. "일기 쓰기는 지속적인 반영의 과정이다."라고 우드만은 말한다. "보면서 보지 않고, 명명하면서 명명하지 않는다… 일기는 신비의 중심부에 놓인 다의성을 표현하지만, 설명하지 않는 정신적 고향이다."[14]

치료 전문가를 지금 만나고 있다면, 자신에게 영향을 주는 문제와 관련되는 어떤 글쓰기 주제를 그 전문가에게 제안하라고 요구할 수도 있다. 만약 그런 준비가 아직 없다면 자신의 꿈을 기록하기 (제7장) 시작하라. 치유 기간에 마주치는 사람과 사건과 대화하라. 출간된 다른 여성들의 치유 일기를 읽고, 이 장을 위한 부록의 글쓰기 연습을 해보라.

일기 쓰기의 치유적 차원

창조적 과정에 대한 연구에서, 스테판 나흐마노비치는 말한다.

> ♱ 글쓰기, 작곡하기, 그림 그리기, 춤의 힘에 놀라지 않은 적이 없는데, 그것은 슬픔, 실망, 우울, 당혹감에서 나를 끌어내는 놀라운 힘을 지녔기 때문이다. 오락이나 기분 전환이 아니라, 연주하고, 춤추고, 그림을 그리고, 내 길을 속속들이 쓰는 것에 대하여 나는 말하고 있다. 이 과정은 정신요법과 가장 유사하다.[15]

일기 쓰기의 강력한 치유 효과를 경험하기 위하여 치료를 받을 필요는 없다. 지속적이고 솔직한 일기를 쓰면서 자기 자신의 치료사가 될 수 있다. 그 이점은 명백하다. 위탁서나 예약도 필요 없다. 어디로 가야 할 필요도 없고, 치료를 지속하기 위하여 매주 방문을 기다릴 필요도 없다. 치유를 언제나 휴대할 수 있고, 곤경에 처하더라도 그것을 중단할 필요가 없다. 어느 일기 작가가 알아차린 것처럼, "일기 쓰기는 종종 값싼 치유가 된다."[16] 그러나 또 다른 중요한 이점도 있다. 아마 서투른 치료사는 이득보다 위해를 가할 수 있는 반면에, 일기 쓰기는 가장 친절하고 안전한 치유를 제공하기 때문에 재정적으로 신체적으로도 가능한 가장 낮은 위험 요소를 지닌다. 어느 시점에서든 안도감의 수준이 허용하는 그만큼 당신 자신을 드러낸다. 게슈탈트 치료사인 무리엘 쉬프만(Muriel Schiffman)에 의하면, "우리는 과도한 불안감을 갖지 않는 강인한 수준에 이르지 못하면, 감정을 드러내지 않는 고유한 자기 방어적 구조를 지닌다.[17] 하루라도 일기를 쓸 용기가 없거나 쓸 준비가 되어 있지 않다면, 최악의 경우 스스로 견디면서 일기장을 멀리한다는 의미이다.

일기 쓰기에서 자기 치유의 가능성을 보여주는 극적인 예는 앨리스 콜러(Alice Koller)의 경우인데, 그녀는 자포자기의 존재적 절망에서 자기 자신에 대한 글을 썼다. 매시간 매일 3개월 동안, 타자기를 두드리면서 삶에 대한 진리, 삶을 지속할 이유의 무엇에 도달하려고 노력했다. 서두에서 그녀는 회고했다.

⚜ 지금 여기서 나를 파악하고, 신중하게 나의 전망으로 향하는 문을 열겠다. 여기 앉으니, 여러 해 동안 내가 알아야 했던 것은 무엇인지 알겠다. 내가 그것을 바라볼 때 진정한 내가 누구인지 인식할 수 있다는 것이다… 기억할 수 있는 것을 모두 기록하면, 그것의 전모를 파악하고, 이렇게 오랫동안 부정해온 것에서 어떤 유형을 집어낼 수 있을 것이다. 그러므로 아무리 추하여도 모두 다 기록하는 것, 그것이 최우선이다.[18]

3개월의 끝 무렵, 자기 존재에 대한 어떤 아픈 진실에 도달하는

데, 앨리스가 절망 속에서 세상을 살아가는 새로운 가능성에 대한 글을 쓰면서 발견한 것은 "이제 감각적 새로움으로… 대본은 사라졌다. 나 자신이 생각한다는 것을 **알아냈다**. 나 자신이 말한다는 것을 알아냈다. 내 말은 미리 예정된 방향을 추종하지 않는다. 심지어 말을 하거나 생각할 때도, 내 말에 놀란다. 내 말의 의외성은 나 자신의 관심을 끌고, 그래서 이 말을 검토하면서, 말하는 것의 **의미를** 발견한다."

또 다른 일기 작가, 비비 위엔(Bibi Wien)도 마찬가지로 일기가 정서적 건강과 평정을 회복하는 노력에 얼마나 중요한지 알았다. 그녀는 말한다.

> ♆ 거의 4개월 동안, 나는 심한 우울증에 시달려서, 글을 쓰거나 집중하거나 심지어 매일 일어나는 일이 실제로 무엇인지 기억할 수조차 없었다. 일기는 일어나 나오기 위한, 쓰러지지 않을 투쟁의 일부였다. 나 자신을 떠밀어 적어도 매일 (처음에는) 일기에 한 가지를 기입하도록 하였는데, 이것은 현실과 접촉하는 길로 되돌아가고, 내 안에서 갈등하는 감정들을 진정시키는 방법이었다… 그것은 내가 건강과 일로 돌아가는 가장 큰 힘이었다.[19]

비비 위엔에게 일기는 나날의 정점이고 자신을 무력하게 하는 우울증 너머의 현실과 접촉하는 시도였다.

1986년 메이 사턴은 자신의 일기 『발작 이후』(*After the Stroke*)를 이렇게 시작했다. "내 머리는 아주 기분이 좋지 않고, 정신적이건 신체적이건, 아주 작은 활동에도 기진맥진하기 때문에 아마 불가능으로 판명되겠지만, 일월 초부터 내 **자아**를 상실하여 글을 쓸 수 없고 내 삶의 모든 의미로부터 단절된 느낌을 지나치게 받으므로, 나는 매일 몇 줄이라도 쓰는 노력을 해야 한다고 생각한다. 그것은 자활의 한 방법이다."[20] 사실 메이 사턴은 일기 쓰기를 놀라운 구명의 힘으로 여겼다. "어림잡아 내 세대에 훌륭한 시인 중 여섯 명은 자살자였다."라고 그녀는 회고했다. "만약 내가 살아남는다면 그것은 정체기에 소설, 일기, 그리고 기타의 글을 쓸 수 있기 때문이다. 지금 내가 하고 있듯이 우울증에서 빠져나오는 도구를 나는 지니고 있다."[21]

나로서는 일기 쓰기의 치유적 차원은 여러 가지 형태를 띤다. 일기는 나의 모든 감정적 부산물을 기꺼이 수용한다. 마구 고함치고 욕을 퍼붓고, 울부짖고, 분노와 적의를 발산하고, 나는 모두 쏟아내었다. 친구인 내 일기를 구멍나게 하거나 상하게 하거나 모욕하거나 격분시킬 염려도 없었다. 가끔 나는 일기를 부적처럼 사용하여, 위로하고 치유하며 옹호하고 슬픔을 완화하는 거의 마술적 힘을 부여하였다. 판단을 유보하는 일기의 갈피에서, 나는 강력한 자기 정당화를 하고, 최근에는 꿈을 기록하면서 밤에 이미지로 다가오는 내 무의식의 선물을 품었다.

출판된 『삶의 기록』에서 여러 일기 작가들은 자신의 삶을 받아들이는 과정에서 스스로 치료사가 되었다. 캐롤 패롯 블루(Carroll Parrott Blue)는 쓴다. "세상을 살면서 나 자신에 관한 글을 나에게 쓰면서 가끔 나를 치유하기도 한다. 일기는 나를 줄곧 나의 중심부, 즉 내 전망의 심장, 내 지혜의 박동으로 향하게 한다."[22] 또 멜리나 브라운(Melina Brown)은 회고한다. "내 일기는 내 치료사이다. 내 주변에 아무도 없을 때, 누구에게 말할 만큼 나 자신을 진정시킬 수 없을 때, 평가받을 두려움 없이 내 생각과 감정을 나는 방출할 수 있었다. 내 일기는 그 모두를 수용하고, 내가 읽을 준비가 될 때까지 내 말을 간직하였다."[23] 치료 중일 때처럼 일기에서 치유는 일회성이 아니라, 시간과 인내, 그리고 새로운 성장의 씨가 형성되는 동안 어두움 속에서 존재할 의지를 요구하는 하나의 과정이다.

카타르시스

아리스토텔레스에게 카타르시스는 "예술로 감정을 순화하거나 정화하는 것"이었다. 정신분석적으로 카타르시스는 "과거의 사건들, 특히 억제된 것을 정서적으로 해소하여 장애의 원인과 정직하게 마주함으로써 긴장과 불안을 해소하는 것"[24]을 지칭한다. 페니베이커(Pennebaker) 박사가 행한 실험은 카타르시스적 글쓰기에 대한 자신의 개인적 경험의 솔직한 소산이었다. 결혼 초기 위기의 한가운데서, 그는 대단히 우울하여 술을 마시면서 타인으로부터 자신을 고립시키기 시작하였다. 그 무렵, 테모스콕(Temoskok)과 드레어(Dreher)에 의하면,

> ♣ 어느 날, 우울증으로, 그는 타자기에 앉아서 자신의 결혼, 부모, 이력, 성 능력, 그리고 죽음에 대한 모든 감정들을 쏟아냈다. 일주일 동안 매일 그렇게 한 후, 그는 지쳤지만, 동시에 훨씬 더 자유로운 느낌이었다. 여러 해 동안 처음으로… 그는 자기 삶의 의미와 목적에 접근하였다. 그래서 그는 아내에 대한 자신의 깊은 사랑을 깨닫게 되면서, 두 사람의 결혼을 되살릴 수 있었다.[25]

페니베이커 박사가 자신의 자발적인 글쓰기 마라톤에서 마주

친 것은 개인적 글쓰기의 카타르시스적 치유 기능이었다. 강렬한 감정을 말로 표현함으로써 가슴속을 내보내는 그 기분 전환을 우리 모두는 알고 있다. 30분 동안 백지 위에 열정적으로 낙서를 해도 놀라운 감정적 해소를 경험할 수 있다. 화난 느낌표, 강조의 빨간색 밑줄, 종이 위의 눈물 자국, 이 모두는 일기를 쓰는 사람의 강력한 감정의 표시들이다.

자신의 일기에 실비아 플라스는 기록했다. "격정은 식도를 압박하여 독성을 유발하지만, 글을 쓰기 시작하자마자 소실되고, 흘러나와 문자의 형상 속으로 들어간다. 치유의 글쓰기인가?"[26] 여기에 또 에밀리 카는 삶이 불가능하게 보이는 어느 날 쓰고 있다.

⚜ 1940년 3월 5일. 세상은 온통 진저리나게 곧장 직진하고 나도 마찬가지다. 간밤은 3시간 동안 잠에서 깨어 있었더니 그 때문에 오늘은 햇빛이 어느 때보다 좋은 날이지만 지치고 신경질이 난다. 땅 위에 사는 사람 모두 후려치고 싶다. 감기에 짜증에 온몸 구석구석이 고단하다. 나는 늙어 추하고, 어리석고 고약하다. 나는 멋진 사람이 되기도 싫다. 나는 시무룩하고 부루퉁하고 잡아 뜯고 비웃고 싶다. 나는 변질된 우유통이다. 이제, 아마, 모두 다 글로 기록하였으니, 태양이 떠오르면 혐오는 녹아서 안개가 물러가는 곳으로 갈 것이다. 아마 내 안의 불쾌감은 오른팔 아래로 돌진하여 손가락을 통과하고 연필을 통하여 부끄럽게도 종이 위에 숨김없이 흩어져 누워 있을 것이다. 글쓰기는 그림보다도 더 나은 좋고 나쁜 감정의 훌륭한 분류기이다.[27]

안네 프랑크도 역시 일기는 솔직하게 표현할 수 없는 분노를 자유롭게 담을 수 있다는 것을 알았다. 그녀는 1944년 1월 2일에 지난 일기를 다시 읽었을 때, 이렇게 회고했다. "어떻게 내가 그렇게 분노로 가득하고, 실제로 그처럼 증오로 충만하여 그것을 일기장에 털어놓았을까." 그녀는 메모했다. "이 일기는 나에게 지극히 중요하다." 열네 살에, 그녀는 일기의 카타르시스적 기능을 이미 파악했다. "글을 쓰면 나는 무엇이건 떨쳐버릴 수 있다." 그녀는 덧붙인다. "내 슬픔은 사라지고, 내 용기는 되살아난다."[28]

가끔 카타르시스적 글쓰기를 통하여 치유된 상처들은 편견과 차별에서 나온 것이다. 아프리카 출신 여성 동성애자인 미국인 샤마라 샨투 라일리(Shamara Shantu Riley)는 회고한다. "나의 정체성을 가질 권리를 다른 사람들이 끊임없이 거부하려는 세상에서, 글쓰기는 나에게 어떤 목소리를 주어서 나의 정체성에 대한 생각을 말로 표현하게 한다. 일기에서 글쓰기는 역시 카타르시스적인데, 그것은 내가 견디면서, 삶에 존재하는 많은 상처를 치유하게 해주기 때문이다."[29] 오드리 로드(Audre Lorde)는 "흑인 여성 동성애자 투사 시인"으로 자신의 유방암 경험을 일기로 쓰면서, 자신의 말이 "자기 치유의 가능성과 모든 여성을 위한 생활의 풍요로움을 강조하는 것"이기를 원했다. 그 일기는 로드의 분노와 절망, 그리고 자신의 질병은 "침묵을 언어와 행동으로 전환하는" 힘으로 만드는 결심을 증언한다. 1979년 11월 19일에 그녀는 적었다. "분노를 쓰고 싶지만 결국 남는 것은 슬픔이다…. 죽음을 삶으로, 죽음을 무시하지 않으면서 그것에 굴복하지 않는 어떤 길을 찾아야 한다." 로드는 회고한다. 『암 일기』(*The Cancer Journals*)의 출판 준비는 "그 시점의 나와 그 시간을 지나면서 변화하는 나 자신을 정돈하고, 추후의 검토뿐만 아니라 해소를 위해서, 가공의 나를 내려놓기 위한" 글쓰기 과정이었다.[30] 이것 또한 카타르시스이다.

일기는 치유가 가능한 평온한 환경을 제공한다. 삶 속에 완성되지 않은 어떤 일이 있는가? 숨겨진 어떤 상처들이 알아보고 치유를 해달라고 간청하는가? 오랜 원한을 하루 또 다음 하루 지니고 다니는가? 해소되지 않은 불만들이 끊임없이 행복감에 불쾌감을 주어서 사람과의 관계에 즐거움과 자발성을 저해하는가? 가슴속에 용서하지 못한 무엇이 묻혀 있는가? 다음번에 화나고 감정이 상하고 단순히 말할 수 없는 어떤 감정이 분출하면, 일기장을 펼쳐서 20분 동안 글을 써라. 마음에 떠오르는 첫 단어로 시작하는데 자신의 느낌, 배심감이나 분노를 묘사하고 자유롭게 써라. 자신의 무거운 피로감, 강렬한 분노, 깊은 혼란을 묘사하라. 어느 지점에서 어떤 육체적 해방감을 느낄 것이다. 숨결은 깊게 온몸으로 더 자유롭게 흐르며, 목의 근육은 편안해지고, 두통은 사라질 것이다. 가혹한 짐을 내려놓은 듯, 더 가벼운 느낌을 받을 것이다. 자신의 문제에서 한 발짝 물러설 수 있고, 이제 그 문제는 자기 앞에 놓인 종이 위에 검고 흰 모양으로 존재한다는 의식이 생길 것이다. 아마 하루나 이틀 정도 제쳐 놓으면 그동안 자신의 잠재의식이 그것을 처리할 것이다.

자기 검열 없이 자연스럽게 진행하면, 글쓰기는 열정, 절박감, 그리고 생명을 지닐 것이다. 그러면 글쓰기를 멈추는 때 느낌은 다르게 나타난다. 본래의 감정은 여전히 흔적을 남기지만, 내부에서 어떤 변화가 일어났을 것이다. 자신의 문제를 말로 나타내는 도중에 뜻밖의 통찰력이 들어오는, 즉 다른 관점이 떠오른다. 글을 쓰고 있을 때 자신의 감정은 소실되거나 다른 무엇으로 변화되는데, 예를 들면 분노는 공포나 비애로, 근심은 흥분으로 바뀔 수 있다. 아마 삶의 다른 국면과의 연관성, 다시 말해서 문제의 진정한 핵심으로 드러난 또 다른 관계나 이전의 사건을 발견할 것이다. 만약 분명한 이유도 없이 심란하다면, 한 차례의 나선형 글쓰기는 자신을 불안의 근원에 더 가까이 접근토록 유도한다. 10분 동안 자유롭게 글을 쓰고, 곧이어 쓴 것을 읽고, 그리고 몇 차례 나선형 글쓰기를 하라. 이렇게 하면 감정의 다양한 측면들을 탐색하게 되고 문제의 중심에 더욱 다가갈 것이다. 그리고 잘못 쓰기를 관찰하라. 이는 드러나 보이게 하는데, 잠재의식은 자신보다 언제나 더 많은 것을 알고 있기 때문이다. 만약 "증오" 대신에 "사랑"으로, 또는 "한다" 대신에 "하지 않는다"라고 쓴다면, 여기에 줄을 그어 지우지 말고, 오히려 실제로 쓴 것의 위 또는 아래 층위에서 자신이 말하고자 했던 **이전의 생각**을 글로 옮겨라. 이런 종류의 "어긋나기"는 감정이 얼마나 쉽게 반대 감정으로 뒤집힐 수 있는지 보여주는 분명한 징후이다.

숨겨진 감정 탐색하기

일기 쓰기는 "숨겨진 감정들", 즉 우리가 볼 수 없거나 보고 싶지 않은 것에 접근하는 한 가지 방법이다. 타인에 대하여 어떻게 행동하라고 말해주는 이상화된 얼굴을 우리 모두의 내면에 지니지만, 사람의 관계는 양면 가치의 특징을 지닌다. 가끔 사랑하는 사람들을 혐오하기도 한다. 이들은 필요하지만, 그들의 제약에서 벗어나기를 원한다. 겉보기로 모순적인 충돌하는 감정들을 우리는 어떻게 통합하는가? 이상적인 자아를 실제의 우리 자신과 어떻게 조화시키는가?

여성에게 가장 지독한 금기는 분노이다. 남성은 격노하지만, 여성은 슬프고 우울하다. 남성은 화나서 역정을 폭발시키지만, 여성은 하염없이 운다. 화난 여성 한 명은 많은 사람들에게 위협적이다. 이 말은 치명적인 함의를 지니는데, 캐롤린 하일브룬의 관찰에 의하면, "화를 표출하거나 심지어 자신의 분노의 인식을 허용하지 않으면, 단순 확대로 권력과 통제를 거부한다."는 것이다. 이에 따르는 논리적 결론으로, 그녀는 언명한다. "금지된 분노로, 여성들은 공개적 불평의 목소리를 찾을 수 없어서 우울증이나 광증으로 피난처를 택한다."[31] 심리학자 해리어트 러너(Harriet Lerner)도 유사한 주장을 한다. "만약 죄의식이 있거나, 우울하거나, 자기 회의에 빠지면, 우리는 그 자리에 남는다…. 이와 대조적으로, 분노한 여성은 우리 모두의 삶을 변화시키는 도전을 한다…. 그래서 적극적인 변화를 요구하는 우리를 포함하여, 모든 사람에게 변화는 불안을 야기하는 어려운 일이다."[32] 지난 30년 동안 급격한 변화에도 불구하고, 많은 여성들은 아직도 분노의 존재를 인정하는 데 어려움이 있다. 우리는 십중팔구 분노 때문에 자신에게 말하고, 분노를 자신으로 돌려서 우울증에 빠지고, 심지어 심신증 질환의 증상으로 발전하기도 한다. 여기에 일기 쓰기가 들어온다. 앨리스 밀러의 말처럼, "그 진실을 천천히 알아보자마자 과거 억압된 감정들에 대한 경험의 자각으로, 언어적 징후들은 넘쳐난다. 그리고 그 감정들은 완전히 사라진다."[33] 직접적 표현에 대한 금지가 지나치게 강할 때, 글쓰기는 자신의 분노를 인식하여 명명하도록 도와주는 효과적인 첫 단계가 된다. 조만간, 우리는 분노를 정확히 표출하게 될 것이다.

융 분석 심리학자 자넷 달렛(Janet Dallett)은 감정을 말로 표현할 수 없어서 치명적인 결과를 낳은 자기 인생의 한 시기를 서술한다. 서른 살의 나이에, 내과 의사가 자넷에게 원하지 않는 난관 결찰 수술을 하도록 설득한 이후, 그녀는 모범적인 환자로 "위기에 직면하여 차분하게 이지적으로, 명랑하게 협조적으로, 완벽하게 의사의 지시에 따랐다." 그러나 그것은 그 이야기의 끝이 아니었다. 20년도 더 지난 후, 자넷의 억압된 감정은 악몽의 형태로 손상을 초래했다. 그녀는 기억한다. "여러 주 동안 나는 밤중에 비명을 지르면서 일어났는데, 20년 동안 들어주기를 기다렸던 감정들이 밀어닥쳤다. 나 자신의 반응을 그렇게 오래도록 억압하면서 내가 몸에 가한 것은 무엇인가? 침묵의 여러 해 동안 내가 병든 것인가?" 세 명의 친한 친구도 몇 년 동안 부자연스러운 침묵의 결과로 비슷한 위기에 처한 것을 보고, 달렛은 책을 쓰기로 결심하는데, "남성들의 요구로 추측하여 그렇게 말하는 여성이 아니라 사실대로 말하는 노력을 하면서, 자신의 목소리를 찾으려 분투하는 여성"에 대한 것이었다. 그녀는 오래전에 잃어버린 만년필을 찾아내고, "사무용품 상점에서 네 줄을 그은 노란색 메모장을" 구입해서 집으로 왔다. 이어서 그녀는 회상한다. 한동안 지루한 시간이 지나고, "나는 만년필을 들고 글을 쓰기 시작했다."[34]

만약 여성의 분노를 일반적으로 금지한다면, 아이들을 향한 어머니의 분노보다 더 큰 금기는 없겠는데, 자기희생의 모성애 신화는 아주 깊게 뿌리 박혔기 때문이다. 어머니는 자식에게 무조건적 사랑과 지칠 줄 모르는 지원을 제공하도록 기대한다. 아드리엔 리치(Adrienne Rich)는 "모성애의 가면"에 도전하는 최초의 작가들에 속한다. 아이들이 어릴 때 그녀의 일기는 자기 자신의 부족에 대한 절망 그리고 희생 요구의 한도에 대한 분노로 가득하다고 리치는 전한다. 그녀의 책 『태어난 여성에 대하여』(*Of Woman Born*)는 그런 내용으로 시작한다.

⚜ 1960년 11월. 아이들은 내가 경험한 가장 강렬한 고통을 야기한다. 그것은 양면 가치의 고통, 즉 격렬한 분노와 예리한 신경과민, 그리고 행복에 넘친 기쁨과 부드러움 사이의 살인적인 왕래이다. 나는 이 어리고 철없는 존재에 대한 내 감정으로, 가끔 나 자신에게 이기심과 불관용의 괴물이 되는 것 같다. 그들의 목소리는 신경과민으로 닳아 없어지고, 그들의 끊임없는 요구, 무엇보다 단순한 인내심의 요구는 나 자신의 불이행으로 나는 절망으로 가득 찬다…. 그래서 나는 가끔 약해져서 격노에 사로잡힌다…. **나는 그들을 사랑한다**. 그러나 이런 고통이 놓인 곳은 바로 그 사랑의 무모함과 필연성이다.[35]

통념과 달리, 아이를 미워하고 바로 어머니의 의무를 멀리한다는 것은 큰 잘못이었다고 모든 어머니는 한 번쯤은 느낀다는 사실이다. 여기서 역시 일기는 억눌린 좌절감에 대한 공명판이고 영구한 희생의 요구로부터 일시적 피난처의 역할을 할 수 있다.

그러면 질투, 공포, 불안은 어떻게 하는가? 녹색 눈의 괴물에 사로잡힌 사람은 옹졸하고, 탐욕스럽고, 비열한 정신을 지닌 것처럼 보인다. 그렇지만 단순히 그것을 부정하기보다는 이런 감정을 탐색하면 자신의 삶에서 무엇이 부족한지 중요한 것을 알 수 있다. 예컨대 누구의 성취에 대한 질투는 이것이 자신의 재능 분야라는 단서를 제공하기도 한다. 자신의 감정을 중지시키고 그 감정의 근원을 찾게 하는 원인이라면, 질투는 스승이 될 수 있다. 비록 공포심과 불안감은 여성들에게 분노와 질투만큼 사회적 오명을 입히지 않아도, 우리들 각자는 인정하고 싶지 않은 개인적 공포심, 그리고 심지어 자신에게도 부정하고 싶은 신경증 갈등을 암시하는 불안감을 지닌다. 오드리 로드는 주장한다. "여성으로서 우리는 공포심을 갖도록 양육되었다. 그러나 그 때문에 불구가 되는 대신에, 그것을 회전시켜서 자아 인식을 낳도록 밀고 나아갈 수 있다." 그녀는 상기한다. "왜냐면 그때 그 공포는 투쟁에 소모하는 내 힘의 대상인 폭군이 아니라, 한 동행자로 특별히 바람직하지는 않지만 그래도 쓸모가 있는 지식의 대상이다."[36]

어떤 감정을 탐색하면 더 깊이 묻혀 있는 또 다른 감정에 이를 수 있다. 예컨대 게슈탈트 심리 요법사 무리엘 쉬프만은 말한다. 우울증은 "분노, 공포, 상처, 질투와 같은 감각적인 감정이 아니라, 어떤 순수한 감정에 대한 **혼란**, 징후, 단순한 위장이다."[37] 자가 치유에 관한 두 권의 탁월한 책에서, 쉬프만은 숨겨진 감정으로 향하는 몇 가지 길을 제시하면서 글쓰기를 대단히 효과적인 기법에 포함시킨다. 어떤 감정을 경험하는 한가운데 또는 그 직후에, 조용한 외딴 곳에서 부드러운 연필로 다음과 같은 질문에 답하라고 무리엘은 제안한다. **"지금 내 느낌은 무엇인가?"** (확실하지 않으면, 자신의 신체적 증상을 묘사하라.) **"무슨 일이 있었는가?" "과연 무엇이 나를 성가시게 하였는가?"** 그리고 **"이것을 보니 어떤 생각이 나는가?"** 진실하게 느끼는 무엇에 도달하기 전에 수많은 다양한 답변과 마주칠 것이다. 그녀는 결론을 내린다. "껍질을 벗겨내고 숨겨진 감정을 발견하는 때는 어떻게 아는가? 쓰기 시작할 때 그 분명한 감정의 강렬함을 최소한 똑같이 느끼고, 이어서 그것을 완전히 치환한다. 그리고 그 감정을 분명하게 기억하지만 더 이상 그것을 느끼지 않는다."[38] 쉬프만은 잠재된 감정을 느끼는 순간 쓴 종이는 파기하라고 말하지만,

나는 쓰기를 일기에서 하거나 쓴 종이는 서류 상자에 보관하는 것을 택하는데, 다시 열어 보기로 마음먹을 때까지 심지어 나 자신의 눈길에도 그곳은 안전하기 때문이다.

1992년 프랑스 알베르빌(Albertville)에서 열린 동계 올림픽 동안 피겨 스케이트 경기는 강하게 나의 주의를 끌었다. 셋째 날 저녁 무렵 경기를 관람하는 중에 눈물이 내 얼굴 위로 흘렀고, 다음 날 아침 그 내용을 일기에 썼다. 당연히 특별한 것이 드러났다.

♱ 오늘 아침 피겨 스케이트 선수들을 다시 떠올리면서 일어났다. 그 생각에 눈물이 날 정도였다. 무엇인지 모르지만 선수들은 분명히 나의 깊은 내면 어디에 영향을 주었다. 그것은 피겨 스케이트의 아름다움에 관련되는 어떤 것 그리고 선수들 각자가 자신의 영혼을 온통 연기에 집중하는 그 모습이라고 생각한다. 그것을 그들의 얼굴에서도 분명히 볼 수 있다. 러시아의 한 쌍은 바흐의 "G선상의 아리아"에 맞추어 대단히 아름답게 스케이트를 타고, 그것은 그들에게 어떤 영적 경험처럼 보였다. 그것은 나에게도 어떻게 투사되었음에 틀림없다. 아마 더 이상 젊음은 없고, 내 인생에서 아름다움을 충분히 표현하거나 창조하고 있지 않다는 느낌이다. 영적 경험을 하는 (조각보) 바느질하기가 있다. 그곳은 무에서 아름다움을 창조한다고 나는 느낀다. 그러나 다른 어디에서? 일기 연구회가 있다. 같은 방에서 모두 조용히 평화롭게, 음악을 배경으로, 각자 자신의 글쓰기에 몰입하는 이 시간은 분명한 아름다움이 있다. 그렇지만 여러 해 동안 내 삶에서 그토록 중요한 아름다움의 원천, 그 음악을 내가 만드는 것은 아니다. 그리고 나의 환경은 아름답지도 않다. 다른 무엇이 이 갈망을 구성하는가? 젊음, 아름다움, 자신을 온

영혼의 연주에 쏟는다. 아무것도 제쳐 두지 않는다. 미래를 꿈꾼다. 아직도 앞에는 성숙한 삶이 온통 남아 있다. 아마 더욱, "군중의 연인?"이 될 수 있다. 그렇지만, 어쨌든 나는 그것을 모두 확보하였다고 아직은 생각하지 않는다. 더 이어질 무엇이 남아 있다.

2주 후 맨해튼의 공연에서 나는 유사한 경험을 하였다.

⚜ 올림픽 피겨 선수들에 대한 나의 정서적 반응과 어제 연주회의 내 느낌은 서로 연결되는 중요한 무엇이 있다. 알렉시스 와이젠버그(Alexis Weissenberg)가 재청곡으로 "예수, 인간 희망의 기쁨"을 연주했을 때 흐르는 눈물이다. 너무나 아름답다. 내가 주변의 아름다움을 창조한다고 스티브(Steve)는 말한다. 그러나 내 느낌은 그렇게 강하지 않다. 나는 다른 무엇이 필요하다.

피겨 스케이팅을 보면서, 또 연주회 음악을 들으면서 느낀 그 강렬한 갈망은 삶 속에서 어떤 아름다움을 창조하고 싶은 내 갈증의 암시라는 것을 일기를 쓰면서 알았다. 또한 두 경우 모두 고전 음악과 깊은 관계가 있다는 것은 우연이 아니었다. 런던에서 박사학위 논문 작업을 하면서 목소리 연구까지 시작하다가, 평생 학생이었는데 35세의 나이에 다시 시작할 가치가 없다는 결론을 나는 내렸다. 비록 그 당시 논문과 결부시키지 않았지만, 이런 생각과 더불어 나는 이 책의 집필에 대하여 진지하게 생각하기 시작하였다.

일기 쓰기는 복합적으로 역설적인 정서적 삶을 살펴보고, 마리온 밀너(Marion Milner)의 말처럼 생각이 "스스로 글을 쓰도록" 허용한다. 안전한 일기장 책갈피에서 "분명한" 감정 아래에 무엇이 있는지 살피고, 정서적 삶에 복잡하게 서로 얽힌 과거와 현재의 연관성을 추적하여, 문제의 핵심에 더 가까이 다가갈 수 있다.

내면의 아이 돌보기

1973년에 아나이스 닌은 말했다. "우리 모두의 내면에는 남성, 여성, 그리고 아이가 존재하는데, 그 아이는 대개 고아다. 그래서 이 엄청난 과업은 우리 자신과 다른 사람들 속의 이 고아를 돌보아야 하는 것이다."[39] 우리 각자의 안에 살면서 보통 유기되어 잊혀지고 자주 학대당하여 잔인하게 다루어지면서 항상 위안에 필사적인 내면의 아이에 대한 수많은 글이 있다. 이 아이를 융의 원형론 언어나 통속 심리학의 전문어로 묘사하든 아니든, 그것은 하나의 비유 이상이다. 실제로 아이의 지속적 존재는 어린이에게 더 어울리는 근원적 감정과 불합리한 상처를 우리가 성인으로서 경험하는 것에 대한 설명으로 이어진다.

일부 치료사들에 의하면 내면의 아이는 치유의 열쇠를 지니고 있다. 앨리스 밀러에게 그것은 아주 중요한 것이 시작되는 곳이다. 내면의 아이와 조우한 서술에서 그녀는 말한다.

⚜ 아이는 내 손을 잡고 평생 두려워서 회피하던 영역으로 나를 이끌었다. 이제 나는 그곳으로 가야 했다. 언제까지나 계속 등을 돌릴 수 없는데, 그곳은 나의, 바로 나 자신의 영역이기 때문이었다. 그곳은 오래전에 망각하려던 부분이고, 한때 나의 그 아이를 유기하였던 바로 그 장소이기도 했다. 그곳에 아이는 남아서, 홀로 자신의 판단으로, 드디어 누군가 나타나서 자신에게 귀를 기울이고 믿어주

기를 기다리고 있었다.

그렇게 하여 수십 년 후 앨리스 밀러는 내면의 아이에 대한 신뢰를 갖기로 삶을 완전히 바꾸는 결심을 하는데, "이 아이는 수십 년 동안의 고립에도 살아남은 자폐증에 가까운 존재였다." 그녀는 단언한다. **"우리가 그것을 인식하거나, 의심하거나, 부정하거나, 아니면 그 가능성에 대하여 들어본 적이 없을지라도, 우리 모두는 어린 시절의 포로들이다."**[40] 만약 온전한 인간이기를 바란다면, 우리는 억압된 과거와 직면하면서 적대시한 그 아이를 받아들일 수밖에 없다. 이는 어린이 성폭행과 근친상간의 경우에 특히 유효하다. 근친상간을 이겨낸 사람들과 공동작업을 하는 심리학자 나이다 하이드(Naida D. Hyde)는 쓰고 있다. "가해자와의 신성하지만 치명적인 신뢰 속에서 여성 각자의 성폭행 비밀을 간직하는 것은 과거 내면의 아이다. 신뢰를 깨뜨리기보다 종종 자살하는 것이 더 실행 가능한 선택이다."[41] 근친상간을 극복한 여성은 과거의 자기 자신인 어린 소녀를 위로하면서 사정이 좋아진다는 확신을 심어주는 편지를 썼다. 그녀는 "사랑하는 어린 열 살 소녀에게"로 시작했다. "여성들, 강한 여성들, 고통을 겪은 여성들에 둘러싸인, 미래의 네 모습으로, 나는 너에게 말한다. 무엇보다 너에게 알려주고 싶은 것은 너는 견뎌낸 사람이라는 것이다…. 너의 그 작은 몸 안에 품어야 하는 모든 상처, 공포, 분노들은 장래 어느 날 출구를 찾을 거야."[42] 또 다른 일기 작가는 고독하고 겁에 질린 내면의 아이에 대한 슬픔을 한 편의 시로 표현하였는데, 일부만 본다.

⚜ …나는 잃어버린 그 아이 때문에 비탄에 잠긴다

내 안에 아직도 살아 있는 아이
삶을 요구할 수 없는 아이
사랑도,
왜냐면 아이는 그것은 오지 않을 것을 아니까
그래서 아이는 공포로 물러난다
어떤 사랑의 징표를 기도하면서…[43]

케이트 댄슨은 (제2장을 볼 것) 일련의 꿈과 악몽 속에서 어린 시절 상처의 진면목을 경험하는데, 굶주리고 강간당하는 어린 소녀의 모습이 반복적으로 나타났다. 그녀는 쓴다.

♣ 논문을 쓰려고 하면 항상 나를 압도하는 이상한 슬픔의 근원은 내면 아이의 비탄 속에 있었다. 이제 원인을 알게 되었으니, 나는 그 비탄이 일어나게 그냥 두었다. 나는 특별한 일기 안에 아이에 대한 나의 사랑을 토로하여 아이를 위로하였다. 내 책상 위에 사진 한 장을 두었는데, 유일한 어린 시절의 내 모습으로, 이 아이는 꽃을 아주 단단히 쥐고 있어서 누군가 그것을 빼앗아갈까 두려운 것처럼 보였다.[44]

최근에 많은 여성들은 내면의 아이와 해후하는 글을 쓴다. 나는 크리스타 볼프에 관한 박사학위 논문을 작성하였기 때문에, 울프의 『전형적 유아기』(*A Model Childhood*)보다 더 흥미진진한 설명을 보지 못했다. 이 다층위의 자서전적 소설에서 오랫동안 묻힌 나치 독일 시절의 유아기와 타협하려는 노력을 하는데, 울프는 과거의 자신인 그 아이는 회복이 거의 불가능하므로 대단히 효과적인 억압이라는 것을 발견하였다. 그녀는 곰곰 생각한다.

⚜ 세 살, 난처한, 외로운, 그 아이는 당신에게 올 수 없다는 사실을 인정하면 슬프다…. 결국, 당신은 아이를 버렸다. 나중에 다른 사람들이 아이를 버렸다. 그래 좋아, 그러나 아이로부터 도망가서, 통상 어른들이 아이들에게 해주는 것 모두 이럭저럭 해주는 그 어른도 아이를 버렸다. 어른은 아이를 뒤에 남겨두고, 밀어내고, 잊어버리고, 억압하고, 부정하고, 개조하고, 왜곡하고, 망쳐놓고, 유기하고, 아이를 부끄러워하면서 자랑스럽게 여기고, 잘못된 사랑으로 사랑하고, 잘못된 미움으로 증오했다. 이제, 가능성이 전혀 없음에도 불구하고, 그 어른은 그 아이에게 다가가고 싶다.

이 소설의 끝에서도, 크리스타 볼프는 거의 반세기 전에 버린 그 아이를 위로할 수 있었는지 아닌지 여전히 확신하지 못한다. 소설의 마지막 페이지에는 이렇게 쓰여 있다. "어떤 사람에게 가까이 갈수록, 그 사람에 대한 결정적인 말을 하기가 더 어려운 것 같다. 그것은 주지의 사실이다. 내 안에 숨겨진 그 아이는, 이제 나왔는가? 아니면 질겁하여 보다 더 깊이 접근하기 어려운 은신처로 도망갔는가?" 그 질문에 대한 진솔한 답은 단지 "나는 알 수 없다."는 것이다.[45]

마음속에 품은 것이 어린이 성폭행이든지 정신적 충격이든지, 내면의 아이는 성숙한 성인의 정체성에 대한 열쇠를 지니고 있다. 놀랍게도 이 아이는 우리의 삶에서 자발성, 창조성, 생명력의 원천이기도 하다. 그 아이는 가장 유력한 시인일지도 모른다. "시인, 음악가, 미술가들은 평생 이 아이, 즉 놀이 방법을 아직도 알고 있는 자아와 접촉을 계속한다."라고 스테판 나흐마노비치는 말한다. "즉흥은 놀이 경험으로 우리들 각자의 야생적 정신과 본래의 천진난만한 마음을 회복하는 것이다."[46] 에밀리 핸코크는 책을 집필하는 동안 작가의 장벽을 통과하는 데 자기 "내면의 소녀"를 단계적으로 회복하는 것이 필수적이라고 기술한다. 그녀는 깨달았다. "어린 에밀리는 오래전에 내가 밀봉해버린 소녀인데, 이 아이는 보통 여성의 전형에 어울리지 않았기 때문이다…. 나는 아이를 인식하고 그 중대성을 알아서 내 본래 정체성의 보호자로 포용할 수 있었다. 아이에 대한 기억이 내 기운을 흐르게 하여, 나는 이 책의 집필을 재개하였다."[47]

일기의 갈피에서 내면의 아이를 이해하게 된다. 어떤 심리 치료사들은 왼손으로 서투르게 글을 쓰면 글쓰기를 배우던 바로 그 시점으로 돌아간다고 생각한다. 부치지 않는 편지와 창작된 대화 또한 효과적이다. 어쩌면 위의 일기 작가처럼 더 어린 당신의 자아가 갈망하는 안락과 안심을 약속하는 편지를 보내고 싶을 것이다. 그 아이는 더 일찍 엄마와 아빠에게 말하고 싶었지만 못한 것이 있는가? 비록 부모는 더 이상 현존하지 않는다 해도, 지금 때 늦지 않았다. 아이가 지금 말하게 하라. 아마 아이가 말을 걸고 싶은 사람은 다른 누구인지 모른다. 그들 사이의 대화를 기록하라. 아이가 스스로 말하도록 만들어라.

강렬한 느낌을 유발할 수 있는 연습으로 어린 시절의 여러 사진을 가지고 작업을 해본다. 어느 방향으로 자기를 움직여, 감정, 기억, 육체적 기억을 끌어내는 사진들을 선택하라. 아마 이런 사진을 보면 통렬한 감각, 슬픔, 또는 호감을 경험할 것이다. 수년 동안 몸속에 갇힌 기억들이 활성화되기 때문에 적나라한 반응이 나타날

지도 모른다. 자신의 어린아이 사진으로 시작하여 그 안에 보이는 것을 묘사하라. 어린 소녀의 이미지를 보면서, 어떤 느낌이 드는가? 그 소녀는 무엇을 경험하는가? 소녀는 행복하고, 흥분하고, 수줍어하고, 두려워하고, 무표정한가? 소녀는 어떤 성격의 세계에 거주하는가? 소녀의 친구들은 누구인가? 소녀가 필요한 것은 무엇인가? 인상, 느낌, 자신의 머리에 떠오르는 생각, 무엇이건 자유롭게 써라. 곧이어, 다른 모습의 사진을 골라서, 똑같은 방식으로 하라. 어떤 변화가 보이는가? 지금 이 소녀에 대한 느낌은 어떤가? 소녀는 어떻게 느끼고 있는가? 자기 자신의 이 두 소녀가 서로 대화를 나누게 하라. 이 둘은 서로 어떤 말을 해야 하는가? 두 사람은 무엇을 공유하는가? 이 둘은 어떻게 다른가?

나에게 내면의 아이는 치료를 받고 있을 때 최초로 떠올랐다. 가끔 아이의 기분이 어떠한지 아이가 나에게 무엇을 바라는지 마이클은 물어보았다. 처음에 나는 대답을 거부하였다. 지적인 측면에서 나는 그의 말을 이해하였으나, 정서적으로 내면에 빈곤한 아이를 데리고 다니는 것이 당혹스러웠다. 만약 아이가 어쨌든 사라질 수 없다면, 그 아이가 치료 기간 동안이라도 예의 바르게 침묵을 지켜서 나 혼자 있게 해주기를 희망했다. 아이는 그 순간 무엇을 필요로 하는지 마이클이 나에게 어느 날 질문하자, 쓰다듬고 포옹해주기를 갈망하는 어린 소녀의 신체적 감각을 나는 즉시 느꼈다. 내 치유의 많은 부분은 그 아이에게 세심한 주의를 기울이면서 이루어진다고 그는 말했다. 나는 여전히 그 아이에 대하여 글을 쓴다. 자기 내면의 아이를 경험하기 시작하라. 아이는 어떻게 생겼는가? 아이는 무슨 말을 하고 싶은가? 아이는 나에게 무엇을 가장 필요로 하는가? 아이가 가진 적이 없는 그 무엇을 주고 싶은가?

자존감

낮은 자존감은 오늘날 대다수는 아닐지라도 많은 여성들을 괴롭힌다. 위대한 현대 여성주의의 큰 자매 글로리아 스타이넘이 일생 동안 느낀 심한 자존감의 결핍에 대한 책을 쓴다면, 나머지 우리의 명예가 회복된 듯한 느낌은 들겠다. 그러나 이렇게 한다고 문제가 해결되지 않는다. 낮은 자존감이 생물학적 특질이 아닌 것은 분명하다. 열등감으로 고통을 받는 부모의 자녀들은 선례를 따르는 경우가 많을지라도, 그것은 유전적으로 물려받지 않는다. 우리가 세상 사람들의 눈에 성공적인가 아닌가의 문제와 아무런 관련이 없다. 뿌리는 훨씬 더 깊다. 그렇다면 그것은 무엇이고, 어디에서 오는가?

낮은 자존감이 여성들 사이에 고유하다는 사실은 단순한 개인의 신경증 이상의 사회적 문제라는 점을 말해준다. 메리 캐서린 배트슨은 "여성의 열등 문제는 이런 사회에서 자라는 거의 모든 여성에게 여전히 발생하고 있다."고 주장한다. 그녀는 경험에 근거하여 말한다. 개화된 두 부모 아래서 성장하였어도, 배트슨 자신은 오랜 세월 자기보다 남편의 관심사를 우선 생각했다. 그녀는 말한다.

⚜ 적어도 20년 동안, 남편이 분주한 상황에 내가 남편의 일을 중단시킬 때마다, 그는 하던 일을 다 마치고 나서 응답하였다. 남편이 나를 가로막으면, 나는 하던 일을 중단하고 그에 응답하여, 자동적으로 그의 관심사에 우선권을 부여하였다…. 마치 다른 가족들보다 내 일은 무심코 덜 중요한 것처럼, 나의 시간과 공간을 희생하려

는 내 마음을 경계할 필요가 우리 둘에게 있다는 것을 남편 바케브 (Barkev)는 이제 알았다.[48]

여성의 열등에 대한 문화적 신화는 강력하다. 종종 이 신화는 우리 속에 너무 깊이 뿌리 내려서 그 모든 효과는 알 수도 없다. 여성은 단순히 불완전하고, 어떤 면에서 부족하다고 여긴다. 그러나 이 문제에 대해서는 지적인 이해만으로 해결할 수 없을 것이다. 마리온 우드만은 여기에 작용하는 어떤 원형적 차원이 있다는 점을 암시한다. 그녀는 말을 꺼낸다. 2500년 동안 여성을 경시하였는데, "부정적 모성 콤플렉스"가 통제 불능으로 쇄도하는 것도 놀라운 일이 아니다. 그녀는 말한다.

만약 당신의 몸속이나 꿈속에서 어떤 목소리가, 당신은 쓸모없는 사람이다, 당신은 실패자다, 당신은 살 권리가 없다고 말하면, 그 말을 하는 사람은 당신이라고 생각할 것이다. 사실, 그것은 콤플렉스의 목소리다. 당신은 충분히 강인해져서, "지금 말하는 이것은 콤플렉스다. 나는 이것에 복종할 필요가 없다."라고 말해야 한다. 그 목소리가 당신을 끌어내리기 위하여 가능한 모든 짓을 다 하고 있을 때 분연히 일어나서 당신의 자존감을 유지하는 일은 쉽지 않다.[49]

디나 메츠거(Deena Metzger)는 자신의 암의 원인을 해명하려고 애쓸 때, 그 목소리와 투쟁하면서, 내면의 이런 비판적 목소리는 놀라운 방식으로 정신적 기능에 영향을 미친다는 것을 알게 되었다. "그 목소리가 나를 포위한다."라고 그녀는 쓴다.

“너는 일을 다 했다.” “너는 일을 다 하지 않았다.” “너는 다른 종류의 일을 너무 많이 했다.” “너는 자신의 일에 집중하지 않았다.” “너는 일을 너무 많이 한다.” “너는 쉬는 때가 없다.” “너는 충분히 열심히 일하지 않는다.” “너는 진정한 너의 일을 소홀히 한다.” “너는 놀지 않아서, 그것이 도리어 너의 일을 망친다.” “너의 일보다 더 중요한 것은 아무것도 없다.” 그리고 “비록 네가 암에 걸릴지라도, 너는 글쓰기에 필요한 희생을 감수하지 않을 것이다.” 하고 내면의 마녀는 지껄이지 않았는가. “죽어라!”라고 신랄한 내면의 비판자는 외치지 않았는가.[50]

우리 모두에게 내면화한 자멸적 목소리는 심지어 시작하기도 전에 해낼 수 없다고 말하고, 평범과 실패라는 말로 협박하고, 그리고 이런 말에도 불구하고 전진하면 조롱한다. 한 가지 공통된 징후는 가면 현상(impostor syndrome)인데, 여기서 성공은 재수 좋은 행운이고, 우리는 “발각되는” 것에 대한 두려움 속에 산다는 것이다. 마찬가지로 어떤 외부적 인식도 우리를 구할 수 없는데, 왜냐면 증후군의 중심부에 모든 증거에도 불구하고 존속하는, 우리 자신은 근본적으로 부적절하다는 뿌리 깊은 확신이 놓여 있기 때문이다. 가면 현상이 너무 널리 퍼져서 이 용어는 주류 어휘에 포함되었다. 『여학생: 어린 여성, 자존감, 그리고 자신감 결여』(*Schoolgirls: Young Women, Self-Esteem, and the Confidence Gap*)의 저자, 페기 오렌스타인(Peggy Orenstein)은 스물한 살에 대학 졸업 논문을 쓰면서 “발각되는” 것에 대한 두려움으로 마비되는 경험에 대하여 말한다. “너는 사기꾼 느낌이 있느냐?”라고 지도교수는 물었다. “걱정하지 마라.

영리한 여성들은 모두 다 그렇게 느낀다."[51]

남성들도 가면 현상에 영향을 받지 않는 것은 아니지만, 연구에 의하면 대체로 차이가 있다. 남성은 자신의 성공을 개인적 장점과 능력의 결과라고 생각하는 경향이 있는 반면에, 여성은 다분히 행운과 행복한 환경의 관점에서 설명하는 것 같다. 역으로 일이 순조롭지 못할 때, 남성은 외부적 요인을 탓하기 쉽지만 여성은 자기 자신을 탓한다. 물론 이런 일반화는 부분적 진실만 제공하는 데 그친다.

여성의 삶은 사실 비합리적으로 혼합된 교시에 의하여 둘로 분리된다. 즉, 성공을 위하여 노력하라 그러나 남편을 능가하지 마라. 회사에 모든 것을 바쳐라 그러나 아이들을 소홀히 하지 마라. 탁월함을 입증하라 그러나 외모에 따라 평가받을 준비를 하라. 경쟁의 날을 세우기 위하여 노력하라 그러나 여성다움을 지켜라. 말하자면 공격적으로 행동하지 말라는 것이다. 여성은 이 두 상반된 가치 사이에 진퇴를 거듭하면서 정신 분열증적 삶을 살도록 강요당한다. 여성은 사기꾼 같다고 자주 느끼는 것도 놀라운 일이 아니다. 여성들은 두 명의 신을 섬기려고 애쓰기 때문이다!

일기 쓰기는 어떻게 여기에 관여하는가? 막연하지만, 대개 뿌리 깊은 의심과 불안을 일기에서 탐색하는 것은 검토와 도전이 가능한 의식의 층위로 이것을 끌어올리는 평온하고도 효과적인 방법이 된다. 자신감을 무너뜨리고 성취는 모두 행운의 결과일 뿐이라고 말하는 내면의 목소리와 대화할 수 있는 이상적인 토론의 장을 제공하는 것이 일기이다. 내면의 비판자를 엿듣는 한 가지 방법으로 의식적 자아와 "사기꾼"의 목소리 사이에 대화를 시작하는 것이다. 흥미를 가지고 호의적으로 인터뷰하는 사람의 역할을 하라. 사기꾼을 공격하지 마라. 사기꾼은 너무 오랫동안 숨어 있었다. 사기꾼이 마침내 말하도록 만들어라.

자신이 일기를 쓴다는 바로 그 사실은 자기의 긍정적 자존감에 호소하는 것이다. 아무리 일시적일지라도 펜을 종이에 접촉하면 자신의 삶은 가치가 있다는 직관이 재현한다. 자신의 숨겨진 심연을 더 많이 발견할수록 글쓰기를 계속하는 동기는 더 강해진다. 긍정적 순환이 이어진다. 오랜 시간 동안, 6개월, 2년, 5년, 자신의 일기는 자각과 정직으로 살기 위한 열정적 노력의 자아를 증명한다. 결국, 그것은 우리들 모두 다 할 수 있는 것이다. 그것은 결코 열등한 성취가 아니다.

몸 치유하기

너무 자주 멸시당하여 유기되는 우리의 몸은 그래서 어떠하다는 말인가? 마리온 우드만은 죽음 근접 체험으로 자기 자신에 대한 연민을 자각한 인생의 한때를 묘사한다. 그녀는 유체이탈을 느끼는 동안 갑자기 자신의 신체적 존재가 마치 애견처럼 땅에 누워서 충직하게 자신이 돌아오기만을 기다리는 모습을 보았다. 그녀는 기억한다.

> ♰ "나는 애견을 저버리지 않겠지만, 내 몸은 저버릴지도 모른다"는 생각을 했다. 갑자기 그 배신이 무엇을 의미하는지 깨달았다. 주어진 삶 그것은 가치가 없다는 결론을 내리는 것이다. 이는 궁극적 배신처럼 보였다. "나는 개한테 그렇게 하지 않았고, 나 자신의 몸에 그렇게 할 수는 없다."고 생각했다. 돌아오리라 믿는 참을성 있

는 이 몸의 부드러움에 나는 압도되었다. 그래서 나에게 주어진 삶에 대한 책임을 다하기로 결심하였다. 내버리는 것은 나의 일이 아니었다.[52]

우드만의 임박한 죽음의 경험은 몸의 정직성에 대한 문화적 멸시, 그리고 정신과 육체의 끊어진 고리, 이 두 가지를 상징적으로 반영한다. 여성들에게 이것은 곱절로 진실이다. 서양의 모든 문화사를 통하여, 무엇이 여성의 육체만큼 많은 상징적 수화물을 메고 다녔는가? 오늘날 더욱더 여성의 육체는 단지 추상적 이상, 즉 살이 빠진 완벽한 선과 각도의 구조로만 존재하도록 허용한다. 여성은 누구인가, 여성은 어떤 가치가 있는가, 그리고 여성은 평생 동안 무엇이 될 수 있는가 등을 규정하는 것은 필경 이런 구조이다. 아이러니는 여성의 **진정한** 육체는 그 자체로 자기 자신을 위하여 존재하도록 허용된 적이 결코 없다는 것이다.

몸을 객관화하도록 도처에서 교육을 받는데, 우리는 어떻게 그 몸에 거주할 수 있겠는가? 많은 여성들이 육체와 괴로운 관계를 지닌다고 말하는 것은 그 상처의 깊이를 전혀 암시할 것 같지 않다. 소녀와 여성들 스스로 자신의 고유한 아름다움을 수용하도록 북돋우는 문화는 하나도 없다. 결과적으로, 그런 수용은 오로지 시간이 흐르면서 고통스럽게 쟁취된다. 때로는 그것은 결코 오지 않을 때도 있다. 작가 미셸 머레이(Michele Murray)는 40세에 1974년 암으로 죽기 전 6개월 동안, 자신의 육체와 괴로운 관계를 일기에 묘사하였다.

⚜ 삶의 상당한 부분은 내 몸이 보기 흉하다는 확신으로 결정되었다.

가능한 한 많이, 몸의 사용을 회피하였는데, 내 몸을 아주 많이 혐오하였기 때문이다…. 유방과 자궁의 절제는 극단적으로 내 몸의 천한 속성을 강조하는 것에 불과하지만, 이것은 별다른 느낌도 아니었다. 여기서 내 얼굴에 대하여 말하려는 것이 아니다. 그러나 그것 또한 불만스럽다. 두터운 입술, 거친 피부, 두꺼운 안경, 시시한 몸매, 내 실제 모습을 감추는 추한 가면 같다. 나의 모든 영리함과 지적 활동은 망신과 낭패에 불과한 몸을 보충하면서 관심을 멀리 끌어내는 한 가지 방법이라고 말할 수 있다…. 이런 모든 것의 총결산은 내가 원하던 바로 그것이다. 내 몸은 최대한 가혹한 방식으로 나를 저버렸다.[53]

참으로 고통스러운 자기 객관화를 이 일기에서 털어놓고 있다. 심지어 마지막 삶의 몇 주 동안, 이러한 자기혐오는 작가에게 잠깐의 휴식마저 주지 않아서 매우 비극적이다. 그렇지만, 유감스럽게도 그녀의 고통은 예외적이지 않다.

나는 10대와 대부분의 20대 동안 내내 몸무게를 10에서 20파운드 이상 줄일 수 있으면, 내 삶은 제자리로 돌아갈 것으로 생각한 적이 있다. 그때까지 나는 단지 시간을 소비하고 있었다. 내가 하는 일은 어떤 것도 중요하지 않았다. 내 몸을 포함하여 어떤 것도 현실이 아니었다. 나는 몸무게를 줄였고 자아상에 극적인 변화가 있었지만, 물론 상황은 갑자기 제자리를 잡지 **않았다**. 사실 내 몸은 더 이상 이전의 것이 아니었다. 일시적으로 이른 아침 몸무게 결과는 그날의 기분을 좌우하였다. 서른세 번째 생일 무렵, 내 눈이 열리고 마침내 처음이자 마지막으로 자아 수용의 빛을 보았다고 말하고 싶다. 그런데 그것은 우연히 그렇게 되지 않았다. 어떤 여성들에게 이런 일은 멈추지 않는다. 30대로 보이기 위하여 애쓰는 쇠약하고 빛바랜 금발의 60에서 70 나이 노인의 숫자를 보라. 그렇지만, 그 과정 어디선가 내가 모방하려는 이상화된 여성의 모습과 내 몸의 구체적 실체를 구별하기 시작하였다. 외부적 강화 조건의 중독에도 불구하고, 나는 저울의 폭정 아래 내 인생의 나머지를 소비할 각오가 되어 있지 않다는 것을 알았다. 만약 이것의 의미가 몸무게의 변동이라면, 그렇게 그냥 내버려두면 된다.

자아 거부의 속성은 다른 여성들의 몸을 일반적으로 **보지** 않는다는 사실에서 나온다. 그래서 자신의 몸을 무리한 기준으로 판정하고, 완벽한 가슴과 둔부의 사회적 환상에 연루되는데, 그 과정에 자기 자신을 대상물로 만든다. 수영 강습 때 다른 여성과 함께 처음으로 샤워를 하면서 내가 느낀 놀라움을 나는 지금도 기억한다. 지난 세월 부유한 생활을 누린 듯한 최소한 65세 (그때 나는 20대 후반이었다) 나이에 부드러운 곡선과 피부를 지닌 한 여성이 있었고, 키가 크고 부드러운 몸과 머리를 지닌 20대로 보이는 젊은 여성이 함께 있었다. 둘 다 그들 스스로 완벽한데, 각자 자기 자신의 멋을 갖추고 있었다. 글로리아 스타이넘이 웅변으로 역설하였듯이, "하나의 작은 자연적 일체성으로 보이는 여성성에서도, 여성들 각자는 아름다우면서 어느 누구도 동일하지 않다."[54] 그때 나는 처음으로 아마 내 몸도, 역시, 모습 그대로 만족스러울 것으로 생각했다.

우리들 대부분에게 자아 수용은 점진적이고 완만한 과정이다. 자신보다 다른 사람의 요구를 앞세우는 데 익숙하므로, 자기 몸을 예사로 알고 소홀히 하다가 드디어 육체적 위기나 좌절에 직면한다. 그때 육체와 정신의 고리는 어김없이 분명히 드러난다. 유방 절제 이후 몇 달이 지난 1979년, 오드리 로드는 일기에 썼다.

> ✤ 종전의 해로운 것을 안 먹기가 아니라, 이곳에서 제대로 된 음식을 찾기가 매우 어렵다. 그러나 나는 적어도 혼합물을 지키는 것처럼, 아주 조심해서 내 몸을 돌보아야 하지만, 특히 지금 그것은 요점을 매우 벗어난 듯하다. 나를 에워싸는 이 고통과 절망은 암의 효과인가, 아니면 단순히 암이 그 고통과 절망을 방출하는가?

그러나 절망과 더불어 오드리 로드가 경험한 것은 "무기이자 권력인 아주 지독한 도덕성" 그리고 "빗물 같은 개방성이 필요할 때 나에게 문을 열어두고 맞이하는 여성들의 큰 온화함"이었다.[55] 이것은 트라우마 속에서 치유하기이다. 1977년 2월, 디나 메츠거도 역시 일기에서 자신의 유방암이 지니는 의미를 해독하려고 노력하였다. "이번은 위험한 때라는 것을 안다."라고 그녀는 적었다. "나의 삶에 대한 책임을 두고 무엇을 결정해야 하는가?… 만약 생활의 변화가 건강의 가능성을 확보한다면, 그렇다, 분명 그렇다, 그때 과거의 습관과 약점의 결과는 무엇인가?" 오드리 로드와 디나 메츠거 두 사람에게, 정상적인 유방을 차지한 암은 세포의 기능 장애라는 변종 사건 그 이상이었다. 그들은 암을 사방에서 자신을 포위하는 유독한 독극물의 화학적이고 정서적인 상징으로 보았고, 가능한 한 가장 낮은 층위에서 자아 변화를 위한 기회로 수용하였다. 도래한 치유는 방사선이나 화학 요법이 아니라, 가혹한 정신 탐색, 집중적 일기 쓰기, 그리고 친구들의 사랑을 통하여 왔다. 메츠그의 책 『나무』(*Tree*)의 제목은 자신의 흉터 위에 문신으로 그린 나무처럼 온갖 위협적 공격에도 불구하고 위해로부터 몸을 보존하게 해주는 "변화시키는 혁명적 사랑"을 상징한다. 그녀가 적고 있듯이, "우리 서로를 위하여 행하는 것이 치유이다."[56] 오드리 로드는 자신의 입장에서 주장했다. "내 말은 여성들의 사랑이 나를 치유하였다는 뜻이다."[57] 분리되지 않는 몸얼(bodysoul)에 대하여 더 이상 어떤 강렬한 증언이 나올 수 있을까?

몸은 자신을 위하여 어떤 의미를 지니는가? 어떤 결정적인 순간이 자신의 육체적 정체성에 대한 감각을 결정하였는가? 자기 몸의 아름다움과 무결성, 무한한 가능성을 어떻게 찬양하였는가? 자신의 몸을 어디에서 저버리고, 배반하고, 멸시하였는가? 자신의 몸은 어떤 이야기를 들려주려 하는가?

여성은 자신의 육체적 경험을 되찾아서 "몸을 통하여 사유하기" 시작한다는 열정적 진술을 아드리안 리치는 하는데, 이렇게 주장한다.

> 모든 여성은 자신의 몸을 지배하는 신령이 되는 세계를 상상할 필요가 있다. 그런 세계에서 여성은 진정으로 새로운 삶을 창조하여, 아이를 (만약에 또는 원하여) 낳을 뿐만 아니라 인간의 존재를 유지하고, 위로하고, 바꾸는 데 필요한 전망과 사상을 만들 것이다. 이것은 우주와의 새로운 관계이다. 성, 정치, 지성, 권력, 모성애, 일, 공동체, 친교는 새로운 의미로 발전하고, 사유 그 자체는 변화할 것이다.[58]

아드리안 리치는 완전한 상태에 대하여 묘사하는데, 여기서 사유는 육체적 근원으로 돌아가고, 그곳에서 육체, 영혼, 정신은 더 이상 그 자체와 불화하는 존재의 대립적 양상으로 경험되지 않는다. 이 장의 서두에서 내가 말했듯이, 치유는 완전하게 만들어 조각나 분리된 것들을 통합하는 것이다. 많은 여성들에게 일기는 삶 속의 한 공간을 제공하는데, 여기서 자구적으로 또 상징적으로 자신의 모든 조각들은 마침내 모여서 완전한 하나가 될 수 있다. 엘리 대니카(Elly Danica)는 아버지의 끔찍한 성적 심리적 야만적 폭행을 견뎌낸 작가이자 시각 예술가로서, 관련한 일기 노트를 2000페이지 넘게 기록하였고, 곧이어 3주 동안 그 일기에 근거한 책 한 권을 집필하였다. 그녀는 회고한다.

> ♆ 긴 일기 쓰기에서 나는 절대 자아에 관하여 권위 있게 말할 수 있는 하나의 목소리, 어떤 "나"를 찾고 있었다. 나에게 매일 글쓰기는 파편화된 자아의 상들을 재결합하는 장소와 방법을 위한 작업이었다. 그래서 그것은 탐색, 탐구, 조각들을 찾는 것이고 이어서 내가 더불어 살아갈 수 있는 하나의 **완전체**로 들어가는 기나긴 과정이었다.[59]

그렇지만 우리가 찾는 그 완전체는 고정된 도착점이 아니다. 그것은 유동성의 과정, "처음은 자아의 이 경계에서 다음은 자아의 저 경계에서 개체화를 향한 무한한 노력"[60]이라고 스테파니 드미트라코파울로스(Stephanie Demetrakopoulos)는 쓴다. 그녀는 『몸에 귀 기울이기』(*Listening to Our Bodies*)에서 말하기를, 성장은 "새로운 항로, 새로운 육지를 찾는 조수의 흐름이어야 한다." 새로운 육지의 탐색과 지속적인 변화의 과정은 일기를 쓰는 사람이 반복적으로 행하는 것으로, 궁극적으로 자신의 주변 사람 모두에게 영향을 미친다. 끝으로, 주디스 두어크가 적었던 것처럼, "한 개인의 삶에서 드러나는 완전체는 외부 영역의 대우주에서 연금술적 변화를 일으키는 소우주 완전체가 된다… 일체는 일체를 낳는다."[61]

삶은 이 희미한 경계선 위에 놓인
불완전한 단어라기보다는 오히려 느낌인데,
몇 번이고, 한곳으로 돌아가서 한 가지 동일한 실을 계속 잣고,
그곳에서 하나의 연속체,
진정한 자신의 삶인 연속체를 서서히 창조할 수 있다.[1]

에티 힐점, 『가로막힌 삶』(*An Interrupted Life*)

글쓰기는 모든 것이 뿌리째 뽑힌 이후 나 자신을 재발견한 불변성이었다.[2]

메리 캐서린 배트슨, 『삶을 구성하기』

아주 깊이 여행할 때, 우리는 항상 슬픔의 요소와 마주치는 경우가 있다.
왜냐면 우리 자신에 대한 완전한 깨달음은 반드시 우리의 덧없음과
시간의 흐름을 인식하기 때문이다. 그런 인식에서만 오로지,
그것의 부정이 아니라, 사물들은 그 자체의 진정한 차원에 이르고,
우리는 살아 있음의 단순성을 느끼기 시작한다.
언제나 소멸되는 모든 존재를 향한 부드러움,
즉 우리 자신의 모든 순간들, 타인과 세상에 대한
부드러움을 육성할 정도로 충분히 큰 것은 오로지 그런 인식뿐이다.[3]

에바 호프만(Eva Hoffman), 『변형에 잠겨』(*Lost in Translation*)

6
자아의 재발견

사물은 변화한다. 같은 모양으로 오래 머무는 것은 아무것도 없다. 이것은 명백한 진리이지만, 우리의 마음과 정신은 신기하게도 그것에 대한 준비가 안 된 것 같다. 삶 자체는 흐름이고, 덧없음이고, 변하기 쉬운 것이다. 계절이 바뀌고, 대풍작과 궁핍의 시기가 오가는 것처럼, 우리들 개인의 삶은 나름의 풍요와 상실의 순환과 항상성과 변화의 리듬을 지닌다. 일생 동안 우리들 각자는 크고 작은 무수한 변화를 경험할 것이다. 이런 변화의 영역은 가장 사랑하는 사람의 탄생과 죽음부터 일상적인 삶에서 수용하는 더 작은 결과들의 무한한 변화에까지 이른다. 우리가 경험하는 많은 변화는 새로운 도전, 성장, 자극, 흥분, 환희, 그리고 찬양을 가져온다. 다른 변화들은 고뇌와 상실, 정체성 위기, 발아래 단단한 지면이 사라진 느낌을 수반하는데, 이런 감각은 소설가 밀란 쿤데라(Milan Kundera)가 자신의 소설 제목으로 표현한 "참을 수 없는 존재의 가벼움"과 같은 것이다. 몸의 부단한 세포 교체는 정신 작용에 대한 한 가지 상징을 제공하는데, 영원한 변화에 영원한 동일성이라는 것이다.

대개 우리는 새롭고 낯선 것에 대한 도전보다 오히려 기지의 안전과 친숙의 안락을 좋아한다. 우리 자신의 최대의 관심에 반하는 현재 상황의 유지를 고집하기도 한다. 왜냐면, 연구의 결과에서 보듯이, **모든** 중대한 변화는 심지어 우리가 환영하더라도 높은 긴장 지수를 수반하기 때문이다. (최근 복권 당첨자 조사에서, 예컨대 많은 사람들은 큰 횡재를 만나기 이전보다 실제로 덜 행복하다고 말했는데, 이런 발표에 사람들 대부분은, 만약 나에게 그런 기회가 왔다면 나는 더 잘 처리하였을 것이라는 막연한 느낌을 갖기도 한다!) 심지어 바람직한 변화라도, 왜 변화는 그렇게 긴장을 일으키는가? 우선 그것은 정신적 에너지를 요구한다. 그것은 타성, 습관, 그리고 일상적 삶에 안락과 안정을 제공하는 고정된 평가의 기준을 위협한다. 우리는 습관의 노예이다. 가족과 공동체를 지탱한 대부분의 전통적 토대 구조가 붕괴하는 시기 동안, 삶에서 그 이상의 어떤 격변은 안전한 정체성에 대한 감각을 위협할 수 있다. 게다가 그것은 단일한 성격의 사건이 아니다. 우리의 삶은 정교하게 실로 짠 무늬 양탄자처럼 복합적이다. 일반적으로 한 방향으로 세게 잡아당기면 전부에 대하여 예기치 않은 결과를 초래한다. 변화는 우리 존재의 씨실과 날실을 전부 바꿀 수 있다.

심리학자들의 흥미로운 주장은 시간이 흐르면서 경험하는 만족과 행복의 정도는 실제로 일어나는 일보다 오히려 그것에 부여하는 의미, 즉 그것을 진화하는 인생 이야기 속으로 엮을 수 있는 한도에 달려 있다는 것이다. 변화는 항상 혼돈, 그래서 변형의 가능성을 가져온다. 놀라운 책『삶을 구성하기』에서 메리 캐서린 배트슨은 다섯 여성들의 삶을 눈여겨보는데, 이들은 자신의 전문적 개인생활에서 일어난 많은 격변들을 새롭게 확장되는 정체성으로 향하는 창조적 징검다리로 전환하였다. 변화는 오늘날 여성의 삶에 불가피하다고 배트슨은 말한다. "과거와 현재 여성들의 생활환경은 남성 여성 양쪽의 삶에 대한 새로운 사고방식을 위한 사례를 제공한다."고 말하고, 이어서 질문한다.

> ⚜ 삶은 서로 다른 잡다한 일로 구성된 콜라주인데 가능한 학습의 전이는 무엇인가? 창조성은 어떻게 광기 위에서 꽃피우는가? 어떤 통찰력이 다양성과 다의성의 경험에서 나오는가? 그리고 필사적인 즉흥은 어느 지점에서 중대한 성취가 되는가?[4]

이런 유별난 질문으로 배트슨은 우리 자신의 삶에서 역할의 변화에 대한 참신한 사유 방식을 알려준다. 우리는 흔히 학습을 예언할 수 있는 직선적 길, 한 단계는 다음 단계로 이어지고, 더 많은 도전을 하는 것으로 생각한다. 그러나 만약 가장 유익한 학습은 그보다는 오히려 그런 단계들 사이 그리고 삶 속에 알려진 고정된 지점들 사이에 있는 미지의 공간에 묻혀 있다면 어떻게 하겠는가? 만약 사실이 그러하다면, 다른 방식으로 삶 속의 분열과 혼란을 바라볼 때 숨겨진 황금은 드러날지도 모른다. 여기서 일기가 등장한다.

변화와 일기

그리스 철학자 헤라클레이토스(Heraclitus)는 같은 강물에 두 번 들어갈 수 없다고 말했다. 당연히 강물만 변하는 것이 아니다. 오늘의 우리는 어제의 우리가 아니고, 지금부터 20년이나 30년 후에 어떻게 될지 아는 사람은 우리들 중 아무도 없다. 메리 캐서린 배트슨처럼, 많은 사람들은 매양 뿌리째 뽑힌 후 글을 쓰면서 자신을 재발견한다. 일기를 쓰는 것은 무한한 인생의 유전 속에서 연속성의 경험을 제공한다. 우리는 무작정 가을바람에 이리저리 뒹구는 나뭇잎이 아니라, 깊이와 실체와 부피를 지닌 구체적 존재라는 것을 일기는 단언한다. 어떤 일이 일어나더라도, 삶 속에서 크고 작은 모든 격변을 통하여, 역설적으로 우리 자신으로 남는다는 것을 일기는 일깨워준다. 같은 상태로 있으면서 영원히 변화하는 헤라클레이토스의 강물의 역설을 일기는 반영한다. 일기는 안정감을 주면서 어느 순간 자신의 모습을 담아내는 동시에, 원하든 아니든 경험하는 수많은 변동을 이해하고 수용하도록 도와준다. 자신의 직업, 결혼 상태, 집의 변경 가능성에 대하여 심사숙고할 때, 일기는 지속적인 상담역으로 기능하여 변화 속에서 자신의 삶의 직물을 더 크게 짜도록 한다. 배트슨의 비유를 차용하자면, 일기는 중심을 지키도록 하는 내면의 평형 유지체이므로, 심지어 일기가 변화를 증명하는 동안에도 "다양한 국면과 현실 참여 사이에서"[5] 지속성을 확인한다.

어떤 변화들은 일생 동안 불가피하다. 사람들은 태어난다. 그들은 죽는다. 우리는 이동하고, 근원적 관계를 형성하고, 짝이 되었다가 헤어진다. 우리는 교육을 마치고 일을 시작한다. 우리는 직업을 바꾼다. 시간은 흘러가고, 우리 몸이 늙어가는 것을 본다. 이런저런 일로, 사랑하는 가족들, 친구들, 동료들, 어쩌면 소중한 애완동물과도 이별한다. 어떤 의미에서, 모든 변화는 어떤 종류의 상실, 즉 알고, 친숙하고, 안락한 것의 상실을 함축한다.

"상실을 상대하는 일"

아나이스 닌의 전설적인 일기는 열 살 때, 사랑하는 아버지 곁을 떠나 바르셀로나(Barcelona)에서 대서양을 건너 멀리 뉴욕의 새로운 생활로 가는 배 위에서 쓰기 시작했다. 세월이 지나서 그녀는 회상했다. "일기는 상실, 소멸, 죽음, 절멸, 부식, 비현실성에 대항하는 분투라는 것을 반복해서 깨닫는다. 어떤 것을 에워싸면, 나는 그것을 구원한다는 느낌이 든다. 그것은 여기에 살아 있다."[6]

아나이스 닌처럼 많은 사람들은 사랑하는 것을 보존하고 싶어서 습관적 글쓰기 형태로 자신의 삶을 빈 종이 위에 정박시킨다. 일기 쓰기는 우리가 경험하는 상실과 타협하는 방법을 제공한다. 빈 갈피는 슬픔과 고뇌를 흡수한다. 슬픔에 목소리를 부여하면서, 부정하거나 억압하기보다는, 그 슬픔을 자신의 삶 속으로 통합하기 시작한다. 시인 라이너 마리아 릴케는 필사적으로 "슬픔의 끝을 미리 알려고" 슬픔을 허비하지 않도록 충고했다. 대신에 슬픔은 "나의 겨울 낙엽, 나의 음침한 상록수, 내면의 연중 사철의 하나"로 인식해야 한다고 말한다.[7] 이것을 우리는 일기에서 할 수 있다.

대개 여성들의 일기 쓰기는 슬픔의 바로 한가운데서 시작하여, 위로감, 투명성, 그리고 비극으로 분열된 삶의 의미에 대한 의식을 찾고자 한다. 다음은 윌마 쇼어(Wilma Shore)의 일기에서 발췌한 것인데, 그녀의 남편은 불과 몇 주 전에 세상을 떠났다.

⚜ 7월 14일. 그의 죽음은 모든 것 위로 떨어진다. 매우 사소한 것들도 슬프게 된다. 나는 꽃이 만발한 야생 능금 아래서 말벌을 밟았는데, 이렇게 되었다. **남편이 죽자 말벌이 나를 쏘았다**. 그리고 이어서 이렇게 되었다. **남편이 죽자 시장에 살구 주스가 사라졌다**. 나는 하염없이 울고 있다. 우연히 거울 앞에서 나 자신을 바라보는데 내 눈에 보이는 것은 울고 있는 아기의 푸른 눈에서 본 억누를 수 없는 분노이다.

7월 15일. 하루 종일 피곤하다. 오늘 전화를 건 친절한 친구에게 나는 말을 거의 할 수 없었다. 한 미망인이 전화를 하는 그때 나는 활기가 있었다. 아직도 남편이 있는 여성에게 내가 화를 낸다는 것이 말이 되는가?

2주 후, 윌마는 적었다. "어제 옷을 잘 차려입으니 매우 좋아 보여서, 외출하여 몇 년 동안 보지 못한 친구들을 만난 후, 나는 기분이 좋아졌다. 그런데 집으로 돌아오니 그는 여전히 죽어 있었다."[8] 여기서 오랜 친구들을 만나는 우연한 즐거움은 남편의 죽음이라는 피할 수 없는 종국성과 함께 공존한다. 이 일기 작가는 자신의 거대한 상실의 현실을 일상의 삶 속으로 통합하기 시작했다.

메리 셸리(Mary Shelley)는 스물다섯 번째 생일 전에 남편 퍼시(Percy)가 익사하는데(4명의 아이들 중 3명이 죽고 이어서 일어난 일), 그녀도 자신의 지독한 고독과 절망을 일기에 토로하였다. 남편의 사망 후 3개월이 지났을 때, 그녀는 썼다.

✤ 10월 2일. 〔1882〕 아! 나는 홀로 남았다. 내 눈길은 누구도 맞이하지 않는다. 내 목소리는 어느 누구와도 자연스러운 억양을 취할 수 없다. 세상에 이런 변화가! 오 사랑하는 셸리! 그렇게도 자주 행복한 날들, 파란만장해도, 행복한 나 자신을 드러낼 수 있고, 나를 이해하는 유일한 사람과 결합되어서 참으로 최상의 선물을 부여받았다고 나는 생각했다. 그래, 그런데, 지금 나는 이 하얀 종이 갈피로 바뀌어, 그것을 어두운 심상으로 더럽히고 있다.

2년 후에도 메리 셸리는 여전히 거의 대처할 수 없는 고통스런 상실감으로 가득했다. "이렇게 글을 쓰는 것도 소용없다."라고 그녀는 적었다. "그것은 나를 진정시키지도 못한다. 도리어, 불쌍한 방편으로 환원된 나를 드러내어 화가 난다."[9] 그렇지만 그녀는 계속하여 일기에서 자신의 상실을 슬퍼했다. 말할 필요도 없이 그녀의 슬픔에 대한 지속적인 표현은 감정 정화가 되었다.

아마 엘리자베스 콕스는 상실의 시기에 일기의 지극히 중요한 역할을 누구보다 가장 웅변적으로 묘사하였을 것이다. 1987년 남편이 에이즈로 사망한 이후의 시기에 자신의 비현실감과 애도의 필요성에 대하여 묘사하면서, 그녀는 회상한다.

⚜ 어느 날 밤 나는 지난 일기를 꺼냈다. 그런데 그 속의 말은 진정으로 강하게 울렸다. 나는 그 말들을 포착하여, 체계화하고 싶었다. 그것으로 내가 기억하고, 설명할 수 없는 것을 이해하는 데 도움이 될 일관된 구체적인 무엇을 창조하는 것이었다…. 내 상실에 영원성을 부여하고 싶었다. 잔혹한 삶에서 느끼는 분노를 표출할 곳을 찾고 싶었다. 나에게 일기를 쓰도록 먼저 촉구한 것은 이런 감정들이었다. 그날 밤새 읽고 또다시 읽으면서 내가 느낀 감정들은 이런 것이었다. 내 일기는 남편에 대해 비탄에 잠기도록 도와주었다.[10]

『애도의 시간』(*A Time to Mourn*)에서 레베카 라이스(Rebecca Rice)는 남편의 뇌종양 말기 동안 쓴 일기의 역할을 상기한다. 1985년 3월 남편의 사망 후 3개월이 지났을 때, 그녀는 썼다.

⚜ 지난 12월에 일기를 시작한 이후 거의 빠짐없이 기록하였는데, 렌

(Len)의 암은 사망 전 8개월 반 만에 그의 뇌에서 어떻게 그렇게 팽창하였는지, 그리고 삶의 안과 밖으로의 통과는, 결국, 그렇게 다르지 않다고 지금 쓴다…. 둘 다 궁극적으로 우리가 제어할 수 없는 불가사의에 뿌리 내린 자연스러운 사건이다. 내가 궁금한 것은 이렇다. 아홉 달 동안의 애도가 끝날 때 나는 어디에 있을까? 내 삶의 시작일까 아니면 종말일까? 분명한 것은 어떤 새로운 국면을 향하여 내가 가고 있다는 것이다.[11]

심지어 슬픔 속에서도, 일기는 레베카 라이스가 남편의 죽음이라는 종국 너머에 자신의 삶을 마음에 그리고, 그것으로 죽음에서 삶으로 근본적인 전환을 가능하게 했다. 그것은 또한 수필집 『애도의 시간: 어느 미망인 여성의 여정』(*A Time to Mourn: One Woman's Journey Through Widowhood*)의 바탕이 되었다.

사랑하는 사람의 생명의 본질이 감소하는 기간이 길어지면, 그 죽음에 대한 경험은 양면성을 지닐 수 있다. 메이 사턴은 이런 경험을 출간된 일기 『칠순에』(*At Seventy*)에서 가슴 아프게 묘사했다. 1982년 12월 22일 그녀는 적었다. "주디(Judy)는 간밤에 죽었다. 나는 그녀가 작별의 인사도 없이 떠나기를 기도했는데, 이제 그렇게 되었다. 그러나 그것은 항상 그렇게도 갑자기, 불시에, 죽음, 그리고 그렇게 종국이다…. 내 삶에서 매우 사랑하는 다른 사람들도 있었지만, 주디만 오직 가정의 분위기를 만들어서 가정이 무엇인지 내가 알게 하였다."[12]

여성들이 가장 망연자실하는 것 중의 하나는 나이에 관계없이 어머니의 죽음이다. 가끔 이것은 하나의 전환점이 되어서, 풍부한 자기반성을 유발하고 해결되지 않은 모든 것에 대한 어떤 결산으로 여겨진다. 낸시 에스더 제임스(Nancy Esther James)에게 일기 쓰기는 어머니가 세상을 떠날 때 자신이 집에 없었다는 사실에 대한 죄책감을 받아들이고, 지금은 결코 회복할 수 없는 관계에 대한 슬픔에서 벗어나는 한 가지 방식이었다. "어제 아침 나는 **정말** 무슨 생각하고 있었던가?" 하고 1969년 11월 25일 그녀는 자신을 질타했다.

> 왜 나는 **알지** 못하고, 집에 머무르지 않았던가? 알아도, 단지 반만 알았겠지? 반대로, 내가 무엇을 할 수 있었을까. 오로지, 분명히, 공포 속에서 전부 잘못 행하고, 말하고, 아니면 그저 마비된 상태로 있지 않았을까? … 여전히, 나는 그곳에 있지 않아서 실제로 어머니를 저버렸다는 느낌을 지울 수가 없다. 나는 사실상 줄곧 어머니를, 어떤 면에서, 평생 동안 실망시켰다고 생각하기 때문이다.[13]

르 앤 쉬라이버에게 일기는 다른 기능의 도움이었다. 일기는 어머니의 다가온 죽음을 정직하게 맞이하는 방법을 제공하면서 그녀 자신의 이어지는 삶을 확인해주었다. 그녀는 말한다.

> 어머니의 마지막 한 달 동안, 일기는 나의 생존 방법이었다. 일기는 나에게 어느 정도 유보적인 거리감을 주면서, 내가 죽어가는 사람이 아니라, 죽음의 목격자라는 점을 상기시켰다. 일기는 또한 거부에 대항하는 내 수단인데, 아주 많이 눈길을 돌리는 곳을 내가 바라보는 방법이고, 아주 많은 망각에 직면하여 내가 기억하는 방법이었다.[14]

자매의 상실 역시 전례 없는 슬픔으로 돌입할 수 있다. 다음은

1936년 에밀리 카의 언니 리지(Lizzie)가 죽은 후 열흘이 지난 때 쓴 것이다. “누군가 빠져나간 공간을 채우는 일이 얼마나 어려운가! 공허감, 공허한 정적, 잘 알지도 못하는 무엇 때문에 병든 사람처럼 확인할 수 없는 그런 통증이다.” 언니의 집을 정리하면서, 카는 부재와 정적만을 경험한다. “이제 거실은 죽었다.”라고 그녀는 슬퍼한다. “벽들은 메아리가 없다. 수도꼭지에서 물방울이 떨어지지 않는다. 시계의 똑딱 소리도 없다. 벽난로 불의 탁탁 소리도 없다. 모든 물건, 우리의 유아기, 소녀기, 성숙한 여성 위에, 우리의 낙담과 행복, 부드러움과 쓰라림, 기쁨과 슬픔 위에, ‘끝났다’라고 써놓은 것 같다.”[15] 젊은 앤 모로우 린드버그도 2년 전에 사랑하는 언니 엘리자베스를 잃었다. 서른 나이 언니의 너무 이른 죽음 이후 1주일이 되었을 때, 앤은 이 슬픔을 어떻게 자신의 삶 속으로 흡수할 것인지 미리 대비하는 노력을 하였다.

⚜ 어떤 일이 있어도, 나는 그것을 모두 기록해야 한다. 글쓰기는 생각하기다. 그것은 생활 이상으로 생활을 의식하기 때문이다. 지금 이 순간 나는 언니 엘리자베스와의 이별을 걱정하지 않는다. 나는 언니와 이별하지 않는다. 내 여생은 언니를 생각하고 인식하는 데 두기 때문이다. 아니다. 내가 풀어야 하는 문제는 언니 없는 내 삶, 언니 없이 지속하는 일이다. 언니와 함께한 사람이 나였으니 원래대로 유지해야 한다. 왜냐면 떠나보냄은 언니를 부정하는 것이기 때문이다. 이는 신뢰를 저버리는 것이다. 과거 언니와의 관계는 지금도 여전해야 한다. 왜냐면 언니는 언제나 모든 사람과 접촉하였고, 진정으로 분명한 최고의 사람은 언니와의 접촉에서 나왔기 때문이다. 언니는 사람을 정화하는 재능, 창조적인 동정심을 지녔다.[16]

그렇지만 모든 상실은 고통스러운 건 마찬가지인데, 수용하기 가장 힘든 하나는 아이의 상실, 즉 사물의 자연적 질서를 위협하고 우주의 내재적 정의에 대한 우리의 믿음을 침식하는 상실이다. 1993년 2월 쉴라(Sheila)의 일곱 살 먹은 딸은 눈싸움 도중에 주차된 자동차들 사이에서 뛰어나오다 자동차와 충돌하였다. 생과 사의 경계를 넘나들면서, 열흘 동안 혼수상태에 놓여 있었다. 그 무렵, 내가 병원에 있는 쉴라 모녀를 병문안하고 있을 때, 엘라나(Elana)가 눈을 떴다. 열 달 후, 이 어린 소녀는 아무도 완전한 회복을 기대하지 않았는데, 가속화한 수치로 회복하고 있었다. 그러나 마침내 어느 12월 오후, 아무런 예고도 없이 호흡 정지로 사망했다. 어떤 의미에서, 그녀의 가족은 아이를 두 번 잃은 셈이다. 엘라나는 주변 사람들 특히 가족에게 가르칠 무엇이 아직 남아서 열 달 동안의 혼수상태에서 깨어났다고 쉴라는 확신한다. 다음은 1993년 12월 12일 쉴라의 딸 장례식 날 쓴 일기의 일부이다.

⚜ 사람들은 밖에서 웃고, 텔레비전은 켜져 있고, 내 딸은 차가운 땅에 묻혀 있다. 나는 여기 침대에 앉아 이 사실에 대처하려 애쓴다. 방금 묘지에서 돌아왔는데, 그곳에서 가족들은 엘라나의 유해가 담긴 작은 소나무 상자를 눈 덮인 팜밍데일(Farmingdale)의 싸늘한 땅속에 묻었다. 여기에는 어머니가 구입한 4구역의 땅이 나란히 있다…. 침실 밖의 탁자에서 내가 사랑하는 사람들이 중국 요리를 먹고 있는 지금 나는 앉아서 그 모든 것을 적는다.

이어진 몇 달 동안 쉴라는 엘라나와 연속적인 대화를 하면서,

자신의 가혹한 슬픔과 그리움을 일기에 쏟아 놓았다.

♣ 1994년 1월 13일. 목요일. 엘라나 네가 보고 싶다. 너를 껴안고 너의 부드러운 입술의 입맞춤을 느끼고 싶다. 내가 잡고 그토록 큰 위안을 느낀 그 귀여운 손의 매끈매끈한 부드러운 살결이 그립다. 너는 지금 어디 있느냐. 그렇게 빨리 떠나다니. 너는 나에게 안녕 인사를 하고 나는 우체국에 갔는데 너를 다시는 보지 못했다…. 내 꼬마 아가씨 보고 싶구나. 내 심장의 일부는 너와 함께 묻혔다…. 내 사랑, 너를 아빠 집에 내려놓았을 때 그 차 안에서 그날 울고 있는 너에게 내가 했던 것처럼, 영혼의 모양으로 있어도, 나는 너의 얼굴에 손에 입술에 키스하고 내 사랑을 간직하라고 말한다. 아마 자동차에 치일 때 너는 떠나기로 되어 있었지만 내가 너를 잡아두려고 했던 것 같다. 나는 중환자실에서 네 곁에 앉아서, 서두르지 마라 그러나 너는 돌아와야 한다고 말했다. 나는 네가 필요하고, 너는 떠날 수 없다는 것은 무엇보다 분명했다. 그래서 나는 말보다는 너를 사랑하는 행동으로 더 많은 기도를 했다…. 우리는 지금까지 같이 여행하였는데, 라니(Lani), 너는 왜 여기까지 와서 떠났느냐?

1994년 10월 7일. 쉴라가 지난해 무엇을 했는지 말하니 모든 것이 되살아난다. 라니가 완전히 의식을 회복했을 때 그 환희와 안도감, 그리고 라니가 그렇게 갑자기 죽었을 때 그 충격이다. 내가 라니를 마지막으로 본 것은 지난해 퀘이커 감사 축제(Quaker Thanksgiving Pot Luck) **때였다. 내가 한 친구를 포옹하는데, 엘라나가 나를 쳐다보면서, "나를 잊지 말아요."라고 했다. 나는 몸을 굽혀 꼭 껴안으려다 조심스럽게 잡았다. 엘라나의 호흡을 보조**

하는 기관 절개관을 건드릴까 두려웠기 때문이다. 엘라나는 여전히 연약하였지만, 그 이유를 몰랐다.

1988년 4월 런던에서 박사학위 논문을 최종적으로 다듬고 있을 때, 나는 대학 시절부터 일기 쓰기 친구인 사람의 통렬한 편지를 받았다. 쉬라(Shira)는 세 살 먹은 아들 체이스(Chase)가 뇌종양으로 회복의 전망은 밝지 않다는 사실을 불과 몇 주 전에 알았다. 다음은 그녀가 당시에 쓴 일기의 내용이다.

♣ 1988년 3월 18일. 나는 시간을 너무 낭비하였다. 기록을 또 연기하면서, 그것에 대하여 기록하려고 애쓰고 있다! "그것." 체이스의 질병. 1월 23일 급격한 쇠퇴, 그의 진단. 악성 뇌종양, 그의 병의 경과 예상. "어린이는 이런 종류의 암을 이겨내지 못한다." 나의 고통. 나를 압도하여, 모든 것을 태워버리는 고통! 나는 체이스에 대하여 말하고 말하고 말하고, 내가 할 수 있는 것 내가 해야 하는 것을 하여도, 내가 발산하거나, 도망치거나, 지나치거나, 직시할 수 없는 덩어리 같은 것이 내 안에 들어 있다. 나는 글을 쓸 수 없어서 쓰지 않았다. 이런 사건의 "보고"를, 우리 가족을 갈라놓고, 내 심장이 터지게 만든 이 사건의 개요를 쓰면서도 나는 울고 있다…. 나는 정말 이성을 잃었고, 내 자신으로부터 분리된 느낌이 든다. 나는 비몽사몽처럼 속이 빈 공허감을 느낀다…. 내가 행한 모든 것은 체이스를 위하여 "정상적으로" 계속해야 하기 때문에 이루어졌다. 마음속으로, 모양 없이 형태 없이 납작 쓰러져 있는 익사자처럼, 검게 타서 먼지투성이로 죽은 화상자처럼, 나는 슬픔 때문에 거의 죽은 사람이다.

상실을 표현한 글을 너무나 많다. 그렇게도 많은 마음의 고통은 일기에 맡겨지고 또 완화되었다. 사랑하는 누군가를 상실할 때, 일기 쓰기는 그 사람에게 작별을 고하고 상실을 애도할 수 있게 한다. 떠난 그들의 어떤 본질을 포착하여 영원성을 부여하고, 신체적 부재의 상태에서 그들과 대화를 이어간다는 것이다. 시간이 지남에 따라, 앞에서 인용한 많은 일기 작가들이 발견한 것처럼, 우리는 그 과정에서 치유를 찾아낸다.

⚜ **1994년 10월 7일. 이 장을 쓰면서 나는 울고 있다. 괴로운 상실에 대한 일기들을 읽으면서 필자들과 나 자신이 어떻게 동일하지 않을 수 있는가? 아마 이것은 제10장에서 내가 제기하는 문제, 즉 다른 사람의 일기를 읽는 것은 관음증인가 아닌가에 대한 답이 될 것이다. 감정 이입은 매우 중요한 요소라고 생각한다. 그것이 없으면, 우리는 누군가의 가장 사사로운 감정의 분출을 엿듣고 우리 자신과 다른 감정을 선택한다. 출간된 일기는 독자에게 주는 선물인데, 책갈피 위에 바친 일기 작가의 가슴과 영혼이다. 동정심과 포근함이 아닌 다른 무엇으로 그곳에 접근할 수 있겠는가?**

장기간의 낭만적 관계나 소중한 우정의 종말과 관계할 때, 상실의 경험은 복합적 감정을 유발하기도 한다. 참을 수 없는 상황의 종말에서 오는 안도감은 옛날의 모든 것에 대한 슬픔, 미래에 대한 불안감, 그리고 새로운 시작에 대한 기대감으로 뒤섞인다. 작가 말린 나우어비즈 필립(Marlene Nourbese Philip)은 말한다. "약 20년 전 첫 번 결혼이 끝났을 때 나는 글을 쓰기 시작했다. 일기를 쓰는 것이었다. 나는 사실 격리된 작가였다. 그 힘든 시기 동안 글쓰기를 통하여 나의 온전한 정신을 실제로 유지할 수 있었다고 생각한다."[17]

상실은 다시 시작하도록 우리를 강요한다. 상실은 마찬가지로 그것이 **가능하도록** 만드는데, 상실은 종종 어떤 종류의 새로운 시작을 동반하기 때문이다. 풋내기 엄마는 아이를 돌보느라 자유를 상실하지만, 자신의 아이를 통하여 새로운 눈으로 세상을 보게 된다. 다른 엄마는 아이들이 집을 나간 후 고독하여, 수년 동안 처음으로 자기 자신의 공간과 시간을 가지고 일기를 쓰고, 그림을 그리고, 작곡을 하기도 한다. 결혼의 파탄은 진부한 사고와 행동의 양식에서 벗어나서, 자신의 삶을 재발견할 수 있는 기회를 마련한다. 슬픔에 잠긴 한 친구는 어머니의 죽음을 의외의 해방으로 묘사했는데, 왜냐면 자기가 바라는 방식으로 자신의 삶을 살지 못하는 것에 대한 더 이상의 변명이 사라졌기 때문이다. 만성적, 심지어 불치의 질병을 부활의 기회로 용케 만든 사람들도 있다. 당신의 일기에서 인정하고 애도할 상실이 무엇인가? 성장의 다음 단계로 진입하기 위하여 당신이 표출하고 놓아줄 필요가 있는 것이 무엇인가? 인생의 가까운 지평선에서 당신은 어떤 새로운 시작을 언뜻 볼 수 있는가? 무엇이 태어나려고 하는가? 당신의 일기에서 그것을 맞이하라.

이주에 대하여

새로운 집, 다른 도시, 아니면 다른 나라로 이주하든, 살던 곳을 떠나는 것은 특히 좋아하던 곳이라면 연상과 기억들로 넘치는 배경, 즉 사물들이 눈에 보이는 것 이상인 장소를 버리는 것을 의미한다. 우리의 거주 공간은 의미로 무성하다. 길모퉁이 공원은 다른 공원과는 다르다. 처음으로 조깅을 한 공원이거나 내 아이들이 항상 노는 그 공원이다. 좋아하는 식당에 갈 때마다 이전의 기억이나 그곳에서 나누었던 대화의 흔적을 전달한다. 새로운 장소에서 사물들은 단지 보이는 그대로의 모습일 뿐이다. 과거를 연상하게 하는 풍부한 저류가 없고, 정말 무에서 시작하는 듯한 느낌이 가끔 들기도 한다. 에바 호프만은 말한다. "형태는 중요한 토양이다. 그 토양에서 이동하는 것은 필연적으로 위험한 이민, 추방, 그리고 극단적 유동성 중의 하나와 같은 것이다."[18]

일기는 일곱 번에 걸쳐 도시, 나라, 그리고 대륙 사이를 대이동하는 동안 나의 유일한 동행자였다. 이주의 대부분은 생면부지의 낯선 도시로 가는 것이므로, 나는 가족이나 친구의 도움에 의존할 수 없었다. 이런 곳에서 한결 더 자기 자신을 기억하는 데 도움이 되는 일기에 나는 의지하였다. 런던에서 학위논문을 작성하는 동안 연구 조사를 위하여 나는 영국과 독일을 왕래하였다. 다중 언어 사용자면 누구나 알고 있듯이, 이들은 자기의 생각뿐만 아니라 자기 자신을 새로운 언어로 번역한다. 독일에서 나 자신을 온전하게 느끼지 못하는 좌절감은 일기를 상세하게 쓰면서 해소하였다. 그래서 어떤 점에서 일종의 정착하는 일기 쓰기 의례를 나는 전개했다. 심지어 마르바흐(Marbach)에서는 여행 가방을 풀기도 전에 그 작은 도시를 거닐면서 빵과 꽃을 조금 구입하고 일기를 꺼내서 쓰기 시작했다. 한 나라와 언어에서 또 다른 곳으로 가는 이 행위는 이주 제식이 되었다. 1985년 여름 그곳 거처에서 장기간 머무는 동안 나는 적었다.

⚜ 두 명 이상의 여성이 만나는 어느 곳에든지, 공동체 하나는 형성된다고 다시 생각하게 되었다. 누구는 커피나 포도주를 내어놓고, 누구는 비스킷을, 누구는 식탁보와 촛불을 가져오고, 또 누구는 함께

산책을 제안한다. 그것은 놀랄 만하지만 항상 일어나는 일인 듯하다. 세 명의 여성이 있는 곳에 공동체 하나가 존재하지만, 세 명의 남성이 있으면 통상 세 명의 고독한 개인이 존재한다는 사실을 나는 발견했다. 여성들은 자신의 경험이나 역량을 나누기 위하여 "소통하는" 것 같다. 남성들은 외향적 목적, 즉 스포츠, 업무, 전쟁을 위하여 모인다. 항상, 그들의 말대로 "목표 지향적"이다.

2년 후 스티브와 합류하기 위하여 뉴욕에 처음으로 도착했을 때, 나는 가끔 무의미의 바다 속으로 가라앉는 느낌이 들었다. 신화적인 이 도시에 대한 좋은 기억은 하나도 없고 너무 압도적으로 비인간적이므로, 어느 누구와도 정상적인 애정의 관계를 맺지 못할 것 같은 느낌이 들었다. 나는 영원한 소외에 처할 운명이었다. 감정적 무중력 상태로 자주 비관하여 신체적으로 병이 드는 나는 마치 심한 현기증을 앓고 있는 듯했다. 어떤 의미에서, 틀림없이 나는 현기증을 앓고 있었다. 박사학위 논문 작업을 하는 동안 스테이튼 아일랜드(Staten Island)의 10층 아파트에 고립되어서 뉴욕 생활을 구상하는 의미 있는 구조가 결핍되었기 때문에, 나는 과도한 빈 공간에서 길을 잃었던 것이다.

많은 일기 작가들은 지역과 자기의 일면을 바꿀 때 일기의 역할이 극히 중요하다고 기술한다. 아나이스 닌은 평생 동안 어린 시절 바르셀로나에서 이주한 정신적 충격을 일기에 대한 열정의 근원으로 여겼다. 1973년 한 강연에서 그녀는 말했다. "미국으로 왔을 때, 나는 영어를 못해서 친구가 한 명도 없었다…. 일기는 동행자일 뿐만 아니라, 그래서 말이 통하지 않는 낯선 언어의 나라에서 길 잃지 않았고, 또한 나 자신과 접촉하는 원천이기도 하였다." 시간이 흐르면서, 삶에서 일기의 더 큰 역할을 깨달았다고 닌은 말한다. "그것은 한 모험가의 일지가 되었다."라고 그녀는 적었다. "내 삶, 슬픈 순간, 크게 허물어지는 순간의 경험들을 바라보게 하였고, 삶은 하나의 모험이고, 하나의 이야기라는 것을 끊임없이 나에게 상기시켰다."[19] 닌에게 일기는 그런 이야기를 통합하고 흩어진 경험의 파편들을 재결합하도록 하였다.

할렘 르네상스(Harlem Renaissance)의 시인이자 미술가인 그웬돌린 베넷(Gwendolyn Bennett)은 파리에서 미술 공부를 하는 스물세 살에 일기를 썼다. 그녀의 일기는 언어 장벽이 있는 낯선 나라에서 느끼는 고독감을 해소하는 데 도움이 되었다. 1925년 6월 26일 그녀는 적었다. "지금까지 보낸 날 중 내가 가장 슬픈 날로 오늘 날짜에 검은 동그라미를 끼워볼까? 오늘 새 호텔로 이사하였다. 이틀 동안 지금도 비가 내린다. 이런 날이 파리의 전형적인 기후라고 사람들이 말한다. 골수까지 파고드는 차가운 비. 그래서 나는 외롭다." 그웬돌린은 고통이 최고조에 달한 7월 4일 일기에 이렇게 기록했다. "지금까지 상상한 어떤 것보다 더 통렬하고 아픈 향수병이 나를 사로잡았다. 하루 종일 내 동포 한 명도 보거나 말을 붙여보지 못했고 영어 단어 한 마디도 들어보지 못했다."[20]

25년 이전에 젊은 독일 미술가 파울라 모더존 베커(Paula Modersohn-Becker)는 미술에 몰두하기 위하여 파리로 갔을 때 아주 다른 경험을 하였다. 1900년 1월 1일 그녀는 일기에 털어놓았다. "지금 나는 파리에 있어서 내면에서 새로운 세계가 소용돌이치는 느낌이다."[21] 파울라는 일기와 편지에서 그녀에게 선택하도록 기대하는 고정된 여성의 역할과 단절하고 예술가로서 자기 자신을 진지하게 택할 수 있는 가능성의 상징이 파리라는 점을 밝힌다. 도착 몇 주 후에 쓴 편지에서, 그녀의 목소리는 열광적이다.

> ✣ 센(Seine) 강의 다리를 걸어서 건널 때, 그 공기! 어른거리면서 뒤섞이는 은은한 회색, 노랑, 그리고 은빛 색조가 나뭇가지들을 죄다 덮고 있는 듯하다. 또한 아름다운 건물들은 이런 분위기를 배경으로 놀라운 농도로 돋보인다. 해 질 녘에 뤽상부르(Luxembourg) 공원, 오, 이곳의 황혼! … 그리고 길거리 모습! 매 순간 새로운 볼거리가 생긴다.[22]

뒤이은 파울라의 파리 체재는 보릅스비드(Worpswede)에서 그녀를 침몰시킬 것 같았던 가사 의무로부터 얼마간의 탈출이 되었는데, 그곳은 예술가 남편 오토 모더존(Otto Modersohn)과 함께 살던 작은 시골 마을의 예술인촌이었다. 또한 파리 체재는 더 인습적인 마을 구성원들이 난색을 표하던 예술적 창조를 향한 문을 열었다. 파울라는 이제 자기 자신 속으로 들어온다는 것을 알았다. 1906년 네 번째이자 마지막 파리 방문은 남편과의 별거를 시도하는 첫걸음이었다. 2월 24일 그녀는 적었다. "나는 오토 모더존을 떠나와서 낡은 삶과 새로운 삶 사이에 서 있다. 그것은 어떤 모습일까? 새로운 삶에서 나는 어떤 모습일까? 지금 그것이 막 일어나려고 한다." 5월에 그녀는 자매에게 기쁨에 넘쳐 편지를 썼다. "나는 무언가 되려고 한다. 내 인생에서 가장 강렬하게 행복한 시기를 살고 있다."[23]

그러나 새로운 나라와 언어 안에서 자신을 재발견하는 노력으로 나를 가장 매료시킨 인상적인 서술은 에바 호프만의 아름다운 회고록 『변형에 잠겨』이다. 열네 살의 에바, 부모, 어린 여동생은 반

유대주의의 부활 이후 1959년 애향 바르샤바(Warsaw)를 떠나, 배를 타고 대서양을 건너 처음 할리팍스(Halifax)에 도착한 후, 곧이어 기차로 밴쿠버로 향했다. 그곳에서 모국어도 추억도 없이 에바는 향수병에 시달렸다. "의미의 그물에서 나와 가벼운 혼돈 속으로 떨어진 곳이 바로 여기였다."라고 호프만은 회고한다. 그녀의 친구가 잠금장치가 달린 일기장을 건네주었을 때, 에바는 감탄했다.

⚜ 만약 정말 전적으로 자기만을 위한 글을 쓰려면, 어느 언어로 쓸까? 여러 번 나는 일기장을 열었다가 다시 덮는다. 결정을 못하겠다. 이 시점에 폴란드어로 쓴다면 다소 라틴어나 희랍어에 의지하는 것 같겠다. 일기를 쓰는 데 비정상적인 것…. 결국 영어를 선택한다. 만약 현재에 관하여 쓴다면, 비록 그것이 자아의 언어가 아닐지라도. 나는 현재의 언어로 써야 한다.

에바의 일기는 지속성의 약속과 "과거에 존재한 다른 자아를 새롭게 하는" 기회를 제공하였다. 그것은 또한 새로운 세계로 진입하는 방법을 마련하였다. "글을 쓰면서 영어를 배우고, 번갈아 글쓰기는 기록된 자아를 나에게 전한다."는 것을 그녀는 알았다.

여러 해 동안 에바 호프만은 "두 이야기와 두 어휘," 즉 다른 두 "정신의 도식" 사이에 포섭된 자기 자신을 느끼다가, 마침내 "언어가 각기 다른 언어를 수정하고, 교잡하여, 수태시키는" 융합에 이르게 되었다. 서술의 말미에 그녀는 적는다.

⚜ 나는 일기에 이야기를 하나 쓰는데, 진정한 목소리를 찾고 있다. 후천적 목소리, 어리석은 목소리, 독선적인 목소리, 그리고 너무 냉정

하거나 몹시 흥분한 목소리의 층들을 통하여 나의 길을 만든다. 이윽고 이들 모두는 조용해져서, 내가 찾고 있는 그것, 침묵에 도달한다. 나는 그 안에서 조용히 마음을 가라앉힌다. 이곳은 빈 하얀 중심부로, 지층은 바벨탑이 세워지기 전에 그곳에 있었고, 우리의 다중적 자아의 바벨탑이 건설되기 전에 항상 그곳에 있다. 이 풍부한 백색에서, 목소리가 떠오르기 시작한다. 그것은 침착한 목소리고, 그것은 모두 정직하게 말할 수 있어서, 과장이나 사소한 집착이 없다…. 우리 모두는 문화의 안과 밖 양쪽에 존재한다는 것을 알려면 이 공간을 찾을 필요가 있다.

침묵에서 일어나서, 두 문화와 언어의 경계선에서 진정하게 울리는 목소리를 찾는 호프만의 시도는 일기 쓰기 여행에서 훌륭하게 묘사된다. 또한 독자적인 자신의 목소리에 도달하기 위하여, 오랜 시간 동안 "목소리 없는 바닥"으로 내면화한 많은 목소리들을 통과하여 자신의 길을 찾는 것이 우리의 일이다.[24] 이것은 일기 쓰기가 우리에게 제공하는 도전이자 약속이다.

일시적 일탈로 심지어 불안해지기도 한다. 시인 자이거(L. L. Zeiger)는 1977년 여름 동안 예술인촌에서 한 달을 보내면서, "극도의 은둔과 이방인과의 강렬한 교섭의 독특한 배합" 때문에 평생 처음으로 일기를 쓰기 시작한다는 사실을 알았다. 특히 그곳에 머무는 초기에 일기는 그녀의 생명선이었다. 초기의 일기는 이렇게 쓰여 있다. "여러 면으로, 나는 이곳에 아주 고립되어 있다. 항상 좋아서가 아니라… 사람들에게 나는 어떤 모습처럼 보일까? 반백의 나이에, 분명히 그보다 더 늙어서, 이 모든 창조성 가운데 자기 비하의 어떤 떠돌이처럼 비탄에 잠겨서… 문제는 일기를 제외하면 나 자신과 이어줄 사람도 말을 **주고받을** 사람도 없다는 것이다." 주변 사람들에 대한 짓궂은 관찰을 기록하는 과정에서, 이 일기 작가는 "**나는** 다른 사람의 일기에 어떻게 나타날까? 내가 **볼** 수 없어서 다행이야!"라고 생각한다.[25]

새로운 환경에 진입할 때면 언제나 외력에 의하거나 자유롭게 자신을 재발견한다. 일기는 우리가 어떤 사람이었는지 기억하면서, 우리가 어떤 사람으로 되는지 목격한다. 당신의 삶에서 의미 있는 지리적 표지는 무엇인가? 장소는 당신에게 어떤 사실적 상징적 의의를 지니는가? 어디가 당신의 집인가?

변하는 자아의 거울

자아상과 노화

이미 말했듯이, 나는 20대 초반 여러 해에 걸쳐서 현저한 체중 감소를 경험했다. 미운 오리 새끼에서 아름다운 백조가 되는 변신은 나의 예상대로 뿌리부터 뒤흔드는 것이었다. 그러나 나는 극도의 양면성을 예상하지 못했는데, 젊은 여성을 성적 대상으로 주로 바라보는 사회에 내가 갑자기 노출되면서 받는 느낌이었다. 나는 자기혐오에 빠진 통통한 사춘기를 지나서, 분명히 성적으로 매력적인 여성으로 보이기를 원했다. 그러나 나에게 관심을 기울이기 바라는 남성들은 **오로지** 그것만으로 나를 바라본다는 사실을 알지 못했다. 내 지능지수는 체중 감소와 더불어 갑자기 내려간 것 같았다. 혼란스럽고 복잡한 나의 감정은 그 당시 내가 쓴 많은 일기에 분명하게 존재하고, 이 내용들은 흔들리는 나의 자아상에 대한 풍부한 증거가 된다. 그때까지 나는 누구이고 어떤 존재인가, 내가 되기를 원하는 사람은, **남성들이** 나라고 생각하는 나 자신의 모습은, 이들 모두가 서로 다투고 있었다. 잠깐 동안 나는 이 세상이 내 생각대로라고 믿었다. 그 후 나는 아무 생각 없이 치마를 사기 위하여 18호 진열대로 갔다. 내 몸의 크기나 경계선, 모든 계획의 완벽한 좌절에 대한 분명한 의식이 없었다. 명백히, 여성적 전형에 부응하는 것은 나의 모든 불안감을 최종적으로, 내가 바라는 대로 해소하지 못하였다. 도리어 일은 더 복잡하게 되었다. 그 모든 일을 통하여, 내 일기는 일종의 안전한 장소로 나의 빈약한 세계 안에서 안정감의 원천을 제공하고, 그런 변화들을 반영하면서 질적으로 나는 현재의 내 몸무게와 신체 크기 이상의 존재라는 점을 상기시켜 주었다.

당연히, 우리들 누구도 피할 수 없는 노화라는 변화의 종류도 있다. 여성에게 노화는 자아상에 반드시 영향을 미치는 가치 판단을 분명히 동반한다. 예컨대, 그런 마음을 드러내는 영국의 소설가 안토니아 화이트(Antonia White)의 일기가 있다. "신체적 약점, 거의 혐오감을 줄 정도로 추하다는 느낌은 자주 아주 강하게 일어난다. 이성적으로 그것에 대처하면서, 내 나이의 여성 대부분보다 나는 신체적으로 덜 혐오스럽다고 자신에게 말하려고 애쓴다."[26]라고 그녀는 서른여섯 살의 나이에 적었다! 우리의 이중 잣대는 아주 깊게 뿌리 박혔다. 남성의 반백과 주름은 오랜 지혜와 어떤 연령에서 매력적인 세상의 경험을 상징하기도 하지만, 그것 때문에 남자다움을 의심하지 않는다. 우리 사회에서 나이 든 여성은 성적 매력 자체가 위기에 처한다. (여성에는 "남자다움"에 해당하는 말이 없다.) 폴 뉴만(Paul Newman)은 일흔 살에, 로버트 레드포드(Robert Redford)는 예순 살에도 당연히 성적 매력이 있지만, 개화된 한 남성 인터뷰 진행자는 최근에 수잔 사란돈(Susan Sarandon)에게 아주 진지하게 그녀가 성적인 배역을 맡을 생각이 있는지 물었다. 그녀는 47세였다. 글로리아 스타이넘은 자신은 마흔으로 보이지 않는다고 말하면서, **"이런 모습이** 마흔의 실제 모습이다."라는 유명한 응답을 내보였다. 저명한 인물들이 "늙은 여성"에 대한 문화적 신화에 도전한다는 사실은 우리 여성 모두를 위하여 좋은 징조이다. 쉴라 겔브만(Sheila Gelbman)의 다음 일기는 수많은 우리가 경험하는 자기 수용의 힘든 여정을 보여준다.

⚜ 오늘 아프리카 음악에 맞추어 춤을 추었다. 나를 움직인 것은 춤의 필요성이 아니라 춤에 대한 인식인데, 일단 춤을 추면 많은 즐거움이 생기고 살아 있어서 더 행복하다는 느낌을 받기 때문이다. 매일 운동하려는 내 욕망은 매력적으로 보이지 않을 것에 대한 두려움과 나 자신의 노화를 방지하려는 보다 더 깊은 욕망에서 나온다는 것을 이제 나는 알겠는데, 이것은 근본적으로 생명과 소멸의 자연적 리듬에 반하는 투쟁의 상태이다…. 나는 더 이상 십 대가 아니고, 젖가슴은 두 아이를 양육하고, 가슴 안에는 차가운 땅에 묻힌 한 아이를 품고, 허벅다리는 여성의 타고난 능력인 주고받는 즐거움을 알고, 머리는 다투는 관계 때문에 은빛으로 물들고, 갈색 눈은 깊은 눈물을 흘리다 마침내 몸 안에 수분은 한 방울도 남지 않은 여성이다. 나는 마흔세 살이니 늙을 권리가 있다…. 여분의 육체와 은빛 머리, 정맥류와 창백한 얼굴로 사랑받을 수 있다.

만약 영원한 젊음, 팽팽한 유선형의 몸, 그리고 언제나 완전한 피부에 대한 문화적 망상에 연루된다면, 기대할 수 있는 최선은 세

파에 시달려 죽기 전에 덧없는 한순간의 각광이다. 그러나 만약 거짓 이미지의 폭정에서 벗어날 수 있다면, 알지 못한 우리의 힘이 나타나지 않을까? 여성 작가들은 노령의 자기 삶에 대한 이야기를 이제 전하기 시작하고, 그들이 전하는 말은 낡은 고정 관념에서 나오는 어떤 것보다 훨씬 더 복잡하고 흥미롭다. 노령의 여성들은 사회에서 눈에 띄지 않는다는 사실을 우리는 알고 있다. 이런 불가시성은 관찰하고 행동하는 새로운 자유를 동반한다는 것을 우리는 이해하지 못하였다. 남성적 시선의 대상인 여성의 지위를 단념하면, 그 답례로 여성 자신이 삶의 주체가 된다. 여성은 자신의 삶을 결정하는 외부의 기대를 애써서 거부할 때에 한하여 자신으로 들어와 완전한 자기가 된다고 캐롤린 하일브룬과 저메인 그리어(Germaine Greer) 같은 작가는 주장한다. 이런 일은 50대에 매우 자주 일어나므로 갱년기와 일치한다. 『변화』(*The Change*)의 멋진 마지막 장 "평온과 힘"에서 그리어는 말한다.

✤ 여성은 아름다운 **존재**가 되려는 안달의 고투를 종식할 때, 자신의 시선을 외부로 돌려서, 아름다운 존재들을 발견하고 그것으로 살 수 있다. 마침내 여성은 다른 사람들이 평가한 육체를 초월하고, 그들의 기대와 그들에게 굴복한 자기 자신으로부터 자유로울 수 있다. 이 새로운 불가시성은, 고요와 무관심처럼, 바람직한 상태라는 것을 젊은 여성들에게 설명하기가 거의 불가능하다.[27]

그래서, 과업은 나이가 들면서 자신의 삶을 **스스로** 청구하는 것이다. 몇 번이고 여성은 일기에서 묻힌 자아의 힘을 다시 알게 된다. 일기 쓰기는 근본적으로 영원한 내면의 어떤 것, 나이, 모양, 크기의 변화를 초월하는 무엇으로 자신을 되돌린다.

돌보기

자아상은 모든 나이에 가장 사랑하는 사람들, 즉 부모, 남편이나 상대, 어린이, 친한 친구들과의 관계 속에서 자신을 어떻게 보는가 하는 문제와 많은 관련이 있다. 자아의식은 주로 공동체 안에서 형성되기 때문에, 일이 잘 되지 않을 때 자아상이 위험에 직면한다는 것은 놀라운 일이 아니다. 멜리사 게일 웨스트(Melissa Gayle West)는 자신에게 어린 딸 엄마의 자격이 없다고 끊임없이 말하는 내면의 목소리와의 고통스러운 투쟁을 묘사한다. 일기에서 그 목소리와 대화하면서, 그녀는 점차 일어나는 일을 이해한다.

⚜ 1990년 7월 25일. 내 머릿속에 있는 이 착한 어머니(Good Mother)는 누구인가? 이 여성은 어떤 사람인가? 처음에 그녀와 나는 분리되지 않았다. 나는 그녀를 머릿속이 아니라 등에 업고 다녀서, 등은 그녀의 무거운 죄의 짐으로 매우 지쳐 있었으나, 내 생각으로 이것은 모성애가 어떠한가를 말해준다. 심한 피로감을 느끼고, 깊은 죄의식을 지니고, 강한 자격지심을 느끼고…. 내 머릿속에 있는 이 착한 어머니의 목소리는 부모와 문화와 종교로부터 모성에 대하여 내가 듣고 읽은 모든 것을 재현한다는 것을 점차 알게 되었다.

일단 이렇게 구별하게 되자 멜리사는 "더 깨어나, 더 살아 있는" 느낌이 들기 시작하면서 그 목소리는 힘을 잃어 그녀의 자신감을 파괴하지 않았다.[28]

모성의 끝자락에 아이들을 세상 밖으로 내보내는 경험이 기다리지만, 그것은 해방시키는 문제에 대한 또 다른 변주곡이다. 다음의 긴 일기 인용은 돌로레스 라파타(Dolores LaFata)의 그와 같은 경험을 보여준다.

✤ 1994년 2월 8일. 나는 이른 아침 4시에 일어난다. 오늘 아침은 아들이 입대하러 떠나는 바로 그날이다. 차가운 겨울 날씨다. 밖에는 눈발이 소용돌이친다…. 골똘히 생각에 잠겨 있다가 갑자기 깨어나서 내 곁에 서 있는 아들을 알아본다…. 그는 다소 불안한 느낌이 들지만, 입대의 결정이 올바른 선택이기를 바란다고 나에게 말한다. 새로운 시도의 시작 전에 걱정하는 것은 정상적이라고 나는 그에게 말한다. 가지 말라고 말하고 싶은 마음도 있다. 왜냐면 내 인생에서 새로운 장의 다음 단계로 진입하기 때문에 나도 마찬가지로 불안하다. 아이들이 집을 떠나고 있다. 아들은 군대로, 딸 하나는 7월에 결혼하고, 다른 딸은 이전부터 자신의 아파트를 마련하겠다고 한다. 나는 지금까지 거의 26년 동안 엄마로 살았으니, 머지않아 "현역의 의무"에서 은퇴할 것이다. 아들에게 하고 싶은 말이 너무나 많다. 만약 전쟁 중이라면 가지 말라고 말하고 싶다. 그렇게 하지 않고, 이렇게 말하겠다. 조심해라…. 그가 집 앞 계단을 내려가서 대기 중인 차로 걸어갈 때, 나에게 떠오르는 생각은 한 살 때 내디딘 첫 걸음마, 학교 버스를 타고 학교에 간 첫날, 그리고 처음으로 길을 건너간 때, 등등에 이른다. 이것은 모두 오늘 이날을 대비한 예행연습이었다. 차가 떠나고 그는 갔다. 그의 숨결이 이른 아침 공기 위에 동결된 것처럼 그가 떠나는 이미지가 내 마음속에 얼어붙는다. 지금은 겨우 새벽 5시다. 곧 새날이 밝을 것이다.

어머니와 아들은 둘 다 자기 인생의 기로에 있다. 두 사람에게 새로운 날은 밝아온다. 불행히도, 아내와 어머니로서 현역 의무에 인생의 대부분을 보낸 후 이제 자기 자신을 탐색하는 여성에게 후원은 거의 없다. 돌로레스에게, 일기는 그 길을 함께하는 소중한 동반자가 된다.

당대의 화가 앤 트루이트(Anne Truitt)가 일기를 쓰기로 작정한 일생의 시기는 작품에 대한 어느 정도의 평가를 성취하였음에도 불구하고 그동안의 과정에서 자기 자신의 일부를 상실하였다고 느낀 때였다. 『일지』(*Daybook*)의 마지막 절에서 그녀는 자기 자신 속에 있는 어머니와 예술가 사이의 관계를 탐색하는데, 장성한 세 아이의 생활 속에서 변화하는 자신의 역할을 받아들이게 된다. 1978년 9월 그녀는 적었다.

> 어떤 변화가 일어나고 있다. 일어났지, 나는 믿음을 갖기 시작한다. 손자를 고려하는 새로운 "나"를 자신 안에서 인식하던 그 순간이다. 글을 쓰면서 나는 그녀를 느낀다. 그녀는 멀리 새로운 차원에 있다. 그 예술가는 아이들과 떨어지면서 자신에게 허락한 영역의 권리를 이미 주장해왔다는 것을 안다. 연민으로 오염되지 않은 객관성으로, 그녀는 가정의 난로 위로 몸을 웅크린 어머니를 지켜보면서 낡은 관습적 모성이 진저리나기 시작하는 징후에 주목한다. 그녀는 이런 것들이 퇴화할 때를 예감한다.

그렇지만, 어머니를 상실하여 예술가를 얻는다는 앤의 깨달음은 현역의 모성을 끝내는 본능적인 비애를 배제하지 않는데, 이것은 자신의 활기를 유출하는 "소모성 질환과 유사한" 느낌이다. "형언할 수 없는 어떤 상실이 내 몸 자체에서 발생한 것 같다."라고 그녀는 쓴다. "손을 가슴에 올려놓고 나 자신을 위로하여 다시 잠을 청하는 그 몸짓으로, 잃어버린 내 아기들의 몸을 대신하여 내 자신의 몸을 쓰고 있는가?"[29]

케테 콜비츠의 일기도 신체적 상실감을 반영하는데, 그녀의 아들들이 독립하자 정신적 유대가 풀리기 시작했다. 1910년 4월에 그녀는 기록했다.

> ⚜ 나는 점차 작업이 우선인 인생의 시기에 접근한다. 두 아들이 부활절에 멀리 갔을 때, 나는 거의 작업만 하였다. 작업하고, 잠자고, 먹고, 그리고 짧은 산책으로 외출하였다. 그러나 무엇보다도, 나는 작업을 하였다. 그래도, "축복"은 그런 작업을 비켜간다고 생각한다. 더 이상 다른 감정에 끌리지 않고, 나는 암소가 풀을 뜯어먹듯이 작업한다…. 그런데 이전에는, 불행하게도 한정된 나의 작업 시간 안에서 나는 더 생산적이었는데, 내가 더 감각적이었기 때문이다. 인간이라면 모든 일에 열정적으로 관심을 갖고 살아야 하는 것처럼 나는 생활했다.

콜비츠의 일기는 각양각색의 모성을 모두 보여주는데, 10년쯤 지났을 때 그녀는 자신의 어머니를 돌보는 사람이 되었기 때문이다. 그녀는 적었다. "사랑하는 어머니, 그녀는 자주 아프다. 곧이어 풀이 죽어서, 머리가 매우 혼란스럽다고 말한다. 그녀는 무엇을 해야 하는지 자신이 어디에 속하는지 모른다. 우리가 그녀를 모시기 때문에, 진지하고 품위 있게 내 손을 잡고 진심어린 감사를 표할 때는 그저 가엾다. 그러면 나는 어머니에 대한 깊은 사랑을 느끼므로 그녀를 위하여 어떤 희생도 감수할 수 있다."[30]

소설화한 일레느 마르쿠스 쉬타르크만(Elaine Marcus Starkman)의 "돌보기 일기"는 유사한 부드러움을 표현한다. 그녀는 좌절, 슬픔, 그리고 분노가 혼합된 경험을 자신의 늙은 시어머니를 돌보면서 얻는다. 처음에 쉬타르크만은 "문화적 유산의 전승자"가 가족과 함께 사는 것을 찬양하면서, 자신의 10대 아이들이 할머니의 이야기에 그런 관심을 보이는 것에 만족한다. 그러나 머지않아 그런 신기함은 닳아서, 나날의 돌보기 요구로 그녀는 인내심의 한계에 이른다. 1987년 8월 그녀는 회고한다. "미친 여자처럼 버클리에서 20마일을 달려 집으로 왔다. 어머니가 죽어서 마룻바닥에 누워 있다는 상상을 하면서… 여기저기 흩어져 있는 아침 식기들, 옷가지들, 도처에, 폭발하는 스테레오 음향, 엉망진창의 혼란으로 돌아왔다…. 먼저는 아이들, 지금은 부모들이다." 그러나 늙어서 급속하게 악화되는 시어머니를 돌보면서 그녀 자신도 더 이상 젊은 사람이 아니라는 사실을 상기하지만, 저메인 그리어가 묘사한 중년의 해방을 쉬타르크만은 함께 분명히 경험한다. 그녀는 1989년 정월 초하루에, "노화가 전부 다 나쁘지 않다."라고 쓴다. "마침내 자기 자신이 되는 것. 다른 사람들의 견해에 구속받지 않고. 원하는 대로 사는 것. 하나의 중심, 내면의 한 방향으로. 실망과 기대 둘 모두를 줄이기…. 모든 존재에 자연스런 종말이 있다는 것을 수용한다."

그녀는 시와 꿈, 분노와 통찰을 기록하면서 광대한 변화를 체험한다. 그녀의 아이들은 집을 떠나 결혼하고, 시어머니는 요양원으로 들어가고 그녀 자신의 부모는 허약해진다. 그녀는 50세의 나이에 들고, 소설 한 편의 출판이 결정되고, 손자 한 명의 탄생을 기다린다. 그 모든 과정을 통하여 일기는 그녀 삶의 수많은 파편들을 모아서 하나의 완전체로 만들 수 있는 장소가 된다. 1991년 3월 그녀는 쓴다. "내면의 평화를 얻는 것이 지금 중요하다. 그것에 도달하는 방법, 그대로 유지하는 방법. 내 글쓰기는 이전 어느 때보다 더 중요하다." 또 다른 일기는 바라는 방향으로 자신이 가고 있는 모습을 보여준다. "모든 자아를 위한 / 여유를 오늘 나는 갖는다 / 그들은 아늑하게 자리 잡는다 / 서로 밀치지 아니하고 / 나를 사랑하는 사람들 / 혹은 서로를 / 내 정원에서 / 오늘 검정 꽃들이 무성하게 자란다."[31] 이것은 아름다운 일기로, 부드러움과 고뇌, 상실한 것에 대한 슬픔, 그리고 그래도 자신에게 주어진 것에 대한 감사하는 마음으로 충만하다.

우리가 행하는 양육은 실제로 일생을 통하여 여러 가지 형태가 있다. 당신의 삶에서 지금까지 어떤 돌보기 역할을 두고 있는가? 어떤 돌보기를 시작하려는가? 그것이 당신의 삶에서 지니는 중요성을 일기에서 탐색해보지 않겠는가?

전문 직업 바꾸기

생계를 위한 일에 따라 주로 우리 자신을 규정하는 사회에서 직업을 바꾸면 갑자기 정체성 위기에 빠지기 쉽다. 직업은 우리의 자아상에서 중요한 구성 요소이다. 특히 여성에게 경력은 중요한 함축적 의미를 지니는데, 최근에 공적인 직업의 영역으로 진입하면서 오랫동안 남성의 당연한 일로 여겨온 것을 여성에게 제공하게 되었다. 가정을 벗어난 정체성, 공적 문제에 대한 발언, 재정적 독립, 성취감, 그리고 자아실현의 가능성 등이다.

실제로 직업적 정체성의 이동이 점차 일반화되면서, 성취된 이력을 구성하는 것에 대한 개념을 재고해야 한다고 메리 캐서린 배트슨은 생각한다. 그녀는 말한다.

⚜ 나는 매우 자주 자기 변혁을 해야 했으므로 어림잡아 다섯 가지 경력을 갖고 있다. 이것은 성공적인 인생을 반영한다고 생각하는 이력서 같은 것을 만들지 않아도, 사실 점점 더 많은 사람들은 반복하여 처음부터 다시 시작하고 있다. 갈지자로 걷는 사람들. 하나의 궤도에서 얻은 경험을 다음 궤도로 변형시키는 방법을 배우는 것…. 학습은 개인에게 새로운 연속성이다.[32]

이 장의 인용구에서 분명히 알 수 있듯이, 배트슨 자신에게 글쓰기는 다양한 이력과 삶의 전체에 걸쳐 연속성의 끈을 제공하였다. 일기 쓰기는 직업의 변화를 심사숙고하고, 다른 직업의 역할과 능력을 지닌 자신을 상상하고, 자기 자신을 다시 재고안하는 훌륭한 기회를 마련한다.

위기의 세상살이

이따금 걷고 있는 땅이 흔들리는 듯한 위기감에 직면하면, 그 결과는 아주 광범위한 영향을 미친다. 우리들 각자는 삶의 의미에 대하여 어떤 근본적 확신을 품기도 하지만, 정신적 위기와 부활을 모든 사람이 경험하는 것은 아니다. 우리 모두는 죽는데, 일부는 만성 질환의 시기를 경험하다 죽기도 한다. 많은 변화는 초대받지 않은 상태로 우리에게 다가온다. 이런 일이 일어날 때, 일기는 우리를 북돋우고 위로하는데, 그것은 다음의 일기 작가들이 보여준다.

만성 질환

일기 작가로서 많은 관심을 받는 메이 사턴은 『대단원: 79년의 일기』(*Endgame: A Journal of the Seventy-Ninth Year*)를 우울하고 나쁜 건강과 고통 속에서 썼다. 그해 중반에 의미 있는 건강의 증진을 기대할 수 없다는 의사의 경고를 받고 그녀는 글쓰기를 지속할 이유를 다시 생각하지 않을 수 없었다. "나는 생각하기 시작했다… 생존의 이유는 얼마나 많이 필요한가?" 그녀는 말한다.

> ✤ 예컨대 손자들이 없으니, 내 친한 친구가 많아도 실제로 위하여 살아갈 대상이 아무도 없다. 그러나 내가 살아야 하는 목표는 마지막까지 글쓰기를 지속하는 것이다. 결국 많은 사람들은 치유할 수 없는 만성 질환에 직면하면, 아마 그 문제를 두고 몇 마디 말이라도 건넬 수 있는 사람을 만나면 즐거울 것이다.

사턴의 경우는 예외적인데, 자신의 독자층을 위한 일기를 항상 쓰고 있었기 때문이다. 중요한 것이 별로 없어 보이는 때 일기 쓰기는 삶에 의미를 부여할 수 있다는 점에서 예외적이지 않다. 그녀는 그 일기를 이렇게 마무리한다. "그래서 여기서 새로운 일기가 시작된다. 결코 회복하지 못할 것을 이제 아는 한 여인의 일기이다." 그러나 그 해 말경 그녀는 그런 과정에 기력을 회복하여 80대에 진입하기로 작심하는데, "왜냐면 매듭지을 필요가 있고, 어떤 점에서 내 주변과 내면에서 무엇이 진행되는지 밝혀야 하기 때문이다."[33]

『삶의 기록』의 일기 작가들 중 한 사람인 일레느 셸리(Elaine Shelly)는 건강이 나쁜 오랜 기간 동안에 일기를 쓰는데, 마침내 엡스

타인 바 바이러스(Epstein-Barr virus)에 감염되었다는 진단을 받았다. 1989년 10월 그녀는 일기에 적었다. "환자로서 가장 큰 한 가지 문제는 내 자아상을 다루는 것이다. 나는 작업을 하지 않으면 죄의식을 느낀다. 며칠 동안이라도 시간을 내어 작업을 다시 시작할 수 있을 만큼 단단하지 않아서 난처한 느낌이다." 6개월 후 일시적 다발성 경화증의 진단을 받고, 이어서 일 년 반 동안 일레느는 삶의 모든 영역에서 불확실성을 크게 안고 생활했다. 그것은 병의 경과, 신체적 정신적 기능, 그녀의 직업과 의료 수당 등이었다. 다음 해 9월 그녀는 일기에 썼다. "산다는 것이 얼마나 위험한지 이제야 나는 이해하게 되었다. 나의 인간성을 개선하는 여행의 길을 선택하는 것이다. 글쓰기와 만성 질환은 이 과정을 촉진하였다. 이 둘은 나를 도와서 자신의 인간성을 억압하는 벽들을 허물도록 하였다. 그것은 나서면 모험적이고 혁명적인 여행이다."[34]

만성 질환을 지닌 여성에게 일기는 증후의 총량 그 이상의 장소를 마련할 수도 있다. 그곳은 그녀의 인간성을 유지하는 수단을 제공한다. 정상적인 사회 교류가 어려운 제한된 환경에서, 자신의 자아와의 친교는 어느 때보다 중요하다. 여러 가지 신체적 신경성 질환으로 시달릴 때, 일기 쓰기는 앨리스 제임스에게 정서적 배출구와 더불어 고독에 대한 위안을 약속했다. 그녀는 1889년 3월 31일 다음의 내용으로 일기를 시작하였다.

⚜ 생기는 일이거나 반대로 안 생기는 일을 두고 글을 조금 쓰는 습관을 기르면, 나에게 남아 있는 고독과 황폐의 느낌을 다소 완화할지도 모른다는 생각을 한다. 단음절의 감상만을 외칠 수밖에 없는 환경이므로, 가장 흥미로운 존재, **나 자신**의 독백의 기록은 지금 방금

> 발견한 위안이 될 수 있을 것이다. 최소한 나 자신만의 모든 방식으로 기록을 하면, 그것은 나의 초라하고 늙은 몸 안에서 죄 때문에 부단히 발효하는 감정, 감각, 생각, 반성의 분출구가 되어서 안도감을 줄지도 모른다. 그래서 지금 시작한다, 나의 첫 번째 일기를!

앨리스는 기력이 소진될 때까지 글을 이어가다가, 1892년 3월 숨을 거두기 몇 시간 직전에, 자신의 동료 캐서린 로링(Katherine Loring)에게 일기의 최종 수정을 구술하였다. 그녀가 죽음의 순간까지 글을 쓴 유일한 일기 작가는 아니지만, 다음의 인용에서 보다시피, 자기 자신의 죽음의 과정에 유난히 두드러진 관심을 지닌 점에서 그녀는 유례없는 사람이다. "이렇게 긴 시간 서서히 죽어가는 것은 분명 교육적이지만, 기대에 어긋나게 감격과는 거리가 멀다."라고 그녀는 죽기 한 달 전 1892년 2월 2일에 적었다. 그녀의 일기는 이어진다.

> ⚜ 인간은 활동을 하나씩 벗어버리지만, 그것이 사라진다는 것을 결코 알지 못하는데, 마침내 수개월이 슬그머니 지나가서 저 소파에 앉을 사람도, 아침 신문을 읽을 사람도, 새 책을 분실하여 아쉬워할 사람도 더 이상 존재하지 않는다는 사실을 문득 깨닫는다. 사람들은 작아지는 원형 안에서 동일한 내용물로 돌고 돌다가 이윽고 소실점에 이른다. 나는 그렇게 생각한다.[35]

정신적 위기

삶의 어느 지점에서 많은 사람들은 정신적 위기를 경험한다. 세상을 바라보는 익숙한 렌즈가 변하여, 오랜 신념은 이제 거짓으로 들리고, 통상적 확실성은 붕괴한다. 이런 일은 정서적 위기, 종교와의 근본적 단절, 또는 초월적 경험의 형태로 나타나기도 한다. 그것은 또한 "정신의 어두운 밤"처럼 다가올 수도 있는데, 여기서 우리는 상실과 고독, 음산한 불안, 괴로운 내적 갈등의 느낌을 경험한다. 우리는 갈피를 잡지 못한다. 이런 모든 경험에 공통적인 것은 일시적이든 오랜 시간 동안 생기든 인생의 목적에 대한 오랫동안 지속된 신념과 전제들이 투명해진다는 점이다. 상당한 기간 동안 드러나려던 어떤 것을 우리는 언뜻 보기 시작한다. 세상은 분열되어 모든 존재는 변화한다는 의식을 지니기도 한다. 우리의 기분은 바뀌어 세상은 달리 보이고 삶은 새로운 의미를 띤다. 그래서 만약 어떤 소우주의 변화가 대우주에 반영된다고 믿는다면, 그때 세상 그 자체는 그 과정에 변화가 **이루어진다**.

오늘날 많은 여성들에게 이것은 신적 여성성(divine Feminine)의 경험으로 온다. 그것은 마리온 우드만의 『아버지의 집을 떠나면서』(*Leaving My Father's House*)에서 공동 저자들을 인도하는 역동적 방향이다. 셋 중의 한 명인 메리 해밀턴(Mary Hamilton)은 1976년에 첫 아이를 사산하고 뒤이은 고통을 서술한다. 아들의 죽음 후에, 메리는 쓴다.

⚜ 무의식에서 슬픔이 떠오르면 나는 폭발하여 그 고통으로 죽을지도 모른다는 두려움이 생긴다. 그 어두운 슬픔이 두렵지만 나는 그것을 이해하지 않을 수 없다…. 인생은 살아 있는 지옥이다. 단장의 고통과 내 머리 속의 별난 고뇌 둘 다를 완화하기 위하여 무엇이건 해야 한다…. 매일 오후에 느낌과 관찰을 일기에 기록하도록 나 자신을 단련한다. 나는 그것들을 지각하지 않을 수 없다. 나는 쓰고

또 쓰면서 내 고통의 의미를 찾으려 노력한다. 일기는 나의 생명선 이다.

메리 해밀턴은 글을 쓸 때, 많은 조각으로 해체되는 자기 자신을 발견한다. "내 자아는 세 여성의 목소리로 분리되는데, 이 세 다른 콤플렉스는 일기를 쓸 때 펜을 지배한다." 여기는 사회적으로 이상화된 여성 "착한 메리"와 억압된 본능적 한쪽을 상징하는 이브 즉 "나쁜 메리"가 있고, 여성적 지혜를 말하면서 착한 메리와 이브 사이의 빈틈을 메워 도움을 주는 "치유의 여성"이 있다. 치유의 여성이 일러주는 대로 메리는 이들 목소리와 대화하고, 다음 해 여름에 여자 아이를 낳는다. "그다음 2년 동안 나는 매일 일기를 쓰고 이상적 상징과 대화하면서 작업한다."라고 그녀는 쓴다. 치유와 변화의 과정은 14년 동안 수천 쪽의 일기로 이어진다. 시간이 지남에 따라 치유의 여성은 "넬리(Nellie)"로 진화하는데, 그녀의 지혜는 "인간을 너 자신의 가족처럼 사랑하라."는 것이다.[36]

가브리엘 리코도 또한 오래 묻어둔 고뇌의 소용돌이 속으로의 하강을 기술한다. 장암 수술을 받아야 한다는 의사의 말을 듣고, 리코는 청년기의 세 딸을 남편에게 맡기고 외딴 산장에서 홀로 한 달을 보내면서, 자신의 책을 마무리하려고 했다. 그보다는 도리어, "예상외로 폭발하는 슬픔"을 그녀는 경험했다. 리코가 자신의 억제된 가장 깊은 기억을 묘사하기 때문에 그 공포감은 뚜렷하다. 일곱 살 먹은 딸의 면전에서 두 달 전에, 폭탄으로 사라진 어머니의 무덤으로 이끌려간 그 아이의 기억이었다.

⚜ …반짝이는 돌 위에 새겨진 그 이름.

아니. 멈춰. 안 돼. 가지 마!

아이의 마음은 쾅 닫힌다. 몸이 말한다.

심장은 액체의 파도를 내보내어, 출구를 찾는데,

다리로, 가슴으로, 팔로, 목으로, 폭발한다.

아이의 눈은 꽃무늬 앞치마 속으로 파고들고,

목구멍은 삼키고 삼키고 또 삼킨다.

자제하라.

우리는 걷는다, 말없이, 누운 5월의 태양 아래에서.

여러 해 동안 삼킨 눈물은 가브리엘의 몸을 해치고, 비록 그것에 대하여 그렇게 많은 말을 하지 않았어도 결국 그것은 자신의 장암에 이르게 되었다는 것을 암시한다. 버려진 어린 시절의 충격적 기억을 회복하면서 그녀는 전례 없는 슬픔의 경험 속으로 급히 빠져든다. 마침내 그녀는 눈물을 흘린다. "삼분의 일 세기가 지나서, 커다란 무엇이 무너진다."라고 그녀는 쓴다. "뜨거운 눈물이 타오르는 불꽃처럼 쏟아지고, 목구멍을 말려서, 순간적으로 갑자기 멈추었다가 폭발한다. 나는 울었고, 멈출 수 없었다. 나는 울기를, 아마도, 거의 멈추지 않고, 4주 동안 계속했다. 다른 목적으로 가져온 종이 위에 말이 넘쳐나기 시작했다." 그 과정에 일기 쓰기를 함께하면서, 아무리 고통스러워도 리코는 "전적으로 무서운, 궁극적으로 목숨을 유지하는" 이 위기를 변화의 경로로 전환하였다. "그것은 삶의 불확실성을 지배하려는 견고한 노력보다는 오히려 그것에 맞서는 능력을 빼앗는 두려움을 해소하는 출발이었다."라고 그녀는 회고한다.[37]

일기 쓰기는 어떤 위기에 처하더라도 당신과 함께할 수 있다.

일기는 세계 속에서 변화하는 당신의 위치를 이해하고 표현할 수 있도록 해주는데, 이것을 한나 힌크만은 삶의 위기를 맞은 서른 살에 깨달았다. "내 어린 녀석이 죽었을 때, 나는 좌초하였고, 생존을 위하여 최후의 노력이 필요하다는 것을 거기서 분명히 알았다." 그녀는 회고한다. "비참하게 무자비한 내 삶의 바로 그 본질과 구조에 놓인 것들 중의 일부를 내용으로 시작하였다. 그런데 일기는 이상적인 청취자였다. 일기는 비켜서서 수많은 자아가 서로 혼동하거나, 성급하고 단정적이지 않게 말하도록 해주었다."[38] 내 일기도 이와 마찬가지이다.

생명선 같은 일기

극단적인 환경에서 일기는 생명선이 되기도 한다. 일기를 쓰는 과정이 필자의 기대 수명을 연장하는 경우가 있는데, 연장선에서 할 말을 확실히 마무리하기 위하여 삶을 이어갔다. 다른 창조적 활동의 가능성은 모두 정지된 곳에서, 일기 작가가 증언에 몰두하는 것은 냉담한 병실이나 감방의 살풍경한 네 벽을 넘어서는 어떤 세계를 창조하기도 한다. 은퇴한 영국 교수 조이스 메리 호너(Joyce Mary Horner)는 1974년 잠깐 동안이라고 생각한 요양병원에 들어간 후 일기를 쓰기 시작했다. 그녀는 그곳에서 여생을 보내기로 하고, 마음을 쉼 없이 북돋우고 정신을 세우는 한 방편으로 6년 동안 줄곧 글을 썼다. 출간된 그녀의 일기는 자신의 주변 세계에 열정적으로 참여하는 한 여성의 모습을 드러낸다. 점차 커지는 신체적 한계에도 불구하고, 조이스는 과로한 직원과 자기보다 더 힘든 환자들에 공감하는 수용력을 결코 상실하지 않았다. 진정한 품위를 유지하면서 늙어갈 수 있는지, 그녀는 우리에게 실천의 방식을 보여준다. 그녀의 일기는 제한된 환경 속에서 불쑥 나타나는 나날의 기복과 작은 기쁨과 실망을 보여준다. 1976년 6월 그녀는 적었다.

> ⚜ 오늘 아침 엘리자베스가 소풍 간다는 소식을 듣고, 이어서 대학 축전 서곡(Academic Overture)을 라디오에서 듣고 난 후, 나는 유별나게 활기를 느꼈지만, 어제는 우유 한 잔을 사방에 엎질렀을 때 헤아릴 수 없는 우울함에 갇힌 느낌으로, 절망감에 빠졌다. 흩뜨린 우유를 보고 나는 큰 소리로 거의 울 뻔했다. 그것은 너무 많았다. 어리석음과 사소함의 절정이었다.[39]

보다 더 극단적인 상황에서 글을 쓰면서, 에티 힐점은 자신의 일기를 두 가지 용도로 간주하는데, 전쟁 후 쓸 계획인 책을 위한 연습이면서 동시에 그 어두운 시기에 그녀가 바라본 드물게 신성한 사랑과 용기를 증언하는 방법이었다. "나중에 모든 것을 이겨내고 살아남을 때, 무언의 거대한 배경인 신, 삶, 고난, 그리고 영원에 대항하는 가냘픈 붓질처럼 이 시대에 대한 이야기를 나는 쓸 것이다."라고 그녀는 1942년 6월에 썼다. "그래서 나는 이 가느다란 만년필을 망치처럼 휘두르고 내 말이 수많은 망치질이 되어 우리의 운명적 이야기를 때려 부술 것이다."[40] 에티는 살아서 자신의 책을 쓰지 못했지만, 사후 39년 만에 그녀의 일기는 출판되었고, 1년 후 영어로 번역되었다. 몇 년 만에 그 일기는 10개 이상의 언어로 번역되었다.

동시에 마사 마틴(Martha Martin)이 있는데, 그녀는 알래스카(Alaska)의 해변에 임신한 몸으로 홀로 남아서, 적어도 자신이 죽으면 어떻게 된 일인지 남편이 알 수 있도록 겨울 내내 일기를 썼다.

그녀는 이렇게 시작한다. "나는 글을 거의 쓸 수 없지만, 그렇게 해야 한다. 두 가지 이유 때문이다. 우선, 유감이지만 결코 살아서 내 이야기를 들려줄 수 없다는 생각이고, 또한 내 건강을 지키기 위하여 무엇인가 해야 한다."[41] 마사 마틴은 죽지 않았다. 그녀는 부러진 자신의 팔과 다리를 고정시키고, 식량으로 수달을 잡고, 아기를 감싸기 위하여 그 가죽을 벗기고, 땔감의 나무를 확보하고, 아기의 출산을 준비하여 홀로 분만하였다. 또한 그녀는 다음 해 봄에 인디언들이 아기와 함께 자신을 구조할 때까지 계속 일기를 썼다. 그 무렵 그녀는 전혀 그곳을 떠나고 싶지 않았다! 무엇보다도 그녀의 일기는 여성 자신의 비범한 신체적 정서적 자원에 대한 깨어나는 의식의 섬광을 보여준다.

그리고 실비아 플라스는 글쓰기로 삶과의 신의를 지키라고 자기 자신에게 권고하는데, 진실로 중요한 것은 바로 그것이라는 확신을 무엇으로 하였는가? 1958년 12월 플라스는 치료사의 도움으로 중요한 것을 간파했다. "글을 쓰지 않으면 아무도 나를 사람 취급하지 않을 것 같았다."라고 그녀는 회고했다. "글쓰기는 그 당시에 나 자신의 대체물이었다. 당신이 나를 사랑하지 않으면 내 글쓰기를 사랑하고, 내 글쓰기 때문에 나를 사랑하라. 그것은 또한 훨씬 더 많은 것, 즉 혼돈의 경험을 정리하고 재정리하는 방법이다." 한 달 후에 그녀는 적었다. "내가 한 페이지, 반 페이지라도, 매일 여기 글을 쓰고, 줄곧 신의 은총을 생각하고 천천히 작업하면서 더 나은 삶 속으로 들어갈 수만 있으면 좋겠다."[42] 비통하게도, 글쓰기는 실비아 플라스를 결국 구원하지 못하였다. 그녀는 몇 년 후 자살하고 말았다.

『불에 대한 증언』(*Witness to the Fire*)에서 린다 쉬어스 레오나드(Linda Schierse Leonard)는 영국 작가 진 리스(Jean Rhys)의 이야기를 전

하는데, 이 작가는 1914년에 소란스러운 결혼의 파국 이후 절망의 시간에 일기를 쓰기 시작했다. 레오나드는 이야기한다. 리스는 여러 가지 색의 펜과 공책을 구입하여 자신의 단조로운 방의 기운을 북돋우고 나서,

> ⚜ 매일 밤늦은 시간까지 그녀는 자신의 실연과 거부의 감정을 공책에 기록했는데, 이것은 그녀의 일기가 되었다. 이렇게 중단 없이 한 주일 이상 글을 쓰고 나자, 그녀는 최악의 무거운 암흑이 가벼워지는 느낌이 들었다. 그때부터 그녀는 줄곧 강렬한 감정이 자신을 압도할 때면 언제나 글을 썼다. 그녀의 창조력은 중독된 절망을 변환하는 원천이 되었다.[43]

본능적으로 리스는 자신의 고통을 받아들이는 법을 배우는 길이 글쓰기에 있다는 것을 알았다. "나 자신에게 요구할 수 있는 것은 오로지 글을 쓰고, 또 쓰는 일이다."라고 그녀는 말했다. "그것을 통하여 이어지는 방식의 실마리가 도출된다고 믿어야만 한다."[44] 알코올 중독으로 또 실연과 완전한 사랑을 찾아 쉼 없이 떠도는 그녀의 긴 일생을 통하여, 글쓰기는 그녀가 줄곧 나아가게 해주는 것이었다. 인간의 속성이 우리를 저버리는 순간에도 일기는 끈기 있게 기다린다.

영원한 변화, 영구적 동일성

일기를 쓰는 사람과 마찬가지로, 일기도 시간이 지나면서 진화한다. 자물쇠와 열쇠가 달린 5년 기록용 일기장으로 시작된 것이

전혀 다르게 변화하기도 한다. 1937년 여름, 25년 동안 열정적으로 일기를 쓰고 나서, 아나이스 닌은 적었다. "한때 일기는 병이었다. 지금은 일기를 펼치는 이유가 다르다. 전에는 내가 쓸쓸하거나, 타인과 소통하는 방법을 몰랐기 때문이지만… 이제는 위안이 아니라, 타인에 대하여 묘사하는 즐거움이 넘쳐나서 글을 쓴다."[45] 닌의 일기는 오랜 세월을 거치면서 수없이 많은 형태의 변화가 있었다. "일생 동안 일기는 역할이 바뀌었고, 다양하게 변신하였다."라고 그녀는 1973년의 한 강연에서 말했다. "내 일기는 작가의 공책이고, 꿈의 저장고이며, 내 주변 사람들에 대한 스케치북이었다."[46]

신학자 넬 모턴도 자신의 책 마지막 장에서 "일기 메모장"이라는 제목으로 오랜 기간에 걸쳐 진화하는 그녀 일기의 기능을 추적하여 적는다.

> ⚜ 충실한 내 일기는, 30년대 이후로 수없이 형태와 얼굴을 바꾸었어도, 온갖 종류의 잡다한 것, 즉 인용, 꿈, 기쁨, 분노, 고통, 실패, 경험담, 사건, 논평, 시, 그리고 이들의 모든 상호 작용을 담아왔다. 고립된 씨알들은 때가 되면 싹이 돋아나고 자라서 나의 삶을 형성하는 문제와 자원이 되었다…. 사상의 싹틈이 오랜 세월 동안 그곳에 있었다.[47]

작가 게일 고드윈은 일기와 자기 자신의 관계의 변화를 묘사하기 위하여 첫 데이트와 긴 결혼 생활 사이의 차이를 환기한다. "내가 열세 살에 일기를 시작할 때, 믿을 수 있는지 없는지 증명되지도 않은 한 남자에게 머뭇거리며 접근하는 처녀처럼, 나는 조그만 일기책과 내 마음 사이의 저 벌거숭이 공간을 가로질러 갔다."라고 그녀는 기억한다. "지금 25년이 지난 이후 일기와 나는 오랜 결혼 생활을 하였다. 우리 사이의 그 공간은 사라졌다." 게일은 자신의 일기가 청년기의 고뇌에 대한 공명판에서 매우 다른 무엇으로 점차 진화하는 모습으로 묘사한다. 그녀는 적는다. "내 기분의 세계에 덜 사로잡히고 보다 큰 세계의 다른 사람과 사물을 좋아한다는 사실을 인식하면서, 일기의 내용은 더 넓은 공간을 포함하기 시작하였다. 이제 내 일기에는 동물과 꽃과 석양이 있다… 나는 덜 불평하고 더 많이 묘사한다."[48]

게일 고드윈처럼, 내 일기도 여러 해 사이에 진화하여 쉼 없이 확장되는 경험과 관심의 나선형이라는 것을 나는 알았다. 1977년 7월 유럽에서 두 달간의 휴가를 보낸 후 나는 썼다. "얼마나 더 오래 상세한 일기를 계속할지 나는 가끔 생각한다. 지금 거의 일주일 동안, 일기는 삶에서 대부분 감정 정화의 목적을 채워주었고 아마도 앞으로 그 빈도가 줄어들 것이라는 생각을 하고 있다." 당연히 그 이후 일기를 쓰는 빈도수는 감소하지 않았다. 그러나 일기의 역할은 차츰 변화하였다. 일기는 주로 언제나 아름다운 자아를 비추는 자아도취적 연못이기를 멈추고, 보다 더 다양하고, 더 흥미로운 주안점에 맞추기 시작했다. 20대 초반의 집요한 자아 집착은 보다 폭 넓은 인식과 삶의 다른 영역을 함유하여 확산되었다. 30대에 내 일기는 훨씬 더 큰 성찰의 차원을 포함하였다. 그곳에서 나는 우정, 글쓰기, 꿈, 그리고 보편적인 삶에 대하여 말하면서 생각하였다. 물론, 일기는 여전히 나의 이야기이다. 그러나 지금 내 일기는 세상을 포함한다.

우리의 삶처럼 일기도 성쇠가 있고, 그 자체의 절정기와 고난기가 있다. 시간이 지나도 **변하지 않는** 것은 끊임없는 삶의 파동 속에서 우리를 땅에 내려놓고 증인이 되어주는 일기의 수용력이다. 에티 힐점이 발견한 것처럼, 수많은 화신으로 일기는 우리가 돌아갈 장소로 남아 있는 "진정한 삶의 연속체이다."

의식과 무의식 사이의 교류에서 일어나는 놀라운 일을 두고
나는 놀라지 않은 적이 한 번도 없다. 삶의 가장 깊은 층으로 내려가는
무의식은 내 모든 귀중품을 발견하여, 꿈의 강기슭에 두고,
다른 기슭의 의식은, 멀리서 그 발견을 살피다가, 그것을 평가하고,
간직하다가 나의 현실에서 보여주니, 이해하기 쉽고, 단순하고,
분명한 진리인데, 그것을 종전에 보지 않았으니,
나는 그것을 수용할 준비가 되지 않았던 것이다.[1]

마리 카디날(Marie Cardinal), 『그것을 전하는 말』(*The Words to Say It*)

7
꿈 그리고 다른 기이한 경험

꿈의 세계는 생생하고, 끝이 없고, 다차원적이다. 말하지 못한 두려움과 욕망은 그 안에서 상징적 언어로 또렷하게 표현되어서 감정과 강도를 완전하게 드러낸다. 꿈은 지극히 개인적이면서 깊이 사회적이기 때문에, 가장 개인적인 것을 문화적 무의식의 중심부에 놓인 문제들과 상징으로 접합한다. 융이 보여주듯이, 꿈은 오직 개인적인 것만은 아니기 때문이다. 꿈은 개인의 범위를 초월하는 차원도 지닌다.

토착 문화는 오래전부터 꿈이 신성한 진리를 품는다고 간주하여, 깨어 있는 생활의 지침을 꿈에서 찾고 삶과 죽음의 결정을 꿈에서 수집된 지혜에 두었다. 근대의 일기 작가 중에 가장 위대한 꿈의 옹호자 중 한 사람, 아나이스 닌은 말했다. "고대의 문화에서 꿈은 삶 그 자체의 일부이면서, 삶에 영향을 미쳤다. 누구나 영적 삶의 표시인 신비한 꿈을 푸는 데 몰두했다."[2] 하지만 오늘날 많은 사람들은 평생 자신의 꿈에 대하여 잠깐 동안 이상의 관심을 결코 보이지 않는 삶을 살고 있다. 자신의 깊은 밤의 세계에서 무엇이 나타날지 두려워서, 사람들은 꿈을 억압하거나 "망각하고," 고도로 개성화되고 잠재적 치유의 기능을 지닌 자기 자신의 타고난 재능인 꿈보다는 할리우드적 영화 필름의 이미지를 더 선호한다.

얼마 전 나는 텔레비전에서 아주 재미있는 "가상현실"에 대한 토론을 보았는데, 그 현실 속에서 실험자는 특수한 삼차원 안경을 쓰고 컴퓨터로 만든 환경을 선택하여 내부에서 돌아다닐 수 있었다. 그 경험이 너무나 생생하여 한 실험자는 나중에 현실 세계에 적응하는 데 어려움을 겪었다. 아이러니는 우리의 내부에 다른 층위의 현실이 이미 존재한다는 것인데, 이것은 컴퓨터가 우리를 대신하여 만드는 어떤 것보다 더 흥미진진하고 신비하고 아름답다! 가상현실과 꿈의 차이는, 물론, 전자는 제어할 수 있다는 것이다. 억압된 공포는 어떤 것도 저절로 나타나지 않고, 인정되지 않는 비애는 어떤 것도 드러나지 않는다. 자아는 담대하게 자신의 환경을 계속해서 지배한다. 가상현실은 관찰자에게 진정한 영적 지혜보다는 컴퓨터화한 "유사 인생"의 경험을 제공한다.

"몽상가"라는 꼬리표는 공중에 성을 세워서 "현실" 세계와는 거리가 먼 사람에 대한 부드러운 비난으로 사용된다. 이런 일은 오늘날과 같은 사회에서만 일어날 수 있는데, 여기서 상상과 예술의 영역은 사업, 과학, 기술보다 훨씬 낮은 가치를 부여받는다. 그러나 이런 환경에서 우리의 영혼에 어떤 일이 일어나는가? 크리스타 볼프의 말을 사용하자면, "인간을 인간으로 만드는 그 형언할 수 없는 부드러움"[3]은 어떻게 되는가? 꿈을 도외시하면, 우리 자신의 말로 표현할 수 없는 갈망, 고통, 전망들을 이해하는 방법을 어디서 찾을까? 창조성과 공감과 자애는 축적과 확장과 지배에 맹목적으로 사로잡힌 사회와 어디에서 조화할 수 있을까?

왜냐면 우리의 꿈은 가장 깊은 내적 존재로 향하는 창문과 같기 때문이다. 다양하게 미묘한 정도의 차이를 두고, 꿈은 매우 곤란한 근심거리와 은밀한 염원과 욕망을 드러낸다. 가장 분명한 층위에서, 꿈은 상징적으로 우리의 숨겨진 감정을 표현한다. 예컨대 많은 사람들은 전형적인 불안의 꿈을 꾼다고 한다. 군중 속에서 갑자기 나체가 되거나, 치아를 상실하거나, 아무런 준비도 없이 시험장에 들어가거나, 절벽에서 떨어지는 자기 자신을 발견하기도 한다. 빗나간 연결이나 사고에 대한 꿈은 여행 전에 자주 나타난다. 1979년 7월 유럽으로 자유 여행을 떠나기 전에 나는 그런 꿈을 몇 번 꾸었다. 운전자와 내가 버스 충돌 사고에서 유일한 생존자가 되어, 버스가 폭발하여 화염에 휩싸이기 전에 필사적으로 탈출하려고 애쓰는 유별나게 생생한 꿈에서 정점을 이루었다. 우리의 정신은 가능한 문제를 미리 예상하여, 매우 현실적인 공포의 상징적 표현으로 최악의 시나리오를 예행연습하려고 한다.

그러나 꿈 또한 사회적 차원을 지닌다. 우리는 문화의 역사 속에 깊숙이 박혀 있어서, 일찍이 20세기 초에 정신의학자 트리간트 버로우(Trigant Burrow)가 관찰하였듯이, 시대의 "사회적 신경증"으로 끌리는 것을 우리는 피할 수 없다. 마찬가지로 융에 따르면, "각 시기는 그 자체의 편견, 특별한 선입견과 심리적 질병을 지닌다. 한 시대는 한 개인과 같아서, 그 자체의 의식적 전망에 한계가 있다."[4] 정신의학자 몬테규 울만(Montague Ullman)은 꿈을 함께하는 모임을 만드는 데 여러 해를 보냈는데, "꿈은 개인적 변화 가능성의 보유자이듯이, 꿈은 또한 사회적 요인들이 우리의 꿈속에서 가시화되는 정도까지 사회적 변화 가능성의 메신저이기도 하다."라고 주장한다. 우리의 꿈은 "사회적 무의식의 내용을 드러내는데, 말하자면 사회적으로 진행되는 것과 관련하여 우리 자신이 의식하지 않는 상태를 유지하도록 허용하는 것이다."[5]라고 울만은 말한다.

꿈은 언제나 개인적 자아, 주변 사회, 그리고 전체로서의 인간을 치유하는 방향으로 작용한다. 1984년 크리스타 볼프는 꿈의 도구 안에서 긴급한 사회적 관심사가 어떻게 표명되는지 극적인 예를 상술했다. "여성들은 실제로 어떤 꿈을 꾼다고 말하는가!"라고 그녀는 적었다.

♆ 한 젊은 여성은 둘째 아이를 기다리면서 꿈을 꾸었는데, 이미 아이를 출산하였고, 핵전쟁이 발발하여, 자신의 아이들을 포함하여, 모든 사람들은 화재와 방사능 질병으로 고통을 받으면서, 죽을 운명에 처해 있었다. 그 고통에서 아이들을 구조할 방법이 없기 때문에, 그녀는 망치로 아이들을 죽였다. 이어서 남편과 함께 역시 자살할 수 있는 도구를 찾았다. 그러나 그들이 뛰어내릴 높은 건물은 더 이상 온전하게 남아 있지 않았다.[6]

울프는 이 꿈의 관련성을 보여주는데, 공적 영역으로 진입하면 어디나 여성에게 권능을 부여한다는 기대를 하는 반면에, 더 깊은 층위에서 어떤 변화의 문제에 도달할 때 여성의 꿈은 자신의 무력감을 반영한다는 것이다. 이런 깨달음은 여성의 완전한 평등권을 달성하였다고 주장하는 이전의 독일 민주주의 공화국(German Democratic Republic)과 같은 사회주의 사회의 여성들에게는 특히 통렬한 것이었다. 또한 이런 꿈이 80년대 초 냉전의 절정기에 나타난 것은 우연의 일치가 아닌데, 이 시기 동안 철의 장막 양쪽에서 수없이 많이 경험하는 핵 전멸의 위협을 상징하기 때문이다.

융과 더불어 많은 사람들에게 꿈은 또한 우리를 존재의 초개인적 층위와 접촉하게 한다. 융의 말에 의하면, "꿈은 정신의 가장 깊숙하고 은밀한 곳에 숨겨진 작은 문인데, 어떤 자아의식도 존재하기 오래전의 정신인 우주적 어둠 속으로 열려 있고, 그 어둠은 우리의 자아의식이 아무리 멀리 확장되더라도 여전히 정신으로 존속한다."[7] 요컨대 꿈은 **집단 무의식**(collective unconscious), 즉 우리 모두가 결합되어 있는 존재의 바닥 층을 가볍게 두드리는데, 깨어 있는 시간 동안 거의 상실한 공동체성을 반향한다. 융 심리학자 자네트 달레트(Janet Dallett)에 의하면, 그 메아리를 듣는 사람은 불편한 시간을 보낸다. "우리 문화는 거대한 꿈의 장소로 하강하는 사람에게 어떤 지위도 부여하지 않는다."라고 그녀는 말한다. 그녀는 밝힌다.

⚜ 만약 그들이 예술가가 아니라면, 그들의 재능을 수용할 자리는 없고, 본 것을 말이라도 하려면 그들은 실성한 사람으로 간주될 위험을 각오해야 한다. 만약 그들이 그것을 말하지 않는다면, 문화 전체에 속하는 상징물의 짐을 홀로 지고 다니면서 실제로 미치게 될지도 모르는데, 그것은 우리가 수용하여 이해한다면 사회적 상처를 치유할 수 있는 상징물이다.[8]

실제로 꿈은 우리의 문화적 그림자를 드러내기 때문에, 오늘날 많은 여성과 남성들이 오래전부터 거부당하는 여성의 존재가 의식 속으로 침투하려는 꿈을 꾸고 있는 것은 놀라운 일이 아니다. 마리온 우드만에 의하면, 그녀의 정신분석 치료 환자들 사이에는 검은 여신에 대한 꿈으로 가득하다. 우드만은 말한다. "여신은 통상적으로 흑인이거나 동양인이 아니면 단순한 흑색인데,"

⚜ 그 여신은 거만한 집시, 선술집의 무희, 신성한 창녀, 마리아 막달레나(Mary Magdalene)처럼 나타나기도 한다. 그녀는 꿈꾸는 사람의 의식 세계에서 항상 집단적 가치 체계의 외부에 존재하여서, 상처를 받거나 가치가 손상되어도, 새로운 생명에 대한 한없는 잠재력을 지닌다. 그것은 정반대, 즉 창녀와 이상적인 동정녀를 결합할 수 있는 기운인데 그녀는 두 가지를 다 품고 있기 때문이다…. 인간의 몸이 인간의 사랑을 위한 그릇이 되는 것은 영혼과 본능이 만나는 검은 여신에 복종하는 때이다.[9]

또한 꿈은 우리의 개인적 삶에 대한 소중한 통찰력과 길잡이를 제공한다. 작가 에이미 탄(Amy Tan)은 20대 중반의 꿈을 상기하는데, 여기서 그녀는 25센트를 주고 빌린 날개를 달고 공중을 날았다. 그녀는 회상한다. "자신이 없기 때문에 나 자신에게 허용하지 않는 것이 내 삶에 많다는 것을 깨달았다. 나는 버팀목이 필요했다. 내가 사용하는 버팀목은 모두 25센트짜리 날개와 같은 것이라는 사실을 알았다. 그것이 얼마나 어리석은지 나는 깨달았다."[10] 일본인 캐나다 작가 조이 코가와(Joy Kogawa)도 자신의 삶에서 중대한 순간에 꿈이 제공하는 통찰력과 방향에 대하여 묘사한다. 그녀는 쓴다. "1964년 내 삶의 이상이 위기에 처하였다."

⚜ 악의 문제는 나에게 너무 거대하여, 거의 해결할 수 없는 것처럼 보였다. 꿈의 세계에서 해답을 찾을 듯한 느낌이 들었다. 매일 밤 곁에 펜을 두고 잠에서 깨어났는데, 그 세계는 마치 화산과 같았다. 그 꿈, 이미지들은 매우 암시적이고, 암시적 그 **이상의** 것이었다. 그것은 대부분 지시적이면서 교훈적이었다…. 이렇게 여러 해 동안 지

속하면서, 규율은 꿈을 기억하고 상대하면서, 그것에 굴복하는 것이 아니라, 그 의미가 무엇인지 찾으려는 노력을 단지 유지하는 데 있었다.[11]

또한 융 분석학자 쉴라 문(Sheila Moon)에게 결국 글을 쓰도록 유도한 것은 꿈이었다. 그녀는 회상한다.

⚜ 호수를 내려다보는 이 작은 호텔에서 꾼 최초의 꿈에서 나는 융의 부인과 함께 있었는데 그녀는 나에게 이렇게 말했다. "글쓰기를 시작해서 매일 조금씩 해보세요." 그래서 나는 태양 아래 호숫가에 앉아서, 데이지 가득한 풀밭에서 노는 아이들을 바라보면서, 매일 조금씩 썼다. 나의 생생한 상상을 쓰면서, 그것이 향하는 어디라도 흘러가게 하였다. 집으로 돌아와 일을 다시 시작하고 여러 달이 지난 후, 그 글을 마무리하기 전에 손으로 쓴 글은 400장이 넘었다.[12]

비록 쉴라는 출판을 염두에 두고 글을 쓰지 않았으나, 친구의 조언으로 원고를 출판사에 보내고 그것은 출판되었다. 이렇게 그녀의 글쓰기 직업은 시작되었는데, 그녀가 일찍이 좋아한 분석학자 엠마 융(Emma Jung)에게서 받은 꿈 전갈의 결과였다.

몇 년 전 수많은 요청을 받고 나는 남녀 일기 공동 연구회를 제안할 생각을 하였다. 그 당시 나는 세 명의 중년 남성들이 파티를 준비하는 여성들로 가득한 집으로 난입하는 꿈을 꾸었다. 그 꿈의 전모는 이렇다.

♆ 꿈속에 매우 자주 나타나는 "**커다란 낡은 집**"에 지금 있다. 항상 같은 집이고 정말 싫은 곰팡내가 난다. **거실과 식당**은 크고, 지저분하며, 먼지투성이에 **사용하지 않은** 곳이다. **크고, 투박한 가구**, 이것은 전혀 눈길을 끌지 않는다. (나는 분명히 이 집의 꿈을 열 번 정도나 꾸었지만, 그 의미를 모른다. 나의 정신? 뉴욕?) 나는 커다란 도자기 진열장의 먼지를 닦아내고 **작은 녹색 반투명 유리 접시**들을 그 안에 놓는데 (나는 잠시 머무를 계획인가?) 다른 누군가, 넬리〔내 여동생〕와 마리아〔연구회 참여자〕가 오늘 밤 파티를 위하여 방을 정돈하는 나를 돕고 있다. 나는 이곳에 남자는 아무도 없다고 생각한다. 여기 방들은 우리가 10월에 이사한 지 4년 동안 (이 집의 모습처럼) 먼지를 털지 않아서, 거미줄에 거미들이 여기저기 돌아다닌다. 나는 콧노래를 부른다. "**멀리서**… 그대는 내 친구 같아요."

전화가 울리고 나는 받으러 부엌, 내가 **아주** 좋아하는 그 유일한 방으로 간다. 자네트〔영국 친구〕는 요리도 하고 설거지를 하면서 전화를 나에게 건네준다. 낮은 목소리가 나를 찾는다.

"네 접니다." 하고 나는 응답한다.

"댁의 집이 아직 팔리지 않았나요?"라고 그녀는 묻는다. "그 집을 분할하여 판다고 들었는데, 제가 구매할까 합니다."

나는 놀란다. "누가 그렇게 말하던가요?"

그녀는 답한다. "**덕슨 씨**(Mr. Derkson), **그 집 소유주**."

"저는 마이크(Mike M.)에게 집세를 지불하는데, 제가 알기로는, 그가 집주인이자 건물 소유주입니다."라고 말한다.

뒷문 밖의 층계참에 웅성거림을 감지하고, 파티에 참석할 사람들이 도착한다고 나는 생각한다. 갑자기 **총을 든 세 명의 중년 남자들이 위협적으로 부엌에** 나타난다. 그들 중 한 명이 총을 자네트의 옆구리에 겨누고, 잔인하고 비열하게, 그녀를 벽 쪽으로 밀어붙인다.

강도단, 먼저 이런 생각이 든다. 이어서 나는 여전히 내 손 안에 있는 전화로 무엇을 해야 할지 모른다. 전화를 끊어야 하는가? 이들을 놀라게 하여 나에게 총을 쏘게 하고 싶지 않다. 내 무릎은 떨린다. 나는 이렇게 될 수도 있다고 생각한다. **그들은 우리 모두를 죽일 거야**. 이것은 단순한 강도질이 아닐지도 모르지만, 내가 가진 것 전부, 지갑 안의 200달러와 원하는 것은 무엇이든 기꺼이 주겠다.

나는 소스라쳐 잠이 깬다.

이것이 무슨 의미인가?

거실 세 남자의 나머지 함축적 의미. 스티브는 지난밤에 제이슨(Jason)과 마나부(Manabu)를 초대했다. 그 방은 여성들의 일기 연구회가 있던 바로 그 전날 밤과는 전적으로 다른 느낌을 주었다. 노래 "멀리서"의 가사는 전 지구적 평화와 이해 그리고 전쟁의 종식에 대한 희망을 표현하여 중요하다. 남자들이 침해하고 침입하는 것은 내 꿈에서 중심 주제이다. 스티브는 그것에 대하여도 언급하였다. 왜 세 명의 중년 남자들인가? 나에게 최초의 암시적 의미는 "세 명의 현자"이지만, 지금은 "성부, 성자, 성신"으로도 생각한다. 지난 밤 거실로 내가 들어오자 스티브는 웃으면서 말했다. "이제 그 모임은 완전해졌다. 융의 네 번째, 결핍된 그 여성적 요소가 여기에 있으니까." 이것은 어떤 원형적 꿈인가? 꿈속 세 명의 남성은 그 파티에 초대받기를 원했던가? 나의 연구회에? 내가 그들을 제외시켜서 화가 났는가? 그들은 우리의 무엇인가를 탈취할 의도로 우리를 파괴하러 왔는가? 연구회에서 여성들과 함께하는 내 작업에 대한 가부장적 복수, 말 그대로 삼위일체나 "신의 분노"를 내가 두려워하는 것을 상징하는가? 꿈속의 모든 요소들은 나 자신의 일부를 의미하기 때문에, 또한 이들은 나 자신의 남성적 특성(animus)을 나타내는가?

1994년 10월 29일. 이 꿈을 컴퓨터에 기록하고 있는데, 집을 분할하여 "매매하는" 문제에 대한 그 여성의 전화 문의는 연구회를 의미한다는 생각이 떠오른다. 아마 연구회를 남성들에게 개방하면 "매매하는" 것이 되는데, 여성들에게 안전한 장소를 제공하는 일이 나의 임무라고 항상 생각해왔기 때문이다. 그래서 나는 "덕슨 씨"의 의미를 알아내려고 했다. 그것은 흔한 메노파 교도(Mennonite)의 이름인데, 전통적인 남성 우위의 종교가 가하는 위협을 반영하기도 한다.

1995년 2월 23일. 그 노래의 의미는 이 지점까지 분명히 가능하지 않았던 방식으로 이런 문화와 나 자신 속에서 여성과 남성의 화해에 대한 희망인가?

의식적 층위에서 나는 남성들에게 공동 연구회의 문을 개방할 용의가 있었으나 내 무의식은 이를 심각한 위협으로 인식한 것 같다. 내 목적은 전적으로 여성들이 남성의 간섭 가능성을 배제한 상태에서 서로의 말을 들을 수 있는 환경을 만드는 것이었으므로, 이것은 전혀 놀라운 일이 아니다. 꿈속에서 나는 공동 연구회 그 자체와 마찬가지로 다른 여성들의 안전에 대해서도 무거운 책임감을 느꼈다. 이 꿈으로 내가 할 수 있었고 여전히 할 수 있는 더 많은 일이 있음이 분명해졌다.

일기 쓰기는 의식과 무의식 사이의 정신적 영역에서 대화를 창조하는 것이다. 꿈속의 이미지와 비유들은 일기 안에서 탐색하고 확장하면서 의미가 명료해지고, 종종 놀라운 결과를 수반하기도 한다. 얼마 전에 『꿈을 꾸는 작가들』(*Writers Dreaming*)이 출간되었는데, 이 책은 작품에서 작가 자신의 꿈 역할에 대한 미국 소설가들과의 인터뷰 모음집이다. 이들 중 바라티 무케르지(Bharati Mukherjee)는 자신의 소설 결말이 자주 꿈에 나타난다고 말한다. 새로운 환경에 적응할 수 없는 불행을 끝내려면 자살의 길만 남은 듯한, 뉴욕에 거주하는 전통적 인도인 아내의 소설을 마무리하고 있을 때, 처음으로 이런 현상이 나타났다. 무케르지는 밝힌다.

> ⚜ 그러나 그보다도, 꿈속에서, 그녀는 자신의 남편을 살해하기로 결심했다. 나는 내 남편이 일어나자 먼저 이렇게 말했다. "해결되었어! 그 자는 죽는다!" 따라서 나는 소설을 이렇게 썼다. 그 아내는 잘못된 길이지만 개인적으로 자신에게 대단히 중요한 자기주장에 충만하여, 남편이 아침 식사를 하는 중에 실제로 그를 살해한다. 그래서 그 불행한 남편의 피는 위티스(Wheaties) 시리얼로 흘러나온다.[13]

작가는 이야기를 어떻게 끝내야 하는지 안다고 생각하는 반면에, 자신의 무의식은 매우 다른 방향으로 작가를 끌고 있었다. 꿈과 창조적 상상은 똑같이 무의식으로 자라기 때문에, 그녀 소설의 결말이 꿈길을 따라 그녀에게 다가오는 것은 타당하다. 많은 작가들은 등장인물, 이미지, 심지어 장면 전부를 자신의 꿈 일기에서 끌어온다. 예컨대 소설가 앤 라이스(Anne Rice)는 유별나게 주의를 끄는 꿈을 꾸고 자신의 둘째 흡혈귀 소설을 시작하였다. 아나이스 닌은 소설 모두를 자신의 꿈에 바탕을 두었다. 다른 작가들은 일기에 꿈을 꾸밈없이 기록하였다가 자신의 무의식의 한도가 어디까지인지 알아본다. 앤토니아 화이트는 반세기도 더 넘게 정신 분석적이면서 동시에 비분석적으로 자신의 꿈을 놓치지 않고 따라갔다. "꿈은… 일반적으로 무엇이 비등한다는 것을 의미하기 때문에 항상 나를 자극한다."라고 그녀는 적었다. "꿈은 실제의 내가 아닌 길을 택하는 데 지나친 불안 또는 충동을 통하여 내가 그리는 무엇을 말해주는 듯하다."[14]

꿈으로 작업하기

가끔 나는 앉아서 꿈을 기록하는데, 그것이 무엇을 의미하는지 구태여 기록할 만한 가치가 실제로 있는지 의식하지 않는다. 글을 쓰는 동안 반드시 예상보다 더 많은 꿈을 기억하는 나 자신을 발견한다. 꿈의 내적 논리는 저절로 드러나기 시작하고 종종 (의미 있는 우연의 일치에 대한 융의 개념인) 동시성이 분명해진다.

몇 년 전 어릴 적 내 친구 한 명에 대한 꿈을 적었다. 10년 이상 전혀 연락도 없었는데, 여러 달 동안 적어도 대여섯 번 그녀의 꿈을 꾸었지만, 이번에는 눈물 속에서 깨어났다. 앤마리(Annemarie)는 나보다 3주 늦게 우리 집의 길 건너편에서 태어났다. 학교 입학 전까지 우리는 다투었다. 걔는 나를 꼬집었고, 나는 걔의 머리칼을 당겼다. 그 후 우리는 떨어질 수 없었다. 8학년 때 그 친구는 점심시간에 학교 축구장 밖으로 나를 끌고 가서 자기 아버지가 자신의 집에서 30마일 멀리 떨어진 곳으로 직장을 옮기게 되었다고 말했다. 나는 몹시 울었다. 우리는 변치 않는 절친한 친구로 남아서 편지를 쓰고 전화도 하고, 가능한 한 자주 서로 찾아가기로 맹세했다. 가끔 나는 주말에 그 친구와 친구의 언니 몰리(Molly)를 만났고, 우리 세 사람은 남자 아이들의 관심을 끌 수 있는 비결을 함께 나누었다. 밴쿠버에 있는 대학에서 앤마리와 나 두 사람은 각기 네 구역 떨어진 바다 근처 아파트에 살았다. 우리는 수업 중간의 점심시간에 규칙적으로 만났고, 사랑이 잘못될 때에는 서로의 어깨에 기대어 울기도 하면서 가깝게 지냈다. 스물다섯 살까지 그러했다. 그런데 일이 생기고 말았다. 우리는 서로 그 이유를 모른다고 생각하지만, 그 친구가 로스쿨을 마친 직후에 우리는 각자의 길을 가면서 곧장 모든 연락이 두절되었다. 1990년 10월 25일 아침이라고 일기에 날짜를 기입하다가, 그날은 그 친구의 생일이라는 사실을 돌연한 충격처럼 깨달았다. 내가 이 친구를 만나거나 연락을 취한 지 10년이 더 지났고, 더구나 생일 카드를 보내지도 않았지만, 나의 무의식은 잊지 않았다는 것은 분명했다.

꿈의 감정적 내용은 특별히 생생하지 않았다. 눈물이 일기장으로 떨어질 때 나는 그 꿈이 아무런 이해타산도 없는, 지독하게 순수한 초기의 열정적 인연의 상실에 대한 것이라고 생각했다. 긴밀한 친구 집단도 하나 없는 고독감을 느끼는 시기에, 앤마리는 내가 좋아하는 전부를 시간이 지나면서 놓아주는 것을 의미했다. 내던진 모든 것이 손가락 사이로 무심코 빠져나가게 하거나, 나의 선택과는 무관하게 상실되는 것이었다. 이 꿈은 그 모든 상실을 애도할 기회를 제공하였다. 그것은 연속된 마지막 꿈이었다. 만약 꿈이 "무의식으로 가는 지름길"이라면, 프로이트가 암시하였듯이 일기에서 꿈을 다루는 것은 그 길을 밝히는 데 도움이 될 수 있다.

처음에는 단지 흐릿하게 보이지만 잠시 후 우리 앞에 펼쳐지는 것, 암흑 속에 은폐된 그 무엇의 폭과 깊이와 풍요함을 어렴풋이 감지하기 시작한다. 앤마리에 대한 내 꿈에 동반하는 감정의 과잉은 의식적으로 자각하기 위한 다른 무엇이 필요하다는 것을 보이는 단서였다. 일단 그것이 무엇인지 내가 인식을 하자 그 꿈들은 멈추었다.

또한 꿈은 가끔 의식적 자아와는 매우 다르게 무의식이 그날의 사건을 어떻게 기록하는지 알려준다. 일기 쓰기가 꼭 필요한 것이 바로 이 지점이다. 일기는 두 가지 경험이 서로 대화하게 한다. 글을 쓰면 그 꿈은 우리를 향하여 스스로 열린다. 꿈은 자유 연상, 고요한 성찰, 상징과의 대화를 통하여 그 자체의 의미를 아주 서서히 내주기도 한다. 때로 그 의미는 우리에게 충격을 줄 만큼 강렬하게 다가오기도 한다. 내가 진정으로 중요한 무엇과 마주치면 몸은 마음보다 먼저 그것을 인식한다. 어떤 전류가 내 안에서 흐르면 나의 신경 말단은 머리에서 발끝까지 진정으로 아린다.

전통적 정신분석과 그 분파들은 항상 꿈에 대단한 의미를 둔다. 프로이트에게 꿈은 정신분석적 과정에서 으뜸 요소이다. 융의 자서전 『기억, 꿈, 사상』(*Memories, Dreams, Reflections*)은 스스로 "암흑의 공책"이라고 지칭했던 가죽으로 장정된 여섯 권의 작은 공책에 기록한 꿈을 충분히 끌어왔다. 꿈의 작용은 현대 심리요법에서 대개 중요한 차원이 된다. 상담자들에게 자신의 감정과 꿈에 대한 일기를 쓰도록 요구하여 심리치료 과정을 보완하는 경우도 있다. 꿈 일기장의 세심한 작업을 포함하여 하루 한 시간이라도 "정신노동"을 할 마음이 없는 상담자라면, 마리온 우드만이라도 거부할 것이다.

전통적으로, 자기 자신을 전문가라고 생각하는 정신분석가의 마지막 의견은 꿈을 어떻게 해석하는가에 관한 것이다. 발췌한 다음 일기에서 보듯이, 때로는 이런 일이 꿈꾸는 사람을 실망시키기도 했다. 메리 엘지 로버트슨(Mary Elsie Robertson)은 정신분석가로부터 그녀의 꿈에 대한 프로이트 식의 해석을 듣고 난 후 그 당시를 회상했다. "나는 이런 해석에 속았다는 느낌이 들었다. 이 꿈은 그의 해석이 암시하는 것보다 내 삶의 상황에 대하여 더 많은 말을 하는 듯했다. 그런 꿈은 여러 층위에서 읽힐 수 있는 한 편의 시와 같다. 어떤 면에서 그가 옳다고 하겠다. 그렇지만 이것은 나에게 도움이 되지 못하는 수준이다."[15] 그녀의 정신분석가는 자신의 작업에 만족하였을지 모르지만, 그 꿈의 주인은 분석가의 해석이 환원적으로 표적을 빗나가는 경험을 하였다. 어떤 치유도 이루어질 수 없었다.

최근 들어 권한은 꿈의 주인에게 이동하고 있다. 심리치료사는 성역, 즉 신성한 공간을 만들고, 그곳에서 꿈에 주목하여 면밀한 질문을 던지면서 꿈의 상징성을 당사자가 이해하도록 도와주는 일을 한다. 그렇지만 꿈의 주체는 자기 자신의 해석을 진실이라고 표명하지 않는다. 심리치료의 과정에나 이후에 꿈속 이미지를 가지고 집필, 회화, 춤, 노래, 또는 다른 형태의 창조적 표현의 작업을 한다면, 우리는 "치유 과정에서 그렇지 않으면 죽은 이미지로 남을 것들을 삶의 활기로 변환하는 것이 가능하다."[16]라고 마리온 우드만은 말하고 있다.

기억하기

심리학자와 수면 연구자들은 누구나 꿈을 꾼다고 말한다. 자신의 꿈을 기억하는지 어떤지는 또 다른 문제이다. 일부 사람들은 자신의 밤의 모험을 기억하지 못하는데 그 이유에 관한 이론은 하나가 아니다. 이들은 충분한 수면을 취하지 못하고 깨어 비몽사몽 중에 있다. 그들은 기억하기를 **원하지** 않는데 드러날 무엇에 직면할 준비가 되어 있지 않기 때문이다. 그들은 제한적으로 상기하지만 의도적으로 그것을 억제한다. 마리온 우드만은 내가 지금까지 본 것 중에 가장 설득력 있는 설명을 제공한다. 꿈을 꾸지 않는다고 주장하는 상담자들에 대하여 그녀는 말한다.

⚜ 사실 그들은 분명히 꿈을 꾸고 있지만, 자명종이 이들을 암흑세계에서 끌어낼 때, 새로운 삶을 창조하는 이미지들을 담을 정도의 강한 의식적 그릇이 이들에게는 없다. 그렇지만, 노력하는 경우, 이들은 매일 밤 어떤 이미지를 포착한다. 그것을 일기에 기록하거나, 연상되는 것과 더불어 그리기도 한다. 점차 무의식은 자아가 관여하는 것을 신뢰하기 시작하고, 서서히 완전한 꿈들이 잇따른다. 수녀, 창녀, 해적, 살인자, 집시들, 이런 뜻밖의 등장인물들이 중산계급의 거실에 나타나기 시작한다. 이런 콤플렉스들이 말하고, 이동하고, 춤추고, 노래하고, 그림을 그리게 하는 것은 억압된 에너지를 모호한 무의식의 물질에서 해방시키는 단초가 된다.[17]

주의력, 호기심, 욕망은 기억을 증가시킨다. 꾸준히 꿈을 원한다고 무의식에게 알려주면 기억하기 시작할 것이다. 장면을 준비하면 그 과정에 도움이 된다. 침대 옆에 펜과 종이를 야간등과 함께 마련하라. 가장 중요한 기분, 그날의 가장 두드러진 인상이나 사건에 대하여 한두 문장으로 간단히 메모하라. 이렇게 하면 "하루의 잔재"를 생각하는 데 도움이 되고, 전날의 요소들은 꿈속에 변경된 형태로 나타나면서, 이후의 꿈과 함께 작동하게 된다. 환기시키는 어떤 것, 이를테면 꿈에 관한 수많은 책 중 하나를 불 끄기 전 십여 분 동안 읽고 싶은 마음도 생길 것이다. 그러면 꿈을 수용할 준비가 되었다고 당신의 무의식에 알려라. 만약 밤중에 잠이 깨면, 아무리 몽롱하여도 기억나는 것을 기록하라. 가능한 한 아주 자세하게 묘사하면서, 그것이 당신을 어디로 안내하는지 보라. 어떤 감정이 어떤 이미지로 인도하고, 차례로 완전한 꿈 한 편에 이른다. 심지어 녹음기로 꿈을 녹음하라고 주장하는 꿈 작업자들도 있다. 이렇게 하면 내용뿐만 아니라 당신 음성의 변화까지도 포함하게 된다.

일기 쓰기와 꿈에 관한 내 최초의 연구회를 준비하는 동안, 매일 밤 잠들기 전에 나는 『새로운 일기』에서 관련되는 부분을 찾아 몇 페이지를 읽었다. 그 주 동안 내 평생 어느 순간보다 더 많은 꿈을 꾸었는데, 그것을 청하지도 않았었다! 연구회 첫날, 한 여성은 꿈을 꾸거나, 어쨌든 자신의 꿈을 기억한 적이 한 번도 없다고 주장했다. 나는 꿈에 관한 인쇄물을 몇 장씩 나누어주고 그녀에게는 그날 밤 잠자리에 들기 전에 그 내용을 읽어보라고 제안했다. 다음 날 그녀는 피곤하지만 즐거운 얼굴로 돌아왔다. 그 글을 읽고 전날 밤에 꿈을 청하였는데, 거의 매 시간 꿈속 잠에서 깨어나는 자신을 발견하였다고 그녀는 연구회에 전했다. 다섯 번에 걸쳐 이런 일이 일어나자, 지친 나머지 그녀는 이것을 마지막으로 모임을 떠났다. 또

때로는, 연구회에 꿈을 가져온 여성들은 "꿈으로 작업하는 것을 정말 원하지 않는다. 나는 꿈이 무엇을 의미하는지 이미 알고 있다."라고 말하기도 한다. 하지만 이들은 상징과 어떤 대화를 하거나 더 멀리 연상적 의미를 탐색할 때, 어김없이 자신이 발견한 것에 경탄한다.

취하는 잠의 **유형**은 기억하기에 또 다른 요소가 되기도 한다. 완전히 지쳐서 잠에 떨어졌다가 다섯 시간 후 괘종시계의 날카로운 소리에 일어난다면, 꿈속의 무엇을 기억할 가능성은 아주 작다. 그런 일과는 대부분의 경우 실제적인 필요에 의한 것일지라도, 어느 주말 스스로 잠에서 깨어나 침대에 오래 머무르면서, 꿈속의 이미지들이 의식 안에서 떠돌게 할 수 있지 않을까. 잠에서 깨어날 때 가능한 한 적게 움직이라고 말하는 꿈 작업자들도 있다. 일단 이미지들이 떠오르면 공책과 펜을 찾는데, 그때까지 두 눈을 감고 자세를 바꾸지 않은 상태로 감정의 파장을 맞추어라.

마침내 기억난 것이 악몽이라면 어떻게 하나? 공개적으로 창피를 당하거나 고문을 당하고, 설상가상으로 고문자가 된 꿈을 떠올리고 싶은 사람이 어디 있을까? 만약 소름끼치거나 폭력적인 꿈을 자주 꾼다고 할지라도, 그것은 짝이나 자기 자신을 살해하려는 은밀한 욕망을 지닌다는 필연적 의미가 아니다. 무의식은 자체의 독특한 방식으로 균형을 회복하려는 노력을 통하여 삶에서 근본적인 문제들을 해결하고 있다. 그것은 아마 고집스럽게 즐겁고 착한 모습으로 깨어 있는 자신의 가면(persona)에 대하여 보상하려는 노력으로, "다른 사람들이 어쨌다는 거야. 나는 내가 원하는 걸 하고 싶어!"라고 자신의 생각 어느 한 면을 표현하게 한다. 내가 아는 어느 일기 작가는 여러 해 동안 상상할 수 있는 종류의 수많은 폭력의 꿈을 꾸었는데, 꿈 속에서 그녀는 가해자이면서 피해자였다. 일상의 대인 관계에서 그녀는 항상 평정심을 유지하고, 분노는 말할 것도 없이, 어떤 좌절감의 낌새도 억누르도록 분투한다. 아마 그 폭력의 꿈 형상은 오랫동안 보상을 요구하는 그녀의 억압된 "부정적" 감정을 상징할 것이다. 그렇지만 꿈속에서 드러나는 것이 무엇이건, 무의식은 항상 치유를 위하여 작용한다고 여겨도 안전할 것이다.

당신의 꿈을 곧바로 기억하지 못해도 포기하지 말라. 기다려라. 나의 연구회에 참여한 사람들은 몇 주 동안 주의를 기울이고 나서야 꿈이 떠오르기 시작했다. 당신도 그럴 것이다. 그것은 단지 요망, 인내, 그리고 시간의 문제이다.

추적하기

꿈이 기억나면 그것을 즉시 기록하고 반드시 날짜를 기입하라. 잃어버린 것은 되찾을 수 없다. 작가 에이미 탄은 말한다. "매일 아침 꿈을 기억하지만, 기록하지 않으면… 그 꿈들은 퇴각하여 문을 닫으므로 더 이상 나는 기억하지 못한다."[18] 기억나는 것 전부가 한 가지 이미지나 감정, 또는 한 장면이라고 해도, 바로 현재 시제로 기록하고 멈추지 말라. 그 꿈이 자신의 눈앞에서 다시 펼쳐지도록 하라. 남아 있는 부분들도 분명하게 기억하지 못하거나 어떤 장면의 일부가 사라졌다고 해도 계속하라. 문법이나 구성을 걱정하지 말고, 바로 그 꿈과 함께하라. 자신의 보물을 찾는 중이다.

분주한 대낮에 갑자기 간밤의 꿈에 대한 기억이 내면의 눈앞에 확 들어오기도 한다. 시간을 내어 기록할 만큼 중요한지 결정해야 하겠다. 쪽지에 그것을 기록하여 실수로 내버리지 않도록 일기장에 그날 밤 끼워두라. 나는 3년 전의 일기로 작업을 하면서, 10년이 지난 꿈의 이미지에서 새로운 층위의 의미를 발견하는 사람들의 이야기를 들었다. 가끔 몇 년의 세월이 지날 때까지도 이해할 수 없는 꿈도 있다. 무의식은 직선적 시간을 인지하지 않으므로, 과거, 현재, 미래를 동시에 이용한다. 예를 들어, 마리온 우드만은 최근에 말했다. "20년 전의 꿈을 이제야 이해하기 시작하는데, 그 꿈들의 완전한 의미를 나는 아직도 모르겠다."[19] 꿈은 예지적이기도 하다. 앤 라이스는 어린 딸이 심한 혈액 질환에 걸린 꿈을 꾸고 난 이후에 그 아이가 백혈병 진단을 받기도 했다. 이런 유형의 경험은 우리가 생각하는 것보다 훨씬 더 흔한 일이다. 이와 같은 성격의 사례는 수세기 동안 보고되었고, 이들 연구에 바친 저작들은 이어지고 있다.

또한 고려할 실제적인 문제들이 있다. 꿈을 통상의 일기장에 쓸 것인가 아니면 별도의 공책을 준비할까? 어떤 사람들은 **단지** 꿈 일기만을 쓰지만, 다른 사람들은 꿈을 분리하여 기록하면서 오랜 시간 동안 되풀이되는 주제와 제재를 추적한다. 또 다른 사람들은 (나처럼) 꿈과 다른 내용들을 같은 일기장에 나란히 간직함으로써, 깨어 있는 시간과 꿈꾸는 시간의 현실이 어떻게 교차하면서 서로를 조명하는지 알게 된다. 나중에 그 일기를 다시 읽을 때, 무의식이 이전의 관심사를 정교한 비유와 아름다운 시적 표현으로 어떻게 자신의 경험을 변형하는지 볼 수 있을 것이다. 작가 버가일드 니나 홀저는 말한다. "일기장 한 권에 모두 기록하면, 파편들이 어떻게 어울리는지 알 수 있다. 꿈 하나는 이전의 사건 하나에 대한 반응이거나, 무엇을 앞서서 알리는 것일 수 있다." 반대로 "일들을 분리하여 다른 공책으로 나누면, 삶의 과정에 보다 큰 구조를 보기가 더 어려워진다. 큰 구조는 많은 기재 사항을 거쳐서 서서히 진화하기 때문이다."[20]라고 홀저는 주장한다. 꿈은 다른 색깔의 잉크를 사용하거나, 글을 쓰면서 꿈의 내용이 시작되는 첫 줄을 노란색 형광펜으로 표시해보라. 자기 자신의 기억의 쉬운 장소 체계를 고안하라. 꿈마다 제목을 달고 오랜 시간 모아서 목록을 만들라. 자신에게 가장 적합한 것을 찾아내라.

해석하기

일단 꿈을 일기장에 담고 나서, 그 꿈의 상징적 언어의 해독을 어떻게 시작할까? 여성의 꿈으로 광범위한 작업을 수행한 융 심리분석가 카렌 시그넬은 주장한다. "해석 기법을 학습하는 것은 꿈을 이해하는 열쇠가 되지 못한다. 많은 꿈을 경험하고, 상상력을 키우는 방법을 배우고, 자신의 직관에 대한 신뢰감을 확보함으로써, 꿈에 접근하는 길에 대한 보편적 감각을 획득하게 된다." 우리들 중 많은 사람들은 우리 자신의 꿈을 이해하고, 상징적 영역으로 진입하여 중심부의 풍요로운 내용을 가져오는 데 필요한 도구가 없다고 생각할지도 모른다. 그러나 카렌 시그넬 같은 꿈 작업자들 사이에는 상징은 지극히 개인적이고, 각자는 자기 자신을 판독하는 방법을 배워야 한다는 신념이 고조되고 있다. 분명한 것은 꿈에 더 많은 주의를 기울일수록 더 많이 기억하고, 그 과정 전체는 더 흥미진진할 것이다. 꿈은 우리 몸의 후미진 신비로운 곳에서 깨어 있는 마음으로 보내는 계시이다. 그것은 우리가 아직 모르는 것을 알려준다. 카렌 시그넬은 꿈의 세계를 "확실한 길표지가 없는 전인미답의

미개지"로 묘사한다.[21]

해학적 요소도 간과하지 말자. 무의식은 자주 말장난을 통하여 전달하기도 하는데, 다음의 꿈은 내 친구 가비 라하만(Gabi Rahaman)이 자신의 학위논문을 마무리하는 마지막 단계에서 애쓸 때 기록한 것이다.

> ⚜ 1993년 4월. 신생아보다 훨씬 더 성숙하게 보이는 튼튼하고, 크고, 건강한 여자 아기를 낳은 꿈을 꾸었다. 곧 아기가 사라져서 아기를 잘못 두었다는 자각에 이르렀다. 찾고 있는 중 홀연 다시 발견하는데, 정확히 말하자면, 온통 아름다운 수를 놓은 가방에, 아기를 가방 안에 넣고 꿰매었다. 자수는 러시아 인형을 연상시켰다. 빛깔은 푸르고, 바탕은 하얀 크림색이었다. 아기는 가방 안에서 더할 나위 없이 행복하다고 생각하였는데, 사실은, 올바른 곳에 아기가 있다는 느낌을 받았다. 잠에서 깨어나서 이 꿈을 전혀 이해할 수 없었지만, 이 꿈이 실제적인 것, 즉 그것(논문)이 "가방 안에" 있다는 생각이 며칠 후 갑자기 떠올랐다. 이러한 돌연한 깨달음의 힘은 거의 신체적인 것이었다.

모든 꿈 작업자들은 지향과 관계없이 "하루의 잔여"는 꿈의 중요도에서 중심이 된다는 점에 일치하는 것 같다. 무의식은 삶에 오래 지속되는 중요한 문제에 작용하기 위하여 그날의 사건에서 취한 새로운 재료를 사용한다. 아래에 이어지는 것은 내 일기장에 기록된 내용인데, 그날 하루의 경험과 당시 나의 중대한 관심사가 하나의 꿈으로 엮여 나에게는 대단히 중요한 의미를 지니고 있었다. 꿈 그 자체와 더불어, 이후 나에게 분명해진 그날의 잔여와 다른 연상물들을 포함하고 있다.

✣ 1993년 8월 3일. 지난밤 꿈의 파편: 꿈속의 꿈. 한 늙은 여인이 물속으로 허리 높이까지 들어가서 익사하려고 한다. 그녀는 유대인 대학살의 생존자다. 소방수 혹은 경찰관이 입수하여 그녀를 물 밖으로 데리고 나오고 그녀는 크게 반항하지 않는다. 그때 그녀는 이렇게 말한다. "인생이 살 만한 가치가 있는 유일한 것은…" 그런데 그 말의 끝부분이 나에게 들리지 않는다. 다른 목소리들이 응답한다. "걸고 살아갈 한 가지는 양귀비에 비치는 빛이다." 또 다른 목소리가 "물소리"라고 부언하자, 또 "돌멩이"라고 대꾸한다. 내가 쓰고 있는 시구들이, 동시에 응답한다. 이와 같이, 나는 그것 전부를 쓰면서 나에게 주어진 선물처럼 느낀다. 나는 잠이 깨지만 꿈속이고, 더 많이 기억하려고 애쓰다가 그것을 기록하면서 느끼는 것은 여전히 꿈속에서 여느 때처럼, 그것은 내 기억에서 사라지고 있다. 그러나 나는 기쁨의 눈물을 흘리면서 놀라운 일이라고 느낀다.
이윽고 나는 잠에서 깨어난다.
지금 생각해보니, 그 문구들은 버지니아 울프의 『파도』(*The Waves*)의 서두와 같이, 등장인물 각자는 짧고 아름다운 말로 생각을 표현한다. 삶에 가치를 부여하는 모든 이미지는 땅에 뿌리박아서, 축지할 수 있는 즐거움이었다. 오늘 아침 스티브에게 내 꿈에 대하여 말해주었다. 그 꿈은 원형적 분위기를 지닌다는 점에 그는 동의한다. 그것은 내 책에 관하여 나 자신에게 어떤 말을 하는가 하고 나는 생각한다.
나에게 가장 강하게 남은 인상은 양귀비에 비치는 빛이다. 왜 양귀비인가? 양귀비는 아편과 망각에 관련되지 않는가? 양귀비에 비치는 빛은 잠재의식과 기억을 조명할 수 있다. 그것은 어제 내가 아나이스 닌의 『일기』에서 장황하게 읽고 있었던 것이다. 아마 저 노년의 여성은 더 오래 산다면 자기 자신의 억압된 기억들, 무의식을 받아들인다고 생각했을 것이다. 양귀비에서 내가 달리 연상하는 것은 유명한 구절이다. "플란더스 들판에 양귀비는 피었네, 줄줄이 서 있는, 십자가들 사이에." 또 죽음과 망각에 대하여 연상하지만, 빛은 양귀비를 통과하여 그들을 밝게 비추어야 한다. 아마 그 노년의 여성은 자신의 끔찍한 과거와 화해하지 않았다면 더 이상 삶을 영위할 수 없었을 것이다.

어제 하루의 잔여: 뉴스에서, 강제수용소에서 고문 행위를 저지른 것이 거의 확실함에도, 결국 데먀뉴크(Demianiuk)가 석방된다. 맥닐 뉴스 보도 시간(MacNeil Lehrer News Hour)에 인터뷰한 보스니아 난민은 세르비아 강제수용소에 겪은 자신의 경험을 전했다.

양귀비는 붉은색: 열정적으로 다채롭다. 검은색 죽음의 반의어. 하지만 양귀비의 중심부는 검은색이다. 생명과 죽음의 색채. 기독교 시대 이전에는, 검정은 다산과 대지의 색이었다. 대지의 또 다른 외연. 양귀비를 통하여 비치는 빛은 물질을 비추는 정신, 남성과 여성의 융합을 상징하는가?

1993년 10월 30일. 놀랍다. 버지니아 울프는 물속으로 걸어 들어가서 자살했다는 사실을 내가 까맣게 잊고 있었다니! 적어도 한 가지는 런던으로 진입하는 나치가 유태인 남편 레오나드를 사로잡는다는 생각으로 참을 수 없었기 때문이다.

1994년 10월 15일. 꿈속에서 보이지 않는 목소리가 들리면, 그것은 원형적 현현이라는 것을 바로 며칠 전에 읽었다. 이 꿈속에서, 문구들은 육체에서 이탈한 목소리에서 나오는 듯한데, 시를 읊고 있었다. 지금 나에게 분명한 것은, 한편으로 삶과 죽음의 화해 가능성에 관한 꿈이라는 점이다. 이 꿈은 아직도 더 충분히 이해하려고 노력하는 나의 선물로 생각한다.

꿈 모임에 참여하는 것은 어떤가? 꿈을 함께 연구하는 단일 목적의 소모임이 있다. 몬테규 울만은 "지금이야말로 원시 사회에서 발견한 전설, 즉 꿈속의 삶과 문화 사이의 관계로 작동하는 일상의 존재를 부활시킬 절호의 시기이다."라고 주장한다. 흥미롭게도, 울만은 꿈을 공유하는 그의 모임에 참여하는 사람의 90퍼센트는 여성이라는 사실을 발견했다. 회원들은 공동 작업을 하면서 각자의 꿈을 그들 모두의 꿈으로 만드는데, 울만에 의하면 "그 모임의 집단적 상상은 꿈의 심상에 관련하여 한 개인이 할 수 있는 것보다 더 풍부한 비유적 가능성의 배열을 낳을 수 있기 때문이다."[22] 자기 자신과 서로에게 소외된 우리의 현재 상황에서, 이런 꿈의 공동 작업은 자기 현시와 친교의 필요성에 부응할 뿐만 아니라, 우리 자신의 자기기만의 본질을 간파하게 해준다는 점을 울만은 내비치고 있다.

다른 종류의 꿈 모임도 역시 존재한다. 신설되는 과목들이 계속해서 확장되고 있으니, 당신의 거주 지역에서 모임, 연구회, 세미나를 확인해 보라. 그리고 계속하라. 내 경험으로, 마리온 우드만과 카렌 시그넬의 말이 옳다. 꿈 작업을 더 오래 할수록 꿈의 시적 언어를 더 많이 이해하게 되고 통찰력이 더 풍부하게 된다는 것이다. 꿈과 꿈 작업에 대한 책을 읽고, 제공되는 다양한 방법을 시험해보

라. 꿈 연구회에 참석하라. 동료나 가까운 친구와 함께 당신의 꿈을 화제로 삼아라. 마침내 꿈 작업은 당신의 일기 쓰기 여행에서 가장 보람 있는 국면이 될 것이다.

일기에서 꿈 작업

『가슴의 지혜: 여성의 꿈으로 작업하기』(*Wisdom of the Heart: Working with Women's Dreams*)에서, 융 이론의 꿈 작업자인 카렌 시그넬은 말한다. "꿈 하나를 고찰하는 것은 시 한 편, 소중한 사진 한 장, 인상주의자나 초현실주의자의 그림 하나를 바라보는 것과 같다. 자신의 방식으로 그것을 보아야 한다. 그것이 자신의 마음을 움직이는 대로 두고, 그것이 자기 안에서 불러일으키는 것을 지켜보라. 이런 꿈으로 작업할 때, 꿈을 바라보고 꿈으로 돌아오는 시간이 많을수록 더 많이 볼 수 있다는 것을 나는 알았다."[23] 여러 가지 다른 양식의 꿈 작업은 일기를 쓰는 데 도움이 된다. 내가 이끄는 연구회에서 나는 다양한 방법을 요약한 인쇄물을 나누어주고, 참여자들이 이런 방식으로 실험을 하도록 제안한다. 일기에 기록된 꿈으로 작업하기 위하여 다음 제안 중 몇 가지를 시도하여도 좋겠다.

중요 요소, 이미지, 또는 장면들에 밑줄을 긋거나 형광펜으로 표시하라. 얼마 전에 나는 다음과 같은 꿈을 꾸었다.

⚜ 1994년 8월 4일. 나와 카렌은 **소형 오픈 트럭의 뒷자리**에 연구회의 다른 몇 사람과 함께 앉아 있다. 산드라가 운전한다. 우리는 영국의 런던 남부 시골에 있다. **한 무리의 여성들이 옥외의 넘실거**

리는 구릉 위에 앉아 있는 모습이 보이는데, "고풍의" 긴 옷을 밝게 입고, 의자처럼 보이는 긴 바위에 앉아 있다. 잠시 후, 또 다른 유사한 무리가 나타난다. 그때 나는 알게 되는데, **이들은 집시이고 우리는 그들의 영역에 들어와 있다**. 이윽고 그들 중 많은 사람들은 모두 푸른 빈터로 나온다. 웃고, 서로 이야기를 나누고, 걷고 달리고, 분명히 즐거운 시간을 보내고 있다. 모두 여성인 것 같다. 남자는 보이지 않는다. 트럭이 멈추고 우리는 내린다. 파는 물건이 몇 가지 있어서 산드라는 이들이 만든 예쁜 **유아 여자 옷**을 산다. 무늬는 **민속적 납결 염색**으로 아름답다. 카렌은 **여자 아기**가 있다. 그들이 우호적일지 모르지만, 우리가 그들의 공간을 침입한다고 느낄 수도 있다. 우리를 환영하는가? **나를 환영하는가?** 영어를 말할 수 있는 사람은 그들 중에 아무도 없어서 (**그들은 모두 집시어를 말한다**), 카렌은 영어를 말하는 나이 든 다른 여성을 찾는다. 우리는 트럭으로 돌아가서 여행을 계속하지만 나는 여기서 더 많은 시간을 보내고 싶은 마음이 간절하여, 필사적으로 다시 돌아가고 싶다.

이 꿈을 기록하고 굵은 체로 된 부분에 밑줄을 그은 후, 나에게 연상되는 것을 적었다.

⚜ 나에게 아직도 남아 있는 것은 그 여성들의 자유로운 모험 정신, 정갈하고 다채로운 옷들의 아름다움, 그리고 그들의 일부가 되려는 나 자신의 욕망이다. 그 여성들은 모두 길고 깨끗한 검은 머리를 지녔다. 야성적이고, 자발적이며, 기쁨에 찬 무엇이 그들에게 있었다. 한밤의 주거는 어떻게, 그리고 아름다운 그 옷을 입고 그곳 야외에

앉아서 어떻게 온기를 유지할 수 있는가 의아하게 생각했으나, 그들은 걱정하지 않는 듯했다. 이 여성들은 수공예품을 만들어 팔고, 자연 속에 있어서, 어머니 대지의 딸들이었다. 그들은 자신의 언어로 말하고 있었다. (내가 만나본 그들만 누추함 속에 살고 있었지만, 집시에 대하여 내가 느끼는 오랜 매혹이 있다. 이들은 가난하지만, 정갈하고 아름다웠다.) 그 여자 아기 옷과 카렌의 아기 소녀가 지니는 중요성이 무엇인가?

오늘 하루의 잔여: 어제 오후 스티브, 어니(Ernie)와 나는 세상의 여성적 존재 양식에 대하여 이야기를 나누었다. 남성적 여성적 양식은 통합되어서 전체성의 상태에 도달해야 한다고 우리 모두는 생각했다. 나는 어제저녁 마저리와 식사를 하였는데, 우리가 나눈 대화는 남성보다 여성으로 사는 문제(반드시 여성 동성애적 관계일 필요는 없지만), 육욕성과 성에 관한 것이었다. 지금 나는 내 저서의 일기 쓰기와 치유에 관한 장을 쓰고 있다. 정확하게 말해서, "치유"가 무엇인가, 그리고 여성들에게 필요한 치유가 무엇인가? 하는 것이다. 나는 어제 안네 프랑크의 『일기』를 다시 읽었다. 그녀는 자연 속의 하늘, 태양, 펼쳐진 산들바람과 함께 밖으로 나가기를 얼마나 갈망하였는가. 그것만이 그녀에게 중요한 전부였다.

이 꿈은 중요하다고 생각하지만, 아직 왜 그런지 나는 분명하게 알지 못한다. 충만. 야생. 색채. 자연스러움. 웃음. 춤. 어린아이. 자연. 공동체. 내가 더 향유하기를 갈망하는 전부. 소형 오픈 트럭은 왜? 나는 왜 뒷자리에 있고, 다른 사람이 운전하고, 반쯤 잠든 상태로 몸의 온기를 유지하려고 애를 쓰고 있었던가? 어떤 남성의 탈것. 그러나 농촌과 관련되기도 하는데, 보통 농부들은 소형 오픈 트럭을 소유하고 있다. 왜 우리는 그곳에 머무르지 않고 우리의 길을 계속 가야 했는가? 목표 지향의 이동인가? 그렇다면 나는 왜, "이곳에 머무르고 싶으니, 돌아가는 길에 나를 차에 태우라"고 말하지 않았는가? 두려움?

내가 보고 원했던 것: 자연에 근접함, 빛깔, 몸짓, 활기, 그렇게도 여유 있게, 서로 편안한 여성들의 집단. 남성들의 부재가 두드러지게 보이지 않았다. 그들은 그저 관련이 없어서, 그림의 이면에 있었다. 여성성에 대한 꿈인 것은 분명해 보인다. 그리고 꿈속에서, 여성들은 "다른 언어"로 말하고 있다. 카렌과 산드라는 둘 다 나의 마지막 연구회 시리즈에 참여하고 있었기 때문에, 아마 그 꿈은 그 연구회에 대하여도 나에게 말하고 있을 것이다. 그런데 무엇을? "잘못된 길로" 우리가 가고 있다고. 우리는 너무 맹목적으로 낡고, 뿌리 깊은 양식을 따르고 있다고? 어떤 방식으로? 나는 연구회에서 줄곧 공동체와 여성 동료, 창조성과 자발성을 소중하게 육성해왔다고 생각했다. 그러나 아마 우리는 지나치게 길들여진 인종인지도 모른다. 어쩌면 그 꿈은 우리 자신 속에 있는 야생성과 보다 더 깊게 접촉할 필요가 있다는 것을 나에게 말하고 있을 것이다. 그렇다면, 이것을 어떻게 할 수 있는가?

분명하게도, 이런 종류의 꿈에서 심상은 나로서는 풍부한 의미를 지닌다. 그 꿈을 안전하게 내 일기에 간직하고 있으므로, 이제 나는 돌아가서 그 전언을 풀어내는 일을 계속할 수 있다. 그것을 다시 읽을 때마다, 의미의 미묘한 차이들이 나에게 추가되어 드러난다. 꿈속의 중요한 요소들과 각각 대화하는 것은 한 가지 분명한 접근법이 될 수도 있다.

꿈에서 주어진 각각의 역할을 하라. 형태 심리학의 꿈 작업에서, 꿈의 모든 면들은 중요하게 우리 자신의 어떤 정신적 국면을 드러낸다. 다음은 카렌 라즐로(Karen Laszlo)의 일기에서 인용한 것이다. 그녀의 꿈은 빈번한 주제를 함유하는데, 날아다니는 물고기와 수영하는 앵무새이다. 꿈을 이야기한 후에, 카렌은 두 가지 중요한 꿈의 요소, 앵무새와 바다가 되었다.

⚜ 나는 평화롭고, 조용한 바다에서 수영하고 있는데, 그때 공포가 엄습하여 금방 두려움에 빠진다. 그런데 무엇이 두려운가? 상어… 인식하는 바로 그 순간 지느러미가 보인다. 그것은 상어라고 나는 알고 있었다. 나는 공포에 휩싸인다. 바닷물은 짙은 청록색이다. 나 스스로 생각한다. "내가 가만히 떠 있으면 상어는 나를 괴롭히지 않을 거야. 내가 조개가 되면 상어는 사라진다." 지느러미가 다가오면서, 나는 "곧 보게 될 것"이라고 생각하는 중에 드디어 만나지만, 내가 보는 것은 선명한 색깔로 물속에서 비스듬히 헤엄치는 한 마리 앵무새인데, 지느러미로 오인한 것은 물 밖으로 솟아오른 한쪽 날개였다. 나는 금방 즐겁고, 긴장을 풀면서 고맙게 생각하는데, 놀랍게도 이 앵무새는 장난삼아 내 주변에서 헤엄치고 있다는 사실이다. 모두 매우 "안락한" 상태가 되고, 대단히 자연스럽고, 지극히 사실대로 다가온다.

나는 그 앵무새이다. 그것은 내가 "공중에서 헤엄치는" 꿈과 관련이 있는가? 분명하다. 다른 짝, 즉 바다 속에서 날아다니는 새가 있으니까. 내 요소의 밖에서 나는 안락한가? 타인들에게 나는 순응할 수 있는가? 꿈속의 물 아래에서, 공중에서 헤엄치듯이 아주 유연하게, 나는 숨쉴 수 있는데, 편안하게, 쉽게… 나는 바다이기 때문이다. 나는 전적으로 사로잡혀 있다. 나에게 다가오는 모든 것을 방어적으로 냉각시키는 일이다. 나는 친절하면서 잔인할 수도 있다. 나는 안전이다. 나는 평화다. 나는 모든 해답을 지니고 있는 실제 세계이다. 나는 가장 적게 질문을 받고 아마도 가장 적게 생각되거나 관심을 받는 사람인지도 모른다. 나는 꿈이 머무는 장소이다. 떠돌고, 부력 있고, 위로하는 방식으로 교육적이므로, 당신의 요람을 흔들어 어머니처럼 돌보면서 무거운 세상인 당신을 들어올린다. 나는 화재 표지판이어서, 물속에서 가장 편안하다.

꿈의 구성 부분들과 대화하라. 꿈에서 각각의 요소들이 자신에게 적용되는 것이 무엇인지, 그것은 자신에게 무엇을 말하려고 하는지 물어라. 꿈속의 목소리가 말하게 하라. 오랫동안 기다린 남편과의 별거 과정에서, 도랄드 팟소스(Dorald Patsos)는 이런 꿈을 꾸었다.

⚜ 나는 한 아파트의 로비에 있는데 내가 빌린 아파트의 열쇠를 찾을 수 없다…. 관리부처럼 보이는 곳으로 가서 도움을 청한다. 관리부 뒤에 있는 사람은 도움이 안 되게 내가 누구인지 왜 열쇠가 없는지 계속 묻기만 한다. 내가 당황하자 그는 이것을 알고 나를 놀리기 시작하므로, 나는 더 당황하여 안절부절못한다. 나는 로비를 나와서 돌아오지만 지금은 클라크 스트리트(Clark Street) 지하철역의 입구처럼 보인다. 승강기를 타고 올라가면서 내가 그 열쇠를 승강기 통로에 떨어뜨리지 않았나 생각했다. 한 번 더 그 아파트에 들어가려고 해보지만 여전히 열쇠가 없다. 이 아파트에 들어가는 일이 나에게는 매우 중요하므로 지금 사라진 열쇠 때문에 당황하고 있는데

사람들이 내가 누구인지 계속해서 다시 묻는다. 나는 거리로 나와서 배수구와 하수구에서 열쇠를 찾기 시작한다. 배수구에는 칙칙한 물이 있다. 나는 내 주머니를 다시 확인하여 열쇠가 고리에 달려 있는지 살핀다.

다음은 도랄드가 자신의 꿈에서 주요한 요소와 나눈 대화의 일부이다.

⚜ **열쇠, 내 꿈속에서 네가 하는 일이 무엇인가?** 나는 집으로 향하는 수단이다. 나는 진입하는 길이다. 당신이 아주 많이 원하는 곳으로 진입하도록 도와주는 나는 길표지이다.

열쇠, 너는 무엇인가? 왜 문은 네가 없으면 열리지 않는가? 왜 모두 잠겨 있는가? 나는 일단 안으로 들어가면 나 자신을 안으로 가두어 두어야 하거나 아니면 열쇠를 찾으면 나는 왕래할 수 있다는 것인가? 내 방의 그림과 관련하여 굴욕감과 당혹감이라도 있는가? 공포나 거부감과 관계가 있는가? 당신은 잘못되거나 조롱거리가 되는 것을 너무 두려워하므로 우리는 당신이 하는 모든 일의 모서리에 있다. 누구나 열쇠를 어디에 두고 잊어버리고, 그림(꿈)을 지니고, 실수를 하고, 욕망과 결핍을 느낀다. 두려운 것은 하나도 없다. 아마 사람들은 당신을 우습게 여길지 모르지만 그것은 어리석게도 너무 당황하는 당신을 사람들이 생각하였기 때문이다. 어쩌면 사람들은 당신이 진정해야 한다고 생각했을 것이다.

하수구, 너는 무엇인가? 내 열쇠를 네 안에서 잃어버릴까? 내 "집"을 잃어버릴까? 당신이 원하는 것을 못하도록 저지할 수 있는 그 부분이 바로 나다. 당신의 꿈을 파괴하거나 당신의 욕망을 해치는 그 어둡고 칙칙한 물이 바로 나다. 나는 집으로 가는 당신의 길을 지울 수도 있다.

물, 너는 어떤 의미인가? 너는 정화하는 부활의 상징인가 아니면 내 꿈을 파괴할 하수구에서 나온 물인가? 나는 둘 다 될 수 있다. 좋은 것은 대가 없이 결코 오지 않는다는 것을 당신에게 내가 보여주고 있다. 나는 양면, 즉 선과 악이 있다. 나는 자유를 위하여 당신의 욕망을 억제할 수 있다. 나는 그 열쇠를 닦을 수 있고 아니면 삼켜서 당신이 결코 찾을 수 없게 하면 녹슬어 진흙 속에 덮여 있을 것이다….

열쇠, 너는 나인가?

독립, 모험, 안전, 그리고 정체성의 주제는 도랄드가 자신의 꿈과 대화하면서 더 분명해진다. 매우 중요한 것은 클라크 스트리트 지하철역은 그녀의 심리치료사의 사무실이 있는 정류장, 다시 말해서 새로운 정체성으로 향하는 그녀의 여정에 도움이 존재한다는 것을 상기시킨다는 점이다.

꿈에서 하나의 이미지나 상징에 집중하여 물 흐르듯이 써라. 그리고 꿈에서 가장 큰 힘의 원천은 몹시 종잡을 수 없거나 조리 없는 요소일 수 있다는 것을 명심하라. 다음의 인용은 로빈 가버 카발킨의 꿈에 대한 일기인데, 여기서 그녀는 협곡의 끝에서 대담하게 환희의 춤을 추고 있다. 깨어 있는 일상에서 여러 해 동안 춤춘 적이 없다고 로빈은 말했다.

⚜ 협곡 위의 마루터기에서 춤을 추는데, 항상 두려워서 가고 싶지 않은 곳이었다. 나는 이 협곡이다. 나는 언제나 여기서, 이 여성이 나와 대면하기를 기다렸다. 다른 사람들은 그렇게도 많이 내 협곡의 내면의 벽을 벗겨내었는데, 어떤 사람들은 대담하게, 또 어떤 사람들은 개인적 사명으로, 자신의 공포를 극복하였다. 그러나 그녀는 항상 후방에 서서, 다른 사람들 모두가 자신을 밀어제치고 지나가게 하고, 내가 여기에서 그녀를 기다리고 있다는 것을 알면서, 내가 그녀의 최고의 시험대로 생각하고 있었으나, 물론 나는 그렇지 않다. 나를 무시하고 실제로 나는 존재하지 않은 것처럼 행동하면서도, 그녀의 어둠 공포는 그녀에게 나의 존재를 상기시켰으니, 낮 동안 그녀의 여행은 입을 크게 벌리고 위협하는 나에게로 그녀를 더 없이 가깝게 데려왔다… 나는 누구인가? 나는 무엇을 상징하는가? 심지어 그녀는 알지 못한다. 그러나 그녀는 추측할 수 있다. 그래서 그녀가 추측하는 것 모두 그녀의 불안정, 무소속감, 자신의 존재에 대한 의혹을 드러낸다.

오늘 그녀는 나의 외부 가장자리에 이르는 모든 길을 여행했다. 그것은 그녀처럼 겁쟁이에게는 극도로 용감한 행동이다. 무엇보다 진기한 것은 그녀가 춤을 추는데, 협곡 위의 마루터기에서 최대한 자유분방하게, 어떤 규범적 운명이 아니라 자신을 위한 훌륭한 표출이라는 점이다. 나는 그녀를 방해하지 않겠다. 그녀는 지금 회전하고 있지만, 곧 그녀의 황홀한 환상은 부풀어 터진다. 왜냐면 마루터기에서 한번 춘 춤으로 충분하지 않기 때문이다. 그녀는 몇 번이고 돌아와서, 매번 춤추어 악마를 몰아낼 것이다. 그런데 여행은 각각 나름의 고통, 그리고 두려움을 지닌다. 또한 춤은 각각 그 자체의 승리가 될 것이다. 그리고 언제나 나는 여기에 있으면서, 그녀 자신의 즐거운 갈채에 언제든지 메아리칠 것이다.

협곡의 위험한 마루터기에서 꿈꾸는 사람은 치유를 위한 자신의 춤을 춘다. 연구회의 또 다른 참여자는 버스 승객이 되는 꿈을 반복하여 꾸었다. 처음에는 그 꿈의 상징에 대하여 어리둥절하였으나, 이윽고 그녀는 당시 자신의 상황을 반영하는 것으로 이해하기 시작했다. 정신병 환자인 남편과의 이혼으로 내적 충격의 와중에 스스로 자신의 생활을 감당해온 것으로 생각하였지만, 실제로 그녀는 "운전석에" 있는 것이 전혀 아니었다. 다른 누군가 그 버스를 몰고 있었고, 그녀는 무력한 승객에 불과했다.

꿈 작업에서 자신의 관점을 변경하라. 만약 꿈의 내용이 지나치게 위협적이고, 악몽을 현재 시제로 재생한다는 생각으로 너무 불안하면, 그 꿈은 다른 사람이 꾼 것처럼 삼인칭으로 기록하라. 이렇게 하면 충분한 거리를 유지하면서 전체를 종이에 옮길 수 있고, 거기서 자신은 깨어 있는 자아의 보다 더 냉정한 관점에서 그것을 바라볼 수 있을 것이다.

오랫동안 추적하면서 어떤 공통 주제가 나타나는지 주목하라. 일기의 마지막 쪽에 설명적인 간단한 표제들을 메모하고, 다 채우면 어떤 일관된 맥락이 있는지 다시 읽어보라. 몇 년 전에 박사 학위를 위한 자격을 마무리하는 동안, 나는 높은 곳에서 현기증으로 고통받는 나 자신을 보는 일련의 꿈을 꾸었다. 그 꿈속에서 안전하게 내려가는 방법을 나는 몰랐다. 그것은 공기가 희박한 학문적 담론의 영역에서 5년을 보낸 후 땅으로 내려올 준비를 하는 나의 무의식이었다고 생각한다. 되풀이되는 주제에 주의를 기울이면 오랜 시간에 걸쳐 부가적인 통찰력이 생길 것이다.

예외적 인간 경험

끝으로, 의외의 극적인 방식으로 우리의 삶을 변경할 수 있는 기능을 지닌 초월적 경험들이 있다. 이것을 연구하여 "예외적 인간 경험들"(EHEs)로 정의한 사람은 개성화 수업법(psi) 학자이면서 작가인 내 친구 리아 화이트(Rhea White)이다. 임박한 죽음이나 자기 육체를 떠난 경험에서 자연이나 다른 인간과의 불가사의한 결합의 순간까지 걸쳐서, 이들 경험은 어떤 의미심장하고 영속적인 방식으로 우리의 삶을 변환하는 모든 순간과 사건을 포함한다. 반드시는 아닐지라도 종종 초자연적인 요소를 함유하기도 한다. 예지적 지식이나 신비로운 기시감(déjà vu), 텔레파시의 경험이나 천리안의 통찰력이 있을 수도 있다. 예외적 인간 경험은 일련의 동시적 사건들이나 어떤 종류의 극적인 변환을 수반하기도 한다. 또한 그런 경험은 설명할 수 없는 방식으로 당신의 삶을 변화시키는 책이나, 결정적인 통찰이나, 길잡이를 제공하는 꿈이나, 광범위한 결과를 가져오는 대화일 수도 있다. 이런 경험들은 자연적으로 발생한다. 이들은 초대받지 않은 종종 내적 동요와 위기의 시기에 찾아와서 대개는 선물처럼 주어진다. 언제나 이들은 영감과 부활의 느낌을 뒤에 남긴다. 삶의 의미와 주변 사람들과의 연관성에 대한 우리의 이전 생각은 확장되고 바뀐다. 그 참뜻이 분명해지는 데 수년이 걸리는 때도 있다.

리아 화이트 자신의 이야기는 그런 경험이 평생 동안 영향을 주는 설득력 있는 한 예가 된다. 1952년 3월 모진 눈보라의 한가운데, 석탄 트럭 한 대가 그녀의 자동차 안으로 미끄러져 들어왔다. 리아는 지금 이렇게 상기한다. 자신의 몸을 떠나 우주 공간으로 상승하면서, "죽음은 이런 것이구나."라고 생각했다. 동시에, 그녀는 "'영원'의 팔이 나를 안고 있는데… '살아 있는 것은 모두 쉽게 죽을 수 없다'는 절대적 확신으로 채워지는" 느낌이 들었다. 리아는 그 사고 때문에 열한 군데의 골절로 병원에서 절대 안정을 취하는 여러 날을 보냈다. 그녀는 기억한다. "홀로 깨어 있을 때, 나는 노래하는 고요를 느낄 수 있었다. 그것은 내가 우주 공간에 올라가 있을 때 감지한 것이다. 나는 깊은 평화와 금방 다가올 예감 같은 것을 느꼈다. 그래서 회복하는 나 자신과 접합되는 뼈들을 느낄 수 있었다… 어쨌든 나는 뼈의 세포 안에서 그것을 의식적으로 **느낄** 수 있었다." 이 사건은 리아의 삶의 방향 전체를 완전히 변화시켰다. 그때까지 계속해서 그녀는 직업 프로 골프 선수의 길을 가고 있었지만, 죽음 직전의 경험 이후 자신에게 일어난 일을 해석할 필요를 강하게 느끼고 그 해답을 찾아 철학, 신비주의, 종교, 심리학, 그리고 초심리학으로 관심을 돌렸다.

일기 쓰기는 그러한 변환의 순간에 무엇을 더할 수 있는가? 꿈의 경우와 마찬가지로 일기는 그런 경험의 성격과 의미를 조명할 수 있다. 비록 리아는 일기를 몇 년 전부터 쓰기 시작하였지만, 사고를 당한 후 그것은 자신의 많은 질문과 통찰의 중요한 중심이 되었다. 매일같이 일기를 쓰면서 그녀는 자신의 꿈과 또 다른 예외적 인 경험, 그리고 읽고 있는 책의 중요성에 대하여 곰곰 생각하였다. 40년도 더 지난 지금, 이런 경험은 여전히 리아의 삶에 새로운 빛을 던지는데, 다음의 최근 일기에서 그것을 볼 수 있다. 어느 날 새벽 3시 30분에, "알았다"(eureka)의 통찰력으로 잠에서 깨어난 그녀는 적었다. "오늘 아침 내가 느끼는 것은 그 사고 이후 캠퍼스로 돌아온 내 발 아래의 단단한 길과 같은 확신이다. 의미의 여행을 한다는 것을 나는 또한 알고 있었다. 지금 운 좋게도 나는 이런 모든 세월을 지나서 그것을 다시 알게 되었다." 며칠 후, 죽음 직전의 경험 1주년이 되는 날, 그녀는 일기에서 회고했다. "다시 고비를 넘기면서, 중요한 통찰력을 갖는 듯한 느낌이다. 그 사건이 나를 안내한 저 위대한 평화로운 침묵의 중심부를 느꼈다."[24] 이런 경험의 변형적 가능성, 특히 이것에 대한 글을 쓰는 중요성을 아주 확신하게 된 리아는 예외적 인간 경험(EHE)의 자서전을 쓰는 방법에 관한 책을 지금 준비하고 있다.

다른 많은 일기 작가들도 또한 심대한 방식으로 그들의 삶을 바꾼 불가해한 순간들을 서술한다. 버가일드 니나 홀저는 전한다. 일기를 쓰는 몇 년에 걸쳐, "글을 쓰는 과정은 종종 불가사의한 통찰력과 매우 유사한 변화된 의식의 상태를 내면에 생성한다는 것을 실감하였다…. 아무런 의식적 노력 없이도 어떤 신비한 과정이 나의 글과 삶 속에 나타나는 일련의 기록이 일기가 되었다." 홀저가 자신의 삶에서 묘사하는 시간은 만성적인 원인 모를 신체적 고통의 와중에 일기를 자신의 유일한 동반자로 삼고 시골에서 혼자 살고 있을 때였다. 시골 주변을 둘러보면서 더 큰 우주 전체의 암시를 받기 시작했다. "무언가 함께 오기 시작했다."라고 그녀는 쓴다.

♰ 안이면서 밖인 어떤 것. 다른 것과 함께하는 어떤 이미지. 조금씩 내 고통은 줄어들었다. 꿈을 계속 꾸는데, 심지어 낮에도, 산책하는 중에도. 처음에는 대낮에 나타나는 이 꿈들을 무엇으로 지칭하는지 나는 몰랐다. 우선 시로 지칭하였으나, 나중에 그저 통찰력으로 칭하고, 그때까지 이들이 나타나는 시간이 밤이건 낮이건 중요하지 않다는 것을 알았다. 이것은 동일한 지도의 한 부분이었고… 일기는 의사도 모르는 건강의 공간으로 나를 인도하였던 것이다.[25]

로랜 헌스코트(Loran Hurnscot, 가명)는 아우스펜스키(P. D. Ouspensky)의 난해한 가르침과 결별한 후 오랜 기간의 정신적 위기와 자포자기의 절망을 겪고 있었다. 그녀는 자살하기 직전까지 갔는데, 그때 1941년 10월 4일 일기에 썼다.

♰ 갑자기 나 자신의 밖으로 빠져나와 깨닫고, 깨닫고, 깨달았다. 창조의 불로 타오르는 신의 사랑을 느끼고, 황홀한 기쁨이 내 영혼을 통하여 모든 신경 조직 아래로 쏟아졌다. 나는 이런 불완전한 말로 그것을 기록하고 싶지 않다. 왜냐면 그것은 황홀경, 즉 신비론자들이 알고 있는 영구불변의 불과 빛의 혼합이었기 때문이다. 내 가슴속에 뜨거운 태양이 떠올라… 천상의 기쁨이 나를 가득 채웠다.[26]

또한 레베카 콕스 잭슨(Rebecca Cox Jackson, 1795~1871)은 필라델피아에서 흑인 셰이커 교도 여성 자선 단체를 설립한 자유로운 흑인 여성인데, 서른다섯 살에 개종한 후 자신의 영적 통찰을 일기에 담았다. 정신적 교훈과 통찰력을 지닌 천사와 다른 존재들의 방문을 일기에 계속해서 묘사한다. 다음은 1843년 3월 그녀의 일기 중 한 부분이다.

✤ 아침에, 신의 위대한 지배 아래에 있는 나 자신을 발견하였다. 한 천사가 방 안으로 들어오고, 내 몸은 묘한 느낌에 휩싸였다. 나는 죽어간다고 생각했다. 내 몸의 안과 밖은 전율에 사로잡히고, 나는 그때 넋을 잃었다. 땅이 진동하고 거대한 폭풍이 남쪽으로부터 몰려왔다. 내가 들어와 있는 집이 흔들리기 시작하고, 사람들은 모두 도망쳤다. 나는 정지했다…. 그런데 그때 나는 오로지 혼자였고, 내 시야는 멎었지만, 나는 매우 행복했다.[27]

서로 다른 형식임에도 불구하고 이런 경험들은 삶을 바꾸고 있는 것이 분명한데, 각각의 경우마다 의미에 대한 감각과 삶의 목적에 대한 확장된 감각을 일기 작가들에게 부여하였다. 모든 경우에, 일기 쓰기는 이런 의미를 표현하기 위한 통로가 되었다.

융은 자기 일생의 작업은 일련의 꿈과 30대 후반에 가진 불가사의한 경험들이 원인이라고 단언했다. "나는 최초의 경험들과의 연결을 놓친 적이 결코 없다고 지금 말할 수 있다."라고 그는 1950년대에 자서전에 썼다. "나의 모든 작업, 창조적 활동은 거의 50년 전 1912년에 최초의 환상과 꿈에서 나왔다. 이후의 삶에서 내가 이룬 것은 모두 다 이미 그 속에 포함되어 있었지만, 처음에는 단지 감정과 이미지의 형태에 불과하였다."[28] 그런 경험을 연구하는 초심리학자와 또 다른 사람들은 그런 존재에 대한 흥미로운 설명을 제공한다. 몬테규 울만은 이런 경험들이 우리의 깊은 소통의 필요성에 대한 징후라고 생각하는데, "다른 접속 전략이 실패할 때 이용할 수 있는 깊이 숨겨진 접속 조직과 같은 것"[29]이라고 한다. 이런 치유와 일체의 약속은 분절의 우리 시대에 정말 환영할 일이라고 하겠다.

마치 삶의 순간, 기쁨의 순간, 사랑의 순간처럼,
단숨에 예술을 만들 수 있는가.[1]

에델 쉬와바처(Ethel Schwabacher), 『빛에 대한 갈망: 에델 쉬와바처의 일기』(*Hungry for Light: The Journal of Ethel Schwabacher*)

얼마나 글쓰기를 다시 시작하고… 싶었는가!
손가락 아래에서 글은 모양이 되고 휘돌아가는 이 즐거운 느낌![2]

버지니아 울프, 『일기, 제4권』, 1931~1935

8
"이 극적인 과정"
일기 쓰기의 창조성

1936년 1월 17일, 에밀리 카는 일기에 적었다.

> 반복해서 자기 자신에게 이런 질문을 해야 한다. "나는 무엇을 표현하고 싶은가? 발언 이면의 생각이 무엇인가? 나의 이상이 무엇이고, 내 목표는 무엇인가…" 주제는 그렇게 중요하지 않다. 배치, 구도, 색깔, 모양, 빛, 공간, 분위기, 동작, 균형, 이들 중 하나 또는 모두가 꼭 들어맞는 것도 아니다. 숨을 쉬게 하는 숨결, 심장에서 세차게 고동치는 심장 박동, 모든 사물들의 일체에 대한 인식, 이렇게 부가된 무엇이 있다.[3]

버지니아 울프, 실비아 애슈톤 워너, 에밀리 카, 앤 트루이트와 같은 수많은 작가와 화가들의 일기는 일기 쓰기의 또 다른 차원을 보인다. 이들의 일기는 창조적 과정에서 비옥한 땅과 같다. 직업 예술가이든 아니든, 일기 쓰기는 우리들 모두에게 독특한 창조력의 통로를 제공할 수 있다. 일기는 상상, 직관, 욕망의 자유로운 놀이로 초대하면서, 진심에서 우러나는 표현만을 요구한다.

"치유와 창조성은 동전의 양면이다."라고 가브리엘 리코는 말한다. "양면의 근저에는 전체의 개념이 있다. 생존의 열망과 창조의 충동은 서로 연결된다."[4] 1982년 메이 사턴은 일기에서 진술했다. "치유해야 할 상처가 무엇이건, 창조의 그 순간이 보증하는 것은 모든 것이 뜻대로 잘되고, 우리는 여전히 우주와 일치하며, 내적 혼돈은 엄밀히 살펴서 질서와 아름다움으로 순화될 수 있다는 것이다."[5] 창조적인 모든 분야의 사람들이 묘사하는 고양된 인식에서는 경계가 모두 사라지고 자신의 작업과 세계가 전체적으로 일체가 되는 경험을 한다. 창조의 순간에 일과 세계는 참으로 하나가 된다.

"모성의 영역"

"창조적 과정은 여성적 특질을 지닌다."라고 융은 말한다. "그래서 창조적 작업은 무의식의 깊이에서 상승하는데, 말하자면 모성의 영역에 속한다."[6] 브론테(Brontë) 자매, 실비아 플라스, 프리다 칼로(Frida Kahlo) 같은 겨우 몇 명의 천재들만 소유하는 무엇이 창조성은 아니다. 우리는 무수한 방식으로 일상생활에서 창조적이다. 창조의 과정이 그림이나 소설로 이어지면 즉시 그것을 인식할 수도 있지만, 모임이나 식단을 준비하고, 집이나 직장에서 문제를 해결하고, 최대의 이득을 위하여 동시에 여러 일을 진행하거나, 단지 흔한 것을 새로운 눈으로 바라보는 것과 같은 형태를 띠는 경우가 더 많다.

에티 힐점은 창조성을 의식적 생활의 모든 국면에 내재하는 것으로 보았다. 외부적 환경이 더 황량하게 되면서, 그녀는 자신의 삶이 더 단순해질 필요를 느꼈다. 허위적이고 불필요한 것들은 전부

없애고 불가결한 것만 남겼다. 아우슈비츠로 가기 직전의 정류장인 웨스트복(Westbork) 임시 캠프에 수용되기 4개월 전, 1942년 4월에 그녀는 적었다. "지금 중요한 것은 오로지 '창조를 위한 깊은 내면의 평온'이다. 언젠가 내가 '창조하는' 날이 올 것이라고 실제로 말할 수 없지만. 그러나 한 단어도 쓰지 못하고 그림 하나도 그리지 못해도, 자신의 내적 삶을 주조하는 것만으로도 창조하는 일이 가능하다고 나는 믿는다."[7]

그렇지만 당연히 에티 힐점은 글을 썼다. 대부분의 일기 작가들처럼, 그녀에게 정신적 삶과 일기 쓰기는 상호 영향의 유동적 과정으로 서로 얽혀 있어서, 각기 상대를 형성하면서 상대에 의하여 형성되기도 한다. 내적 삶의 주조는 일기를 쓰는 것과 하나가 되었다. 왜냐면 분명히 말해서 창조성은 유일하게 특별히 자기 자신의 본 모습을 꺼내는 것으로 구성되기 때문이다. 스테판 나흐마노비치는 말한다. "놀이, 글쓰기, 말하기, 그리기, 춤추기가 전개되면서, 우리 존재의 내적 무의식의 논리는 소재를 통하여 드러나면서 그 소재를 주조하기 시작한다. 이런 심오한 함축적 양식은 우리의 모든 행위와 존재 위에 도장으로 새겨진 본래의 성격이다." 그래서 우리는 모든 것에 대하여 **쓴다**. 우리의 일기 안에서, 저 심오한 함축적 양식은 예측할 수 없는 방식으로 반복하여 다시 드러난다. 빈 종이와 펜을 들고 앉으면, 우리 자신을 표현하고 싶은 어떤 충동이 일어나는데, 무엇이 생길지 우리는 결코 예측할 수 없다. 창조의 순간은 언제나 예기치 않은 일이다.

일기를 계속 쓰는 것은 그 자체가 창조적 과정이다. 우리는 어떤 사전 계획된 생각으로 시작하지 않으므로, 어디에서 시작하여 매우 다른 어느 곳에서 마치기도 한다. 영감으로 향하는 문을 여는 것은 이러한 외부적 제약으로부터의 자유 바로 그것이다. 나흐마노비치는 창조적 과정의 한 사례로 음악의 즉흥곡을 제시한다. 여기서, 기억(과거), 의도(미래), 직관(현재)은 일회성의 유일한 창조의 순간에 융합된다. 나흐마노비치는 단언한다. 우리 모두에게 필요한 것은 "가슴으로부터 본질로 흐르는 어떤 통로, 그리고 전적으로 판단과 분별로부터 자유로운 가슴의 토로"이다.[8] 이것을 일기가 제공한다. 여기서 또한 글을 쓰는 순간에, 기억, 소망, 그리고 순간의 충만감이 함께 찾아온다.

그러므로 많은 작가들이 일기를 쓴다고 해서 놀랄 일은 전혀 아니다. 일기의 자유로운 흐름은 다른 신중하고 정교한 작업에 대한 균형감을 제공한다. 추리 작가 슈 그래프튼(Sue Grafton)은 적고 있다.

> ⚜ 내가 가장 자유롭게 쓰는 것 중의 일부를 지금 일기 안에서 발견하는데, 심리적으로 일기는 놀이 시간처럼 느끼기 때문이다. 일단 집필의 장 그 속으로 들어가면 지나치게 진지한 느낌으로 시작한다. 이것은 지금 중대한 저작의 하나이므로 가능한 실수를 아니 해야 한다고 생각하니, 그래서 나는 긴장하기 시작한다. 일기에서는 생각하는 것을 그대로 쓸 수 있다. 너무 멋진 글이라 자주 한곳에서 다른 곳으로 그대로 옮긴다.[9]

그리고 버지니아 울프가 1939년 11월에 힘든 하루의 일을 마치고 쓴 글을 보겠다. "아침 내내 복사 또 재복사하고, 인용문 때문에 저 낡은 책들을 뒤지다가 10분 동안 뛰어 놀기 위하여 이 자유로운 페이지에 도달하니 얼마나 즐거운가!" 그녀에게 역시 일기는 자신이 설정한 "진지한" 글쓰기의 완벽주의자 기준에서 즐거움이면서 기분 전환이었다. "자유의 페이지로 탈출하니 나는 정말 기쁘다."라고 그녀는 일기를 이어간다.[10]

여성들은 항상 예술 활동을 자유롭게 하지 못했기 때문에 여성성을 의식하면서 창작하는 경우가 많다. 40대 후반에 나이 든 여성으로 취급되는 것에 기분이 상하여, "글을 쓸 때면 항상 그렇듯이, 나는 지금 다시 여성이다."[11]라고 버지니아 울프는 일기에 썼다. 또한 캐서린 맨스필드(울프의 친구이자 어느 땐 경쟁 상대)는 회고했다. "삶과 일 두 가지는 분리할 수 없다. 내가 예술에 충실할 수 있는 것은 오로지 삶에 충실하기 때문이다."[12] 창조적 과정의 신비는 그녀 일기의 중심 주제이다. 아나이스 닌에게도 창조성이 일상생활의 모든 면을 우려내었다. 그녀의 정신 분석 전문의 오토 랭크(Otto Rank)가 알려주는 바에 의하면, 여성과 달리 남성들은 탯줄을 두려움 없이 자르기 때문에 창조자가 되지만, 아나이스 닌은 이 길을 돌아갔다. "인간적 삶에서 벗어나지 않으려는 것이 내 예술의 바탕이 되었다."[13]라고 그녀는 1972년에 썼다. 이어서 다음은 나의 일기이다.

✣ 1994년 6월. 이 책의 제2장, 지금 작업하는 나 자신의 방식을 지켜본다. 전날 중단한 그 지점에서 시작하지만 나도 모르게, 나는 다른 어디에 있다. 과거에는 이를 분열되고 산만한 작업 방식으로 생각했는데, 하루가 끝날 때, "오늘 하루 내 작업은 이것이다."라고 말하기 곤란하기 때문이다. 지금, 그렇지만, 이 책은 전 세계를 뒤흔드는 주장을 하거나 어떤 요점을 증명하려고 내놓는 것이 아닌 사실에서 진행되므로 작업의 방식은 계통적이지 않을 수 있다는

생각이 든다. 나선형처럼 작업하는 방식, 소재와 함께하면서, 앞으로 가다가, 옛날의 영역으로 선회하고, 그 길을 우회하는 그런 것이다. 나는 항상 하나의 장을 특별히 강조하면서, 동시에 책 전체에 맞추어 작업한다. 하루의 작업이 끝났을 때 나의 육체적 감각은 몇 페이지를 쓰고 편집하였다는 것이 아니라, 전체가 어쩐지 다소 바뀌었다는 것이다. 직선적 작업 방식이 결코 아니다. 마무리에 근접하면서, 나는 목표, 일관성, 그리고 실행에서 모호성을 확인해야 할 것이다. 지금, 그렇지만, 희미한 미광이 떠오르는 듯, 나는 즐겁게 이곳저곳으로 넘나든다. 이것은 일기 쓰기의 기분으로 진입한 듯하지만, 이제 그것이 투명하고, 논리적이며, 읽기 쉬운 책에 기여하는지 살펴야 한다.

"사물의 부드러운 떨림"

여러 분야에서 창조적 여성들은 자신의 작업을 위한 방출구로 일기 쓰기를 이용한다. 리빙 시어터(The Living Theatre)의 공동 창립자 주디스 말리나(Judith Malina)는 초기 몇 년 동안 일기를 쓰는데, 극단의 오르막과 내리막 그리고 당시 자신이 열정적으로 개입한 많은 일에 대하여 상술했다. 위대한 무용가 마사 그래엄(Martha Graham)의 비망록은 탁월한 안무가 마음의 움직임을 드러내는데, 자기 작품의 상징성에 대한 분주한 생각과 구체적인 무대 지시가 교차한다. 뉴질랜드 작가 실비아 애슈톤 워너는 "유기적 교육"의 철학을 탐구하는 데 일기를 활용하였고, 이것은 마오리 어린이들과 함께하는 작업을 통하여 진화하였다. 실비아는 전통적 학문을 근본적으로 뒤집는 교육학적 실험을 하면서 이렇게 적었다. "내가 원하는 것을 아이들이 하도록 하려면, 몸과 마음으로 그들이 내 곁으로 오고, 내가 그들을 가까이하도록 해야 한다. 그들은 그것을 모르지만 나는 알고 있다. 그들은 연인처럼 나의 일부가 되었다."[14] 일기에서 그녀는 자신에게 맡겨진 어린이들과 함께하는 작업에서 이루어진 진전에 대하여 묘사했다. 실제로 출판된 일기의 대다수는 여성 작가의 것인데, 이들은 일기에서 사라지는 이미지, 자투리 대화, 이야기 착상, 그리고 몇 줄의 시를 포착한다. 많은 사람들은 또 다른 창조적 작업에서 일기의 중요성에 대하여 언급한다. 예를 들면, 게일 고드윈은 이렇게 말한다.

⚜ 내가 소설을 쓰는 이유는 지나치게 많은 사소한 잡동사니를 어떤 의미로 구성할 필요가 있고, 가망이 있는 것을 놀라운 것으로 전환하는 일을 즐기기 때문이다. 내가 일기를 쓰는 이유는 내 마음의 문을 줄곧 신선하게 열어놓을 수 있기 때문이다. 일단 내 존재의 세부를 매일 밤 안전하게 저장하고 나면, 나 자신이 아닌 것들과 그럭저럭 살아갈 수 있다… 여러 해 동안 일기를 쓰고 나서야 나는 소설 쓰기를 시작할 수 있었다.[15]

아마 지금까지 출간된 여성 작가의 일기 중에 버지니아 울프와 아나이스 닌의 일기가 가장 많은 양을 차지하고 있을 것이다. 이들은 동료라고 생각할 수도 없지만, 이 둘의 일기는 많은 부분에서 모든 글쓰기 과정의 단계, 즉 깜박이는 독창적 아이디어 위의 흥분에서부터 이해하지 못하여 노골적으로 심술궂은 무지한 비평가의 반응에 대한 실망까지 보여준다. 『한 작가의 일기』(*A Writer's Diary*)는 레오나드 울프(Leonard Woolf)가 버지니아의 사후에 일기 원고를 모아서 편집한 것인데, 그녀의 "의도, 목적, 그리고 작가의 방법론"을 조명하고 "글쓰기 예술에 헌신한 그녀의 비범한 열정, 일관성, 집중력"을 보여주는 것이다.[16] 이 책은 버지니아 울프의 창조적 과정과 완성된 예술 작품을 이루는 데 필요한 구상하기, 세공하기, 수정하기에 대한 매혹적인 통찰을 제공한다. 또한 창작의 산고 속에서 경험한 자기 회의와 절망의 순간을 회고한다. 아나이스 닌의 초기 저작들은 일기와 소설이 서로 비우호적이라는 확신을 보인다. 1936년 그녀는 적었다. "일기 쓰기와 갈등한다. 나는 일기를 쓰는 중에는 책을 쓸 수가 없다."[17] 그런데 1974년 무렵 그녀는 어떻게든 두 가지 일과 화해하게 되었다. "하나가 다른 하나를 키우고 있으니, 나는 둘 다 할 수 있다는 것을 알았다… 소설 쓰기는 일기를 더 잘 쓰게 하고, 일기 쓰기는 더 자연스러운 원천에서 소설을 쓰게 했다."[18] 간행된 안토니아 화이트의 일기는 1939년 12월에 자신에게 던진 인상적인 질문을 중심으로 전개되는데, 그것은 평생을 두고 끊임없이 떠오르는 "내가 진정으로 글을 쓰고 싶은가 아닌가?"[19]라는 문제였다. 그녀는 원했던 것으로 보이지만, 그 과정은 항상 그녀를 자기 회의와 불안으로 가득 차게 했다.

화가와 작가는 똑같이 일기를 이용하여 진행 중인 작업에 대한 자신의 생각을 탐색하고, 개념 형성의 문제와 씨름하고, 또 창조적 여행에 불가피하게 따르는 환희와 절망의 순간들을 기록하기도 한다. 캐서린 맨스필드에게 일기는 평생 동안 자신이 최고로 추구하는 것이 무엇인지, "신비, 광휘, 잔광" 등을 숙고하여 표현하는 공간이 되었다.[20] 파울라 모더존 베커는 자신의 그림에서 포착하려는 것을 일기 안에서 심사숙고했다. "친밀감은 모든 위대한 예술의 정수

라는 것을 언제나 더 생생하게 느끼고 감지한다."라고 그녀는 1903년 2월에 썼다. 그러므로,

> ⚜ 나는 사물의 부드러운 떨림을 표현하는 방법을 배워야 한다. 그들 속의 소용돌이. 그림에서도 역시 그것에 대한 표현을 찾아야 한다… 흐릿하게 사물들 (피부, 오토 대제의 이마, 직물, 꽃) 위를 맴도는 기묘한 기다림, 간결하고 고상한 아름다움 속에서 이것에 이르는 노력을 나는 해야 한다. 가장 편안한 관찰의 방법으로 가장 위대한 단순성을 추구하자. 이것이 위대함이다.[21]

그러면 음악에서 여성들은 어떤가? 재능 있는 연주자이자 작곡가인 클라라 슈만(Clara Schumann, 1819~1896)의 일기는 자기 회의를 드러내는데, 결국 인정하게 되는 그녀 자신의 창조성을 이전 몇 년 동안 낮게 평가하고 있었다. 아버지와 남편 로베르트 두 사람의 격려를 수용하면서도 클라라 슈만은 자신의 작업을 조악하다고 판단하여, 1839년 11월 자신의 일기에 털어놓았다. "나는 한때 창조적 재능이 있다고 생각했으나 지금 이 생각을 포기하였다. 여성은 작곡하려고 해서는 안 된다. 어떤 여성도 그렇게 할 수 없었는데 왜 내가 기대해야 하는가? 그것은 오만인지도 모른다." 그래도 클라라는 작곡을 계속하였고, 10년이 채 되기 전에 일기에 고백했다. "혼자서 무엇을 작곡하여 들어보는 이것이 가장 신나는 일이다." 1856년 남편이 요절한 후 클라라는 연주 여행을 다니면서 자신의 여덟 명의 아이들을 계속 부양하고 있었다. 친구인 작곡가 요한네스 브람스(Johannes Brahms)가 그녀에게 중단하라고 충고하였을 때, 그녀는 아름답게 꿋꿋이 견디면서, 그에게 알렸다. "지금 이 순간, 내 힘

이 최대이고 가장 성공적인 때, 네가 충고하는 대로, 개인 생활로 물러날 시기는 결코 아니다."

그렇지만 클라라는 활기찬 독창력과 놀라운 창조적 능력에도 불구하고, 줄곧 남편 로베르트의 작업을 보급하는 일이 자신의 근본적 사명이라고 여겼다. 거의 30년이 지난 후, 남편의 편지를 출판하기 위한 준비 중에 그녀의 일기는 여전히 잃은 사랑에 대한 비탄의 감정을 드러낸다. "이 편지들은 말로 표현할 수 없는 나의 그리움을 일깨워서, 가슴의 상처들이 몹시 아프다."라고 그녀는 적었다. "내가 소유하고 잃은 것은 무엇이던가! 그렇지만 이렇게 오랜 세월 계속 살면서 일하지 않았던가. 어디서 우리는 그런 힘을 찾는가? 내 아이들과 예술 안에서 나는 그것을 찾았으니, 아이들은 사랑으로 나를 격려하였고, 예술 또한 나를 속인 적이 결코 없었다."[22]

그러므로 일기 쓰기를 통하여 온갖 부류의 예술가들은 자신의 창조적 작업에 대한 영감을 찾았다. 일기 안에서 그들은 아이디어와 놀고 예술적 기교를 실험하고 영감의 섬광을 간단히 메모하였다. 버지니아 울프는 가장 유명한 작가 중에서도 유일하게 글쓰기 과정에 대하여 자주 반성하였다. 흔히 인용되는 부분에서, 그녀는 관찰했다. "방법론의 이점은 우연히도 몇몇의 길 잃은 제재들을 쓸어 모으는 것인데, 내가 주저하면 배제되겠지만, 이들은 먼지 더미 속의 다이아몬드이다."[23] 그녀는 더 길게 이어지는 일기 속에서 반성적으로 발견한 귀중한 진리와 미의 가능성에 대하여 언급한다. 내면의 비평가가 검열하여 삭제하기 전에 급히 쓴 것이기 때문에, 이들은 그녀의 일기에서 숨겨진 보석으로 드러났다.

일기를 창조의 발판으로 사용하기 위해서 직업적 예술가나 작가일 필요는 없다. 일기를 계속 쓰면 천만뜻밖에 자기 자신의 창조적 가능성의 측면들이 거의 확실하게 보일 것이다. 쓰지 않았으면 사라질 아이디어와 영감을 포착하는 동안, 일기는 정말로 다른 종류의 글쓰기를 위한 자료나 새로운 많은 계획을 착수하는 데 창조적 비망록이 된다. 시간이 지나면서 묻힌 자신의 보물에 대한 감수성을 배양할 수 있다.

"오래된 넓은 책상, 큰 포용의 자루"

이후 유명해진 1919년의 일기에서, 버지니아 울프는 회고했다.

> ⚜ 내 일기는 어떤 유형이 좋을까? 느슨해도 단정한 것, 매우 유연하여 마음속으로 들어오는, 진지하고 섬세하게 아름다운, 그 무엇이건 포용하는 것. 나는 그것이 오래되고 넓은 책상이나 큰 포용의 자루를 닮으면 좋겠는데, 그 속으로 잡동사니들을 내던지고 자세히 살펴보지 않는 그런 것이다.[24]

그녀는 많은 것을 구하였으나, 결국 버지니아 울프 **자기 자신**이었다! 오랜 시간에 걸쳐 일기는 자신의 다른 창조적 작업에 풍부한 영감의 원천이 될 것이다. 자신 속에 소설이 하나 들어 있는 일기 작가나, 매주 소론을 쓰는 대학생이나, 신선한 제재를 찾는 프리랜서 작가나, 완벽한 비유를 탐색하는 시인이나, 일기는 지극히 귀중한 작가적 조력자이면서 동료이다. 주디스 민티(Judith Minty)는 자신의 일기를 자료로 사용하는데, 제재를 선택하고 "그것을 확장하여 어떤 이미지/느낌이 성장하면서 시나 산문에서 그 자체의 형체를 취하게 한다."[25] 또한 트리스틴 라이너는 『새로운 일기』가 어떻게 자신의 일기에서 점차 진화하였는지 말한다.

♆ 7년의 기간에 걸쳐 나의 변화와 다른 사람들의 일기에 대한 내 생각으로 일기를 썼는데, 나중에 어떻게 활용할 것인지에 대한 고려는 없었다. 그래서 나 자신에게 일기 쓰기에 대하여 질문하였고, 처음에는 그것에 대한 답을 찾지 못했다. 그 질문에 대한 답은 일기장의 갈피 안에서 진화한다는 것을 알았다. 이 책에 대한 계획은 나의 개인적 일기에서 유기적으로 쉽게 발전하였다.[26]

게다가 프랑스 알제리인 작가 마리 카디날에 대한 주목할 만한 이야기가 있다. 수년 동안 카디날은 아무런 생체적 원인도 없는 불가해한 만성 하혈에 시달렸다. 이윽고 정신 분석 전문의를 찾아 치료를 받고 심신 상관의 질병으로 그녀의 마음속에 묻혀 있는 그 말할 수 없는 정신적 외상을 천천히 알게 되었다. 그것은 그녀를 유산시키려는 어머니의 되풀이된 시도, 그리고 어린아이로서 겪었던 뒤이은 정서적 방치였다. 그 강한 반감을 의식적 깨달음으로 가져옴으로써 그녀의 삶과 창조성은 회복되었다. 7년 동안의 정신 분석이 끝날 무렵, 스스로 놀랍게도 카디날은 일기를 쓰기 시작했다. "밤에 또 이른 아침에, 나는 글을 썼다."라고 그녀는 말한다.

♆ 공책이 가득 차면, 나는 또 다른 공책으로 시작했다. 그날 낮 동안 매트리스 아래 공책을 숨겼다. 저녁에 내 방문을 잠그고 멋진 새 연인을 위하여 간직한 기쁨으로 그것을 꺼내었다. 그것은 간단하고 쉽게 이루어졌다. 심지어 나는 글을 쓰고 있다는 생각마저 하지 않았다. 내 마음은 연필과 종이와 더불어 배회하게 두었다.

구조적으로 분석적인 자신의 성격과는 대조적으로, 카디날은 진술한다. 그 공책에 들어 있는 내용은 "나의 환상에 따라 배열된 삶의 요소들, 즉 마음에 드는 곳으로 가는 것, 상상한 순간들만으로 생활하는 것이었다. … 나는 이전보다 더 많은 자유로움을 자각했다." 이런 글쓰기는 "내 생애에 행한 것 중 가장 중요한 일"이라는 점이 분명하게 되면서, 마리 카디날은 자신의 이야기를 전하기로 결심하였고, 그래서 이 공책들은 그녀의 자서전적 소설 『그것을 전하는 말』의 토대가 되었다.[27]

일기를 오래 쓰면 쓸수록 풍부함의 가능성은 더 커진다. 끌어올 것이 더 많을 뿐만 아니라, 시간이 흐르면서 과정과 변화의 기록을 갖게 된다. 시간은 관점을 변경하고 우선 사항을 재정리하는 방식을 지니기 때문에, 불과 몇 년 전에 무심코 쓴 어떤 것이 다시 읽는 순간, 소설이나 수필의 놀라운 출발점으로 갑자기 떠오르기도 한다. 시간과 실천에 따라 자신의 "먼지 더미 속의 다이아몬드"를 찾는 안목을 기를 수 있다.

그리스 캐나다인 작가 스마로 캄버렐리(Smaro Kamboureli)는 서로 다른 유형의 개인사를 말하는 세 가지 일기의 내용을 사용하여 이민 경험에 대한 긴 산문시를 썼다. 자신의 소설에서 일기 부분을 실제와 가공으로 서로 엮으면서, 캄버렐리는 경험을 전달하는 데 더 믿을 만한 방식을 찾았다고 생각한다. "여러 가지 일기 내용을 구성하여 나의 이민 경험을 보다 더 이해하기 쉬운 이야기로 창조하였다."[28]라고 그녀는 1986년의 한 인터뷰에서 설명하였다. 또 다른 당대의 캐나다인 작가 게일 스코트(Gail Scott)는 자신의 소설 『여주인공』(*Heroine*)을 쓰는 동안 스스로 일기를 쓸 뿐만 아니라, 그 작품의 주인공도 일기를 쓰게 만들었다. 스코트는 말한다. 주인공은 "어떤 현실에서도 일련의 가면으로 현실과 매우 불안한 관계를 맺는다. 다른 대상에 대한 히스테리 증세는 이 소설을 통하여 어떤 추이를 보이는데, 실제로 일기에 쓰는 글을 통하여 나타난다고 생각한다."[29]

그런데 다시 말해서, 이런 일을 위해서 직업 작가일 필요는 없다. 메리 앤은 몇 편의 짧은 수필을 뉴욕의 어느 신문 여성 기고란에 발표하였는데, 그것은 연구회의 실습으로 시작된 것이다. 어떤 글에서 그녀는 미혼모로서 아들의 고등학교 졸업에 대한 자신의 자부심을 묘사하고, 다른 글에서 대학으로 멀리 떠나보내는 딸을 바라보는 아픈 경험을 표현한다. 내가 가르치는 여성 문학 교실에서 학생들은 일상적으로 수업 일기를 쓰는데 그 안에서 자신의 생활 경험을 수업 중의 재료로 이야기하기도 한다. 종종 어떤 일기의 내용은 완전한 한 편의 수필로 발전하는데, 다음에 인용하는 자네트 프라카 카시아노(Janet Fraka Casiano)의 일기와 같은 것이다.

⚜ 하가르 쉬플리(Hagar Shipley)는 나를 우울하게(행복하고/슬프게) 만든다. 『한 여성의 삶을 쓰기』에서 결핍을 묘사하는 캐롤린 하일브룬이 비탄에 잠긴 그것을 마가렛 로렌스(Margaret Laurence)는 『바위 천사』(*The Stone Angel*)에서 이루었다. 그녀는 여성의 시각에서 글을 쓰고 그 현실성은 정곡을 찌른다. (내 글은 일기를 쓰는 시도이므로 그런 효과는 없다. 나는 지나치게 비판적이어서 자꾸 되돌아가서 수정하고 있다. 이것은 자유 흐름으로 나온 것이 아니다! 그러나 『바위 천사』에서 묵인한 것에 대한 리포트의 개요라고 생각되는 것을 나는 도출하므로, 그러니 괜찮을 것 같다.) 마가렛 로렌스는 하가르 쉬플리의 신체적

고투에 공감할 뿐만 아니라, 하가르의 산만한 생각, 우유부단한 순간, 그리고 타인에게 비치는 자신의 외관에 대한 두려움을 드러낸다. 나 자신과 어머니의 노화 현상, 또 우리의 언쟁과 하지 못한 말들을 생각나게 하는 이런 유사한 이야기는 우리 자신일 수도 있다.

나에게도 역시 일기는 모든 종류의 창조적 계획에 영감과 제재를 계속하여 제공한다. 일기의 갈피에서 내가 발견하는 것은 연구회와 논문을 위한 아이디어, 아직 완결하지 못한 책들의 제목, 그리고, 이를 넘어, 노래, 조각 이불과 여타 바느질 계획, 일과 즐거움을 결합하는 여행, 메뉴와 조리법, 크리스마스와 생일 선물을 위한 아이디어들이다. 장기간 일기를 쓰는 다른 많은 작가들처럼 일기 속에는 소설이 들어 있는 것 같은데, 아마 두세 개 정도일지도 모른다! 글쓰기 과제를 시작하고 싶은데 영감이 필요하다면, 오랜 일기장을 펼치고 앉아서 한번 읽어보시라. 놀라운 것을 발견하고, 적어도 한두 가지의 쓰고 싶은 이야기나 논문에 대한 훌륭한 아이디어를 얻게 될 것이 분명하다. 그래서, 자신의 일기가 간직하는 것을 목격하였으니, 이런 순간의 천재적 섬광들이 미래에 사라지게 내버려두지 않는다. 즉시 그것을 간단히 메모하게 된다.

크리스타 볼프에게 일기는 작가의 귀와 눈의 인지력을 향상시키는 데 도움이 되고, "기민한 상태를 유지하면서, 단순한 소모에 흐르는 유혹을 견디는 방법"으로 작용한다. 일상생활 속에서 그녀는 관찰한다. "나는 이따금 상점, 미용실, 전차에서 옆 사람의 짤막한 독백을 메모한다. 어떻게 말하는가? 무엇을 말하는가? 그들에게 무엇이 중요한가?"[30] 직간접으로 이들의 독백은 그녀의 소설 속에서 자리를 잡았다. 어떤 이야기, 에세이, 시들이 당신의 일기에 묻혀 있는가? 발견하여 끌어올리고 구체화하기 위한 어떤 드라마가 거기에 있는가? 어떤 우연한 생각이나 공상의 나래가 창조적 실현의 씨알로 판명될 것인가? 꿈 하나는 단편 소설의 개요를 마련할지도 모른다.

일기에 담긴 풍부한 제재를 한번 발견하면, 한 걸음 더 멀리 나아가서 의식적으로 일기를 창조적 비망록으로 키우고 싶을 것이다. 거기에 글쓰기나 다른 종류의 창조적 계획에 대한 아이디어를 메모할 수 있다. 1979년에 국립 유고슬라비아 의상 박물관(National Yugoslavian Costume Museum)을 찾았을 때, 나는 아름다운 슬라브 민족의 의상과 자수품에 너무나 매료되어 바닥에 앉아서 몇 가지 무늬를 일기장에 스케치했다. 몇 개월 후 밴쿠버에 돌아와서, 나는 그때의 스케치를 기초로 집시 치마를 몇 벌 만들었다.

다른 작가들도 역시 창조적 비망록으로서 일기의 가치를 상기하였다. 에리카 종(Erica Jong)은 시인을 열망하는 사람은 시가 될 수 있는 아이디어, 시의 구절, 그리고 꿈을 그 기록에서 추적하도록 권한다.[31] 또한 린다 파스탄(Linda Pastan)은 말한다. "시인으로서 나도 작은 조각들로 작업한다. 비망록에서 구한 이미지와 아이디어, 이전에 실패한 시들의 구절, 차를 몰거나 기차 안에 있을 때 메모한 구절들이다."[32] 시인 이본 무어 하덴브루크(Yvonne Moore Hardenbrook)는 말한다. "나는 매일 한 줄이라도 뭔가 쓴다. 장소를 불문하고 생각이 떠오르면 기록하는 법을 학습했다. 나는 노트 종이를 집안 곳곳에 둔다. 주기적으로 쪽지들을 모두 모아서, 문구들을 활자로 옮긴 내용을 '아이디어' 폴더에 넣는다."[33] 앨릭스 케이츠 슐만(Alix Kates Shulman)은 자신의 아이디어와 제재를 특별한 비망록에 체계적으로 정리한다. 그녀는 설명한다. "나의 본격적인 작가 일기에는 이야기 아이디어, 엿듣는 대화의 조각, 설득력 있는 말, 그리고 독서 노트가 들어가는데, 작가인 나의 상상력을 자극하지만 기록하지 않으면 잊어버릴지도 모르는 것은 모두 포함한다."[34] 로스앤젤레스 공항에서 여행 가방을 분실한 이후부터, 이제 그녀는 일기를 기내에 지참하는데, 당시 그 가방에는 차기 소설에 필요한 5년 동안의 기록을 담은 비망록이 들어 있었다!

이 작가들처럼, 지나치다 듣는 대화 조각, 환기시키는 신문 구절이나 문장, 떠나지 않는 질문, 글이나 시각적 성격 스케치, 플롯 개요, 논문의 아이디어, 장래의 작업을 위한 제목 등이 포함될 수 있다. 창조적 계획은 도자기 디자인, 정원 만들기, 또는 바라던 집에 대한 계획도 포함한다. 다른 작가의 작품에서 인용한 감동적인 구절도 포함시키면 어떨까? 사라 루딕(Sara Ruddick)은 버지니아 울프의 일기를 읽으면서 자신도 일기를 쓰기 시작했는데, 일기 글의 주제는 "자신과 울프를 혼합한 것"이라고 말한다. 그녀는 밝힌다. "나는 몇 시간 동안 걸으면서, 서로 그리고 자기 자신을 바라보는 사람들을 바라보았다. 울프를 본받아서, 나는 그들의 내면적 삶을 상상하였다. 울프식의 리듬으로, 도시의 소리, 개인적 대화, 그리고 비인간적 표지, 즉 지하철, 교통, 시계 등의 음성을 들었다…. 나는 내 눈과 귀를 발굴하고 있었다."[35]

72년 동안 일기 쓰기를 계속한 패니 버니에게 일기는 자주 창조적 표현이 가능한 유일한 방식이었다. 1786년 조지 3세의 궁중 예복 보관관으로 고용되어 하루 18시간 동안 일을 하므로, 그녀 자신을 위한 눈뜬 시간은 2시간도 안 되었다. 주디 시몬스(Judy Simons)가 말하기를, 그녀는 이 귀중한 시간을 글쓰기, 즉 "생명줄에 매달리는 행동"에 사용하였다. 1788년 10월, 버니는 적었다. "절망적인 업무 속에서, 나는 이제 막 비극적 이야기를 쓰기 시작했다…. 이런 글쓰기 발작에 사로잡히지 않았다면, 교분과 책과 전망이 없는 나로서 내 존재의 시간을 어떻게 편히 보낼 수 있을지 알 수 없었을 것이다. 그렇지만 이어지는 내 비극적 이야기는 모든 공허를 가득 채울 것이다."[36] 극한의 환경에서도 패니 버니는 모든 여분의 틈을 글을 쓰는 데 사용하여, 견딜 수 없는 상황을 극복하였다.

일기를 창조적 비망록으로 사용하는 방법에서 흥미진진한 방식이라면, 도로시 워즈워드(Dorothy Wordsworth, 1771~1855)가 오빠 윌리암(William)을 위하여 쓴 노트인데, 그는 자신의 시 창작을 위하여 동생의 노트에서 자유롭게 끌어왔다. 그래서 도로시는 사랑하는 오빠의 일기 대리 기록자가 되어서, 그의 모든 기분을 기재했다. 그 동안, 비통하게도 그녀 자신의 창조적 활력은 억압되고, 마침내 다양한 심신의 질환으로 귀착했다. 1802년 4월, 남매는 산보를 나가고, 도로시의 이 묘사는 윌리암 워즈워드의 가장 유명한 시 한 편의 핵심이 되었다. 그녀는 일기에 썼다.

> ⚜ 우리는 물가에 가까이 핀 몇 송이 수선화를 보았다. 호수가 씨앗을 물가에 뿌린 것으로 상상했다… 더 많이 훨씬 더 많이 마침내 나무들 큰 가지 아래에도 있고, 시골 도로의 넓이로, 호숫가를 따라 놓인 긴 수선화 띠를 보았다. 여태껏 이렇게 아름다운 수선화를 본 적이 없는데, 이끼 낀 바위 사이 주변에서 자라서, 이 돌을 베개 삼아 지친 머리를 기대기도 하고 나머지 꽃들은 흔들리고 감고 춤추면서 호수 너머에서 그들 위로 불어오는 바람에 정말로 소리 내어 웃는 듯하였다.[37]

2년 후 윌리암은 "나는 구름처럼 외롭게 배회하였다."라고 썼다. 흥미롭게도 시에서 그는 홀로 배회하였다!

많은 사랑을 받는 멕시코 화가 프리다 칼로는 인생의 마지막 10년 동안 일기를 쓰면서, 일기장을 화가의 스케치북으로 자주 사용하였다. 그녀의 전기 작가는 전한다. "일기장의 그림들은 밝은 색의 잉크, 연필, 크레용으로 그린다…. 이 그림들은 최면 상태나 마약을 복용한 사람이 그린 것으로 보이는 경우가 흔하다. 색은 윤곽 밖으로 거칠게 터져 나오고, 낙서를 끄적거리는 듯 선은 돌진하고 굽이친다… 수많은 이미지들의 출발점은 잉크 한 방울이었다." 프리다 자신은 그녀답게 수수께끼 같은 내용으로 적었다. "여러 점들의 생명은 하나의 생명을 돕는 것이라고 누가 말하던가? 잉크와 피는 냄새가 있다. 그런 형식 안에서 흔적을 남기려고 내가 사용하는 잉크가 어떤 것인지 나는 모른다… 잉크로 칠한 세상들, 자유의 땅은 나의 것이다."[38]

당신의 일기는 어떤 방식으로 창조적 비망록의 역할을 할 수 있을까? 어떤 아이디어가 기록하지 않아서 사라지는가? 아마 지금이 트리스틴 라이너가 지칭하는 창조적 계획 일기나 이본 하덴브루크처럼 아이디어 폴더 같은 것을 시작할 때이다. 그것을 저장실로 하여, 아이디어, 몇 줄의 시와 산문, 이미지, 스케치, 구성 아이디어와 이야기 개요, 독서 메모, 주변 세상에 대한 관찰, 우연한 생각과 충동, 그리고 당신이 좋아하는 것이면 무엇이건 보관하라. 시간이 지나면 그것은 당신의 보물 상자가 될 것이다.

"띠를 풀기"

1919년 부활절에 자신의 일기를 다시 읽었을 때, 버지니아 울프는 "거칠고 두서없는 문체"로 괴로웠으나 "그것은 겉날리는 활기가 있어서 때로는 돌발적으로 과녁의 한복판을 맞추기도 한다."고 시인했다. 이어서 덧붙여 말했다. "그런데 더 핵심은 오로지 내 관점에서 보면 이렇게 글을 쓰는 습관이 좋은 연습이 된다는 믿음이다. 그것은 띠를 풀어준다."[39] 캐서린 맨스필드는 일기에 적었다. "정말 기묘하지만, **무엇이건 쓰는** 단순한 행위는 도움이 된다. 그것은 우리를 곧장 달리게 하는 것 같다."[40] 영국인 교수 데보라 맥도웰(Deborah E. McDowell)도 유사한 이유로 일기를 쓴다. 그녀는 설명한다.

> 소리, 감각, 다른 사람의 호감과는 아무런 관계없이, 오로지 나 스스로 쓴 글이기 때문에, 일기는 더 자유로운 글쓰기로 생각한다. 일기장에 기재할 때 내가 마음과 귀를 닫을 수 있는 상대는, 오만하게 과식한 초자아, 그리고 저 내면의 비평가이자 검열관인데, 그는 "학문적"이면서 "전문적인" 독자들을 대상으로 내가 쓰는 모든 글이 어떤 점에서 부족하고 "미완성"이라고 밝힌다.[41]

일기는 글쓰기 연습에 안전한 공간을 제공할 수 있다. 글쓰기 과제나 중요한 서신, 단편 소설이나 신문 칼럼을 "연습하든" 아니든, 일기에 글을 쓰는 것은 비판에 대한 너무 이른 두려움의 방해를 받지 않고, 창조적 활력이 생겨서 생각과 느낌이 종이 위로 흐르게 한다. 작가 패트리샤 햄플은 이런 종류의 글쓰기 연습이 자신의 작업 시간에 불가결한 부분이라고 말한다. "나는 창밖에 보이는 것을 신속하게 습관적으로 글을 쓰면서 하루를 시작한다."라고 그녀는 쓴다. "그것은 경쾌한 건반, 펼침 화음, 음계들이다."[42] 음계와의 유사성은 적절하다. 피아노 연습은 손가락을 유연하고 경쾌하게 유지하듯이, 글쓰기 연습은 나탈리 골드버그(Natalie Goldberg)의 용어로 "쓰고 싶은 다른 무엇을 위한 준비 운동, 글쓰기의 가장 원초적이고, 기본적인 시작이다." 그녀는 덧붙인다. "당신 자신의 목소리에서 습득하는 신뢰는 곧이어 사업 문서, 소설, 박사학위 논문, 연극, 전기로 나아갈 수 있다. 그러나 그것은 몇 번이고 다시 돌아와야 하는 그 무엇이다."[43] 아나이스 닌은 일생 동안 일기의 역할에 대하여 수없이 많은 생생한 비유를 하였는데, 역시 글쓰기 연습을 위한 보호받는 환경을 유지하는 일의 중요성을 증명하였다. "비밀은 이 종유석 동굴, 진리의 세계를 창조하는 바로 그 요소이다."라고 1941년 11월 그녀는 썼다. "여성적 생각에서 점차 멀어져 예술과 객관성으로 더 가까이 다가가면서, 초기의 흐릿한 감정적 바다로부터 시인과 분석가의 선명성으로 가는 이 드라마 같은 과정을 나는 상실하고 싶지 않다."[44]

작가의 장애물

때로 글을 쓰는 사람이면 누구나 작가로서 가지게 되는 장애물로 고통을 받는다. 이런 때, 일기는 자주 가장 절친한 친구가 된다. 작업의 길이 정해지면, 높은 기대가 불안을 조성하고, 창작에 대한 압박이 고조될 때, 다시 글을 쓰게 된다는 사실은 그리 놀라운 일이 아니다. 이 책의 작업을 시작한 무렵에, 나는 나흐마노비치의 『자유로운 놀이』에서 관련 있는 몇 구절이 매우 인상적이어서 즉시 정서하여 내 책상 앞에 붙였다. 그는 조언한다. "벽에 부딪치게 될 때, 명상하고, 자유롭게 연상하고, 자동 기술하고, 당신 자신에게 말하고 답하라. 장애물과 **함께** 놀아라. 작업장의 **성역** 안에 머물러라. 긴장을 풀고, 당혹감에 몸을 내맡겨라. 그 **성역**을 떠나지 마라. 그러면 해법이 찾아올 것이다. 조용히 인내하라." 장애를 느낄 때 평상시 나의 반응은 좌절하면서 시간 낭비에 대하여 자책하고, 이어서 혐오감 속에서 일어나 "유용한" 무엇을 하는 것이다. 그런데 시적 재능이 최종적으로 나를 버렸다고 확신하는 때 가끔 가장 위로가 된 문구는 다음과 같은 나흐마노비치의 온화한 암시이다.

> 작업에 대한 여성적 태도는 본질적으로 비이원론적인데, 우리는 자신의 작업과 하나이기 때문이다. 만약 내가 주체와 객체가 분리된 상태, 즉 주체인 나와 작업의 대상인 객체로 행한다면, 그때부터 내 작업은 자신과는 무관한 것이 된다. 나는 그 작업을 신속하게 끝내고 내 삶으로 돌아가고 싶을 것이다… 그러나 예술과 삶이 하나라면, 마치 무한한 시간과 활력을 지닌 듯, 우리는 개개의 문장, 메모, 색깔을 통한 작업에서 자유를 느끼게 된다.[45]

실제로 그렇다. 가끔 이것은 중요한 아침 작업의 시간에 한 시간을 일기 쓰는 데 사용하는 것을 의미하는데, 그 시간은 이 책을 "진행하는" 기대감으로 가득하지만, 일기 쓰기가 단순히 방종이 아니라 작업 과정의 불가결한 부분으로 확신하였다. 다른 때는 컴퓨터 앞에 앉아서 수없이 반복하여 화면 보호 모드로 들어가는 동안 나는 공상에 잠기는 것을 의미했다. 그래도 도움이 되지 않으면 마침 곁에 있는 일기로 돌아가서, 장애물의 중앙으로 난 나의 길에 대한 글을 쓰려고 시도한다. 그 문제가 무엇이고 어디서 그것을 내가 느끼는가? 놀랄 것 없이, 그것은 거의 대부분 그날 하루 내가 달성해야 하는 것에 대한 어떤 유형의 비현실적 기대임이 판명된다. 글로리아 네일러(Gloria Naylor)도 역시 일기를 계속 쓰는 이유를 말한다. "어느 작품에서 장애가 오는 때 가끔 나를 구하기 위하여, 내가 말하고 싶은 것, 그것을 말하지 않는 이유를 다 써버리는데, 나는 그런 식으로 많은 악령들을 받아들인다."[46] 창조적 장애물이 장기간 지속되는 동안에 창조적 자극이 찾아올 때를 대비하여, 일기 쓰기는 자신의 글쓰기 팔을 부드럽고 민첩하게 유지하는 한 방법이 될 수 있다.

이따금 작가는 특별히 자신의 내면적 저항을 극복하려고 일기 쓰기를 실제로 시작하기도 한다. 1944년 9월 영국의 소설가 바바라 파임(Barbara Pym)은 썼다. "전에 언젠가, 1942년 크리스마스 이후에 나는 불행하여 일기를 시작했는데 그것은 일을 기록하는 데 도움이 되었다. 지금은 소설을 쓰거나 가치 있는 일을 영원히 하지 못할 것 같은 두려움을… 지니기 때문에 일기를 쓴다."[47] 안토니아 화이트는 자신의 일기가 지니는 가치에 대한 가끔의 회의에도 불구하고, 반세기 이상 일기를 계속 쓰면서 40권의 공책과 묶음을 가득 채웠다. 자신의 일기 공책들을 "실제의 작품"으로 여기지 않았어도, 1935년 10월 그녀는 회고했다. "오늘 밤 나는 정말 빠르게, 비교적 아주 편안하게 글을 쓴다… 여기에 겨우 1시간 15분 동안 앉아 있었는데 많은 분량을, 10페이지 이상, 1200단어를 넘겼다. 소설 작업을 매일 이 정도 한다면, 몇 주가 지나서 책이 완성되어 나올지도 모른다."[48] 일기의 편안한 느낌과 소설 쓰기에 대한 불안감 사이의 대비를 이보다 더 선명하게 보여줄 수는 없을 것이다.

초고

일기는 편지나 수필, 단편 소설이나 전문적 비망록의 초고를 작성하는 데 안전하고 효율적인 공간을 제공한다. 호기심이 많은 시선들에 조급하게 제시될 걱정 없이, 글쓰기는 자연스러운 모습과 흐름을 찾을 수 있다. 그 길을 따라, 흥미를 끄는 이미지나 효력 있는 상징을 따라가는 탈선의 호사를 즐길 수 있다. 쓴 것을 이용하지 않기로 마음먹을지라도, 일기는 그날 느끼고, 생각하고, 상상한 것의 기록을 담는다. 몇 년 전에 나는 불만스러운 우정을 끝내는 방편으로 편지를 사용하기로 작정하였다. 나는 일기에 중단 없이 세 쪽을 써 내려갔는데, 필요하면 나중에 수정할 생각이었으나, 이윽고 그 초고는 내가 말하고 싶은 것을 정확하게 표현한다는 것을 알았다. 유일한 수정은 과잉의 추신(P.S.)을 빼는 것이었다. 곧이어 나는 그것을 복사하여 발송하였다. 초고로 시작한 것이 완성본이 되었다. 일기 안에 나 자신을 토로함으로써 나에게 이런 자유를 부여하였던 것이다.

다음은 내 여성 문학 수업의 학생인 린다 해터(Linda Hatter)의 수업 시간 일기 중의 일부인데, 그것은 학기말 리포트의 기초가 되었다.

⚜ 내가 읽고 있는 모든 책에서, 언어라는 하나의 주제가 반복하여 나타난다. 그것은 "남성" 언어이기 때문에 여성들은 결코 자기 자신을 충분히 표현할 수 없게 만드는 언어인가? …토니 모리슨(Toni Morrison)의 『빌러비드』는 대부분 현행의 언어를 사용하므로, 언어는 어떤 점에서도 작품을 손상하지 않는다. "재기억"(rememory)이나

"망각"(disremenber)과 같은 약간의 수정은 있다…. 그래서 모리슨은, 어떤 면에서, 언어를 다시 쓰는, 즉 우리의 말을 바로 우리가 재정의하게 만든다고 생각한다.

아나이스 닌은 매우 긴 일기의 인용을 소설에 사용하였다. 『제4권』(*Volume Four*)에서, 자신의 소설이 막다른 곳에 이를 때 일기와 소설이 어떻게 만나게 되는지 다음과 같은 극적인 경험을 기술하고 있다.

눈보라. 『오늘의 굶주림』(*This Hunger*)을 작업하고 있을 때, 타이프가 고장 났다. 그것을 들고, 수리하기 위하여 눈 속으로 외출했다. 돌아와서, 고아원과 주나(Djuna)의 굶주린 삶에 대한 글을 더 계속 쓰고 싶지 않았다. 눈에 대하여 쓰고 싶었다. 눈 속을 걸을 때 경험한 이미지, 느낌, 환상들을 모두 기록했다. 그 눈보라가 나를 과거, 내 순수한 사춘기로 내던져서, 열여섯 살의 욕망에 둘러싸이고, 겁에 질려서, 긴장하고… 눈, 얼어붙은 공포, 차가운 처녀성, 순결, 순진, 그리고 돌연한 용해의 위기가 상존하는 이런 모두가 융합되었다. 나 자신의 전부를 상술했다. 그런데 내가 글쓰기를 마쳤을 때, 내가 묘사한 것은 주나의 사춘기와 청소년들의 사춘기 갈등이라는 사실을 깨달았다. 내가 쓴 38쪽 분량은 여성과 남성, 주나와 고아원, 그녀의 굶주림에 대한 것이었다.[49]

"어둠과 침묵 사이에서"

예술가의 길은 대개 고독하다. 1974년 9월 조각가 앤 트루이트는 일기에서 회고했다. "고투의 본질은 사적이므로 다른 누구와도 관계가 없다. 자신의 감수성을 탐색하고, 그것이 어떻게 작용하여 표현을 실제로 충족시키는지 아는 것은 필연적으로 외롭고 고독한 노력을 통하여 이루어진다."[50] 작가이자 활동가인 벨 훅스(bell hooks)도 역시 1979년 일기에 털어놓았다. "글쓰기는 고독한 과정이다. 하찮은 시나 소설을 쓰는 것은 익명의 폐쇄된 방에서 제아무리 위대할지라도, 다른 사람과 접촉하고 그들을 가까이 유지하는 것만큼 결코 만족스러울 수 없다."[51]

문을 닫고 오랜 시간 동안 홀로 작업을 하면, 종종 자신의 글과 그림에서 나올 것이 많지 않다는 느낌을 받는다. 그 작업은 자신이 투여할 수 있는 전부를 요구한다. 작업이 완료된 때에도, 관객이 있다는 보장도 없다. 당신은 책을 인쇄하고, 그림은 전시하려 한다. 더 고독한 작업, 그 길에는 흔히 가슴 아픈 실망으로 가득 찬다. 너무도 많이 시기와 운에 의하여 결정된다. 예술로 향한 여정의 모든 불확실성과 고립의 한복판에 일기는 충실한 동반자의 역할을 할 수 있다. 수없이 반복하여, 에밀리 카는 마음이 맞는 사람끼리의 공동체에 대한 갈망을 묘사하였다. "왜, 왜, 왜 나는 언제나 작업 속에 나 홀로, 다른 예술가들이나 다른 가치 있는 작업으로부터 멀리 떨어져야 하는가?"라고 그녀는 1933년 11월의 일기에서 탄식하였다. "후원자 없이, 예술가의 지원 없이, 친척들의 관심 없이, 신문 광고의 노력도 없이, 오로지 나와 빈 아파트와 그림들과 함께, 나는 정말 완벽하게 혼자서 세상에 직면해야 했다."[52] 그리고 이런 여성 일기도 있다. 실비아 애슈톤 워너는 사랑하는 남편, 세 명의 아이들, 그리고 사랑에 빠진 연인과 함께하면서도, 가끔 고립의 끈을 느꼈다. "내가 이런 일기를 시작하는 것은 사실 나 자신만의 독특한 고독 때문인가?"라고 그녀는 1943년 11월 19일 자문하였다. "개인적 경험은 고독할 수밖에 없다."[53] 관심을 갖는 친구가 없으면 일기는 내 작업을 나 자신과 논의하는 방법을 제공한다. 일기는 동반자가 되고 시의 여신과 대화하는 기회를 제공하여, 생경한 외로움의 아픔을 모든 예술가의 존재에 필수적인 반가운 고독의 향기로 변환한다.

일기는 또한 자기 충고의 광장, 지원과 격려의 수단을 마련한다. 이 길고 때로는 고독한 길을 여행하는 동안 친구에게 하듯이 우리 자신에게 작은 긍정이라도 줄 필요가 있다. 캐서린 맨스필드는 드물게 자기 관용적인 분위기로 썼다. "새로운 일기를 시작한 시간이다. 자, 보이지 않는 것, 알 수 없는 것, 우리 함께 이야기해보자… 내 마음에서 솔직하게, 충분히, 자유롭게 쓰는 노력을 해야 한다. **평온하게** 성공이나 실패를 염려하지 않고 그저 계속하는 거다."[54] 에밀리 카도 역시 자신의 예술을 위한 진정한 영감의 원천을 자신에게 상기시킨다.

⚜ 그래서, 예술가, 너 또한 깊은 영혼에서, 어두운 침묵 사이 저 아래에, 너의 뿌리가 기어 나와 힘을 얻도록 해라. 뿌리들이 깊이 이르러, 사랑하는 어머니 대지를 단단히 잡게 하라. 저 빛을 향하여 나아, 나아가라. 대지의 좋은 영양으로 깊게 그려서 빛과 공기와 햇살의 영광 속으로 상승하라. 너 자신의 흙, 무력한 씨인 너를 양육한 그곳에서 기뻐하라. 그 땅을 영광으로 가득 채우고, 만족하라.

그녀의 일기는 애써서 얻은 지혜의 명세표처럼 읽힌다. "비상한 일을 하려는 시도는 버리고 평범한 것을 열심히 하라."고 그녀는 자기 자신을 가르친다. 그러면서 일이 진전되는 방식에 드물게 만족하는 그녀를 보는 것도 즐겁다. "오늘은 그림을 **잘** 그렸는데, 여름 스케치 작업을 하면서, 그것을 다시 체험하고, 좋아하게 되었다."라고 그녀는 1936년 9월 23일에 썼다. "올해는 더 멀리 나아가서, 어느 정도 향상되었다고 생각한다. 나는 사물들을 조금 더 전체로, 조금 더 완전하게 보고 있다."[55]

케테 콜비츠는 쉰 살 무렵 예술가로서 자신의 한계를 인식하는 데에 집중하여 "심한 우울증에 빠진" 자기 자신을 발견했다. 1916년 3월 31일 그녀는 일기에 썼다. "점차 나는 이미 구시대에 속하고, 내 미래는 등 뒤에 있다는 정도까지 인식한다. 이제 다소 기꺼이 나를 고위 인사처럼 여긴다." 자신의 최고의 날은 이미 지나갔다는 느낌에도 불구하고, 콜비츠의 결의는 "환상을 버리고, 나의 내면으로 돌아가서 매우 조용하게 일을 계속하는 것이다. 또 마지막까지 나의 일을 계속하라."는 것이었다. 이어서 7월 무렵 그녀는 고요하고 분명한 만족감으로 쓸 수 있었다. "도처에서 내 작품이 가치가 있다는 말을 아주 많이 듣고 있으니, 나는 무언가 성취하여 영향은 미쳤다. 자신의 평생 작업에 대한 이런 반향은 **무척** 좋다. 그것은 만족스럽고 감사의 느낌을 낳는다. 게다가 자신감도 생긴다."[56] 에티 힐점도 역시 자기 자신을 위한 평정과 단순성을 충고했다. 1942년 4월 그녀는 적었다. "때로 나는 이런저런 것을 우아한 말로 표현하려는 덧없는 충동이 생기지만, 그 충동을 즉시 억누르면, 지나치게 부자연스러운 것들 모두가 드러난다. 그런 것 모두 마지막에 상쇄된다. 인내심을 지녀라. 천천히, 견실하게, 끈기 있게 하라."[57]

그러나 일기는 보다 더 엄격한 방식의 예술가를 드러내기도 하는데, 자기 자신에게 충고하여 더 생산적으로 그리고 시간 낭비를 더 적게 하고 몽상을 더 줄이라고 한다. 글쓰기를 3주간 중단한 이후, 실비아 애슈톤 워너는 글을 쓰는 자신의 자아에게 모진 말을 하였다.

⚜ 내가 **하려고 계획하는** 이 모든 글쓰기는, 작업뿐만 아니라 삶에서도 오로지 낭비되는 그 시간에, 환상의 황홀한 세계에서 내가 보내는 그 **시간에**, 내가 발견하고자 하는 것에서 훔친 포획물로 내 영혼을 채운다. 꿈꾸는 시간을 절약하여 생각하는 데 투여하지 않으면, 내가 바라는 발견은 이루어지지 않을 것이다.

이런 자아 비판적 방식을 계속하면서 그녀는 다음 일기를 이렇게 썼다. "오늘 침대에 누워 큰 소리로 신음했는데, 내가 쓴 말을 읽을 때 나에게도 아무런 의미가 없었기 때문이다… 그러니 그것을 두고 신음하는 것 이외에 아무것도 할 수 없었다." 그러나 바로 다음 날 실비아는 다시 글을 쓰면서 "이번에 그 말은 의미를 지닌다."는 것을 알았다.[58]

진행 중인 작업

"이곳에 내 글이 아닌 다른 무엇을 쓰겠는가?"라고 버지니아 울프는 1924년 10월 일기에서 자문했다. 그녀가 일기를 썼다는 사실은 그녀의 일기를 매우 흥미진진하게 만드는 것이다. 일기 쓰기는 진행 중인 작업에 대한 예술가의 진화하는 착상을 조명하기도 한다. 독자들에게 그런 일기는 예술 작품의 흥미로운 내력을 간파할 수 있게 한다. 울프는 적어도 일기에 자신의 창작 계획을 자주 자세히 기록하고, 진행 중인 작업을 상세히 숙고하였다. 1923년 겨울에 『댈러웨이 부인』(*Mrs. Dalloway*)을 쓰고 있을 때 그녀는 적었다. "절대 시간, 그리고 등장인물들의 뒤편에 있는 아름다운 동굴을 어떻게 찾아내는지 나의 발견에 대하여 많이 써야 한다. 그것이 내가 원하는 것, 즉 인간성, 유머, 심오함을 정확하게 가져온다고 생각한다. 이 착상은 동굴들이 연결되어, 제각기 지금 이 순간에 백일하에 드러나는 것이다." 몇 개월 후, 그녀는 기록했다. "그 구상은 나의 다른 모든 책에서 볼 수 없는 진기한 것이다." 그래서 다시 한 번 더, 우리는 그녀의 창작 전략의 일면을 알게 된다. "내가 터널을 파는 과정이라고 칭하는 것을 발견하는 데 1년의 탐색 기간이 소요되었고, 그에 따라 나는 과거를 필요한 만큼 여러 회로 나눠서 이야기한다. 이것이 지금까지 내가 발견한 가장 중요한 것이다."[59] 에티 힐점에게 일기는 글을 쓰려는 그녀의 강렬한 욕망에 대한 절친한 친구로서 아주 크게 도움이 되었는데, 그 욕망은 불가사의한 사건의 연속에서도 잦아들지 않았다. 웨스터복 수용소로 떠날 시간이 임박한 것을 알고 있을 때에도 에티는 관찰했다. "나는 아직도 똑같은 낡은 불만으로 괴로워한다. 결점을 보충하는 위대한 공식을 찾지 않을 수 없다. 내 속의 모든 것, 넘쳐나는 풍요로운 삶의 감각을 요약하는 하나의 말을 찾는 것이다."[60]

시각 예술가에게 일기 쓰기는 표현의 보충적 매체를 제공한다. 에밀리 카는 자서전 『성장하는 고통』(*Growing Pains*)에서, 새로운 스케치를 시작할 때마다 자문하는 자신의 습관을 묘사하였다. "무엇이 너를 이 특별한 주제에 매료되게 하였는가?" 또 "네가 표현하려는 것, 그 핵심은 무엇인가?" 여기서 일기가 해답이었다. 그녀는 말한다.

⚜ 분명하게 가능한 적은 말수로, 자신으로부터 자신에게로 이런 질문에 답하였는데, 작은 공책에 말을 골라 표현하면서, 본질적인 것만 내놓고 사소한 것은 전부 제거했다. 나는 이런 방식이 대단히 유용한 것을 알았다. 색과 형체뿐만 아니라 말로 이렇게 전달하는 것은 나에게 이중 접근을 이루게 하였다. 나는 글쓰기 규칙에 대하여 아는 바가 전혀 없었다.

심근경색의 병이 나타난 이후, 홀로 열대 우림 속으로 스케치 여행을 떠나는 것을 중단하라는 의사의 단호한 지시에 에밀리는 언제나 재치 있게 결심을 했다. "한 가지 길은 차단된 것이 분명하므로, 다른 하나의 길을 시도하겠다. 화가의 삶을 통하여 나에게 깊은 감동을 준 그것을 '말로 표현'하겠다."[61] 그렇게 그녀는 자신의 두 번째 예술가의 활동을 시작하는데, 이번에는 문필가였다. 조지아 오키프(Georgia O'Keeffe)도 역시 일기를 자신의 예술에 대한 생각을 말로 나타내는 데 사용하였다. 그녀는 썼다. "나는 매우 괴로운 순간에 그 모양을 그리는데, 노란색 메모 용지 위에, 일 년이 지나도록 내 마음속의 것, 그런데 그 모양들의 색깔을 볼 수 없다. 그것들을 반복하여 그려왔고, 또다시, 그것은 어디에서 나와서 수없이 들리다가 마침내 바람 속에서 들려온다. 그러나 그 모양의 색을 포착할 수 없고, 단지 모양만 보인다. 이것이 이치에 맞지 않아도 상관없다."[62] 앤 트루이트에게 예술적 작업은 출산에 가깝다. "새로운 조각을 마음에 품을 때, 우리가 서로 사랑에 빠진 것 같은 마술적 시기가 도래한다."라고 그녀는 일기에 썼다. "그 자체가 그것의 생명이다. 나는 그것을 수용한다. 그 조각이 완성되어, 자유롭게 서 있게 된 후, 나는 '아, **너**였구나'라는 느낌, 내 아기들을 처음 보았을 때 내가 그들을 시종 인식하는 그런 유사한 느낌을 갖는데, 이들은 태어나기 전에 이미 알고 있었던 것이다."[63]

매우 노련한 작가나 화가들마저도 불안, 심지어 절망의 순간을 맞는다는 것을 알고 나는 이 책의 저술을 지속할 수 있었다. "오늘 아침 작업을 잘 했는가. 오늘 오후의 작업은 부족한가."[64]라는 카의 간단명료한 요약에 나는 정말 충분히 공감할 수 있다.

⚜ 1992년 7월. 이 책을 쓰는 것이 "누군가에게" 도움이 되는지 의심스럽다. 말하자면, 광범위한 이름 모를 독자층을 위하여 쓰는 대신에, 글을 쓰면서 나의 독자를 마음속에 상정하는 것이다. 나는 마음속에 친한 친구와 함께 글을 쓰고 싶다. 아마 그렇게 하면 독자와 나의 책 사이에 친근감과 생기 넘치는 관계를 창조하는 데 도움이 될 것이다. 또한 그것은 적절한 양식과 어조를 형성하여, 이 책에 온기를 불어넣고, 애정 어린 감정을 보존하게도 할 것이다. 이론상으로는 가능해도, 어떤 경우에도 이름 모를 독자가 광대하게 존재하지 않는다. 실제로 독자는 개개의 여성들인데, 독서하면서 항상 내가 하는 것처럼, 용기와 영감을 구하는 사람들이다.

1994년 11월. 이 책을 쓰는 일은 장기간의 광범한 보물찾기와 같아서, 내가 무엇을 찾을지 결코 미리 알 수 없다. 나는 그렇게도 많은 삶과 이야기, 너무나도 유사하면서 다양한 경험들의 안과 사이에서 여행하고 있다. 넘쳐나는 즐거움과 슬픔, 환희와 비탄이 있다. 나는 한 생애에 수많은 삶을 살고 있다. 내가 지치고 곤경에 빠지거나 낙담한 때에도, 나는 여전히 유쾌하게, 언제나 좋은 친구와 함께한다!

비판적 반응을 상대하기

버지니아 울프는 자신의 소설 『항해』(*The Voyage Out*)가 무시당한다고 여기면서, "찬사를 아주 많이 바라고 비난이나 무관심에 매우 의기소침한 것은 작가의 삶에서 저주가 된다."라고 회고했다. "유일하게 현명한 행로라면, 글쓰기는 결국 최선을 다하고, 이외의 다른 작업은 내 인생의 낭비로 여기며, 여기서 대체로 무한한 즐거움을 얻고, 매년 100파운드의 돈을 만들어도, 내가 쓰는 글을 좋아하는 사람들이 있다는 것이다."[65] 일기는 수많은 작가와 예술가들에게 안전한 장소를 제공하여서, 통렬하고도 부당한 논평에서 오는 좌절을 해소하고 작업의 유지에 대한 그들의 낙심과 무익의 느낌을 정화하였다. 1952년 8월 안토니아 화이트의 예가 있다.

> 『제당 공장』(*The Sugar House*)의 리셉션은 지금까지 내가 받은 가장 냉담하고 적대적인 것이었다. 좋은 논평은 단지 네 군데, 나머지는 미지근한 것부터 실제로 노골적인 조롱과 증오까지 보인다. 어떤 경우는, 대부분 실제로, 이 책의 요점이 완전히 실종된 모순들로 바보스럽다…. 나는 과한 의욕 상실로 우울하다…. 진지한 글쓰기를 더 이상 시도하지 않아야 한다고 통감했다.[66]

그렇지만 자신의 절망을 발산하는 바로 그 행동은 치료 효과가 있어서 안토니아는 글쓰기를 계속할 수 있었다. 메이 사턴도 마찬가지로 일기에서 몇 장에 걸쳐 자신의 고통을 표현하였다. 1970년대 초반, 자신의 소설 『사랑의 종류』(*Kinds of Love*)에 대한 논평을 대하는 그녀의 반응은 이렇다.

> ⚜ 또다시 어두움. 『타임즈』(*Times*)의 일요판에 절망적 논평이 나왔다. 분명 내 예감이 있었으니, 주말 내내 지독하게 우울한 기분이 들었기 때문이다. 이제 이 느낌을 극복하기 위한 침착한 투쟁을 할 때이다. 24명의 "자식들"을 창조하였으나 하나같이 진지한 비평적 관심의 부족으로 모두 질식사하였다…. 정말 외로운 일이다…. 그렇게도 긴 장편을 쓰는 동안에 불확실, 불안, 그리고 힘겨운 노력의 오랜 시간에서부터 무모한 기대에 이르기까지… 결국 피할 수 없는 재해를 만났다.[67]

"여성에게 일기는 작가이면서 여성일 수 있는, 모순되지 않는 드문 공간 중의 하나였다."[68]라고 신시아 가네트는 말한다. 우리는 이것을 이 장의 전체를 통하여 분명하게 목격한다. 실제로 많은 여성 작가와 예술가들은 자기 자신에 **가장** 가까운 때는 자신의 예술에 몰두하는 동안이라고 단언한다. 17세의 마리 바시키르체프(Marie Bashkirtseff)는 그림에 대한 자신의 재능을 마침 발견하고, 유난히 흥미롭게 적었다. "화실 안에서 모든 구별은 사라진다. 존재는 이름도 집단도 없으니, 오로지 자신의 자아, 즉 개체, 그래서 자신은 이미 자기의 예술을 품고 있어서, 다른 어떤 것도 아니다. 존재는 너무나 행복하고, 자유롭고, 자랑스럽다!"[69] 실비아 애슈톤 워너는 진로를 자신의 조그만 글쓰기 오두막으로 바꾸면서 생각에 잠기었다. "내 개성은 변화한다. 아내, 엄마, 연인, 그리고 교사와 작별하여 맹렬한 예술가가 이어받는다. 나는 나 홀로 존재한다. 나는 오로지 나 자신에게만 속한다. 나는 정신을 제외한 어느 누구와도 어울리지 않는다. 나는 땅도 친척도 친구도 적도 없다. 나에게는 오로지 이 길뿐이다."[70]

그것은 일기 이외의 친구는 없다는 말이다.

인생의 추이가 자신의 것이기를 요구할 필요가 있다.
지금까지 존재하면서 행한 전부를 자신이 진정으로 소유할 때,
그렇게 하는 데 어느 정도의 시간이 걸리겠지만,
자신은 진실과 강렬한 관계를 맺는다.[1]

플로리다 스콧트 맥스웰, 『내 생애의 척도』(*The Measure of My Days*)

9
내 삶을 위한 글쓰기
일기에 대한 몇 가지 제언

하나 이상의 일기 쓰기

내가 자주 받는 질문 중의 하나는 이렇다. "당신은 일기장 하나에 모든 것을 기록하나요, 아니면 꿈, 창조적 생각, 기타의 것으로 분류하여 각기 다른 일기장에 쓰는가요?" 원칙적으로 나는 한 권에 모두 포함하기를 좋아한다. 그러나 중심 일기장은 항상 대형 장정본이기 때문에, 여러 손가방 안에 작은 보조 일기장을 넣어 다닌다. 이동 중에 쓰게 되면, 나는 "중심" 일기장에 그것을 상호 참조로 기재하여 필요할 때 다시 인용한다. "휴대용 일기를 보라."는 간단한 메모와 날짜는 그 기록의 소재를 나에게 알려준다. 이전의 장에서 언급한 "아이디어" 공책에 더하여, 나는 시, 재봉 계획, 정신과 치료의 일기, 다양한 여행 일기, 그리고 영국에서 발성 공부를 하고 있을 때 발성법에 대한 내 선생님의 제안에 대한 메모장을 여러 해 동안 쓰고 있었다.

어떤 종류의 배합이 가장 적합한지 시도해 보고 싶을 것이다. 연구회의 한 회원은 일정한 기간에 두 세 권의 일기장을 지니고 있다가, 그날 가장 마음에 드는 곳에 쓰기도 한다. 최근에 그녀는 아마포 표지로 스프링 제본된 일기장, 더 큰 노란색의 떼어 쓰는 노트, 그리고 작은 휴대용 일기장을 항상 지니고 다녔다. 또 다른 일기 작가는 말했다. "나는 일기를 네 권에 나누어 쓰는데, 불쾌한 느낌용, '일상'용, 꿈용, 그리고 1년간 요약용이다." 마게리(Marguerite)는 대형 벽 달력에 일기를 쓰기 시작하면서, 자신의 심한 천식 발병의 유형을 알아내리라 생각하였다. 그녀는 자신의 증상을 코드화한 정교한 색깔 체계를 고안하였는데, 그 달의 끝 무렵에 달력은 한 편의 현대 미술품처럼 보였다. 마침내 그녀는 그것을 장정 일기장에 더 자세하게 옮겼다. 어느 지점에서, 당신도 하나 이상의 일기를 동시에 쓰고 싶을 것이다. 낙서를 끄적거리거나 그리기를 좋아한다면, 물론 글쓰기 일기를 보완해줄 미술 스케치북을 구입할 수도 있다. 동시에 여러 일기장을 사용하는 데 한 가지 불편이라면 인생의 어느 시기로 돌아가 내용을 다시 읽고 싶을 때, 여러 권 사이를 뒤지게 된다는 것이다. 그러나 지불하는 대가는 작을 것이다.

지극히 사적인 개인적 삶의 측면을 담는 일기장을 따로 쓰는 사람도 있다. 작가 바바라 고다드(Barbara Godard)는 정서적으로 휘발하는 소재가 일기에서 어떻게 되는지 말한다.

> 직면한 강렬한 충격과 애도의 순간들을 쓰지 않고 회피해야 하는 때 이 일기장에는 거대한 백색의 공간이 남는다. 그러나 이들은 추방되어도, 나의 다른 일기, 즉 내가 간직하는 꿈속의 일기에서, 근심과 고통으로, 무의식의 분열적 리듬의 힘으로 나타난다.[2]

실제로 가장 일반적인 보조 일기장은 꿈 일기이다. 많은 사람들은 이런 방식으로 일기를 시작한다. 여기서 한 가지 나의 조건을 붙이자면, 꿈을 분리하여 기록할 때 연결되는 그 당시 여타의 삶에 대하여 직접 관련이 있는 정보를 얻을 수 없다는 것이다. 연관성에 대한 이해가 아주 중요하기 때문이다.

일기 작가가 자신의 일기를 출판하려고 생각한다면, 억제되지 않는 감정의 분출을 위한 사적인 다른 일기장이 필요할 것이다. 버가일드 니나 홀저는 『하늘과 땅 사이의 산책』(*A Walk Between Heaven and Earth*)의 서문에서 말한다. "이 책은 나의 개인적 삶에 대한 많은 내용을 포함하지만 나의 사적인 일기는 아니다. 이 글쓰기 탐색의 시간 동안 나는 사적인 일기도 함께 썼다."[3] 에델 쉬와바처도 역시 1978년부터 1984년 사망 때까지, 공개적이고 사적인 일기를 각각 썼다. 전자는 타이프로, 후자는 손으로 기록했다. 출간된 쉬와바처의 일기에서 그 책의 편집자 중 한 사람인 그녀의 딸 브렌다 웹스터(Brenda S. Webster)는 사적인 그 일기에 포함된 내용을 인용하지 않고 그저 들여다보는데, 이것은 어머니의 소망을 위반하는 행위였을 것이다. 그녀는 전한다.

> 일기 작가로서 필력의 정점에서, 자신이 선택한 언어 수단을 제어하면서 보편적 인간의 문제와 예술적 가치에 관심을 갖는 성숙한 예술가의 모습을 공개된 일기가 보여주는 반면에, 사적인 일기는 혼란스럽고, 아프고, 자신의 삶에 대한 제어 능력의 감소에 겁에 질려, 화난 늙은 여인의 모습을 보여준다.

물론 출간된 일기의 편집자들처럼, 나도 역시 에델 쉬와바처의 사생활에 대한 소망을 존중하였겠지만, 사적 일기의 내용을 다른 일기와 함께 포함시켰다면 우리가 그녀를 이해하는 데 달리 진전이 있었을 것이라는 생각을 나는 버릴 수 없다. 정말 복잡하고 다면적인 초상화가 생겼을지도 모른다.

생을 마감할 무렵, 쉬와바처는 자신의 공개 일기에 사적인 문제를 실제로 포함하기 시작했다. 죽기 5년 전 84세의 나이에 그녀는 자문하였다. "내 일기에 사적인 내용을 허용해야 하는가? 아니면 위대한 예술은 과거의 다른 위대한 예술과 지식에 전적으로 영향을 받았다고 생각해야 하는가? 아니, 더욱이 그것은 화가가 맛보고 겪은 지극히 친숙한 경험의 결과라는 생각이다." 그럼에도 불구하고, 그녀의 최악의 정서적 고난은 사적인 페이지에 한정되어 남아 있었다. 편집자는 전한다. "공개 일기가 예술의 모호성을 추상적 화제로 삼을 때, 사적인 메모는 (관절염을 두고) '통증이 분노의 원인인가 아니면 분노가 통증의 원인인가'라는 질문을 고통 속에서 던진다." 에델 쉬와바처는 자신의 고통을 예술로 바꿀 수 있었다. "사적 공책에 기록된 모든 불화, 혼란, 고난으로 그녀는 공개 일기에서 아름다운 모자이크를 만든다."라고 편집자는 결론을 내린다.[4]

순전히 감정 정화의 글을 위한 별개의 노트를 선호하는 일기 작가들도 있다. 유방암에서 회복하는 것을 다루어 출판된 예쁜 일기에서, 디나 메츠거는 전한다. "바바라의 편지를 내 일기장에 풀로 붙인다. 일기장은 이것뿐이 아니다. 통곡하고 아우성치고 꿈꾸기 위한 암흑의 일기장이 또 있다. 이것은 말을 위한 일기장이다."[5] 중심 일기장 외에도, 앤토니아 화이트는 1935년에 시작한 3년 동안의 자신의 정신분석을 포함하여 세 가지 특정한 일기를 작성하였다. 다른 두 가지는 남녀 관계에 대한 것인데, 1937년 한 남자와 그리고 10년 후 한 여성과 관련된 것이었다. 화이트는 숨김없이 성적인 교제의 글을 프랑스어로 썼다.[6]

케이트 토마이브(Kate Tomibe, 가명)는 1943년 일본계 미국인 포로 수용소에 감금되어 있는 동안, 다섯 가지의 일기를 동시에 기록했다. 그녀는 그 일기의 목적을 이렇게 설명한다.

♆ 5년이 된 내 일지에 일상 활동에 대한 논평은 거의 또는 전혀 하지 않고 간략하게 기록하겠다. 그리고 한 권은 서평과 교본의 개요를 쓴다. 또 다른 일기에 수필을 쓰고 나중에 시간이 나면 일본어로 번역하겠다. 이 일일 기록에는 사람과 사건에 대한 느낌으로 활동의 기록을 확대하겠다. 그런데, 그렇게 중요하지 않은 활동은 생략하고, 또 질투심이나 무관한 사람에 대한 요구 등과 같은 자잘한 감정들도 제외할 것이다. … 나의 "개인적 회고록"에 많은 도움이 되지 않을 것으로 생각하기 때문인데, 지금 나는 사춘기 풋사랑이나 열광의 10대가 지났다. 그렇지만 이 일기에서 제외될 아무리 작은 감정이라도 기록하여 간직할 것이다.[7]

만약 자신의 일기를 시험하고 있다면, 아마 당신은 글쓰기의 다른 양식들을 시도하였을 것이다. 일레느 마르쿠스 쉬타르크만은 25년이 지난 후에 자신의 일기 쓰기 양식을 과감하게 바꾸었다. "이런 세월이 지나면서, 나 자신의 공간과 일기 쓰기의 새로운 방식을 갖게 되었다."라고 그녀는 언급했다.

♆ 왼손잡이로 글을 쓰는 나는 보통 문방구점에서 구입하는 예쁜 하드커버의 일기장을 사용할 수가 없었지만, 주변에 색이 바랜 흔한 스프링 노트도 몇 권 없다. 나는 컴퓨터에서 일기를 쓰기 시작했다. 늦은 밤 더듬어 내 방으로 들어가, 전등을 끄고, 컴퓨터 스위치를

켜고, 눈을 감았다가, 키보드를 두드리면서, 뜻밖의 놀라움을 기다린다.[8]

일레느와 동조해서, 특별히 능숙한 타자수라면 정신 작용과 보조를 맞추는 데 키보드 위를 날아다니는 손가락이 종이를 가로지르는 펜을 밀고 나가는 때보다 더 좋을 수도 있다. 컴퓨터 일기 쓰기의 또 다른 이점은 마우스 한 번 클릭으로 오랜 내용을 즉시 검색할 수 있다는 점이다. 그러나 나는 지나친 종이 물신 숭배자이므로 종이를 나 자신으로 여긴다는 사실을 고백한다. 나는 일기 쓰기의 물리적 특성을 좋아하는데, 그것은 종이와 펜의 모양과 느낌, 삭제하거나 지울 수 없는 손으로 쓴 단어의 종국성이다. 그러므로 새롭게 장정된 아름다운 일기장을 선택하는 그 과정은 종이를 버리고 단순하게 기능적인 하드 드라이브와 플로피 디스크로 교체하는 것보다 훨씬 더 큰 미학적 즐거움을 제공한다.

여행 중 글쓰기

규칙적으로 일기를 쓰지 않는 사람들이 때로는 여행 일기를 쓰면서, 방문하는 장소의 광경, 경험, 인상을 기록한다. 시중에는 심지어 여행 전용 일기도 나와 있는데, "방문 장소", "목격한 광경", "여행 거리"와 같은 표제를 갖추고 있어서 여행의 간명한 사실적 개요를 원하는 사람들에게 도움이 된다. 일기는 수년간 나에게 가장 소중한 여행 동반자인데, 특히 나 혼자 여행을 할 때 그러하였다. 여행 때마다 나는 상응하는 일기를 시작하면서, 갈피마다 고착된 가옥 생활에서 자유분방한 순간적 생활양식으로 전이한다. 거기에 내가 보고 경험한 것에 대한 느낌을 묘사하였다. 이렇게 여행 중의 내 시간의 의미를 귀중하게 더하였다. 또 일기는 너무 피곤하거나 심약하여 홀로 외출하지 못하는 밤 시간에 호텔 방 안의 내 친구가 되기도 하였다. 주변의 것 전부가 낯설고 모호하며 심지어 꿈마저 이런 기이함을 반영할 때, 일기는 내가 누구인지 나에게 일러주었다.

여행은 불연속성을 의미한다. 장기 여행의 바로 그 본질은 간단없이 변화하는 환경과 상황에서 자기 자신을 발견하는 것이다. 계속해서 옮길 때마다, 자신을 새롭게 재생해야 하는데, 사실 이것이 열린 길의 매력 중 하나이다. 많은 사람들은 특히 20대에 다른 문화를 경험하는 만큼 자기 자신을 재발견하는 여행을 한다. 크리스티나 볼드윈은 이런 말까지 한다. "나의 진정한 여행은 유럽 여행과 거의 관계가 없고, 아주 많이 나 자신의 마음과 관련이 있었다."[9] 바로 그렇다. 1979년에 나는 오후 긴 시간을 볼로냐의 기차역 가까운 곳 커피점에서 대화를 나누었는데, 그는 영어와 독일어를 유창하게 말하는 시칠리아인 과일 수출상으로, 철학적 재능이 있는 사람이었다. 우리는 삶에 대하여 솔직하게 이야기하였는데, 이것은 다시 만날 가능성이 없다는 사실을 서로 알고 있는 이방인들이 자주 나누는 대화 방식이다. 그는 아내와 새로 생긴 딸에 대하여 말하면서 나의 끝이 없는 유럽과 중동 여행의 목적에 대하여 물었다. 그리고 내가 기차 타는 것을 도와주면서, 계속되는 나의 내면 여행은 외면적으로 보고 경험하는 것보다 더 의미 있게 보인다고 말하였다. 물론 그의 말은 옳았다. 이 여행 이전 몇 해 동안 내가 받은 종교적 교육을 서서히 버리고 있었지만, 나는 여전히 유럽 배경에 강한 동질성을 지니고 있었다. 이제 내가 권리를 주장하는 문화적 지적 유산의 대륙을 알고 나의 정체성을 재고하게 되었다. 그 당시 여행 일기를 다시 읽으면, 유럽의 성곽이나 대성당보다는 내면적 삶에 훨씬 더 많은 관심이 있었다는 것이 분명하다. 유사하게, 『일체로의 여행』(*Journey to Wholeness*)에서 바바라 마리 브루스터(Barbara Marie Brewster)는 과거의 일기를 다시 읽는 것에 대하여 쓴다. "나는 오래 전의 여행 일기를 젊은 여성으로 이름 바바라의 확장되는 내면적 의식에 상응하는 외부적 경험의 경과 기록으로 보기 시작하였다. 그녀가 그 여행의 장애를 극복할 때, 마찬가지로 내면의 인격은 느끼고, 인식하고, 발전하고, 두려움 속에서 승리하였다."[10]

출간된 자신의 여행 일기를 소개하면서, 아프리카계 미국인 작가 일리너 스미스(Eleanor Smith)는 17권을 다양한 세상 곳곳으로 가는 방랑 모험 여행 연대기로 묘사한다. "이 모음집은 어떤 특별한 관광 책자에서 편지지까지 포함하므로 온갖 크기와 모양을 모두 담고 있다."라고 그녀는 말한다. 이것을 다시 읽으면서 스미스는 자신이 찾고 있는 것 이상으로 더 많은 발견을 했다. 그녀는 회고한다.

> ⚜ 이 일기는 내가 여행한 나라들의 풍경, 문화, 관습, 그리고 사람들에 대한 나의 생각과 경험을 이야기하므로 내가 알게 된 것들에 대한 기억의 원천으로 도움이 된다. 그렇지만 14년 동안 일기를 쓰면서 지금 나는 기대하지 않았던 다른 차원이 일기들 속에 또 있다는 것을 알았다. 나의 경험들을 되돌아보고 내가 어떻게 변화하고 성장하였는지 실감하면서 또한 내 삶에서 그대로 남아 있는 많은 부분들을 볼 수 있다.[11]

여행 중의 일기 쓰기는 특히 빠른 속도로 한 곳에서 다른 곳으로 옮길 때 나날의 마주침을 새롭게 직관적으로 성찰하는 한 방법이 된다. 일상적 안정에서 벗어날 때 유일하게 항상 발생하는 그 특유의 예기치 않은 순간들을 이 일기에 보존할 수 있다. 몇 년이 지나서 옛날 여행 일기로 돌아와 보면, 생생하게 분출하는 기억에 휩싸이는 자신에 놀랄 것이다. 얼마 전에 나는 유럽과 중동을 여행한 몇 개월 동안 기록한 일기를 다시 읽으면서 즐거운 시간을 보냈다. 10년 동안 생각도 못했던 사람, 장소, 사건들이 생생하게 돌아오고, 심지어 일기에 없는 다른 기억들까지 살아났다. 카페에서 내가 앉았던 바로 그 자리, 역동적이며 자극적인 대화, 어느 특별한 날 저녁에 먹은 음식, 특이한 기차 여행 동안의 풍경, 이런 모든 것들이 넘치는 기억의 홍수로 되살아났다.

비행기 안에서 일기 작가들은 "모든 것 위의 높은 곳," 즉 더 이상 "여기"가 아니면서 아직은 "저기"도 아닌, 중간에 존재하는 느낌을 자주 묘사한다. 아나이스 닌은 전쟁으로 1939년 겨울에 파리를 떠나 뉴욕으로 가야 할 때, 처음에는 슬픔에 잠겼다. 기차를 타고 정든 도시와 점점 더 멀어지면서, 그녀는 적었다. "나 자신은 프랑스와 결코 떨어질 수 없을 것 같다. 모든 이 여행길, 풍경, 작은 역, 얼굴들은 이별의 고통을 가져온다. 내가 들고 다니는 단 두 개의 가방은 최근에 쓴 일기로 가득하다." 하지만 포르투갈에서 아조레스 제도로 가는 수상비행기를 타고, 이어서 버뮤다에서 마침내 뉴욕으로 향하는 비행에 대하여, 그녀는 회상했다. "기묘하게도 마지막 비행을 할 때, 과거와의 이별이 더 쉽게 이루어지는 것 같다. 지상으로부터 높이 멀어지는 것이 마음을 안정시키고, 마음속 슬픔으로부터 해방시키는 듯하다. 우리는 우주 의식으로 진입한다."[12] 당연히, 그녀의 감정은 그 여행길에서 수없이 요동치지만, 자신이 제어할 수 없는 향후의 삶에서 한 가지 안정인자인 일기에 매달렸다. 수년이 지난 후, 뉴욕에서 샌프란시스코로 향하는 비행기에서 닌은 보았다. "나는 항상 비행기의 구름 풍경에 차갑고 맑은 빛을 받아 글쓰기를 좋아한다. 그 빛은 특별한데, 내가 상상하는 그리스의 빛처럼 황금색이 아니고, 설산의 빛처럼 푸른색도 아니기 때문이다. 그것은 강렬한 백색의 예민한 빛이다. 그러나 내가 이 빛으로 모든 사물을 분명하게 볼 수 있다면, 그것은 빛 그 자체가 아니라 내가 사랑하는 것들과 분리된 그 고도 때문이다."[13]

장정한 일기장은 장기간 여행을 계속하거나 거주지를 바꾸는 친구에게 내가 주기 좋아하는 선물이다. 방향 상실, 문화적 충격, 또는 친근한 것에 대한 단순한 그리움의 순간에 일기는 충실한 위로의 존재가 된다. 일기는 우리가 누구인지 알려준다. 지난여름 이탈리아로 갈 꿈을 꾸고 있던 한 친구는 그 대신에 남쪽 플로리다로 가서 허약하고 힘든 초로의 이모가 지닌 문제를 해결해야 했다. 떠나기 전날 밤, 나는 이 친구한테 장정한 일기장을 건넸는데, 거대한 어제일리어 꽃다발을 지키는 한 여성을 그린 칼 라르손(Carl Larsson)의 그림을 표지로 한 것이었다. 비록 내 친구는 이탈리아에 도달할 수는 없었어도, 돌보는 일 사이에 일기를 쓰는 조용한 시간에 비상하는 그녀의 상상력을 억제할 수는 없었다.

글로리아 바울즈(Gloria Bowles)는 1961년 파리의 대학 3학년에 일기를 쓰기 시작했다. 그녀는 지금까지 글을 쓰고 있다. 1986년 6월에 귀국했을 때, 그녀는 해외 체류 동안의 일기 쓰기 경험을 회고했다.

나는 최고의 시간을 보내고 있으니, 걸어서, 파리를 들여다보고…

걷고… 걷다가, 따뜻하고 향긋한 밀크 에스프레소를 마시러 알레지아에 들른다…. 저녁에는 독서를 하고, 지금은 뒤라스(Duras)를 불어로 읽으니, **꿈같은** 날이다. 이 꿈같은 모습은 고향에서는 많이 드러나지 않는데 그것은 일상의 생활이 언제나 개입하기 때문이다. 사람들은 해외에 있을 때 글을 쓰게 되는 것은 놀라운 일이 아니다…. 나는 이런 꿈같은, 덜 생산적인 면을 좋아한다.

시간, 여가, 그리고 외부적 압박으로부터 자유로운 바울즈는 고향의 일상생활에서 접근하기 어려운 상상의 영역으로 들어갈 수 있었다. 사실은 이런 경험이 그런 삶에 대한 그녀의 생각에 영향을 제공하였는데, 귀향하는 비행기에서 쓴 다음의 일기에서 그것을 보게 된다. "나는 떠나고 싶지 않다. 휴가 중에 느끼는 자유, 주위 환경과의 총체적 연루가 있으니까. 파리의 아름다움, 그것을 이렇게 추방하고 있다. 나는 **자유가 없는** 사람처럼 살고 있는가?"[14] 다시, 일기작가의 관점은 이동하여 자신의 일상적 책무와 일상사에서 멀어진다. 이와 같은 성찰의 결과는 해방으로 이어질 수 있다. 미셸 허만(Michelle Herman)은 1978년 여름 블루 리지(Blue Ridge) 산에서 이런 글을 쓰고 있다.

⚜ 나는 오늘 아침 텐트 내림 문의 그물망으로 스며드는 태양 때문에 일어났다. 그래서 내 정신은 혼미하였다. 어리둥절하게도 햇빛과 맑은 공기에 취하여… 지금은, 야영지에 앉아서… 연기 피어오르는 밝은 황금빛 석유 등잔 곁에서 노트북에 글을 쓰는데, 지난해는 나쁘지 않았다는 생각을 (평소답지 않게) 줄곧 한다…. 쓰다가 말다가 그런데 적어도 쓰고, 그럭저럭 꾸리면서, 열심히 운동하였다. 그리

고 이제 이것, 이 놀라운, 아름다운, 느리고 고요하고 평온한 세계가 있다…. 나는 **살아 있다** 그래서 나는 **내 생애 처음으로 산에 올랐다!**[15]

프랑스 여성주의자이면서 사회비평가인 플로라 트리스탄(Flora Tristan)은 1833년부터 1844년 41세로 요절하기까지 페루, 영국, 프랑스를 두루 여행하면서 일기를 썼다. 프랑스에서 마지막 긴 여행을 하면서, 가능한 한 많은 수의 남녀 노동자를 만나고, 산업혁명에 이어서 국제노동조합을 조직하는 그들을 돕고 싶었다. 1844년 4월 14일 일요일, 그녀는 회고했다. "인간에 봉사하는 일은 분명히 어렵다. 지금 밤 11시다. 오늘 아침 7시부터 한 숨도 돌릴 여유가 없었다."[16] 거의 한 세기가 지난 후, 또 다른 사회 운동가 에슬란다 구드로브슨(Eslanda Goode Robeson)은 1936년 3개월간의 아프리카 여행을 일기에 자세하게 기록했다. 처음부터 끝까지 그녀는 관찰한 것을 기술하고 논평하면서, 아프리카 여러 나라와 미국 남부 사이에 흑백 관계의 유사성을 가끔 언급하였다. 분명하게 그녀는 마주치는 전부와 강렬한 관계를 맺는다.

♰ 우리는 서아프리카 세네갈의 수도 다카르의 앞바다에 있다. 후텁지근한 공기, 회색으로 뜨겁고 잔잔한 바다, 납빛으로 흐린 하늘이다. 어둡게 짓누르는 생각이 일어나는데, 1666년과 1800년 사이에 납치된 550만 아프리카인, 나의 조상들이 바로 이곳 긴 해변에서 대서양을 건너는 공포의 여행을 시작하여, "신세계"에서 노예로 팔려 간 것이다. 내가 여행을 시작했다고 말하는 이유는, 이들 중 50만 명 이상이 도중에 사망한 기록이 있기 때문이다. 이 바다와 하늘

과 이곳 전역의 공기가 나에게 불길하게 보이는 것도 이상한 일이 아니다.[17]

아프리카 사람들에 대한 에슬란다의 동정심과 찬양은 계속 증대하여, 여행이 길어질수록 그녀의 경험은 더 풍부해진다.

나에게 인상적으로 가장 흥미로운 서술 중의 하나는 마리온 밀너의 『영원의 여명』(*Eternity's Sunrise*), 자신의 여행 일기를 회고적으로 분석한 책이다. "최초의 그리스 구경"에서 그녀는 그 여행 동안 너무 틈이 없어서 일기를 쓸 수 없었으나, 혼자서 베니스 여행의 마지막 5일을 남겨두고 일기를 쓴다고 말한다. 일기를 시작할 때 시간 순으로 매일의 볼거리를 서술하여서 활력이 없어 보였지만, 그런데 이어서,

⚜ 내 생각의 어두운 배경에서, 빛이 깜박거리는 동굴처럼, 완전히 묻히지 않은 불명료한 보물에서 나오는 듯한 섬광이 있었다. 이어서 무슨 일이 일어났다. 가장 중요하게 보이는 사건들을 기록하기 위한 단어를 찾는 노력을 포기하고, 그저 혼돈의 어두움을 마주하며, 그냥 앉아서 이 기억의 동굴을 응시할 때, 휴가 후에 가지고 돌아오는 트로피나 기념품처럼, 어떤 대상에 대한 내 생각들이 되풀이해서 되돌아오는 것을 인지하기 시작했다.

이런 "내 생각 속으로 파고들어, 주의를 환기시키는 사적인 작은 순간들은" 밀너가 "기억의 방울"로 지칭하는데, 사고와 느낌, 상상과 이성의 영역들이 융합되는 고양된 인식의 순간들을 나타낸다.[18] 이들의 의미는 그녀 여행의 중심부에 있는 자기장의 핵심이

었다.

여행 일기 쓰기는 일찍 시작하는 그만큼 더 좋다는 말로 이 절을 마치겠다. 다음은 1994년 가족의 여름휴가 캠프가 시작되는 날 여섯 살 먹은 내 조카딸 첼시(Chelsea)가 공책에 쓴 내용이다.

⚜ 우리는 8월 13일 토요일 오전 5시 19분에 떠났다. 식당에서 점심을 먹었다. 첫날이었다. 거기서 나는 엽서를 한 장 샀다. 그리고 우리는 저녁을 먹었다. 우리는 산보를 나갔다. 눈을 떠 보니 다음 날 아침 94년 8월 14일 일요일이었다. 나는 자전거를 타다가 길을 잃었고 그 후 우리는 잠시 동안 이야기를 나누었다.

타인을 위한 일기 쓰기

누군가를 대신하여 일기를 쓰는 사람에 대하여 어떻게 생각하는가? 대리 일기 쓰기의 가장 일반적인 형식은 아마 유아나 어린 아이를 위하여 쓰는 어머니의 일기일 것이다. 카렌 라즐로는 다섯 살의 앤디(Andy)와 두 살의 아론(Aaron)을 위한 일기를 쓴다. 여기서 그녀는 초기 몇 달 동안 아기들의 성장, 최초의 모든 행동, 그리고 그들을 돌보는 자신의 경험을 자세하게 기록한다. 다음은 태어나기 전에 시작된 앤디 일기의 일부이다.

⚜ 88년 7월 20일. 드디어 너를 안아볼 날이 한 달가량 남았구나! 아빠와 엄마는 항상 너를 생각하면서, 이런 상상 저런 농담으로 우쭐댄단다! 그리고 네 방은 거의 완성되었어. 요람은 결국 너의 책장 가까이 구석에 자리 잡았고 아빠와 엄마가 벼룩시장에서 발견한 작은

등잔은 다시 칠하여 멋지게 보인다.

88년 11월 18일. 네가 태어나서 3개월이 넘었어도, 나는 아직도 잠든 너를 바라보고 있으니, 네가 내 아기라는 사실을 여전히 믿을 수가 없어… 너무나 예쁘고, 완벽하고, 사랑스러워.

89년 8월 5일. 내 남자 아기는 유일한 존재! 귀여운 판다 곰, 이 모든 날들이 어떻게 지나갔는지 정말 믿을 수가 없다. 아직도 아침마다 네가 깨어나기 전에 너를 엿보려고 하니 너 없는 나의 삶은 상상도 못한다. 너의 작은 숨결부터 장난감을 던질 때 나는 큰 굉음까지 네가 만드는 모든 소리를 듣고, 물통에서 물을 튀기거나 걸음마를 시작하는 너를 보고, 독특한 아기 냄새를 맡으면서 너에게 파우더를 뿌리고, 부드럽고 너무나 귀여운 얼굴을 만지면서… 이 모든 것을 하느님께 감사드린다!

어머니가 갑자기 돌아가신 후, 스무 살의 돈 베네트 알렉산더(Dawn Bennett-Alexander)는 답이 없는 수많은 문제를 안고 있는 자신을 발견했다. 몇 년 후 그녀는 세 딸을 위한 일기를 쓰기로 작정하는데, 자기 자신의 요절의 경우에 이들이 똑같은 일을 경험하지 않도록 하려는 의도였다. 그녀는 둘째 딸, 앤에게 글을 쓰기 시작하는데, 1979년 당시는 그 딸을 임신하여 겨우 3개월이 지났었다. 다음은 그 일기의 일부이다.

✣ 네가 30세가 되어 벽난로 옆에서 탁탁 불 소리를 들으면서, 너의 나이가 하루, 5개월, 또 이어지는 네 모습에 대한 글을 읽으면, 분명히

그보다 더 즐거운 일은 없을 것이다. 특히 그렇게 생생하던 추억들도 시간이 침식하는 길을 지나가기 때문이다. 덧붙여, 이런 방식으로 네 과거 모습에 대한 동시간적 서술을 너에게 주는데, 나는 네 아이들이 생기면 그것이 쓸모가 있을 것으로 확신한다.

돈은 그 임신에 대한 상세한 내용도 포함했다. "젠(Jen)의 경우처럼, 3개월 무렵 너는 다소 드러나기 시작했다."라고 그녀는 적었다. "지금까지 너는 힘들지 않았다. 나의 첫 임신은 순수한 산들바람이었다. 나는 임신한 상태가 좋다."[19] 그녀의 딸들, 제니퍼(Jennifer), 앤, 알렉산드라(Alexandra)는 자신들에 대한 일기 내용을 듣는 것이 너무나 좋아서 14, 12, 5세 나이에 이들도 모두 같이 일기를 쓰고 있었다.

마흔두 살에 에델 로버트슨(Ethel Robertson)은 장래의 손자에게 보내는 편지 형식으로, 그것을 물려줄 명백한 의도를 가지고 일기를 쓰기 시작했다. "나 자신에 대한 이야기를 하면 네가 관심을 가져주기 바란다. 나는 그것을 솔직하게 말하는 편이 낫다."라고 그녀는 1924년 3월 11일에 썼다. "너는 아직 태어나지 않았다는 것을 네가 **잘** 알고 있지만, 때가 되면 너는 형체를 받아서 사람의 몸으로 나타난다고 나는 생각하므로, 나는 너의 주목을 받으려 한다…. **그때 보라**, 너의 할머니를!!"[20]

드문 경우로, 정치적 이유로 스스로 쓸 수 없는 사람을 위하여 일기를 대신 쓰는 사람도 있다. 1938년과 1941년 사이에, 러시아 작가 리디아 추코브스카야(Lydia Chukovskaya)는 위대한 시인 안나 아흐마토바(Anna Akhmatova)와의 교우 관계를 일기로 기록했다. 그 시기는 누구든 일기를 쓰는 것이 위험하고, 더구나 유명 인사라면 더욱 그러하였다. 출간된 일기의 서두에서 추코브스카야는 초기 자신의 딜레마를 회고한다.

> ♰ 그 당시 안나 안드리브나(Anna Andreevna)는 고문실의 공포에 사로잡혀 살았다…. 우리의 대화를 기록한다면 그녀의 목숨을 위태롭게 만드는 것을 의미하지 않는가? 그녀에 대하여 아무것도 쓰지 않는다? 이것 또한 죄가 될지도 모른다. 나는 혼란 속에서, 때로는 더 공개적으로, 때로는 더 은밀하게 쓰고, 내 메모를 우리 집에, 때로는 친구 집에, 더 안전하다고 느끼는 곳 어디에든 간직하였다. 그러나 예외 없이, 우리의 대화를 가능한 가장 정확하게 되살리는 반면에, 나는 주 내용은 생략하거나 숨겼다.

시간이 지나면서 추코브스카야는 안나 아흐마토바의 일기 대리 작가로 작업하기 시작했다. 그녀는 전한다. "날마다, 달마다, 내 조각조각의 메모는 나 자신의 삶을 점차 덜 재현하게 되고, 안나 아흐마토바의 삶의 삽화 안으로 들어갔다." 균형이 계속 이동하여 1940년 무렵 추코브스카야는 적는다. "사실상 나 자신에 대한 메모를 중단한 반면, 안나 안드리브나에 대하여 점점 더 자주 쓰게 되었다." 왜 추코브스카야는 이렇게 하려는 마음이 일어났을까? 역사적으로 중요한 무언가 그 시기 자기 나라에, 그리고 사랑하는 친구에게 발생하고 있다고 그녀는 인식하였기 때문이다. 그녀는 적었다. "바로 내 눈앞에서, 아흐마토바의 운명은 그녀 자신의 개인보다 훨씬 더 크게 중요하므로, 유명하지만 방치되고, 강하지만 무력한 이 여성의 외부에, 슬픔, 고독, 자부심, 그리고 용기의 조각상을 새기고 있었다."[21]

지난 일기 다시 읽기

✤ 오늘 아침 나는 일기를 조금 훑어보았다. 수천 가지 기억들이 몰려왔다. 얼마나 풍요로운 한 해였던가![22]

에티 힐점, 1942년 9월 26일

1919년 4월 20일, 긴 글을 완성한 직후 버지니아 울프는 잠시 쉬면서, "자신의 글을 읽으면 항상 다소 강렬한 죄의식을 느끼는 것처럼," 지난 일기를 통독했다. "거칠고 두서없는 문체"에 난처하였으나, 그녀는 "그것이 성급함과 활기로, 가끔 뜻밖에 과녁의 복판에 명중한다."는 사실을 발견했다.[23] 레오나드 울프는 1953년에 『한 작가의 일기』를 출간하였는데, 수천 명의 독자들은 버지니아의 일기를 감사하게 바라보면서, 그 "성급함과 활기"뿐만 아니라, 위트, 기품, 그리고 주변 사람들에 대한 신랄한 비평까지 즐겁게 맛보았다.

일단 얼마 동안 글을 쓰고 있으면, 삶이 어디까지 왔는지 보려고 이전의 일기장들을 뒤로 획 넘기는 자신을 쉽게 발견할 것이다. 비록 자기 비판적인 경향이 거의 없어도, 말없이 (아니면 소리 높이) 자신의 과거 행동과 태도에 대한 의견을 말하고 있는 자기 자신을 보게 된다. "나는 그보다는 더 잘할 수 있어야 하는데, 또는 내가 정말 이렇게 쓴 것인지 믿을 수 없다."라고 생각하기도 한다. 두 가지 유념할 것이 있다. 먼저, 때늦은 지혜는 항상 참다운 것이다. 그 당시 자신이 알고 있는 것에 기반하여 할 수 있는 한 최선을 다했다. 다음으로, 우리 자신에게 가장 친숙한 정신적 활동들, 즉 앞에 놓인 종이 위에 털어놓은 우리 자신의 미경험의 유약성을 바라보는 데 우리는 익숙하지 않다. 이것은 불편할 수 있다. 우리는 본능적으로 알아낸 것을 부정하고, 수정하고, 줄을 그어 지우고, 삭제하고, 심지어 파기하기도 한다. 그러나 일기가 더없이 귀중한 **이유는** 바로 이 상화된 이미지라기보다 오히려 이어지는 삶에 대한 성찰을 제공하기 때문이다.

몇 년 전에 처음으로 70년대 초반의 내 일기를 다시 읽으면서, 나는 이 일기들이 지나치게 자기도취적이고 반복적인 것에 충격을 받았다. 대학 생활, 강좌, 교수, 친구, 그리고 수많은 일에 대한 변화하는 관점 등에 대하여 훨씬 더 많은 글을 썼다고 나는 기억하고 있었다. 내가 발견한 것은 그보다는 오히려 거의 연속적인 보고 기록의 흐름인데, 나 자신에 대하여 어떻게 느끼고 있는가, 누가 나를 초대하고 칭찬하거나 하지 않았는가, 등등에 대한 것이었다. 이것을 다시 읽고 나는 거북할 뿐만 아니라 싫증이 났다. 위대한 문학적 보석도, 심지어 나의 삶에 대한 특별히 흥미로운 성찰마저 없었다. 더구나 더 일찍이, 한번은 과거의 일기를 파기하는 실수를 했는데, 매우 불쾌한 내용들을 찢어내고 싶은 충동을 견디기도 하였다. 그것은 또한 내 삶에서 중요한 한 단계였다.

⚜ 1981년 8월 16일. 지난 일기를 다시 읽고 있다. 이것을 간직하여서 나는 매우 기쁘다. 지난 세월의 내 사랑들을 읽고 있지만, 그 남자가 나를 사랑한다고 말한 것이 생각나지 않는다. 분명히 그도 나처럼 기억하지 않을 것이다. 내 삶에서 일기는 다른 시기에 다른 의미를 지니는 듯하다. 치유, 기록, 묘사, 등등. 언제나 그 일기로 향할 수 있어서 나는 즐겁다.

주기적으로 여러 조각의 일기를 읽을지라도, 일기장을 다 채우면 처음부터 끝까지 각 권을 다시 읽는 의식을 치르고 싶을 것이다. 『새로운 일기』(*The New Diary*)에서, 트리스틴 라이너는 각 권의 내용을 반성적으로 요약하기 위하여 말미에 몇 페이지를 남겨두자고 제안한다. 아니면, 여러 일기 작가들처럼 12월 31일에 일 년의 일기를 다시 읽고, 지난해의 의미를 요약하여 심사숙고할 수도 있다. 나는 자주 그해의 마지막 날 마무리 글을 쓰면서, 가장 뜻깊은 순간들을 회고하고 지나간 해에게 작별을 고한다. 다음 날 나는 새해를 앞두고 몇 가지 희망과 꿈을 담은 내용을 기록한다.

섣달 그믐날, 조지 엘리엇(George Eliot)은 일기에 썼다. "소중한 지난해는 모든 고뇌와 노고와 더불어 떠났다…. 그래 안녕, 내 사랑 1857년이여! 일과 마음에서 똑같이 향상된 의식으로 1858년을 되돌아볼 수 있을까?"[24] 어느 섣달 그믐날, 버지니아 울프도 썼다. "오늘은 사실 1932년의 마지막 날이지만, 나는 너무 지쳐서… 아침 내내 쉬고 있는데, 여기서 그냥 빈둥거리면서, 내 인생 전부를 요약하는 데 시간을 사용할까. 이 문구에서… 내가 의미하는 것은 오로지, 친구, 생각, 행동, 이 순간의 계획을 담은 사진 한 장을 나 자신이 생산하고 싶다는 말이다."[25] 안토니아 화이트는 규칙적으로 연말에 자신의 생활을 자세히 검토했다. 1953년 1월 2일에, 그녀는 적었다. "항상 나 자신에 대한 글을 쓰는 일은 몹시 지겹다. 그러나 새해가 시작되는 시점에서, 믿기 어려운 자신의 성격에 대처하는 노력은 필연적이다." 다음번 섣달 그믐날에, 그녀는 상기했다. "확실히 변화와 놀라움으로 가득한 유별난 해였다." 이어서 그것이 무엇인지 상세하게 밝히기 시작했다. "제일 멋지고… 1953년에 **제일 즐겁고**…

가장 아프고… 매우 혼란스럽고… 극도로 위급하고… 억세게 운이 좋고… 최대의 위로가 되는 일이었다."[26]

어떤 일기 작가들은 현재 일기장을 다 채우지 않았는데도, 일상적으로 정월 초하룻날 새 일기장으로 시작한다. 문자 그대로, 은유적으로도, 이들은 일 년 만에 이 일기장을 닫고 새 장을 연다. 실용적인 측면에서 이는 삶의 연대기에 보다 더 용이하게 접근하게 한다. 버지니아 울프는 이렇게 하는데, 경제적 이유로 이따금 지난 일기장에 계속 글을 써야 하는 때 심지어 일기에 사죄하거나, 지난 한 해 동안 충분히 쓰지 않았다고 생각하여 자신을 꾸짖기도 했다. 1924년 12월에 그녀는 썼다. "이 일기장에 남은 페이지 수는 정말 치욕이다! 런던이 일기에 미친 효과는 단연코 좋지 않다."[27] 케테 콜비츠도 역시 가끔 지난 일기를 읽었다. 버지니아 울프 이후 꼭 일 년이 지났을 때 그녀는 회고했다. "일기를 읽으면서 내가 분명하게 느낀 것은, 일기는 정말 진실을 일부만 보인다는 사실이다. 확실히 진실은 내가 쓴 것 이면에 존재하였다. 그래도 나는 삶의 한쪽 면이라도, 그 장애와 괴로움을 기록하였다. 그런 시간에서 벗어나서 나는 이제 안전하다는 안도감으로 일기장을 내려놓는다."[28]

수년 동안 특별히 지난 일기장을 다시 읽을 생각 없이 글을 쓰다가, 갑자기, 아마 삼사십 대에, 지난 곳으로 돌아가서 어떤 중요한 삶에 대한 통찰을 찾고 있는 자기 자신을 보게 될 것이다. 연중 어느 때라도, 지난 일기를 다시 읽는 것은 자신의 삶을 자세히 보고, 걸어온 길을 뒤돌아보면서 향하는 곳을 다시 생각하는 한 방법이 될 수 있다. "내 일기를 통하여 돌아가기: 불안한 자아, 1961~1986"라는 제목의 수필에서, 글로리아 바울즈는 회고한다.

✣ 새삼 나는 깨달았다. 생의 중간 지점인 사십 중반에 되돌아가 자신의 삶을 재음미하고 싶은 한 여성인 나에게 일기는 스스로 손을 내미는데, 내 인생은 최소한 일기에 나타나 있기 때문이다. 이상한 일이다. 우리는 일기를 쓰지만 그것을 좀처럼 읽지 않는다. 한 친구는 자신의 일기를 태워버렸다고 말했다. 일기의 갈피에서 발견할 그 무엇을 두려워하는가?[29]

내 생각으로 우리는 **두려워한다**. 적어도 어느 정도까지는 그렇다. 내 책에 필요한 일기 내용을 친구 쉬라에게 요청한 후, 그 친구는 지난 일기를 불안하게 대충 훑어보면서 "지나간 허튼소리" 안으로 끌어내려지는 느낌이 들었다고 나에게 말했다. 그러나 그렇게 불편하여도, 자신이 지난 여러 해 동안 삶의 문제를 두고 열심히 일한 것에 대한 내키지 않는 칭찬을 서서히 더하였다. 나로서는 그것이 자기 자신을 바라보는 귀중한 일로 여겨진다.

지난 일기에서 발견한 것으로 때로는 위안을 받거나 아주 기뻐하기도 한다. 1934년 버지니아 울프는 적었다. "아침 내내 지난 일기를 읽으면서 시간을 보내고, 지금 10시부터 1시까지 매우 상쾌하다. 이는 많은 일기장들을 합리화하기 위한 것이다…. 일기는 나를 즐겁게 한다."[30] 안토니아 화이트는 과거의 일기를 다시 읽는 것은 유별나게 자신에 대한 정직한 반성을 제공하므로 스스로 높이 평가하였다. 1938년 그녀는 적었다. "아무래도 다른 무엇보다 이 공책들 속으로 더 많은 진실과 덜 왜곡된 사실들이 들어간다…. 이 일기들은 내가 관련된 나 자신의 사진 같다…. 마치 이들 일기장 안에 나의 정체성을 간직한 것 같다."[31]

지난 일기를 다시 읽는 것에 대한 최고의 해설로 내가 알고 있는 내용은 트리스틴 라이너의 "당신의 인생 구성을 다시 읽기"라는 부분이다. 일기를 다시 읽을 때 자신에게 질문을 던지라고 트리스틴은 제안하고, 주의를 집중할 글의 주된 세 가지 측면을 말한다. "언어 지표"가 되는 "나", 물음, "결코", "항상", "꼭"이라는 말이 사용되고, 의미 있는 잘못 쓰기와 "최고"나 "최악"의 최상급 표현을 함유하고 있는가. 자기반성의 두 번째 영역, "글쓰기의 내용"은 다음과 같은 질문에 관련된다. 자신의 감정을 모두 드러내는가? 과거 일기의 내용에 큰 변화가 있는가? 현재 이 순간을 희생하여 과거와 미래를 크게 강조하는가? 마지막으로, "행위의 경향과 형태"는 다음 절에서 내가 주목하고 있는 부분이다.[32]

지난 일기를 읽고 있으면, 그때 우연히 그 방에 있는 사람 누구에게든 큰 소리로 읽어주고 싶은 마음이 일어나는 부분도 있다. 그 충동에 따라야 하는가? 일기는 내면의 신성한 장소이므로 누구도 그곳에 접근을 요구할 권리가 없다. 남편, 연인, 절친한 친구, 어머니, 아이 누구도 아니다. 자신이 무언가 이야기하기를 **원한다면**, 당연히 그것은 다른 문제이다. 심지어 가까운 사람에게 자신의 일기 중 일부를 읽는 것을 허락할 수도 있다. 아나이스 닌은 이따금 친한 친구들이 자신의 일기를 읽게 하거나, 더욱이 친밀한 우정의 표시로 쓰는 것도 허용하였다. 게다가, 버지니아 울프와 캐서린 맨스필드는 같은 마음으로 서로의 일기를 읽는 문제를 검토하였다. 1920년 8월, 버지니아는 자신의 일기에 털어놓았다. "우리는 서로에게 글을 쓰자고 제안했다. 그녀는 일기를 나에게 보낸다. 우리가 그렇게? 그녀는 그렇게 할까?"[33] 이들은 그렇게 했을까? 우리는 알지 못한다.

적어도 당분간은 자기 일기의 비밀을 약속하라. 그렇지 않으면,

자신이 쓴 글을 검열하고 싶은 유혹이 의식적이든 아니든 반드시 생긴다. 일단 마음속에 미래의 독자를 두고 글을 쓰기 시작하면, 글을 달리 쓰게 될 것이다. 게일 고드윈은 말한다. "나는 수차례 일기의 일부를 다른 사람에게 실제로 큰 소리로 읽어주었다. 그러나 지나친 '공개'는 일기에 유해한데, 왜냐면 일기 작가는 아마 무의식적으로 경험을 제외하고, 순화하고, 고무하고, 왜곡하기 시작하므로, 시도의 존재 이유가 자의적 태도 아래로 묻히기 때문이다."[34] 일기를 쓴 지난 30년 동안 나는 일기를 누구에게도 보이지 않았다. 지금까지, 적어도 오로지 나 자신만을 위한 글을 쓰고 있다는 사실을 내가 인식하는 것이 중요하였다. 달리 정직하게 글을 쓰는 방법을 나는 알지 못한다.

유형과 침묵을 관찰하기

되풀이 되는 화제와 주제

1975년과 1979년 사이에 내 일기는 거의 병적으로 세 가지 주제, 즉 전통적 기독교와의 결별, 큰 양의 체중 감량, 그리고 급증하는 남성들과의 교제였다. 이런 몰두는 그 시기의 삶에서 내가 경험하는 극적인 정체성 위기의 인화점이었다. 연구회의 회원 메리 브레디(Mary Brady)는 자신의 일기에서 다소 다른 관심사를 보았다. 1994년 10월 그녀는 썼다. "지난 4년 동안 내 일기에 되풀이되는 주제가 있었다. 내 가족의 중요성, 단지 나의 행복을 채울 시간의 가치, 내 친구들과의 우정, 시간의 이용, 가장 최근에는 좋은 꿈의 중요성 등이다."

오랜 일기 작가인 글로리아 바울즈도 역시 자신의 일기에서 반복되는 주제들을 찾아낸다. "일기를 다시 읽으면서 나는 꿈조차 꾸지 않았던 경험의 유형들을 발견한다."라고 그녀는 말한다. "지난 일기를 읽을 때, 마치 이전에 알았던 어떤 사람의 삶을 내가 바라보고 있는 것 같다." 거기서 그녀가 발견한 사람은 누구인가? "먼저, 나는 독립과 자기 인식에 이르고자 애쓰는 한 여성과 메이 사턴이 아름답게 묘사하는 '최대한의 행동과 창조를 위하여 천천히 자유롭게 되는 자아'를 본다." 1972년 3월에 쓴 이전의 글에서, 그녀는 자신의 일기에 분명하게 되풀이되는 몇 가지 형태를 묘사했다. "내 일기를 다시 읽는다. 파리에서 앤아버(Ann Arbor)로 샌프란시스코로. 사람들 사이에서 엄청난 혼란. 반복되는 경험은 놀랍다. 일과 사람들, 어떻게 다 함께 조화를 이루었는가?"[35] 당연히, 독립의 필요성과 현실 참여의 견인 사이에 갈등은 과거와 현재의 여성 일기에서 재삼재사 떠오르는 제재이다. 버가일드 니나 홀저도 유사한 관찰을 하는데, 몇 년 동안 일기를 쓰다가 유형을 발견하기 시작한다. "내가 일기에서 무엇인가를 추적하면서, 의식하지 못했던 것을 확인하고 있다는 사실을 알게 되었다."라고 그녀는 적었다. "몇 주 또는 몇 달에 걸쳐 어떤 주제가 전개되고, 두서없는 관찰, 생각, 꿈, 그리고 돌연한 몽상적 이미지들이 특이하게 연속적으로 나타나는 것을 보았다." 자신의 일기는 "명확한 유형으로 엮어진 살아 있는 거미줄"이라고 홀저는 말한다.[36]

감정적 그리고 행동적 유형

지난 일기장을 통독하면서 근본적 감정뿐만 아니라 행동적 유형들에도 주목하게 될 것이다. 지난 몇 년에 걸쳐 나 자신의 일기에서 내가 관찰한 내용은 이런 것이다. 다른 사람들의 개인적 무례함이나 공격성을 수용하는 것, 토론 중에 나 자신의 생각을 옹호하다가 이어서 내가 지나치게 뻔뻔하게 말하지 않았나 해서 괴로워하는 것, 격려와 칭찬의 표현을 자제하는 반면에 비판의 말은 절대 놓치지 않았다는 것. 과거의 일기를 다시 읽는 과정은 사라지지 않는 불안감과 자존감에 난 틈을 두고 내가 인정하기를 간절히 바라는 것 이상으로 많은 이야기를 나에게 해주었다.

어떤 감정들이 자신의 일기에서 지배적인가? 자기 비난과 죄책감의 내용이 빈번한가? 걱정, 질투, 공포, 불안, 쓰라림, 분노, 자기 거부, 또는 절망이 보이는가? 자기 합리화의 시도가 빈발하는가? 신체적 불쾌감을 자주 언급하는가? 감정이 자신의 행동에 어떤 영향을 주는가? 마음이 상하고 화나거나 우울할 때 어떤 방식으로 반응하는가? 기분이 상한 느낌일 때 보복하려고 하는가? 자위를 위한 식사나 음주에 끌리는가? 과거의 일기를 읽으면서 어떤 자기 패배적 행위의 습관적 유형을 발견할 수 있는가? 행복할 때 어떻게 하는가? 중시하지 않는가? 그 행복이 자신에게서 사라질까 두려워서 단단히 가슴에 껴안는가? 함께 축하할 친구를 찾는가?

앤 모로우 린드버그는 자신의 지난 일기를 다시 읽으면서 거기서 발견한 것에 대한 복합적 감정을 느꼈다. 1935년 7월 3일 그녀는 적었다.

⚜ 작년 대학에서 그리고 결혼하기 전 여름에 쓴 지난 일기를 간밤에 다시 읽었다. 나는 변한 게 거의 없다. 결함들이 모두 그대로 있으니, 자기중심적이고, 내 잘못에 괴로워하고, 공상에 잠기고, 내가 제일 좋아하는 사람들을 피해 가고 있다. 내가 하고 싶은 글쓰기도 마찬가지로, 그곳으로 다시 돌아가는 데 약 6년의 시간이 걸린 셈이다.

그렇지만 동시에 그녀가 얻는 경험은 "나 자신을 인식하는 데 어떤 큰 신뢰감을 느끼면서, 내 안의 곧은 지팡이, 즉 나(I)를 다시 발견하는 것이었다."[37] 일기는 연대순으로 진행될지라도, "스스로 역행하면서 유형을 확립한다."라고 글로리아 바울즈는 말한다. 자신의 일기를 다시 읽으면서 그녀는 적는다. "필자는 항상 자기 자신을 옹호한다는 발견은 즐거움이지만 행위의 파괴적 유형을 발견하는 놀라움도 있었다."[38] 바바라 마리 브루스터는 지난 일기를 다시 읽으면서, "낡은" 문제는 여전히 그 존재를 느끼게 한다는 사실을 깨달았다. "나는 오랜 유형을 볼 수 있었는데, 현재 변경의 필요를 매우 의식하고 있는 것이다."라고 그녀는 썼다. "젊은 여성으로서 나는 어울리기 원하고 타인의 인정을 바라는 글을 쓰면서, 그동안 줄곧 중요한 것은 나 자신이라는 점을 깨달았다. 16년이 지난 지금에도 아직 나는 여전히 그 교훈을 학습하는 중이다."[39] 우리는 일생을 통하여 여러 번 다시 부상하는 문제들을 안고 있다. 당신의 문제는 어떠한가?

회피와 검열

당신의 일기는 어떤 침묵을 담고 있는가? 당신의 생각과 감정들 중 어떤 것이 일상적으로 배제되는가? 당신 자신이 스스로 무언가를 검열하고 있을 때마다 여백에 "ㄱ"으로 표기하라고 케이 리 하간은 제안한다. 나는 별표를 사용한다. 무엇을 포함시키고 무엇을 배제하는가에 주의를 기울여라. 일기장의 여백에 당신 자신에 대한 메모를 하라. 일단 잠시 동안 이렇게 하고 나면, 그것을 재검토할 수 있다. 수가 많은가? 당신의 삶에서 금기 영역을 암시하는 것들인가? 당신 자신에 대하여도, 어떤 감정이나 생각을 갖는 것을 허용하기가 부끄러운가? (가끔 내 꿈을 서술하는 것마저 검열하려는 나 자신을 발견한다.) 반복하여 우리 자신이 되돌아가는 주제들은 드러나는 만큼 결코 끄집어낼 수 없는 것이어서, 일기에 가득한 빈틈이다. 어떤 내적 압박감 때문에 우리는 삶에서 매우 긴급한 문제와 관련하여 침묵하게 되는가? 무엇이 결여되고, 그 이유는 무엇인가? 마리온 밀너는 깨달았다. "침묵을 지키고 싶은 것은 거의 항상 내가 창피하게 여기는 것들이었지만, 공표하여 정화하는 참회의 바람을 쐬었더라면 훨씬 더 좋았을 것이다." 그것을 밝은 낮으로 가져오면서, 밀너는 "가려진 사유"의 결과를 뒤집을 수 있다는 것을 알았다.[40] 당신 자신의 비밀을 "정화하는 참회의 바람"으로 드러내는 결심을 하든 안 하든, 일기에 당신이 쓰지 **않는** 것에 주목하라. 이것도 역시 당신 자신에 대하여 알게 되는 영역을 증대시킬 것이다.

어떤 주제에 대한 글을 쓰기가 어려우면, 다른 사람에 대하여 묘사하는 것처럼 일인칭에서 삼인칭으로 전환을 시도해보라. 언어를 한 가지 이상 구사할 수 있다면, 비우위적 언어로 글을 쓰는 것이 더 용이할 수도 있다. 이것도 역시 내장된 사생활 보호를 약속한다. 어떤 일기 작가는 심지어 정교한 암호를 만들어 그 속에 자신의 가장 개인적인 관심사를 털어놓는다. 해리어트 블라지트(Harriet Blodgett)는 엘리자베스 윈(Elizabeth Wynne)에 대하여 전한다. 그녀는 18세기 말에 일기를 암호로 쓰는데, "각 단어의 마지막 글자를 다음 단어의 시작으로 옮겨서 오도하는 일부 머리글자를 만들었다." 블라지트에 의하면, 베아트릭스 포터(Beatrix Potter)도 역시 정교한 암호로 글을 썼는데, 부모가 자신의 일기를 읽지 않을까 두려운 마음 때문이었다.

가끔 우리는 사생활이 침해당할까 두려워서 자신을 실제로 검열하기도 한다. 블라지트는 젊은 에밀리 쇼어(Emily Shore, 1819~1839)가 일기에 비밀을 털어놓는 모습을 보여준다.

> ⚜ 내 일기를 누군가 읽을지 모른다는 불편한 생각을 완전히 버릴 수가 없는데, 이 생각은 자주 의식하지 않음에도 나를 속박하였다고 확신한다…. 앞에서 언급한 그 막연한 공포는 무의식적 습관처럼 자라나서, 본능적으로 잉크와 종이에 대한 나의 신뢰의 한도를 제한하므로, **가슴속 비밀의 방**은… 문을 열 열쇠를 나의 펜에서 발견하지 못한다.

블라지트가 주목하는 것과 마찬가지로, 쇼어는 다른 일기를 시작하기로 작정했다. "그 안에 내 가슴속의 **모든** 은밀한 감정들을 토로하겠는데, 내 죄, 내 약점, 선을 향한 나의 전진… 오로지 내 의식과 나의 신만이 알고 있는 것들이다."[41] 그렇지만 그녀는 얼마나 확실하게 비밀성을 확보할 작정이었는지 분명하지 않다!

글 쓰는 유형

끝으로, 오랜 시간 동안 자신의 글 안에서 어떤 유형을 발견하는가? 동기, 문체, 형식, 그리고 내용에서 어떤 일관성이나 변동이 있는가? 쓰기를 미루는가? 매일 글쓰기의 의무감을 느끼는가? 루넬슨처럼 기분이 울적할 때에만 글을 쓰는 성향인가? 그녀는 1976년 4월에 "생활이 즐거울 때, 나는 글을 쓸 시간이 없다."라고 말했다. "오로지 어떤 불행으로 막히거나, 어떤 매정함으로 자극되는 때에 한하여, 나는 펜이나 연필을 찾아서 일기장의 새 페이지를 펼친다."[42] 그리고 게일 고드윈은 고백한다. "이따금 나는 거친 솔직함과 오만의 분출로 즐겁고, 가능하면 이것을 공개적 글에 포함하려고 한다." 그녀는 덧붙여 말한다. 내 일기 인용구들은 "나의 글쓰기 생활의 유형, 만약 일기를 쓰지 않았다면 내가 인식하지 못했을 유형들"을 보여준다.[43] 일기에서 분명하게 드러나는 유형들을 관찰하는 목적은 무엇보다도 인식력을 높이는 데 있다. 이렇게 하면 우리의 삶은 발전적인 변화에 이를 수 있다. 일기는 우리가 행하는 다른 어떤 것보다 더 많이 내면세계를 반영한다. 일기는 우리를 가르치는 많은 것을 지니고 있다.

장래에 대비하기

2년, 5년, 또는 20년 동안 일기를 쓰고 있으면, 아래쪽 책상 서랍, 벽장의 구석에 지난 일기장을 소장하거나 봉인된 서랍장 안에 자물쇠를 채워 간수한다. 어느 때가 되면 이 일기장들에 일어날 일을 생각하여 장래를 대비하고 싶은 마음이 생긴다. 간단하게 파기하는 것도 분명한 한 가지 선택지이다. 시간이 지남에 따라 자신의 일기가 어떻게 될 것인지 또는 다른 누구에게 책임을 전가하지나 않을까 염려하기보다는, 최종적으로 상황을 고려하고 없애는 것도 물론 좋지 않을까? 그렇게 하지 말라. 나는 그렇게 해서, 그 일을 후회하면서 살았다. 80년대 초반 어느 때 나는 약 5년 동안의 초기 일기, 열한 살에서 열여섯 살 사이의 글을 파기하였다. 어느 날 오후 그 일기를 다시 읽으면서, 나는 청년기의 감상성에 당혹감으로 가득 차게 되었다. 갑작스러운 충동으로 나는 그것을 갈기갈기 찢어서, 그 당시까지의 창조적 글쓰기 작품들과 함께 쓰레기통에 던져

버렸다. 몇 해가 지나서야 내가 한 행위를 충분히 파악하게 되었다. 그 한 장 한 장은 나 자신을 알고 주변의 세계를 이해하려는 나의 가장 이른 시기의 노력을 표현하였다. 그것은 돌이킬 수 없는 상실이다.

프란시스 루니(Frances Rooney)는 한 익명의 일기 작가가 그녀에게 보낸 편지의 내용을 이야기한다. "'이집트에서 여동생이 편지를 보냈는데, 내 일기를 발견하고 어머니가 그것을 볼 수도 있으니 그곳에 둘 수 없으므로, 어떻게 처리할까 물었습니다. 나는 동생에게 불태우라 했습니다. 그렇게 하였습니다. 내 초반 30년이 살해당하는 것처럼 생각되었습니다.'"[44] 동독의 작가 브리지트 라이만(Brigitte Reimann)도 유사한 경험을 말했다. 1959년 11월 11일 그녀는 썼다.

> ⚜ 방금 나는 1947년부터 1953년까지의 일기 20권 정도를 불태웠으니, 지금 내 가슴은 살아 있는 것, 나 자신의 어느 일부를 파괴한 것처럼 아프다. 수많은 수백 페이지의 글들, 어린아이의 낙서로 가득하고, 그 후에, 잘난 체 휘몰아치는 서체… 학생인 나의 수천 시간의 고뇌, 작고 무거운 그 모든 경험들, 매일매일 성실하게 기록하였는데… 왜 그것이 지옥처럼 고통을 주는가? … 내가 불태운 것은 나의 어린 시절과 청춘 시대, 더 이상 기억하고 싶지 않은 기억들이다…. 이 모든 것을 아궁이 속으로 내던진 일을 나는 후회한다.[45]

에밀리 카도 역시 여동생이 발견하여 읽은 자신의 초기 일기장을 이후에 파기하였다. 일기에서 그녀는 회상했다.

> ⚜ 어릴 때 나는 일기를 늘 쓰고 있었지만, 마음속의 것을 기록하면 누

군가 그것을 읽고 나를 조롱할지도 모른다는 두려움을 느껴서, 항상 오래지 않아 그것을 불태웠다. 한번은 새해의 한밤중에 내가 쓴 글을 큰 언니가 발견하여 읽었다…. 글로 쓴 내 생각을 언니가 나에게 내던질 때 나는 화나고 실망하고 기분이 상했다…. 나는 일기를 태워서 그 생각들을 묻었는데 세상은 비열하고 천한 곳이라고 생각했다.[46]

그녀는 최소한 글쓰기는 계속했다. 비슷한 경험을 한 후 많은 일기 작가들은 글쓰기를 중단했다. 또한 이들 모두 자신의 일기를 불태운 것은 정말 흥미로운 일이다. 아마 본능적으로 일기장의 갈피를 재로 축소하는 것은 그 일기의 강력한 기력을 중화하는 유일한 방법으로 생각했을 것이다. 심지어 버지니아 울프도 자신의 일기가 어떻게 될지 심사숙고하다가 잠시 그런 생각을 품었다. "퍼시는 모닥불에 한 무더기를 태워도 좋다. 그는 우리가 묻힐 곳으로 생각하는 들판 끝에서 그것을 태워도 좋다."[47]

1992년에 이 책 작업을 본격적으로 시작할 때, 나는 마침내 일기를 전부 긴급하게 뉴욕으로 옮겨야 했다. 초기 16년 동안의 일기(1967~1983)를 튼튼한 두 개의 여행 가방에 조심스럽게 넣어서, 밴쿠버에서 유나이티드 항공편에 올려놓고, 나는 가슴을 조이며 갔다. 가방 두 개 모두 수화물 벨트 위에 온전히 안전하게 나타나자 나에게서 새어 나온 것은 안도의 한숨이 아닌 신음 소리였다. 나는 두 번 다시 그런 식으로 운명을 시험하고 싶지 않다. 다음번에도 그렇게 운이 좋을지 나는 모른다.

그런데 일기장의 안전에 대한 관심은 이야기의 절반에 불과하다. 나머지 절반은 "만약 우리에게 문제가 생기면 일기장은 어떻게 되는가?"라는 것이다. 당신은 오랜 시간 동안 일기장의 장래를 생각해 보았는가? 다른 사람이 당신의 일기를 볼지 어떨지 염려하는가? 누군가 당신의 일기를 발견하여 출판하기로 결심하기를 당신은 은밀하게 기대하는가? 이것은 모든 일기 작가들이 한 번쯤은 머리에 떠올리는 문제이다. 나의 한 친구는 사적인 일기의 일부를 자신이 실제로 죽으면 파기할 상세한 계획을 세웠다. 그녀는 나머지 다른 일기는 신경을 쓰지 않는다. 사망했을 경우 사적인 글들을 파기하도록 친구들과 마음이 내키지 않는 준비를 하는 사람들도 많다. 다른 사람들은 나처럼 미루는데, 유서 작성처럼 미리 준비를 하면 성급하게 필요를 재촉한다는 식으로 다소 미신적이기 때문이다.

그러나 문제는 피한다고 해결되지 않는다. 사실상, 슬퍼할 애정 어린 사람일 수도 있지만, 다른 누구에게 자신의 가장 사사로운 감정의 분출물 처리를 결정하는 임무를 지우는 것은 무책임한 듯하다. 버지니아 울프도 역시 이런 문제를 염두에 두었다. 1926년 3월, 그녀는 곰곰 생각했다. "이 일기들은 모두 어떻게 되는가 하고 어제 나 자신에게 물었다. 내가 죽으면, 레오(Leo)는 그것으로 무엇을 만들까? … 감히 말하는데 작은 책 하나는 일기 속에 존재한다. 잡동사니들을 조금만 정리한다면 말이다."[48] 레오나드가 자신의 책임을 가볍게 취하지 않았다는 사실은 버지니아가 일 년 후에 쓴 일기에서 분명해지는데, 그녀는 다시 한 번 묻는다. "일기장의 존재 이유가 무엇일까? 레오나드는 요전날 일기장 한 권을 집어 올리면서 만약 내가 먼저 죽고 그가 내 일기를 끝까지 읽어야 한다면 주여 나를 구원해주소서 하고 말했다."[49]

중서부에 사는 한 여성이 여성 일기와 수기를 위한 기록 보관소를 열 작정이라는 소식을 나는 몇 년 전에 들었다. 만약 우리 모두 일기를 밀봉 포장하여 그녀에게 부치라는 지시를 남긴다면, 이 모두를 바로 저장하기 위해서 늘어선 곡물 창고가 필요할 것이다. 일기는 곡물처럼 마르고 시원한 환경을 좋아하므로, 나는 적어도 분명하게 그러한 준비에 반대하지 않는다. 최소한 내 일기장은 걱정할 필요가 없다는 생각이다! 당신의 일기는 우수한 질과 아름다운 글을 함유한다는 확신이 없다면, 당신은 다른 사람이 검토하여 출판을 위한 편집을 하도록 요청하지는 않을 것이다. 나 자신은 그렇게 하지 않는다고 판단한다. 그래도 일기장은 그 자체의 권리로 소중한 문서이므로, 재활용 종이 더미로, 또는 더 나쁘게, 지역 쓰레기 매립지에서 불명예스러운 종말 이상의 것을 보증한다. 만약 고려할 글이 상당한 분량이라면, 아마 조만간 자리 잡고 앉아 그 문제를 어느 정도 심각하게 숙고할 필요가 있을지도 모른다. 내가 그렇다.

어쩌면 일기를 맡길 수 있는 친구가 있어서, 그녀(또는 그)는 적절한 최종 안식처, 즉 기록 보관소나 여성의 삶을 조사하는 센터, 또는 여성 일기를 연구하는 학자 등에 대한 소문을 들을 가능성이 있다. 대안으로, 몇 권은 유품으로 신뢰받는 가족에게 물려주는 반면에 다른 일기장들은 파기하도록 준비해도 좋다. 당신은 실행 가능한 다른 수단이 생길지도 모른다. 당신과 나의 일기장들은 매우 사사롭게 깊은 뜻을 지니는 유물이다. 우리의 최종 결정이 어떠할지라도, 일기는 부수적 운명 이상으로 가치가 있다.

3부

함께하는 일기 여행

인생은 모델로 쓸 수 없고, 오직 이야기만 그럴 수 있다.
그럼에도 의존하여 살아갈 이야기를 구성하는 일은 어렵다.
읽거나 듣는 이야기를 반복하면서 따르는 삶의 길만 우리에게 있다.
우리는 텍스트를 통하여 인생을 살아간다.[1]

캐롤린 하일브룬, 『한 여성의 삶을 쓰기』

10
“내 평생 당신에 귀 기울입니다”
일기를 읽는 즐거움

케테 콜비츠에게 보내는 아름다운 찬사에서, 뮤리엘 루카이저는 다음과 같은 시구를 썼다.

⚜ 전쟁 틈바구니에 끼여
내 일생
죽음 세계의 거대한 손들, 전쟁에 둘러싸여
내 일생은
당신의 생에 귀 기울입니다.[2]

뮤리엘 루카이저는 콜비츠의 미술, 조각, 일기, 아니면 세 가지 모두에 응답하였는가? 우리는 알 수 없다. 그러나 일생의 은유적 표현은 여성의 일기를 읽는 과정에 대한 더없이 적절하고 아름다운 비유로서, 서로에게 숨김없이 수용되는 것이다. 왜냐면 다른 사람의 일기를 읽을 때, 우리 앞에 놓인 페이지 위의 말과 맞물리는 것은 우리의 마음만이 아니라, 가슴과 영혼도 함께 하기 때문이다. 우리의 인생 전부가 동원된다. 두 일생의 만남이 열리는 것이다.

일기 읽기에 대하여

캐롤린 하일브룬이 앞에서 주장하는 것은 나에게도 사실인데, 읽은 이야기들을 통하여 내 삶을 꾸려왔기 때문이다. 시몬 드 보부아르의 자서전과 아나이스 닌의 일기는 가장 중요하고, 여성은 출산 이외의 다른 방식으로 창조적일 수 있다는 신념을 나에게 심어주었다. 보부아르의 글은 여성의 지적 자율성과 여성과 남성 사이의 동등한 관계의 모델을 제공하였다. 그녀가 장 폴 사르트르와 평생의 관계를 유지하려고 얼마나 열심히 노력하였고 얼마나 많은 고통을 겪었는지 이제 나는 깨닫는다. 그러나 나의 10대 후반과 20대 초반 동안 그녀의 글은 새로운 삶의 약속으로 나를 애타게 하였는데, 그것은 내가 기대하도록 교육받은 것과 전혀 다르게 독립, 창조적 추구, 그리고, 놀랍게도, 결혼과 모성의 문제에서의 선택을 포함하는 것이었다.

나는 몇 시간 동안 일기를 읽는 데 열중한 생생한 기억이 있다. 열한 살에 『안네의 일기』를 발견하였는데, 그것은 미지의 나, 그리고 다른 수많은 어린 소녀들과 함께 일반적인 일기의 입문에 대하여 이야기를 나누는 것이었다. 열심히 읽으면서 나는 그녀의 감정과 생각이 나와 아주 많이 닮아서 놀라고, 누군가 이것을 책으로 만든 것에 경탄했다. 거의 30년이 지난 지금 나는 아직도 언제 어디에서 그 책을 읽었는지 그리고 끝까지 읽고 처음부터 다시 시작할 생각만으로 극히 서두른 죄의식도 기억한다. 마치 나는 다른 사람의 영혼을 들여다보는 듯한 느낌을 받았다. 10년 후, 담요, 커피, 그리고 아나이스 닌의 『일기』를 들고 내가 좋아하는 낡은 소파에 편안하게 앉아서, 그녀의 내면세계를 이렇게 적나라하게 표현할 수 있다는 것에 나는 다시 경탄했고, 기분과 감정의 가장 미묘한 차이를 말로 전달하는 닌의 역량에 마음을 빼앗겼다. 그때 이후로 닌의 일기에 대한 나의 느낌은 여러 번 변화하였어도, 발견과 환희의 처음 그 충격에 대한 기억은 아직도 남아 있다.

나는 여전히 일기를 읽는다. 다른 종류와 함께 나는 출간된 일기로 시선을 돌리는데, 소설에서 발견하기 어려운 어떤 특별한 유형의 진실 때문이다. 그렇지만 "일기를 읽는 것"에 대하여 말할 때 몇 가지 흥미로운 질문이 떠오른다. 읽기는 내면의 자아와 나누는 내밀한 대화로서 일기를 쓴다는 통상적 전제에 도전하는 것인가? 사생활은 개인적 일기의 성격을 정의하는 말인가?

출간된 일기란 무엇인가?

정확하게, 출간된 일기란 어떤 의미인가? 일기는 문학 장르를 구성하는가, 그렇다면 그 특성은 무엇인가? 일기라는 것이 필자의 시선만을 위하여 날짜가 적힌 기록의 연속을 의미한다면, 공공연한 출간의 의도를 지니고 쓴 에밀리 카 또는 메이 사턴의 글은 무엇으로 해야 하는가? 일기는 반드시 필자의 내면생활에 집중해야 하는가? 아멜리아 스튜어트 나이트(Amelia Stewart Knight)의 글은 어떻게 되는가? 1853년 그녀는 가족을 지치게 하는 서쪽 여행을 일련의 간결한 메모로 묘사하였다. "8월 29일, 월요일. 지난밤에 10마일 오늘은 12마일 여행했다. 로드 크릭(Road Creek)에서 1시경 야영했다. 날씨는 매우 따뜻하고 먼지가 많았다."[3] 이처럼 가족이 마주치는 수많은 고난에 대하여 그녀는 어떤 느낌인지 한 구절도 표현하지 않았다. 도로시 브라이언트(Dorothy Bryant)의 『엘라 프라이스의 일기』

(*Ella Price's Journal*), 캐롤 쉴드(Carol Shield)의 『냉혹한 일기』(*The Stone Diaries*), 또는 제이미 풀러(Jamie Fuller)의 『에밀리 디킨슨의 일기』(*Diary of Emily Dickenson*)와 같은 가공의 일기는 어떤가?

우리가 일기나 일지라고 부르는 것은 장부나 비망록, 또는 경과 기록이나 소책자로도 불릴 수 있다. 이 모두에 공통적인 것은 진행 중인 과정을 반영하는 날짜가 적힌 내용의 연대기적 연속성인데, 그래도 정말 수많은 변형들이 존재하지 않는가! 리 팬녹 헌팅턴(Lee Pennock Huntington)의 전원생활 일기에서부터 아나이스 닌의 밀접한 성적 관계에까지(너무 폭발적이라서 검열이 안 된 원고는 관련자들 전원이 사망하기 전에는 출간이 불가능할 것), 그리고 이자벨 에버하트(Isabelle Eberhardt)가 세기말에 남장을 하고 사하라 사막을 횡단하는 여행 일기에서부터 한나 세네쉬(Hannah Senesh)가 제2차 세계대전 중에 팔레스타인-유대 저항운동(Palestinian-Jewish Resistance)에 동참한 자신의 작업에 대한 서술에까지, 일기로 지칭되는 것의 범위와 다양성의 표본을 우리는 가지고 있다.

출간된 일기들은 물론 실재하는 원고 그 자체에 대하여 어떤 것도 말하지 않는다. 우리가 얻는 것은 광범위한 보급을 위하여 대량 생산된 언어적 내용이다. 일기 원문은 어디에 기록하였는가, 일기 작가의 필적은 어떻게 보였는가, 필자는 무엇을 지우고, 고쳐 쓰거나, 바꾸었는가 등에 관하여 모른다면 우리는 얼마나 많은 것을 놓치게 되는가? 어떤 일기 작가들은 많은 것을 잃어버린다고 말할 것이다. 일기 원문 자체를 우리 손에 넣는 것이 이상적인데, 동봉물, 낙서, 필적의 변화 등 가능한 모든 세목에 우리는 주목하기 때문이다. 독특한 약자나 상징으로 여백을 장식하거나 스케치하였다면, 아마 이 작가는 일부를 암호로 기록하였을 것이다. 이런 실마리로 그녀에 대하여 얼마나 많이 알게 될까? 몇몇 일기 선집의 편집자들은 일기 원문의 내용을 표준 서체와 지면 배정으로 재현하는 것을 두고 불편한 느낌이 있다고 했다. 분명히 귀중한 것이 그 과정에 상실된다. 그렇지만 일기 원고를 구하기 위하여 대륙을 종횡으로 움직일 수 있는 시간과 돈을 가진 사람은 거의 없다. 그렇다면, 가정하여 필자 자신만을 위하여 쓴 일기를 읽는 것의 의미는 무엇인가? 축약하고, 편집하고, 또 달리 변경된 일기도 여전히 일기인가? 일기는 삶의 한 부분을 나타내는 것으로 우리는 생각한다. 그런데 우리가 읽는 것은 원래 작성된 것과 항상 동일한 것은 아니고, 실제로 대개는 **아니다**. 모든 종류의 의문은 예상된 독자와 자기 검열, 그리고 출판 환경과 관련하여 일어난다.

누가 출판을 결정하고, 왜 하는가?

예컨대 어느 특정 일기의 출판은 누가 결정하고 언제 하는가? 19세기 후반 러시아의 일기 작가 마리 바시키르체프처럼 필자 자신이라면 언젠가 자신의 일기가 출판되기를 기대하는가? "만약 젊어서 죽는다면 나는 위대한 예술가로 살고 싶다."라고 마리는 공표했다. "그러나 젊어서 죽더라도, 내 일기는 흥미롭지 않을 수 없을 것이니 출판하려고 생각한다." 이 말이 공허한 생각으로 인식되지 않도록 그녀는 다음과 같이 설명했다. "한 여성의 삶을 기록하는 것은 날마다 쓰고 추호도 감출 의도 없이, 이 세상에 누구도 그것을 읽어본 적 없는 듯이, 그래도 읽히게 할 목적이 있으므로, 언제나 흥미 있는 일이다. 왜냐면 나에게 공감하리라 확신하고 모든 것을 기록하기 때문이다."[4] 또 한 사람 일기 작가 이본 블루는 가상의 미래 편집자를 야단치는 중에, 심지어 자기 혼자만을 위하여 글을 쓴다고 주장하였다. "최악의 상황은 비문법적 구문을 고치고, 필자가 의미한다고 그들이 **생각하는** 것을 기입하고, 문장을 옮기고, 가장 흥미로운 부분을 제외하는 것이다."라고 그녀는 분개하는 글을 썼다.

⚜ 다른 사람의 일기를 읽을 때 나는 필자가 저지른 잘못, 개인적 부분 등을 알고 싶다. 편집자는 나의 소중한 것을 배제하고 나에 대한 허섭스레기를 잔뜩 전면에 써놓고, 나를 바보같이 감상적이고 몰지각하다고 느끼게 만든다. 그것은 공정하지 않다. 내가 먼지와 재가 된 후, 땀을 흘린 나의 것을 **누구도** 조롱하지 말아야 한다.[5]

어떤 일기 작가는 오로지 많은 숙고 끝에 자신의 글을 공개하기로 결심한다. 작가이자 여성학 교수인 글로리아 바울즈는 말한다. "몇 사람이 『불안정한 자아』(*The Unsettled Self*)의 출판을 권할 때 나는 딜레마에 빠졌다…. 나 자신에게 물어야 했다. 내 일기는 다른 여성들에게 흥미가 있을까? 그들에게 **유용**할까? 여성주의자들마저… 자신의 사적인 글을 공공권으로 공개하기 전에 재고한다." 숙고한 끝에, 바울즈는 계속하기로 결단을 내리고 결론에 도달한다. "나의 사적인 일기의 일부를 출판하는 것은 나로서 가장 급진적 정치 행위이기도 하다."[6] 트와 데리코트(Toi Derricotte)도 역시 자신의 일기를 공개하기로 결심한 이유는 백인 거주 지역에서 유일한 흑인으로 자신의 경험이 사회적 중요성을 지닌다는 확신이 있었기 때문이라고 말한다. "비록 그 글은 전적으로 개인적 문서로 시작하였으나, 몇 년이 지난 후, 그 작업은 다른 사람들을 위한 가치 또한 지닌다고 생각하게 되었다."[7]라고 그녀는 적었다.

만약 일기 작가가 가상의 독자를 염두에 두고 글을 **정말** 쓴다면, 메이 사턴처럼 자신의 삶에서 어떤 국면은 생략하는 의식적인 결정을 하겠는가? 『재연주: 80세의 일기』(*Encore: A Journal of the Eightieth Year*)의 마지막 부분에서, 사턴은 이 점에 있어서 그녀 자신의 생각에 대한 밝은 통찰력을 제공했다. "출판을 위한 이 일기에서 나 자신을 드러낸다고 사람들은 대개 생각한다."라고 그녀는 말한다. "내 삶에서 많은 영역은 결코 언급되지 않는다는 사실을 그들은 깨닫지 못하는 것으로 보인다. 나는 연애 사건에 대하여 깊은 논의에 들어가지도 않았다. 나의 삶에서 저 중요한 측면, 내밀한 관계, 깊은 친교를 원한다면, 독자들은 소설 쪽으로 향해야 한다." 동시에 사턴은 공개를 위하여 의식적으로 쓴 일기를 옹호하면서, 그것은 "그 자체의 존재 이유가 있는 장르"라는 주장을 한다. 사턴은 독자를 마음에 두고 글을 쓰는 것은 자신의 일기에 유익한 효과를 미친다고 생각했다. "내 일기는 읽힐 것으로 알고 있으니 어떤 규율이 나에게 주어졌다."라고 그녀는 말한다. "그것은 나 자신에게 그래서 내 독자들에게 정직하려고 노력하게 하였고, 상태가 실제보다 더 좋게 가장하지 아니 하고, 나에게 일어나고 있는 일을 자기 연민이나 우월감을 가지지 않고 평가하는 것을 자각하게 하였다."[8]

흔히 일기 작가들은 쓰고 있는 것에 대한 자신의 양면 가치를 드러낸다. 1835년 퀘이커 교도 일기 작가인 데보라 노리스 로간(Deborah Norris Logan)은 확고하게 선언하였다. "이 책은 오로지 나 자신을 향한다. 만약 타인에게 내보이는 버릇이 나에게 있다면 이 책에 담길 어리석음의 절반을 감행하지 말아야 한다." 그래도 로간은 거듭해서 "장차 이 책장을 넘기고 있을 (아마 아직 태어나지 않은)

독자들에게" 이야기하였다.[9] 또한 버지니아 울프의 감질나게 하는 질문은 어떤가? "심지어 여기서도, 나 자신만의 시선을 위한 글을 쓰는가? 그렇지 않으면, 누구의 시선을 위하여? 다소 흥미로운 문제이다."[10] 비에트리스 웹(Beatrice Webb) 역시 상기했다. "일기에서 누구를 향하여 글을 쓰는가를 밝힌다면 이상할 것이다."[11] 처음에 필자는 자신만의 시선을 위하여, 아니면 보다 광범위한 독자를 의식하고 일기를 작성하는지 어떤지, 출판에 대한 흥미로운 의문들이 **많다.** 어쩌면, 아나이스 닌처럼 필자는 여러 해가 지나서야 출판을 결심하였는지도 모른다. 만약 그렇다면, 무엇이 그녀에게 출판을 결심하도록 촉구하고 어느 정도까지 자신의 일기 내용을 편집하였는가? 그녀는 단순히 철자와 문법을 바로잡거나, 일기의 목차도 편집하였는가? 이따금 이런 질문에 대한 답은 서문이나 일기 그 자체에도 제공되지만, 다른 때는 우리의 추측에 맡긴다.

자신의 일기를 출판하기로 결심하는 일기 작가들에게 한 가지 주요 관심사는 타인의 사생활을 보호하는 것이다. 이런 이유로 출판된 일기들은 필자의 가장 내밀한 관계에 대하여, 더 많이 포함하고 싶은 부분일지라도 피상적 정보만 포함하게 된다. 아나이스 닌은 남편 휴 가일러(Hugh Guiler)의 사생활에 대한 요구를 존중하여 자신의 출판 일기에서 남편을 제외했다. 일반적으로, 이 문제를 다루는 그녀의 방식은 출판 이전에 "일기 초상화"를 사람들에게 전시하는 것인데, 이는 이의가 제기되지 않게 하기 위함이었다. 다른 작가들은 보호하려는 사람에게 가명을 부여하거나 단순히 머리글자를 사용하여 그 문제를 해결하는데, 메이 사턴과 마리온 밀너가 그렇게 했다.

일기 작가는 바람직하지 못한 반복이나 축소를 피할 목적으로 자신의 일기를 아마 편집할 것이다. 삭제의 결과는 텍스트를 미적으로 향상시키는 반면, 내면의 감정적 상황에 대한 중요한 사실을 흐리기도 한다. 여성 일기와 일지 학자 마르고 컬리(Margo Culley)는 심지어 이런 주장까지 한다. "우리가 일기 작가의 편견, 망상, '은유적 자아'를 발견하는 것은 반복되는 바로 그 속에 있다."[12] 때로는 작가가 삭제하기로 결심하는 것은 감정적인 강도가 가장 높은 바로 그 부분들이다. 제3권 서설에서, 앤 모로우 린드버그는 어린 아들이 납치되어 살해되고, 곧 이어서 사랑하는 자매 엘리자베스의 죽음에 따르는 슬픔과 절망의 시기를 회고했다. "이 모든 내면의 혼란은 물론 숨어 있었다."라고 그녀는 쓴다. "내가 직면한 세계와 내면적 절망의 함정 사이에 표현의 길이 없었다." 이어서 그녀는 적는다. "거의 매일 일기에 글을 쓰는 습관은… 나의 온전한 정신을 아마 구출하였을 것이다. 만약 누구도 인정할 수 없는 심정을 내가 써낼 수 있다면, 그것은 더 다루기 쉬울 것이다." 30년 후 출판을 위하여 일기를 편집하면서, 앤은 그 당시 가장 고통스러운 내용들을 삭제하는 쪽을 택했다. 그녀는 밝힌다. "이 우울한 일기의 많은 부분은 오래전에 파기하여서, 남아 있는 것 중에서도 여전히 더 많이 잘라내었다. 그러나 아직도 남아 있는 일부는 이 책 안에 두었다. 왜냐면 결국 이것은 그 이야기의 일부인데, 수많은 사람들의 숨겨진 삶의 한 조각이기 때문이다…. 나의 우울은 우리들 삶의 외면적 좌절에 대한 다른 내면적 한 쪽이었다."[13]

일기 작가는 한 가지 특별한 주제에 대한 글만 쓰기도 했을 것이다. 위기의 시기 동안에, 앤 트루이트는 삶에서 행한 자신의 예술가 직업의 역할을 수용하기 위하여 1년 동안 일기를 쓰기로 결심했다. 그녀는 갈색 노트북을 구입하여 매일 아침 침대에서 글을 쓰기 시작했다. 그녀는 말한다. "내가 설정한 유일한 제한은 예술가가 말하게 하는 것이었다. 이것을 성실하게 해낸다면 나 자신을 완전하게 변화시킬 수 있는 관점에서 나를 바라보는 방법을 발견할 수 있을 것으로 생각하였다."[14] 그런데 트루이트가 글을 쓰면서 출판에 대한 생각을 품었는지 그리고 어느 정도까지 자신의 일기를 편집하였는지 우리는 알 수 없다.

일기 작가 자신이 아닌 다른 사람이 그 일기를 출판하기로 한다면 어떻게 되는가? 그는 어떤 권한을 지니고, 일기 작가와는 어떤 관계가 되는가? 일반적으로 그것은 일기 작가의 저작 집행자, 흔히 남편이나 동반자, 가까운 친구나 가족 구성원이다. 에밀리 카는 출판을 위한 자신의 일기 편집에 관하여 단호한 입장을 친구이자 제작자인 아이라 딜워스(Ira Dilworth)에게 남겼다. 정확히 말하면, **최소한으로**, "내 작법은 빈약하다는 것을 나는 **잘 안다.**"라고 그녀는 썼다. "훌륭한 문학을 읽을 때 나는 그것을 실감하지만, 멋지게 쓴 수많은 잡동사니는 공허하다고 생각한다. 품위 있게 아무 말도 하지 않는 것과 서투르게 **무엇을** 말하는 것, 어느 편이 더 좋은가?"[15] 『설탕가루』를 읽은 독자라면 에밀리 카는 저 불행한 선택에서 벗어날 수 있었다는 것을 알게 된다. 그녀의 일기는 견고하고 **동시에** 유창하다. 버지니아 울프의 경우, 남편이자 편집자인 레오나드 울프가 자신의 확신으로 인정한 것은, "일기나 편지에서 발췌하여 출판하는 것은 거의 항상 실수였는데, 생존자의 감정이나 명성을 보호하기 위하여 생략하면 특히 그러하였다…. 최상으로 삭제하지 않은 상태라도, 일기는 필자의 왜곡되거나 편파적인 인물상을 제공한다."[16] 그렇지만 그런 이유가 그를 멈추게 하지는 않았다.

일기 작가가 자신의 글을 맡기는 그 사람이 가장 객관적인 편집자가 아닌 경우가 자주 있다는 것은 놀라운 일이 아니다. 캐서린 맨스필드의 경우, 남편 존 미들튼 머리(John Middleton Murry)는 잔존하는 아내의 일기를 (그녀는 자신의 초기 일기를 많이 파기했었다) 출판용으로 편집하였다. 수정해야 한다고 느낀 것은 동성애에 대한 그녀의 솔직하고 상세한 서술 부분이었다. 해리어트 블라지트가 지적하듯이, 흥미롭게도 남편은 내용을 모두 삭제하기보다는 생략과 대시 기호로 왜곡하는데, 그는 겉보기에는 이야기하는 듯하지만 동시에 전혀 이야기하고 싶지 않았던 것이다. 1979년 동독 막시 반더(Maxie Wander)라는 작가의 일기가 출판되었는데, 그녀의 절망적 암투병에 대한 감동적인 이야기는 최고조에 달했다. 일기 작가의 남편이자 유명 작가인 프레드 반더(Fred Wander)는 그녀의 44세 사망 2년 후에 일기와 편지들을 편집했다. 그는 자신의 서설에서 아내가 "절망으로 자기 자신을 괴롭혔던 부분은 삭제했다."고 밝혔다.[17] 나는 이 대목을 읽으면서, 그가 그렇게 한 이유에 대하여 생각했다. 그녀의 죽음 이후에도 단순히 그녀를 보호하려고 하였는가? 어떤 점에서 그녀를 실망시킨 것이 그녀의 절망을 의미한다고 그는 생각하였는가? 그녀에 대한 어떤 이미지를 보존하기 원하였는가? 문학은 사기를 높이고 "사회주의의 적극적 역할 모델"을 제공하기로 되어 있는 그런 문화적 맥락에서 그는 제약을 느꼈는가? 어느 정도까지 어떤 방식으로 그의 삭제는 막시 반더의 일기를 왜곡하였는가?

더욱더 우울한 경우로, 최근에 가장 많은 쟁점이 되는 사례의 하나인 실비아 플라스의 일기가 있다. 그녀의 남편이자 편집자인 테드 휴즈(Ted Hughes)는 출판된 그녀의 일기 서문에서, 아이들이 그것을 읽지 않기를 바라기 때문에 그는 마지막 두 권 중의 하나를 파기하였다고 해명했다.[18] 어쨌든 남은 한 권은 "사라졌다."

플라스의 사망 6개월 전에 그들의 부부 관계는 종결되었기 때문에, 그녀의 일기에 그가 두드러지게 나타났을 것이고, 보호하려는 것은 그의 아이들만이 아니라는 추정은 합리적이다. 새로이, 휴즈의 동기와 행동에 대한 정밀한 조사를 지속하는 메리 린 브로(Mary Lynn Broe)는 "전략적으로 토막난" 출판된 일기에 대하여 말하는데, "이처럼 손상된 보관 문서로 작업하면서 삭제는… '읽기 쉬운 책'을 제공한다고 믿을 사람은 사실상 아무도 없다." 브로는 이 삭제의 내용에 대한 날카로운 질문을 던지는데, 그중 하나로, "왜 '아이들과 가족에 대한 염려'는 그렇게 선택적으로 어머니가 아닌 아버지 테드 휴즈의 부정적 인물상을 삭제하는 문제로 되는가?" 적어도 사라진 일기들에 대한 진실을 언젠가는 밝혀야 한다고 생각하면서, 그녀는 암시한다. "추측이라 해도, 그 일기들은 최소한 어느 정도는 발견될 것으로 해둔다."[19]

또 다른 흥미로운 경우로, 프리다 칼로의 전기 작가 헤이든 헤레라(Hayden Herrera)는 이야기한다. 한 친구는 (존 키츠John Keats의 것으로 믿어지는) 빨간 가죽 일기장을 프리다를 위하여 뉴욕의 희귀본 서점에서 구입하였다. 프리다는 거기에 1944년부터 글을 쓰다가 10년 후 사망하는데, 그때 친구들은 상당한 부분을 뜯어내고, 161쪽 분량만 원래대로 남겼다. 그녀의 전기 작가는 그 친구들의 가능한 동기 부여에 대하여 어떤 암시도 말하지 않는다.[20]

그러나 일기의 출판 준비에 포함되는 어려움들은 개인적 관계의 문제에서만 발생하지 않는다. 심지어 최고 선의의 편집자라도 곤란한 일에 직면하는데, 잔 갈란트(Jan G. Gaarlandt)는 에티 힐점의 일기를 사망 40년 후에 편집하는 과정에 알았다. 그는 밝힌다.

⚜ 나는 확신을 가지고 우리 시대에 가장 중요한 문서 중의 하나를 막 출판하려는 참이었다. 그런데 일기에서 선택하는 곤란한 작업이 있었다. 400페이지 분량의 무명 여성의 일기를 출판하는 것은, 가장 충실한 이 찬양자의 눈에도, 위험도가 매우 높았다. 나는 공책의 내용을 가능한 한 꼼꼼히 옮기면서, 반복이나 많은 인용의 부분을 제거하였다. 첨가된 말은 하나도 없다.

마침내, "판독하기 어려운 글씨로 빽빽이 쓴 8권의 공책"에서 뽑아내어, 편집자는 사본을 만들고 『가로막힌 삶』을 출판하였다.[21]

그렇지만 다른 여성의 사적인 삶과 마음속을 그렇게 깊이 조사하는 것에 대한 의심의 눈길은 없는가? 자신의 일기가 출판되는 것을 바라면서 글을 쓴 여성의 경우, 우리는 벌을 받지 않고 그 일기를 읽는다. 그러나 자기 자신을 이해하려는 깊은 내면의 요구에서, 어느 날 자신의 일기가 출판될 것을 전혀 모르고 자신의 가장 내밀한 감정과 생각을 묘사하고 있는 그런 경우는 어떠한가? 모든 것을 고려해 볼 때, 재미있는 읽을거리로 다른 여성 개인의 정신적 침실을 훔쳐보는 것과 관련된 어떤 관음증적인 면은 없는가?

모든 것은 독자가 텍스트에 부여하는 공감의 정도에 달려 있는 것 같다. 이는 1980년대 초반 이후 죽 내가 생각하고 있는 것인데, 그때 나는 처음으로 막시 반더, 그리고 1973년 40세의 나이에 사망한 브리지트 라이만의 출판된 독일 일기들을 우연히 만났다. 반더처럼 라이만은 자신의 암 투병에서 고통을 묘사하였고, 반더와 다름없이 애석하게도 젊어서 죽었다. 슈투트가르트(Stuttgart)에서 6월 어느 아름다운 오후 옥외 카페에 앉아서 심하게 교차하는 희망과 절망의 날짜가 적힌 막시 반더의 일기를 읽으면서, 나는 분열된 자아로 독서하는 불쾌감을 느꼈다. 절반의 나는 일기 작가의 병원에 함께 있었고, 나머지 절반은 따뜻한 햇볕 아래 일광욕을 하면서, 그녀보다 오래 살고 있다는 인식으로 죄의식을 느꼈다. 몇 달이 지나서 라이만의 일기와 편지를 읽을 때, 그런 느낌이 되돌아왔다. 그것을 가장 잘 표현할 수 있는 말은 "신비로운"이다. 일기를 읽을 때 우리는 일기 작가의 경험과 강렬하고 직접적인 일체감을 맺는다. 그렇지만 동시에 나는 필자의 투병의 결과를 사전에 알고 있다. 여기서 신비로운 경험이 시작된다. 그들의 삶을 읽는 독자로서 나의 특권적 지식은 그들과 동일시하는 나의 한 부분과 그들을 객관화하는 나의 다른 부분 사이에 불편한 감정의 교차를 형성했다. 결국 **그들은 죽었고**, 어찌 되었건 나는 죽지 않았다.

이것은 일기를 읽는 경험에서 유일하게 보편적인 사실을 두드러지게 하는 점으로 생각한다. 일기를 읽을 때, 현재 시제와 일인칭 대명사는 일기 작가의 감정과 생각으로 진입하여 동일시하도록 유인한다. 우리는 작가의 내면세계로 몰입되는데, 아마 소설을 읽을 때보다 더 그렇게 될 것이다. 그렇지만 우리 자신의 다른 한 부분은 시종 외부에 잔류한다. 보다 비판적인 이 부분은 계속 일기 작가와 대화를 나누면서, 우리의 관점이 어디에서 번갈아 수렴하고 다른지 주목한다. 관음증적 요소가 잠입하여 더 비판적 부분만으로 읽으면서 몰입하지 않고 필자의 경험을 객관화한다고 나는 생각한다.

이런 것들은 일기를 그렇게 매력적인 독서의 대상으로 만드는 이유 중 약간에 불과하다. 그러면 열렬한 일기 작가인 우리 자신들 중에 많은 이들이 다른 여성의 일기에서 찾는 것은 무엇인가? 소설이나 다른 비소설류에서 기대하지 않는 무엇을 우리는 일기에서 얻기를 바라는가?

일기를 읽는 즐거움

"오늘날 여성들은 자기 자신의 삶에 대한 관점에 도달하기 위하여 전기를 읽고 쓴다."라고 메리 캐서린 배트슨은 단언한다. "독서마다 비교와 인식의 대화, 기억과 공감의 과정을 마련하여 자신의 경험을 공감의 렌즈로 이용할 수 있게 한다."[22] 이는 심지어 일기를 읽고 쓰는 데도 더욱 그러하다고 생각한다. 왜냐면 일기는 우리에게 독자로서 여타의 글과는 다른 무엇을 요구하기 때문이다. 일기를 읽을 때, 우리는 필자의 내면의 영역으로 진입한다. 그녀의 내밀한 명상, 솔직한 생각과 감정, 자신의 정신 너머의 세계에 대한 인식을 우리는 목격한다. 이어서 관대한 동정심으로 기꺼이 판단을 유보하고 일기 작가의 인생 경험을 공유할 필요를 느끼게 된다. 답례로, 일기는 우리에게 많은 보상을 한다. 바바라 고다드는 텍스트를 "지배하는" 우리의 일상적 시도와는 아주 다른 여성주의적 독서 양식에 대하여 서술한다. 그녀가 말하는 것은 특히 일기 독서와 관련이 있다. 고다드는 설명한다.

> ⚜ 여성주의 독자는 자신을 가두도록 구성된 구조에서 벗어나는 길을 찾아 투쟁하는 대신에, 여성 작가와의 대화로 진입할 수 있다. 독자는 텍스트를 제어하는 투쟁을 그만두고 파워 게임도 완전히 단념하면서, 텍스트 이면의 여성과 접속하는 노력을 한다. 그런 감정이입의 독서는 다른 여성의 가슴과 마음과 상호 주관적인 만남으로 구성된다.[23]

메리 캐서린 배트슨과 바바라 고다드는 둘 다 여성 독자와 작가 사이에 발생하는 대화, 즉 두 인생 사이에 진행되는 논의에 대하여 말한다. 일기를 읽는 것은 친밀한 사적 대화를 일으킨다. 우리는 읽으면서, 진정하고 자연스러운 자아 개방과 친교를 갈망하고, 다른 여성들의 삶에 의미를 부여하는 그것에 매료된다. 아나이스 닌은 자신의 일기와 수필에서, 민감하게 부드러운 인간관계를 형성하고, 이해되고 소중하게 여겨지는 느낌을 받고, 자신의 모습 그대로 보이고 사랑받고 싶은 우리의 갈증에 대하여 아름답게 적었다. 여러 번 그녀는 자신의 놀라움을 묘사하였는데, 이전보다 더 친밀하게 자신을 드러내었다고 생각했을 때, 수많은 여성 독자들은 그녀에게 편지를 보내어, "당신은 나의 경험도 함께 기술하였다."라고 말했다. 다른 사람의 가장 깊은 작업을 많이 볼수록 우리는 그들을 더 깊이 수용하고 사랑하게 된다는 생각을 닌은 하게 되었다.

일기를 읽는 즐거움 중에 하나는 필자의 개성에 대한 효과적인 감각을 얻는 데 있다. 이는 주로 일기에서 보이는 자아 개방의 정도에 따라 전달되므로 작가마다 극명하게 차이가 있다. 예를 들면, 1865년에 태어난 두 일기 작가, 캐나다의 에밀리 카, 그리고 독일의 케테 콜비츠가 있다. 카와 콜비츠는 둘 다 작업을 위한 공명판으로 일기를 사용하여, 예술가로서 그들 자신의 결점을 비탄하고 작품에 대한 대중의 반응을 기록하였다.

콜비츠는 1930년대 히틀러의 "퇴폐적 예술"에 반대하는 운동으로 추방된 예술가 중의 한 사람인데, 사랑하는 작은아들 피터(Peter)의 죽음으로 고통을 더욱더 통렬하게 만드는 자신의 직업을 억제된 감정으로 탐색했다. 1914년 11월 중반, 아들이 전투에서 사망했다는 비통한 소식을 받은 2주 후에, 그녀는 적었다. "지독한 고독. 지난해 피터의 일기에는 항상 외로움과 버림받음의 느낌이 있었다. 아들들을 위하여 우리는 기꺼이 죽을 수 있었는데, 내버리고 각자 홀로 남았다. 진공실 안처럼 혼자뿐이다. 너는 어디에 있어서, 어디를 배회하고 있는가? 나에게로 올 수 없을까? 네가 외로운 때보다 나는 더 고독하다."[24] 그런데 콜비츠에게 이런 종류의 자아 개방은 좀처럼 없었다.

에밀리 카는 대조적으로 자신의 마음속을 엄청나게 일기에 쏟아내어, 초조와 절망에서부터 만족과 찬양에 이르기까지 모든 감정적 상태를 기록했다. 1933년 7월 30일 그녀는 썼다. "아, 오늘 나는 벌레, 애벌레나 땅벌레와 유사하다! 더 높은 곳은 없는가? 내가 도달할 수 있는 어디, 심지어 중하위의 곳도 없다." 그러나 얼마 후, 밴쿠버 섬(Vancouver Island)에 있는 열대 우림 오지로 그림 여행을 하는 동안, 오래된 승합차의 쾌적함 속에서 안심하고 느긋하게 기쁨에 넘쳐 그녀는 적었다. "간밤에 우리는 아기처럼 잠들었다. 모든 생명은 각자 자신의 자리 안으로 사라졌다…. 개잎갈나무 사이로 술래잡기하는 즐거운 강아지들을 보니 참 좋다. 소란하거나 상스럽지 않게 향긋한 작은 산들바람이 잎사귀 사이로 분다. 오늘 내가 생명을 사랑하듯이, 네 마리 개, 원숭이, 쥐들도 그렇다."[25] 카의 잦은 정서적 요동은 사실 그대로, 심지어 그녀 자신에게도 극적이면서 종종 불가사의한 것이었다. 그녀의 일기를 읽으면 우리는 충동적으로 과대망상적이고 전적으로 가식 없는 한 인간을 짐작하게 된다.

다른 이야기, 다른 인생

일기는 우리를 여성들이 펼치는 이야기의 한가운데로 빠져들게 하는데, 그 진전은 우리들에게 신비로운 것처럼 일기 작가에게도 불가사의할지 모른다. 일기 작가는 어느 날부터 다음 날까지의 자기 이야기를 기술하기 때문에, 그 일기는 진행 중인 삶에 대한 담화가 되어서 우리 자신을 위하여 사용할 수 있는 "텍스트"를 제공한다. 다른 누군가 우리처럼 생각하고 있다는 사실을 자각하면, 같은 감정을 느끼고 같은 결론에 이른다는 것인데, 공유된 경험과 우리 자신의 잠재적 성장과 성취에 대한 연대감을 확언한다. 이런 반영의 과정은 우리 관점의 결함을 보여주는 것과 마찬가지로, 보다 폭넓은 전체 인격적 맥락에서 다른 여성의 한계를 보기도 한다. 몇 년에 걸쳐서 메이 사턴은 자신의 파괴적인 격노에 대한 뉘우침을 일기에 자주 표현하였다. 그런데 우리는 환멸을 느끼기보다는 오히려 그녀의 고통스러운 자기반성이 우리의 공감을 불러일으키고 그녀를 더 상처받기 쉬운, 더 인간미 있는 사람으로 만든다. 글로리아 스타이넘의 괴로운 청년기에 대한 이야기는 우리 자신의 어린 시절 상처를 더 넓은 인생의 화포 위에 단 한 번의 붓놀림으로 볼 수 있게 한다. 그녀는 극복하여 자신의 외상성 과거를 받아들이게 되었으므로, 아마 우리도 그렇게 할 수 있을 것이다. 또 다른 여성이 스스로 인지한 약점이나 힘든 외부 환경에 반응하는 방식을 목격함으로써 우리 자신의 삶에서 간파되지 않은 치유의 가능성을 조명할 수 있을 것이다.

다른 여성들의 소망과 성취에 대한 글을 읽으면서 우리가 발견하는 것은, 어떻게 사는가, 무엇을 갈망하는가, 어떤 탐험을 선택하는가 등에 대한 새로운 이야기들, 그리고 우리는 누구이며 무엇이 될 것인가라는 새로운 가능성들이다. 작가이자 활동가인 벨 훅스는 20대 초반에 흑인 여성의 창조력과 여성들이 예술을 창작하는 조건의 문제에 몰두했다. 1979년 7월 그녀는 적었다. "나는 인생과 예술에서 성취하고 싶다. 그러나 내 주변을 둘러보면, 너무도 많은 여성들이 자신이 행한 선택에 실제로 불행한 것처럼 보인다. 때때로 효과가 있으면서 만족스러운 어떤 방식으로 일을 다르게 하는 여성을 나는 보지 못하므로, 내가 이것을 반드시 실현할 필요가 있다." 이 사람은 분명히 영감을 갈망하는 여성이었다. "여성은 많은 일을 하는 다른 여성들을 인지하는 것이 중요하다는 점을 나는 가슴으로 알고 있다. 이는 우리에게 무한한 가능성의 느낌을 준다."[26] 이런 글을 쓰고 몇 년이 지나서 벨 훅스는 자기 자신이 찾고 있던 모범적 인물 중의 한 사람이 되었다.

일기를 읽으면 다른 여성들의 삶과 이야기에 친근하게 연결된다. 이때 우리 자신의 자아를 떠나서 다른 관점과 동일시할 필요가 있다. 우리는 필자의 전환점이나 불가피한 상실의 경험에 참여하여, 이것으로 우리 모두의 삶을 가늠한다. 사랑, 우정, 가족 관계의 성쇠, 다중적 책무와 욕망의 곡예, 성의 그늘과 시간의 흐름, 자신감과 자기혐오, 낙천주의와 절망, 활기와 무력증의 부침 등 우리 모두에게 친근한 것이다.

그런데 최근까지 여성의 삶에 가장 중요한 시기는 좀처럼 문학에서 서술되지 않는다. 그런 곳이라면, 자신이 결코 해본 적이 없는 경험들을 표현하려는 남성 저자들이 보통 서술하는 데 있다. 자신의 일기에서 여성들이 말하려는 진실의 대상은, 임신하여 출산하는 일과 타인(배우자, 아이들, 노부모)의 요구와 그들 자신의 욕망 사이에서 느끼는 고통은 무엇인가, 여성혐오증적, 동성애공포증적 사회에서 여자 동성애자로 고백하는 것은 어떤가, 인종차별주의자 백인 문화에서 유색 여성의 존재감, 미모를 우상화하는 사회에서 매력적이지 못하고, 젊음을 숭배하는 사회에서 늙음은 어떠한가 등이다. "나이의 비탈길을 내려오는 나그네는 도움이 필요하다."라고 데보라 노리스 로간은 1833년에 적었다. 종종, 그녀의 일기는 그녀의 유일한 근원이었다![27] 메이 사턴도 역시 회고했다. "늙어간다는 것은 우리의 모든 경험 중에서 최대의 용기를 내는 것인데, 이때 우리는 특히 좌절에 맞서는 역량을 최소로 지니는 시기이기 때문이다."[28] 플로리다 스콧트 맥스웰에게, 자신의 노년에 찾아온 문제들에 대한 답을 구하는 노력의 한 방편은 일기 쓰기였다. "나는 내 머릿속을 맴도는 의문들을 찾아서 이 공책에 기록하기 시작했다."라고 『내 생애의 척도』의 서문에서 그녀는 알려준다. "나의 전면적인 견해, 편견, 한계를 적어두었지만, 여기 이 책은 논평하지 않기 때문에 나를 버린다. 그것은 나에게 통곡의 벽이기도 하고, 내 위안으로 다른 사람들 모두가 얼마나 나쁜지 관찰하는 게임을 냉혹하게 할 때, 이 책은 침묵하므로, 그 정적에 귀를 기울이면서 나는 깨닫는다."[29]

인생의 마지막 5년을 보내게 된 요양원에서 글을 쓰면서, 조이스 메리 호너는 자신의 일기에 털어놓았다. "기후, 마음속 느낌, 천식, 아주 작은 사소한 낙담들로, 오늘은 매우 낮은 단계다." 여전히, 호너는 즐거움의 동기를 찾았다. "또 하루 더할 나위 없는 여름날," 자기 짝의 깜짝 방문, "좋아하는 사람과 함께 외식하는 일," 독서 모임, 라디오로 고전음악 듣기, 그리고 무엇보다, "따뜻한 날 그늘에서 떠도는 산들바람, 개똥지빠귀와 가끔 홍관조의 소리, 아주 이따금 소나무의 냄새와 함께" 야외에 앉아 있었다.[30] 67세에 애완동물들과 숲속에서 야영할 때, 에밀리 카의 만족을 표현하는 글을 읽는 즐거움은 크다. "회색 양모 가운 위에 주홍색 모포를 두르고, 등 뒤에 베개와 발치에 뜨거운 병을 두고 있으면, 지구는 아름답다는 것을 나는 안다."라고 그녀는 적었다. "가을이 나를 움츠리게 하지 않는 것은 초겨울인 내 몸이 그렇게 하지 않는 것과 같다. 고령에 비하여 활동적인 사람들도 거의 향유하지 않는다. 나는 인생을 충분히 즐겼다." 노령도 또한 우리 인생의 한 시기이다. 그런데 그것에 대하여 거의 글을 쓰지 않았다.[31]

그 밖에 유별난 경험들이 있다. 크리스타 볼프가 칭한 "귀중한 일상"의 조명에 더하여, 여성 일기는 우리들 대부분이 스스로 결코 마주칠 일이 없고 또 심지어 그렇게 바라지도 않을 상황들을 언뜻 보게 한다. 때로는 가장 어렵고 겉보기에 절망적인 환경에서 인간성을 유지하는 것이 무엇인지 여성 일기는 보여준다. 나치가 점령한 홀란드에서 겪은 에티 힐점의 경험은 어느 누구도 하고 싶지 않을 것이다. 유대교 협의회(Jewish Council)를 위한 그녀의 작업은 실제로 나치에 봉사하였다는 사실을 점차 깨달았고 자신과 가족 어느 쪽도 살아남을 것 같지 않았다. 그렇지만 그녀의 아름다운 일기를 읽고 변하지 않은 사람은 아무도 없다. 에티는 회고했다. "삶과 죽음, 슬픔과 즐거움, 내 발바닥의 물집과 집 뒤의 재스민 향기, 유대인 박해, 그리고 형언할 수 없는 공포, 이 모두는 내 안에 하나로 존재하므로 나는 그것을 하나의 거대한 완전체로 수용하여 오직 나 자신만을 위한 것으로 더 잘 이해하기 시작하지만, 그 모두가 어떻게 한 곳에 걸려 있는지 다른 사람에게 설명할 수 없다." 저 어두운 시절에 다른 어떤 일기 작가들보다 더 많이 에티 힐점은 무조건적 사랑을 주장한다.[32]

그리고 자신의 유방암 투병을 돌려서 모든 여성들이 자신의 인생에 대하여 달리 생각도록 열정적으로 자극한 오드리 로드의 뛰어난 용기와 놀라운 분노는 어떤가? 자신의 『암 일기』의 서문에서 그녀는 전한다.

♱ 암에 대한 나의 분노와 고통과 공포가 여전히 다른 침묵 속으로 화석화하거나, 공공연히 인정되고 검진된, 이 경험의 중심부에 놓인 어떤 정신력도 나에게서 강탈하기를 원치 않는다. 삶의 어떤 영역에서건 강요된 침묵은 분리와 탈권력을 위한 도구라는 것을 인식하고, 모든 연령, 피부색, 성적 정체성에서 다른 여성과 나 자신을 위하여, 내 감정과 생각들을 표명하려고 노력했다…. 이것은 모든 여성들에게 자연 치유의 가능성과 삶의 풍요를 강조하는 표현이 되기 바란다.[33]

유방암이 자신의 개인적 삶에 미치는 영향의 양상에 대한 혹독한 서술로, 오드리 로드는 우리 자신의 높은 위치를 다시 생각하게 유인한다. 이 일기는 모든 여성들에게 정말 좋은 선물이다.

에티 힐점의 일기는 공포와 파괴의 시기에 억제할 수 없는 사랑의 불꽃을 증명한다. 오드리 로드의 일기는 여성의 유방암 경험을 둘러싼 비밀과 수치심을 분쇄한다. 이러한 수많은 여성들의 다른 일기는 역사와 문화에 대한 개인적 관점에서 급진적인 대항의 역사를 제공한다. 주류 역사는 국가를 형성하는 사건들에 집중하는 반면에, 여성의 일기들은 일상에 대한 친숙한 일견을 마련한다. 크리스타 볼프의 개작된 트로이 전쟁(Trojan War) 이야기에서, 예언자 카산드라(Cassandra)는 처형되기 전에 여성의 경험으로 자신의 이야기를 전할 수 있는 기회를 간청하는데, "그러면 이 작은 개울도, 영웅의 노래가 흐르는 강을 따라, 또한, 저 멀리, 아마 다음 세대에 살면서 더 행복한 사람들에게 이르게 될 것이다."[34] 지금 이 순간에도 저 영웅의 노래는 여전히 널리 퍼져 있다. 그러나 높아지는 여성 일기의 개울은 색다른 이야기를 전한다.

소속감

우리는 일기를 읽으면서 덜 고독하게 느끼기도 한다. 타인의 내면적 삶 속으로 들어갈 때 우리는 고독감에서 벗어난다. 에밀리 카만큼 풍부한 표현으로 인간관계의 어려움을 전달할 수 있었던 일기 작가도 드물다. 연중 드물지 않게 무력감에 빠지는 시간, 1940년 12월 24일에 그녀는 회고했다.

> ⚜ 특별한 이유도 없이 한 가지 아픈 슬픔 속에서, 설명할 수 없는 슬픔들이 갑자기 부풀어 오르는 이유가 무엇인가? 일반적으로 그런 감정의 바탕에 자기비난, 홀로 자기 자신에 대한 실망, 또는 나를 미치게 만드는 다른 누군가에 대한 실망감 같은 것이 있다. (그러나 그런 경우에 고통은 통증보다 광증을 느끼는 것이다.) 지금 나는 모든 사람에게 실망했다. 내가 마음을 터놓을 수 있는 단 한 명의 인물도 없는 것 같은 느낌이다.[35]

가끔 이런 식으로 쓰는 일기는 고독한 카에게 분명한 위안이 되었다. 그녀의 일기를 읽으면 우리 자신의 고독은 완화될 것이다. 여성들의 일기를 읽을 때 우리는 소속감을 얻는다. 다양한 삶, 목소리, 그리고 이야기들 사이에 유사성을 알아차리고, 우리는 일기 작가와 독자들의 공동체에 참여한다. 우리는 출판된 일기 그 자체에 공유하는 이런 유사점을 발견한다. 일기를 출판한 수많은 작가들은 다른 일기를 읽는다. 메이 사턴은 앤 트루이트의 『일지: 한 예술가의 수기』(*Daybook: The Journal of an Artist*)에서 글귀를 길게 뽑아서 자기 자신의 일기에 옮겨 쓰고, 트루이트와 대화를 나눈다. "여기는 내가 인정할 부분이 많다."라고 사턴은 논평했다.

⚜ 데이비드 스미스(David Smith)의 죽음에 대하여 이야기하면서, 트루이트는 말한다. "그가 죽은 후 작업실은 더 황량하게 느껴졌다. 나에게 데이비드의 본질은 살아 있는 동안 작업하는 것이라는 사실을 나는 이해하게 되었다. 그래서, 만약 그가 작업하고 있다면, 나는 고독하지 않을 것이다." 나는 이런 종류의 상실감을 버지니아 울프가 죽었을 때 심하게 느꼈고 또 나에게 조금은 상관있는 내 작품에 대한 의견을 지닌 사람은 아무도 남아 있지 않았다는 것을 깨달았다…. 작업을 계속하는 한, 나는 그녀를 어떤 점에서 "동류"로 느꼈다. 나는 트루이트의 또 다른 페이지에 주목하였다.[36]

60년 전, 캐서린 맨스필드가 1923년에 사망하고 일주일이 지난 때, 버지니아 울프는 자신의 일기에서 말하였다. "그날부터 줄곧 나 자신을 깨울 수 없는 우울증이 왔다. 글을 쓰기 시작할 때, 내 글쓰기에 핵심이 없는 듯하였다. 캐서린도 그런 글을 읽지 않을 것이다."[37] 트루이트의 『일지』를 다 읽은 직후 나는 우연히 사턴의 『칠순에』를 읽었다. 사턴의 일기에서 한 단락을 읽는 중에, 네 명의 다른 일기 작가들과 접촉하게 되었다. 메이 사턴, 앤 트루이트, 버지니아 울프, 그리고 캐서린 맨스필드, 이들은 모두 공동체 고리에 연결된다.

일기를 출판한 많은 일기 작가들은 스스로 다른 여성 일기의 열렬한 독자들이다. 그러나 그들이 읽은 것을 항상 칭찬하는 것은 아니다. 예컨대 앨리스 제임스는 조지 엘리엇에 대하여 경멸밖에 표하지 않았는데, 실제로 엘리엇의 두 번째 남편이 형식적 예의를 차리느라 그녀의 일기를 심하게 삭제하였기 때문이다. "그런데 이것은 정말 어색하고 따분하기 짝이 없는 책이다!"라고 앨리스는 자신의 일기에 적었다. "그녀는 정말 생기 없이 병든 자의식 강한 존재였음에 틀림없다! 단 한 번 기쁨의 분출도 한 가닥의 해학도 활기찬 호흡 한 번도 그녀의 편지나 일기에는 없다…. 조지 샌드와 너무 대조적이다."[38] 그런데 이처럼 통렬한 반응은 드물다! 일기 작가들은 읽은 글에서 영감을 얻는 경우가 더 많다. 맥신 큐민(Maxine Kumin)은 "다른 사람의 일기에 중독되어 있다."[39] 그중에서도 버지니아 울프는 패니 버니와 도로시 워즈워드를 읽었다. 캐서린 맨스필드는 마리 바시키르체프를 읽었다. 아나이스 닌은 메리 셸리와 버지니아 울프를 읽었다. 에밀리 카는 마리 바시키르체프를 읽었다. 메이 사턴은 에밀리 카를 읽었다. 글로리아 바울즈는 파울라 모더존 베커를 읽었고, 이렇게 계속된다.

1979년 7월 어느 토요일 저녁, 벨 훅스도 역시 밤늦은 시간까지 케테 콜비츠의 전기를 읽으면서 자신의 일기에 쓰고 있었다. "자신의 잠재력을 최대한 발휘하면서 명확한 의식을 가진 여성 예술가들이 많지 않은 원인의 문제에 대하여 나는 생각하고 다시 말하고 있다."라고 그녀는 적었다. "나 자신의 인생 경험에서 나오는 한 가지 자각은 내가 아는 남성들보다 나의 창조적 작업의 정당성을 입증하는 데 보낸 시간이 훨씬 더 힘들었던 것 같다…. 실제로 창조적 작업을 지속하려면 내면적 동기가 있어야 한다."[40] 한 사람의 일생은 다른 일생에 귀를 기울이고, 모두는 그 보이지 않는 공동체로 이어진다.

펼치는 인생

일기는 여타의 개인적 글쓰기와는 다르게 펼치는 인생을 보여준다. 자서전은 필자의 현재 관점에서 자신의 인생을 우리에게 전한다. 버지니아 울프가 지칭한 "자신이 서 있는 현재 시간의 작은 무대"[41]에서 필자는 인생을 바라보면서, 자신의 과거를 현시점에서 다시 만든다. 시간이 지나면서 기억은 지나치게 뚜렷한 초점으로 고통을 야기할지도 모르는 장면의 모서리를 흐리게 한다. 대부분의 우리들처럼 필자는 사랑과 칭찬을 받고 싶다. 도착 지점은 미리 알려지고 과거는 마치 "다른 길이 없는 외길"이어야 하는 듯이, 그것은 필연적으로 현재로 연결되는 것처럼 보인다. 필자는 인생의 모든 주름을 다림질하여 없애고 과거의 거친 모서리를 매끄러운 현재로 변환한다.

예컨대, 장 폴 사르트르와의 생활에 대한 시몬 드 보부아르의 자서전적 서술을 읽으면서 나에게 많은 의문이 남았다. 두 사람은 일부일처주의 관계에 반대하는 원칙에 동의했다고 그녀는 말한다. 그러나 이 합의에 대하여 매주 매년 그녀는 실제로 어떻게 느꼈을까? 사르트르의 수많은 사건에 그녀는 어떻게 반응하였을까? 그녀는 그 기간 동안에 일기를 썼는지 의아스럽다. 만약 그렇다면 일기에 기록한 내용은 무엇일까?

우리가 자서전을 읽는 이유는 필자의 인생사에 부과되는 시종일관된 방향 때문이다. 모든 일들은 협동하여 필자를 조만간 현재의 순간으로 데려온 것처럼 보인다. 여하튼 우리는 매주 이어지는 삶에 대한 정처 없는 감정을 대부분 느끼는 때, 이런 일관된 회고의 이야기는 우리를 안심시킨다. 그에 반해서 일기는 어느 여행으로 우리를 안내한다. 일기 작가의 삶은 우리들 자신이 경험하는 온갖 매듭 없는 결말과 부조리, 역설과 신비를 지니고 우리 눈앞에 자연스럽게 펼쳐진다. 작가는 어떻게 의외의 급변과 우회를 이해하려고 노력하면서, 자신의 수많은 가닥의 경험에서 의미 있는 유형을 엮어내는지 우리는 목격한다. 일상사는 세계를 뒤흔드는 중요한 사건들과 나란히 생긴다. 1939년 4월 15일 토요일, 버지니아 울프는 "전쟁이 야기하는 단절, 만사가 의미를 상실하는 것 같다."라고 가슴 아프게 썼다. 이어지는 문장으로 그날의 일기 내용을 마무리한다. "그러나 나는 런던에서 온 마카로니 치즈를 주문해야 한다."[42] 이것은 우리가 삶을 영위하는 방식이다. 일련의 구별되는 성쇠가 아니라, 우리 일상생활의 결을 혼합하고 구성하는 유동적인 순간, 느낌, 그리고 경험들의 연속이다. 그리고 점차 내면적 일관성이 나타나지만, 때늦은 지혜의 백미러를 통하여 나중에 부여되는 것은 아니다.

여러 해 동안 나의 마음에서 떠나지 않았던 독일 말 하나는 Unterwegs, 즉 "도중에"라는 것이다. 우리의 인생은 모두 도중에 있다. 숲속을 배회하는데, 어느 길을 선택할지 또는 자신의 출구를 찾을 수 있을지 불확실한 한 여성을 상상해보라. 그 언젠가는, 여러 번 빗나간 방향 전환 이후에, 그녀는 흠뻑 쏟아진 햇빛 속으로 나타난다. 나중에 자신의 이야기를 할 때, 숲속에 있으면서 저 위의 하늘을 보고 싶은 혼란과 불안의 감정들을 기억한다. 그러나 지금 그 이야기의 결말은 분명하게 새겨져 있다. 돌이켜 보면, 그녀가 결국 자신의 길을 찾아 나올 것은 당연한 듯하다. 자신의 경험을 되돌아볼 때 어떤 순간들은 전환점으로 그녀에게 떠오르지만, 다른 순간들은 완전히 그릇된 움직임이다. 요컨대, 안전하게 빠져나온 후 자신이 전하는 이야기는 숲속에서 순간마다 경험했던 것과는 다르다는 말이다. 만약 길을 잃었을 때 일기를 쓰고 있었다면, 그녀는 결말을 알 수 없는 수많은 여러 길을 탐험할 때 자신의 희망과 절망을 반영하는 다른 이야기를 하였을 것이다.

일기 쓰기는 숲속에서 글을 쓰는 것이다. 우리의 이야기를 하는 데 안정된 유리한 지점은 없다. 끝이 없는 선택의 길로 이어지는 개방로만 있다. 우리는 불분명하게, 모호하게, 한가운데 있다. 일기 쓰기처럼 일기 읽기는 긴 노정에 공중 화장실과 같은 일련의 휴식처를 제공하는 것이다. 여기서 우리는 잠시 멈추어 지친 몸과 마음을 쉬게 하고, 지금까지 지나온 곳을 상기할 수 있다. 우리는 기운을 보충하고, 운이 좋다면 다른 여행자들과 함께 보온병 안의 따뜻한 코코아와 이야기를 나눌 수 있을 것이다. 이는 작지 않은 행운이다.

예술가 인생의 일견

작가와 예술가들의 일기는 사회에서 창조적 여성의 역할, 그리고 예술을 가능하게 하는 내외적 환경에 대한 통찰력을 마련한다. 대개 일기는 예술가와 여성에 대한 요구 사이의 격심한 갈등을 드러내는데, 그것은 비슷한 남성의 삶에 비길 수 없는 것이다. (주디 시카고Judy Chicago는 활동의 초기에 한 예술 비평가와 나눈, 피상적으로 지지하는, 대화를 기술한다. "'그래, 주디, 당신은 여성 또는 예술가 어느 한쪽 길을 선택해야 한다.'" 그런 선택을 심각하게 숙고하는 남성을 상상해보라![43]

여성의 일기는 자주 예술가의 삶에 가세하는 사회 문화적 세력들을 일견하게 한다. 예컨대, 파니 멘델스존 헨젤(Fanny Mendelssohn Hensel, 1805~1847)이 있다. 파니는 비상하게 탁월한 재능을 지녔지만, 음악적 재능을 공개적으로 과시하여 "젊은 여성의 **유일한** 생업인… 주부의 신분"을 배신하는 것은 어울리지 않는다고 그녀의 가족은 생각했다. 그렇지만 오빠 펠릭스(Felix)는 그녀의 작품이 인정받는 것을 싫어하지 않았기 때문에, 초기 몇 곡은 그의 이름으로 나왔다. 파니는 예술가 남편 빌헬름 헨젤(Wilhelm Hensel)을 동행하여 1839년 로마로 갔을 때에야 자신이 갈망하던 올바른 이해와 격려를 얻었다. 그 당시 일기는 그녀의 낙천주의를 반영한다. "1840년 4월 23일 목요일, 로마…. 더 많은 유익한 관중을 찾기가 어려울 듯하다. 나 역시 지금 작곡을 많이 하는데, 혹평은 나를 낙담시키고 우울하게 하지만, 칭찬만큼 나를 고무하는 것은 없기 때문이다." 다음 일요일 그녀는 곰곰 생각했다. "로마를 떠나는 것은 우리 두 사람에게 몹시 힘든 고통을 초래할 것이다…. 내가 살아온 칭찬과 존경의 분위기는 그 문제와 관련되리라는 것을 나 스스로 숨길 수 없다…. 이것은 누구도 부인할 수 없는 매우 즐거운 일이다."

그럼에도 불구하고 파니는 베를린으로 돌아가야 한다는 의무감을 느꼈는데, 6년 후 베를린에서 마침내 그녀는 작품이 자기 자신의 이름으로 출간되는 것을 목격하고 고무되어 계속 피아노 삼중주곡을 작곡하였다. 그 시기의 일기는 드디어 직업 음악가로서 성취한 그녀의 모습을 보여준다. 1847년 초기 날짜가 없는 일기에서 우리는 읽는다. "내 마음속 깊은 감정은 어쨌든 고마움으로 가득하고, 빌헬름과 아침에 식사를 한 후 각자 자기의 일을 시작할 때, 뒤돌아보면서 즐거운 하루 그리고 즐거움으로 기다리는 또 하루로 나만의 행복감에 아주 취해 있다." 파니는 그 후 곧 42세의 나이에 사망하는데, 자신의 최초 대표작 공연 이후 겨우 한 달이 지난 합창 예행연습을 지도하는 도중이었다.[44] 가족의 반대에도 불구하고 숙녀답지 않은 음악에 대한 열정을 유지하기 위하여 그녀는 어떤 결심을 해야 했는가? 얼마나 많은 재능 있는 여성들이 파니처럼 지지하는 남편이나 음악, 미술, 문학을 창조할 재정적 공급원도 갖지 못하고 있는가?

실제적 현실

모든 사람의 비위를 다 맞추려 애쓰면서 예술가로서 자신의 직업을 추구하는 데에 어떤 냉혹한 실제적 현실이 개입하는가? "이 일을 어떻게 할까? 가족의 시중을 들까 아니면 내 작업에 진력할까?" 하고 실비아 애슈톤 워너는 1942년 5월 절망의 순간에 자문했다. "나의 여성성을 예술성과 조화시키지 않으면 그들 사이의 갈등은 나를 산산조각으로 불어 날려서, 태평양 끝까지 내 조각들을 뿌릴 것이다." 몇 년 후 그녀는 적었다.

⚜ 규칙적인 침묵의 휴식, 침묵의 수액으로 입술과 목을 적실 필요가 이전보다 더 절실하다. 내 음악, 내 생각, 내 공부와 글쓰기 시도, 그리고 그림 그리기, 내가 좋아하는 것은 어떻게 되는 건가? 진정한 나 자신인 내면의 그 영역은 존속할 희망이 있는가? 이 모두를 부정한다면, 나는 어떻게 가치 있는 건강한 사람으로 충분히 남을 수 있을까? 가치 있는 인간은 **온전한 정신**을 지녀야 한다.[45]

애슈톤 워너의 경우처럼 많은 여성들에게 일기는 예술가와 여성 사이의 조화를 가능하게 하는 유일한 공간을 제공한다. 가끔 갈등은 자체의 비극적 결과를 유발하기도 한다. 20세기 초반에 젊은 독일 표현주의 화가 파울라 모더존 베커는 예술과 결혼 생활의 의무 사이에 갈라진 감정을 느낀 10년 후, 화가로서 자기 자신의 생존을 확보하기 위하여 남편과 헤어졌다. 몇 달이 지난 후, 파울라는 어머니에게 보낸 편지로 적었다.

⚜ 저는 더 이상 견딜 수 없었고, 아마 향후 두 번 다시 그런 상황은 인내하지 않을 겁니다. 모든 것은 지나치게 나를 제한하고 나의 필요가 항상 부족하고 또 아니었습니다. 이제 저는 새로운 삶을 시작합니다. 방해하지 마시고, 그냥 저를 내버려두세요. 오늘 날씨는 정말 아주 아름답군요. 지난주부터 황홀경에 살고 있습니다. 훌륭한 무엇을 성취하였다고 생각합니다.

그렇지만, 운명의 잔인한 아이러니 중의 하나로 파울라의 환희는 짧았다. 친구들은 다분히 선의로 오토(Otto)가 파리에서 그녀와 합류하는 것을 허락하도록 설득했는데, 그들은 독립된 주거의 소유를 양해하는 것이었다. 상반되는 감정은 파울라의 일기에 유난히 드러나지만, 친구들의 압박에 굴복하여 불과 몇 달 후에 남편과 재결합하였다. 얼마 후, 그녀는 어머니에게 편지를 보냈다. "지금 제가 그렇게 행복하지 않은 이유는 이사를 와서, 오토가 여기에 있고… 모든 작업을 중단하였기 때문입니다."[46] 일 년 후 파울라 베커는 죽었다. 그녀는 딸을 출산하고 18일 후 색전증으로 사망했다. 짧은 일생에서 파울라는 1400점 이상의 작품을 창작하였다. 만약 결혼 생활의 의무를 재개하도록 강요받지 않고, 그녀의 일기에 그렇게 열정적으로 표현한 예술적 욕구에 자유롭게 따르는 것이 허용되었더라면, 그녀는 무엇을 성취하였을까?

예술적 욕구를 추구하는 일을 용케 잘 해내는 여성들 가운데 많은 사람은 가족의 의무와 유급의 노동을 그 일과 결합하지만, 그들은 부단한 결핍감을 지니고 생활한다. 시간, 돈, 그들 자신의 재능에 대한 믿음도 턱없이 부족하다. 놀랄 것 없이, 이런 주제는 배우자나 아이들과 함께하는 여성의 일기에서 특히 강렬하게 나타난다. 『침묵』(*Silences*)에서 틸리 올슨(Tillie Olson)은 다른 여성의 예를 제공하는데, 그녀 자신과 마찬가지로 그날의 현실적 요구에 부응하기 전에, 이 여성은 새벽에 일어나서 한 시간 동안 글을 쓰면서 자신의 창조적 정신을 존속하게 한다. 그렇다면 과거 두 세기 동안 많은 여성 작가와 예술가들은 결혼하지 않거나 아이를 두지 않았다는 사실에 누가 놀라겠는가? 또 만약 결혼을 하였어도, 보통 아이가 없거나 늦은 출산 연령에 아이 하나를 두었다면 어떤가? 행복한 결혼 생활, 세 아이, 그리고 교수와 소설가로서 훌륭한 활동을 유지하는 대가에 대한 질문을 메이 사턴이 하자 캐롤린 하일브룬은 "'그 대가는 온갖 것이다.'"[47]라고 말하였다. 이 네 마디의 이면에 어떤 이야기가 숨어 있을까!

장래의 성공을 절대 확신하여 혹한의 다락방에서 일시적 궁핍을 행복하게 견디는 예술가들에 대한 낭만적 신화는 작업실의 실제 상황에 대한 앤 트루이트의 묘사로 깨어진다. 그녀는 한 오랜 친구에게 전한 말을 기억한다. "이전에 내가 한 번도 말하지 않았던 것은 작업실의 맹렬한 추위, 물 부족, 세척을 위하여 집으로 왔다 갔다 안고 나르는 그릇들과 물감 붓이 담긴 부활절 바구니, 쥐, 그리고 막다른 곳에 있는 내 작업실의 황량한 고립이다." 상황이 창조성을 기르는 것은 전혀 아니다. "재정적 급변은, 솔직하게 말해서, 고문과 같다."라고 그녀는 일기에서 털어놓았다.[48] 트루이트의 재정에 대한 불안이 멈춘 것은 겨우 자기 자신과 아이들에게 재정적 안도감의 수단을 제공하는 교사직을 수용한 이후부터였다. 일기를 통하여 우리가 알고 있는 에밀리 카는 마지못해 관광객들을 상대로 도기를 만들고, 꼬리를 자른 강아지를 키우고, 과일을 재배하고, "집주인이자 잡역부"가 되어, 생계를 꾸려나가기 위하여, 가장 불행하게 여자 하숙집을 운영하였다는 것은 어찌되는가? 15년 동안 그녀는 그림을 전혀 그리지 못했다. 심지어 메이 사턴은 "65세가 될 때까지 글쓰기로 생계를 꾸리는 일을 시작하지 못했다."[49]라고 진술했다. 근년에 우리가 경제적으로 창작의 자유를 향한 놀라운 진전을 이루었다는 점은 의문의 여지가 없지만, 너무도 많은 여성들에게 독자적 공간과 그것이 상징하는 기타 모든 것은 여전히 현실이 아닌 꿈에 불과하다.

예술적 과정

예술가의 일기를 읽으면 예술적 과정 그 자체에 대한 흥미진진한 통찰력을 얻는다. 예술가의 일기는 종종 무엇에 영감을 받아 특별한 예술 작품을 창작하였고, 또 절망, 성공, 실패의 시기에 어떻게 대처하였는지 보여준다. 게일 고드윈은 1979년 일련의 일기에서, 자신의 소설 『엄마와 두 딸』(*Mother and Two Daughters*)의 전개에 대하여 기술하였다. 1월에 한 친구로부터 받은 편지는 아버지의 죽음에 따른 가족의 위기에 대한 내용을 묘사하고 있었다. 한 달 이내에 친구의 동의를 얻어 고드윈은 그 편지에 기반한 48페이지 분량의 소설을 썼다. 이야기는 계속 발전하여 12월 무렵에 162 페이지가 되었다. 다음 해 5월 반쯤 완결되어서 299페이지 길이가 되었다. 1980년 12월 고드윈은 완결된 원고를 친구에게 보냈는데, 전체 767페이지 분량이었다. 그 모두 한 친구의 편지에서 시작되었다.[50]

게다가, 버지니아 울프의 일기는 금광이다. 1926년 그녀는 적었다. "언어의 과정은 느리게 현혹시킨다. 우리는 멈추어 한 단어를 찾아야 한다. 그러면 문장의 틀이 생기고, 우리에게 그것을 채우도록 간청한다."[51] 몇 년 후 그녀는 분명히 편안하게 "다시 글을 쓰는 마음에서 우러나오는 시간과 죽음 위에 존재하는 고양된 느낌"을 묘사하였다.[52] 출판한 작가들은 자신의 심리적 장애나 미루기 습관과 투쟁하지 않는다는 생각을 아무도 하지 않도록, 앤토니아 화이트는 푸념한다. "책 집필에 착수하지 않는 핑계로 이 공책에 글을 쓰고 있다… 매일 나는 쓴 것을 고쳐 쓰고 있으니, 더욱 더 느리게 새로 쓴 것이 더 좋은지 나쁜지 아무 생각이 없다."[53] 캐서린 맨스필드는 심지어 더 심한 말을 자기 자신에게 했다. "이것은 완전한 죄악인데, 나는 책을 쓰고 있어야 하는데 그러지 않고 여기서 흉내만 내고 있기 때문이다."[54] 자기 회의는 많은 작가들의 일기에서 한결같이 매우 중추적 역할을 한다. 예컨대, 조지 엘리엇은 자신의 일기에 털어놓았다. "평소대로 내가 하는 일의 가치에 대한 회의, 그리고 문학에 기여하도록 그것을 완성할 수 있을까라는 두려움으로 매우 고통스럽다."[55] 심지어 자신의 첫 소설이 호의적인 평가를 받은 후에도 엘리엇은 "지금도 두려움과 떨림은 여전히 희망을 압도한다."[56]라고 고백했다.

화가의 일기는 다른 매혹도 보인다. 화가의 주요한 매체는 비언어적이기 때문에, 형태, 색, 그리고 이미지를 통하여 전달하고 싶은 것을 언어로 옮기려는 노력은 자신의 작업에 전적으로 새로운 차원을 더하게 된다. 스케치하기 위하여 숲속에서 야영할 때, 에밀리 카의 모습이다.

✣ 만물은 푸르고… 만물은 생기에 넘친다. 공기는 생동한다. 고요는 소리로 가득하다. 풀빛은 빛깔로 가득하다. 명과 암은 서로를 뒤쫓는다. 그림 한 폭, 완결된 생각 하나가 있고, 또 다른 하나 그리고 또… 도처에 주제가, 숭고하고, 어리석고, 즐겁고, 평온하고, 신비한 것들이 있다. 말랑한 젊음은 주름진 늙음을 비웃는다. 이끼와 고사리, 잎사귀와 어린 가지, 빛과 공기, 색깔의 농도는 재잘거리고, 열광한 기쁨의 춤을 추지만, 보기에 오로지 고요와 정적에 정박하였다. 듣고 보려면 가만히 멈추어야 한다.[57]

이것은 내가 읽은 화가의 일기 중에 가장 매혹적인데, 아마 에밀리 카는 시각 예술가이고 **동시에** 작가이므로, 말과 이미지의 관계를 일기에서 자주 화제로 삼았기 때문일 것이다. 1930년에 그녀는 적었다. "사물에 대한 언어적 등가물을 찾는 노력은 내가 그림에서 등가물을 찾는 데 도움이 된다. 그것 때문에 이 일기를 쓴다. 모든 것은 서로 연결된다. 서로 다른 길도 광대한 '그것'에 이르는데, 어떻게 해서든지 우리가 도달하려는 그 목표이다." 오랜 창작 활동을 통하여, 카는 예술가로서 자기에게 무엇이 가장 중요한지에 대하여 분명해졌다. "형식은 좋은 것이다."라고 그녀는 말했다. "그리고 색과 구도와 주제는 중요하지만 가슴에 와닿지 않는 것은 쓸모없다. 중요한 것은 무엇에 대하여 갖는 감정의 강도이다."[58]

다음에 인용한 1940년대 중반 일기에서 프리다 칼로는 다양한 색깔에서 포착되는 연상 작용을 탐색하였다.

⚜ 녹색: 생생하고 좋은 빛…

황색: 광증, 질병, 공포. 태양과 기쁨의 일부

암청색: 충격과 순수. 사랑…

진한 감색: **간격**. 유연함도 이런 청색일 수 있다.

심홍색: 피? 글쎄, 아무도 모른다![59]

예술가의 작업일

여성 예술가의 하루, 즉 작업 습관과 일상적인 일, 그리고 개인적 성향과 유별남을 일견하는 것도 흥미롭지 않을까? 그녀는 무엇보다도 먼저 아침에 작업을 하는가? 하루에 몇 시간을 하는가? 작업을 위해서 자기 자신을 단련하는가, 아니면 그 작업은 자동 추진식인가? 그녀는 무엇에 영감을 받는가? 나로서는 작가의 하루에 대하여 세세한 관심이 있다. 버지니아 울프가 아침에 일기를 쓰는 것에 죄의식을 느꼈다는 사실은 나의 마음을 끈다. ("수치스러운 사실, 나는 아침 10시에 정원을 바라보면서 침대에서 이 일기를 쓰고 있다."[60]) 버가일드 니나 홀저는 글을 쓰는 탁자 위에 비치는 태양 특유의 기울기를 포착하기 위하여 매일 아침 10시 반에 글을 쓴다.[61] 아이들이 어릴 적에 앤 트루이트는 운전을 대행하는 일 사이 15분간의 조각 시간에 대개 작업을 했다. 나는 이 사실을 알고 "작업의 능력은 그 자체에 근거하고 스스로 발전 방향을 지닌다."[62]는 그녀의 주장을 훨씬 더 진지하게 수용한다.

만약 예술가의 삶은 독신으로 아이가 없을 경우에 자유로운 영감과 창조적 "행복감"을 지닌다는 잘못된 개념을 마음속에 품은 사람이 있다면, 메이 사턴은, 모든 예술가는 자기 자신을 위하여 나가서 벌이를 해야 하는 일상의 구조와 작업 습관을 필요로 한다고 말한다. "나는 내부적인 양식이 필요한 중간 지대에 있다."라고 그녀는 1971년 11월에 적었다. "고정 직업을 가진 사람들은 외부에서 부과하는 양식이 없는 하루를 관리하는 이 문제를 이해할 수 없을 것이다." 형식적 조직이 없기 때문에 작가는 자기 자신의 작업 습성을 만들어야 하는데, 사턴에게 적어도 "여기에 동기 부여만 있어도, 그것은 자기 정돈, 자기 탐험, 그리고 저 무한한 여행을 위한 부단한 지속 장치가 된다."[63]

영감을 찾아서

그리고 특히 여성 일기를 읽으면 우리 자신의 글쓰기와 삶에 대한 영감을 받는다. 훌륭하다고 생각하는 작품의 작가가 쓴 일기를 펼치면서, 우리는 모두 자신의 창조적 잠재력을 열어줄 열쇠 찾기를 바라지 않는가? 자주 그들의 재능이 나에게 영향을 미치기를 잠재적으로 희망하지 않는가? 다른 사람의 일기를 읽는 것은 창조적 원기를 자극하는 확실한 방법이다. 일기 작가의 사고 과정 안으로 끌어당기는 개인적 체험에 의한 방식은 우리 자신을 새로운 길로 안내하지만, 반성적 성격의 글쓰기는 우리 자신의 시선을 내면으로 돌리도록 유인하여, 보다 더 깊은 차원의 경험으로 우리를 데리고 간다. "그녀는 어떻게 느끼는지 나는 정확하게 알겠어!" 하고 흥분하여 말하거나, "아니, 그 점에 나는 동의하지 않는다."라고 한다. 어느 쪽이건 우리는 활력을 얻는다. 자네트 길드포드(Jeannette S.

Guildford)는 알아차렸다. "나는 근년에 자양물을 찾아 여성들이 쓴 광대한 작품의 본체로 방향을 돌렸다. 솔직하고 정직하도록 부단한 용기와 동의를 마련하는 일지, 일기, 편지, 전기, 자서전들이다." 길드포드에게 특별히 영감을 준 것은 메이 사턴의 잦은 우울증 투쟁에 대한 솔직한 해명이었다.[64] 이따금 단 하나의 이미지나 문구는 떠나지 않는 일련의 연상 작용을 유발할 수 있다. 일기 작가 앤 심킨슨(Anne Simpkinson)에게 마리온 우드만의 『아버지의 집을 떠나면서』는 실제로 수천 페이지의 일기를 촘촘하게 축약한 내용을 담고 있는데, 그녀를 자극하여 글을 쓰게 하였다. 앤은 말한다.

♣ 이야기는 우리의 정신을 키우는데, 깊은 내면의 진실한 원천에서 나와서 전해질 때 특히 그렇다. 그래서 이것은 『아버지의 집을 떠나면서』가 성공한 근본적인 이유가 된다. 여성 네 명 모두 집중 작업을 한 것은 분명하다. 그들에 대한 이미지와 비유는 우리들의 상상 속에 어른거리면서 공명한다. 나는 독자로서 독서를 하는 동안, 글자 그대로 내 마음속의 이미지들이 여러 번 살아나는 느낌을 받았고, 내 마음의 눈에 매우 강한 이미지를 포착하였기 때문에 정지하여 마음에 그려지는 것을 메모한 후 다시 계속하였다.[65]

그래서 마지막으로, 여성의 일기를 읽을 때 우리가 예상하고 종종 발견하는 것을 정말로 훌륭하게 간파한 바바라 고다드의 일기에서 짧게 인용하면서 마치고 싶다.

♣ 우리는 작가의 삶을 이해하기 위해 노력하면 그 안으로 들어갈 수 있다…. 우리의 연결 욕구는 혈액으로 흐른다. 여성으로서 우리의

생물학적 삶을 텍스트로 가져온다. 말로 나타나지 않은, 여성 텍스트의 행간에서, 우리는 숨겨진 여성의 신체적 경험의 텍스트를 읽는다. 혈액의 행, 생명의 행, 시적 행… 말은 여성의 살을 붙이고 우리를 낳는다.[66]

여성들은 정확히 서로의 말에 귀 기울인다.
그런데 그 말은 우리 여성의 말이다.
그것은 더듬거리거나 대담하게 다가올 것이다.
그러나 그것은 확실하게 우리 자신의 것이다.[1]

넬 모턴, 『집으로 가는 여행』(*The Journey Is Home*)

이야기를 서로 교환하고,
야망과 가능성과 성취에 대하여 여성들이 집단적으로 말하는 곳에서,
여성적 담화는 발견될 것이다.[2]

캐롤린 하일브룬, 『한 여성의 삶을 쓰기』

11
"서로 목소리 들려주기"
일기 연구회

밴쿠버에서 1970년대 대학생으로, 나는 이 신기한 일기 쓰기의 습관을 탐색하는 여성 모임을 시도했다. 그 당시 이런 것은 없었으므로, 나 자신에 대한 글을 계속 쓰면서도 무언가 결핍된 느낌은 이어졌다. 도리스 레싱(Doris Lessing)의 『황금색 노트북』(*The Golden Notebook*)에 감사하면서, 출판된 일기는 보이는 것 모두 읽고, 역시 일기를 쓰는 친구와 산발적이지만 기록을 비교하기도 했다. 종종 나는 카페에서 글을 쓰면서 집단 속의 고독감을 즐겼다. 때때로 열중하여 글을 쓰면서 카푸치노를 홀짝홀짝 마시는 구석 자리의 또 다른 외로운 일기 작성자를 발견하기도 했다.

일기 작성자의 세계는 그때 이후로 변화하였다. 그 당시만 해도 내가 미처 모르는 사이에 아이라 프로고프는 이미 그의 집중적 일기 연구회(Intensive Journal Workshop)를 운영하기 시작했고, 트리스틴 라이너는 『새로운 일기』를 그리고 크리스티나 볼드윈은 『일대일』을 쓰고 있었다. 그리고 일기 쓰기에 대한 관심은 계속 확대되었다. 학교, 대학, 그리고 성인 교육 프로그램에 더하여, 요양원과 퇴직자용 주택지, 병원과 장기간 보호 시설, 교회와 교도소, 건강 센터, 그리고 개인적 성장의 은거처 등에서 일기 쓰기를 가르친다. 새로운 과정과 연구회는 지속적으로 분출한다.

분명히 그들은 새로운 일기 작가뿐만 아니라 오랜 작가들의 필요를 현저하게 충족시키고 있다. 그렇다 하더라도 출판된 일기처럼 일기 연구회는 역설적이지 않은가라는 질문을 던질 수 있다. 한 방에서 10명, 20명, 심지어 100명의 다른 사람들과 함께 글을 쓰고 그 모임과 무엇을 공유하려고 한다면, 결국은 진실하게 자신의 마음과 정신을 어떻게 탐색하겠는가? 글을 쓰면서 자기 검열을 어느 정도 하겠는가?

일기 연구회는 여러 차원을 지닌다. 개인적 문제를 탐색하기 위한 안전한 환경을 제공하는 정도로까지, 그것은 지원단이나 집단 치료와 유사한 것이다. 글로 옮긴 당신의 목소리와 어조를 실험할 기회를 제공한다는 점에서, 그것은 창조적 글쓰기 연구회의 요소를 지닌다. 남성 지배의 사회에서 여성의 의미가 무엇인지 바라보는 지점에서, 그것은 1970년대의 자기 발견 그룹과 다르지 않다. 그렇더라도, 〈여성일기연구회〉는 이들 중 어느 것과도 동일하지 않다. 치료를 제공하고 야심찬 작가에게 발전적인 비판을 하거나, 정치적 행동주의 또는 여성주의이건 아니건 이를 고무하는 것은, 비록 이런 모든 것을 내포할지라도, 연구회의 목적이 아니다. 좋은 연구회는 막힌 창조성을 해방하는 치유의 여지를, 또 역으로 우리를 전인적으로 만드는 창조적 과정의 공간을 열어준다. 연구회 지도자의 목표는 수용적 개방성의 분위기를 조성하는 것인데, 그 속에서 여성 각자의 목소리를 들을 수 있으므로 집단 글쓰기를 치료의 역할로 희생시키지 않는다. 상호 작용하는 많은 여성들의 삶에서, 우리는 반복되는 주제와 양식을 보면서 여행 도중에 혼자가 아니라는 사실을 깨닫는다.

연구회 경험에 대한 한 일기 작가의 서술이 있다. "나는 연구회의 다른 여성들로부터 지원과 도움을 받아서 내 마음속의 형언할 수 없는 두려운 공간을 수용하였다."라고 에디는 적는다. "여성들은 자신의 글을 소리 내어 읽으면 놀라운 치유의 에너지가 생기고 상호 인식의 충격이 듣고 있는 여성들 각자에게 넘쳐흐른다. 우리 모두는 공통의 요구, 경험, 그리고 생각을 공유한다는 사실을 나는 발견하였다."

만약 일기를 쓰는 것은 지극히 개인적인 일이므로 거기에 옳고 틀린 길은 없다고 한다면, 왜 그렇게 많은 사람들이 일기 연구회, 세미나, 강습에 참여하는가? 연구회 참석자들이 내놓은 이유 중의 몇 가지는 다음과 같다.

- 글쓰기를 시작하게 한다.
- 삶에서 일기를 더 효과적으로 사용하는 방법을 발견한다.
- 생각과 글쓰기에 대한 신선한 아이디어와 영감을 얻는다.
- 삶에 대하여 성찰할 수 있는 체계적인 시간을 가진다.
- 집단 에너지를 경험하고 동질적 정신을 만난다.
- 연구회 지도자와 그곳의 다른 사람들에 의해서 육성되고 자신감을 얻는다.
- 나의 창조성에 스스로 표현하는 기회를 부여한다.
- 일기 쓰기가 다른 종류의 글쓰기로 이어지는 방식에 대한 아이디어를 얻는다.
- 출판된 일기에 대하여 더 많이 알고, 독서를 위한 아이디어를 얻는다.

연구회는 우리의 초점을 내면으로 돌리도록 요구한다. 우리는 누구인가? 우리는 어디로 가는가? 우리는 무엇이 필요하고 무엇을 바라는가? 꿈은 우리에게 무엇을 말하는가? 우리는 일생에 무엇을 이룩하고 싶고, 우리를 병들게 하기 전에 변화시켜야 하는 그것은 무엇인가? 다른 여성들과 함께 이런 문제들을 탐색하고, 우리 스스로 맞잡고 겨루면서 때로 느끼는 고독감을 해소하기도 한다. 연구회 장소에서 우리는 상호 지원과 공동 노력의 분위기로 중대한 삶의 문제를 발언할 수 있다. 그 길을 따라서, 가장 구불구불한 개인적 주제마저 다른 여성들의 경험 속에서 메아리가 울린다는 사실을 우리는 자주 발견한다.

시간과 공간 만들기

일기 쓰기는 습관적인 아침 커피나 오후의 홍차처럼 일상적 일과 중에 불가결한 부분이기도 하다. 아니면 필요한 일상의 삶에 둘러싸여 가능한 때, 아주 가끔 이루어지는 활동이 될 수도 있다. 일기 작가들 중에는 글을 쓰는 일정한 장소와 시간을 갖는 사람도 있다. 아나이스 닌은 저녁마다 잠자리에 들기 전 침대에서 글을 쓰고, 자신이 쓴 것을 남편이 보지 못하게 조심했다. (그 이유는 그녀의 삭제되지 않은 판본 『일기』에서 분명해졌다!) 버지니아 울프는 시종일관하여 "홍차를 마신 후 편안하게 맑은 시간"을 일기를 쓰는 데 이용하여, 글을 쓰는 근육을 쉬게 하였다. 이 두 사람은 모두 아이가 없었기 때문에 한가로운 시간을 자신의 일기와 더불어 즐길 수 있었는데, 만약 그렇지 않았으면 하루 중 그 시간에 울프는 성급한 아이 때문에 바쁘고, 닌은 하루 일로 너무 지쳐서 글을 한 줄도 쓸 수 없었을 것이다.

그러나 많은 여성들은 매일 글을 쓰겠다고 자기 자신과 약속하는 호사를 누리지 못한다. 어떤 여성들은 여기저기서 겨우 짧은 한 때를 발견하고, 또 다른 여성들은 전혀 그렇지 않다. 그들에게 연구회는 중요한 체계적 기능을 한다. 다른 일기 작성자들과 매주 규칙적으로 만나면 가족과 친구의 요구, 전화, 초인종, 또는 다른 방해물에 침해당하지 않는 정신적 공간을 제공받는다. 실제로 내가 연구회를 마련하기 시작하였을 때, 어떤 여성들은 남편이나 믿는 친구에게 아이들을 잘 맡겨놓았다고 생각하고 전화번호도 알려주지 않았는데, 그들 자신을 위한 시간이 그만큼 필요하다는 것을 나는 알았다. 어린 두 아이가 있는 전업주부 주디는 바로 말했다. "나 자신만을 위하여 행하는 바로 지금은 내 평생 유일한 것이고, 집에 무슨 일이 있는지 나는 알고 싶은 **욕구**가 없다. 일이 생기면 남편이 그것을 처리하고, 나는 나중에 충분히 간파할 것이다!" 아이나 배우자의 유무를 불문하고 우리들 대부분은 지나치게 빨리 너무 많은 노력을 하다가, 도중에 "다 소모되는" 지경에 이른다. 우리는 연구회가 마련한 멈추는 기회에 정신적 휴식을 취하고 자양분을 섭취하며, 우리 자신과 교차하는 동일한 정신들과 함께 여행하는 것이다.

내 연구회에 참여하는 많은 여성들은 이 시간이 일주일 내내 자기 자신을 위하여 하는 유일한 일이라고 말한다. 아이가 있는 사람들만 그런 것은 아니다. 리(Lee)는 서른두 살의 독신녀인데 어머니가 고통스러운 암으로 오랜 투병 끝에 최근 사망하였다. 그녀는 85세의 노약자 아버지와 함께 살면서, 일하러 나가는 낮 시간 동안은 아버지를 돌보는 여성을 고용하고, 이후 귀가하여 저녁을 준비한다. 세 명의 형제가 있어도, 그녀가 결혼을 하지 않았으니 자신의 삶은 희생할 수 있다는 무언의 합의가 이루어진 것이다. 수요일 저녁은 **그녀의 시간**이었다. 연구회에서 리는 지원과 격려를 받는다. 그녀의 일기는 이 힘든 시기에 구명선이 되었다.

온종일 또는 규칙적으로 매주 하루 저녁 시간을 비워두는 그 행동은 바로 우리의 삶에 일기의 중요성을 긍정하는 것이다. 이것은 적극적 힘을 생성하여 그 속에서 글을 쓰는 사람들 각자의 활기는 모임에 활력을 주고, 차례로 여기서 모두 재충전된다. 목적 공유의 감각은 글쓰기 모임에서 진화한다. 펜과 연필이 종이 위로 움직이는 소리, 그리고 여성들의 얼굴 위에 비치는 정신 집중은 종종 나를 놀라게 하는 강력한 중심을 생성한다. 우리 집에서 연구회 모임을 실시할 때, 나는 항상 방 그 자체가 변화하는 모습을 목격한다. 바로 몇 시간 전에는 중립적이었는데, 지금 정신적 기운으로 충전된다. (최근 6주 기간의 끝에, 팸 드 루카Pam De Luca는 말했다. "당신의 거실 주변에는 무언가 있다. 여성들은 그것을 어떻게 느끼는지 알아보면 흥미로울 것이다. 예컨대, 장식에 대한 언급은 모두 제외하고, 이 방은 어떠한 **느낌**이 드는가? 공기의 느낌은 어떠한가? 이 방의 기운은 변화하는지 만약 그렇다면, 어떻게 되는가?") 여성들 각자는 자신의 희망과 기대, 생활환경의 경향, 인생 여행에서 일기의 역할에 대한 자기 자신의 독자적인 문제를 가지고 연구회에 온다. 따라서 개개의 모임은 그 자체의 특별한 공감대, 즉 아주 독특한 "풍미"를 지닌다는 것은 놀라운 일이 아니다.

깊이 잠수하기

연구회는 풍부한 일기의 가능성에 대한 집중적인 소개를 마련한다. 숙달한 필자에게는 새로운 기력과 자신이 더 큰 공동체에 소속하는 감각을 제공한다. 다가오는 연구회에 대한 바로 그 기대는 대개 미리 글을 쓰도록 자극한다. 물론 임시 연구회가 오랜 시간 동안 꾸준한 일기 쓰기를 대신할 수는 없다. 예컨대, 12월 31일에 쓰는 한 번의 일기로 한 해 동안 삶의 껄끄러운 현실의 요약을 기대할 수는 없다. 연구회가 제공하는 것은 우리의 황급한 일상적 글쓰기에서 평소에 도달하지 못하는 깊이에 이르는 집중적 몰입이다. 하루 동안 지속된 글쓰기에서 우리는 몇 주 또는 몇 달에 걸쳐 분산된 동일한 시간에서 가능한 것보다 훨씬 더 깊이 진입할 수 있다.

연구회는 종종 명상, 유도된 마음속 영상 그리기, 또는 단순한 짧은 침묵의 순간을 보조물로 하여 시작하는데, 그동안 주의력은 호흡에 모인다. 이 고요는 평온하게 열광적인 일상의 기능적 수준의 우리를 해방하여, 더 천천히, 더 조용하게, 더 수용적인 상태의 존재로 진입하게 한다. 참여자는 각자 그날 쓰기를 원하거나 쓸 필요가 있는 내용의 수위를 스스로 결정한다. 연구회가 진행되면서, 자신의 삶 속으로 더 깊이 들어가도록 권유하기도 한다. 사적으로 함께 글을 쓰는 여성들의 모임은 하나의 **성역**, 즉 신성한 공간을 만드는데 그 안에서는 모든 것이 가능하다.

공동 활동에 참여하는 사람들은 결속의 리듬에 적응한다. (예컨대, 서로 바로 가까이에서 생활하는 여성들은 대개 공통의 월경 주기에 응한다.) 스테판 나흐마노비치는 매혹적인 "일동조화"의 현상, 즉 "둘 이상의 율동적 체계가 하나의 박자로 동기화하는 것"을 묘사하면서, 이렇게 주장한다.

⚜ 작가들에게 대개 예술인촌이나 도서관은 작업하기에 좋은 장소인

데, 왜냐면 주변 사람들은 이방인이고 이들 모두 그들 자신의 개인적인 일을 하고 있어도, 함께 작업하는 침묵의 리듬은 모든 사람의 작업 활기를 강화하기 때문이다. 우리는 집중과 몰두의 일동조화에서 자기 강화의 느낌으로 작업과 **공존**하게 된다.[3]

연구회에서 일기를 쓰는 사람들도 동일하다. 실제로 공시성은 모임 안에서 자주 발생한다. 많은 경우에, 어떤 주제에 대한 다양한 여성들의 일기 사이에 유사성은 현저하였다. 예를 들면, 8명의 여성들 중 7명은 (세 개 중에 선택한) 동일한 주제에 대한 글을 쓸 뿐만 아니라 유사한 이미지가 반복하여 나타났는데, 그것은 가지 아래 숨겨주는 안락한 피난처가 있는 나무였다. 또 다른 연구회에서, 모든 사람들은 유도된 마음속 영상 그리기 과정에서 유사한 색채, 붉은색과 황금색을 보여주었다. 정신적 에너지는 어떤 깊은 비언어적 층위에서 교환되고 있었는가? 그렇게 나타날 수도 있었다.

공동체 찾아내기

종종 어떤 여성은 충동적으로 일기를 쓰기 시작하는데, 우연히 주변에 놓인 것, 종이 조각, 봉투 뒷면, 매상 전표, 또는 냅킨 등에 슬쩍 쓴다. 그녀는 역사가 수백 년이나 되는 전통과 합류하고, 수세기의 시간과 여러 대륙에 걸친 일기 작가의 지속되는 모임의 한 부분이 심지어 그녀 자신이라는 인식을 못할지도 모른다. 얼마 전 맨해튼에서 친구와 함께 커피 가게에 들어가서, 우리 옆 자리에 앉은 젊은 여성이 주변을 잊고 사색에 잠기어 장정한 작은 공책에 글을 쓰고 있는 것을 보았다. 곧 나는 "아, 우리들 중의 한 사람이구나!"

라는 느낌이 들었다. 지금까지 수십 년 동안 나는 유사한 장면을 목격하고 있지만, 거대한 지하 공동체의 한 구성원 같은 느낌을 받는다. 연구회에 참여하면 이 공동체가 눈에 보인다. 그것은 해마다 일기에 글을 쓰면서 우리가 느끼는 고독감을 극복하도록 도와주고, 일기를 쓰는 사람이 속한 하위문화를 드러나 보이게 한다.

연구회는 바로 그 자체의 성격으로, 신뢰, 친근감, 그리고 자아 개방을 촉진한다. 일생 동안 다른 어느 곳에서 함께하면서 배역의 가면을 벗고 우리 자신을 더 확실하게 바라보겠는가? 신뢰, 능변, 지식의 이미지를 투영하려는 그룹 대부분의 환경과는 대조적으로, 일기 연구회는 의문과 불확실성을 환영하는 곳이다. 그러한 분위기에서 진정한 우정은 뿌리를 내리고 성장할 수 있다.

연구회는 요즈음 드문 공동체 내부의 **여성들**의 경험도 함께 제공한다. 중심이 되는 문제는 항상 여성의 정체성이다. 남성이 표준이고 남성 대명사는 모든 사람을 다루도록 요구하는 사회에서 여성의 존재 의미는 무엇인가? 여성은 자신의 경험에 대하여 공개적으로 말할 수 있는 기회가 거의 없는 성차별주의 사회에서, 연구회는 강력한 연대와 동료 의식을 마련할 수 있다. 여성은 역사적으로 집단적 목소리를 소유한 적이 없었던 것과 마찬가지로, 수많은 여성들 개인은 평생의 대부분을 침묵으로 살았다. 공유하기는 자발적으로 이루어진다. 여성들 각자는 자유롭게 자신의 삶의 한가운데서 이야기하고, 평가나 수정 없이 자신의 말이 다른 사람들에게 수용되는 모습을 목격한다. 다음의 인용은 연속 6주의 마지막 저녁에 쓴 자르다 베일리의 일기인데, 이런 느낌을 증명한다.

⚜ 나는 기분이 좋다. 나에게 이런 안락과 가능성을 마련해 주는 환경

속에 있으니까. 이런 집단적 인격의 느낌은 최고의 효과가 있다. 나 자신 속에 전부 크게 생동하는 느낌을 지니고 여기를 떠난다. 다른 여성들과 이곳에 있으면 나의 다른 환경에서 결핍된 그렇게도 많은 환희와 동질감이 내 마음에 일어난다…. 자아에게 공통의 경험, 공동체 인식인 곳이 여기다.

서로에게 말하고 귀 기울이는 여성들의 중요성은 과장된 표현이 될 수 없다. "우리는 상대방의 말을 경청하면서 서로를 향상시킨다." 라고 넬 모턴은 말했다. "말에 귀를 기울이는 것은 정치적이다."[4] 이에 반향하여, 여성 칩거의 지도자 주디스 두어크는 주장한다. "우리 여성들은 자신과 서로에게 귀 기울여야 하는데, 우리는 각자의 목소리를 지니고 태어나기 때문이다. 우리가 배울 것은… 서로의 마음 속에 존재하는 방법이다."[5] 캐롤린 하일브룬의 분명한 말처럼, "우리는 모임에서 서로 진실을 말하기 시작해야 한다." 왜냐면, "여성들을 서로 구별하여 고립시키고, 다른 여성들에게 자신의 삶에 대한 가장 개인적인 이야기를 하지 못하게 하는 한, 이들은 자기 자신의 담화에 어느 한 부분도 되지 못한다."[6] 스테파니 드미트라코파울로스는 『몸에 귀 기울이기: 여성 지혜의 재탄생』(*Listening to Our Bodies: The Rebirth of Feminine Wisdom*)에서 그것을 다소 다른 용어로 표현한다. 그녀는 말한다. "한 여성이 다른 여성들의 상징성을 의식의 층위로 더 많이 떠오르게 할수록, 그녀는 여러 면의 자기 삶을 유지할 수 있는 능력을 가지고 자신의 삶과 주변의 모든 삶들을 그만큼 더 높이 고양시킬 수 있다."[7] 이것 또한 연구회의 환경에서 시작되기도 한다.

〈여성일기연구회〉를 시작하였을 때, 나는 여성들이 글을 쓰면서 작가가 되고 싶어 하든 아니든, 자신의 목소리를 찾는 데 도움이 되기를 기대하고 또 그렇게 믿었다. 내가 예상하지 않았던 것은 더욱더 근본적으로 **존재의** 목소리를 발견하도록 그들을 도와줄 수도 있다는 점이다. 자신의 삶에 유일한 전문가로서, 여성은 자신이 지니는 사실을 인식하지 못한 그 자신감과 확신의 수준으로 연구회에서 자주 솔직하게 말할 것이다. 이처럼 들려오는 자신의 목소리 경험은 다음에 다른 상황에서 큰 소리로 말할 수 있게 해준다. 단언하여, 개인적 경험은 정당하고 타당한 지적 형식이므로 그녀는 들릴 권리가 있다! 모임에서 촉지할 수 있는 정신적 힘과 정서적 지원은 여성들 각자가 자기 자신을 정직하게 바라볼 수 있게 한다. 자신의 인생 이야기를 함께 나누는 다른 여성들에게서 용기를 얻어서, 너무 두려워 혼자 도전할 수 없는 개인적 악마들과 대항할 수도 있다. 자신의 글을 통하여 떠오르는 어떤 분노나 슬픔도 모임은 수용할 수 있다는 것을 인지하면 고독감과 공포심은 감소한다. 그러한 경우를 나는 분명하게 기억한다.

종일 연구회의 한 과정에서, 테리(Terry)는 오빠와 주점에서 보낸 어느 날 저녁에 대한 글을 쓰고 있는 자신을 발견했다. 당시 그 시간에, 오빠는 베트남에서 무엇을 보고 행하였는지 그녀에게 이야기하였다. 끔찍한 오빠의 경험과 그 결과에 대한 그녀의 비애는 여태껏 가슴속에 무겁게 놓여 있었지만, 이날까지 그것을 글로 옮긴 적이 없었다. 그의 고통과 그녀 자신의 공포를 기억하면서 눈물을 흘리는 그녀와 여성 8명이 그곳에 함께 있었다. 또 다른 경우, 모임의 한 회원은 설문 조사에 기록했다. "나는 몹시 겁내고 있다고 생각했는데, 연구회의 실습으로 내재하는 그 이유가 드러나고, 그것은 내가 알고 있어도 정면으로 마주하기를 꺼리는 것이었다. 그것이 실습 안에서 계속 다가오면 무시할 수 없다는 것을 나는 깨달았다. 내 악마들을 처리해야만 나는 계속해서 나아갈 수 있다." 또 다른 여성은 적었다. "나처럼 매일 힘들여 글을 쓰는 다른 사람이 있다는 것을 알면 위안이 된다."

대인 관계의 역학은 참으로 중요하다. 그룹은 분리된 개인들 각자가 "자기 자신의 일을 하는" 다수의 집단에 불과한 것이 아니다. 경험 대화식의 어떤 모임의 경우에도, 회원 각자는 물리적 환경과 그룹의 규모뿐만 아니라 (특히 작은 모임일 때) 다른 구성원들, 그리고 연구회 지도자의 인격과 스타일에도 영향을 받는다. 그룹에서 앤(Anne)이 이야기하는 것은 코니(Connie)에게 오래전 잊은 유사한 경험을 떠올리게 하는데, 이어서 그것은 그녀의 다음 글에 포함된다. 연구회 참여자들 사이에는 보다 더 섬세한 저류가 흐른다. 어느 종일 연구회 모임 후, 한 여성은 언급했다. "무언의 생각과 느낌들이 (예를 들면, 물의 이미지) 일기 실습에서 여러 사람들에 의하여 포착되었을 때 그것은 유별나게 나의 관심을 끌었다. 그 방 안에는 우리를 함께 연결하는 어떤 기운이나 존재가 있는 것 같은 느낌이 들었다."

적어도 연구회는 좋은 대화를 보장한다. 여러 일기 작가들은 자신의 글쓰기 습관에 대하여 이야기하고 싶은데, 게일 고드윈처럼 그렇게 할 수 있는 기회를 거의 갖지 못한다. "가끔 우연히 일기 작가를 발견하면 외로운 탐험가처럼 서로 경의를 표한다."라고 그녀는 말한다.

⚜ 지난봄 나는 점심 먹으면서 일기 작가인 동지를 발견하고, 우리 공동의 모험, 본업… 특기… 충동 등의 복잡함에 대하여 논의하였으니 그 시간은 어떠하였을까? 우리는 기이한 버릇을 고백했다. (그는 모험하는 자아에 대한 가명이 있고, 나는 오랜 일기를 자주 다시 읽고 여백

에 이전의 나 자신에 대한 메모를 한다.) 우리의 동기에 대하여 살펴보았다. 해마다 왜 이런 기록을 계속하는가? 만약 우리가 중단한다면 어떻게 될까? 중단이 **가능**할까? 우리는 작업에 대한 대화에 빠졌다. 딱딱한 표지 아니면 부드러운 표지? 줄이 있는 것 아니면 없는 것? 하룻밤에 몇 페이지 정도? 외면적 사건과 내면적 사건의 비율은? 좋은 날보다 궂은 날에 더 많이 쓰는가? … 아, 즐거운 점심시간이었다.[8]

그녀의 느낌이 어떠한지 나는 정확하게 알고 있다. 그것은 밴쿠버에서 혼자 글을 쓰는 여러 해 동안 내가 갈망하던 그런 종류의 담화이다. 이런 성격의 대화를 연구회 공동체에서 마련한다.

영감을 축적하고, 탐색을 확대하기

그런 성격의 담화는 뒤에 새로운 기력을 남긴다. 좋은 회합의 과정에 여성 각자의 글쓰기 충동은 연구회 지도자의 안내와 결합되고, 수많은 성격, 인생 경험, 그리고 일기 스타일에 자극되어 증대한다. 다른 여성의 이야기에 귀 기울이면서, 우리에게 열린 새로운 삶의 선택, 즉 이전에 생각하지 못했던 선택권을 보기 시작한다. 연구회의 환경도 참여자 각자가 자기 제어식의 규칙을 의식하도록 도와주면서 각자의 열린 가능성에 대한 인식을 확대시킨다. 만약 줄친 작은 노트에 항상 글을 쓴다면 그림 화첩에 글쓰기를 시도할 수도 있다. 아마 심란하거나 우울한 때에만 글을 쓸지도 모르는데, 그렇다면 다음에 편한 분위기가 되면 글을 쓰도록 자기 자신에게 상기시켜도 된다. 만약 오로지 종이 조각에만 글을 쓴다면, 밖으로 나가서 가능한 한 제일 예쁜 장정된 공책을 찾아 구입하여, 첫 페이지에 자기 이름을 쓰고 어떤 느낌인지 한번 보게 한다.

나는 잘 훈련되고 순종하는 학생이어서, 일기를 쓰다가 몇 년이 지나서야 문득 깨달았다. 줄 쳐진 곳에 글을 쓸 필요는 없고, 또 심지어 어림도 없는, 문법적으로 정확한 완전한 문장도 쓸 필요가 없고, 다른 일기장으로 시작하기 전에 한 권을 다 채워야 하는 것도 아니었다. 이것은 내 삶의 다른 영역에서 무의식적으로 지녀온 규칙 중에 몇 가지에 불과하다. 오랜 시간 동안, 일기에 관한 책을 손에 잡히는 대로 모두 읽으면서, 일기를 쓰는 "올바른" 방법은 없다는 것을 나는 천천히 깨닫게 되었다. 무심코 만들어서 여러 해 동안 내가 집착한 규칙들은 아주 부적절했다.

무의식적 규칙의 내면화는 깊이 흐른다. 자주 연구회에 참여하는 은퇴한 초등학교 미술 교사 한 사람은 신속히 두 가지 중요한 발견을 했다. 그녀는 단언한다. 이것은 자신의 글쓰기를 극적으로 변화시켰다. 첫째, 일기에서 언제나 "행복하고, 친절하고, 관대한" 사람일 필요가 없다는 것을 깨달았다. 둘째, 서두르고 있을 때, 문구와 짧은 메모로 기록하였다가 챙겨서 다른 시간에 더 발전시킬 수 있다는 것을 알았다. 자명한 것인가? 아마 그럴 것이다. 그러나 이런 통찰력은 그녀의 글쓰기를 확장시켰다는 점에서 근본적이다. 더욱이 자유롭게 한다. 어찌 되었건, 얼마나 많은 사람들이 실제로 몹시 엄격한 선의, 즉 완전한 문장으로 자신의 삶을 영위하는가? 물론 시간이 지나면서 진화하는 일기 쓰기의 모든 습관적 행위는 제한적이다. 어떤 사람은 전화를 끄고, 촛불을 밝히고, 특별한 음악을 켜고, 신성한 시간과 공간에서 쓰기를 좋아한다. 또 다른 사람은 특정 펜으로 꼭 좋아하는 곳에 앉아서 글을 쓴다. 그런데 억압적으로 느끼게 되는 모든 일상은 분명히 글 쓰는 것을 방해하므로 아마 재고하거나 완전히 버려야 할지도 모른다.

연구회 과정에서, 무엇이든 허용되는 창조적 실험으로 일기 쓰기를 탐색한다. 긴장을 풀도록 격려하기 위하여, 1960년대 프리츠 펄즈(Fritz Perls)가 발표한 방법, 즉 게슈탈트 심리 요법에서 몇 가지 기법을 나는 혼합하였다. 한 가지 유용한 게슈탈트 개념은 바로 "실험"이라는 것이다. 결과가 어떻게 나올지 알 수 없는 과제에 찬찬히 착수하는 것이다. 이것은 해방시키는 과정이기도 하다. 그것은 연구회를 지도한 초기 수년 수개월 동안 나 자신의 완벽주의적 경향을 조화시키는 데 분명히 도움이 되었다! 이전에 시도하여 시험한 과제들만 사용하기보다는, 그것으로 나는 창조적이면서 대담해지고 새로운 연구회를 구상하는 모험을 하고, 게다가, 연구회 참여자들이 도전적으로 자신의 주제를 선택하도록 권장했다. 일기 쓰기는 게슈탈트 심리 요법처럼 진지한 일이 될 수 있다. 그러나 목표 지향적 시대에 연구회가 해야 하는 한 가지 일은 놀이의 기회를 마련하는 것이다. 결과에 대한 걱정 없이 새로운 것을 시도하고, 불가사의한 무엇이 생기는 기대감으로 자기 자신을 미지의 세계로 개방한다. 그러면 종종 그렇게 된다.

연구회는 이상적인 환경을 제공하므로 작가 지망생은 자신감을 얻어서 "좋은 결과물"을 생산할 필요의 범위를 넘어 자기 자신의 글쓰기 목소리를 탐색할 수 있다. 비판이나 거부의 두려움 없이, 본인이 원한다면 쓴 글을 큰 소리로 낭독하는 기회를 제공한다. 여러 해 동안 나와 전화 대화를 나눈 많은 여성들은 말한다. "나는 글을 쓰고 싶지만 분명한 글감은 없다. 이것은 좋은 출발점이 될 수 있다고 생각했다." 전적으로 그렇다. 실행에 대한 어떤 압력도 없는, 실험할 수 있는 자유는 역설적으로 놀라운 결과를 산출한다. 때때로 일기의 내용은 진화하여 출판 가능한 문학 작품이 될 수도 있다. 또 가끔 그것은 일기 작가의 삶에서 변환을 시작하는 전조가 되기도 한다.

연구회 경험

일기 연구회들은 서로 현저하게 다르다. 규모와 기간, 초점과 목적에서 극적으로 다양하게 보인다. 그러나 이들 대부분의 경우, 아마 모두, 어떤 공통적인 조건이 있다. 무엇보다 먼저 음성 언어의 참여는 자발적이다. 일기 작성자 여성은 각자 혼자 글을 쓰고, (또는 남성, 대부분의 연구회는 남녀 공동임) 다만 자신의 감정을 노출하여 상처받기 쉬운 것은 공유하거나 읽도록 강요하지 못하게 한다. (내가 지도하는 연구회에, 이따금 거의 한 마디도 말하지 않고 왔다가 돌아가는 사람도 있다. 최초에 나는 모두에게 말한다. "여러분은 오로지 자기 자신의 요구를 충족시키기 위하여 여기에 왔습니다.") 연구회의 모임 동안에 발표한 것은 비밀이라는 점을 이해시킨다. 우리 자신의 내밀한 문제를 원하는 대로 자유롭게 논의할 권리가 있지만, 다른 사람의 문제는 그렇지 않다. 글을 쓰는 시간 동안 누구도 말을 하지 않는다는 합의도 있다. 나의 연구회에서 일찍 글을 완성한 사람은 커피나 차를 마시거나 일기 책장을 열람하기도 한다. 게다가, 문제 해결은 조력자를 포함하여 어느 누구도 필요하지 않다. 일반적으로, 어떤 충고나 비평도 하지 않는다. 사실은 자기 인식과 청취를 분명하게 강조한다. 일기 작성자 각자의 타고난 지혜는 그 자신만의 권위로 존중된다. 화장지는 준비되어 있다. 흐르는 눈물은 이 과정의 한 부분이기도 하지만 그것은 통상 긴급한 개입을 요구하지 않는다.

연구회를 고려하고 있다면, 그들 사이에 현저한 차이도 있다는 것을 기억하라. 그룹 규모는 5 내지 6에서 100명 이상까지 걸치고, 참여자 사이에 상호 작용의 정도는 매우 다양할 것이다. 어떤 그룹들 사이에서는 글쓰기 그 자체에 동등한 중요도가 부여되고, 다른 그룹들은 그것을 무시한다. 아이라 프로고프의 연구회는 십여 명에서 100명 이상의 규모에 이르는데, "능동적 사생활"을 강조하고 그룹 구성원 사이의 상호 작용은 단념시킨다.[9]

이전의 여러 장에서 왜 나의 연구회는 여성들을 대상으로 하는지 몇 가지 이유를 밝혔다. 그런데 아직 내가 언급하지 않은 것이 하나 있다. 남성과 여성은 일대일 그리고 집단적 환경 모두에서 서로 다른 양식으로 의사소통한다는 것은 널리 인정된다. 일반적 관계에서, 남성은 그들의 개성을 주장하기 위하여 말을 하고, 여성은 긍정을 받아내고 주변인들과 유대를 형성하기 위하여 말을 한다. 이것은 매우 다른 결과에 이른다. 어떤 상황에서는 심지어 서로 엇갈리는 경우도 있다.

데보라 탄넨(Deborah Tannen)의 지적처럼, 여성과 남성 사이의 대화는 근본적으로 서로 다른 문화 상호 간의 문제이므로, 오해를 피하려면 부단한 번역이 필요하다. 그룹 내에서 남성은 지배적 성향이 더 강하고, 여성은 나서지 않고 귀를 기울인다. 그런데 아이러니하게도, 이런 사회의 구성원으로서 우리의 인식은 너무도 일그러져서, 여성은 "지나치게 많은" 말을 한다고 생각하지만, 심지어 비디오나 오디오 테이프를 통하여 보아도 대개 말을 적게 하고 있다. 이것이 말하는 중요한 점은 우리의 문화가 여성에게 허용하고 권리를 부여하는 공간의 양이다. 남녀 공동의 연구회에서 이 문제를 무시하는 것을 나는 상상도 할 수 없지만, 그것을 진지하게 다루면 그 모임의 초점을 근본적으로 바꿀 수 있다. 여성들이 동등한 시간을 확보하는지 확인하기 위하여 모임을 관찰하는 데 나의 기력을 사용하고 싶지 않았다. 게다가, 여러 가지 이유로 여성만을 위한 연구회를 지도한다는 결정은 명백한 것이었다.

예컨대, 글로 발화된 여성의 목소리가 떠오를 수 있는 공간의 창조를 강조하는 것은 아이라 프로고프의 방법과는 근본적으로 다른 방향으로 나아간다. 프로고프에게, 개인은 "그"(he)이고, 성별은 문제가 되지 않는다. 그의 연구회에서 남성과 여성의 대단위 그룹은 소리 없이 함께 글을 쓰면서, 최소한의 상호 교류나 대화를 나눈다. 비록 크게 소리 내어 읽기로 하더라도, "모임의 누구도 반드시 그것에 귀를 기울여야 한다고 생각하지 않는데" 그것은 "참여자 각자는 본질적으로 자기 자신의 삶에 더 깊이 들어가는 데 몰두하기 때문이다." 나는 이 방법의 유효성을 인정한다. 그러나 "능동적 사생활"과 수동적 듣기 대신에, 능동적 사생활과 **능동적** 듣기를 더 좋아한다. 오늘날 많은 여성들은 특히 모임에서 들리는 경험이 필요하다. 이런 경험을 거의 해보지 않았거나 전혀 없는 여성에게 일기 연구회는 이상적인 환경이 될 수 있다. 여성주의 이론가인 넬 모턴은 말하기와 듣기 사이의 관계에 대한 자신의 이해를 변경한 사건에 대한 놀라운 이야기를 전했다. 1971년 그녀가 지도한 연구회에서 내내 침묵을 지킨 한 여성은 마지막 날 주저하면서 힘들게 말하기 시작했다. "이어서 그녀는 점점 더 많이 말하였다."라고 모턴은 자세히 전한다.

⚜ 그녀의 이야기는 훌륭한 일관성을 지녔다. 그녀가 최대로 극심한 고통의 지점에 이르자, 모두 미동도 하지 않았다. 그녀를 방해하는 사람은 아무도 없었다. 갑자기 그녀를 위로하는 사람도 없었다. 누

구도 그녀의 경험을 가로막지 않았다. 우리는 그저 앉아서… 강력한 침묵 속에 있었다. 눈물 흘리는 사람 주변에 몰린 여성들은 더불어 그녀의 가장 깊은 삶의 한 부분으로 들어가는데 그들이 존재를 제거하거나 가시성을 훼손하지 않은 성스러운 무엇이 열리고 있는 것 같았다. 마침내 그 여성은… 이야기를 끝마쳤다. 눈물은 그녀의 눈에서 하염없이 흘렀다. 그녀는 다시 말했다. "여러분은 저의 목소리를 들었습니다. 처음부터 끝까지 다 들었습니다…. 시작하기 전에는 여러분이 내 목소리를 듣는다는 사실에 이상한 느낌이 들었습니다. 여러분은 나 자신의 이야기를 들었습니다. **여러분은 나 자신의 말을 들어주었습니다**."

이런 경험에서 모턴이 발견한 것은 "현행 논리의 전적인 반전… 말하기 전에 생기는 심층 듣기, 즉 민감한 청취 이상의 듣기였다. 발언, 즉 이전에 결코 말한 적이 없는 새로운 발언을 직접 불러내는 타동사인 듣기이다."[10] 연구회 과정에서 나타나는 것은 이런 종류의 발언이다. 이런 일이 일어날 때, 여성은 다른 사람에게 들려서 자신의 목소리로 들어온다.

나는 전체론적으로 조화롭고 평온하지만 활기를 띠는 환경과 경험을 제공하고 싶었는데, 그것은 지난 15년 동안 나 자신이 추구하였으나 이루지 못한 그런 종류의 환경이다. 많은 회합은 우리 집 거실에서 이루어지기 때문에, 분위기는 개인적이고 격식이 없으며 친근하다. 규모는 6 내지 14명 사이를 오르내린다. 정신과 육체를 위한 자양물로 나는 신선한 꽃을 준비하고, 명상 음악을 켜고, 방금 구운 케이크와 머핀으로 점심을 마련한다. 여성들은 일반적으로 가정의 화목을 관리하는 사람이므로, 나는 그들이 자기 자신의 충실한 노력을 한번 반성하기를 원했다. 심지어 연구회를 교실이나 세미나실에서 가질 때에도, 카세트와 커피포트를 챙기고 휴식 시간에 필요한 케이크나 머핀을 가져왔다.

연구회 그 시간 동안에 나는 일반적인 제안만 말한다. 글쓰기를 계속하라. 자기 자신을 검열한다고 느끼는 곳에 표시하라. 멈추어 철자나 문법을 바로잡지 말라. 모든 내용에 날짜를 기입하라. 어떤 사람에게 시선을 "집중하는" 것, 즉 드러나는 문제를 해결하거나 갈등을 해소하는 일은 나의 (모임 구성원 누구의) 임무도 아니다. 앞에서 보았던 그 여성처럼 단순히 자신의 이야기와 경험을 말하고 수용되는 화자에게 기회를 주는 대신에, 조급하게 아이디어나 해답을 가지고 남의 이야기에 끼어들고 싶은 유혹이 종종 생긴다. 이런 경우에 연구회는 지원 그룹으로 봉사할 수 없다는 말은 아니다. 몇 해 전 여름, 4명의 참여자는 별거와 이혼의 한가운데 있었다. 모든 경우에 관련 남성들은 소송으로 다투고, 몇 건은 특히 역겨운 책략을 사용하고 있었다. 어느 날 저녁 휴식 시간 중에 보니 그들은 함께 둘러앉아 경험을 공유하고 비교하면서, 분명히 상대방의 이야기에서 힘과 격려를 끌어들이고 있었다.

물론 일기 쓰기 그 자체는 본질적으로 어떤 위안과 지원의 원천이 된다. 어머니가 아무런 이유도 없이 몇 주 전에 사망한 로빈 가버 카발킨은 적었다.

⚜ 나는 파열된 사람으로, 뼈와 살의 구조 내부에 비탄에 잠긴 영혼의 흩어진 조각들을 담고, 일기 쓰기에 왔다. 연구회 과제는 나를 내면의 자아와 접촉시키는데, 좀처럼 도달하지 못하고 단지 최소한으로 인정하는 자아였다. 시간이 지나면서, 색깔, 전망, 꿈, 심지어 악몽

을 일기에 쓰는 능력과 욕구는 나의 찢어진 부분들을 쉬게 하여 언젠가는 고정시킬 완충제가 되었다. 나는 다시 온전한 느낌을 지닐 수 있었다. 그것은 단지 단발적인 순간이었어도, 점차 규칙성이 늘어났다…. 얼마나 진기한 느낌인가. 심지어 내가 누구인지 잊고 있다는 사실을 알면서도, 내 일기는 언제나 나를 기억하고, 나를 위하여 나에게 말하고, 내가 어디에 있었는지 내가 어디로 가고 싶어 하였는지 나에게 말해준다.

연구회에서는 어떤 논의의 주제도 금지하지 않으나, 누군가 말하고 행한 것으로 불편하다면 그 문제를 모임에서 제기하거나 나에게 개인적으로 말하는 것을 환영한다. 대화가 지나치게 다른 사람의 개인적 문제 속으로 벗어나면, 나는 그것을 일기 쓰기로 되돌리는 게 좋겠다는 모임의 의견을 모은다. 보통은 글을 쓰는 시간 동안에 조용한 배경 음악이 있으나, 이 문제 또한 다수결에 따른다. 연구회를 시작할 때, 나는 종종 출간된 일기에서 짧은 인용문을 분위기 조성이나 글쓰기 흐름의 시작으로 읽거나 배부한다. 에밀리 카, 아나이스 닌, 에티 힐점, 메이 사턴 등 누구의 것이든, 여기서 언제나 열정적인 반응이 나오고 그 회합의 글쓰기에 촉매가 된다. 나는 관련 자료, 과제, 독서 목록을 복사하여 제공하여도, 어떤 종류의 숙제도 없다. 자기 자신의 시간이 주 1회의 연구회만 있는 여성은 이미 분주한 일상으로 밀려들어 가는 일밖에 남은 것이 없다.

버가일드 니나 홀저와 함께 한 여러 해 동안 내내, "삶, 글쓰기, 그리고 타인과 함께하는 리듬은 일반적으로 깊은 안도감인데, 이전의 많은 사람들은 삶에서 이것을 향유한 적이 없다."[11]는 것을 나는 발견했다. 가장 좋은 상태로, 이것을 연구회는 제공한다.

완전한, 외면적이면서 내면적인 삶을 살기.
내면적 삶 때문에 외면적 현실을 무시하지 않기.
그 반대로도, 그것은 확실한 과업이다.[1]

에티 힐점, 『가로막힌 삶』

사랑하는 일기는 자아를 내적 외적 현실의 두 방향으로 내려놓는다.[2]

마리온 우드만, 『완벽에 탐닉』

12
여성 자신의 목소리

✤ 1995년 3월 13일, 정오.

나는 꽉 막힌 느낌인데 그 이유를 모르겠다. 제12장의 글 내용에 대한 생각은 모두 진부한 상투어 같아서 그것을 글로 옮길 엄두도 나지 않는다. 나는 격한 감정을 일기에 푸념으로 늘어놓았지만 여전히 막혔다. 완만하게 목적을 이루는 나흐마노비치의 글을 조금 읽었는데 오로지 내 갈망은 컴퓨터를 치우고 손을 떼는 것이다. 옥외의 날씨는 화려한데 나는 갇혀서, 마감 기한에 구속되어 있다. 중압감 속에서 글을 쓰는 것을 내가 얼마나 싫어하는지 잊고 있었다. 마감하고 싶지 않다. 이 책 쓰기를 계속하고 싶은데, 나 자신에게 맞는 속도로, 고쳐 쓰고, 성찰하고, 편집하고, 그렇게 계속한다. 만약 내가 (며칠 동안 존재한) 이 장애를 통과하지 못한다면, 마지막 장을 제외한 원고를 제출하고, 마감 기한 이후까지 작업을 계속해야겠다.

이 책 작업을 나는 정말 좋아하여서 장애를 거의 경험하지 않았는데 마무리 단계에서, 내가 헤쳐 나가는 데 여분의 원기를 분출할 필요가 있는 바로 지금, 이렇게 지독한 것을 만나니 맥이 빠진다. 여신(Goddess), 당신은 어디에 있나요? 아니무스(Animus), 이것은 내가 일에 집중하여 이 책을 마무리할 수 있는 도움을 받기 위하여 의

지할 수 있는 그런 처소로 생각하였다.

오후 3시 38분. 이 책 작업을 하는 날 중에 오늘은 최악이었다. 방금, 바로 한 시간 전에, 자르다(Jarda)와 카시(Kathie)의 예쁜 카드, 그리고 마리온 우드만의 "좋아요"를 담은 우편물을 받았다. 우드만은 서문을 쓰기로 했다. 스티브는 말했다. "여신은 자신의 모습을 드러내고 있다."

여성과 일기 쓰기 여행

일기 쓰기 여행은 역설로 가득하다. 우리의 삶을 바꾸기 위하여 취하는 가장 기본적인 행동은 우리의 고통을 단순히 표현하는 것일 수 있다. 내면의 영역에 집중할 때 우리의 외적 삶은 틀림없이 바뀐다. "내면으로 향하는 주의력은 외면을 부활시켜서 생생하게 재생하도록 만든다."[3]라는 마리온 밀너의 말이 있다. 글을 잘 쓴다는 생각 모두를 그만두면 쓰는 글에서 자연스런 흐름과 구성적 통일을 발견할 수 있다. 과정은 결과와 분리되지 않는다. 여행을 하면서 우리는 집에 있다. 듣기는 말하기 전에 행해질 수 있고, 육체는 정신이 표현하지 못하는 지식을 지닌다. 분절된 자신을 인지하면서 우리는 전인적이 되고, 개인적 관심에 충분히 주의를 기울일 때 우리는 그것을 넘어서 보편성에 이른다.

각자에게 개인적이고 친숙하고 유일하기는 해도, 일기는 함께 하는 여행이다. 내가 언급한 연구회에서, 우리가 속한 공동체의 경험을 확인한다. 출판된 다른 여성들의 일기를 읽으면서 우리가 발견하는 것은 일기가 우리 모두에게 펼치는 치유와 창조적 전망, 그리고 피상적으로 공유하는 친화력 너머에 존재하는 교류에 대한 증거이다. 게일 고드윈은 자기로서는 다른 여성의 일기에 반영된 그녀 자신의 여러 모습들을 발견하여 이렇게 생각한다. "우리의 지속되는 생존과 영원성이 만드는 약속된 일상에 대한 또 다른 증거는 타인 속의 나 자신, 나 자신 속의 타인을 이렇게 있는 그대로 일견하는 데 있다."[4]

그러나 우리의 여행은 다른 측면에서도 공유된 시도이다. 우리는 살고 있는 세계와 분리되지 않는다. 만약 일기 쓰기가 나 자신과 타인을 생각하는 방식을 바꾼다면, 그것은 사회적 관계를 변경하는 잠재력을 지닌다. 이것은 바로 아나이스 닌이 발견한 것이다. 1956년 여름 그녀는 일기에 적었다. "나 자신을 위하여 무엇을 정리하기만 하면 그것은 금방 주변 사람 모두에게 영향을 미치는 것이 보이는데, 그것은 마치 정신적 해방처럼 이어서 타인의 갈등에도 영향을 준다. 변하는 내 기분은 가까이 있는 사람에 더하여 가게 주인, 버스 운전사, 경찰, 세탁소 주인, 심부름꾼에게도 작용한다. 그것은 양전기의 전류 배선과 같다."[5] 전체는 오로지 각각의 부분으로 구현되고, 모든 개체에 세계가 들어 있다는 것을 현대 물리학은 암시한다. 우리 자신의 어떤 변화도, 더 큰 자기 인식, 신뢰성, 개방성을 위한 어떤 움직임도 주변 사람들에게 영향을 미칠 것이다. 순수한 창조적 표현으로 향하는 우리의 모든 걸음걸이는 세상 속에서 잔물결을 일으키고, 종종 상상 이상으로 훨씬 더 멀리 펼쳐질 것이다. 개인적인 것은 보편적으로 **존재한다**.

많은 일기 작가들은 일기의 공동 사회적 차원을 찬양했다. 버지니아 울프는 "개인으로 살고 있는 우리의 분리된 작은 삶"과 "현실적 삶인 공동의 삶"을 대비시켰다.[6] "형태는 솜뭉치 뒤에 숨어서 인간 모두를 연결하는 방식으로, 세계 전체는 하나의 예술 작품이며,

우리는 그 예술 작품의 부분들이다."[7]라고 그녀는 생각했다. 메이 사턴은 말했다. "사적인 딜레마는 깊이 검토하면 보편적인 것이므로, 밖으로 나타내면 사적인 것을 넘어서는 인간적 가치를 지닌다."[8] 또한 아나이스 닌은 주장했다. "개인적 삶은 깊게 살면 개인성을 넘어서… 이윽고 보편성에 이른다."[9] 그녀의 믿음은 "궁극까지 깊이 이행된 어떤 경험이라도 자신을 넘어서 타인의 경험과 더 큰 관계 속으로 인도한다."[10]는 것이었다.

크리스타 볼프는 『사고: 하루의 소식』(*Accident: A Day's News*)에서 체르노빌 원전의 재난이 지니는 의미를 숙고하면서, 인류 생존의 유일한 희망은 우리 자신의 개인적이면서 문화적인 맹점을 인정하는 것이라는 결론에 도달한다. "가능한 한 많은 구성원들이 두려움 없이 그들 자신의 진실을 감히 바라볼 수 있다면 온전한 문명의 기회가 오지 말라는 법이 있겠는가?"[11] 하고 그녀는 질문을 던진다. 이것은 바로 일기가 우리에게 하도록 용기를 북돋우는, 안심하고 우리 자신의 진실을 직시하는 것이다. 이런 방식의 시각은 급진적인 개인적 행위일 뿐만 아니라 실로 정치적 행위인 것은 분명하다. 1970년대 여성 해방의 슬로건은 선언했다. "개인적인 것은 정치적인 문제이다." 오늘날, 이것은 이전 어느 때보다 더 진실이다. 디나 메츠거는 최근 일기에 적었다. "어떻게 삶을 영위하고, 자기 자신과 타인을 대하고, 환경을 다루고, 자신의 내적 삶을 관리하는가 하는 것이 중요하다. 정신, 육체, 국가와 지구의 건강은 하나의 문제가 되었다."[12] 그러므로 우리의 개인적 여행도 초개인적 차원을 지닌다. 또 마리온 우드만은 말한다. "서로 사랑으로 연결되고… 타인을 사랑하고, 지구를 사랑하고, 우주를 사랑하도록 열려 있는 우리 자신을 발견하는 곳은 상처 바로 그 부분이다."[13]

이것은 에티 힐점의 삶과 글에서 정말 아름답게 구현되고 있다. 증오와 잔인함이 횡행하는 동안, 그녀는 사람들과 접촉을 피하거나 심지어 극도로 불쾌하고 고통스러운 경험에서 자기 자신을 멀리하는 것까지 거부하지 않았다. 주변 세상의 모든 존재에 대한 강렬한 유대감은 그녀의 일기에 충만하다. 1942년 9월 22일, 웨스터복 임시 수용소에서 잠깐의 처형 연기 시간 동안에, 에티는 기록했다.

⚜ 내 책상 위에 있는 작가와 시인과 꽃들 속에서 나는 삶을 사랑하였다. 또 쫓겨 박해받는 사람들로 가득한, 막사들 사이 그곳에서, 삶에 대한 나의 사랑을 확인하는 나를 발견하였다. 외풍이 있는 저 막사에서의 삶은 이곳 안전하고 평화로운 방에서의 삶 바로 그것이었다. 뒤에 남겨둔 나의 삶이라고 사람들이 말하는 그 삶과 나는 한 순간도 떨어진 적이 없었다. **단지 거대하고, 의미 있는 하나의 완전체가 존재하였다**.

에티가 빈번하게 되풀이하는 말은 "'나는 이 막사들을 생각하는 마음이다'"[14]라는 것이었고, 그녀보다 오래 생존한 사람들에 의하면 에티는 실제로 그러하였다는 것을 알 수 있다. 그녀의 정신은 그녀를 알고 있는 사람 모두를 고무하였고, 그것은 오늘도 여전히, 그녀의 일기에서 빛을 발한다. 이제 끝으로, 넬 모턴도 역시 우리가 하는 탐색의 공통성에 대하여 말한 적이 있다. 자신의 책 마지막 일기에서 그녀는 회고했다. "'여행'은 장래의 여행이 아니면서, 그렇다고 공간 속으로의 여행도 아니지만, 아마도 존재 안으로의 여행일 것이다. 지상에서 가장 먼 길은 가까운 사람의 존재 안으로 들어가는 여행이다."[15] 그런데 그런 일이 일어나기에 우선하여, **우리는 우**

리 자신 속에 존재하여야 한다.

당신 자신의 목소리

그렇다면 일기 쓰기를 통하여 우리 자신의 목소리를 발견한다는 것은 어떤 의미가 있는가? 이 책에서 제공한 사례와 인용에서 우리는 이 주제와 관련한 수많은 변형들을 본다. 자세하게 고려하지 않았던 한 가지는 우리들의 실제 목소리의 문제이다. 많은 사람들은 심지어 그들의 진정한 목소리 영역마저 모르지만, 10대와 20대 초기의 허다한 젊은 여성들은 키나 몸체에 상관없이 비슷한 음색을 보이는 것을 자주 목격한다. 자신의 몸을 통하여 공명하는 목소리로 말하는 여성의 소리를 듣는 일은 아주 드물다. "여성들은, 특히, 그들의 목소리를 잃어버렸다."라고 마리온 우드만은 말한다. "비유적으로 그리고 글자 그대로 다 그렇다. 목소리는 목구멍에서 나오는 경향이 있는데 그것은 더 깊이 숨쉬기가 두렵기 때문이다. 우리는 고통과 마주치지 않을까 두렵다."[16] 우드만은 말한다. 우리의 공포와 분노는 너무 커서 긴 세월을 보내고서야 우리의 진정한 목소리를 회복할 수 있을 것이다.

몸속에 안전하게 접지한 목소리로 발언하는 것의 중요성은 특히 프랑스에서 많은 여성주의 작가들의 작품에서 변함없이 반복되고 있다. "여성들은 자신의 몸으로 글을 써야 한다."[17]라고 엘렌느 식수는 주장하고, 또 마게리 뒤라(Marguerite Duras)는 말한다. "몸속에 유기체에 닻을 내린, 여성들의 수사법으로, 우리는 이동하여야 한다."[18] 샹딸 샤와프(Chantal Chawaf)는 묻는다. "글쓰기의 최종 목표는 몸을 말로 표현하는 것이 아닌가?" 그녀는 주장한다. "글쓰기를 통한 언어는 본래의 원천, 즉 몸과 흙에서 멀리 벗어나 있다." 그러므로 지금 우리는 "우리를 재생시키고, 생기를 주며, 일으키는 언어"가 필요하다. 과연, 샤와프는 "말은 몸을 편하게 해야 한다."라고 말한다.[19] 우드만도 역시 우리의 발언과 글쓰기를 자신의 몸 근원으로 되돌리기 원하여, 몸을 자각하는 모태어를 회복하도록 권하는데, 그것의 "리듬은 선회하고 반복하면서 완전히 새로운 느낌의 진동으로 다시 반복되는 감정과 함께, 가슴으로 울려 퍼진다. 그 어휘는 단순하지만, 인식은 깊다."라고 그녀는 말한다. "그것은 타인의 마음을 끌어내는 가슴의 언어이다."[20]

목소리를 발견하는 것은 개별 여성들에게는 각기 다른 의미를 지니면서 우리들 각자의 삶 속에서 서로 다른 때 달리 반향할 것이다. 일기 쓰기는 10대의 나이에 자기표현의 중요한 한 가지 양식을 제공하고, 또 마찬가지로 이후에 자신의 글 쓰는 목소리를 찾는 데 도움을 주었다는 것을 글로리아 네일러는 알았다. 그녀는 항상 일기를 쓴다고 말하는데, 그것은 "내 입으로 말할 수 없는 것들에게 목소리를 건네주기 위함이다. 어렸을 때 나는 말을 많이 하지 않았다. 나는 매우 수줍어하는 성격이었다. 그래서 도움이 되도록 어머니가 나에게 일기장을 주었다. 말을 못하는 나 자신의 내면에게 표현법을 제공하려는 노력, 이것의 연장이 나의 글쓰기 작업이라고 생각한다고 나는 자주 말해왔다."[21] 글로리아의 말은 수많은 우리들을 대변하는데, 그중 한 사람인 연구회 참여자는 말했다. "40세인 나는 처음으로 일기에서 나 자신의 목소리를 발견하는 듯한 느낌을 받는다. 종전에 그것이 무엇인지 전혀 알지 못했다고 생각한다."

한 여성에게는, 자신의 목소리를 찾는 것은 더불어 성장한 집단적 가치와 결별하여, 집으로 명명한 공동체를 떠난다는 의미가 될 수도 있다. 그녀는 가장 가까운 사람들에게 솔직하게 자기 자신을 표현하고, 직장에서 스스로 털어놓고 얘기하거나, 아마도 살면서 최초가 되겠지만 공개된 곳에서 자신의 목소리를 활동시키기 시작하여도 된다. 이렇게 하면 아마 가족과 친구를 소외시키게 되고, 그 과정에 그녀는 거의 확실하게 자기 자신의 내적 악령과 맞서게 될 것이다. 다시 한 번 우리는 에티 힐점의 일기에서 표현된 이런 분명한 갈등을 본다. 그녀는 상기했다. "어두움, 어머니의 자궁, **집단체** 안으로 돌아가라. 자유롭게 파괴하여, 당신 자신의 목소리를 찾고, 내면의 혼돈을 극복하라. 나는 이 양극단 사이를 이리저리 끌려 다닌다."[22] 그렇지만, 에티가 직관적으로 깨달았듯이 우리는 자궁 안에 영원히 머무를 수 없다. 우리는 집단체의 안락한 익명성에서 안전하게 느낄 수 있어도, 그곳에 머무르는 것은 우리 자신에게 큰 희생을 치르게 할 뿐이다. 개체화의 과정은 성숙한 정체성을 달성하는 데 필수적이다. 만약 그것을 회피한다면, 우리 자신에게서 진정한 삶, 즉 목소리를 박탈하게 된다. 이것은 일기에서 우리가 관여하는 그 과정이다.

또 다른 여성에게, 자신의 목소리를 찾는 것은 자신의 가장 안쪽 중심부에서 말하기 위하여 머리속에서 반향하는 "아버지"의 목소리를 벗어나는 것을 의미한다. 가부장적 담론은 모든 방향에서 우리를 에워싼다. 과학과 기술, 종교와 상업, 미디어와 아카데미, 이들 각각은 그 분야의 통달을 의미하는 자체의 전문 언어를 사용한다. 그중에 어느 것도 구체적인 주관적 경험의 가치를 진정으로 평가하지 않고, 더군다나 그것을 지식의 원천으로 간주하지도 않는다. 매스 미디어의 시대에 희생되는 것은 바로 그 개인의 인간적 목소리, 그것은 머뭇거리는 템포와 고르지 않은 가락으로 꾸밈없는 결점과 집요한 모순과 함께한다. 이것은 분명히 그것이 왜 그렇게 귀중한지 그 이유가 된다. 그것의 독특함은 프로그램으로 작성되지 않는다. 인간의 목소리는 힘들게 더듬거리고 상처받기 쉬운 언어이고, 전문어의 속박이 없고, 감동이나 설득의 필요에 얽매이지 않으므로 오늘날 보기 드문 현상이다. 여러분과 나와 우리들의 일기는 거의 남아 있지 않은 그런 목소리의 거처 중에 하나가 될 것이다!

일기를 쓰는 것은 당신의 삶이 이웃 사람의 삶과는 다르게 유일하고, 그리고 그것은 텔레비전, 대중 저널리즘, 정치적 수사에 의하여 구축된 일률적으로 균일한 이미지에 순응하는 것이 아니라는 점을 역설하는 것이다. 거대한 컴퓨터의 데이터베이스로 저장되는 숫자 집합으로 우리를 환원하는 방향으로 기술이 더 멀리 나아갈 때, 우리의 목소리를 옹호하는 결의는 증대할 것이라고 나는 단언한다. 더 많은 우리들은 자기표현의 아주 귀중한 통로로서 일기쓰기로 향할 것이다. "우리는 개인적 글쓰기의 르네상스에 살고 있다."라고 크리스티나 볼드윈은 평한다. "사람들은 현대 사회에 특유한 비개성화를 증대하는 자기 성찰로 재조정하고 있는데," 그 결과 "우리는 사고방식의 전환을 경험하는 속에서 새로운 양식의 인간미와 인간적 책임을 마련하려고 노력한다."[23] 새로운 양식은 분명히 새로운 통제나, 심지어 여성주의의 형식을 포함하지 않을 것이다. 몇 년 전에 여성 문학 강좌에서 내가 비난받았던 이유는 나의 논평에서 억압과 자유의 수사법을 사용하지 않았기 때문이다. 그러나 추상적인 가부장적 담론의 반의어는 추상적인 여성주의 담론이 아니다. 그것은 진정하고, 사려 깊고, 즐거운 독자적 발화인데, 이것을 마리온 우드만은 "가슴 언어"라고, 크리스타 볼프는 "살아 있는 말"

이라고 칭했다. 엘렌느 식수는 설명한다.

⚜ 여성들의 말에, 그들의 글처럼, 끊임없이 공명하는 그 요소는, 일단 그것으로 충만되고, 모르는 사이에 깊게 닿으면, 우리를 감동시키는 힘을 유지한다. 그 요소는 그 노래, 즉 모든 여성들에게 살아 있는 사랑의 첫 목소리에서 나오는 최초의 음악이다.[24]

다수의 우리들에게, 이것의 의미는 여러 해 동안 우리가 내면화하였던 그 목소리들을 우리 자신의 말로 우리의 진실을 말하기 위하여, 더 깊이 인식하는 것이다. 여기서 다시 일기는 최상의 협력자이다. "문화적으로 우리는 말하는 데 익숙하지 않다."라고 엘렌느 식수는 말한다. "그런 이유로 글쓰기는 적당한데, 말하는 능력을 스스로 시험해보도록 하는 일, 즉 포옹을 시도할 때처럼, 시간을 두고 어떤 어구나 생각이 좋아져서, 스스로 반향하도록 만들 필요가 있다."[25] 일기에 글을 쓰면서 우리는 말하는 능력을 스스로 시험해본다. 그 과정에 나타나는 목소리는 더 이상 집단체의 언어에 좌우되지 않는다. 그러나 그것은 결코 단순한 대립 관계로 정의되지 않는다. 합창이나 독창 속으로 단지 소멸되는 것이 아니라, 새로운 여성의 목소리는 이런 이분법을 넘어서 울려 퍼진다. 우리가 노래하는 개개의 음조는 완전히 진정한 우리 자신의 것이므로, 그만큼 많이, 우리들 각자는 서로를 노래하고 있다.

이 주제와 관련한 또 다른 변주는 자신의 창조적 목소리를 찾으려는 작가나 예술가들이다. "독창성은 과거나 현재와는 다르다는 것을 의미하지 않는다."라고 스테판 나흐마노비치는 말한다. "그것은 원천이 되어서, 자기 자신을 중심으로 행하는 것을 의미한다.

자연스러운 마음속에서 우러나오면 매우 오랜 옛날을 연상시키는 것을 취하게 되더라도, 그것은 자신의 것이기 때문에 독창적일 수 있다." 우리는 가까운 사람들과 구분하기 위하여 자신의 목소리를 변경할 필요가 없으니, "본질은 내적 진실과의 공명에서 나오고, 그것을 통하여 인식되기" 때문이다.[26] 자신의 공헌을 다른 사람들의 것과 비교하는 대신에, 우리는 그것의 내적 진정성에 집중한다. 이따금, 역설적으로, 자신의 개인적 경험을 넘어서 우리 모두를 위한 말을 하는 것은 작가 자신의 목소리로 가장 분명하게 발언하는 바로 그때이다.

자신의 예술이 삶의 진실과 조화를 이루려면 그것은 종종 내용과 형식을 통합하는 문제가 된다. "마음속으로 분명한 것은 나 자신의 목소리로 무엇을 말하기 위하여 어떻게 시작하는가를 (40세에) 알게 되었다는 점이다."[27]라고 버지니아 울프는 1922년 일기에 기록했다. 그 당시에 그녀는 이미 소설 5권과 수많은 수필을 출간했다. 실제로, 버지니아 울프는 자기 자신의 목소리, 그렇게도 뚜렷한 그것을 지니지 않았던 적이 한 번이라도 있었다고 상상하기 어렵지 않은가! 앤 트루이트도 역시 분투와 불확실성의 몇 년이 지난 후 깨달았다. "40세에, 나 자신의 가장 엄격한 기준 안에서 내가 존중하는 일을 하고 있었다는 것이 나에게 분명해졌다."[28] 파울라 모더존 베커는 20대 후반에 자신의 목소리 암시를 받기 시작했다. 아마 그녀는 한정된 자신의 시간을 감지하였을 것이다. 1902년 12월 1일, 그녀는 일기에 비밀을 털어놓았다. "이상하게도, 내 목소리는 완전히 새로운 음성을 지니고 내 존재는 새로운 호적에 기입되는 것 같다. 그것은 내 안에서 더 크게 더 넓게 성장하는 느낌이 든다. 별일이 없는 한, 나는 대단한 인물이 될 것이다."[29] 파울라에게도, 일기는 저 떠오르는 목소리를 위한 최초의 공명판이었다.

"일기는 '그렇고말고'라고 말한다"

이제 우리는 함께하는 여행의 마지막에 이르렀다. 일기 쓰기는 영감을 주면서 위로하고, 계도하여 변형시키는 능력으로, 우리의 삶, 자아, 그리고 떠오르는 목소리를 긍정하는 것이다. 기쁠 때나 슬플 때 일기는 인생의 여행에서 믿음직한 친구이다. 실제로, 버가일드 니나 홀저가 암시하듯이, "어떻게 삶과 예술이 서로 엮이어 실제로 유일한 하나의 거대한 여행이 되는지는 아마 일기 안에서만 볼 수 있을 것이다."[30]

거트루드 스타인(Gertrude Stein)은 자신의 독특한 방식으로 말했다. "일기는 '그렇고말고'라고 말한다."[31] 마리온 우드만에게도 역시 일기는 이런 자기 긍정의 여행에서 중요한 역할을 한다. 그녀는 말한다. "만약 아주 멀리 여행을 한다면, 어느 날 당신을 만나러 그 길을 내려오는 당신 자신을 알아볼 것이다. 그래서 당신은 말한다. 그럼 그렇지."[32] 이제 마지막으로, 루스 아이리그레이(Luce Irigaray)는 이미 우리의 것, 열린 세계를 경축한다. "우리에게는 함께할 공간이 너무나 많다."라고 그녀는 환희한다.

⚜ 우리의 수평선은 한없이 펼쳐질 것이다. 우리는 언제나 열려 있다. 힘차게 내밀어서, 우리 자신을 끊임없이 열고, 우리 사이의 간격에도 불구하고, 우리는 창조할 목소리가 너무 많으니 모든 곳에서 우리 모두를 표현하여도, 그것은 어느 곳 어느 때나 충분하지 않을 것이다. 우리는 주변을 탐험하여 그 순환을 완결할 수는 없다. 우리는

너무나 많은 차원을 지닌다고··· 하늘은 저 높이 있지 아니 하고, 우리들 사이에 있다.[33]

우리들 여행은 종착점이 없다. 우리가 볼 수 있는 한, 길은 우리 앞에서 펼쳐진다. 우리의 목소리는 여전히 진화하고 있다.

마치면서

1995년 3월 27일.

그렇게 해서 이 책의 마지막 페이지에 나는 도달했다. 글을 쓰기 시작할 때 상상한 어떤 면에서 푸가(fugue) 같은 나선형의 특성을 이 책도 지니기를 바란다.

1994년 3월 19일, 일기 내용.

이 일기장을 다 채웠는데 정말 더할 나위 없이 아름다운 길이었다. 이런 일도 있었다. 이번 금요일 나의 강좌 "영웅으로서의 여성"에서 무엇을 할까 생각하다가, 몇 년 전에 내가 쓴 파울라 모더존 베커와 그녀에 대한 아드리안 리치의 시를 이야기하자는 생각이 떠올랐다. 이번에는, 내 생각으로, 살면서 예술을 만드는 여성 작가이자 화가인 사람을 포함시키면 조화를 이룰 것 같다. 그래서 케테 콜비츠가 생각났다. 콜비츠에 대한 시를 쓴 뮤리엘 루카이저가 기억났다. (그렇게 시를 도입하는 완벽한 기회를 제공할 수도 있는데, 학급의 몇몇 여성들이 그 강좌에서 시를 읽을 것인지 질문하였기 때문이다.) 나는 『노튼 여성 문학 선집』(*Norton Anthology of Women's Literature*)에서 그 시를 바라보다가, "내 평생 당신에 귀 기울입니다."라는 구절이 내 얼굴을 치는데, 거의 2년 동안 부르고 구하면서 내가 찾아온 것으로, 일기를 읽는 것에 대한 글의 장 제목으로 인용하고 싶기 때문이다. 나는 내 눈을 믿을 수 없었다. 얼마나 훌륭한 선물인가!

아직 더 남아 있다. 나는 안으로 들어가서 스티브에게 전했다. 놀란 그는 자신도 역시 오늘 아침 작업에서 주요한 진전이 있었다고 말했다. 2년 동안 계속한 작업이 아주 결정적인 방식으로 멋지게 제자리를 잡았던 것이다. 나에게 전하러 들어오기를 자제하였는데 내 작업을 방해하고 싶지 않았기 때문이다. 그때 그는 그 과정에서 푸가풍의 성격에 대하여 언급하였다. 나는 전날 "푸가"를 사전에서 찾아본 후, 강의 시간에 토니 모리슨의 『사랑하는』에서 푸가풍 구조의 의미를 학생들에게 설명하였다고 말했다. 우리는 푸가와 대위법, 그리고 중단하지 않는 목소리의 혼합을 화제로 삼았다. 내 서재로 돌아와서 루카이저의 나머지 시를 읽는데, 아 놀랍게도, 이런 구절이 나온다. "'과정은 결국 음악처럼 / 흐르는 한 곡조 음악 같다. / 푸가는 되돌아와서 / 또다시 / 서로 얽힌다.'"[1]

수많은 층위의 공시성, 모두 혼재한다. 이 책은 나의 강인한 의지로 공들여 이룬 오직 나만의 저작이 아니라는 어떤 징후를 내가 갈망하였다는 것은 놀라운 일이다. 나는 오늘 밤에 이런 꿈을 꾸고 싶었다. 그것은 내가 글을 쓰기 시작하면 그렇게도 힘든 시간을 마련하는 그 비판적 목소리 그리고 나의 장애에 대한 통찰력을 제공할 꿈이다. 그 징후는 즉시 왔다. (이번 학기의 여성 문학 강좌에서 나머지 몇 주를 어떻게 할 것인지도, 역시, 고민하고 있었다. 이제 알았다. 시, 저널, 그리고 창조자로서의 여성에 대한 일반론적 논의이다.) 이것은 바로 우연의 일치라고 아마도 많은 사람들은 말할 것이다. 나는 그렇지 않다고 생각한다. 순수한 우연이라기에는 너무 복합적이고, 너무나 아름답게 다면적이기 때문이다. 모두 다 연결되어서, 전체의 부분인 것 같다. 이 책, 남편 스티브의 책, 우리 하나의 삶, 여성들의 창조성이라는 주제, 나의 수업, 연구회와 그 모임의 여성들에 대한 내 사랑. 푸가는 마찬가지로 우리의 삶에 재현된다. 서로 얽혀 각자에게 귀를 기울이는 여성들의 삶을 나는 지금 막 깨닫게 되었다. 때때로, 그런 원형이 떠오르면 사물들은 희미하게 빛난다.

"과정은 결국 음악처럼,
흐르는 한 곡조 음악 같다.
푸가는 되돌아와서
　　또다시
서로 얽힌다.
한 주제는
치워진 듯 보여도
한쪽으로,
그러나 그것은 언제나 되돌아온다.
변조된 바로 그것,
좀 바뀐 모양으로.
보통은 더 풍요롭게.
이는 그래서 정말 좋다."

언제나 되돌아오는 주선율, 변조되고, 바뀐 모양으로, 더 풍요로운 그것은 나선형의 다음 회전이고, 우리가 펼치는 다음 걸음걸이다. 그래서 우리는 일기에 또 다른 내용을 기록한다.

부록

4~9장에 덧붙이는 글쓰기 주제

4장

1. 지난 24시간 동안 가장 따뜻하고, 강하고, 생생한 사건에 대하여 써라. 바로 지금 당신의 삶에서 어느 지점에 있는가? 이 순간에 느끼는 감정이 어떠한가?

2. 일기장을 열고 기록하라.
   내 생각은…
   내 느낌은…
   내가 필요한 것은…
   다음에 말할 것을 염두에 두지 말고, 위 각각의 문장으로 시작하는 한두 단락을 써라. 완성한 후, 되돌아가서 방금 쓴 것을 읽어보라. 놀라운 내용이 있는가? 빠른 글쓰기 연습으로 다음의 문구를 사용하여 할 수도 있다. 나는 …이었다. / 나는 …이다. / 나는 …일 것이다. / 나는 …를 기대한다. / 나는 …에 지쳤다. / 무엇보다 내가 원하는 것은….

3. 누구 또는 무엇이 당신을 인도하는가?

4. 당신 안의 여성성과 남성성 사이의 대화를 써라. 각자에게 이름을 부여하라. 서로에게 어떤 감정을 지니는가? 각자의 특성과 능력을 무엇으로 정의하는가? 서로에게 무슨 말을 하고 싶은가? 과거에

는 어떤 종류의 관계를 유지하였는가? 지금 서로 원하는 것은 무엇인가?

5. 당신 이름을 스스로 선택할 수 있었다면, 어떤 이름이었을까? 만약 당신이 남자라면 이름은 무엇일까?

6. 당신 내면의 여행에 대하여 글을 써라. 원한다면, 그것을 색과 스케치로 꾸며라. 내면으로 돌아가게 촉구한 것이 무엇인가?

7. 마리온 밀너를 따라, 당신의 크고 작은 목적의 목록을 작성하라. 이것에 관통하는 공통점이 있는가?

8. 당신은 무엇을 원하는가? 제한 없이, 크고 작은 것 모두의 목록을 작성하라.

9. 최근에 다른 사람과 있었던 당신의 충돌을 묘사하라. 직접적인 문제는 무엇으로 보이는가? 그것에 대한 글을 쓰면서 생기는 느낌은 어떠한가? 찬찬히 생각할 때 실제로 일어난 그 일에 대한 생각은 어떻게 변화하는가?

10. 당신의 중심은 어디인가? 당신의 근거는 어디인가? 당신 자신에 중심을 둔다는 것의 의미에 대한 글을 써라.

11. 가장 큰 삶의 에너지를 당신은 어디로 보내는가?

12. 당신의 내적 비평가와 아는 사이가 되어라. 그 또는 그녀에게 이름을 부여하라. 그/그녀의 모습은 어떠한가? 그 비평가와 당신의 의

식적 자아 사이의 대화에 대한 글을 써라. 그들은 서로 어떤 말을 하는가?

13. 내면의 어떤 목소리가 들어달라고 외치는가? 이들에게 이름을 부여하라. 이들은 어디에서 오는가? 이들이 당신에게 하고 싶은 말은 무엇인가?

14. 가장 오래된 기억에 대한 글을 써라. 그것이 지금까지 남아 있는 이유가 무엇인가? 지금 그것은 당신에게 어떤 의미인가?

15. 학교, 반항, 우정, 증오, 성취, 독립에 대한 당신의 가장 오랜 기억은 무엇인가?

16. 당신의 정체성 의식에 중요한 기억 목록을 작성하라. 모든 것을 포함시켜라. 나중에 되돌아가 다시 읽다가 그중 하나가 눈에 들어오면, 그것을 상세히 기술하라.

17. 당신의 기억 목록을 작성하여 책의 장 제목으로 만들어라. 어떤 경향이 보이는가? 당신의 삶에서 숨겨진 논리가 무엇인가?

18. 플로리다 스콧트 맥스웰의 말, "현실에 적극적인" 참여를 위하여, 당신의 삶에서 어떤 일을 요구하고 유지할 필요가 있는가?

19. 미래의 삶을 위하여 당신이 원하는 예정된 계획을 상상해보라. 지금부터, 6개월, 1년, 아니면 더 이상의 시간일 수도 있다. 여유를 가지고 그 경험을 스스로 충분히 음미하라. 그것을 자세하게 묘사하라. 이제 당신의 삶은 지금부터 5년이라고 상상하라. 위와 같은 방

식으로 하라. 지금부터 5년 동안 어떻게 살고 싶은가?

20. 당신의 몸으로 어떤 긍정적 메시지를 보내는가? 부정적 메시지는 무엇인가? 이들은 어디에서 오는가?

21. 당신의 역할은 무엇인가? 다음의 문장을 가능한 여러 가지 방식으로 완성하라. 자유롭게 비유를 살짝 사용하라! 나는 …하다 / 나는 어떤 …이다 / 나는 그 …이다. 이런 역할은 당신의 중심 자아와 어떻게 연결되는가?

22. 당신 내면의 인물은 어떠한가? 당신의 심층 인격에 대한 글을 쓰면서 그것에 목소리를 부여하라.

23. 바로 지금 당신의 삶은 어떤 색깔인가? 어떤 빛깔이기를 원하는가?

5장

1. 만약 당신이 치료를 받고 있다면, 다음 치료 기간 이후에 어느 정도 시간적 여유를 갖고 그 일에 대한 느낌과 생각, 그리고 지금 느끼는 어떤 감정에 대하여 묘사하라. 당신의 치료사가 일기의 치유적 차원에 익숙하지 않다면, 그런 주제에 대한 서적을 조사해보라.

2. 만약 당신이 우울증과 싸우고 있다면, 당신의 일기는 사랑하고 들어주는 귀가 되게 하라. 단지 한두 단락에 그치더라도, 매일 무엇을 써라. 고통받는 친구처럼, 당신 자신을 특별히 친절하게 대하도록 노력하라. 당신 자신에게 관대하여, 좋은 공책과 특별한 커피나

차를 사주고, 당신이 좋아하는 음악을 들려주거나, 카페로 나가서 글을 써라.

3. 당신의 우울증에게 편지를 써라. 당신의 우울증과 당신의 절대 자아 사이에 대화를 만들어라.

4. 다음번에 화가 나면, 일기장을 들고 앉아서 모든 것을 토로하라. 신속하게 쓰면서 잘못 쓴 것을 수정하고 싶은 유혹을 무시하라. 당신의 분노에 대한 글을 쓸 수 없으면, 글쓰기를 방해하는 장애물을 시각화하여 그것을 묘사하거나 일기장에 스케치하라. 그것이 주는 느낌은 어떤가? 그것의 모습은 어떠한가? 어떤 색과 결을 지니고 있는가? 그것을 벗어나는 데 얼마나 많은 시간이 걸릴까? 용해하는 때는? 쓰기를 마치면, 깊은 숨을 몇 번 들이마시고 느낌이 어떤지 관찰하라.

5. 신체적 징후나 불쾌감과 대화하라. 그것은 두통이나 발진, 알레르기, 구토증, 또는 다른 어떤 것일 수 있다. 그 대화는 당신의 삶에서 건강한 균형을 회복하도록 어떤 가르침을 주는가?

6. 무엇이고 누구든지, 당신의 악마에게 편지를 써라. 이것은 중독이거나 죄악감일 수 있는데, 어떤 느낌이든 당신의 삶에서 에너지를 훔친다.

7. 오랜 원한, 치유되지 않은 상처를 묘사하라. 당신에게 상처를 준 사람을 용서하여, 그 사람과 당신 자신을 해방하는 편지를 일기에 써라.

8. 창피하게 여기는 회상은 있는가? 마리온 밀너의 말에 따라, 당신의 회상이 "스스로 글을 쓰도록" 하라.

9. 당신의 삶에서 질투에 대한 글을 써라. 누구를 질투하고, 왜 그런가? 당신 자신의 삶에서 없어서 동경하는 것이 무엇인가? 만약 그것을 소유한다면 당신은 진정 행복할 것으로 믿는가?

10. 무리엘 쉬프만의 숨겨진 감정을 추적하는 행동을 해보라. 당신은 무엇을 발굴하였는가?

11. 당신의 내적 어린이에 대한 글을 써라. 그 아이는 당신에게 무슨 말을 하고 싶은가? 아이는 당신에게서 무엇을 필요로 하는가? 아이에게 편지를 써라. 만약 아이의 목소리가 잘 들리지 않는다면, 어린 시절 당신의 사진을 찾아서 그 사진이 하는 말에 귀 기울여라. 아이가 말할 용기를 낼 때까지 당신은 기다려야 할 것이다.

12. 그 아이와의 대화를 만들어라. 당신의 지배적 권력으로 성인의 관점, 그리고 비지배적 권력으로 내적 어린이의 관점으로 써라. 모국어가 영어가 아니라면, 그 언어로 아이에 대하여 자유롭게 써라. 당신의 내적 어린이와 당신의 부모, 조부모, 등등의 사이에 대화를 써라. 그 아이를 다른 사람, 즉 당신의 어머니, 아버지, 형제자매의 관점에서 묘사하라.

13. 만약 그 아이는 심적 외상을 입었다고 생각한다면, 특별한 사랑과 관심을 보여라. 아이의 사진을 곁에 두고 그 아이에게 일기장을 건네주어라. 사진에 보이는 것에 대한 글을 써라. 크레용 통을 가지고 앉아서 아이의 감정에 몸을 맡겨라. 아이는 무엇을 그리는가?

14. 당신의 자존감에 대혼란을 초래하는 비판적 목소리는 무엇인가? 그들과 대화하라. 그들은 어디에서 오는가? 만약 당신은 가면 현상에 시달린다면, 내면의 사기꾼에게 편지를 써라.

15. 당신은 자신의 가장 친한 친구인 것처럼 당신 자신을 묘사하라.

16. 당신의 몸에 대한 자서전을 써라. 당신이 경험한 결정적인 사건, 순간, 변화, 그리고 통찰은 무엇인가? 당신 육체의 가장 행복한 기억에 대한 글을 써라. 이어서 몇 가지 슬픈 기억의 글을 써라. 신체의 일부가 문제가 있다면, 그것과 대화하여, 그것이 원하고 필요로 하는 것이 무엇인지 알아내라. 몸을 풀어주어 신체적 요구를 단순히 그대로 수용하는 예우를 갖춘 때에 대한 글을 써라. 그런 기억이 없다면, 한 가지를 창작하라. "여성 집단"에서 당신만의 아름다운 점은 무엇인가?

17. 전체성은 당신에게 어떤 의미가 있는가? 어떤 활동으로 전체성의 감각을 얻는가? 그런 느낌에 대한 글을 써라. 당신의 삶에서 무너진 곳에 대하여 써라.

18. 생존 또는 사망한, 그 사람과의 일을 마무리하지 못한, 누군가에게 부치지 못한 편지를 써라. 당신의 마음속에 있는 것, 그리고 그 또는 그녀가 알기를 바라는 것을 정확하게 그 사람에게 말하라.

6장

1. 어떤 "숨겨진 황금"이 당신 삶의 자발적인 변화에서 발견되었는가?

2. 당신의 삶에서 연속성과 불연속성에 대하여 써라. 충분한 시간을 가져라. 당신의 인생 이야기를 변화의 이야기로 기술하라. 이제, 그것을 연속성의 이야기로 써라. 당신의 삶을 통합하는 실은 무엇인가? 내재하는 경향은 무엇인가?

3. 당신의 뿌리는 어디인가? 당신의 문화적 내력은 무엇인가? 당신의 삶에서 민족성의 역할은 무엇인가?

4. 빠른 글쓰기 연습. 바로 지금 당신의 삶에서 변화하는 것은 무엇인가?
   - 당신은 무엇에 작별을 고하고 있는가?
   - 당신의 삶 속으로 환영하는 것은 무엇인가?
   - 변함없이 머무르는 것은 무엇인가?

5. 당신의 상실에 대한 이야기를 하라. 지난해 당신은 어떤 상실을 경험하였는가? 지난 5년 동안은? 10년은? 만약 당신은 이 상실을 인식하지도 슬퍼한 적도 결코 없다면, 일기에서 그렇게 하라. 만약 그 작업이 과도하다면 짧게 (5 내지 10분 동안) 글을 써라. 어떤 새로운 시작이 이 상실에 동행하는가?

6. 당신은 일생 동안 의식적으로 무엇을 좋아하면서 뒤에 남겼는가? 무엇이 지속되고 있는가?

7. 어떤 장소가 당신에게 특별한 의미를 지니는가? 당신에게 특별한 어떤 장소가, 실제로 그리고 상징적으로, 지니는 의미에 대한 글을 써라.

8. 당신의 몸에서 관찰되는 신체적 변화를 묘사하라. 당신에게 그것이 지니는 의미와 상징성을 탐색하라. 그들과 대화하라.

9. 늙어간다는 것은 당신에게 무엇을 암시하는가? 늙어간다는 것의 의미에 대한 당신 자신의 이야기를 작성하라.

10. 세계 어느 곳에서든 당신 자신에게 엽서를 써라. 당신은 어디에 있고, 거기서 무엇을 하고 있는가?

11. 당신은 방금 "평생 매년 십만 달러 복권"에 당첨되었다. 당신의 삶에 어떤 변화가 일어나는가?

12. 지난 10년 동안 당신이 변경한 방식의 다섯 가지 목록을 작성하라. 오는 10년 동안 어떤 변화를 이루고 싶은가?

13. 단지 글쓰기를 통하여 그 의미가 드러날 모험으로서 당신의 삶을 상상하라. 당신은 어떤 이야기를 하고 그리고 어떤 의미를 발견하는가?

14. 언제 어디에서 당신은 향수병에 걸렸는가? 당신은 어디에서 편안한가?

15. 당신의 삶에서 어떤 돌보는 사람의 역할을 하였는가? 지금은 어떤 역할을 하고 있는가?

16. 당신 자신의 "영혼의 어두운 밤"에 대한 글을 써라. 당신은 무엇에

서 손을 놓도록 강요되었는가? 그 당시 무엇이 당신의 삶 속으로 진입하려고 하였는가?

17. 당신은 일기와의 관계를 시간이 지나면서 바꾸었는가? 바꾸기 시작하면 일기는 어떤 역할을 하였는가? 지금 일기는 당신에게 어떤 의미를 지니는가? 일기는 장차 어떻게 진화할 것으로 보이는가?

7장

글쓰기 제안은 이 장 안에 있다.

8장

1. 에밀리 카를 따라, 당신이 표현하고 싶은 것에 대한 글을 써라. 왜 당신은 이 주제에 끌렸는가? 그리고 "당신이 표현하려는 그것의 핵심은 무엇인가?"

2. 당신의 삶에서, 당신은 어느 부분에 창조적인가? 당신 자신의 창조적 과정에 대하여 무엇을 알고 있는가? 언제, 어디, 그리고 어떻게 아이디어가 오는가?

3. 당신의 작업장에서 공책을 펼쳐 두는 것은 어떻게 그곳에서 창조적 과정을 강화하는가?

4. 만약 아직 하나도 없다면, 작은 공책을 구입하여 외투 호주머니나

손가방에 넣어 다녀라. 어디에 가든 그것을 지참하여라. 어떤 아이디어의 싹이 마음속에서 깜박이면, 개략적으로도, 기록하라.

5. 메모장과 펜을 식탁/책상/깨어 활동 시간을 보내는 어디에라도 두어라. 아이디어나 문제 해결의 희미한 빛은 언제 다가올지 전혀 모른다.

6. 새로운 색깔의 펜을 구하여 일기를 쓰는 동안에 떠오르는 창조적 영감이나 특별한 계획에 대한 아이디어용으로 사용하라.

7. 지금 쓰고 있는 당신의 에세이 또는 이야기, 휴일 계획, 작업 중인 연구 과제 등 어느 것이든, 특별한 창조적 계획을 위한 별개의 공책을 따로 두어라.

8. 공개, 떠오른 묘안, 개요 등의 글을 써야 하는 때가 오면, 개략적인 초안을 일기에 써라. 만약 그것이 마음에 들지 않으면, 누구에게도 보이지 않겠다는 약속을 당신 자신에게 하라.

9. 자신의 일기 안에서 "망각의 피안 속의 다이아몬드"를 구하라. 어디에 숨겨져 있는가?

10. 이야기, 에세이, 시에 대한 아이디어를 찾는 눈으로 지난 일기장을 조사하라. 이용되지 않은 듯한 삶을 지니고, 또 감정적 반응 같은 것을 끌어내는 단락에 밑줄을 치거나 강조하라. 일기 속의 그런 페이지에서 어떤 강한 감정을 느끼는가?

11. 버지니아 울프는 자신의 일기를 "깊고 오래된 책상이면서 풍만한

큰 자루"라고 불렀다. 당신의 일기는 어떻게 묘사하겠는가?

12. 만약 당신은 어떤 종류의 창조적 계획에 관계한다면, 일기를 내내 당신의 동행자로 하라. 책상 위에, 차 안에, 일하는 어디에서든, 상담역, 참을성 있는 친구, 그리고 위안과 영감의 원천으로 삼아라.

9장

1. 한 해의 시작에 잘 살펴보라.
   - 지난해 당신은 무엇을 성취하였는가? 대학 과정 수료, 목욕실 도색, 또는 신용 카드 빚 청산 등, 크든 작든, 성취하였다고 생각하는 모든 것의 목록을 작성하라. 당신은 가장 자랑스럽고 만족스러운 것은 무엇인가? 지난해 동안 후회되는 일은 무엇인가?
   - 작년은 어떤 "색깔"인가?
   - 작년과 금년 사이의 고리는 무엇인가? 당신의 올해는 어떤 "색깔"이기를 원하는가?
   - 새해의 목표 5 내지 10가지에 대하여 자유롭게 써라. 긴급하다고 느끼는 한두 가지를 선택하여, 그것을 달성하기 위하여 취할 수 있는 특별한 조치에 대하여 검토하라. 이 목표를 달성하는 방향으로 당신이 실제적으로 취하는 조치의 하루 일정에 대하여 묘사하라.
   - 향후 1년에 정확하게 당신 자신을 투입하라. 그러면 방금 보낸 지난해에 대하여 가능한 가장 하고 싶은 말은 무엇인가? 여기서 저곳에 도달하기 위하여 당신의 삶에서 무엇을 특별히 변경해야 하겠는가?
   - 당신의 삶이 끝나기 전에 무엇을 해야만 하는 것으로 느끼는가?

2. 지난해 동안 당신에게 일어난 것이 무엇인지 연말 일기를 써라. 앤토니아 화이트를 따라서, 당신은 가장 흥미롭고, 혼란스럽고, 중요한 일, 등등에 대한 글 한 단락을 쓸 수도 있다.

3. 만약 지금 막 지나간 해는 험악했다면, 새로운 일기장으로 새해를 시작하라. 새해의 희망과 목표에 대한 글을 써라.

4. 하루 중 다른 시간에, 다른 방식으로 글쓰기를 해보라. 정오에 잘 되지 않는 글은 오후 11시에 쉽게 형성될 수 있다.

5. 다음에 여행할 때, 작은 공책을 지니고, 거기에 당신의 여행에 대하여 기록하라. 특별히 관심을 끄는 것이 없으면, 여행의 모든 "사실"을 기록하지 않고, 여행 중에 작열하는 중요한 순간들, 즉 밀너의 "구슬"에 집중하라.

6. 당신의 아기나 어린아이를 위한 일기를 시작하라. 그녀/그는 향후 몇 년이 지나면 그 일기가 흥미진진하다는 것을 알 뿐만 아니라, 이것은 당신의 아이가 그들 자신의 일기를 시작하는 전례가 될 것이다.

7. 다시 읽을 때, 당신 자신에게서 무엇이 가장 좋은가? 무엇이 가장 안 좋은가? 시간이 지나면서 당신의 일기에서 어떤 경향이 관찰되는가? 당신의 일기에서 침묵하는 것이 무엇인가? 심지어 당신 자신에게도 비밀로 하는, 어떤 기밀이 있는가?

8. 인생이 끝날 때 당신의 일기는 어떻게 되기를 원하는가? 어떤 준비를 하였고, 할 수 있고, 하고 싶은가?

추가 연습

1. 만약 당신의 인생 이야기를 한 권의 책으로 묶는다면, 어떤 제목을 붙이겠는가? 각 장의 제목을 어떻게 하겠는가?

2. 지금 현재 당신에게 특별히 중요한 우정/대상/색깔에 대한 글을 써라.

3. 지난주 타인들과의 관련을 되돌아볼 때, 가장 의미 있는 것으로 무엇이 두드러지는가?

4. 당신에게 우정의 근본적인 핵심은 무엇인가?

5. 다른 여성들의 일기를 읽을 때(제10장), 당신은 특히 누구와 유사성을 지니는가? 그것에 대하여 글을 써라.

6. "위대함"은 당신에게 어떤 의미인가? 누가 위대하고, 왜 그런가? 영웅주의는 무엇인가?

7. 당신은 무엇을 신뢰하는가?

8. 당신의 신변에 한 가지를 바꿀 수 있다면, 그것은 무엇이 되겠는가?

9. 당신에게 하루의 시간과 비용 계정을 선물로 준다. 당신은 그것을 마음대로, 제한 없이, 모두 쓸 수 있다. 당신은 무엇을 하겠는가?

- 일주일에 1000달러는?
- 일 년에 십만 달러는? 백만 달러는?

10. 당신 자신과 인생 항로에 대하여 무엇을 가장 믿고 싶은가?

11. 당신은 매일 수행하는 과업에서 무엇이 신성한가?

12. 언제, 어디, 그리고 누구에 의하여 당신 자신의 진정한 모습이 보였는가?

13. 당신의 어머니는 누구인가? 자매는? 당신이 좋아한 안전한 장소, 집, 그리고 공동체는 무엇인가?

14. 비록 사회적 가치와 배치되더라도 당신이 소중히 하는 가치는 무엇인가? 일상생활의 양식 안 어디에서 당신은 그것을 표현하고 있는가?

15. 만약 눈물이 당신에게 말할 수 있다면, 무슨 말을 할까?

16. 지금 계속하는 당신의 여행은 무엇인가? 당신 자신의 다른 길을 상상한다면 어떤 것일까?

17. "여성의 목소리"는 당신에게 어떤 의미인가? 당신의 삶에서 여성의 목소리로 말하는 장소는 어디인가? 당신의 주변에서 그 소리를 듣는 곳은 어디인가?

18. "가족"이라는 말은 당신에게 어떤 의미인가? 당신의 가족은 누구

인가? 당신은 가족으로부터 어떤 종류의 것을 얻는가? 어떤 무엇을 그들에게 당신은 주는가?

19. 당신이 관계하는 세계를 묘사하는 데 최상의 말은 무엇인가?

20. 지금까지 다른 여성이 당신에게 준 가장 소중한 선물은 무엇인가? 지금 그 선물이 당신의 삶에 미치는 영향은 무엇인가? 이제껏 당신이 다른 여성에게 준 가장 좋은 것은 무엇인가? 다른 여성들에게 주고 싶은 것은 무엇인가?

21. 당신의 삶에 가장 크게 영향을 미친 너덧 관계는 무엇인가? 이들 관계의 지도를 그려라. 장소, 모양, 색깔, 등을 부여하라.

22. 당신 자신의 여덟 살 적 기억은 무엇인가? 그 당시의 어떤 모습이 지금 당신에게 남아 있는가? 그때 다른 재능과 성격의 어떤 면을 지금 재생하고 싶은가?

23. 당신 자신에 대한 정교한 거짓말을 써라. 확신과 활기를 가지고 그것을 쓰고 말하는 것으로 믿어라.

시각화 유도
"당신의 본질적 자아 만나기"

- 가능한 한, 친구가 이것을 당신에게 천천히 읽어주도록 하거나, 당신 자신이 읽으면서 녹음하라. 이어서 들어보라. 생략 부호는 5 내지 10초 동안의 휴지를 가리킨다. 서두르지 말라.

당신 자신을 편안하게 하라. 몸의 모든 부위가 편안함을 느낄 때까지 몸을 쭉 뻗으면서 움직여라…. 눈을 감고, 깊숙이 평온하게 앉아서, 몸 안으로 긴장을 풀어라…. 숨결에 주의를 기울이고 길고, 느린, 깊은 숨을 몇 번 쉬어라…. 숨을 내쉬는 때마다, 당신의 내적 자아 안으로 점점 더 깊이 가라앉는 것처럼 근심과 긴장은 사라지는 느낌을 가져라….

당신 내면의 눈앞에서, 멀고, 청명하고, 평화로운 길을 상상하라. 그 길은 강바닥을 따라, 또는 시원한 숲이나 햇빛이 찬란한 초원을 통과하기도 한다. 저 멀리, 한 여성의 윤곽이 시야에 들어오기 시작한다. 두 사람은 서로를 향해 한가로이 걸어가고, 당신은 미래의 자아와 해후하게 된다는 것을 알아차리는데, 그 자아는 관계없는 잡동사니 짐들을 자신의 삶에서 모두 치우고 그래서 자신에게 가장 본질적이고, 가장 소중하면서 의미 있는 것만을 간직한다….

한가로이 길을 따라 내려가면서, 당신 주변의 소리와 느낌들에 주목하라…. 아마 공중에 살랑거리는 나뭇잎 소리, 또 멀리 새들의 소리가 들릴 것이다…. 피부에 스치는 공기의 느낌, 얼굴에 와닿는 해와 바람의 느낌이 어떠한지 인지하라…. 당신 미래의 자아가 더 가까이 다가오면, 그녀는 자기 자신과 얼굴 표정을 어떻게 유지하는지 관찰하라…. 그녀의 의상, 입고 있는 색깔과 옷감을 자세하게 보라….

가는 길에 서로 마주칠 때, 그녀는 자신의 집 방향으로 당신을 인도한다…. 함께 곁길을 따라 가면, 미래의 당신 집인 한 주택에 도달한다. 어떤 모습인가? … 주변 환경은 어떠한가? 문 앞으로 올라가서 집 안으로 들어설 때, 얼마나 수수하게 조화롭게 잘 정돈되어 있는지 주목하라. 그녀는 잡동사니는 모두 깨끗이 치우고, 편안하고 아름다운 물건들만 남겨두었다. 당신 주변에 무엇이 보이는가? … 당신의 삶에서 무엇을 정리하였는가? … 어떤 색깔과 옷감이 당신의 주의를 끄는가? … 다른 방에서 부드러운 음악 소리가 들려온다. 무슨 일이야? … 이런 환경에서 당신은 어떤 느낌이 드는가? …

그 집을 탐색하다가, 통풍이 잘 되는 큰 방에 이르는데, 검소하게 정돈되어서, 당신의 취향과 관심, 그리고 현재의 직업을 반영한다. 그것은 무엇을 포함하는가? … 당신의 천직은 무엇인가? … 당신의 인생은 무엇을 하고 있는가? 당신의 재능과 기력은 어떻게 몰두하고 있는가? … 당신은 나날을 어떻게 보내는가? … 누구와 함께하는가? … 매일 가장 뜻 깊은 부분은 무엇인가? … 당신의 삶에서 누가 가장 중요한 사람인가? …

당신에게 그런 의미를 지니는 이 특별한 방안에서 잠깐 시간을 보내라… 그곳이 발산하는 평화와 평온을 느껴라… 떠나기 전에, 당신 미래의 자아는 예쁜 카드를 넣은 봉투를 건네주는데, 이곳에 오기 위하여 당신이 해야 하는 것에 대한 이미지와 지혜의 말이 들어 있다. 그 카드는 어떤 이미지를 담고 있는가? … 그 안에 기록된 전언은 어떤 것인가? …

그 집을 떠나면서, 그것은 당신의 본질적 자아 그리고 이상적 삶과 접촉하도록 도와준다는 것을 인식하면서, 이 전언을 간직하라. 머지않아 이곳으로 돌아올 것을 생각하면서, 희망의 즐거움을 느껴라….

준비가 되면… 서두르지 말고… 그 명상에서 천천히 돌아오라… 기지개를 켜라… 눈을 떠라… 그리고 이 경험을 일기에 묘사하라.

빠른 글쓰기 주제

- 이 시간 당신의 마음에 크게 다가오는 문제에 대하여 글을 써라.
- 당신이 결정적인 교훈을 얻은 사람에 대한 글을 써라.
- 공허에 대한 글을 써라.
- 나는 …에 대한 글을 쓰고 싶다.
- 나는 …에 대한 글을 쓰고 싶지 않다.
- 바로 지금 나의 삶에서 최상의 것은 …이다.
- 바로 지금 나의 삶에서 최악의 것은 …이다.
- 나의 최악의 공포는 …이다.
- 나의 최대의 비밀은 …이다.

옮기고 나서

인간은 문자를 만들어 문장을 다듬고 문서를 작성하지만, 그 글자에 지배당하는 것이 인간 세상의 삶이다. 세상은 온통 글발에 뒤덮여 있다. 눈으로 보는 글은 말할 것도 없고, 귀로 듣는 말도 모두 글자를 바탕으로 이루어진다. 이런 글발들은 삶의 중심에서 얼마나 깊은 내면성을 지니고 있을까?

나는 2003년 캐나다 밴쿠버에서 일 년 동안 머무를 때, 브리티시 콜럼비아 대학교의 글쓰기 센터에서 이 책의 저자 말린 쉬위를 만났다. 일기 쓰기 과정에 등록하여 말린의 지도를 받는 첫날, 우리 모두는 무슨 연유로 이 자리에 오게 되었는지 각자 말하는 시간을 가졌다. 나는 해직 교수 생활 15년이 되는 때라 여러 가지 복합적인 감정을 토로하게 되었다. "이 자리에 오기까지 나는 개인적인 문제를 포함하여 모든 현상을 외부적 관계로 바라보고 글을 작성하였는데, 지금부터 내 시선을 내면으로 돌리고 싶다."라고 말할 때, 흐르는 눈물을 나는 의식하지 못했다. 서른여덟 살에 해직이 되어 쉰두 살 중년이 되었으니, 팔팔한 젊은 시절을 실업자 생활로 가득 채운 나의 감회는 대중 앞에서 난생처음 눈물로 나타났다.

인생은 생전에 경험하지 못한 새로운 나날로 이어지는 기이한 여행이다. 하루하루 반복되는 일상이라도 어제와 동일한 오늘은 없다. 그런데 매일 새로운 일상의 여행을 시작하는 우리는 정작 신비로운 경험을 도외시하고 있다. 두 번 다시 돌아오지 않는 인생을 더 풍요롭게 하는 방편 중의 하나가 마음속의 여행인 일기 쓰기이다. 일기는 우리 곁의 가장 편안한 친구이면서 인생 여행의 길동무이다. 자기 자신의 모습은 이 여행길에서 드러난다.

우리 자신이 온전하게 자기를 만날 수 있는 시간은 일기장과 마주하는 시간이다. 공개를 목적으로 쓰는 글이 아니기 때문에 그 안에는 가식과 위선과 꾸밈이 있을 수가 없다. 인간의 진솔한 자기 고백이라는 점에서 일반 문학은 일기 쓰기에서 유래한다. 내면세계에 숨겨진 인간의 모습을 마주하는 일기는 진정한 자기 자신을 탐색하는 문학의 한 영역이 된다.

자기 자신과 만날 수 있는 시간과 공간을 제공하는 일기장에 일기를 쓰면서 우리는 자신의 내면세계로 진입한다. 이는 여성과 남성을 구분하지 않는다. 자신과 마주하는 공간이 일기장이고 그 공간에서 머무르는 시간은 반성적 삶의 존재를 확인하는 계기가 된다. 과거와 미래가 지금 여기 일기장에서 하나로 만난다. 일기에서 표출되는 언어는 논리적 일관성이나 문법적 법칙에서 벗어난 그 자체의 완전성을 지닌다. 개인의 존재 원리와 어긋나는 외부적 환경의 법칙에서 자유로울 수 있기 때문에, 여기서 일기의 정신적 치유 효과가 나온다. 일기를 쓰는 시간의 자연스러운 자기 치유는 자아의 재발견으로 이어진다.

그렇다면 일기 쓰기를 통하여 여성 자신의 목소리를 발견한다는 이 책의 목표는 어떤 의미가 있는가? "여성들은 그들의 목소리를 잃어버렸다."라고 마리온 우드만은 말한다. 오랜 가부장적 사회제도 안에서 일차적 피해자는 당연히 여성들이다. 이 고난의 역사는 집단적 폭행의 성격을 지닌다. 이런 사회적 관습에 기대어 여성에게 가한 폭력의 현장은 개별 가정이나 학교뿐만 아니라 조직의 체계를 갖춘 모든 곳이다. 여성은 진정한 목소리를 회복할 수 있는 여행을 시작해야 한다. 현대의 일부 여성들은 이미 시작하였다.

자기 자신의 목소리는 어디에서 나오는가? 원천적으로 정치적 지배의 대상인 여성 집단의 의식은 내면으로 향하게 된다. 여성의 목소리는 동서양의 전통적 문화에서 오랫동안 질식되었다가, 소위 여성주의라는 이념적 목소리로 침묵을 뚫고 터져 나왔다. 그런데 제도적 폭력의 대상은 사회적 가치나 개인의 인격을 구분하지 않는다. 더구나 상하 관계의 제도적 장치를 벗어날 수 없는 남녀는 모두 동일한 피해자이다. 그러므로 현대 남성 개개인의 삶은 이미 수천 년 지속된 여성의 질곡과 다르지 않다.

인간은 사회적 동물이라고 말하는 것은 평등한 관계를 전제로 한 발언이다. 모든 인간의 존재는 절대적 가치로서 평등하다. 그런데 현실 세계에서 이런 평등한 사회적 관계가 형성되는 것을 경험한 적이 있는가? 근본적으로 인간은 정치적 동물이다. 서양의 역사는 영웅을 중심으로 전개된다. 영웅을 숭배하는 서양은 근본적으로 정치적 구조를 지닐 수밖에 없다. 정치는 지배와 복종의 단순한 수직적 관계로 유지된다. 지배자는 소수의 남성이고 나머지 남성 집단과 모든 여성은 피지배자가 된다.

한국의 현실에 남성과 여성의 지위는 급속하게 전도되고 있다. 집안에서 남성 가장의 공간은 사라지고 경제적 주도권도 여성에게 집중되는 현상이다. 직장에서 여성에 비하여 남성 집단이 우월한 위치에 있다. 그런데 남성 집단의 내부로 진입하여 보면 크고 작은 집단의 책임자를 중심으로 남성 구성원들은 권력의 지배와 피지배의 관계로 존재한다. 지배와 복종의 방향을 역행하는 순간 그 남성은 배제와 퇴출의 결과를 맞는다. 이런 구조는 폭력 집단의 생태와 다르지 않다. 이것은 남성과 여성의 문제를 넘어서는 인간 사회의 본질적 문제와 연결된다.

우주 산업이 발달하여 좁은 지구를 벗어나면 인류는 저 광활한 자유의 공간을 무한으로 향유할 수 있을 것이다. 그러나 그런다고 해서 인류에게 정신적 이념의 감옥이 사라지는 진정한 자유의 날이 온다는 보장은 없다. 종교적 이념의 문제는 차치하고, 우리의 삶을 옥죄는 가장 강력한 장치가 남성중심의 사회제도적 권력이다. 여성만이 아니라 남성도 함께 이 권력 구조의 희생자가 된다. 요컨대 남성 중심의 권력이 만든 종교적 교리와 법조문에 지배당하는 것이 현대 남녀 모두의 삶이다.

이 책을 통하여 우리는 일기를 쓰게 된다. 평생 처음으로 일기를 시작하거나 쓰고 있는 일기의 형식과 내용에 변화가 일어나기도 한다. 그것은 일기를 쓰는 방법보다도 일기가 우리의 삶에서 지니는 의미를 처음부터 끝까지 보여주기 때문이다. 이 책은 여성 일기 쓰기에 관하여 서술하지만, 여성에 국한되지 않는다. 누구든 "지금 일기를 쓰고 있다면, 이미 거대한 세계적 공동체의 구성원이 된 셈이다."라고 저자는 말한다. 여기서 시작하는 "일기 쓰기 여행의 목표, 즉 자아 접근이 달성되면, 여성과 남성의 특성은 더 이상 내면에서 불화하지 않을 것이다. 그 대신, 이 둘의 통합으로 우리는 완전한 모습을 얻게 된다."는 것이다. 저자는 일기 여행의 범위를 인류의 역사 속으로 넓히고 있다.

일기 쓰기 여행은 역설로 가득하다. 자신의 내면에 집중하는데, 외적 삶이 바뀐다. 저자는 말한다. "글을 잘 쓴다는 생각 모두를 그만두면, 쓰는 글에서 자연스런 흐름과 구성적 통일을 발견할 수 있다. 과정은 결과와 분리되지 않는다. 여행을 하면서, 우리는 집에 있다. 듣기는 말하기 전에 행해질 수 있고, 육체는 정신이 표현하지 못하는 지식을 지닌다. 분절된 자신을 인지하면서, 우리는 전인적이 되고, 개인적 관심에 충분히 주의를 기울일 때, 우리는 그것을 넘어서 보편성에 이른다." 인간 존재의 영원한 변화와 영구적 동일성을 확인하는 순간이다.

과거의 상처 또는 상실은 일기를 쓰면서 긍정적 순환으로 이어진다. 숨겨진 과거의 심연에 더 많이 접근할수록, 글쓰기를 계속하는 동기는 더 강해진다. 이것은 결코 열등한 성취가 아니다. 여기서 다음 단계로 진입하는 새로운 지평선이 열린다. 현재의 고뇌도 마찬가지다. 변화무상한 우리의 일상을 언제나 그 시간 그곳에서 변함없이 증인이 되어주는 일기의 수용력은 무한하다. 일기를 통하여 우리는 진정한 삶의 연속체를 향유할 수 있다. 여기서 우리는 미래의 희망을 구가한다. 그것은 꿈을 기록하는 일기에서 가능하다. 실제로 꾸는 꿈이건 마음속으로 그리는 꿈이건 상관없다. 꿈속 이미지로 예술적 표현을 한다면, 사라지는 이미지는 삶의 활기로 변환된다. 기억하고 상상하는 일기 쓰기는 과거와 미래의 현존을 의미한다. 여기서 우리의 삶은 영원한 현재로 이어진다.

어떤 면에서 이 책은 말린과 스티브의 공동 저작이기도 하다. 자주 언급되는 저자의 남편 스티브는 정신분석학자이다. 일기 쓰기는 자기 자신과의 대화이기 때문에 내면세계의 영역을 벗어나지 않는다. 그러므로 정신분석학적 접근은 매우 타당하다. 의식과 무의식의 다양한 변화와 관계를 해석하는 가운데 자기 자신의 존재 양상과 행동의 근거를 확인할 수 있기 때문이다. 다른 한편으로, 현대사회는 질병의 원인을 지나치게 심리학적으로 해석하는 경향이 있지만, 유익한 방법론의 사용을 금기시하는 것도 옳지 않다.

크게 세 부분으로 구성된 이 책이 주는 즐거움은 다양하다. 우선 '일기 쓰기 준비하기'에서 제시하는 것처럼, 일기를 쓰는 첫걸음을 떼면 새로운 일상이 열린다. '직접 일기 작성하기'로 들어가면 그동안 숨겨진 자기 자신의 내면에서 경이로운 사실을 발견하는 날이 다가온다. '다른 사람의 일기 읽기'는 문학의 다른 영역에서 느낄 수 없었던 인간에 대한 통렬한 연민의 정을 경험하게 된다. 이 책의 독자는 마음이 끌리는 곳에서 자유롭게 시작하면 된다. 더욱이 부록에 수록된 '글쓰기 주제'에서 시작해도 좋다. 일기 쓰기는 홀로 떠나는 유별난 여행이기 때문에 다른 사람의 시선을 의식할 필요가 없다. 오로지 행복한 나의 세상을 찾아가는 것이다.

끝으로, 해직과 복직의 오랜 세월 동안 나를 지켜준 여러 동지들, 어려운 출판 사정에도 불구하고 이 책을 한국의 독자들에게 소개하는 기회를 제공한 출판사 여러분께 깊은 감사를 드린다.

2019년 4월

김창호

주

1. 일기 쓰는 습관

1 Susan Crean, in Libby Scheier et al., eds., *Language in Her Eye: Writing and Gender*, 90쪽.

2 Toi Derricotte, in Patricia Bell-Scott, ed., *Life Notes: Personal Writings by Contemporary Black Women*, 79쪽.

3 Le Anne Schreiber, *Midstream*, 10쪽.

4 Etty Hillesum, *An Interrupted Life: Diaries*, 1941-43, 41쪽.

5 Mary Jane Moffat and Charlotte Paniter, eds., *Revelations: Diaries of Women*. 캐롤리나 마리아 지저스와 버지니아 울프의 일기 중 일부가 포함된 책.

6 최근에, 출간된 닌의 일기를 두고 의도적 왜곡의 문제에 대한 상당한 논쟁이 일고 있다. 그러나 닌을 좋아하든 싫어하든, 여성 일기 쓰기에 그녀가 준 역동적 영향에 반박하는 사람은 아무도 없고, 그 영향은 지속된다.

7 『일대일』과 『새로운 일기』 이후, 일기 쓰기에 관하여 수많은 책이 등장하였으나, 『새로운 일기』와 함께 내가 여전히 좋아하는 책은 최근에 나온 두 권, 볼드윈의 *Life's Companion: Writing as a Spiritual Quest* 그리고 디나 메츠거(Deena Metzger)의 *Writing for Your Life: A Guide and Companion to the Inner worlds*이다. 후자는 더 포괄적이지만 일기 작가에게 풍부한 영감을 제공한다. 흥미롭게도, 메츠거는 아나이스 닌의 가까운 친구였다.

8 May Sarton의 *Journal of a Solitude*, 그리고 Lyn Lifshin의 탁월한 선집 *Ariadne's Thread: A Collection of Contemporary Women's Journals*는 유감스럽게도 절판되었다. 그러나 1994년에 감동적인 선집, *Life Notes: Personal Writings by Contemporary Black Women*이 나왔는데, 편집자 Patricia Bell-Scott에 의하면, 이런 종류로는 최초였다. 이 선집에는 기고자 50명의 많은

일기를 수록하고 있다.

9 Virginia Wolf, *The Diary of Virginia Woolf, Volume One*, 1915-1919, 95쪽.

10 Nicole Brossard, "Interview: 'Before I became a feminist, I suppose I was an angel, a poet, a revolutionary,'" in Janice Williamson, ed., *Sounding Differences: Conversations with Seventeen Canadian Women Writers*, 65쪽.

11 Marlene A. Schiwy, "Language and Silence: '*Sprachlosigkeit*' in the Work of Christa Wolf."

2. 나만의 한 시간

1 Muriel Rukeyser, "Käthe Kollwitz," in Sandra M. Gilbert and Susan Gubar, eds., *The Norton Anthology of Literature by Women*, 1783쪽.

2 Carl G. Jung, *Women in Europe*, cited in Esther Harding, *The Way of All Women*, 5쪽.

3 Marion Woodman, *The Pregnant Virgin: A Process of Psychological Transformation*, 53쪽.

4 Woodman, *Addiction to Perfection: The Still Unravished Bridge*, 74쪽. 다른 곳에서 우드만이 묘사하는 소피아는 "아직 완전히 지각되지는 않아도, 드러나고 있는 원형적 형태인데, 정신과 물질의 관계에 대한 새로운 사고력을 서구 문화에 부여할 것이다."

5 Maureen Murdock, *The Heroine's Journey: Woman's Quest for Wholeness*, 11쪽.

6 Kim Chernin, *Reinventing Eve: Modern Woman in Search of Herself*, 18쪽.

7 Carolyn G. Heilbrun, *Writing a Woman's Life*, 117쪽.

8 Kim Chernin, *Reinventing Eve*, 11쪽. 여성의 자아 발견 여행에 중대한 역할을 하는 일기 쓰기에 관한 최근의 저서들이다. Marion Woodman의 *Leaving My Father's House: The Journey to Conscious Femininity*, Maureen Murdock의 *The Heroine's Journey*, Judith Duerk의 *Circle of Stones: Woman's Journey to Herself*, Naomi Ruth Lowinsky의 *The Motherline:*

Every Woman's Journey to Find Her Female Roots. 여타 더 많은 저서들이 있다.

9 Anaïs Nin, *The Journal of Anaïs Nin: Volume Two*, 1934-1939, 262쪽.

10 나는 Nelle Morton의 *The Journey Is Home*에서 "우리 자신의 말문이 열리는 소리"의 개념을 우연히 처음으로 찾아내었다.

11 Robin Garber-Kabalkin의 사적 일기. 이것을 포함하여 이어지는 모든 사적 일기의 인용은 허락을 받아 사용하므로 텍스트에 일기 작가의 이름을 언급하여 확인한다.

12 Marion Milner (필명 Joanna Field), *A Life of One's Own*, 39쪽.

13 Emily Hancock, *The Girl Within*.

14 Lyn Mikel Brown and Carol Gilligan, *Meeting at the Crossroads*. 동시에 이 시기 동안 소녀들은 수학과 과학에 떨어지지만 비공학 학교에서는 소년들보다 일반적으로 더 우수한데, 그 이유는 지나치게 "총명한" 인상을 주는 것에 대해 염려하지 않기 때문이다. 반면에, 소년들은 비공학 학교보다 공학 학교에서 더 우수하다.

15 Anaïs Nin, in Laurel Holliday, ed., *Heart Songs: The Intimate Diaries of Young Girls*, 17쪽.

16 Kate Danson, in Marion Woodman et al., *Leaving My Father's House: A Journey to Conscious Femininity*, 39, 43쪽.

17 Cinthia Gannett, *Gender and the Journal: Diaries and Academic Discourse*, 179쪽.

18 Hélène Cixous, in Elaine Marks and Isabelle de Courtivron, eds., *New French Feminisms: An Anthology*, 251쪽.

19 Carol Gilligan, *In a Different Voice: Psychological Theory and Women's Development*, 173-74쪽.

20 Maureen Murdock, *The Heroine's Journey*, 10쪽.

21 Kate Danson, in Marion Woodman et al., *Leaving My Father's House*, 105쪽.

22 Marion Woodman, *The Pregnant Virgin*, 8, 9쪽.

23 Linda Schierse Leonard, *On the Way to the Wedding: Transforming the Love Relationship*, 7쪽.

24 Emily Hancock, *The Girl Within*, 232쪽.

25 Naomi Ruth Lowinsky, *The Motherline: Every Woman's Journey to Find Her Female Roots*, 22쪽.

26 Kim Chernin, *Reinventing Eve*, 16쪽.

27 Edward F. Edinger, cited in Beverly Moon, ed., *An Encyclopedia of Archetypal Symbolism*, 216쪽. Monica Sjöö와 Barbara Mor는 이렇게 말한다. "에너지가 물질로 들어가는 나선형 회선은 창조물 속으로 우주가 진입하는 최초의 운동이다. 에너지로 바뀌는 물질의 나선형 진화는 이런 존재들의 창조적 운동인데, 자신의 원천으로 돌아가는 의식적 진화이다. 나선형은 영원성, 즉 영속적 과정의 상징적 실마리이고, 달과 동일한 것이다." *The Great Cosmic Mother: Rediscovering the Religion of the Earth*, 63쪽.

28 Naomi Ruth Lowinsky, *The Motherline*, 23쪽.

29 Nelle Morton, *The Journey Is Home*, 20쪽.

30 Marion Woodman, *Addiction to Perfection*, 8쪽.

31 Marion Woodman, *Addiction to Perfection*, 84쪽.

32 Anaïs Nin, *The Journals of Anaïs Nin: Volume Two*, 1934-1939, 187쪽.

33 Patricia Bell-Scott, ed., "Black Women Writing Lives: An Introduction," *Life Notes*, 22쪽.

3. 일기 여행의 시작

1 Anaïs Nin, *A Woman Speaks: The Lectures, Seminars, and Interviews of Anaïs Nin*, 163쪽.

2 Yvonne Blue, in Penelope Franklin, ed., *Private Pages*, 67쪽.

3 Sylvia Plath, in Lyn Lifshin, ed., *Ariadne's Thread: A Collection of Contemporary Women's Journals*, 89쪽.

4 Mary MacLane, in Margo Culley, ed., *A Day at a Time: The Diary Literature of American Women from 1764 to the Present*, 188쪽.

5 Etty Hillesum, *An Interrupted Life*, 1쪽.

6 Emily Carr, *Hundreds and Thousands*, 20쪽.

7 *Hopes and Dreams: The Diary of Henriette Dessaulles 1874-1881*, 15쪽.

8 Edith Wharton, cited in Judy Simons, *Diaries and Journals of Literary Women from Fanny Burney to Virginia Woolf*, 146쪽.

9 Elizabeth Barrett Browning, cited in Judy Simons, *Diaries and Journals of Literary Women*, 87, 88쪽.

10 Cosima Wagner, cited in Carol Neuls-Bates, ed., *Women in Music: An Anthology of Source Readings from the Middle Ages to the Present*, 178쪽.

11 Antonia White, *Diaries*, 1926-1957, 57쪽.

12 Susan Kinnicutt, in Lyn Lifshin, ed., *Ariadne's Thread*, 106-7쪽.

13 Anaïs Nin, *The Journals of Anaïs Nin: Volume Two*, 1934-1939, 218쪽.

14 Judith Thurman, *Isak Dinesen: The Life of a Storyteller*, 99쪽.

15 Patricia Hampl, in Lyn Lifshin, ed., *Ariadne's Thread*, 320쪽.

16 Luise Rinser, *Prison Journal*, 13쪽.

17 Gail Godwin, in Lyn Lifshin, ed., *Ariadne's Thread*, 12, 13쪽.

18 Lou Nelson, in Frances Rooney, ed., *Our Lives: Lesbian Personal Writings*, 180쪽.

19 Virginia Woolf, *The Diary of Virginia Woolf, Volume Five*, 1936-1941, 205쪽.

20 Käthe Kollwitz, *The Diary and Letters of Käthe Kollwitz*, 111쪽.

21 Diane Kendig, in Lyn Lifshin, ed., *Ariadne's Thread*, 193쪽.

22 다음 작가들의 책을 보면 좋겠다. Christina Baldwin의 저서, Deena Metzger의 *Writing for Your Life*, Kimberly Snow의 *Word Play/Word Power*. 특정 주제에 관한 글을 담은 책도 있다. June Gould의 *The Writer in All of Us: Improving Your Writing Through Childhood Memories*, Lesléa Newman의 *Somebody to Love: A Guide to Loving the Body You Have*, Gabriele Rico의 *Pain and Possibility: Writing Your Way Through Personal Crisis*.

23 글쓰기 기교를 전부 요약하지 않는다. 추가적인 설명과 용례는 이 책들을 보라. Tristine Rainer의 *The New Diary*, Christina Baldwin의 *One to One*, Kay Leigh Hagan의 *Internal Affairs*, Kathleen Adams의 *Journal to the Self*, George Simons의 *Keeping Your Personal Journal*.

24 Anne Frank, *The Diary of a Young Girl*, 3쪽.

25 Fanny Burney, quoted in Sandra M. Gilbert and Susan Guber, eds., *The Norton Anthology of Literature by Women*, 127쪽.

26 George Sand, *The Intimate Journal*, 50쪽.

27 Antonia White, *Diaries*, 1926-1957, 32, 33쪽.

28 Dorothy V. Claire, in Frances Rooney, ed., *Our Lives*, 51쪽.

29 Gabriele Rico, *Pain and Possibility*, 16쪽.

4. 내면의 글쓰기

1 Emily Carr, *Hundreds and Thousands*, 67쪽.

2 Marion Milner, *A Life of One's Own*, 69쪽.

3 Anaïs Nin, *The Diary of Anaïs Nin: Volume Five*, 1947-1955, 41쪽.

4 Etty Hillesum, *An Interrupted Life*, 162, 81쪽.

5 Marion Milner, *A Life of One's Own*, 44, 71쪽.

6 Burghild Nina Holzer, *A Walk Between Heaven and Earth: A Personal Journal on Writing and the Creative Process*, 5쪽.

7 Sylvia Ashton-Warner, *Myself*, 156쪽.

8 Etty Hillesum, *An Interrupted Life*, 75쪽.

9 Gloria Steinem, *Revolution from Within: A Book of Self-Esteem*, 267쪽.

10 Mary Catherine Bateson, *Composing a Life*, 41쪽.

11 Stephen Nachmanovitch, *Free Play: Improvisation in Life and Art*, 133, 36, 47쪽.

12 Marion Milner, *A Life of One's Own*, 60쪽.

13 Oliver Sacks, *The Man Who Mistook His Wife for a Hat*, 28쪽.

14 Florida Scott-Maxwell, *The Measure of My Days*, 42쪽.

15 Rainer Maria Rilke, quoted in Sam Keen and Anne Valley-Fox, *Your Mythic Journey*, 74쪽.

16 Marion Milner, *A Life of One's Own*, 89쪽.

17 Steven M. Rosen, *Science, Paradox, and the Moebius Principle: The Evolution of a "Transcultural" Approach to Wholeness*, 117-18, 125쪽.

18 Eugene Gendlin, *Focusing*.

19 Kim Chernin, *The Hungry Self: Women, Eating and Identity*, 42쪽. Mary Catherine Bateson은 *Composing a Life*에서 유사한 주장을 한다. "어머니와 닮으려는 깊은 욕망을 지닌 여성들은 열등감과 의존성을 함축하는 귀여운 이미지를 수용하거나 아니면 이것을 거부한 결과 중요한 친밀감을 상실하는 선택의 문제에 종종 직면하게 된다." 39쪽.

20 Judith Duerk, *Circle of Stones*, 44쪽.

21 Marion Woodman, *Addiction to Perfection*, 13쪽.

22 Anaïs Nin, *The Diary of Anaïs Nin: Volume Three*, 1939-1944, 166쪽.

23 Anaïs Nin, quoted in Mary Jane Moffat and Charlotte Painter, eds., *Revelations*, 6쪽.

24 Anaïs Nin, *The Diary of Anaïs Nin: Volume Four*, 1944-1947, 105쪽.

25 Ruth Benedict, in Mary Jane Moffat and Charlotte Painter, eds., *Revelations*, 150쪽.

26 R. H. Douglas, in Patricia Bell-Scott, ed., *Life Notes*, 249쪽.

27 Marion Woodman, *Addiction to Perfection*, 99쪽.

28 Marion Milner, *A Life of One's Own*, 97쪽.

29 Sylvia Ashton-Warner, *Myself*, 158쪽.

30 Anaïs Nin, *The Diary of Anaïs Nin: Volume One*, 1931-1934, 286쪽.

31 Carl G. Jung, cited in Naomi Ruth Lowinsky, *The Motherline*, 51쪽.

5. 치유적 차원의 일기

1 Anonymous diarist, in Patricia Bell-Scott, ed., *Life Notes*, 19쪽.

2 Carole Bovoso, in Penelope Franklin, ed., *Private Pages*, 378쪽.

3 Alice Miller, *The Drama of the Gifted Child: The Search for the True Self*, 7쪽.

4 "therapy"의 어원은 Eric Partridge의 *Origins: A Short Etymological*

Dictionary of Modern English, 711쪽.

5 Kim Chernin, *Reinventing Eve*, 15, 16, 29쪽.

6 Carl G. Jung, quoted in May Sarton, *Journal of a Solitude*, 110쪽.

7 Marion Woodman, *Addiction to Perfection*, 23쪽.

8 *Prevention Magazine*, January 1992, 131쪽.

9 Lydia Temoskok and Henry Dreher, *The Type C Connection: The Mind-Body Link to Cancer and Your Health*, 132, 330-31쪽.

10 Dean Ornish, *Dr. Dean Ornish's Program for Reversing Heart Disease*, 90-91쪽.

11 Cinthia Gannett, *Gender and the Journal: Diaries and Academic Discourse*, 204-5쪽.

12 Chris Watson, quoted in Toni Ann Laidlaw and Cheryl Malmo, eds., *Healing Voices: Feminist Approaches to Therapy with Women*, 187쪽.

13 Marion Woodman, *Addiction to Perfection*, 104쪽.

14 Marion Woodman et al., *Leaving My Father's House*, 351쪽.

15 Stephen Nachmanovitch, *Free Play*, 185쪽.

16 Quo Vadis Gex-Breaux, in Patricia Bell-Scott, ed., *Life Notes*, 348쪽.

17 Muriel Schiffman, *Self-Therapy: Techniques for Personal Growth*, 35쪽.

18 Alice Koller, *An Unknown Woman*, 33, 215쪽.

19 Bibi Wien, in Lyn Lifshin, ed., *Ariadne's Thread*, 63쪽.

20 May Sarton, *After the Stroke: A Journal*, 15쪽.

21 May Sarton, *Recovering: A Journal*, 49쪽.

22 Carroll Parrott Blue, in Patricia Bell-Scott, ed., *Life Notes*, 175-76쪽.

23 Melina Brown, in Patricia Bell-Scott, ed., *Life Notes*, 355쪽.

24 Horace B. English and Ava Champney English, *A Comprehensive Dictionary of Psychological and Psychoanalytical Terms* (New York: David McKay, 1958), 77쪽.

25 Lydia Temoskok and Henry Dreher, *The Type C Connection*, 275쪽.

26 Sylvia Plath, *The Journals of Sylvia Plath*, 255쪽.

27 Emily Carr, *Hundreds and Thousands*, 322쪽.

28 Anne Frank, *The Diary of a Young Girl*, 114, 117쪽.

29 Shamara Shantu Riley, in Patricia Bell-Scott, ed., *Life Notes*, 92쪽.

30 Audre Lorde, *The Cancer Journals*, 10, 18, 13, 53쪽.

31 Carolyn G. Heilbrun, *Writing a Woman's Life*, 15쪽.

32 Harriet Lerner, *The Dance of Anger: A Woman's Guide to Changing the Patterns of Intimate Relationships*, 3쪽.

33 Alice Miller, *The Drama of the Gifted child*, 7쪽.

34 Janet O. Dallett, *When the Spirits Come Back*, 49, 50, 53, 54쪽.

35 Adrienne Rich, *Of Woman Born: Motherhood as Experience and Institution*, 25, 21, 22쪽.

36 Audre Lorde, *The Cancer Journals*, 15쪽.

37 Muriel Schiffman, *Gestalt Self-Therapy*, 133쪽.

38 Muriel Schiffman, *Self-Therapy*, 34, 35쪽.

39 Anaïs Nin, *A Woman Speaks*, 17-18쪽.

40 Alice Miller, *The Drama of the Gifted Child*, 24, 25쪽.

41 Naida D. Hyde, "Voices from the Silence: Use of Imagery with Incest Survivors," in Toni Ann Laidlaw et al., eds., *Healing Voices*, 177-78쪽.

42 Rebecca (가명), cited in "Ending the Cycle of Violence: Overcoming Guilt in Incest Survivors," in Toni Ann Laidlaw et al., eds., *Healing Voices*, 286-87쪽.

43 Jane (가명), cited in Marion Woodman, *Addiction to Perfection*, 109쪽.

44 Kate Danson, cited in Marion Woodman et al., *Leaving My Father's House*, 79쪽.

45 Christa Wolf, *A Model Childhood*, 7, 406쪽.

46 Stephen Nachmanovitch, *Free Play*, 47쪽.

47 Emily Hancock, *The Girl Within*, 224쪽.

48 Mary Catherine Bateson, *Composing a Life*, 39-40쪽. Bateson은 덧붙인다. "흔히, 미국의 남성은 자신의 실망감을 외부로 투사하는 방법을 배우지만, 여성은 자신의 상실감을 내면화하는 경향이 있다. 청혼이 거절당하거나 일자리가 제공되지 않을 때, 여성은 쉽게 자신이 부족하다고 말한다. 남성

은 과정이 잘못되었다고 더 강력히 주장한다." 206쪽.

49 Marion Woodman, *Conscious Femininity*, 133쪽.

50 Deena Metzger, *Tree & The Woman Who Slept with Men to Take the War Out of Them*, 34쪽.

51 Peggy Orenstein, *Schoolgirls: Young Women, Self-Esteem, and the Confidence Gap*, 27쪽.

52 Marion Woodman, *Conscious Femininity*, 113쪽.

53 Michele Murray, in Lyn Lifshin, ed., *Ariadne's Thread*, 98, 99쪽.

54 Gloria Steinem, Outrageous Acts and Everyday Rebellions, 166쪽.

55 Audre Lorde, *The Cancer Journals*, 11, 53쪽.

56 Deena Metzger, *Tree*, 35, 70, 68쪽.

57 Audre Lorde, *The Cancer Journals*, 39쪽.

58 Adrienne Rich, *Of Woman Born*, 285-86쪽.

59 Elly Danica, in Janice Williamson, ed., *Sounding Differences*, 80-81쪽.

60 Stephanie Demetrakopoulos, *Listening to Our Bodies: The Rebirth of Feminine Wisdom*, 170쪽.

61 Judith Duerk, *Circle of Stones*, 56쪽.

6. 자아의 재발견

1 Etty Hillesum, *An Interrupted Life*, 113쪽.

2 Mary Catherine Bateson, *Composing a Life*, 223쪽.

3 Eva Hoffman, *Lost in Translation: A Life in a New Language*, 274쪽.

4 Mary Catherine Bateson, *Composing a Life*, 9, 10쪽.

5 Mary Catherine Bateson, *Composing a Life*, 41쪽.

6 Anaïs Nin, *The Diary of Anaïs Nin: Volume Four*, 1944-1947, 127쪽.

7 Rainer Maria Rilke, "Duino Elegies," cited in Linda Leonard, *The Wounded Woman*, 139쪽.

8 Wilma Shore, "Pages from a Widow's Journal," *Women's Studies Quarterly*

17, nos. 3-4 (1989): 61, 63쪽.

9 Mary Shelley, "From Mary Shelley's Journal," in Joan Goulianos, ed., *By a Woman Writt*, 166, 180쪽.

10 Elizabeth Cox, *Thanksgiving: An AIDS Journal*, 223-24쪽.

11 Rebecca Rice, *A Time to Mourn: One Woman's Journey Through Widowhood*, 105, 106쪽.

12 May Sarton, *At Seventy: A Journal*, 212-13쪽.

13 Nancy Esther James, in Lyn Lifshin, ed., *Ariadne's Thread*, 223, 227쪽.

14 Le Anne Schreiber, *Midstream*, 10, 11쪽.

15 Emily Carr, *Hundreds and Thousands*, 253, 258, 259쪽.

16 Anne Morrow Lindbergh, *Locked Rooms and Open Doors: Diaries and Letters*, 1933-1935, 229쪽.

17 Marlene Nourbese Philip, in Janice Williamson, ed., *Sounding Differences*, 241쪽.

18 Eva Hoffman, *Lost in Translation*, 278쪽.

19 Anaïs Nin, *A Woman Speaks*, 157쪽.

20 Gwendolyn Bennett, cited in Lenore Hoffman, "The Diaries of Gwendolyn Bennett," *Women's Studies Quarterly* 17, nos. 3-4 (1989): 67쪽.

21 Paula Modersohn-Becker, *The Letters and Journals of Paula Modersohn-Becker*, J. Diane Radycki, trans., Metuchen, N. J.: The Scarecrow Press, 1980, 109쪽.

22 Paula Modersohn-Becker, *The Letters and Journals,* (German original edited by Günter Bush and Liselotte von Reinken), Arthur S. Wensinger and Carole Clew Hoey, eds. and trans., Evanston: Northwestern University Press, 1990, 158쪽.

23 *The Letters and Journals of Paula Modersohn-Becker,* ed. J. Diane Radycki, 280, 286쪽.

24 Eva Hoffman, *Lost in Translation*, 151, 120-21, 269, 273, 275-76쪽.

25 L. L. Zeiger, "Colonial Days," in Lyn Lifshin, ed., *Ariadne's Thread*, 197-98, 203, 204쪽.

26 Antonia White, *Diaries*, 1926-1957, 38쪽.

27 Germaine Greer, *The Change: Women, Aging and the Menopause*, 378쪽.

28 Melissa Gayle West, *If Only I Were a Better Mother*, 49-50쪽.

29 Anne Truitt, *Daybook: The Journal of an Artist*, 184, 209-10쪽.

30 Kaethe Kollwitz, *The Diary and Letters of Kaethe Kollwitz*, 53, 94쪽.

31 Elaine Marcus Starkman, *Learning to Sit in the Silence: A Journal of Caretaking*, 11, 21-22, 87, 147, 156쪽.

32 Mary Catherine Bateson, *Peripheral Visions: Learning Along the Way*, 82-83쪽.

33 May Sarton, *Endgame: A Journal of the Seventy-Ninth Year*, 128, 130, 10쪽.

34 Elaine Shelly, in Patricia Bell-Scott, ed., *Life Notes*, 282, 290-91쪽.

35 Alice James, *The Diary of Alice James*, 25, 229-30쪽.

36 Mary Hamilton, in Marion Woodman et al., *Leaving My Father's House*, 128-32, 135, 164쪽.

37 Gabriele Rico, *Pain and Possibility*, 143-45쪽.

38 Hannah Hinchman, *A Life in Hand: Creating the Illuminated Journal*, 13-14쪽.

39 Joyce Mary Horner, in Margo Culley, ed., *A Day at a Time*, 302쪽.

40 Etty Hillesum, *An Interrupted Life*, 180-81쪽. 최근에, 베트남 간호사 Diane Carlson Evans는 말했다. 그녀는 일기 쓰기를 중단하였는데, 자신이 목격한 공포는 어떻게 기술하든 아무도 믿지 않을 그런 것이기 때문이었다. Terrie Claflin, "Monumental Achievement," *MS 4*, no. 3 (December 1993): 86쪽에서 인용.

41 Martha Martin, in Mary Jane Moffat and Charlotte Painter, eds., *Revelations*, 301쪽.

42 Sylvia Plath, *The Journals of Sylvia Plath*, 280, 293쪽.

43 Linda Schierse Leonard, *Witness to the Fire: Creativity and the Veil of Addiction*, 130쪽.

44 Jean Rhys, cited in Linda Schierse Leonard, *Witness to the Fire*, 135쪽.

45 Anaïs Nin, *The Journals of Anaïs Nin: Volume Two*, 1934-1939, 215쪽.

46 Anaïs Nin, *A Woman Speaks*, 149쪽.

47 Nelle Morton, *The Journey Is Home*, 201쪽.

48 Gail Godwin, "A Diarist on Diarists," in Joyce Carol Oates, ed., *First Person Singular: Writers on Their Craft*, 27, 28쪽.

7. 꿈 그리고 다른 기이한 경험

1 Marie Cardinal, *The Words to Say It*, 170쪽.

2 Anaïs Nin, *The Diary of Anaïs Nin: Volume Three*, 1939-1944, 300쪽.

3 Christa Wolf, *Cassandra: A Novel and Four Essays*, 113쪽.

4 Carl G. Jung, "Psychology and Literature," in *Modern Man in Search of a Soul*, 166쪽.

5 Montague Ullman, "Dreams as Exceptional Human Experiences," *American Society of Psychical Research Newsletter* 18, no, 4: 5쪽.

6 Christa Wolf, *The Author's Dimension: Selected Essays*, 83-84쪽.

7 Carl G. Jung, *Memories, Dreams, Reflections*, 413쪽.

8 Janet Dallett, *When the Spirits Come Back*, 20쪽.

9 Marion Woodman, *The Pregnant Virgin*, 167-68쪽.

10 Amy Tan, in Naomi Epel, ed., *Writers Dreaming*, 282쪽.

11 Joy Kogawa, in Janice Williamson, ed., *Sounding Differences*, 155-56쪽.

12 Sheila Moon, *Dreams of a Woman: An Analyst's Inner Journey*, 108-9쪽.

13 Bharati Mukherjee, in Naomi Epel, ed., *Writers Dreaming*, 161쪽.

14 Antonia White, *Diaries*, 1926-1957, 254-55쪽.

15 Mary Elsie Robertson, in Lyn Lifshin, ed., *Ariadne's Thread*, 125쪽.

16 Marion Woodman, *The Ravaged Bridegroom: Masculinity in Women*, 28쪽.

17 Marion Woodman et al., *Leaving My Father's House*, 124쪽.

18 Amy Tan, in Naomi Epel, ed., *Writers Dreaming*, 288쪽.

19 Marion Woodman, *Conscious Femininity*, 135쪽.

20 Burghild Nina Holzer, *A Walk Between Heaven and Earth*, 19쪽.

21 Karen Signell, *Wisdom of the Heart: Working with Women's Dreams*, 7, 8쪽.

22 Montague Ullman, "Access to Dreams," in Benjamin B. Wolman and Montague Ullman, eds., *Handbook of States of Consciousness*, 552, 526쪽.

23 Karen Signell, *Wisdom of the Heart*, 8-9쪽.

24 Rhea White, "Personal Experiences and the Legitimation of Parapsychology: Feed Ye the Sheep." Rhea의 잡지도 참조할 것. *Exceptional Human Experience*, 414 Rockledge Road, New Bern, NC, 28562.

25 Burghild Nina Holzer, *A Walk Between Heaven and Earth*, 8, 62쪽.

26 Loran Hurnscot, in Mary Jane Moffat and Charlotte Painter, eds., *Revelations*, 346쪽.

27 Rebecca Cox Jackson, in Margo Culley, ed., *A Day at a Time*, 95쪽.

28 Carl G. Jung, Memories, *Dreams, Reflections*, 217쪽.

29 Montague Ullman, "Dreams as Exceptional Human Experiences," 5쪽.

8. "이 극적인 과정": 일기 쓰기의 창조성

1 Ethel Schwabacher, *Hungry for Light: The Journal of Ethel Schwabacher*, 219쪽.

2 Virginia Woolf, *The Diary of Virginia Woolf, Volume Four*, 1931-1935, 286 쪽.

3 Emily Carr, *Hundreds and Thousands*, 215쪽.

4 Gabriele Rico, *Pain and Possibility*, 24, 25쪽.

5 May Sarton, *At Seventy*, 106쪽.

6 Carl G. Jung, "Psychology and Literature," *Modern Man in Search of a Soul*, 170쪽.

7 Etty Hillesum, *An Interrupted Life*, 107쪽.

8 Stephen Nachmanovitch, *Free Play*, 27. 18, 70쪽.

9 Sue Grafton, in Naomi Epel, ed., *Writers Dreaming*, 62쪽.

10 Virginia Woolf, *The Diary of Virginia Woolf, Volume Five*, 1936-1941, 244-45쪽.

11 Virginia Woolf, *The Diary of Virginia Woolf, Volume Three*, 1925-1930, 231쪽.

12 Katherine Mansfield, cited in Judy Simons, *Diaries and Journals of Literary Women*, 152쪽.

13 Anaïs Nin, *A Woman Speaks*, 172쪽.

14 Sylvia Ashton-Warner, *Teacher*, 210-11쪽.

15 Gail Godwin, "A Diarist on Diarist," in Joyce Carol Oates, ed., *First Person Singular*, 26쪽.

16 "Preface," Virginia Woolf, *A Writer's Diary*, 9쪽.

17 Anaïs Nin, *The Journal of Anaïs Nin: Volume Two*, 1934-1939, 118쪽.

18 Anaïs Nin, *A Woman Speaks*, 170쪽.

19 Antonia White, *Diaries*, 1926-1957, 168쪽.

20 Katherine Mansfield, cited in Judy Simons, *Diaries and Journals of Literary Women*, 164쪽.

21 Paula Modersohn-Becker, *The Letters and Journals of Paula Modersohn-Becker*, J. Diane Radycki, ed., 232쪽.

22 "Clara Schumann," in Carol Neuls-Bates, ed., *Women in Music: An Anthology of Source Readings from the Middle Ages to the Present*, 154, 104-5, 107-8쪽.

23 Virginia Woolf, *The Diary of Virginia Woolf, Volume One*, 1915-1919, 234쪽.

24 Virginia Woolf, *The Diary of Virginia Woolf, Volume One*, 1915-1919, 266쪽.

25 Judith Minty, in Lyn Lifshin, ed., *Ariadne's Thread*, 118쪽.

26 Tristine Rainer, *The New Diary*, 291쪽.

27 Marie Cardinal, *The Words to Say It*, 157, 165쪽.

28 Smaro Kamboureli, in Janice Williamson, ed., *Sounding Differences*, 139쪽.

29 Gail Scott, in Janice Williamson, ed., *Sounding Differences*, 257쪽.

30 Christa Wolf, *The Reader and the Writer: Essays, Sketches, Memories*, 72쪽.

31 Erica Jong, in Bill Strickland, ed., *On Being a Writer*, 63쪽.

32 Linda Pastan, in Lyn Lifshin, ed., *Ariadne's Thread*, 313쪽.

33 Yvonne Moore Hardenbrook, in Sondra Zeidenstein, ed., *A Wider Giving:*

Women Writing After a Long Silence, 295쪽.

34 Alix Kates Shulman, in Lyn Lifshin, ed., *Ariadne's Thread*, 55쪽.

35 Sara Ruddick, in Carol Ascher et al., eds., *Between Women: Biographers, Novelists, Critics, Teachers and Artists Write About Their Work on Women*, 142쪽.

36 Fanny Burney, in Judy Simons, *Diaries and Journals of Literary Women*, 29, 30쪽.

37 Dorothy Wordsworth, *Journal of Dorothy Wordsworth*, 109쪽.

38 Hayden Herrera, *Frida: A Biography of Frida Kahlo*, 264, 266쪽.

39 Virginia Woolf, *The Diary of Virginia Woolf, Volume One*, 1915-1919, 266쪽.

40 Katherine Mansfield, in Judy Simons, *Diaries and Journals of Literary Women*, 167쪽.

41 Deborah E. McDowell, in Patricia Bell-Scott, ed., *Life Notes*, 54쪽.

42 Patricia Hampl, in Lyn Lifshin, ed., *Ariadne's Thread*, 320쪽.

43 Natalie Goldberg, *Writing Down the Bones*, 13쪽.

44 Anaïs Nin, *The Diary of Anaïs Nin: Volume Three*, 1939-1944, 173쪽.

45 Stephen Nachmanovitch, *Free Play*, 141, 148쪽.

46 Gloria Naylor, in Naomi Epel, ed., *Writers Dreaming*, 177쪽.

47 Barbara Pym, *A Very Private Eye: An Autobiography in Diaries and Letters*, 167쪽.

48 Antonia White, *Diaries, 1926-1957*, 58, 132쪽.

49 Anaïs Nin, *The Diary of Anaïs Nin: Volume Four*, 1944-1947, 38, 39쪽.

50 Anne Truitt, *Daybook*, 68쪽.

51 bell hooks, in Patricia Bell-Scott, ed., *Life Notes*, 153쪽.

52 Emily Carr, *Hundreds and Thousands*, 72, 176쪽.

53 Sylvia Ashton-Warner, *Myself*, 158쪽.

54 Katherine Mansfield, in Judy Simons, *Diaries and Journals of Literary Women*, 167쪽.

55 Emily Carr, *Hundreds and Thousands*, 31, 32, 261쪽.

56 Kaethe Kollwitz, *The Diary and Letters of Kaethe Kollwitz*, 69, 82쪽.

57 Etty Hillesum, *An Interrupted Life*, 125쪽.

58 Sylvia Ashton-Warner, *Myself*, 130-31쪽.

59 Virginia Woolf, *The Diary of Virginia Woolf, Volume Two*, 1920-1924, 317, 263, 272쪽.

60 Etty Hillesum, *An Interrupted Life*, 209쪽.

61 Emily Carr, *Growing Pains: An Autobiography*, 264-65쪽.

62 Georgia O'Keeffe, cited in Hannah Hinchman, *A Life in Hand*, 58쪽.

63 Anne Truitt, *Daybook*, 82쪽.

64 Emily Carr, *Hundreds and Thousands*, 260쪽.

65 Virginia Woolf, *The Diary of Virginia Woolf, Volume One*, 1915-1919, 214쪽.

66 Antonia White, *Diaries*, 1926-1957, 245쪽.

67 May Sarton, *Journal of a Solitude*, 53, 65쪽.

68 Cinthia Gannett, *Gender and the Journal*, 147쪽.

69 Marie Bashkirtseff, in Mary Jane Moffat and Charlotte Painter, eds., *Revelations*, 52쪽.

70 Sylvia Ashton-Warner, *Myself*, 115쪽.

9. 내 삶을 위한 글쓰기: 일기에 대한 몇 가지 제언

1 Florida Scott-Maxwell, *The Measure of My Days*, 42쪽.

2 Barbara Godard, "Becoming My Hero, Becoming Myself: Notes Towards a Feminist Theory of Reading," in Libby Scheier et al., eds., *Language in Her Eye*, 120쪽.

3 Burghild Nina Holzer, *A Walk Between Heaven and Earth*, 10쪽.

4 Ethel Schwabacher, *Hungry for Light*, 160, 215, 238, 162쪽.

5 Deena Metzger, *Tree*, 35쪽.

6 Antonia White, *Diaries*, 1926-1957, 7쪽.

7 Kate Tomibe, in Penelope Franklin, ed., *Private Pages*, 120-21쪽.

8 Elaine Marcus Starkman, *Learning to Sit in the Silence*, 2-3쪽.

9 Christina Baldwin, *Life's Companion: Journal Writing as a Spiritual Quest*, 7쪽.

10 Barbara Marie Brewster, *Journey to Wholeness*, 87쪽.

11 Eleanor Smith, in Patricia Bell-Scott, ed., *Life Notes*, 401-402쪽.

12 Anaïs Nin, *The Diary of Anaïs Nin: Volume Three*, 1939-1944, 3, 4쪽.

13 Anaïs Nin, *The Diary of Anaïs Nin: Volume Six*, 1955-1966, 27쪽.

14 Gloria Bowles, "Going Back Through My Journals: The Unsettled Self, 1961-1986," *National Women's Studies Association Journal* 6, no. 2 (1994): 274-75쪽.

15 Michelle Herman, in Lyn Lifshin, ed., *Ariadne's Thread*, 238-40쪽.

16 Flora Tristan, *Flora Tristan, Utopian Feminist: Her Travel Diaries and Personal Crusade*, 130쪽.

17 Eslanda Goode Robeson, in Margo Culley, ed., *A Day at a Time*, 227쪽.

18 Marion Milner, *Eternity's Sunrise: A Way of Keeping a Diary*, 1쪽.

19 Dawn B. Bennett-Alexander, in Patricia Bell-Scott, ed., *Life Notes*, 233-34쪽.

20 Ethel Robertson, in Penelope Franklin, ed., *Private Pages*, 413쪽.

21 Lydia Chukovskaya, *The Akhmatova Journals: Volume 1*, 1938-1941, 5-7쪽.

22 Etty Hillesum, *An Interrupted Life*, 227쪽.

23 Virginia Woolf, *The Diary of Virginia Woolf, Volume One*, 1915-1919, 266쪽.

24 George Eliot, in Mary Jane Moffat and Charlotte Painter, eds., *Revelations*, 222-23쪽.

25 Virginia Woolf, *The Diary of Virginia Woolf, Volume Four*, 1931-1935, 134쪽.

26 Antonia White, *Diaries*, 1926-1957, 258, 270쪽.

27 Virginia Woolf, *The Diary of Virginia Woolf, Volume Two*, 1920-1924, 324쪽.

28 Kaethe Kollwitz, *The Diary and Letters of Kaethe Kollwitz*, 111쪽.

29 Gloria Bowles, "Going Back Through My Journals," 256쪽.

30 Virginia Woolf, *The Diary of Virginia Woolf, Volume Four*, 1931-1935, 167쪽.

31 Antonia White, *Diaries*, 1926-1957, 149쪽.

32 Tristine Rainer, *The New Diary*, 271-73쪽.

33 Virginia Woolf, *The Diary of Virginia Woolf, Volume Two,* 1920-1924, 62쪽.

34 Gail Godwin, "A Diarist on Diarists," in Joyce Carol Oates, ed., *First Person Singular*, 29쪽.

35 Gloria Bowles, "Going Back Through My Journals," 257, 260, 269쪽.

36 Burghild Nina Holzer, A Walk Between Heaven and Earth, 8, 9쪽.

37 Anne Morrow Lindbergh, *Locked Rooms and Open Doors*, 279쪽.

38 Gloria Bowles, "Going Back Through My Journals," 256쪽.

39 Barbara Marie Brewster, *Journey to Wholeness*, 69쪽.

40 Marion Milner, *A Life of One's Own*, 30쪽.

41 Harriet Blodgett, *Centuries of Female Days: Englishwomen's Private Diaries*, 58-61쪽.

42 Lou Nelson, in Frances Rooney, ed., *Our Lives*, 180쪽.

43 Gail Godwin, in Lyn Lifshin, ed., *Ariadne's Thread*, 75쪽.

44 Frances Rooney, ed., *Our Lives*, 202쪽.

45 Brigitte Reimann, *Die geliebte, die verfluchte Hoffnung: Tagebücher und Briefe, 1947-1972*, 65-66쪽. 필자 번역.

46 Emily Carr, *Hundreds and Thousands*, 20쪽.

47 Virginia Woolf, *The Diary of Virginia Woolf, Volume Four*, 1931-1935, 24쪽.

48 Virginia Woolf, *The Diary of Virginia Woolf, Volume Three,* 1925-1930, 67쪽.

49 Virginia Woolf, *The Diary of Virginia Woolf, Volume Three,* 1925-1930, 125쪽.

10. "내 평생 당신에 귀 기울입니다": 일기를 읽는 즐거움

1 Carolyn G. Heilbrun, *Writing a Woman's Life*, 37쪽.

2 Muriel Rukeyser, "Käthe Kollwitz," in Sandra M. Gilbert and Susan Gubar, eds., *The Norton Anthology of Literature by Women*, 1783쪽.

3 Amelia Stewart Knight, in Margo Culley, ed., *A Day at a Time*, 119쪽.

4 Marie Bashkirtseff, in Mary Jane Moffat and Charlotte Painter, eds.,

Revelations, 47-48쪽.

5 Yvonne Blue, in Penelope Franklin, ed., *Private Pages*, 69쪽.

6 Gloria Bowles, "Going Back Through My Journals," 264쪽.

7 Toi Derricotte, in Patricia Bell-Scott, ed., *Life Notes*, 79쪽.

8 May Sarton, *Encore: A Journal of the Eightieth Year*, 330-31쪽.

9 Deborah Norris Logan, in Penelope Franklin, ed., *Private Pages*, 467, 472쪽.

10 Virginia Woolf, *The Diary of Virginia Woolf, Volume Five*, 1936-1941, 107쪽.

11 Beatrice Webb, cited in Harriet Blodgett, *Centuries of Female Days*, 76쪽.

12 Margo Culley, ed., "Introduction," *A Day at a Time*, 16쪽.

13 Anne Morrow Lindbergh, *Locked Rooms and Open Doors*, 22, 24, 25쪽.

14 Anne Truitt, *Daybook*, 4쪽.

15 Emily Carr, *Hundreds and Thousands*, 10쪽.

16 Virginia Woolf, *A Writer's Diary*, 7쪽.

17 Maxie Wander, *Leben wär' eine prima Alternative: Tagebuchaufzeichnungen und Briefe*, 6쪽. 필자 번역.

18 Ted Hughes, "Foreword," in Sylvia Plath, *The Journals of Sylvia Plath*, 15쪽.

19 Mary Lynn Broe, "Plathologies: The Blood Jet Is Bucks, Not Poetry," *Belles Lettres* 10, no. 1 (1994): 61-62쪽.

20 Hayden Herrera, *Frida*, 263쪽.

21 J. G. Gaarlandt, "Introduction," in Etty Hillesum, *An Interrupted Life*, 17쪽.

22 Mary Catherine Bateson, *Composing a Life*, 5쪽.

23 Barbara Godard, "Becoming My Hero, Becoming Myself," in Libby Scheier et al., eds., *Language in Her Eye*, 115-16쪽.

24 Käthe Kollwitz, *Die Tagebücher*, 176쪽. 필자 번역.

25 Emily Carr, *Hundreds and Thousands*, 47, 50쪽.

26 bell hooks, in Patricia Bell-Scott, ed., *Life Notes*, 153-54쪽.

27 Deborah Norris Logan, in Penelope Franklin, ed., *Private Pages*, 461쪽.

28 May Sarton, *The House by the Sea: A Journal*, 128쪽.

29 Florida Scott-Maxwell, *The Measure of My Days*, 7, 8쪽.

30 Joyce Mary Horner, in Margo Culley, ed., *A Day at a Time*, 293-303쪽.

31 Emily Carr, *Hundreds and Thousands*, 306쪽.

32 Etty Hillesum, *An Interrupted Life*, 161쪽.

33 Audre Lorde, *The Cancer Journals*, 9-10쪽.

34 Christa Wolf, *Cassandra*, 81쪽.

35 Emily Carr, *Hundreds and Thousands*, 328-29쪽.

36 May Sarton, *At Seventy*, 49, 50쪽.

37 Virginia Woolf, *The Diary of Virginia Woolf, Volume Two*, 1920-1924, 226쪽.

38 Alice James, *The Diary of Alice James*, 41, 42쪽.

39 Maxine Kumin, cited in Lyn Lifshin, ed, *Ariadne's Thread*, 15쪽.

40 bell hooks, in Patricia Bell-Scott, ed., *Life Notes*, 156, 157쪽.

41 Virginia Woolf, *Moments of Being*, 98쪽.

42 Virginia Woolf, *The Diary of Virginia Woolf, Volume Five*, 1936-1941, 215쪽.

43 Judy Chicago, *Through the Flower: My Struggle as a Woman Artist*, 37쪽.

44 "Fanny Mendelssohn Hensel," in Carol Neuls-Bates, ed., *Women in Music*, 146, 149-52쪽.

45 Sylvia Ashton-Warner, *Myself*, 88, 117, 184쪽.

46 Paula Modersohn-Becker, *The Letters and Journals of Paula Modersohn-Becker*, 286, 297쪽.

47 May Sarton, *Journal of a Solitude*, 140쪽.

48 Anne Truitt, *Daybook*, 155-56쪽.

49 May Sarton, *Endgame*, 195쪽.

50 Gail Godwin, in Lyn Lifshin, ed., *Ariadne's Thread*, 83-85쪽.

51 Virginia Woolf, *The Diary of Virginia Woolf, Volume Three*, 1925-1930, 102쪽.

52 Virginia Woolf, *The Diary of Virginia Woolf, Volume Four*, 1931-1935, 245쪽.

53 Antonia White, *Diaries*, 1926-1957, 293쪽.

54 Katherine Mansfield, cited in Harriet Blodgett, *Centuries of Female Days*, 206쪽.

55 George Eliot, cited in Harriet Blodgett, *Centuries of Female Days*, 211쪽.

56 George Eliot, in Mary Jane Moffat and Charlotte Painter, eds., *Revelations*,

223쪽.

57 Emily Carr, *Hundreds and Thousands*, 193쪽.

58 Emily Carr, *Hundreds and Thousands*, 22, 148-49쪽.

59 Hayden Herrera, *Frida*, 284쪽.

60 Virginia Woolf, *The Diary of Virginia Woolf, Volume Three*, 1925-1930, 40쪽.

61 Burghild Nina Holzer, *A Walk Between Heaven and Earth*, 29쪽.

62 Anne Truitt, *Daybook*, 126쪽.

63 May Sarton, *Journal of a Solitude*, 53쪽.

64 Jeannette S. Guildford, in Sondra Zeidenstein, ed., *A Wider Giving*, 320-21쪽.

65 Anne A. Simpkinson, in Marion Woodman, *Conscious Femininity*, 131쪽.

66 Barbara Godard, "Becoming My Hero, Becoming Myself," in Libby Scheier et al., eds., *Language in Her Eye*, 116쪽.

11. "서로 목소리 들려주기": 일기 연구회

1 Nelle Morton, *The Journey Is Home*, 55쪽.

2 Carolyn G. Heilbrun, *Writing a Woman's Life*, 46쪽.

3 Stephen Nachmanovitch, *Free Play*, 99, 100쪽.

4 Nelle Morton, *The Journey Is Home*, 128, 210쪽.

5 Judith Duerk, *Circle of Stones*, 65쪽.

6 Carolyn G. Heilbrun, *Writing a Woman's Life*, 45, 46쪽.

7 Stephanie Demetrakopoulos, *Listening to Our Bodies*, 172쪽,

8 Gail Godwin, "A Diarist on Diarists," in Joyce Carol Oates, ed., *First Person Singular*, 25쪽.

9 Ira Progoff, *At a Journal Workshop*, 49, 50쪽.

10 Nelle Morton, *The Journey Is Home*, 205쪽.

11 Burghild Nina Holzer, *A Walk Between Heaven and Earth*, 63쪽.

12. 여성 자신의 목소리

1 Etty Hillesum, *An Interrupted Life*, 24쪽.
2 Marion Woodman, *Addiction to Perfection*, 111쪽.
3 Marion Milner, *Eternity's Sunrise*, 110쪽.
4 Gail Godwin, "A Diarist on Diarists," Joyce Carol Oates ed., *First Person Singular*, 29쪽.
5 Anaïs Nin, *The Journals of Anaïs Nin: Volume Six*, 1955-1966, 59, 60쪽.
6 Virginia Woolf, *A Room of One's Own*, 113쪽.
7 Virginia Woolf, *Moments of Being*, 84쪽.
8 May Sarton, *Journal of a Solitude*, 60쪽.
9 Anaïs Nin, *A Woman Speaks*, 162-63쪽.
10 Anaïs Nin, *The Diary of Anaïs Nin: Volume Three*, 1939-1944, 299쪽.
11 Christa Wolf, *Accident: A Day's News*, 94쪽.
12 Deena Metzger, *Tree*, 10쪽.
13 Marion Woodman, *Conscious Femininity*, 109쪽.
14 Etty Hillesum, *An Interrupted Life*, 219, 236쪽.
15 Nelle Morton, *The Journey Is Home*, 227쪽.
16 Marion Woodman, *Conscious Femininity*, 137쪽.
17 Hélène Cixous, in Elaine Marks and Isabelle de Courtivron eds., *New French Feminisms*, 256쪽.
18 Marguerite Duras, in Elaine Marks and Isabelle de Courtivron eds., *New French Feminisms*, 238쪽.
19 Chantal Chawaf, in Elaine Marks and Isabelle de Courtivron eds., *New French Feminisms*, 177쪽.
20 Marion Woodman, et al., *Leaving My Father's House*, 124쪽.
21 Gloria Naylor, in Naomi Epel, ed., *Writers Dreaming*, 177쪽.
22 Etty Hillesum, *An Interrupted Life*, 57쪽.
23 Christina Baldwin, *Life's Companion*, 11, 13쪽.
24 Hélène Cixous, in Elaine Marks and Isabelle de Courtivron eds., *New*

French Feminisms, 251쪽.

25 Hélène Cixous, "Sorties," 92, 93쪽.

26 Stephen Nachmanovitch, *Free Play*, 179-80쪽.

27 Virginia Woolf, *The Diary of Virginia Woolf, Volume Two*, 1920-1924, 186쪽.

28 Anne Truitt, *Daybook*, 23쪽.

29 Paula Modersohn-Becker, *The Letters and Journals of Paula Modersohn-Becker*, 216쪽.

30 Burghild Nina Holzer, *A Walk Between Heaven and Earth*, 35쪽.

31 Gertrude Stein, cited in May Jane Moffat and Charlotte Painter, eds., *Revelations*, 18쪽.

32 Marion Woodman, cited in Maureen Murdock, *The Heroine's Journey*, 12쪽.

33 Luce Irigaray, *This Sex Which Is Not One*, 213쪽.

마치면서

1 Muriel Rukeyser, "Käthe Kollwitz," 1784쪽.

참고문헌

Adams, Kathleen. *Journal to the Self: 22 Paths to Personal Growth*. New York: Warner, 1990.

Ascher, Carol; Louise DeSalvo; and Sara Ruddick, eds. *Between Women: Biographers, Novelists, Critics, Teachers and Artists Write About Their Work on Women*. New York: Routledge, 1993.

Ashton-Warner, Sylvia. *Myself*. New York: Bantam, 1968.

———. *Teacher*. New York: Simon & Schuster, 1963.

Baldwin, Christina. *Life's Companion: Journal Writing as a Spiritual Quest*. New York: Bantam, 1991.

———. *One to One: Self-Understanding Through Journal Writing*. New York: M. Evans, 1977.

Bateson, Mary Catherine. *Composing a Life*. New York: Plume, 1989.

———. *Peripheral Visions: Learning Along the Way*. New York: HarperCollins, 1994.

Begos, Jane DuPree, ed. *A Women's Diaries Miscellany*. Weston, Conn.: Magic Circle Press, 1989.

Belenky, Mary Field, et al. *Women's Ways of Knowing: The Development of Self, Voice, and Mind.* New York: Basic Books, 1986.

Bell-Scott, Patricia, ed. *Life Notes: Personal Writings by Contemporary Black Women*. New York: Norton, 1994.

Blodgett, Harriet. *Centuries of Female Days: Englishwomen's Private Diaries*. New Brunswick, N.J.: Rutgers University Press, 1988.

Bowles, Gloria. "Going Back Through My Journals: The Unsettled Self, 1961-1986," *NWSA (National Women's Studies Association) Journal 6*, no. 2 (Summer 1994): 255-75.

Brewster, Barbara Marie. *Journey to Wholeness*. Portland, Ore.: Four Winds Publishing, 1992.

Broe, Mary Lynn. "Plathologies: The Blood Jet Is Bucks, Not Poetry," *Belles Lettres* 10, no. 1 (1994): 48 62.

Brown, Lyn Mikel, and Carol Gilligan, *Meeting at the Crossroads*. New York: Ballantine, 1992.

Burrow, Trigant. The Social Basis of Consciousness. New York: Harcourt, Brace, 1927.

Cardinal, Marie. *The Words to Say It*, trans. Pat Goodheart. London: Picador, 1983.

itobiography. Toronto: Clarke Irwin

Carr, Emily. *Growing Pains: An Autobiography*. Toronto: Clarke Irwin, 1971.

———. *Hundreds and Thousands: The Journals of an Artist*. Toronto: Clarke Irwin, 1966.

Chernin, Kim. *The Hungry Self: Women, Eating and Identity*. London: Virago, 1985.

———. *Reinventing Eve: Modern Woman in Search of Herself*. New York: Harper & Row, 1987.

Chicago, Judy. *Through the Flower: My Struggle* as a *Woman Artist*. London: The Women's Press, 1982.

Chukovskaya, Lydia. *The Akhmatova Journals: Volume I*, 1938-1941, trans. Milena Michalski and Sylva Rubashova. New York: Farrar, Straus and Giroux, 1994.

Claflin, Terrie. "Monumental Achievement," *MS 4*, no. 3 (1993).

Cox, Elizabeth. Thanksgiving: An AIDS Journal. New York: Harper & Row, 1990.

Culley, Margo, ed. *A Day at a Time: The Diary Literature of American Women from 1764 to the Present*. New York: Feminist Press, 1985.

Dallett, Janet O. *When the Spirits Come Back*. Toronto: Inner City Books, 1988.

Demetrakopoulos, Stephanie. *Listening to Our Bodies: The Rebirth of Feminine Wisdom.* Boston: Beacon, 1983.

Dessaulles, Henriette. *Hopes and Dreams: The Diary of Henriette Dessaulles, 1874-1881*, trans. Liedewy Hawke. Willowdale, Ontario: Hounslow Press, 1986.

Duerk, Judith. *Circle of Stones: Woman's Journey to Herself*. San Diego: LuraMedia, 1989.

Eberhardt, Isabelle. *The Passionate Nomad: The Diary of Isabelle Eberhardt*, ed. Rana Kabbani, trans. Nina de Voogd. London: Virago, 1 987.

English, Horace B., and Ava Champney English. *A Comprehensive Dictionary of Psychological and Psychoanalytical Terms*. New York: David McKay, 1958.

Epel, Naomi, ed. *Writers Dreaming*. New York: Carol Southern Books, 1993.

Fitzhugh, Louise. *Harriet the Spy*. New York: Harper Trophy, 1964.

Frank, Anne. *The Diary of a Young Girl*. New York: Pocket Books, 1953.

Franklin, Penelope, ed. *Private Pages: Diaries of American Women, 1830s-1970s*. New York: Ballantine, 1986.

Gannett, Cinthia. *Gender and the Journal: Diaries and Academic Discourse.* Albany, N.Y.: State University of New York Press, 1992.

Gendlin, Eugene. *Focusing*. New York: Bantam, 1978.

Gilbert, Sandra M., and Susan Gubar, eds. *The Norton Anthology of Literature by Women*.

New York: Norton, 1985.

Gilligan, Carol. *In a Different Voice: Psychological Theory and Women's Development*. Cambridge, Mass.: Harvard University Press, 1982.

Gillikin, Jo, ed. *Women's Nontraditional Literature. Special issue of Women's Studies Quarterly* 17, nos. 3-4 (1989).

Goldberg, Natalie. *Writing Down the Bones*. Boston: Shambhala, 1986.

Gould, June. *The Writer in All of Us: Improving Your Writing Through Childhood Memories*. New York: Penguin, 1991.

Goulianis, Joan, ed. *By a Woman Writt: Literature from Six Centuries by and About Women.* New York: Penguin, 1973.

Greer, Germaine. *The Change: Women, Aging and the Menopause*. New York: Fawcett Columbine, 1991.

Hagan, Kay Leigh. *Internal Affairs: A Journalkeeping Workbook for Self-Intimacy*. New York: Harper & Row, 1990.

Hancock, Emily. *The Girl Within*. New York: Ballantine, 1989.

Harding, Esther. *The Way of All Women*. New York: Harper & Row, 1970.

Heilbrun, Carolyn G. *Writing a Woman's Life*. New York: Ballantine, 1988.

Herrera, Hayden. *Frida: A Biography of Frida Kahlo.* New York: Harper & Row, 1983.

Hillesum, Etty. *An Interrupted Life: The Diaries, 1941-43*, trans. Arnold J. Pomerans. New York: Washington Square Press, 1985.

Hinchman, Hannah. *A Life in Hand: Creating the Illuminated Journal*. Salt Lake City: Peregrine Smith Books, 1991.

Hoffman, Eva. *Lost in Translation: A Life in a New Language.* New York: Viking Penguin, 1989.

Hogan, Rebecca. "Engendered Autobiographies: The Diary as a Feminine Form," *Prose Studies 14*, no. 2 (1991): 95-107.

Holliday, Laurel. *Heart Songs: The Intimate Diaries of Young Girls*. Guerneville, Calif: Bluestocking Books, 1978.

Holzer, Burghild Nina. *A Walk Between Heaven and Earth: A Personal Journal on Writing and the Creative Process.* New York: Bell Tower, 1994.

Huntington, Lee Pennock. *Hill Song: A Country Journal. Woodstock*, Vt.: The Countryman Press, 1985.

Irigaray, Luce. "When Our Lips Speak Together," in *This Sex Which Is Not One*, trans. Catherine Porter. Ithaca, N.Y.: Cornell University Press. 1985.

James, Alice. *The Diary of Alice James*, ed. Leon Edel. New York: Penguin, 1982.

Jung, Carl G. *Memories, Dreams, Reflections*. London: Fontana. 1983.

———. "Psychology and Literature," in *Modern Man in Search of a Soul*, trans. W. F. Dell and Cary S. Baynes. New York: Harcourt Brace Company. 1933.

Keen, Sam, and Anne Valley-Fox. *Your Mythic Journey: Finding Meaning in Your Life Through Storytelling and Writing*. Los Angeles: Tarcher, 1989.

Koller, Alice. *An Unknown Woman: A Journey to Self-Discovery*. New York: Bantam, 1981.

Kollwitz, Kaethe. *The Diary and Letters of Kaethe Kollwitz*. ed. Hans Kollwitz, trans. Richard and Clara Winston. Evanston, Ill.: Northwestern University Press, 1988.

Kollowitz, Käthe. *Die Tagebücher*, ed. Jutta Bohnke-Kollwitz. Berlin: Siedler Verlag, 1988.

Laidlaw, Toni Ann, and Cheryl Malmo and Associates. *Healing Voices: Feminist Approaches to Therapy with Women*. San Francisco: Jossey-Bass Publishers, 1990.

Leonard, Linda Schierse. *On the Way to the Wedding: Transforming the Love Relationship*. Boston: Shambhala, 1986.

———. *Witness to the Fire: Creativity and the Veil of Addiction*. Boston: Shambhala, 1990.

———. *The Wounded Woman: Healing the Father-Daughter Relationship*. Boston: Shambhala. 1985.

Lerner, Harriet. *The Dance of Anger: A Woman's Guide to Changing the Patterns of Intimate Relationships*. New York: Harper & Row, 1985.

Lifshin, Lyn, ed. *Ariadne's Thread: A Collection of Contemporary Women's Journals*. New York: Harper & Row, 1982.

Lindbergh, Anne Morrow. *Bring Me a Unicorn: Diaries and Letters, 1922-1928*. New York: Harcourt Brace, 1993.

———. *Hour of Gold, Hour of Lead: Diaries and Letters, 1929-1932*. New York: Harcourt Brace, 1993.

———. *The Flower and the Nettle: Diaries and Letters, 1936-1939*. New York: Harcourt Brace, 1994.

———. *Locked Rooms and Open Doors: Diaries and Letters, 1933-1935*. New York: Harcourt Brace, 1993.

Lorde, Audre. *The Cancer Journals*. San Francisco: Spinsters/aunt lute, 1980.

Lowinsky, Naomi Ruth. *The Motherline: Every Woman's Journey to Find Her Female Roots.* New York: Tarcher/Perigee, 1992.

Malina, Judith. *The Diaries*, 1947-1957. New York: Grove, 1984.

Mallon, Thomas. *A Book of One's Own: People and Their Diaries*. New York: Ticknor & Fields, 1984.

Marks, Elaine, and Isabelle de Courtivron, eds. *New French Feminisms: An Anthology.* Brighton, Sussex: Harvester Press, 1981.

Metzger, Deena. *Tree &. The Woman Who Slept with Men to Take the War Out of Them*. Oakland, Calif.: Wingbow Press, 1992.

———. *Writing for Your Life: A Guide and Companion to the Inner Worlds*. New York: HarperCollins, 1992.

Miller, Alice. *The Drama of the Gifted Child: The Search for the True Self*. New York: Basic Books, 1994.

Milner, Marion. *Eternity's Sunrise: A Way of Keeping a Diary.* London: Virago, 1987.

Milner, Marion (pseudonym, Joanna Field). *A Life of One's Own*. Los Angeles: Tarcher, 1981.

Modersohn-Becker, Paula. *The Letters and Journals of Paula Modersohn-Becker*, trans.]. Diane Radycki. Metuchen, N.J.: Scarecrow Press, 1980.

———. *The Letters and Journals*, ed. and trans. Arthur S. Wensinger and Carole Clew Hoey. Evanston, Ill.: Northwestern University Press, 1990.

Moffat, Mary Jane, and Charlotte Painter. eds. *Revelations: Diaries of Women*. New York: Vintage Books. 1975.

Moon, Beverly. ed. *An Encyclopedia of Archetypal Symbolism*. Boston: Shambhala, 1991.

Moon, Sheila. *Dreams of a Woman: An Analyst's Inner Journey*. Boston: Sigo Press, 1983.

Morton, Nelle. *The Journey Is Home*. Boston: Beacon Press, 1985.

Murdock, Maureen. *The Heroine's Journey*. Boston: Shambhala. 1990.

Nachmanovitch, Stephen. *Free Play: Improvisation in Life and Art*. Los Angeles: Tarcher. 1990.

Neuls-Bates, Carol. ed. *Women in Music: An Anthology of Source Readings from the Middle Ages to the Present*. New York: Harper Torchbooks, 1982.

Newman, Lesléa. *SomeBody to Love: A Guide to Loving the Body You Have*. Chicago: Third Side Press, 1991.

Nin, Anaïs. *The Diary of Anaïs Nin: Volume One*, 1931-1934, ed. Gunther Stuhlmann. New York: Harcourt Brace Jovanovich, 1966.

———. *The Journals of Anaïs Nin: Volume Two*, 1934-1939, ed. Gunther Stuhlmann. London: Quartet Books, 1967.

———. *The Diary of Anaïs Nin: Volume Three*, 1939-1944, ed. Gunther Stuhlmann. New York: Harcourt Brace Jovanovich, 1969.

———. *The Diary of Anaïs Nin: Volume Four*, 1944-1947, ed. Gunther Stuhlmann. New York: Harcourt Brace JovanOVich, 1971.

———. *The Journals of Anaïs Nin: Volume Five*, 1947-1955, ed. Gunther Stuhlmann. London: Quartet Books, 1976.

———. *The Journals of Anaïs Nin: Volume Six*, 1955-1966, ed. Gunther Stuhlmann. London: Quartet Books, 1979.

———. *The Diary: Volume Seven*, 1966-1974, ed. Gunther Stuhlmann. New York: Harcourt Brace Jovanovich, 1980.

———. *In Favor of the Sensitive Man and Other Essays*. New York: Harcourt Brace Jovanovich, 1976.

———. *A Woman Speaks: The Lectures, Seminars, and Interviews of Anaïs Nin*, ed. Evelyn J. Hinz. Chicago: Swallow Press, 1975.

Oates, Joyce Carol, ed. *First Person Singular: Writers on Their Craft*. Princeton: Ontario Review Press, 1983.

Olsen, Tillie, *Silences*. New York: Dell, 1965.

Orenstein, Peggy. *School Girls: Young Women, Self-Esteem, and the Confidence Gap*. New York: Anchor, 1994.

Ornish, Dean. *Dr. Dean Ornish's Program for Reversing Heart Disease*. New York: Random House, 1990.

Partridge, Eric. *Origins: A Short Etymological Dictionary of Modern English*. New York: Macmillan, 1958.

Plath, Sylvia. *The Journals of Sylvia Plath*, ed. Ted Hughes and Frances McCullough. New York: Ballantine, 1982.

Progoff, Ira. *At a Journal Workshop*. New York: Dialogue House, 1975.

Pym, Barbara. *A Very Private Eye: An Autobiography in Diaries and Letters*, ed. Hazel Holt and Hilary Pym. New York: Dutton, 1984.

Rainer, Tristine. *The New Diary: How to Use a Journal for Self-Guidance and Expanded Creativity*. Los Angeles: Tarcher, 1978.

Reimann, Brigitte. *Die geliebte, die verfluchte Hoffnung: Tagebücher und Briefe*, 1947-1972, ed. Elisabeth Elten-Krause and Walter Lewerenz. Darmstadt und Neuwied: Luchterhand, 1986.

Rice, Rebecca. *A Time to Mourn: One Woman's Journey Through Widowhood*. New York: New American Library, 1990.

Rich, Adrienne. *Of Woman Born: Motherhood as Experience and Institution*. New York: Norton, 1986.

Rico, Gabriele. *Pain and Possibility: Writing Your Way Through Personal Crisis*. Los Angeles: Tarcher, 1991.

Rinser, Luise. *Prison Journal*, trans. Michael Hulse. London: Macmillan, 1987.

Rooney, Frances, ed. *Our Lives: Lesbian Personal Writings*. Toronto: Second Story Press, 1991.

Rosen, Steven M. *Science, Paradox, and the Moebius Principle: The Evolution of a "Transcultural" Approach to Wholeness*. Albany, N.Y.: State University of New York Press, 1994.

Sacks, Oliver. *The Man Who Mistook His Wife for a Hat*. London: Picador, 1985.

Sand, George. *The Intimate Journal*, ed. and trans. Marie Jenney Howe. Chicago: Academy Chicago, 1 929.

Sarton, May. *After the Stroke: A Journal*. New York: Norton, 1988.

———. *At Seventy: A Journal.* New York: Norton, 1984.

———. *Encore: A Journal of the Eightieth Year*. New York: Norton, 1993.

———. *Endgame: A JoumaJ of the Seventy-ninth Year*. New York: Norton, 1992.

———. *The House by the Sea: A Journal*. New York: Norton, 1977.

———. *Journal of a Solitude*. New York: Norton, 1974.

———. *Plant Dreaming Deep*. New York: Norton, 1968.

———. *Recovering: A Journal*. New York: Norton, 1980.

Scheier. Libby; Sarah Sheard; and Eleanor Wachtel, eds. *Language in Her Eye: Views on Writing and Gender by Canadian Women Writing in English*. Toronto: Coach House Press, 1990.

Scherer, Migael. *Still Loved by the Sun: A Rape Survivor's Journal*. New York: Plume, 1992.

Schiffman. Muriel. *Gestalt Self-Therapy: Further Techniques for Personal Growth*. Berkeley: Wing bow Press, 1971 .

———. *Self-Therapy: Techniques for Personal Growth*. Berkeley, Wingbow Press, 1967.

Schiwy. Marlene A. "Language and Silence: '*Sprachlosigkeit*' in the Work of Christa Wolf" Doctoral thesis, University of London, 1988.

———. "Taking Things Personally: Women, Journal Writing, and Self-Creation," *NWSA (National Wornen's Studies Association) Journal 6*, no. 2 (1994): 234-54.

Schiwy. Marlene A., and Steven M. Rosen. "Spinning the Web of Life: Feminism, Ecology, and Christa Wolf," *The Trumpeter* 7, no. 1 (1990): 16-26.

Schreiber, Le Anne. *Midstream*. New York: Viking, 1990.

Scott-Maxwell, Florida. *The Measure of My Days*. New York: Penguin, 1979.

Schwabacher, Ethel. *Hungry for Light: The Journal of Ethel Schwabacher*, ed. Brenda S. Webster and Judith Emlyn Johnson. Bloomington: Indiana University Press, 1993.

Senesh, Hannah. *Her Life & Diary*. trans. Marta Kohn. New York: Schocken Books, 1973.

Signell, Karen. *Wisdom of the Heart: Working with Women's Dreams*. New York: Bantam, 1990.

Simons. George. *Keeping Your Personal Journal*. New York: Ballantine, 1978.

Simons, Judy. *Diaries and Journals of Literary Women from Fanny Burney to Virginia Woolf*. Iowa City: University of Iowa Press, 1990.

Sjöö, Monica, and Barbara Mor. *The Great Cosmic Mother: Rediscovering the Religion of the Earth*. San Francisco: Harper & Row, 1987.

Solly. Richard, and Roseann Lloyd. *Journey Notes: Writing for Recovery and Spiritual Growth*. New York: Ballantine, 1989.

Starkman, Elaine Marcus. *Learning to Sit in the Silence: A Journal of Caretaking*. Watsonville, Calif.: Papier-Mâché Press, 1993.

Steinem, Gloria. *Outrageous Acts and Everyday Rebellions*. London: Fontana, 1983. ———. *Revolution from Within: A Book of Self-Esteem*. Boston: Little, Brown, 1991.

Sternburg, Janet, ed. *The Writer on Her Work*. New York: Norton, 1980.

———. *The Writer on Her Work. Volume 2: New Essays in New Territory*. New York: Norton, 1991.

Stocker, Midge, ed. *Cancer as a Women's Issue: Scratching the Surface*. Chicago: Third Side Press, 1991.

Strickland, Bill, ed. *On Being a Writer*. Cincinnati: Writer's Digest Books, 1989.

Temoskok, Lydia, and Henry Dreher. *The Type C Connection: The Mind-Body Link to Cancer and Your Health.* New York: Plume, 1992.

Thurman, Judith. *Isak Dinesen: The Life of a Storyteller*. New York: St. Martin's Press, 1982.

Tristan, Flora. *Flora Tristan, Utopian Feminist: Her Travel Diaries and Personal Crusade*, ed. and trans. Doris and Paul Beik. Bloomington: Indiana University Press, 1993.

Truitt, Anne. *Daybook: The Journal of an Artist*. New York: Penguin, 1982.

Ullman, Montague. "Access to Dreams," in *Handbook of States of Consciousness*, ed. Benjamin B. Wolman and Montague Ullman. New York: Van Nostrand Reinhold, 1986.

———. "Dreams as Exceptional Human Experiences," *ASPR Newsletter* (The American Society of Psychical Research), 18, no. 4: 1-6.

Wander, Maxie. *Leben wär' eine prima Alternative: Tagebuchaufzeichnungen und Briefe*. Darmstadt und Neuwied: Luchterhand, 1980.

West, Melissa Gayle. *If Only I Were a Better Mother*. Walpole, N.H.: Stillpoint, 1992.

White, Antonia. *Diaries*, 1926-1957, ed. Susan Chitty. New York: Viking Penguin, 1982.

White. Rhea. "Personal Experiences and the Legitimation of Parapsychology: Feed Ye the Sheep," paper given at a symposium on the Unusual Experience of Parapsychologists, at the 36th annual convention of the Parapsychological Association, Toronto, August 15-19, 1993.

Williamson, Janice, ed. *Sounding Differences: Conversations with Seventeen Canadian Women Writers*. Toronto: University of Toronto Press, 1993.

Wolf, Christa. *Accident: A Day's News*, trans. Heike Schwarzbauer and Rick Takvorian. New York: Farrar, Straus and Giroux, 1989.

———. *The Author's Dimension: Selected Essays*, ed. Alexander Stephan, trans. Jan van Heurck. New York: Farrar, Straus and Giroux, 1993.

———. *Cassandra: A Novel and Four Essays*, trans. Jan van Heurck. New York: Farrar, Straus and Giroux, 1984.

———. *A Model Childhood*, trans. Ursule Molinaro and Hedwig Rappolt. New York: Farrar, Straus and Giroux, 1980.

———. *The Reader and the Writer: Essays, Sketches, Memories*, trans. Joan Becker. New York: International Publishers, 1977.

Woodman, Marion. *Addiction to Perfection: The Still Unravished Bride*. Tononto: Inner City Books, 1982.

———. *Conscious Femininity: Interviews with Marion Woodman*. Tononto: Inner City Books, 1993.

———. *The Pregnant Virgin: A Process of Psychological Transformation*. Toronto: Inner City Books, 1985.

———. *The Ravaged Bridegroom: Masculinity in Women*. Toronto: Inner City Books, 1990.

Woodman, Marion; Kate Danson; Mary Hamilton; and Rita Greer Allen. *Leaving My Father's House: A Journey to Conscious Femininity*. Boston: Shambhala, 1992.

Woolf, Virginia. *The Diary of Virginia Woolf, Volume One*, 1915-1919, ed. Anne Olivier Bell. New York: Harcourt Brace, 1977.

———. *The Diary of Virginia Woolf, Volume Two*, 1920-1924, ed. Anne Olivier Bell. New York: Harcourt Brace, 1978.

———. *The Diary of Virginia Woolf, Volume Three*, 1925-1930, ed. Anne Olivier Bell. New York: Harcourt Brace, 1980.

———. *The Diary of Virginia Woolf, Volume Four*, 1931-1935, ed. Anne Olivier Bell. New York: Harcourt Brace, 1982.

———. *The Diary of Virginia Woolf, Volume Five*, 1936-1941, ed. Anne Olivier Bell.

New York: Harcourt Brace, 1984.
———. *Moments of Being*, ed. Jeanne Schulkind. St. Albans: Triad/Panther Books, 1978.
———. *A Room of One's Own*. New York, Harcourt Brace, 1989.
———. *A Writer's Diary*, ed. Leonard Woolf. St. Albans: Triad/Panther Books, 1978.
Wordsworth, Dorothy. *Journals of Dorothy Wordsworth*, ed. Mary Moorman. Oxford: Oxford University Press, 1983.
Zeidenstein, Sondra, ed. *A Wider Giving: Women Writing After a Long Silence*. Goshen, Conn.: Chicory Blue Press, 1988.
Zinker, Joseph. *Creative Process in Gestalt Therapy*. New York: Vintage Press, 1977.

일기 여행

여성 자신의 목소리를 찾아가는 신비한 여정

초판 1쇄 발행 2019년 5월 28일
3쇄 발행 2021년 6월 10일

지은이 말린 쉬워
옮긴이 김창호
펴낸이 강수걸
편집장 권경옥
편집 박정은 윤은미 강나래 김리연 신지은
디자인 권문경 조은비
경영지원 공여진
펴낸곳 산지니
등록 2005년 2월 7일 제333-3370000251002005000001호
주소 부산시 해운대구 수영강변대로 140 BCC 613호
전화 051-504-7070 | 팩스 051-507-7543
홈페이지 www.sanzinibook.com
전자우편 sanzini@sanzinibook.com
블로그 http://sanzinibook.tistory.com

ISBN 978-89-6545-599-8 03840

* 책값은 뒤표지에 있습니다.
* 이 도서의 국립중앙도서관 출판예정도서목록(CIP)은 서지정보유통지원시스템 홈페이지(http://seoji.nl.go.kr)와 국가자료공동목록시스템(http://www.nl.go.kr/kolisnet)에서 이용하실 수 있습니다.(CIP제어번호: CIP2019019384)